Après avoir décroché un diplôme avec mention en psychologie et travaillé en tant que décoratrice d'intérieur, **Coreene Callahan** a fini par succomber à son imagination hyperactive et est retournée à son premier amour : l'écriture. Quand elle n'écrit pas, elle rêve de mondes magiques remplis d'hommes-dragons, d'assassins d'élite et d'histoires d'amour trop chaudes pour être décrites. Elle vit actuellement au Canada avec sa famille et son compagnon d'écriture, un golden retriever qui adore s'amuser.

Du même auteur, chez Milady :

Dragonfury :
1. *Furie de flamme*
2. *Furie de glace*
3. *Furie tentatrice*

Coreene Callahan

Furie tentatrice

Dragonfury – 3

Traduit de l'anglais (Canada) par Lionel Évrard

Milady

Milady est un label des éditions Bragelonne

Titre original : *Fury of Seduction*

Publié aux États-Unis par Amazon Publishing, 2012.
Cette édition est publiée avec l'accord d'Amazon Publishing.

ISBN : 978-2-8112-1578-1

Bragelonne – Milady
60-62, rue d'Hauteville – 75010 Paris

E-mail : info@milady.fr
Site Internet : www.milady.fr

À mes parents.
Comme d'habitude, merci d'être vous.

Remerciements

Un immense merci aux lecteurs de la série *Dragonfury* pour être tombés amoureux des guerriers-dragons et pour avoir partagé votre enthousiasme avec moi. J'adore échanger avec vous et répondre à vos questions, même quand je ne peux trop en dire de crainte de révéler des éléments importants.

Un millier de mercis, répétés autant de fois, à Christine Witthohn, Eleni Caminis, Melody Guy, Nancy Berland et Kim Miller pour le dur travail qu'elles ont accompli, pour leur incroyable perspicacité et pour leur indéfectible soutien. Travailler avec chacune de vous est un véritable plaisir.

Merci également à l'équipe d'Amazon Publishing, dont le talent, l'énergie et le dévouement ne connaissent pas de limites.

Avec tout mon amour à ma famille (ceux qui me sont liés par le sang et ceux que j'ai adoptés) et à tous mes amis écrivains.

Comme toujours, câlins et baisers à mon mari. Rien de tout ceci ne serait possible sans toi.

Enfin, à Kallie Lane – merci de m'avoir montré la voie.

Je lève un verre à votre santé à tous !

Chapitre premier

Mac avait un problème avec le sommeil. Celui-ci se refusait toujours à lui. De jour comme de nuit, cela ne faisait aucune différence. Jamais il n'arrivait que huit bonnes heures de repos soient inscrites à son agenda. Il avait pourtant tout essayé : changer son matelas trop dur pour un autre plus confortable, le parer de draps de satin et des meilleurs oreillers qui soient, paresser dans son fauteuil La-Z-Boy, baiser jusqu'à plus soif avant l'extinction des feux… Rien n'y faisait. Malgré tous ses efforts, il ne parvenait pas à dormir plus de trois heures d'affilée.

Ce qui suffisait à expliquer beaucoup de choses.

Par exemple, pourquoi il se trouvait dans la salle de sport qu'il partageait avec les autres guerriers-dragons Nightfury au lieu de récupérer dans son lit. À sept niveaux sous terre, Black Diamond – leur repaire – abritait ce qui se faisait de mieux en la matière : équipements d'entraînement dernier cri, terrain de basket, salle emplie d'outils servant à affûter les griffes de dragon. Le fait qu'il s'y trouvait seul était significatif. Aucun de ses frères d'armes ne souffrait d'insomnie. Tous se trouvaient encore au pays des rêves, bien au chaud sous leur couette et durs comme pierre dans les bras d'une bimbo imaginaire.

Ce qui faisait de Mac, au sein des Nightfury, le seul pauvre type à souffrir de troubles du sommeil.

Plutôt embêtant, d'autant plus par les temps qui couraient.

Aux prises avec une pleine cargaison d'emmerdes, Mac faisait de son mieux pour résoudre ses problèmes. Il ne pouvait se permettre de se planter, de laisser tomber sa famille. Une fois suffisait. Les autres guerriers comptaient sur lui. Ils lui faisaient confiance pour apprendre à maîtriser la magie à laquelle sa condition de dragon lui donnait accès. Cela importait-il s'il venait seulement de prendre conscience de ses capacités ? Était-ce une excuse si la magie encodée dans son ADN ne s'était manifestée – lui permettant de se métamorphoser – qu'un mois plus tôt ?

Non, pas le moins du monde.

Le temps se foutait pas mal des capacités de chacun et n'attendait personne. Pas plus lui qu'un autre.

Pour combattre aux côtés de ses frères, il devait faire la preuve qu'il était comme eux, et il devait le faire tout de suite. Plus facile à dire qu'à faire...

La part de dragon en lui s'était mise aux abonnés absents, se rebellait, bousillait ses efforts pour maîtriser le flux. Cajoler ce salaud ne servait à rien, pas plus que tenter de le traiter comme un enfant. La menace ? Putain ! il s'était retrouvé criblé d'éclats d'énergie vicelarde les rares fois où il avait tenté cette approche. Qu'est-ce qui lui restait ?

La supplique.

Mac poussa un long soupir. Il lui suffisait d'y penser pour que les bras lui en tombent. Après tout, ce fils de pute caractériel lui appartenait, et non l'inverse. Mais aux grands maux les grands remèdes... S'il continuait à se mettre à dos la bestiole, il n'obtiendrait pas ce qu'il désirait – ou, plus exactement, ce dont il crevait d'envie. Il avait besoin d'être adoubé par les Nightfury. Sans cela, il n'obtiendrait pas son statut de combattant dans la guerre qui les opposait aux Razorback, une faction rebelle de dragons dont l'objectif final passait par l'extermination de la race humaine.

Mac foudroya du regard le banc de musculation le plus proche. La structure en acier vibra, absorbant le flux d'énergie qu'il déversait sur elle et luttant contre les boulons qui la rivaient au sol. Tandis que le phénomène prenait de l'ampleur sur un rythme frénétique, les néons du plafond grésillèrent et clignotèrent de plus en plus intensément. Avant qu'ils n'explosent, il préféra couper le jus, plus dégoûté de lui-même que jamais.

Saccager le matériel ne servirait qu'à attirer l'attention sur lui – le genre d'attention dont il pouvait se passer de la part de l'équipe qui dormait encore dans les étages supérieurs. S'apercevant à quel point c'était un euphémisme, Mac eut un ricanement sourd. Bastian, son commandant, lui pèlerait les fesses s'il faisait de nouveaux dégâts cette semaine. D'autant plus qu'il était encore sur la sellette pour avoir passé son poing à travers un mur.

Levant les bras, Mac croisa les doigts sur sa nuque et fit descendre sa tête vers sa poitrine jusqu'à toucher celle-ci du menton. Ses muscles raidis protestèrent, la douleur irradia le long de sa colonne vertébrale et alla exploser sous son crâne. Il fronça les sourcils et étudia le sol entre ses pieds nus. Les Velcro des tapis d'entraînement s'alignaient parfaitement, les unissant les uns aux autres, sans aucune faille pour les séparer. En temps ordinaire, il aurait apprécié une telle précision et se serait réjoui de la vision d'un tel alignement. Aujourd'hui, elle le rendait malade.

Tous ces tapis unis, soudés, au même niveau, dans une perfection irréprochable…

Contrairement à lui, qui était une vraie catastrophe : le seul type à Black Diamond à ne pas être en pleine possession de ses moyens et à se sentir exclu.

La migraine de Mac s'était muée en souffrance de première magnitude, qu'il sentait pulser entre ses tempes. Tout ça lui portait sur le système : son fiasco, chacun de ses échecs, ne pas parvenir à apprivoiser son don magique. Découragé, il secoua la tête et sentit la peur et l'incertitude se faire jour en lui. Cela n'aurait pas dû être si difficile. Il avait toujours excellé dans tout ce qu'il entreprenait, que ce soit à l'école, sur les terrains de sport, à l'armée ou dans les arts martiaux. Rien ne l'avait jamais poussé à se trouver confronté à ses limites… jusqu'à présent.

Pourquoi rencontrait-il tant de difficultés ? À cause de l'eau ? La plupart des dragons la détestaient et passaient leur existence à l'éviter, mais pas lui. Fidèle à ses racines de dragon d'eau, il n'aimait rien tant que l'océan, mais de plus faibles profondeurs – lac, rivière, piscine olympique – lui convenaient aussi. Cette différence entre lui et les autres Nightfury n'expliquait pas pour quelle raison son don magique se dérobait à lui.

La mine sombre, Mac retournait toutes ces questions sous son crâne, en quête de réponses qui ne venaient pas. Aucune explication logique. Pas la moindre illumination. Rien qu'un autre trou dans une chaîne d'informations déjà truffée de chaînons manquants.

Inspirant à fond, Mac emplit ses poumons afin de reprendre son entraînement. Le mot « défaite » ne faisait pas partie de son vocabulaire. Il retint son souffle, se délecta de la brûlure qui en résultait et pria pour que l'échec qu'il venait de subir soit le dernier. Il avait autant besoin d'établir la connexion avec la part de dragon en lui que d'avoir des jambes pour se tenir debout. Enfin, il vida tout l'air de ses poumons et inspira de plus belle.

Inspirer. Bloquer. Expirer.

Mac répéta toute l'opération plusieurs fois. C'était dans la Navy qu'il avait appris cette technique respiratoire. Au bout d'un moment, son pouls commença à ralentir, son corps à s'apaiser. Et tandis que le chaos refluait dans son esprit, emporté par une sensation intense, il se sentit couler au fond de lui-même. Un déclic sembla se faire quand quelque chose enfin céda en lui, libérant un flot d'énergie. *Le Méridien… Putain de Dieu!* Il l'avait enfin trouvé, ce courant électrostatique dans lequel les dragons puisaient pour se nourrir.

Et–bon sang!–ce que c'était bon!

— Te sauve pas, mon tout beau…, murmura-t-il en bichonnant le lien fragile. Reste avec moi.

Ses paroles allèrent résonner entre les murs de la salle vide, lui rappelant qu'il était seul. Ce qui valait mieux. Il ne tenait pas à ce que quiconque assiste à la débâcle s'il se plantait encore. Fierté mal placée, peut-être, ou ego surdimensionné, à moins qu'il n'ait simplement développé une allergie au ridicule. Quoi qu'il en soit, cela n'avait aucune importance pourvu qu'il puisse avoir accès à son pouvoir magique et qu'il parvienne à maîtriser le sort de dissimulation. Ce n'était pas une faculté optionnelle. S'il ne parvenait pas à se masquer lui-même–en se rendant sombre et invisible contre le ciel nocturne–, il ne pourrait se battre en compagnie de ses frères. Et s'il n'était pas capable d'assumer son rôle de guerrier, il ne méritait pas la place qu'il occupait.

Profondément concentré, Mac ferma les yeux, se focalisa mentalement et se laissa lentement dériver vers le courant d'énergie, craignant que le lien fragile se rompe s'il se montrait trop pressé. Il était tout près maintenant. Il n'avait plus qu'à tendre la main, crevant d'envie de toucher à ce flux, d'y goûter pendant que…

— Tu remets ça?

Mac tressaillit, alerté par l'accent à couper au couteau. Son dragon se rétracta, prit la tangente, occasionnant un coup de fouet en retour de la puissance magique. En jurant tout bas, Mac lutta pour tenir bon, s'accrocha à la liaison ténue qui s'était établie, cajolant la bête pour la retenir. La longe impalpable se fractura néanmoins, avant de disparaître tout à fait, le laissant seul et les mains vides dans le noir.

Ouvrant les yeux, Mac se tourna vers l'entrée principale et adressa au nouveau venu un rictus mauvais.

— Ça n'a pas été ? demanda Forge, appuyé de l'épaule contre le montant de la porte.

— Enfoiré ! lança Mac entre ses dents. À ton avis ?

Les poings serrés, il se sentait tellement à cran qu'il aurait bien botté les fesses de Forge pour l'avoir interrompu.

— Si tu veux mon avis, répondit celui-ci, tu as besoin d'un bon break.

Croisant les bras, Forge le toisa d'un air inquisiteur et ajouta :

— Et de pas mal de sommeil. C'était quand, la dernière fois que tu as mangé ?

Bonne question. Dont Mac ignorait totalement la réponse. Et il s'en foutait.

— Salaud ! Tu m'as bousillé ma connexion..., fulmina-t-il. J'étais à deux doigts de...

— Toucher le Méridien ?

— Oui, bordel !

— Tu n'es pas prêt pour ça, Mac.

Pour toute réponse, son nouvel ami eut droit au bon conseil d'aller se faire foutre.

— Je ne dis pas ça pour t'emmerder, assura Forge avec une telle sincérité qu'il aurait pu lui arracher la tête. Mais tu presses un peu trop le mouvement. Et tu pousses tes pouvoirs à des niveaux dangereux. C'est pas prudent, mec... Ça fait tout juste un mois que tu es passé par le changement. Ne compte pas réussir un sort de dissimulation. Tu as une tripotée de trucs à apprendre avant qu'on en arrive là. Faut être sacrément plus costaud, aussi. C'est pour ça que tu devrais manger et dormir entre les séances d'entraînement.

Le « on » qu'il avait employé le fit bondir, même s'il n'aurait pas dû. Chaque dragon se voyait assigner un mentor après être passé par le changement – un guerrier chevronné qui lui apprenait les ficelles et l'accompagnait durant son entraînement au combat. Forge était devenu le sien, et, pour être honnête, il reconnaissait qu'il n'avait qu'à s'en féliciter la plupart du temps. Mais, après avoir merdé dans les grandes largeurs quelques instants plus tôt, Mac n'était pas d'humeur à supporter ses conseils.

— Laisse-moi, maugréa-t-il. J'ai besoin de me ressaisir avant que les autres se lèvent pour commencer leur nuit.

— Tout le monde est déjà debout et dans la cuisine.

Mac serra les dents. Il était donc en retard et, si le repas du soir était déjà sur la table, ça allait encore barder pour son matricule. D'ici à une heure, les Nightfury seraient en route pour se livrer à leur activité favorite : traquer et abattre les Razorback. Et lui ? Devrait-il grimper aux murs après avoir été laissé de côté, encore une fois ?

— Bastian t'a envoyé me chercher ? s'enquit-il en s'efforçant de réprimer son désappointement.

Forge se poussa pour libérer le passage et répondit :

— Bastian veut que tout le groupe se rassemble. Quelque chose à voir avec un repas à prendre en commun, je crois…

Mac roula des épaules pour se détendre et hocha la tête. Ce n'était probablement pas une mauvaise idée. Les Nightfury avaient été secoués, ces derniers temps, quand tout le monde avait dû s'habituer à les voir, Forge et lui, travailler en tandem. Accepter de nouveaux membres dans une unité militaire soudée n'était jamais une mince affaire, Mac le savait par expérience. Dans le monde des hommes – d'abord en tant que membre de l'équipe six des SEALs, puis comme inspecteur du Seattle Police Department –, il avait appris quelques petites choses. La première d'entre elles était que la confiance est impérative pour fédérer un groupe. Logique, non ? Si vous ne pouvez avoir toute confiance en un type, pas question que vous vous reposiez sur lui pour vous couvrir lors d'un combat.

Que Bastian puisse en être conscient et tente de faire ce qu'il fallait pour remédier au problème n'était pas pour le surprendre. Le commandant des Nightfury avait la tête bien faite, était solide comme un roc, et c'était un roublard qui avait ce qu'il fallait de cran pour obtenir ce qu'il voulait. La cohésion du groupe et la sécurité de chacun de ses membres étaient au top de ses priorités. C'était rendu d'autant plus nécessaire par le mélange versatile de personnalités au tempérament affirmé qui avaient fait de Black Diamond leur foyer.

—Alors ? fit Mac, un sourcil arqué. Un gros câlin collectif, c'est ça le programme ?

—Je n'irais pas jusque-là.

Le sourire carnassier de Forge révéla brièvement deux parfaites rangées de dents blanches avant qu'il n'ajoute :

—D'autant qu'Ice Cube m'a toujours dans le collimateur.

—Il a de bonnes raisons pour ça, murmura Mac en réprimant un sourire.

Rikar – alias Ice Cube, le lieutenant des Nightfury – voulait en découdre, et Forge avait toutes les chances d'être l'heureux élu. *Grand bien lui fasse !* Mac avait assez d'emmerdes comme ça sans avoir besoin que Rikar lui redessine le portrait pour avoir laissé sa chérie sans protection pendant une baston avec les méchants.

—Ange va l'en empêcher, assura-t-il.

—Merde ! j'espère bien que non… Je n'attends que ça, moi !

Une lueur de malice dans le regard, Forge feignait l'effroi avec conviction.

Mac secoua la tête, appréciant la crânerie de son mentor. Il la partageait la plupart du temps. Dommage que sa dure journée lui ait ôté tout ressort pour fanfaronner.

Retournant à sa contemplation des matelas de gym, il reprit :

— Va donc manger, mec. Je monterai d'ici peu.

— Mac…

— Donne-moi encore une heure, l'interrompit-il. J'y étais presque.

En périphérie de son champ de vision, Mac perçut le flou d'un mouvement furtif et jura tout bas. Ce salaud de Forge n'avait aucune intention de le laisser seul. Il avait prévu de le ramener là-haut pour le repas coûte que coûte, par les couilles s'il le fallait. Mac le savait aussi sûrement qu'il se savait planté là, dans la salle d'entraînement, pieds nus, le cœur battant, les poings serrés. Il pouvait sentir le souci que Forge se faisait pour lui tandis que le doux tapotement de ses bruits de pas, répercuté par les murs de parpaings, se rapprochait de seconde en seconde.

Tête basse, Mac traquait le bruit, l'œil aux aguets. Des rangers noirs apparurent en bordure de son champ visuel. Forge s'arrêta à la limite des tapis. Mac banda ses muscles, prêt à faire face à toute intrusion dans son espace personnel. Dommage pour lui, mais il espérait que Forge commettrait cette erreur. Il avait besoin d'un bon combat. Il crevait d'envie de se friter avec un type à s'en faire péter les jointures. Peut-être qu'ensuite il se sentirait de nouveau entier, un peu moins un raté, un peu plus semblable à lui-même.

Que Forge soit son mentor importait peu. Une cible était une cible. Et s'il décidait de répondre à son attente en déclenchant les hostilités, ce n'en serait que mieux.

Chapitre 2

La seule chose que Tania Solares détestait davantage qu'une paire de chaussures laides, c'était d'être en retard. Le premier problème, après tout, une femme pouvait toujours le régler : improviser, améliorer, etc. Le second, en revanche, vous mettait dans la merde pour de bon. Ce qui, tout bien pesé, résumait assez bien sa journée. Et, dans la longue litanie d'erreurs et de problèmes qui lui tombaient dessus ces dernières semaines, celle-ci n'était pas celle qu'elle préférait.

Inutile d'espérer s'en sortir en se blindant émotionnellement et en supportant stoïquement la surcharge mentale. Elle marchait dans des sables mouvants qui lui arrivaient déjà à la taille et dans lesquels elle ne cessait de s'enfoncer. Aucune branche à laquelle se raccrocher en vue, et pas plus d'équipe de sauvetage…

En soufflant longuement vers le haut, Tania chassa une mèche rebelle de ses yeux et rétrograda dans le virage en lacet qu'elle abordait. Sa Mini Cooper '64 ronronna bruyamment et la fit valser d'un côté, puis de l'autre en négociant la courbe serrée. Bon sang ce qu'elle adorait cette portion d'autoroute… C'était le pied de conduire là-dessus. Sensation de puissance, impression d'être un pilote de formule 1 fonçant vers la ligne d'arrivée.

Ce jour-là, pourtant, l'agréable vibration habituelle ne se faisait pas sentir, lui laissant une sensation de vide intérieur. Rien d'autre ne pouvait résulter qu'un mal de crâne quand elle pensait à sa sœur – l'unique motivation de ce voyage solitaire. Tania l'effectuait deux fois par mois, l'occasion de soumettre son petit bijou de moteur aux aléas des virages serrés puis au velours de la longue ligne droite conduisant de Seattle à Gig Harbor.

Ce qui était chaque fois un crève-cœur.

Il aurait vraiment fallu qu'elle se résolve à venir plus souvent, à rendre visite à sa jeune sœur chaque week-end au lieu de tous les quinze jours. Dieu merci ! J.-J. comprenait les impératifs d'un métier exigeant. Elle se montrait toujours désireuse de l'entendre parler de son job et des chouettes projets sur lesquels elle travaillait.

Architecte paysagiste pour une firme prestigieuse, Tania avait des tonnes d'histoires à raconter : gestion de projet, problèmes de design et leurs solutions, clients parfois plus riches que sensés. Le sujet importait peu. J.-J. buvait chacune de ses paroles. Cela ne suffisait pourtant pas à la déculpabiliser. Les impératifs de son travail n'auraient pas dû passer en premier alors que sa sœur avait besoin d'elle. J.-J. n'avait personne d'autre. Elle était le seul lien qui la reliait à l'extérieur. Il ne pouvait donc être normal qu'il s'écoule tant de temps entre ses visites.

Mais elle avait beau faire, elle ne parvenait pas à suivre le rythme. La peur au ventre, elle ne pouvait se débarrasser de la crainte de mal faire. Peu importaient les encouragements qu'elle se donnait – et le nombre de listes qu'elle dressait –, il y avait toujours un imprévu pour venir tout foutre en l'air. Trop de balles lancées en même temps. Trop d'exigences chronophages. Trop de bonnes occasions de se planter.

Quant à ce jour-là – joie suprême ! –, il promettait d'être le pompon en la matière.

Elle était en retard – et c'était peu de le dire. Sa sœur devait être en train de l'attendre, de s'inquiéter, de craindre qu'elle ne vienne pas.

La gorge nouée était un classique aussi. Une autre balle prête à s'écraser, et c'était une couche de culpabilité supplémentaire à ajouter sur une pile qui avait déjà tout d'un mille-feuille. Encore un truc dont elle allait devoir s'excuser, car, bien sûr, tout était sa faute. Jamais elle n'aurait dû décrocher le téléphone alors qu'elle s'apprêtait à sortir. Première erreur. La seconde ? S'être montrée trop gentille en acceptant de répondre à une enquête sur ses habitudes de consommation. Tania grogna sourdement, secoua la tête et changea de vitesse pour grimper un virage en côte.

C'étaient sa nature fonceuse et son désir de rendre service qui étaient à blâmer dans l'affaire. Elle avait réellement besoin d'apprendre à dire « non », et de manière crédible.

Tant qu'elle y était, refuser de prendre un « non » pour argent comptant pouvait aussi s'avérer utile. Par exemple, dans ses rapports compliqués avec le Seattle Police Department, où l'on ne cessait pas de l'envoyer bouler. Peu importait qu'elle les harcèle – jouer la superpeste était rapidement devenu sa spécialité – pour leur demander de *faire quelque chose*, nul ne l'écoutait jamais. Quant aux inspecteurs en charge de l'affaire ?

De parfaits imbéciles.

Tania s'efforça de ravaler la boule qui lui bloquait la gorge. *Ah, merde ! Encore ?* Elle avait besoin de garder tous ses moyens. Pleurer ne l'aiderait en rien. Dieu savait que les grandes eaux n'avaient fait que lui compliquer la tâche toute la semaine, mais…

Elle cligna des yeux, se morigénant quand sa vision se troubla. Les larmes la défiaient, revenant sans cesse quand elle les chassait. D'un doigt, elle essuya délicatement sa paupière humide. Bien joué… Au temps pour son mascara, même si elle se fichait de son apparence pour l'heure. Ressembler à un raton laveur était bien le dernier de ses soucis.

Myst n'avait toujours pas réapparu.

Était-elle partie ? Avait-elle été kidnappée ? Était-elle morte ? Tania n'en savait rien. Sa meilleure amie pouvait se trouver à l'heure qu'il était entre les mains d'un tueur en série, ou pire encore, même si à la réflexion il était difficile d'imaginer pire que ça. Et que faisaient ces crétins de flics ?

Rien. Strictement rien !

Ils ne lui retournaient pas ses appels, en tout cas, ce qui était surprenant. Elle se disait qu'ils auraient pu au moins la rappeler, ne serait-ce que pour se débarrasser d'elle, puisqu'elle emplissait chaque jour leur boîte vocale de messages. Pourtant, ni Keen ni MacCord ne lui avaient répondu. Pire encore, elle soupçonnait ces deux inspecteurs d'avoir eux aussi disparu… Elle était bien placée pour le savoir, elle qui avait dû se résoudre à les harceler pour tenter de leur mettre la main dessus.

Jusqu'à présent, cela n'avait servi à rien : un gros zéro pointé sur le front de l'information. Ce qui avait tendance à actionner les mauvais poussoirs sur sa manette de console de jeux intérieure et à la mettre un peu plus dans le pétrin. À savoir sa décision de faire équipe avec une journaliste manipulatrice sans aucune fibre morale mais dotée d'une ambition démesurée. Ainsi s'était-elle retrouvée dans le rôle du témoin principal pour un reportage non encore diffusé sur l'incompétence de la police dans le cas des disparitions de femmes à Seattle.

Tania fit la grimace en y songeant. Ses doigts se crispèrent sur le volant. Ce n'était pas son moment de gloire mais, avec la vie de Myst en jeu, se résoudre aux coups bas pour mettre la pression sur les flics semblait sa meilleure option.

Repérant la sortie qu'elle devait prendre, Tania essuya une dernière larme et freina pour engager sa Mini sur la route d'accès. Bien vite, celle-ci déboucha sur un vaste parking.

Comme la pro qu'elle était devenue, elle remonta la première allée qui s'offrit à elle en cherchant une place disponible dans l'alignement de voitures. Le samedi était un jour d'affluence à la prison pour femmes de l'État de Washington, un créneau privilégié par les familles et les amis pour rendre visite à celles que l'on gardait bouclées derrière barreaux et barbelés. Le regard rivé sur les pare-chocs chromés et les pneus tout-terrain qui défilaient sous ses yeux, Tania dut patienter une minute avant de…

Des feux de recul venaient de s'allumer droit devant elle.

Dieu merci, en voilà un qui part tôt! Alors qu'il ne lui restait qu'une heure pour effectuer sa visite, elle ne pouvait perdre son temps à tourner dans le parking. À cette minute, J.-J. devait être en train de grimper aux murs, ce qui n'avait rien d'une image étant donné l'exiguïté des cellules à deux places.

Un sort pas très enviable, vraiment. Mais qui se rend coupable d'un crime doit s'attendre à croupir en prison en prime.

Sa sœur ne faisait pas exception.

Les cinq ans qu'elle avait déjà purgé, cependant, n'avaient pas rendu moins difficile la corvée des visites au parloir. J.-J. lui manquait un peu plus chaque jour. Son absence creusait un vide au centre de sa vie, à la place que devait occuper la famille. Et depuis que sa mère était morte d'un cancer…

Tania secoua la tête, refusant de se laisser aller sur ce terrain. La douleur de cette perte était encore trop cuisante. Même dans ses bons jours – difficile de considérer que celui-ci en était un –, elle était encore incapable de supporter ces douloureux souvenirs.

S'arrêtant au milieu de l'allée, elle actionna son clignotant et attendit que le partant ait manœuvré pour sortir. Le moteur de la Chevy V8 se mit à vrombir, mettant à mal la tranquillité du parking le temps que le conducteur s'éloigne.

Tania actionna ses pédales et investit la place laissée libre, ravie de la maniabilité de sa Mini. Rouge et rayée de blanc, sa fifille était un classique qui renvoyait à d'autres temps, sans assistance au stationnement, sans GPS et sans téléphone cellulaire intégré.

Cela lui convenait parfaitement. Elle n'avait pas besoin des derniers gadgets à la mode, juste d'un moteur performant et de kilomètres de route dégagés devant elle.

Une fois son bijou soigneusement garé, Tania tira le frein à main et saisit le grand fourre-tout posé sur le siège passager. Elle y jeta ses clés, le posa dans son giron et tira d'une main experte un élastique à cheveux d'une poche latérale. Puis, rassemblant ses mèches entre ses doigts, elle passa mentalement en revue son habituelle check-list. Queue-de-cheval ? OK. Portefeuille avec pièce d'identité et clés ? OK. Pas d'objets personnels et…

Oups ! Son iPad allait devoir dégager. Inutile de l'emporter et d'offrir au gardien Griggs – alias la Fouine – des munitions supplémentaires. Le maton mielleux était toujours de service le samedi – ô, joie, quelle chance ! – et ne ratait jamais une occasion de passer ses affaires au peigne fin.

Quant à risquer de se faire fouiller à corps par la Fouine… plutôt crever.

En grimaçant, Tania rangea son gadget favori dans le sac de sport posé sur le sol à l'arrière, entre une liasse de plans écornés et les dossiers de quelques clients. Bien, elle pouvait y aller. Aucun objet de contrebande, aucun effet trop personnel dans son sac. Elle était prête à affronter Griggs et son barrage d'insinuations salaces.

Après avoir inspiré à fond pour se donner du courage, Tania ouvrit sa portière et se glissa dehors. Au-dessus des voitures garées devant elle, les arbres agitaient contre le ciel obscurci leurs branches dégarnies. En regardant les séquoias dont une brise automnale faisait danser les silhouettes en ombres chinoises, elle saisit le sommet de la portière et, sans réfléchir, la claqua d'un…

— Ouch ! s'écria-t-elle, le souffle coupé.

Pourquoi avait-il fallu que son genou reste dans le passage ? La douleur irradiait le long de sa cuisse. Tania laissa tomber son sac. Tenant sa jambe à deux mains, elle entama une petite danse sur un pied en marmonnant :

— Oh, merde… merde… merde… merde… *merde !*

Dieu que ça faisait mal ! Après avoir frotté une dernière fois l'endroit endolori – sûr qu'elle aurait un bleu le lendemain –, elle referma rageusement sa voiture et ramassa son sac sur le macadam mouillé. Il était temps d'y aller. Sa sœur l'attendait mais, tandis qu'elle se pressait à travers le parking, une angoisse familière se fit jour en elle. Rendre visite à J.-J. lui faisait toujours le même effet… quelque chose comme un coup bas. Elle adorait sa sœur, mais elle détestait cet endroit. Elle n'aimait pas constater les ravages que la détention exerçait peu à peu sur elle. Elle haïssait les portes en acier, les barrières de barbelé, les corridors austères et fonctionnels. Mais, plus que tout encore, Tania détestait savoir qu'il n'y avait rien qu'elle puisse faire pour aider.

Aucun de ses efforts n'aurait pu remédier à ça.

Le cœur lourd, Tania gagna l'entrée du centre pénitentiaire à petites foulées. Flanqué d'un côté par un affreux mur vert, le double panneau vitré coulissant semblait anodin, pourtant, chaque fois qu'elle se retrouvait devant, elle se demandait la même chose. Comment l'accès principal d'une prison pouvait-il sembler si ordinaire ? Paraître semblable à tout autre bâtiment administratif ? Sembler aussi agréable que n'importe quel siège d'entreprise ? L'effet produit – le camouflage – avait un goût de sacrilège. Comme si les parterres de fleurs et de géraniums parfaitement entretenus et les buissons taillés soigneusement disposés n'avaient d'autre objet que de camoufler la véritable nature de l'endroit. Comme s'il s'agissait, par une plaisante apparence, de cacher la laideur de ce qui se passait jour et nuit derrière ces murs.

Après avoir gravi la dernière marche du perron, Tania ouvrit largement l'une des portes. Les gonds produisirent derrière elle leur habituel soupir chuintant tandis qu'elle traversait la petite entrée menant à un long corridor. Le claquement rapide de ses talons sur le carrelage se mêla au bourdonnement grave des néons du plafond.

Ici, le silence était roi. Ni brouhaha de voix indistinctes, ni tintamarre des grilles d'acier renforcé se refermant. Ce qui la changeait grandement. Habituellement, elle arrivait dans la cohue de la fin d'après-midi, avec la foule des visiteurs énervés et pressés d'être autorisés à rendre visite à leurs proches. Mais là… l'absence de bruit lui paraissait presque irréelle, et d'une certaine manière dangereuse. Le genre de calme qui, dans les films d'horreur, annonçait généralement le pire, quand le fou de service se décide enfin à surgir pour massacrer quelqu'un.

Tania frotta ses avant-bras sous ses paumes pour ne pas frissonner et pressa le pas. Ses semelles humides couinaient sur le carrelage, accentuant encore son malaise. Enfin, elle parvint au bout du couloir et déboucha dans…

— Ah ! Mme Solares… vous voilà enfin.

La voix provenait de l'autre bout de la pièce. Tania se figea. Serrant son sac entre ses doigts au point de faire blanchir ses jointures, elle vérifia le comptoir vitré situé directement face à l'entrée des visiteurs. Vide. Pas de Griggs à l'intérieur. La Fouine ne se trouvait pas à l'endroit habituel. Portant son regard sur la gauche, elle le découvrit enfin. *Ah, fait chier !* Libéré de la cage de verre du poste de commande, le gardien était allé s'installer dans la zone d'attente. Pire encore, l'équipier qui faisait habituellement équipe avec lui n'était pas là.

Super… Aucun tiers pour faire tampon entre eux et l'inciter à se tenir tranquille.

Arquant un sourcil, il jeta le magazine qu'il consultait sur une table basse. Le cuir de ses semelles crissant sur le sol, il contourna un double rang de chaises et se dirigea vers elle. Sans attendre qu'il la rejoigne, Tania gagna en droite ligne le comptoir principal.

— Vous êtes en retard, Solares…, constata-t-il. Qu'est-ce qui vous est arrivé ?

— Incident mécanique, répondit-elle dans un haussement d'épaules.

— Vraiment…

Son ton sarcastique prouvait qu'il ne croyait pas un mot de ce qu'elle lui disait. Il n'avait pas tort, puisqu'elle ne lui disait jamais la vérité, sur quoi que ce soit. La Fouine était un je-me-mêle-de-tout compulsif : il l'appelait chez elle, contactait son patron sous prétexte de compléter un permis de visite, fouillait dans son passé. Il avait ainsi découvert que le bon à rien qui avait servi de père à Tania les avait abandonnées, sa mère et elle, deux semaines avant son deuxième anniversaire. Il se servait naturellement de cette information pour la rabaisser chaque fois qu'il le pouvait, ravivant cette plaie toujours ouverte comme un sadique peut le faire avec un bâton pointu sur un animal acculé.

— Je pourrais vous donner un coup de main si vous…

— Ne vous en faites pas pour ça, l'interrompit-elle d'un ton si sucré qu'il aurait pu lui donner des caries. Rien que mon mécano habituel ne puisse réparer…

— Quel dommage !

Griggs crocheta ses pouces dans sa ceinture, attirant ainsi l'attention sur le holster du pistolet pendu à sa hanche.

— Pourquoi ne pas vous montrer gentille avec moi, Solares ? Histoire de procurer quelques petits avantages à votre sœur...

Tania sentit une brusque nausée lui soulever l'estomac. *Quel sale type visqueux...*

Ignorant la répugnance qu'il lui inspirait, elle s'arrêta devant le guichet. Les luminaires se reflétaient dans la paroi vitrée qui s'élevait du comptoir jusqu'au plafond. Elle garda les yeux fixés droit devant elle, mais du coin de l'œil elle surveilla Griggs, qui était venu se placer à côté d'elle. S'il risquait le moindre geste pour la toucher, elle...

D'un doigt joueur, la Fouine fit balancer sa queue-de-cheval dans son dos.

Tania fit un pas de côté – elle ne supportait pas de le sentir si proche d'elle – et alla se planter devant l'ouverture du guichet. La tête droite, elle soutint son regard un instant, avant de lui indiquer d'un coup d'œil la caméra murale de surveillance installée juste devant eux, de l'autre côté de la paroi vitrée.

— Souriez, lui conseilla-t-elle gentiment. Vous êtes filmé.

En le voyant regarder d'un œil maussade l'objectif, Tania réprima un cri de triomphe. Elle avait réussi à déjouer ses manœuvres ! Ils se trouvaient tous deux dans l'œil de la caméra. Un geste de travers, et les gardiens qui surveillaient les moniteurs ne pourraient qu'y assister.

— Vous êtes une petite futée..., murmura-t-il, de manière qu'elle seule puisse l'entendre.

Tania frémit en le sentant la frôler par-derrière pour pénétrer dans l'habitacle en verre. Il attendit d'avoir le dos tourné à la caméra pour lui lancer, le visage contracté par la colère :

— Nous verrons si vous le serez autant à la sortie. Je termine à 19 heures, *chérie*, et je n'ai rien d'autre à faire qu'attendre.

Jusqu'à ce que les visites soient terminées.

Il ne prit pas la peine de le préciser, mais Tania savait à quoi s'attendre. En passant des menaces voilées à une franche tentative d'intimidation, le salaud franchissait un nouveau palier. Mais ce qu'il pensait faire sur un parking surveillé en permanence par un système vidéo, elle l'ignorait. La suivre, peut-être ? Afin de découvrir où elle avait réservé pour la nuit ? Elle ne pouvait que lui souhaiter bonne chance… Tania conduisait avec une habileté diabolique, bien mieux que la plupart des conducteurs. Il n'y avait aucun risque qu'il la rattrape une fois qu'elle aurait atteint le ruban de bitume reliant le centre pénitentiaire à Gig Harbor. Au volant de sa fidèle Mini, elle aurait déjà disparu à l'horizon que cet imbécile en serait encore à faire démarrer son 4x4.

Dieu merci ! les moteurs aux performances poussées n'étaient pas faits pour les chiens. Oh ! comme elle l'aimait, sa parfaite petite mécanique…

Se raclant discrètement la gorge, elle préféra néanmoins mettre le holà à son amusement. Lui rire au nez ne pourrait que rendre Griggs plus méchant encore. Au risque de lui faire franchir un nouveau palier ? Pas vraiment une bonne idée…

Le pouvoir n'était-il pas tout ?

Et ici – entre les murs de cette prison –, c'était lui qui détenait toutes les apparences de la puissance et de l'autorité. Mais il aurait beau lui répéter mille fois encore que les chances d'une libération sur parole de sa sœur pourraient être améliorées si elle acceptait de se montrer « gentille » avec lui, Tania ne mangeait pas de ce pain-là. Pour commencer, J.-J. pourrait bien la tuer en découvrant le pot aux roses. Ensuite, elle n'avait pas pour habitude de coucher à droite à gauche, ni de faire le commerce de ses faveurs sexuelles.

Jamais.

Il ne lui restait plus à présent qu'à supporter le contrôle d'identité sans donner à Griggs un coup de pied dans les couilles pour lui faire apprécier ses belles chaussures neuves. Si elle cédait à son envie, ce serait à J.-J. d'en subir les conséquences. Tania ne pouvait s'y risquer, pas plus qu'elle ne baisserait les bras en laissant cette ordure de Fouine triompher.

Chapitre 3

Au goût d'Ivar, la nuit ne tomberait jamais assez vite. Il lui tardait de sortir du 28, Walton Street et de laisser derrière lui les espaces confinés du repaire des Razorback. Peut-être aussi parviendrait-il à semer les pensées qui s'entrechoquaient sous son crâne. Il avait besoin de sentir l'air glacé par l'hiver filer contre ses écailles. Il languissait de pouvoir se métamorphoser en dragon, d'étendre ses ailes, de planer au-dessus de la ville. De pouvoir traquer la femelle avant de perdre l'esprit.

Il se savait déjà dangereusement proche du précipice, bien loin de ses bases saines et sans aucun espoir de pouvoir les retrouver un jour.

Assis au bord de son lit, Ivar laissa retomber sa tête. Puis, posant la main sur sa nuque, il accentua le mouvement et supporta le désagrément qui en résultait. Il augmenta encore la pression, étirant ses muscles tendus au maximum, cherchant une distraction dans la douleur tandis qu'une souffrance d'un autre type lui tenaillait la poitrine. Tel un chirurgien jouant de l'écarteur entre ses côtes, le chagrin l'écartelait, investissait sa cavité thoracique, dévorait le peu qui restait de son cœur. Ivar ferma les yeux pour mieux combattre l'impensable peine que lui causait une perte inimaginable.

Du moins l'avait-elle été jusque… trois semaines plus tôt, quand ses guerriers étaient revenus lui annoncer la terrible nouvelle.

Lothair – son meilleur ami et son second – avait disparu. Mort. Tué par leurs ennemis.

À présent, le chagrin le terrassait et il ignorait comment gérer sa souffrance. Ivar n'avait jamais été très porté sur les sentiments d'amour fraternel. Une sentimentalité excessive, c'était bon pour les autres mâles – de plus faibles que lui, qui se laissaient piéger par l'attachement –, pas pour lui, jamais. La mort, après tout, était un phénomène plutôt habituel. Dans la guerre qui l'opposait aux Nightfury et aux autres dragons fidèles à la cause de ses ennemis, elle était aussi inévitable que la course du soleil dans le ciel.

Pourtant, perdre Lothair…

Bordel, ce que ça faisait mal ! Davantage qu'il l'aurait cru possible.

Les coudes plantés sur ses genoux, Ivar releva la tête et observa le mur situé face à lui. Alors que toutes les lumières étaient éteintes dans la pièce, l'alignement d'écrans plasma aurait dû se fondre dans le noir ambiant, mais tout lui apparaissait toujours avec la plus extrême précision. Même derrière les verres fumés de sa paire d'Oakley, sa vision nocturne demeurait d'une acuité parfaite. Il percevait chaque détail en très haute définition : la surface texturée du revêtement mural en jonc de mer, le grain fin du parquet en bois de bambou, le verre de cristal et la bouteille vide de Jim Beam posés sur le dessus en marbre du bar.

Écluser du JB ne l'avait pas aidé. L'alcool n'avait pas réussi à entamer sa douleur, pas plus qu'à lui apporter l'oubli auquel il aspirait. Il avait une croix à porter, et c'était la clarté en tout, dont il ne se défaisait jamais. Elle lui permettait de déterminer le meilleur choix, comme un joueur de poker abattant son jeu de manière logique, directe, précise. Son esprit discernait toujours tous les aspects d'un problème, ce qui rendait plus urgente encore la nécessité de mettre les bouts, d'aller chasser, d'appliquer le plan A afin de venger son ami.

Dommage que la lumière du jour le prive de son flux.

Les sourcils froncés, Ivar pinça l'arête de son nez entre le pouce et l'index et retira ses lunettes. Après avoir replié les branches jumelles, il les jeta entre ses cuisses. Cette paire était sa préférée, celle qu'il portait toujours sous sa forme humaine, mais toute chose était vouée à changer un jour. Il en avait marre de ces conneries. Marre de se mentir. Marre de s'excuser des défauts de son ADN… et des yeux aux pupilles roses qui étaient les siens depuis la naissance et qui l'avaient ridiculisé toute sa vie.

— Signe de faiblesse, avait décrété son géniteur.

Une couleur bonne pour les nouveau-nés et les petites filles, pas pour les guerriers.

Ah oui ? Conneries ! La couleur de ses yeux était bien ce qui le définissait le moins. Elle n'était pour rien dans ce qu'il était devenu : un mâle dominant, à la tête de la nation des Razorback. Et si l'on rajoutait son expertise scientifique… Merde ! que faisait-il encore à vivre dans le passé et à se cacher derrière des lunettes opaques ? Ses yeux roses de tapette ne signifiaient rien dans l'ordre des choses. Lothair s'était foutu de ses anomalies chromosomiques comme de sa première chemise, pourquoi aurait-il dû en aller autrement pour lui ?

En se mettant debout, Ivar envoya valser les Oakley. La paire de lunettes alla atterrir en cliquetant sur le parquet. Les yeux fixés sur la forme noire, il leva un pied et le laissa retomber sur elle, savourant les craquements qu'il produisit en l'écrasant avec soin sous son talon.

— Hé, boss ! lança une voix teintée d'accent allemand derrière la porte. Besoin de te parler…

D'un « clic » mental, Ivar déverrouilla et ouvrit. Les gonds bien huilés soupirèrent à peine. La lumière venue du couloir passa le seuil, illuminant les ténèbres. Les yeux plissés pour résister à l'éblouissement, Ivar inclina la tête sur le côté, invitant Denzeil à pénétrer dans son domaine.

— Qu'as-tu trouvé ? lui demanda-t-il.

Une lueur déterminée dans le regard, Denzeil passa le seuil et le rejoignit à grandes enjambées. Une chemise en kraft clair dans la main, il s'arrêta de l'autre côté du lit et annonça :

— La fille n'est pas chez elle.

— Où est-elle ?

— Il n'y a rien sur sa voiture. C'est un ancien modèle : pas de GPS à repérer.

— Mais ? s'enquit Ivar.

Il attendait la chute. Denzeil n'était pas stupide. Il n'irait pas se présenter devant lui – se plaçant ainsi dans sa ligne de mire – s'il n'avait pas d'informations à communiquer.

Un sourire retroussa les lèvres de son bras droit, mais son regard sombre demeura inexpressif : pas trace d'humour, aucune lueur de plaisir, et pour cause. Le meurtre de Lothair avait profondément affecté les Razorback. Personne ne rirait avant longtemps. Et si l'un des guerriers s'y risquait tout de même, Ivar se chargerait de lui en faire passer l'envie si violemment qu'il faudrait des semaines au malheureux pour récupérer de sa raclée.

— Sa carte de crédit a été utilisée dans un hôtel de Gig Harbor, répondit Denzeil.

Les sourcils froncés, Ivar s'étonna :

— Où est-ce ?

— À deux heures d'ici vers le sud, en quittant l'I-5 à Tacoma.

— Nous partirons après le coucher de soleil. Préviens les autres.

— Cinq sur cinq.

Avec un hochement de tête, le second lança le dossier sur le lit. Tandis que son contenu se répandait sur la couette, il ajouta :

— Une dernière chose, boss…

Pointant le menton, Ivar l'incita en silence à poursuivre.

— Rodin a appelé de Prague il y a une heure. Il voudrait…

— Eh merde ! l'interrompit Ivar.

Exactement ce dont il n'avait pas besoin : que Rodin, leader des Archguard, puisse se pointer.

Le père de Lothair était une calamité ambulante, et cela ne s'arrangeait pas avec le temps. Mais l'argent menait le monde, et Ivar ne pouvait l'éviter. Pas maintenant. Pas tant qu'il n'aurait pas reçu une nouvelle injection de cash. Le programme de reproduction et ses expérimentations sur les supervirus démarraient à peine. Sans compter que leur nouveau repaire n'était qu'à moitié achevé et nécessitait des travaux supplémentaires pour l'être tout à fait. Se ménager les bonnes grâces d'un protecteur généreux aux poches profondes restait donc la priorité numéro un.

Financement, soldats, tuyaux sur le climat politique dans les rangs du genre dragonin : il n'y avait qu'à demander, Rodin fournissait…

Dommage que l'influent mâle se révélait incapable de fermer son clapet. Cet aristocratique monsieur Je-Sais-Tout aimait qu'on le tienne au courant, ce qui s'avérait assez pénible, mais avoir dans sa manche un membre influent de l'Archguard – leader d'une des dynasties familiales qui dirigeaient leur espèce – était un atout pour les Razorback. Faire en sorte de le satisfaire restait donc une priorité.

Les amis puissants, après tout, faisaient d'excellents alliés.

Par conséquent, Ivar devait continuer à mentir pour laisser Rodin dans l'ignorance un peu plus longtemps. Bien sûr, il finirait par l'informer de la mort de Lothair… un jour ou l'autre. Mais pas avant qu'il ait fait payer celui qui était responsable de la mort de son ami. Cet enfoiré d'assassin était à lui, pas à un escadron de la mort aux ordres de Rodin.

Donc, étape numéro un… se faire oublier et rester hors de portée des radars de Rodin.

Étape deux ? Trouver Tania Solares.

Lothair l'avait traquée avant de mourir. Solares était-elle la dernière femelle de haute énergie dont il avait besoin pour mettre en œuvre la phase un du programme de reproduction ? Il n'en avait pas la moindre idée mais, après avoir jeté un coup d'œil sur sa photo, Ivar subodorait qu'il pourrait être des plus plaisant de chercher à le savoir. Donc…

Cela pouvait s'appeler faire d'une pierre deux coups.

En réussissant à la capturer – et en achevant ce que Lothair avait commencé –, il honorerait la mémoire de son ami, tout en jouant au plus malin avec l'ennemi. Une autre femelle manquante que les Nightfury devraient rechercher… Le fait que Denzeil avait découvert que Solares et la copine du commandant des Nightfury étaient les meilleures amies du monde ajoutait du piquant à l'affaire. De quoi rendre fous furieux une bande de dragons plus intéressés à protéger les humains que ceux de leur propre race. Ce double coup dur distrairait Bastian et sa bande de bâtards, qui mettraient tout en œuvre pour la retrouver.

Ce qui arrangerait bien Ivar.

Leur frénésie serait distrayante à observer. De loin, bien sûr. Il serait lui-même trop occupé à briser les résistances de sa nouvelle captive : jouer au chat et à la souris, la jeter dans une cage, jouer avec elle jusqu'à ce qu'elle crie grâce, le tout au nom de la vengeance. Et une fois qu'il aurait assez joué, il lui suffirait de la mettre au bout d'un hameçon et de l'agiter sous le nez des Nightfury pour les attirer dans un piège lorsqu'ils viendraient la sauver.

Annihilation inévitable.

Un mince sourire incurva les lèvres d'Ivar. Oui, le temps était vraiment venu pour lui de cesser de vivre dans le passé. Il y avait comme une odeur de Nightfury grillé dans son proche avenir…

Rodin et ses soûlants problèmes d'Archguard devraient attendre.

Chapitre 4

Les bonnes nouvelles se répandent vite, et les mauvaises plus vite encore. Fort heureusement pour J.-J., celle qu'elle venait de recevoir ne s'était pas répandue du tout. Tout était sous contrôle, blocus sur l'information, exactement ce qu'elle aimait. La dernière chose dont elle avait besoin, c'était que la rumeur se mette à courir tant qu'elle ne serait pas prête à partager l'info, et cela ne serait pas de sitôt.

Du moins, si elle persistait à vouloir jouer la carte de la discrétion.

Ce qui était le cas. Elle le souhaitait de tout son cœur.

D'abord, réfléchir au plan de bataille pour le combat à venir. Ensuite, seulement, se réjouir et célébrer la victoire.

Une stratégie à toute épreuve, mais uniquement si elle parvenait à garder le secret au royaume des fouille-merde et des teignes de cour de prison. Attirer l'attention des éléments les plus durs du bloc pénitentiaire n'était pas recommandé si elle tenait à rester en bonne santé. Elle devait donc agir vite, et commencer par mettre sa sœur au parfum était plutôt bien joué. Les secrets, comme la viande fraîche, se conservaient plutôt mal en prison.

Inspirant à fond pour se calmer, J.-J. la joua cool, son attitude ne différant en rien de l'ordinaire tandis qu'elle patientait à l'extérieur du dernier *check-point.* Des barreaux d'acier devant elle. Une série de portes closes derrière. Elle fit le vide pendant que le gardien vérifiait son registre. Ensuite, il alla décrocher une écritoire à pince du mur, décrocha le stylo fixé au sommet et inscrivit son nom sur la liste.

Un autre jour. La même histoire.

Contrôle pour rentrer. Contrôle pour sortir. La même vieille, vieille rengaine de mesures de sécurité que les gardiens suivaient à la lettre. Décompte de toutes les détenues avant l'extinction des feux chaque soir. Fouilles régulières des cellules pour contrecarrer la contrebande au sein de la prison. Trois promenades par jour. Et rien d'autre que la routine, jour après jour, mois après mois.

À cette minute, pourtant, J.-J. se fichait de n'avoir rien d'autre à faire qu'attendre et regarder de l'intérieur de la cage. Le double contrôle et la perte de temps qu'il impliquait ne l'ennuyait pas. Ce jour-là était jour de visite, et, pour la première fois depuis qu'elle était là, elle avait autre chose que son malheur et son désespoir à partager avec sa sœur.

J.-J. sourit discrètement. *De bonnes nouvelles!* De fantastiques, incroyables et secrètes nouvelles... Une sourde douleur se manifesta au centre de sa poitrine. La sensation ne lui était pas familière, ou, plus exactement, elle ne s'en souvenait plus. Pas étonnant, après quatre ans et demi de détention, qu'elle ait oublié à quoi l'espoir ressemblait.

— Jamison Jordan. Tu comptes poser un problème, aujourd'hui ?

La voix rauque, teintée d'un accent du Sud, souvenir de la Géorgie, provenait de l'autre côté des barreaux. Tirée de ses pensées, J.-J. battit des paupières et redressa la tête. Deux yeux sombres plongèrent au fond des siens. Le visage rond, la peau mate, le gardien avait un air sévère. N'importe qui d'un peu sensé aurait pris l'avertissement au sérieux. Pas elle. Tout au contraire, J.-J. lui sourit. La plus dure des carapaces protège parfois le plus tendre et sensible des organes. Dans le cas de l'officier Rally, c'était un cœur gros comme ça.

— Nan, pas aujourd'hui, Reggie…, répondit-elle, sans cacher l'amusement qu'il lui inspirait toujours. Je suis de bonne humeur.

Le regard pétillant, l'intéressé ricana brièvement. Ses clés cliquetèrent en rebondissant contre sa ceinture de service tandis qu'il approchait de la grille d'acier.

— Bon à savoir, mam'zelle. Fais en sorte qu'il en reste ainsi.

— N'est-ce pas toujours ce que je fais ?

— Ha ! Une boule d'emmerdements dans un tout petit emballage, voilà ce que tu es…, murmura-t-il pour la taquiner.

Dieu le bénisse, Reggie était un vrai bijou, le seul gardien qui se soit jamais soucié d'elle. Comme une figure paternelle qui lui avait toujours manqué, il l'avait encouragée à chaque étape de son périple, la poussant à travailler plus dur, à penser plus vite, à être meilleure. Plus astucieuse, aussi. Sans lui, jamais elle n'aurait obtenu son diplôme universitaire. Il avait fallu qu'elle aille en prison pour obtenir une éducation. L'ironie de la chose lui fit secouer la tête.

À bien y réfléchir, c'était complètement dingue.

Reggie décrocha son trousseau de clés de sa ceinture. Celles-ci tintèrent dans sa main quand il déverrouilla la porte et l'ouvrit toute grande. D'un geste, il l'invita à le rejoindre. Le frôlant au passage, elle s'exécuta et se retrouva de l'autre côté, à un virage à droite et soixante-trois pas de l'entrée du parloir. Elle avait pris l'habitude de les compter. Sans doute une manie née de l'ennui, avec l'aide enthousiaste de la banalité. Chacun de ces pas la rapprochait de Tania quand elle venait lui rendre visite.

Et, au cours de ces samedis-là, sa sœur devenait le centre de son univers.

L'impatience de se mettre en route la titilla. J.-J. la réprima et attendit sagement, suivant le protocole tandis que la grille se refermait à grand bruit et que Reggie la verrouillait de nouveau. Plus que quelques secondes, et la laisse lui serait ôtée… J.-J. se pencha pour risquer un coup d'œil, derrière le coude que formait le couloir, sur ce qui l'attendait au-delà.

Ouais. Rien que de très ordinaire dans un océan de normalité.

Les gardes qui flanquaient la porte du parloir – dos à la paroi vitrée, bras croisés, expressions de circonstance – ne leur prêtaient pas attention, ni à elle, ni à Reggie. *Excellent!* L'occasion qu'elle avait guettée de pouvoir lui dire deux mots.

Après avoir remis son trousseau en place, il la rejoignit.

— Comment va Helen? lui demanda-t-elle tout bas.

Ni l'un ni l'autre – à commencer par Reggie – n'avait envie que leur amitié s'ébruite. Ce genre de lien père-fille n'aurait pu que leur attirer des ennuis. C'était ainsi que le grabuge arrivait. Des détenues s'insurgeraient. Des accusations de favoritisme voleraient, même sans aucun fondement. Il était celui qui exigeait d'elle plus que des autres, qui la poussait toujours plus loin.

— Mieux, murmura-t-il en réponse. Le médecin dit qu'elle va s'en tirer sans séquelles.

J.-J. eut un sourire de soulagement. Dieu merci! il restait d'excellents docteurs. La dernière chose dont Reggie avait besoin, c'était de devoir enterrer sa femme bien-aimée.

— Bonne nouvelle! se réjouit-elle.

— Presque aussi bonne que la tienne…

J.-J. se figea et le scruta au fond des yeux tandis que la joie qu'elle avait éprouvée pour lui se muait en peur pour elle-même. Luttant pour repousser son accès de panique, elle inspira longuement et demanda:

— Qui d'autre est au courant?

— Le directeur, c'est tout, répondit-il d'un ton rassurant. Ne va pas te mettre dans tous tes états. Je ne dirai rien, et le grand chef a autre chose à faire qu'à venir te gâcher tes effets.

— Hé, Rally ! lança l'un des deux gardes en faction. C'est quoi, ce retard ? Elle vient, oui ou non ?

Jouant le jeu, Reggie attrapa J.-J. par le bras. Sa grosse main lui entoura le biceps et il se recomposa une expression sévère.

— Ne perds pas de temps, lui dit-il en l'entraînant doucement. Les visites sont presque terminées.

J.-J. acquiesça d'un hochement de tête et se laissa emmener. Ses semelles ne faisaient pas le moindre bruit sur le sol ciré, ce qui n'avait rien de surprenant. Elle se déplaçait toujours sans bruit. Le silence était son truc, une arme de choix en ce lieu ou la ramener par la parole ou par son attitude pouvait vous valoir des ennuis.

Raison de plus pour faire en sorte que son secret en reste un.

Les détenues ressemblaient à ces vautours qui décrivent des cercles dans le ciel tant que le moment n'était pas venu pour eux de frapper leur victime. Et, dès qu'elles avaient repéré une faiblesse, une attaque en règle s'ensuivait généralement. Mieux valait donc se fondre dans le décor. Se faire oublier restait en ce lieu la meilleure stratégie de survie.

L'un des deux gardes lui tint ouverte la porte donnant accès au parloir. J.-J. murmura un remerciement machinal et pénétra dans ce qui avait tout d'un chaos organisé. Elle resta immobile un instant à parcourir des yeux la petite foule rassemblée là, écoutant toutes ces voix de femmes qui se mêlaient à des voix d'hommes. Le bourdonnement symphonique des conversations allait cogner contre le plafond haut, puis rebondissait sur les murs de parpaings peints en blanc, sur lesquels des mises en garde – « non fumeur » et « surveillez votre langage » – avaient été inscrites au pochoir. Un mobilier à toute épreuve équipait la pièce : pieds de table rivés au sol en béton, sièges inconfortables soudés à des cadres d'acier, le tout strictement utilitaire, vieux, moche.

Curieusement, personne ne se plaignait jamais du manque de confort. Tout le monde s'en fichait. Le contact était tout ce qui importait : s'asseoir ensemble, parler, rattraper le temps perdu. L'occasion tant attendue par les détenues de renouer avec leur famille, les amants, les amis. J.-J. observa un instant toute cette animation inhabituelle – visages souriants, gestes fluides des mains, yeux brillants –, puis elle passa les tables en revue, à la recherche de sa sœur.

Elle repéra enfin Tania tout au fond de la pièce et laissa un irrépressible sourire de joie, venu du plus profond d'elle-même, illuminer son visage. C'était chaque fois pareil. Fidèle entre les fidèles, sa sœur ne manquait jamais de venir la voir. Elle lui en était si reconnaissante qu'elle devait ravaler ses larmes quand elle la découvrait, assise là à l'attendre. Elle ne s'impatientait pas, acceptait la réalité de sa situation sans broncher. Il y avait tant d'amour inconditionnel dans ses yeux que J.-J. se demandait parfois ce qu'elle avait fait pour le mériter.

Rien, elle le savait. En fait, c'était même tout le contraire.

J.-J. avait tué un homme avec un calibre 22 volé.

Cela comptait-il, si elle n'avait pas eu le choix ? S'il avait menacé de la tuer, et pas pour rigoler, mais pour mettre tout de suite son projet à exécution ? Non. Pas le moins du monde. Pour protéger Tania autant qu'elle-même, elle avait attiré son petit ami violent dans un piège, l'avait provoqué pour le forcer à l'attaquer, avant de le farcir de plomb. Dans ces conditions, non, J.-J. ne méritait pas vraiment les visites bimensuelles de sa sœur. L'accusation d'homicide volontaire assortie d'une peine de quinze ans de privation de liberté constituait le prix à payer. Mais, grâce à ce qu'elle avait fait, Tania était toujours en vie, et elle aussi.

En la voyant s'approcher, sa sœur l'accueillit d'un sourire mais ne se leva pas. C'était plus prudent. J.-J. aurait bien eu besoin d'un câlin – elle en rêvait, et Tania ne demandait sans doute pas mieux que de le lui faire –, mais aucun contact physique n'était permis. La seule fois qu'elles s'étaient risquées à transgresser cette règle primordiale, les gardiens lui en avaient fait voir de toutes les couleurs, la privant de ses avantages pendant tout un mois.

— Hé ! baby J.

En appui sur ses avant-bras posés sur la table éraflée, Tania se pencha vers elle et poursuivit :

— Quelles nouvelles du front ?

— Meilleures que les tiennes, j'imagine…

En se glissant sur le banc opposé, J.-J. avait sans peine noté la colère qui semblait infuser dans les yeux de sa sœur. Aïe… cela s'annonçait mal. Chaque fois que Tania était en rogne, un chaos cyclonique s'ensuivait, emportant tout sur son passage.

Tania fit la grimace et demanda :

— Ça se voit tant que ça, que j'ai les boules ?

— Avis de tempête, force dix.

Frottant doucement l'intérieur de son poignet, J.-J. sentit sous ses doigts le coin de la lettre qu'elle avait glissée sous la manche de sa chemise. Elle poussa un soupir de soulagement en constatant qu'elle était toujours là où elle l'avait mise, bien pliée et où elle avait besoin qu'elle se trouve.

— Quel est le problème ? s'enquit-elle. Griggs t'a encore fait des misères ?

— Cette petite fouine m'a obligée à enlever mes chaussures, expliqua Tania d'un ton presque meurtrier. Encore une fois !

— Sans blague !

— J'te jure… Je ne sais pas ce qu'il s'imagine que je cache là-dedans. Un cran d'arrêt ? En plus, il ne s'était pas privé de me faire passer au détecteur de métal avant !

— Il doit en pincer pour tes orteils. Je ne vois que ça.

Tania souffla bruyamment.

— Espèce de fétichiste dégueulasse ! gronda-t-elle. Un bon coup de pied...

— Bien placé !

— ... c'est tout ce qu'il me faudrait.

— Oublie les chaussures de marche, alors, conseilla J.-J. en souriant comme une idiote.

Elle n'y pouvait rien : Tania la faisait toujours rire.

— Investis dans une paire de chaussures de chantier, à coquilles d'acier...

Elles se mirent à rire toutes les deux en imaginant la scène. Le gardien qui patrouillait dans le secteur jeta un coup d'œil dans leur direction. Rien d'inhabituel à ça. Tania attirait toujours beaucoup l'attention. Les hommes adoraient la regarder. Et quand ses cheveux bruns repoussés en arrière dégageaient son visage et que ses yeux semés de paillettes brun clair pétillaient de malice, son coefficient de séduction doublait encore.

Non pas que sa sœur fût au courant. Bon sang ! elle paraissait même ignorer qu'elle était belle.

Bien sûr, Tania s'habillait pour en jeter – elle ne portait que le meilleur, et le dernier cri de la mode –, mais ce n'était de sa part qu'un mécanisme de défense. Cela avait davantage à voir avec leur histoire personnelle, avec le fait de n'avoir jamais eu assez et d'avoir eu faim chaque jour. Mais il y avait davantage encore. Ce que sa sœur ne voulait surtout pas, c'est que l'on puisse un jour la traiter de nouveau de minable. Ce que J.-J. pouvait comprendre, dans une certaine mesure du moins. Après la mort de leur mère, Tania avait tout fait pour la protéger, lui donnant sa part à manger, prenant deux jobs pour qu'elles gardent un toit au-dessus de leurs têtes et pour qu'elles aient des chaussures à leurs pieds.

À dix-huit ans, Tania s'était retrouvée plus intelligente – et plus responsable – que la plupart des gens du double de son âge.

La gorge serrée, J.-J. haussa les épaules pour faire passer ces douloureux souvenirs. Le passé était le passé. Elle ne pouvait rien y changer, pas plus qu'elle ne pouvait réparer ses erreurs. Mais à cette minute même, à cet endroit, elle ne devait penser qu'à l'espoir de lendemains meilleurs qui s'offrait à elle. Saurait-elle saisir cette seconde chance qui s'offrait à elle?

—Au fait…

Un œil sur le gardien, J.-J. attendit qu'il soit reparti dans la direction opposée après avoir pivoté sur ses talons. Quand il se fut suffisamment éloigné, elle tira la lettre pliée de sa manche et la cacha sous sa paume posée sur la table.

—Il y a du nouveau, annonça-t-elle en cherchant le regard de sa sœur, mais tu dois me promettre quelque chose.

—Quoi?

—Pas de réaction intempestive…

Repliant les bras devant elle, elle se pencha et murmura:

—Surtout, pas d'éclat de voix ni de sourire éclatant. Tu fais comme si de rien n'était. Personne ne doit savoir.

—Juré craché!

Après avoir longuement vidé l'air de ses poumons, J.-J. poussa vers sa sœur le carré de papier blanc plié en quatre, se délestant de son secret. Ses doigts avaient tremblé ce faisant, et ils tremblèrent de plus belle en se retirant. Tania escamota le billet et vérifia d'un coup d'œil que nul ne les observait avant d'en prendre connaissance.

—Oh, J.-J.! mon Dieu…

Fidèle à sa promesse, Tania n'avait pas élevé la voix. Mais, quand elle redressa la tête, ses yeux s'étaient embués.

—La réponse du bureau de libération sur parole, reprit-elle.

—Je sais…

Elle-même devait batailler ferme contre ses larmes. *Ne pleure pas! Bon Dieu! ne pleure pas!* Mais, tout en livrant cette bataille, elle sentait un espoir fou naître en elle, comprimant si fort sa poitrine qu'elle en perdait le souffle. À deux doigts de craquer, elle repoussa la vague d'émotion qui menaçait de la submerger.

— L'audience est pour dans un mois, expliqua-t-elle. Si tout se passe bien, je pourrais être…

— … libérée !

Les yeux rivés sur la lettre, qu'elle relisait sans cesse, Tania poursuivit d'une voix que l'émotion faisait trembler :

— Libérée sur parole ! Dieu merci…

Incapable de parler, J.-J. hocha la tête, aussi bouleversée que l'était sa sœur. La petite douleur se manifesta de nouveau. Levant la main, elle se frotta doucement la poitrine, au-dessus du cœur, luttant de toutes ses forces pour garder son calme, priant pour que Tania fasse de même. C'était peu de dire que cette possibilité d'une libération sur parole était inattendue. Elle était même si incroyable que maintenant encore, deux jours après avoir reçu la missive, J.-J. avait du mal à y croire. Peut-être y avait-il erreur, ne pouvait-elle s'empêcher de penser. Peut-être quelqu'un s'était-il trompé à un moment de la procédure, lui accordant ce qui aurait dû revenir à une autre.

Quelqu'un de meilleur. De plus méritant. De moins coupable. Quelqu'un de moins rongé qu'elle par le regret.

La feuille de papier tremblait entre les doigts de sa sœur. Ah, merde ! ce n'était pas bon signe. Si Tania craquait, elle craquerait aussi, et une petite crise de larmes en famille aux yeux de tous était bien la dernière chose dont elle avait besoin. Surtout au milieu d'une assemblée de détenues qui n'hésiteraient pas à faire de sa vie un enfer – voire à saboter ses chances de libération en dressant les gardiens contre elle – si la nouvelle venait à s'ébruiter.

La jalousie était une chose affreuse, en prison, où des « accidents » se produisaient tout le temps. De la drogue se retrouvait cachée dans vos affaires, et vous vous faisiez battre – ou pire encore : planter – pour bien moins que l'espoir d'une libération prochaine.

Il fallait donc que Tania tienne le coup. Il le fallait ! Sans quoi, J.-J. risquerait le pire quand elle aurait regagné sa cellule.

Chapitre 5

Mac grogna de satisfaction en cueillant Forge d'un uppercut au menton. La tête de son mentor fut projetée en arrière et il sentit la douleur irradier le long de son bras. Ses muscles protestaient, tétanisés par la fatigue, mais lui jubilait. Bon sang ! ce que c'était *bon* de le frapper ainsi… Le pied intégral, exactement ce dont il avait besoin pour se débarrasser de sa frustration. Un combat à la loyale, sans merci et sans une once de regret.

Et sans inquiétude non plus. Pas besoin de se refréner ou de retenir ses coups.

Ici, personne n'aurait à mourir ce soir.

Certes, la probabilité était forte qu'ils finiraient tous deux, ensanglantés et rompus, à l'infirmerie du repaire souterrain, mais Mac s'en fichait complètement. Les poings dressés, les yeux aux prunelles pourpres scintillant de colère, rendant coup pour coup, Forge se défendait magnifiquement. Quant à ses contre-attaques – *oh, baby, quelle détente !* –, elles le conduisaient au paradis. C'était si bon de se faire démolir le portrait par lui que Mac ne savait s'il devait riposter d'abord ou commencer par remercier Dieu.

Optant pour les deux à la fois, il crucifia son adversaire d'un nouveau direct. La chair frappa la chair, les os allèrent percuter les os. Forge jura tout bas en titubant de côté. Impitoyable, Mac lui décocha un coup de pied, qui l'atteignit dans les côtes. Un craquement se fit entendre, qui fit écho sous le haut plafond du gymnase. Chaque grognement, chaque obscénité proférée tout bas était pour les oreilles de Mac une musique divine, une douce berceuse qui apaisait son orgueil froissé. De brutal et intense, le combat se fit peu à peu moins engagé.

Sur la défensive, Mac tournait vers la gauche. Forge boitait vers la droite, luttant pour rester debout. *Pas trop tôt…* Bâti comme un tank, ce type pouvait encaisser pendant longtemps encore, mais l'affaire tournait au ridicule. Sa colère ayant fini par céder du terrain, Mac n'avait plus envie de se battre. Dommage qu'il n'ait pas pu s'arrêter. La fierté commandait de ne pas renoncer. La douleur cuisante de l'échec était encore trop fraîche. Il avait besoin d'une victoire – d'une seule ! – pour ne pas rester avec le sentiment d'échouer toujours en tout. Impossible, donc, de rendre les armes avant que Forge ait crié grâce.

Ce qui posait un problème majeur.

L'orgueil, apparemment, était le sentiment le mieux partagé. La preuve en était que Forge, bien que mal en point, ne paraissait pas le moins du monde décidé à s'avouer vaincu en se livrant à cette petite danse comique avec lui. Pire encore, ce mâle entêté ne s'était toujours pas rendu compte qu'il ne pouvait gagner contre lui. Du moins, sous sa forme humaine. Bien sûr, en tant que dragon, Forge était un véritable tueur. Mais pour ce qui était du combat à coups de poing et de pied, c'est Mac qui régnait en maître. Expert en arts martiaux, il s'était entraîné au combat au corps à corps de manière à infliger le maximum de dommages. En somme, s'il ne cédait pas pour le protéger, il serait obligé tôt ou tard de blesser Forge.

Les sourcils froncés, Mac recula d'un pas, laissant à son ami un peu d'espace pour respirer. En essuyant d'un revers de main le filet de sang qui coulait de son nez, il lui demanda :

— Tu as ton compte ?

— Va te faire mettre !

En grimaçant, Forge serra son bras replié contre son flanc. Avec un grognement sourd, il baissa la tête, mit un genou à terre, puis se laissa glisser sur le sol où il se roula en boule.

— Bordel ! lança-t-il, haletant. Mais c'était quoi, ce truc ?

— Kung-fu..., répondit Mac, laconique.

— Eh merde ! Où t'as appris ça ?

Renonçant à lutter, Forge se retourna sur le dos. Allongé de tout son long au milieu du terrain de basket, il contempla le plafond et poursuivit :

— Tu veux dire... comme ce putain de Bruce Lee ?

— Je m'y suis intéressé au cours d'une opération avec mon unité des SEALs.

L'adrénaline refluait dans son sang. La douleur prenait sa place. Soudain conscient de chaque coup que Forge lui avait porté, Mac grimaça et s'effondra en soufflant à côté de son ami.

— Je n'ai pas arrêté de m'entraîner depuis, ajouta-t-il.

Forge essuya la coupure qui soulignait son arcade sourcilière et contempla ses doigts tachés de sang. En grognant, il les essuya sur son tee-shirt.

— Faudra que tu m'apprennes, dit-il. Tout ce que tu m'as fait là. Et puis aussi... que tu m'apprennes à tirer.

— Tu aimes les armes à feu ?

Mac fit jouer longuement ses doigts et les examina, à la recherche de jointures éclatées. Une douleur se faisait sentir dans son avant-bras chaque fois qu'il serrait le poing.

— Je n'en ai jamais eu, répondit Forge. Mais j'ai toujours voulu apprendre.

— Marché conclu.

Étant donné qu'il venait presque de le réduire en bouillie, il ne pouvait pas faire moins. Et même si cela devait faire de lui un pervers... il lui tardait de remettre ça. Apprendre à son mentor les bases du combat rapproché lui donnerait toutes les occasions nécessaires pour lui allonger quelques bonnes droites. Maintenant qu'il avait brûlé l'excès d'énergie qui lui pourrissait la vie, ses muscles se détendaient dans une relaxation quasi parfaite.

C'était le paradis.

À présent, tout ce qui lui manquait, c'était de piquer une tête. Dommage que l'on n'ait pas prévu de piscine à Black Diamond – du moins pour le moment.

Daimler – l'homme à tout faire des Nightfury – préparait quelque chose avec une firme réputée d'aménagement paysager. Mac brûlait d'envie de mettre la main sur les plans. Le plus tôt serait le mieux, mais il s'exerçait à la patience... et s'efforçait de ne pas trop penser à la société que Daimler avait choisie. Ce qui n'avait rien d'évident. Surtout en sachant qu'y travaillait Tania Solares, bombe sexy hors du commun et meilleure amie de la copine de Bastian. Il était donc facile de voir le rapport et de comprendre pourquoi cette société avait été choisie, mais... bordel ! il était tout aussi facile de comprendre pourquoi il avait du mal à dormir. Il ne cessait pas de songer à elle. *Elle* contaminait la moindre pensée qui lui passait par le crâne.

Ce qui ne lui convenait pas du tout.

Il ne l'avait rencontrée qu'une fois – et lui avait à peine parlé – mais, dès le moment où il avait aperçu Tania dans les locaux du SPD...

« Boum ! » la raison avait perdu la partie et le désir avait pris le contrôle de son être.

En soupirant, Mac se remit debout. Il était temps de penser à autre chose, sous peine d'avoir droit à une nouvelle petite fixette sur la femme qui avait investi ses rêves.

— Tu viens ? demanda-t-il à Forge.

— Il le faut vraiment ? répondit celui-ci en grimaçant.

— Pauvre bébé…

— Va te faire foutre !

Efficace, même si moins poétique…

— Allez, mec ! un peu de courage. Tu veux vraiment que Daimler vienne nous botter les fesses parce que nous avons laissé refroidir son repas ?

Cette menace suffit à le décider. Comme tous les Nightfury, Forge n'aurait pour rien au monde voulu mécontenter Daimler. Le Numbai en imposait vraiment. Quiconque s'attirait ses mauvaises grâces pouvait se retrouver illico mis au ban et négligé.

— Tu sais, grommela-t-il en se relevant, je te revaudrai ça. Attends un peu l'entraînement de ce soir. Sous forme de dragon, tu feras moins le malin…

Mac fit bon usage de son index et répliqua :

— Tapette !

— Novice ! contra son mentor, les yeux brillants, un sourire sur ses lèvres fendues. Tu sais très bien que…

— Qu'est-ce que vous faites là, les deux rigolos ? l'interrompit une voix grondante à l'entrée du gymnase.

— Merde… de la compagnie, grommela Forge en adressant un regard de reproche à Mac.

Qui l'avait bien cherché. L'aurait-il écouté qu'ils auraient déjà été là-haut, à honorer Daimler de leur présence, sans aucun bobo.

— On jouait à planter la queue sur l'âne ! lança Mac d'une voix pleine de sarcasme en se tournant vers l'entrée.

Campé sur le seuil de la salle de gym, Rikar laissait son pâle regard passer de l'un à l'autre.

— Lequel de vous deux faisait le cul ?

— Lui ! répondirent-ils tous deux simultanément.

Un sourire fugitif passa sur les lèvres de Rikar.

— Qui a gagné ? s'enquit-il.

— Moi, assura Mac.

En grimaçant, Forge se frotta le genou et protesta :

— Cet enfoiré a triché. Il maîtrise le kung-fu.

Le sourire du second s'élargit et s'attarda sur ses lèvres.

— Pratique…, commenta-t-il.

— Seulement si ce n'est pas toi qu'il réduit en purée, maugréa Forge.

Mac secoua la tête d'un air peiné, mais il se sentit décoller et son cœur déborda soudain de gratitude pour ces deux types. Il savait parfaitement ce qu'ils étaient en train de faire. Chacune de leurs paroles ne visait qu'à le regonfler un peu, histoire de bien lui montrer qu'en dépit de tout il avait de la valeur à leurs yeux et qu'ils lui faisaient confiance. Ils lui signifiaient ainsi qu'ils ne doutaient pas que, tôt ou tard, il serait dans le coup et maîtriserait la magie, qu'il ne ferait plus qu'un avec la moitié de dragon qui était en lui, qu'il serait membre à part entière des Nightfury.

Tout ce dont il avait besoin, c'était d'avoir la foi.

Mac réprima un grognement sarcastique. *Croire, c'est ça…* Comme si c'était si simple. La foi n'avait jamais été trop son truc. Il était un actif, pas un croyant. Rester bien tranquille en priant que tout finisse par s'arranger un jour ? Y penser suffisait à lui donner la nausée.

Ramassant un tee-shirt pour aller avec son Levi's délavé, Mac traversa la salle, résigné à l'inévitable. Il pouvait toujours finasser avec Forge – en lui disant d'aller se faire voir et de le laisser seul –, mais pas avec le second. Rikar n'était pas du genre à lui passer ça.

Et lui n'était pas du genre à s'en satisfaire.

Ce mec lui avait tout simplement sauvé la vie, en le trouvant avant que son ADN de dragon s'exprime et que le changement s'enclenche. Non pas que Mac se souvienne de quoi que ce soit. Le plus gros de ce qui s'était passé ce jour-là demeurait un mystère pour lui, mais il gardait un souvenir clair de Rikar. Il lui semblait entendre encore sa voix dans sa tête, sentir sa présence quand il avait communiqué avec lui par l'échange de pensées. Il l'avait soutenu mentalement au plus fort de la douleur, et il avait gardé stables ses niveaux d'énergie durant ces sept heures de pur enfer.

Ce genre d'expérience n'était pas à prendre à la légère dans le monde des dragons.

Elle forgeait un lien solide, une sorte de relation père-fils qui transcendait les contingences sociales et générationnelles, mettant de côté toutes les différences pour lier deux mâles ensemble. Rien de plus normal, donc, s'il avait pour Rikar un respect enraciné au plus profond de lui-même. Mac voulait qu'il soit fier de lui. Il tenait à se prouver à lui-même et à prouver aux autres que la foi que le second plaçait en lui n'était pas usurpée.

— Tout le monde nous attend ? demanda-t-il en le rejoignant près de la porte.

— Ouais. Daimler est sous pression. Le dîner refroidit.

De ses yeux pâles, Rikar scruta le visage de Mac avec une inquiétude manifeste.

Il préféra l'ignorer, refusant de reconnaître sa propre inquiétude ou de la faire partager au second. Parler de ce genre de truc n'aidait jamais. Agir pour en sortir restait la seule conduite à tenir.

Au bout d'un instant, Rikar s'inclina, respectant son silence.

— Tu te sens mieux ? demanda-t-il en observant sa pommette endolorie.

— Infiniment mieux.

Mac fit jouer ses poings, appréciant les douleurs résiduelles qui en résultaient, puis il ajouta :

— Je devrais lui donner sa raclée tous les jours.

— Ce n'est pas moi qui t'en empêcherai.

— Petits malins…, commenta Forge d'un air détaché. Dire que maintenant je dois me contenter de branleurs dans votre genre comme frères d'armes !

L'amusement fit pétiller les yeux d'un bleu de glace de Rikar. Mac sourit à son tour. Il appréciait le sens de l'humour tordu de Forge. Il fallait faire avec le jargon écossais pour y goûter, mais cela valait le coup. Nul n'arrivait mieux que son mentor à le dérider. Et il ne devait pas y en avoir beaucoup qui auraient accepté, comme lui, de se faire corriger pour la bonne cause.

Il ne s'était pas senti aussi bien depuis des jours…

Pour lui prouver sa reconnaissance, Mac assena une tape sur l'épaule de l'Écossais. Et quand celui-ci le remercia d'un hochement de tête, il préféra couper court aux effusions et s'engager dans le couloir, ou le mot « silence » prenait tout son sens. Sous le bourdonnement incessant des néons du gymnase, celui-ci n'était pas complet. On ne s'en apercevait qu'une fois sorti, quand il ne restait plus dans l'environnement immédiat aucune source de bruit. Même le sol de béton ciré se mettait de la partie, étouffant chacun de ses pas tandis qu'il remontait un plan incliné menant aux cabines d'ascenseurs. Semblables à des rails, les bandes de lampes halogènes incluses dans le sol formaient un « V » en éclaboussant de leur lumière les murs jusqu'au plafond haut.

Une impression de noble ancienneté émanait de l'ensemble.

Taillé dans un granit des plus solides, le sous-sol du repaire des Nightfury sentait l'histoire et les temps anciens. Était-il vieux d'un siècle ? d'un millénaire ? Mac n'en savait rien, et les autres pas plus que lui. Personne n'en parlait jamais, et en vérité tout le monde s'en fichait. La sécurité importait bien plus que l'intérêt historique. Tant que Black Diamond demeurait sûr – c'est-à-dire inconnu des humains aussi bien que des Razorback –, nul n'en avait rien à foutre de savoir le pourquoi et le comment de sa construction.

Une fois parvenu sous le plafond voûté du hall, Mac fit halte devant les cabines d'ascenseurs et tendit le bras pour en appeler un. Une seconde avant que son doigt entre en contact avec la touche, il se figea, tenaillé par la curiosité, les yeux fixés sur le bouton d'appel.

Un petit pas à la fois…

Forge n'avait cessé de lui rabâcher l'importance des « petites choses » durant toute la semaine. Il lui recommandait de suivre des séquences d'apprentissage, de respecter son pouvoir en ne le brusquant pas. Mac vida tout l'air de ses poumons et prit une résolution. Sans doute le temps était-il venu de se sortir la tête du cul et de commencer à écouter, d'accepter le tutorat de son mentor au lieu de l'ignorer pour n'en faire qu'à sa tête.

Cela ressemblait à l'ébauche d'un plan. Rien de tel que l'instant présent pour s'efforcer d'effectuer un petit pas à la fois.

Mac laissa retomber sa main. Fermant les yeux, il se retira en lui et chercha à se reconnecter au flux qu'il avait brièvement contacté dans le gymnase. Du courant d'énergie jaillit un flot d'étincelles. Sans hésiter, il plongea dans la fournaise, attisant les braises et faisant jaillir la flamme. Patiemment, il entretint cette boule de puissance magique au plus profond de lui, la cajola pour mieux s'en saisir, puis la lança avec sa requête, comme on lance un coup de dés. Son cœur se mit à battre plus fort tandis que le sort opérait, dans un craquement sec d'électricité statique qui fusa de lui. Un bruit de machinerie qui se met en branle se fit entendre. L'ascenseur lui avait obéi… Un sourire de satisfaction et de soulagement flotta sur ses lèvres. La cabine fit entendre son « ping » annonciateur une seconde avant que ses portes d'acier coulissent devant lui.

Mac sentit les larmes lui monter aux yeux. *Enfin!* Il l'avait senti… Il ne lui avait pas fallu lutter pour s'accrocher ou garder le contrôle. Il s'était connecté à son dragon, non pas à moitié mais tout entier! Pour combattre l'émotion qui menaçait d'avoir le dessus sur lui, il inspira et expira à fond. Avec une application née de l'habitude, il répéta la technique respiratoire, exorcisant ainsi le stress et se reprenant peu à peu.

Il sentit bientôt une main pesante se poser sur sa nuque et la serrer doucement.

Mac jeta un coup d'œil par-dessus son épaule et vit Rikar lui manifester son approbation d'un hochement de tête. Ce geste lui alla droit au cœur. Bon sang de Dieu, que c'était bon! L'afflux de puissance magique dans ses veines autant que la fierté qu'il avait lue dans les yeux du second – sans oublier l'espoir que cela faisait naître en lui.

S'arrêtant à côté de lui, Forge lui donna un coup d'épaule. En soutenant son regard, Mac le remercia d'un signe de tête de la patience dont il avait fait preuve à son égard au cours du mois qui venait de s'écouler.

— De rien, murmura Forge en passant près de lui pour grimper dans la cabine. À présent, assez rigolé. J'ai les crocs!

L'estomac de Mac émit un grondement, ce qui n'était pas bon signe. En tant que dragon émergent, il avait besoin de faire le plein souvent. Daimler n'allait pas être heureux de ne pas l'avoir vu de la journée. Le Numbai était aux petits soins avec les Nightfury, travaillant dur pour les nourrir convenablement afin de les maintenir en pleine santé. Mais, depuis l'arrivée de Mac à Black Diamond, il avait focalisé son attention sur lui, ravi à la perspective de lui offrir le régime hypercalorique dont son corps avait besoin pour endurer les changements à venir et les nouvelles facultés que chacun d'eux lui conférait.

Ce qui était une bonne chose. Mac ignorait ce qu'il aurait bien pu faire sans lui… et son démoniaque gâteau au chocolat à trois étages.

Il rejoignit ses deux camarades dans la cabine en ayant déjà l'eau à la bouche. L'ascension se fit en moins d'une minute et tout en douceur. Sans faire de bruit, les portes s'ouvrirent sur le niveau supérieur du repaire. Tournant à droite, Mac remonta à toute allure le corridor en direction de la cuisine.

Des portes anciennes en parfait état, régulièrement espacées, jalonnaient telles des sentinelles chacun des deux murs. Entre elles, au-dessus du lambrissage, des tableaux étaient accrochés, égayant les murs blancs d'éclats de couleurs vives. Les signatures de Monet, Renoir, Van Gogh donnaient à l'endroit l'allure d'une galerie d'art davantage que d'une habitation privée. D'un point A du repaire à un point B, la balade valait le coup d'œil… De quoi rendre jaloux bien des conservateurs de musée et connaisseurs d'art à travers le monde.

Mac, lui, n'y connaissait rien, mais…

Waouh ! la concentration de tant de chefs-d'œuvre avait quelque chose d'émouvant, et même d'apaisant. Il n'avait jamais vu des paysages du XIXe siècle voisiner si harmonieusement avec de modernes compositions géométriques et des dessins au fusain. L'équilibre et l'effet produit par cette collection n'avaient rien à voir avec les posters graphiques qui constituaient l'essentiel de la décoration du *Sarah-Jane*, le yacht de quatorze mètres qui lui avait servi de foyer ces cinq dernières années.

Ce qui n'était plus le cas désormais.

Mac s'était entièrement extirpé du monde des hommes. Plus de service des homicides au SPD. Plus la peine de lutter contre les méchants autrement qu'armé de putain d'écailles, de griffes et de crocs, et des ressources nécessaires pour s'en servir.

Et, si surprenant que cela puisse paraître, il était entièrement partant pour cette nouvelle vie. Surtout s'il devait la mener en compagnie d'une bande de types qui pensaient et agissaient comme lui. Mais ce qui demeurait l'accessoire ultime de sa nouvelle existence, c'était sans conteste Daimler. Ce Numbai faisait atteindre de nouveaux sommets à l'art culinaire.

L'estomac de Mac gronda de plus belle. Il accéléra encore l'allure. L'odeur du rôti de bœuf et du pain frais l'attiraient vers la cuisine, tel un fumet ensorcelé qui l'aurait mené par le bout du nez et…

Il s'arrêta net au seuil de la pièce. *Oh, non ! Encore ?*

Mac secoua la tête, luttant pour ne pas éclater de rire. Cela ne manquait jamais. Il fallait toujours qu'il débarque quand Bastian se trouvait en mode Don Juan. Cela devenait embarrassant… Non pas que cela ait pu gêner son commandant, qui était quelque peu occupé. Debout à l'extrémité de l'îlot central de la cuisine, les bras refermés autour de Myst qui lui tournait le dos, Bastian laissait ses mains courir sur sa fiancée tandis que celle-ci tentait de couper du pain. « Tentait » n'avait rien d'une exagération car les tranches, tantôt épaisses, tantôt trop fines, prouvaient la difficulté à laquelle elle se heurtait.

— Mais vas-tu arrêter ! s'insurgea-t-elle, à mi-chemin entre le rire et l'exaspération.

Jouant des épaules, Myst tenta de se faire un peu de place et de repousser son compagnon. Loin de l'intimider, sa tentative le rendit plus entreprenant encore. La faisant tressaillir, il entreprit de la bécoter dans le cou.

— Seigneur ! reprit-elle, tu es une vraie calamité… Oh ! salut, Mac…

Mac soutint son regard et lui rendit son salut d'un hochement de tête.

Bastian redressa la sienne. Ses yeux verts s'illuminèrent en le découvrant, puis se réduisirent à deux minces fentes, dressant l'inventaire, cataloguant ses blessures, faisant des hypothèses. Cela n'avait rien de surprenant, étant donné qu'il ne manquait jamais grand-chose, mais Mac se serait bien passé de la revue de détails. Il avait l'impression d'avoir de nouveau quinze ans, quand il avait été surpris, sous les gradins du stade, avec la *cheerleader* le chevauchant, ses jambes refermées autour de ses hanches. D'une certaine manière, un souvenir glorieux, mais plus tant que ça quand le principal lui avait soufflé dans les bronches. Pourtant, même s'il n'aimait pas cela, c'était bien l'effet que lui faisait le commandant des Nightfury.

Il espérait que cela s'arrangerait quand il connaîtrait Bastian un peu mieux. Peut-être. Peut-être pas. Quoi qu'il en soit, ce regard inquisiteur suffit à le mettre dans ses petits souliers. Résistant à l'envie de cacher ses mains abîmées derrière son dos, il avança entre les placards de la cuisine et l'îlot central. Il avait toujours été du genre à foncer droit dans les ennuis plutôt que de chercher à les éviter.

Ralentissant l'allure, il s'arrêta à côté du couple. Appuyé de la hanche contre le rebord en marbre, il ne put s'empêcher de tendre le bras pour piquer un bout de pain sur la planche à découper en bois de bambou. *Oh, Seigneur! il est encore chaud*... Bien épais, bien tendre, à peine sorti du four et... délicieux.

En enfournant la moitié de la tartine, il soutint le regard de Bastian, qui patientait sans rien dire, attendant qu'il se décide.

Mac soupira. L'instant présent, rien de tel pour se lancer...

— Une petite... euh... mésaventure au gymnase, confia-t-il.

— Ben voyons, répondit Bastian du ton de celui à qui on ne la fait pas. À part le visage amoché, pas d'autre bobo?

— Mon poing, répondit-il.

Forge, qui venait de surgir, passa un bras autour des épaules de Mac et lui saisit le poignet pour permettre à leur commandant une meilleure inspection de sa main blessée. Les halogènes du plafond inondèrent les jointures éclatées d'un flot de lumière crue qui fit ressortir cruellement chaque blessure.

— Tu comptes aussi lui montrer tes côtes froissées ?

Un flot d'air glacé dans son sillage, Rikar venait d'apparaître. Partout où il allait, la température chutait de manière dramatique. Rien de plus normal pour un dragon de glace. Mac ne voyait pas comment Angela – sa meilleure amie et ex-partenaire à la division des homicides du SPD, désormais la compagne de Rikar – faisait pour supporter ça. Comment réussissaient-ils, tous les deux, à ne pas se transformer en un énorme glaçon bicéphale ? Prodiges de la magie, probablement. Mais, sans aucun doute aussi, mystères de l'amour toujours…

Le visage de marbre, Rikar tendit le bras et s'empara de sa propre part de paradis en tranches. Après y avoir goûté et s'être dûment extasié, il annonça :

— Forge va boiter un peu pendant quelque temps.

Relâchant Mac, l'intéressé alla se planter de l'autre côté du comptoir et expliqua, en boxant le vide de ses poings :

— L'explication tient en un mot : kung-fu.

— Ça fait deux mots, mon pote.

— Qui t'a demandé de la ramener, Glaçon ?

Mac se mit à rire en entendant Rikar servir à Forge son amabilité favorite, qui tenait en deux mots : *« fuck »* et *« off »*.

Souriant à son tour, Bastian libéra Myst après l'avoir gentiment serrée une dernière fois contre lui. Pas folle, celle-ci en profita pour échapper à M. Mains-Baladeuses, emportant avec elle la planche à découper, le pain et le couteau, direction la salle à manger. Après l'avoir regardée s'éloigner, leur commandant les observa tour à tour et demanda :

— Vous avez réglé vos comptes ?

En faisant rouler son épaule endolorie, Mac hocha la tête.

— Ça m'en a tout l'air, dit-il.

— Vaudrait mieux, commenta Bastian en se dirigeant à son tour vers la salle à manger. À présent, allons dîner avant que Daimler pète un câble.

Cela paraissait s'imposer. Surtout si cela impliquait de pouvoir goûter encore à ce délicieux pain fait maison.

Mac emboîta le pas à son commandant dans le passage conduisant à ce qui tenait lieu de café Nightfury. En franchissant le seuil, il jeta un coup d'œil aux portes vitrées donnant sur le patio. Sous l'effet d'un sort magique, chaque carreau scintillait telle une surface d'eau noire venant lécher les petits bois de la menuiserie. Ainsi, ce n'était pas seulement la vue sur le jardin qui se retrouvait oblitérée, mais aussi et surtout la débauche de lumière orangée du soleil couchant.

Ce qui était réellement bien dommage. Mac adorait regarder le soleil sombrer à l'horizon, mais cela ne lui était plus possible. À moins de vouloir finir aveugle et carbonisé… dans cet ordre.

Les dragons ne supportaient pas la lumière du soleil. Leurs yeux étaient trop sensibles à la lumière, d'où la nécessité d'obturer les vitres grâce à la magie. Le rôle de ce masquage était capital : il les protégeait des UV durant le jour et s'éclaircissait le soir pour laisser pénétrer la lumière de la lune dans la partie en surface du repaire. Mais, là où s'arrêtait la lumière du jour, celle des bougies prenait le relais. Leur lueur dorée faisait étinceler une série de plats couverts de cloches sur la longue table et sur la desserte antique, ainsi que les assiettes en porcelaine et les verres en cristal, semblables à des joyaux.

Un véritable paradis pour un mâle affamé.

Et Mac n'était pas seul dans ce cas. Wick et Venom avaient déjà pris place à table, comme de coutume côte à côte, le bras du second posé sur le dossier de chaise du premier. Wick émit un vague grognement en guise de salut. Mac lui répondit d'un hochement de tête et soutint un instant le feu de ses yeux dorés. Quant à Venom, il fit comme à son habitude et préféra l'ignorer. C'était cela ou finir par se colleter avec cet enfoiré plus têtu qu'un âne.

Il sentit néanmoins sur lui ses yeux couleur rubis qui ne le quittaient pas tandis qu'il gagnait le côté opposé de la table.

— Pas trop tôt, la bleusaille ! lança Venom, méprisant.

— La ferme, tête de nœud, répliqua-t-il, résigné au clash.

Venom, tel un serpent à sonnette aux crocs acérés suintants de poison, s'en prenait toujours violemment à lui. Il n'avait aucune confiance en lui et ne lui causait que pour l'agresser. Jusqu'à un certain point, Mac pouvait le comprendre. Nouveau venu dans l'équipe, il n'avait pas encore fait ses preuves. Cela faisait de lui un élément imprévisible et une source de danger potentielle pour les guerriers que Venom, ce possessif fils de pute, considérait de son devoir de protéger.

— Me voilà, ajouta-t-il. Alors va te faire mettre !

Venom se dressa à demi sur sa chaise. Wick l'attrapa par l'avant-bras, l'empêchant de se lever.

— Yo, Sloan ! s'écria Bastian. Déconnecte-toi, mec. C'est l'heure de manger.

— Une seconde, répondit l'intéressé d'une voix distraite.

Aïe… Mac connaissait ce ton-là, et c'était généralement mauvais signe. Lorsque Sloan, leur petit génie du clavier, hacker des bases de données les plus impénétrables, l'employait, il fallait s'attendre à des emmerdes. Changeant de direction, il rejoignit le living-room. Les pieds de chaises des jumeaux d'enfer raclèrent le parquet quand ils se levèrent pour l'imiter, et, quand il passa devant la cheminée massive séparant les deux pièces, Bastian suivit le mouvement lui aussi.

Assis sur le dossier d'un divan, les pieds sur l'assise, un MacBook posé sur ses cuisses, Sloan leva les yeux en voyant toute l'équipe entrer dans la pièce. Son crâne rasé mettait à l'honneur la couleur moka de sa peau. Il fixa son regard sombre et intense sur Mac avant d'affirmer :

— Nous avons un problème.

— Nous ?

Pour avoir un aperçu de ce qui défilait sur son écran, Mac contourna l'extrémité du sofa et ajouta :

— Ou moi ?

— Les deux.

Les yeux plissés, Rikar ordonna :

— Balance ça sur l'écran.

Ses doigts volant sur le clavier, Sloan accéda à distance au cyber-réseau du repaire. Une seconde plus tard, le grand écran mural au plasma s'illumina. Quelques suites de touches encore sur le clavier et… Clarissa Newton, présentatrice du journal télévisé de 18 heures et emmerdeuse patentée, apparut à l'image, dénonçant la corruption au sein de la police et – joie suprême ! – s'interrogeant sur la soudaine disparition de Mac.

— Nom de Dieu ! murmura-t-il.

— L'espèce de garce ! renchérit son ex-partenaire.

Ses yeux noisette fixés sur l'écran, Angela vint se glisser contre Rikar, qui passa un bras autour de sa taille.

— Jamais pu la supporter, précisa-t-elle en grimaçant.

Comme d'habitude, Angela mettait dans le mille. « Garce » qualifiait parfaitement la journaliste poudrée qui n'avait cessé de leur causer des problèmes dans les dossiers qu'ils avaient traités pour le SPD. Et voilà qu'elle recommençait, mettant son nez là où il n'aurait jamais dû se fourrer, ternissant sa réputation en portant des accusations contre lui.

Lui, le plus pur, le moins corruptible de tous les flics qui aient jamais travaillé dans cette ville !

Mac fit jouer ses mains, desserra ses mâchoires et fit de son mieux pour se détendre. Inutile de se mettre dans tous ses états pour une réputation qui ne signifiait plus rien. La belle affaire… Les humains et leurs présomptions idiotes, il n'en avait plus rien à cirer. Cependant, un merdier restait un merdier, et celui-ci devait être nettoyé avant que cette enquêtrice approche de trop près la vérité. En se tournant vers Bastian, il annonça :

— Il faut qu'on trouve Newton et…

Un bruit de verre brisé s'éparpillant sur le sol l'interrompit.

— Oh, non !

Une main couvrant sa bouche, un pichet brisé à ses pieds, Myst regardait fixement la télé. Mac reporta son attention sur l'écran et… son cœur se mit à battre comme un malade. Tétanisé par ce qu'il découvrait, il se figea, statufié sur place, le souffle bloqué dans sa poitrine.

Bordel de Dieu… elle ! La fille de ses rêves, magnifiée par la haute définition, donnait une interview à cette poufiasse de journaliste.

— Tania, dit-il dans un grondement sourd, plus animal qu'humain.

Rien d'étonnant à cela. La part de dragon en lui s'éveillait, ses instincts reprenant le dessus avec le désir qui le poussait vers elle. Plus il s'approchait de l'écran, plus celui-ci se faisait violent.

Mienne…

Ce mot, possessif, primitif et vertigineux, faisait écho dans son esprit. Le désespoir finissait d'enfoncer le clou et de le livrer pieds et poings liés aux griffes du désir. Il lutta pour garder une certaine distance émotionnelle, pour s'en tenir à cet exil qu'il s'était imposé toute sa vie afin d'éviter les affres et la douleur inévitable de la trahison, mais il ne le pouvait plus. Le fait d'avoir Tania sous les yeux rendait tout détachement impossible.

— Bastian…, murmura Myst, le visage très pâle, la peur se lisant dans ses yeux violets. Si nous pouvons regarder ça, alors les Razorback le peuvent aussi. Si Ivar met la main sur elle, il… Oh, mon Dieu ! il va… Il faut que tu la trouves avant lui.

Une rapide volte-face, et Bastian la rejoignit en deux grandes enjambées. Après avoir refermé ses bras autour d'elle, il la serra fort contre lui.

— D'accord, ma belle…, répondit-il. Ne t'inquiète pas, je vais la retrouver.

Nichant sa joue au sommet du crâne de Myst, il crucifia Sloan de ses yeux verts étincelants et demanda :

— Combien de temps ?

— Le soleil se couche dans une heure.

Cette précision suffit à mettre Mac en mouvement. Arrachant son regard du visage de Tania, il lança d'une voix grondante :

— Je viens avec vous.

Rikar jura sourdement.

Bastian secoua la tête et protesta :

— Mac…

— Personne d'autre que moi ne la touchera !

Il foudroya son commandant du regard, le mettant au défi de le contredire. Il aurait eu tort de s'y essayer. L'homme avait beau être costaud, il n'irait pas bien loin.

— Si l'un de vous s'approche d'elle, précisa-t-il, je lui… arrache la tête !

Rien à discuter… Il se fichait du protocole et de la chaîne de commandement. De même, le pourquoi et le comment de la réaction que lui inspirait Tania importaient peu. Elle lui appartenait. Il la protégerait coûte que coûte. Fin de l'histoire.

Tandis que les prisonnières s'en allaient en file indienne, Tania adressa un geste d'au revoir à sa sœur. La lumière des plafonniers arracha un reflet à ses longs cheveux aile de corbeau quand celle-ci hocha la tête pour lui retourner son salut. L'amour qu'elle lui portait n'empêchait pas un soupçon d'envie. Elle aimait sa sœur de tout son cœur, là n'était pas la question, mais elle lui avait toujours envié sa chevelure lisse et lustrée. Le plus étonnant étant encore que J.-J. rêvait quant à elle d'avoir un jour sa tignasse de mèches ondulées…

Étrange, pas vrai, de toujours vouloir ce qu'on ne peut avoir ?

Ce jour-là, pourtant, Tania n'avait en rien envie de le changer. Elle se sentait reconnaissante pour la première fois depuis… Elle ne pouvait s'en souvenir. Depuis toujours, peut-être. Cela pouvait ressembler à une exagération, mais ce n'en était pas une – pas après tout ce que J.-J. et elle avaient dû souffrir ensemble. À présent, dans la lumière déclinante du jour qui s'achevait, un brillant espoir avait fini par apparaître. C'était enfin quelque chose de bien qui leur tombait dessus, ou qui frappait à leur porte, ou… L'analogie importait peu, en fait.

La lettre soigneusement glissée dans la poche arrière de son jean était tout ce qui comptait tandis qu'elle regardait sa sœur sortir du parloir. Elle signifiait tout et bien plus encore. J.-J. regagnait sa cellule, redevenait un matricule soigneusement imprimé sur la couverture d'un dossier de prison.

Enfin… plus tout à fait maintenant. *Libération sur parole !* Ces doux mots résonnaient sous son crâne. *Libération…*

Tania palpa une fois encore la poche arrière de son jean. La lettre s'y trouvait toujours, bien au chaud, en sécurité, à l'abri des indiscrètes et des yeux fureteurs. Dommage pour J.-J. À sa place, elle aurait préféré la garder, pour la relire encore et encore, tôt le matin, tard le soir, entre les repas et les sorties dans la cour de prison, jusqu'à ce que le choc s'atténue et que le contenu finisse par ressembler à une réelle possibilité plus qu'à un doux rêve.

Mais ce n'était pas elle qui avait à craindre pour sa sécurité. Sa sœur pensait qu'il valait mieux pour elle ne pas garder le document et elle n'avait pas cherché à discuter. Cela n'aurait servi qu'à perdre un temps qu'elles n'avaient pas pour le moment.

Fonçant vers la porte, Tania sortit en trombe du parloir. Il lui fallait récupérer son portable et passer un appel aussi vite que possible. Avant que ne surviennent les véritables ennuis. Avant que le pire n'arrive. Avant que cette stupide interview ne soit diffusée sur Channel 5, ruinant les chances de J.-J.

L'inquiétude la rongeait. Le cœur battant à tout rompre, elle franchit le seuil de la salle d'attente en toute hâte. Puis, passant sans s'excuser devant une femme affligée d'une permanence affreuse qui la foudroya du regard, elle fonça vers le comptoir vitré. En échange du jeton de consigne plastifié qu'elle lui remit, le gardien lui rendit en faisant grise mine son sac à main surdimensionné. La monstruosité alla rebondir contre sa cuisse quand elle le récupéra, compromettant un instant son équilibre. En se dirigeant vers la sortie, Tania soupira longuement. Devenir plus raisonnable sur le front des accessoires semblait une bonne idée. De même que se montrer en matière de mode plus portée sur l'aspect pratique et moins… excentrique, faute d'un meilleur qualificatif.

Après avoir balancé le sac Versace sur son épaule, Tania rebroussa chemin et gagna la sortie au pas de course. Il lui fallait passer ce coup de fil à l'extérieur. En prison, les murs ont des oreilles… Plus elle s'éloignerait des gardiens, mieux ce serait.

Ses talons claquant en rythme sur le carrelage du corridor, elle ouvrit son sac et partit à la recherche de son iPhone. Joindre la journaliste devenait sa priorité. Une mission vitale à plus d'un titre, le moindre n'étant pas de faire en sorte de ne pas mécontenter le SPD. Emmerder une bande de flics, après tout, n'était pas la meilleure idée qui soit.

Tania secoua la tête en se demandant ce qui lui avait pris. En fait… elle le savait parfaitement et la question était rhétorique. Elle connaissait tout du pourquoi et du comment. Myst était toujours quelque part, seule, probablement effrayée, et elle avait besoin d'aide. Le genre d'aide que seul le SPD pouvait lui apporter. Mais, d'une manière ou d'un autre, tout était allé de travers. Le plan génial pour venir en aide à sa meilleure amie se retournait contre sa sœur. J.-J. ne pouvait se permettre d'attirer de nouveau l'attention de la police après avoir tué le jeune frère d'un des meilleurs éléments du SPD.

La suite n'était guère difficile à deviner.

Grand frère flic ne manquerait pas de se montrer à l'audience de libération sur parole s'il en avait connaissance. Trouduc patenté, ce type se fichait pas mal que son frère ait pu être un dealer harceleur et violent n'ayant rien de mieux à faire que de s'en prendre à la sœur de Tania. Tout comme il se fichait que J.-J. puisse être une chouette personne qui s'était retrouvée dans de sales draps et avait pris la mauvaise décision. Les liens du sang devaient consister pour ce crétin à bousiller les chances de J.-J. juste pour le plaisir.

Après avoir fouillé son sac pour la deuxième fois, Tania fronça les sourcils. Où diable ce foutu téléphone avait-il pu passer ? Elle aurait juré qu'elle l'avait empoché avant de…

— Ah, merde ! s'exclama-t-elle en s'immobilisant.

Plantée au beau milieu du corridor, Tania renversa la tête en arrière, ferma les yeux et fulmina à mi-voix :

— Tu n'es qu'une idiote ! Une putain de schizo !

Pensant qu'elle pouvait se servir de la ligne fixe, elle avait mis son iPhone à recharger puis l'avait oublié. Sur le comptoir de la cuisine. Encore une fois. Cela devait lui arriver au moins une fois par semaine. Mais, cette fois, elle ne pouvait se permettre de faire demi-tour et de retourner le chercher. Deux heures de route rien que pour pouvoir passer un appel ? On pouvait rêver mieux en guise de brillante stratégie…

Avec un soupir, Tania referma son sac et gagna la sortie. Ses pas gagnèrent en assurance tandis qu'elle révisait son plan. Un iPhone oublié n'était pas la fin du monde. Elle avait beau ne pas avoir son répertoire sous la main à l'instant même, l'iPad laissé dans sa voiture allait y suppléer. Elle espérait seulement qu'elle l'avait synchronisé dernièrement… Autrement, elle n'aurait pas le numéro de la journaliste ni ses coordonnées.

Le métal froid de la poignée glaça la paume de Tania quand elle repoussa la porte vitrée. En entendant le tonnerre gronder dans les hauteurs, elle fronça les sourcils. Étrange… Un autre orage, plus violent encore que celui qui l'avait suivi durant tout le trajet jusqu'à Gig Harbor. Elle leva les yeux et tressaillit au premier éclair qui jaillit d'un plafond bas de nuages noirs. La première goutte de pluie vint s'écraser sur le béton des marches devant elle. Pas une seconde à perdre… Ignorant les parfaits parterres de fleurs, elle descendit rapidement le perron.

Alors qu'elle se trouvait au milieu du parking, le moteur d'un gros véhicule se mit en route. Aussitôt après, le double faisceau perçant de phares haut perchés s'alluma devant elle. Un léger frisson d'appréhension lui remonta l'échine. Tania l'ignora et, tête baissée, elle inclina le buste pour résister aux bourrasques du vent d'automne.

Elle avait absolument besoin de mettre la main sur son iPad et de rejoindre son hôtel, où elle pourrait appeler depuis sa chambre. Plus vite elle aurait rejoint Gig Harbor et réussi à joindre la journaliste, plus elle serait assurée de la sécurité de sa sœur.

Chapitre 6

Un juron se fit entendre dans la cage d'escalier derrière Mac, ce qui ne le fit ni ralentir ni regarder par-dessus son épaule. Ses jambes et tout son corps restaient engagés dans sa descente aussi rapide que possible dans les entrailles de Black Diamond. Il fallait absolument qu'il atteigne la zone d'atterrissage le premier, avant que Rikar puisse lui mettre le grappin dessus pour le consigner au repaire toute la nuit.

Pour négocier un virage sur un palier, il empoigna la main courante en acier. Ses muscles raides protestèrent. La douleur fusa dans son bras et explosa dans sa poitrine. Les semelles de ses chaussures de combat glissèrent sur le sol, le propulsant dans la volée de marches suivante. Le bruit de ses pas se mêlait à ceux, assourdis, des guerriers qui lui donnaient la chasse.

Dès qu'il eut négocié un autre virage, Mac s'envola pour sauter au bas de la volée de marches. Le souffle de sa course siffla à ses oreilles. Il atterrit dans un bruit sourd et une secousse de tous ses os. Ses pieds glissèrent sur le béton ciré du sol.

Deux étages derrière lui et cherchant en vain à le rattraper, Rikar le couvrait d'insultes mais Mac s'en fichait. Le second pouvait aller se faire foutre, de même que la troupe de tueurs qu'il entraînait dans son sillage.

Au diable le protocole ! Au diable son statut de débutant et le fait qu'il n'était pas encore capable de se masquer. Tania était seule, quelque part à l'extérieur, vulnérable, une proie facile pour Ivar et les Razorback. Dans ces conditions, jamais il ne pourrait rester à l'abri, au repaire, à se tourner les pouces, pendant que les autres Nightfury partiraient à sa recherche. Il le pouvait d'autant moins qu'il pouvait la trouver plus rapidement qu'eux.

— Putain de merde!

Le grondement chargé d'exaspération de Bastian lui parvint aux oreilles. *Super...* Exactement ce dont il n'avait pas besoin : que le commandant des Nightfury se mêle à la curée et lui tombe dessus pour avoir désobéi à un ordre direct. Mac serra les dents. À n'en pas douter, dès l'instant où Bastian l'aurait rattrapé, il serait bon pour une sacrée branlée. Son seul atout était de ne pas se faire pincer. Tenir bon et jouer les fantômes – hors du repaire et en vol – avant que les autres aient pu le rejoindre.

Rikar brailla à son tour :

— Mac... attends une seconde!

La voix du second fit écho dans l'espace clos, rebondissant sur les murs de pierre et le béton ciré. Mac jeta un coup d'œil par-dessus son épaule. Merde! ça ne sentait pas bon. Rikar rattrapait son retard, entraînant les autres guerriers dans son sillage, tous plus déterminés les uns que les autres à lui tomber dessus.

Bon sang! il aurait sans doute mieux fait de capituler, de parlementer avec Rikar pour qu'il le laisse partir, au lieu d'essayer de jouer les filles de l'air. Mais, loin de ralentir, Mac accéléra encore l'allure. Il ne pouvait prendre aucun risque. Si qui que ce soit d'autre que lui posait la main sur Tania – un autre membre de la meute, un Razorback –, il se sentait prêt à... péter un câble.

Ce qui constituerait encore un beau gâchis.

Se montrer possessif et défendre jalousement son territoire n'était pas dans ses habitudes. Habituellement, il évitait l'engagement et les tracas qui en découlaient. Pourtant, il ne pouvait ignorer l'attirance qui le poussait à rejoindre Tania, certain qu'il était de sa responsabilité de le faire. Il avait un besoin impérieux de veiller à la sécurité de la jeune femme, et cette obsession se doublait d'une étrange sensation. Comme un « bip » insistant sur l'écran d'un radar, sa bioénergie se signalait à lui, l'attirait vers elle. Il la sentait battre dans ses veines avec son sang, et c'était elle qui le poussait à renoncer à son habituelle nonchalance et à abandonner ses principes.

Adieu les scrupules, bonjour la dinguerie !

Le cœur battant à tout rompre, Mac secoua la tête, s'efforçant d'y voir plus clair. Il dévala trois par trois une autre volée de marches. Ses dents s'entrechoquèrent quand il sauta sur le palier suivant. Plus bas, plus bas, toujours plus bas… Les semelles de ses rangers faisaient un raffut d'enfer. Peut-être, s'il parvenait à secouer suffisamment ses neurones, parviendrait-il à reprendre ses esprits ?

Sa réaction – le besoin pressant de protéger Tania – n'avait aucun sens. Seuls les dragons déjà liés à leur compagne se conduisaient ainsi. Il le savait grâce à l'entraînement de base, qui ne se contentait pas d'améliorer les performances physiques au combat. Forge attendait également de lui qu'il plonge le nez dans les livres. Mac ne s'en était pas privé, désireux qu'il était d'en apprendre le plus possible sur le genre dragonin et la magie. Il savait donc exactement comment un mâle réagissait – et agissait – quand la fusion énergétique s'emparait de lui. Bon sang ! il en avait même deux exemples vivants sous les yeux à Black Diamond.

Le commandant et son second incarnaient l'un et l'autre le mâle amoureux dans toute sa splendeur : protecteur, aimant, prévenant à vous en donner envie de gerber. Et voilà qu'à présent lui aussi semblait s'être enlisé dans le même merdier. Comment expliquer autrement son désespoir, ou le fait qu'il était capable de la *sentir* ?

Sauf que...

Mac fronça les sourcils. Comment une telle chose était-elle possible ? La fusion énergétique ne se produisait pas par hasard. L'appariement émotionnel était difficile à obtenir. Il était même si rare que le secret s'en était perdu au fil du temps, jusqu'à ce que Bastien le redécouvre avec l'élue de son cœur. À présent, Rikar et Angela eux aussi en profitaient. Ce qui était formidable de bien des manières, la moindre d'entre elles n'étant pas que Mac pouvait ainsi garder Ange – sa sœur de choix et non de sang – dans sa vie. Mais le parfait amour que filait son ex-partenaire avec son mec n'expliquait en rien sa propre réaction vis-à-vis de Tania. La fusion énergétique requérait un certain nombre de conditions. La première, l'acceptation pleine et entière de la part de dragon notoirement capricieuse que chacun d'eux portait en lui. La seconde, un contact physique. Un mâle devait être proche de sa femelle d'élection, si proche que les épidermes se rencontraient et que la passion naissait, tandis qu'à travers elle il puisait pour se nourrir dans le Méridien, ce courant électrostatique qui gardait les siens en bonne santé.

Telle était la théorie. Le problème était que Mac n'avait jamais touché Tania, ne s'était jamais trouvé suffisamment proche d'elle pour l'embrasser, et encore moins pour lui faire l'amour.

Ce qui était bien dommage, parce que ce n'était pas faute d'y avoir pensé, et même beaucoup... Et dans ses rêves ? Oh, misère ! rien de politiquement correct... Des songes brûlants et moites si satisfaisants que les scènes où il s'imaginait intimement uni à Tania lui semblaient réelles – des souvenirs bien plus que des fantaisies érotiques. Seigneur ! parfois, il aurait juré avoir effectivement goûté à son corps, éprouvé sous ses doigts la douceur de sa peau, s'être enivré de son parfum tandis qu'elle murmurait son nom en suppliant de lui donner plus encore.

Mac sentit le désir flamber en lui.

Alors que celui-ci se faisait impérieux, il repoussa la porte menant au repaire souterrain. Le panneau d'acier renforcé alla percuter le mur avant de rebondir. Évitant le choc en retour, Mac s'élança, laissant les autres Nightfury derrière lui. Les gars ne semblaient pas décidés à lui laisser une seconde de répit. Alors qu'il remontait en courant le large corridor, les bruits rythmés de leurs pas précipités se firent entendre.

Des spots lumineux encastrés dans le sol de béton le guidaient, drapant de lumière les parois taillées dans le roc. Il passa en trombe devant l'entrée du labo informatique de Sloan. Dieu merci ! celui-ci était vide. Il n'avait vraiment pas besoin de le voir surgir et lui barrer le chemin. Leur petit génie des claviers était assez futé pour atteindre le sous-sol avant tous les autres, grâce à des raccourcis utilisés par lui seul pour rejoindre le centre de communication dans lequel il dormait la plupart du temps. Sur sa droite, Mac passa ensuite devant la clinique du repaire. À travers les portes vitrées coulissantes, il eut un aperçu de l'endroit immaculé, que garnissaient un matériel dernier cri et des meubles d'acier brossé. Là non plus il n'y avait personne.

La voie était libre. Il y était presque. Plus qu'un long couloir à franchir avant d'arriver au portail magique donnant accès à la zone d'atterrissage. Le timing était parfait. Son sixième sens sonnait l'alerte en lui : le soleil était sur le point de se coucher. Dans moins d'une minute, la nuit se ferait, entourant Seattle d'un cocon de ténèbres. Aussitôt après, il se métamorphoserait et quitterait Black Diamond, direction le sud où Tania l'attendait, en espérant de tout cœur la rejoindre à temps.

Avant qu'elle se fasse repérer par les Razorback et qu'Ivar décide de se mêler de la partie.

Dans l'antichambre de son laboratoire, Ivar observait à travers un miroir sans tain les humains agoniser. Il but une gorgée de son Jimmy Beam, faisant s'entrechoquer les glaçons dans son verre, puis il secoua la tête. Ces satanés humains n'étaient vraiment bons à rien. Ils ne faisaient jamais ce qu'on attendait d'eux, et, les surprises, il n'aimait pas ça.

Ivar aimait les résultats quantifiables. Diagrammes et tableaux de données étaient davantage à son goût que la poignée de rien du tout qu'il venait d'obtenir.

Dégoûté de lui-même, Ivar soupira. Il avait besoin de se reprendre, et sérieusement. Sans quoi, les échecs finiraient par l'atteindre personnellement, l'incitant à tout laisser tomber au lieu de persévérer jusqu'à découvrir l'arme biologique adéquate – baptisée « projet Supervirus »...

Les sourcils froncés, il fit tourner les glaçons dans son verre. Les cubes de glace, reflétant la lumière, firent naître un prisme coloré à la surface du cristal taillé. Le phénomène le relaxa, et, tandis que sa tension baissait, il se raisonna, s'accrochant à la raison. La science n'était pas parfaite. L'expérimentation et les résultats de toute étude contrôlée connaissaient des hauts et des bas, jamais une progression continue. Après des années passées à faire de la recherche, il aurait pourtant dû être habitué à ces montagnes russes.

— Patience..., murmura-t-il pour lui-même.

Il avala une autre gorgée de JB et ajouta :

— S'adapter, ajuster. Faire mieux la fois suivante.

Sa devise. Pourtant, pour une raison qui lui échappait, elle l'énervait aujourd'hui plus qu'elle ne le calmait. *Foutus humains !* La plaie de son existence. Pourquoi ne pouvaient-ils pas mourir de manière prévisible ? Aucun test scientifique, aucun ajustement des doses injectées ne parvenait à aplanir les difficultés. De quelque manière qu'il s'y prenne avec ses sujets d'expérience, ceux-ci le surprenaient sans cesse. Leur système immunitaire, en combattant les superbugs – ces bactéries résistantes aux antibiotiques issues de la bio-ingénierie – réagissait d'étrange manière.

De vrais rebelles. Un véritable cauchemar biologique. Comment était-il censé travailler efficacement avec ces trouducs ?

Il avait besoin de parvenir à un ratio de mortalité bien précis, la bonne combinaison entre les facteurs temps et infection avant de lâcher un groupe de sujets infestés dans le monde pour contaminer la race entière. Un génocide sans l'inconvénient de la violence. Le meilleur moyen de préserver les dragons des désastres écologiques qui l'attendaient tandis que la planète mourait à petit feu et que les humains empoisonnaient toujours plus son atmosphère, contaminaient le sol et les réserves d'eau qui nourrissaient toute vie.

Simple, net, efficace : tel était le plan dont il avait besoin.

Dommage que le parfait cocktail viral continuait de lui échapper.

Ivar jura tout bas et vida le reste de son verre. Il en était réduit à les regarder mourir trop vite, ce qui le mettait à cran. Il en avait vraiment plus que marre de la stupidité humaine. Un nouvel ouragan venait de ravager la moitié de la côte Est, et les tornades sévissaient toujours dans le Midwest. Et ces cloportes trouvaient ça normal ? Juste une coïncidence ? Une autre série de phénomènes météorologiques désastreux sans cause ni effet ?

Il allait se charger de montrer à ces idiots qu'ils se trompaient.

La cause n'était autre qu'*eux-mêmes* – tous autant qu'ils étaient –, et l'effet, les dommages continuels qu'ils infligeaient à la planète. Il fallait y mettre un terme, de manière radicale, avant que le point de non-retour ne soit atteint et que la restauration écologique devienne impossible.

En grondant sourdement, Ivar s'abîma dans la contemplation du miroir sans tain. De l'autre côté, six mâles humains étaient à l'agonie, ne respirant qu'à peine, soumis à une injection constante de poison, polluant la chambre étanche dans laquelle il les avait enfermés. Des traces de doigts sanglantes maculaient le sol carrelé là où l'un d'eux s'extirpait de sous un comptoir. Celui-là paraissait mort mais Ivar savait qu'il ne l'était pas. Il voyait encore sa poitrine se soulever en rythme avec sa respiration tandis qu'un flot de mucus et de sang coulait de son nez sur le carrelage.

Ivar se serait presque senti désolé pour lui. Presque, mais pas tout à fait.

La souffrance faisait partie intégrante du processus. Il avait besoin de voir, mesurer, cataloguer les symptômes, évaluer la demi-vie de ses superbugs. De quelle manière, autrement, aurait-il pu savoir comment ses petits chéris allaient réagir et se diffuser parmi les humains ? Mais, tout comme le premier virus, celui-ci – officiellement baptisé Baby n° 2 – était une bombe qui tuait trop rapidement ses victimes. Il ne prospérait pas assez longtemps dans ses hôtes humains pour que ceux-ci puissent en contaminer suffisamment d'autres et infliger le maximum de dégâts.

Se détournant de la fenêtre, Ivar traversa l'antichambre. Le mur de moniteurs luisait dans la semi-pénombre. En réponse à une commande mentale, une explosion de couleurs éclaboussa les écrans, signalant dans un bourdonnement diffus la mise en route de l'ordinateur et des équipements connectés. Ce bruit le mit de bonne humeur. Il *adorait* le laboratoire de son nouveau repaire : à la pointe de la technologie, efficace et… mortel – sa combinaison préférée.

Ivar posa son verre vide sur un comptoir et laissa ses doigts voler sur un clavier pour y entrer son mot de passe. Inutile de tergiverser. Il était plus que temps de gazer ces cloportes afin d'abréger leurs souffrances et de faire de la place pour un nouveau contingent. Pourtant, nettoyer la chambre étanche et y introduire de nouveaux cobayes devrait attendre.

La nuit était en train de tomber.

Un fourmillement sur sa nuque lui signalait qu'il ne restait qu'une dizaine de minutes, peut-être un quart d'heure, avant le coucher du soleil qui les délivrerait, lui et ses guerriers, de leur claustration. Ivar avait hâte de retrouver ses ennemis, hâte de pouvoir se venger. Denzeil s'était occupé de tout. Il n'aurait pas à traquer la petite femelle à travers tout Seattle pour mettre en place son piège et…

— Hé, patron !

Ah ! quand on parle du loup…

En souriant, Ivar enfonça un bouton vert clignotant au milieu d'un écran tactile. Le circuit de ventilation se mit en marche, dispersant dans un chuintement sourd le gaz mortel dans la chambre d'expérimentation.

— Que se passe-t-il, Deinzel ? s'enquit-il.

— Nous sommes prêts à lever le camp. C'est quand tu veux.

En pénétrant dans le labo, il précisa tandis que les portes se refermaient derrière lui :

— Le soleil se couche dans dix minutes.

Ivar fit volte-face et s'appuya d'une fesse sur le comptoir avant de lui répondre.

— Tout le monde a été briefé à propos du plan ?

Debout au milieu de l'antichambre, Deinzel acquiesça d'un hochement de tête sans quitter des yeux l'iPad qu'il avait en main.

— Qu'est-ce qu'il y a ? s'étonna Ivar en le regardant faire.

— Il y a peut-être un os.

— Avec la femelle ?

— Ouais. Une interview sur KING 5 TV. Elle a été diffusée il y a une vingtaine de minutes. Tania Solares en vedette…

Ivar poussa un grognement et serra les poings.

— Merde ! laisse-moi voir, ordonna-t-il.

Denzeil lui tendit la tablette. En la saisissant, Ivar appuya sur le bouton « *play* » et...

— Putain !

C'était donc elle... Une jeune humaine aux cheveux bruns et aux yeux d'une drôle de couleur brunâtre, sans doute plus mignonne que futée. Comment le savait-il ? Il fallait ne pas avoir inventé la poudre pour attirer ainsi l'attention sur elle en acceptant de passer sur cette foutue télé. Mais ce qui sautait surtout aux yeux, c'était l'incroyable énergie qui émanait d'elle. Bon Dieu ! elle était la puissance personnifiée, si lourdement chargée qu'il était possible de discerner l'énergie électrostatique du Méridien dans son aura. Celle-ci irradiait jusqu'à lui, même au travers du minuscule écran.

La décharge énergétique le cueillit en pleine poitrine. Ivar retint son souffle et n'en crut pas sa chance. Exactement ce qu'il lui fallait... Impossible que les Nightfury aient manqué sa petite prestation au journal télévisé de cette chaîne. Ce qui signifiait que Bastian et sa bande de bâtards allaient s'empresser d'aller la mettre à l'abri pour empêcher que les Razorback lui mettent la main dessus.

Qu'ils aillent se faire foutre ! La mort de Lothair devait être vengée. Il avait besoin de cette femelle afin d'en faire un appât pour le mâle qu'il voulait châtier. Ces putain de Nightfury allaient en être pour une petite surprise...

— Sonne l'appel, ordonna-t-il à son bras droit en lui rendant l'iPad. Et triple l'effectif.

Les yeux brillants, Denzeil sourit et demanda :

— Une petite surprise-party en vue ?

Ivar lui rendit son sourire.

— Une carpette en peau de Nightfury, ça te dirait ?

— J'en rêve !

Lui aussi en rêvait. Et même si la mort ne venait pas souvent faire son œuvre au sein de la bande de Bastian, cette nuit il en irait différemment. Ivar pouvait le sentir au creux de ses os.

Chapitre 7

En négociant le dernier virage comme s'il avait le feu aux fesses, Mac vit le bout du couloir se dresser devant lui, plus infranchissable qu'un cordon de police. Empilement de gros rochers ne laissant pas subsister le moindre interstice, le portail de Black Diamond, formidable écran énergétique aux incessants caprices, l'attendait tel un ogre affamé. Mac jura entre ses dents. *Magnifique ! Comme si j'avais besoin de ça…* Ce stupide cerbère intraitable allait foutre son plan en l'air en venant se mettre dans ses pattes.

Et, pour couronner le tout, il se précipitait tête baissée dans le piège, obligé qu'il était de prendre de vitesse une bande de mâles furieux. *Elle est pas belle, la vie ?*

Montrant les dents, Mac refusa de se laisser impressionner et pressa l'allure. Le bruit de sa course faisant écho dans le tunnel de pierre, il se rua vers l'impressionnante barrière. À quinze secondes d'aller se fracasser contre elle, il lança un sort pour réclamer le passage. Le choc magique en retour l'atteignit tel un coup de fouet, lui signifiant que celui-ci lui était refusé. Mac grimaça en geignant sourdement. *Bordel ! pas le temps de rigoler…* Il avait besoin que le portail le laisse passer. Tout de suite. Autrement, il allait se retrouver coincé entre deux murs de granit quand le reste de l'équipe l'aurait rejoint.

Plus que dix pas avant le choc… sept…

Mac se résigna à ralentir. Chercher à forcer le barrage ne lui servirait à rien. Tout ce qu'il avait à y gagner, c'était une volée d'échardes magiques qui se ficheraient en lui. Tout le contraire de ce dont il avait besoin. Surtout avec le fils de pute qui veillait au fond de son crâne. Il ne faisait pour le moment pas suffisamment confiance à la part de dragon en lui pour prendre le moindre risque. S'il ne faisait pas gaffe, il risquait de perdre Tania et la capacité de la retrouver. Il ne pouvait courir ce risque. C'était la seule chose qui le faisait tenir debout pour l'heure : elle avait besoin de lui, et, pour la première fois depuis son changement, il en allait de même pour les Nightfury.

Dieu merci ! voilà qui faisait du bien, de se sentir pour une fois avoir de l'importance, digne de faire partie de la bande.

Mac se risqua à envoyer une autre demande en frappant mentalement contre le portail. Sous ses yeux, l'empilement de rochers commença à onduler. Un grondement de satisfaction lui échappa quand il constata que la chose perdait de sa consistance. Tandis que ses poursuivants se signalaient à l'autre bout du tunnel, il adressa une demande en bonne et due forme pour avoir accès à la zone d'atterrissage.

Inutile de contrarier le portier grincheux par trop de précipitation.

Le portail magique était doté d'une personnalité propre, et la plupart du temps il n'était pas à prendre avec des pincettes. Il vous envoyait chier sans prévenir, se refermait aux moments les moins opportuns, recrachait les mâles qui tentaient de forcer le passage après les avoir mâchouillés quelque peu. Parfois, il refusait obstinément de s'ouvrir, laissant les nouveaux potes de Mac du mauvais côté de la barrière, forcés de dormir dans le tunnel d'accès à la ZA jusqu'à ce que le fils de pute se décide à les laisser passer.

Curieusement, il n'y en avait pas un pour se plaindre de ces exils occasionnels. Les gars adoraient ce petit salaud soupe au lait. Ils lui étaient reconnaissants de protéger le repaire.

Ils avaient pour lui, qui gardait leur antre à l'abri des humains aussi bien que des dragons, une véritable vénération.

Plus que trois pas…

Projetant sa puissance magique telle une tête chercheuse, il donna un grand coup au portail, qui manifesta sa mauvaise humeur par une sorte de sifflement strident. Mac plissa les yeux. Son champ de vision se rétrécit. Des décharges d'énergie se diffusèrent d'un bout à l'autre du kaléidoscope coloré qu'il voyait s'ouvrir devant lui, lui donnant le tournis, le saturant d'électricité statique. *Allez… allez…*, supplia-t-il en lançant une nouvelle salve magique. *Me fais pas chier…* Métaphoriquement, c'était du poing, désormais, qu'il cognait contre l'obstacle. *S'il te plaît, ouvre-toi… je ferai tout ce que…*

Les spots encastrés dans le sol clignotèrent puis s'éteignirent, plongeant le tunnel dans le noir.

Mac entendit Rikar s'exclamer :

— Fait chier !

Bastian renchérit :

— Putain de merde !

Un bruit de semelles glissant sur le sol se fit entendre tandis que les Nightfury pilaient dans un bel ensemble derrière lui. Sous l'effet de la frustration, le ventre de Mac n'était plus qu'un nœud géant.

Puisant au plus profond de ses réserves, il banda ses forces magiques. Les halogènes se remirent à clignoter, avant que la lumière se rétablisse tout à fait. Les yeux sur le portail, Mac vit celui-ci onduler de plus belle et s'éclaircir, passant d'un blanc laiteux à la transparence la plus parfaite et lui laissant libre accès à la grotte qu'il protégeait.

Mac retint à grand-peine un hurlement de joie. Sans perdre une minute, il se rua dans le passage voûté qui débouchait sur la zone d'atterrissage. Une odeur âcre d'air vicié et d'humidité lui emplit les narines. Un bruit de chute d'eau qu'amplifiaient les murs inégaux provenait de l'autre extrémité du tunnel d'accès. Des globes lumineux s'allumèrent automatiquement dans les hauteurs. Ignorant la profusion de stalagmites qu'ils illuminaient, Mac fonça à travers la ZA.

— Bien joué, mon gars ! lança Forge derrière lui.

— Arrête de le traiter comme un gamin, l'Écossais ! Fous-lui la paix…

La remarque de Wick avait fendu l'air épais tel un missile incapable de manquer sa cible. C'était son mode opératoire : ne jamais dire grand-chose, mais frapper juste à la moindre parole.

Mac cligna des yeux sous l'effet de la surprise. Qu'est-ce qui se passait ? Wick ne prenait jamais la défense de personne. Inadapté social attitré de Black Diamond, c'était un tueur de sang-froid, calme, létal et intrinsèquement vicieux quand il s'agissait de se déchaîner sur les Razorback. Le fait qu'il ait pu prendre la défense de Mac était donc plus qu'un peu surprenant…

Tout en courant, Mac lui lança un regard par-dessus son épaule et le remercia d'un hochement de tête. Fixant sur lui ses yeux dorés, l'autre lui lança :

— T'as pas intérêt à merder !

Renouant ainsi avec ses bonnes vieilles habitudes. Cela tombait bien, Mac n'avait justement aucune intention de merder alors que Tania avait des problèmes et que le reste des Nightfury avait les yeux rivés sur lui.

Sans perdre une seconde, Mac amorça un dérapage contrôlé autour de la Honda défoncée dans laquelle Myst était arrivée, après que Bastian l'eut emportée dans les airs entre ses griffes et ramenée à Black Diamond. Non pas qu'il se soucie de ce qui était arrivé à la bagnole. Prendre l'air au plus vite était bien à cette minute tout ce qui comptait pour lui.

Il avait repéré Wick derrière lui, mais les autres, où étaient-ils passés ? Merde ! ils tentaient un contournement, se déployant à travers la zone d'atterrissage en formation de combat. Mac gronda sourdement et mit les bouchées doubles pour conserver son avance. Sa vision nocturne s'enclencha. Il n'y en avait plus pour très longtemps. Il pouvait sentir le soleil sombrer à l'horizon. Encore quelques secondes, et…

Au beau milieu de la zone d'atterrissage, Mac entama sa métamorphose : ses mains et ses pieds se transformèrent en serres, son corps s'allongea sur toute la longueur de son échine hérissée d'une lame, muscles, peau et os s'étirèrent sous une douce carapace d'écailles d'un gris bleuté. Ses griffes acérées éraflèrent le granit. Le bruit menaçant alla faire écho dans la vaste caverne en un avertissement clair, tandis que les cornes pointant de son front achevaient sa transformation. Avec un grondement sourd, Mac fit volte-face, tapi sur lui-même pour défier ses camarades d'approcher. Sa queue puissante et aussi tranchante qu'une lame d'acier battait l'air épais chargé d'une odeur de moisissure.

Son langage corporel en disait long : rien ni personne ne le forcerait à rentrer.

Les autres Nightfury firent halte comme un seul homme sur le sol inégal.

Ses yeux couleur rubis étincelant dans la semi-pénombre, Venom commença à battre en retraite.

— Bordel, Rikar ! lança-t-il sans cesser de reculer, tire-toi les doigts du cul et fais quelque chose ! Glace-le avant qu'il…

Les griffes de Mac arrachèrent à la roche un crissement sinistre quand il déploya ses ailes. Le temps était venu de prendre l'air.

— Oh, merde ! grogna Venom. Cette fois, nous sommes vraiment dans le pétrin.

— Relax, Ven…

Rikar contourna l'épave de la voiture et s'approcha de Mac, qui le laissa faire, se demandant ce que le second lui voulait. Levant les poings, Rikar cogna contre le poitrail de Mac et fit cliqueter ses écailles.

— C'est bon, commenta-t-il.

— Alors allons-y, fit Bastian en écho.

Ce qui laissa Mac assez perplexe. Venom, lui, lança à leur commandant un regard incrédule.

— Tout est sous contrôle, lui assura celui-ci en lui souriant.

— Sous contrôle ? Mon cul !

Venom désigna Mac d'un coup de menton et poursuivit :

— Est-ce que ce jeunot est *sous contrôle*, selon toi ?

— *Va te faire foutre, tête de nœud !*

De la fumée s'échappant de ses naseaux, Mac poursuivit sur le mode télépathique :

— *Tu as deux options : avec moi, ou contre moi. Laquelle tu choisis ?*

Le fils de pute aux yeux rubis le foudroya du regard.

— *Va te faire mettre, tantouze de bleusaille.*

Qu'il était doux, le bruit de l'acquiescement. Venom pouvait le traiter de tous les noms, mais il n'était pas idiot. Mac savait qu'on pouvait compter sur lui, que ça lui plaise ou non. Que ce soit en raison d'un certain code de l'honneur du guerrier, que ce soit affaire de mentalité, un engagement pris envers un équipier ne pouvait être trahi.

D'un air vexé, Venom jeta un coup d'œil à Bastian.

— *Tu es vraiment OK avec ça ?*

L'intéressé acquiesça d'un signe de tête.

— *À cent pour cent*, dit-il.

Mac se détendit et laissa fuser son souffle qu'il retenait depuis trop longtemps.

Venom poursuivit :

— *J'espère que tu as un plan au cas où il lui prendrait encore l'envie de nous fausser compagnie et de déserter.*

Contournant le dragon planté au centre de la piste, Bastian rejoignit Venom et lui plaqua la main sur l'épaule.

— *Qu'est-ce que tu attends, bordel!* lança-t-il en s'adressant à Mac. *Décolle!*

Venom jura de plus belle. Son pote, en sautant souplement par-dessus la voiture, le rejoignit. Une seconde avant que ses pompes ne touchent le sol, il se métamorphosa. Il était noir de l'extrémité de sa gueule à celle de sa queue, sauf le bout doré de ses écailles que les globes lumineux faisaient briller. Il atterrit dans un bruit sourd, soulevant un nuage de poussière.

— *Utilise un peu ta cervelle, Ven...*, conseilla-t-il. *Où penses-tu qu'il est si pressé de se rendre?*

Les sourcils froncés de Venom se rejoignirent en une barre unique. Un instant plus tard, il écarquilla les yeux.

— *Bon sang, le loft...*, lâcha-t-il dans un souffle. *Pendant son changement, quand lui et la femelle...*

— *Bingo!* l'interrompit Rikar.

— *Heureux que tu aies fini par comprendre, Sherlock!*

Le sarcasme de Forge acheva de semer la confusion dans l'esprit de Mac.

Son regard alla se fixer successivement sur celui de chacun des Nightfury. Un frisson lui remonta l'échine. Ils étaient au courant de quelque chose qu'il ignorait, et cela n'avait rien d'une broutille... Quelque chose qu'aucun d'eux n'était prêt à lui avouer, à en juger d'après leurs mines fuyantes. Mac sentit la tension monter en lui. L'objet de ces cachotteries, c'était lui, et ce n'était pas du tout de nature à lui plaire. Certes, il se souvenait avoir été tiré de son bateau par Rikar. Il n'avait pas oublié le loft et les épisodes les plus douloureux de son changement. Mais... une femelle? De quoi parlaient-ils tous?

— *Brillant...*, commenta Wick mentalement.

Les lèvres de Bastian se retroussèrent aux commissures.

— *Heureux que tu approuves.*

— *Hé, le novice!* lança Venom en fixant un regard intense sur Mac. *Qu'est-ce que tu attends? De prendre racine?*

Toute inquiétude semblait l'avoir déserté. Il semblait à présent… impatient de le voir partir.

Qu'est-ce qu'il attendait? Mac aurait bien aimé le savoir… Il grillait d'impatience de prendre l'air. La balise que Tania éveillait dans son esprit était si puissante qu'elle aurait pu l'aveugler. Sans doute était-ce la suspicion qui le retenait. Le flic en lui aurait aimé poser des questions afin de tirer au clair cette histoire, même si son instinct lui dictait de s'envoler, pour la retrouver et la mettre à l'abri.

Il recula d'un pas et l'une de ses pattes arrière glissa du bord de la zone d'atterrissage. Une pluie de cailloux tomba le long de la falaise et alla s'engloutir dans l'aquifère en contrebas. Bastian le poussa doucement pour l'inciter à prendre son envol. Des alarmes retentissaient sous son crâne.

— *Rikar…*, commença-t-il.

— *Fonce, Mac!* lui ordonna celui-ci. *Le soleil se couche. Tu reçois le signal. Traque-la! Tu prends la tête, on te suit.*

Dans quel antre de dingues était-il tombé? Une heure plus tôt, aucun des guerriers ne l'aurait laissé prendre l'air, et voilà qu'à présent tous attendaient avec impatience qu'il le fasse? Avec quoi Daimler avait-il parfumé le rôti? Du putain de PCP?

— *Qu'est-ce que vous me cachez?* s'impatienta Mac.

En soutenant son regard, le second le poussa de nouveau en douceur et insista:

— *Vas-y, mec… Tania t'attend.*

Rien à redire à cela… Que cela lui plaise ou non, il aurait à résoudre le mystère plus tard – en faisant cracher à Rikar la vérité à coups de poing s'il le fallait. Mais, pour l'heure, il se dressa sur ses pattes arrière. Les globes lumineux arrachèrent un éclat à la lame qui courait le long de son échine. D'un bond, Mac décolla du rebord.

— *Bon Dieu !* s'exclama Venom en s'élançant derrière lui, les yeux fixés sur l'extrémité de la queue tranchante de Mac. *J'arrive pas à m'y faire... On ne pouvait pas adopter un novice* normal, *qui n'ait pas un petit faible pour l'eau et une lame à la place du dos ?*

Mac réprima un sourire en battant des ailes. Il ne pouvait s'empêcher de comprendre la réaction de Venom. Les autres mâles n'en croyaient pas leurs yeux quand il se métamorphosait. Il n'avait rien d'un dragon habituel : sa colonne vertébrale ne se hérissait pas de pointes et le bord de ses écailles n'était pas rugueux. Elles s'assemblaient en une carapace lisse et hermétique, et la lame qui courait jusqu'au bout de sa queue aurait pu trancher un adversaire en deux en plein vol. Mais ce qui n'avait rien que de très ordinaire pour lui continuait d'étonner ses camarades.

Ce qui était normal. En dépit de leurs centaines d'années d'existence, les Nightfury n'avaient jamais été confrontés à quelqu'un comme lui. Jusque-là, Rikar avait été persuadé que les dragons d'eau n'étaient qu'un mythe. Cela aurait pu vexer Mac et lui occasionner un complexe d'infériorité, mais ce n'était pas le cas. Il était différent... et alors ? Mac aimait ses serres palmées, sa carapace douce et sa queue tranchante. Tout cela lui permettait de se mouvoir dans l'eau avec aisance, et il n'y avait vraiment rien de mieux au monde...

Cependant, il aurait pu se passer des tatouages.

Angela et Myst trouvaient que les lignes ondulées bleu marine qui lui couvraient le torse étaient cool, mais il n'était pas de leur avis. Cool ? Comme s'il pouvait se satisfaire d'être affublé de tatouages qu'il n'avait pas choisis et dont il ne comprenait pas la raison d'être... Il ne pouvait pourtant rien y faire. Ces marques étaient apparues à l'occasion de son changement et n'étaient plus parties.

Rikar pensait qu'il devait s'agir d'un truc de dragon d'eau : peut-être une connexion magique à son élément de prédilection. Mais le second n'en était pas sûr, et toutes les recherches qu'ils avaient pu effectuer dans les textes anciens en dragonais, sur Internet, dans les livres de mythologie, n'avaient rien donné. Ce qui était plutôt frustrant.

Mac négocia un virage. Comme convenu, il guidait la troupe, l'extrémité de ses ailes effleurant presque les parois inégales du tunnel. Le bruit de la chute d'eau se faisait de plus en plus étourdissant au fur et à mesure qu'il s'en rapprochait. Avec un grognement de satisfaction, il accrut encore sa vitesse. La cascade l'attendait, droit devant, et il lui tardait de pouvoir la franchir.

Virant sur le flanc, les ailes à la verticale, Mac sentit sa vision nocturne s'enclencher, mais il n'avait d'yeux que pour le rideau liquide opaque qui dévalait le long de la falaise. Cent mètres de perfection liquide et rugissante, plongeant vers la rivière en contrebas, masquant l'entrée du tunnel d'accès à Black Diamond et empêchant toute intrusion. Il franchit l'obstacle impalpable en se repaissant de sentir la pression de l'eau sur son corps, si fraîche et délicieuse. Bien trop vite à son goût, il se retrouva de l'autre côté.

Sans même avoir à y penser, il prit aussitôt de la hauteur dans le ciel nocturne. Au-dessus de lui, les étoiles aux lueurs froides et instables ; loin au-dessous, le tracé serpentin de la rivière et le moutonnement à peine perceptible des forêts. Après trois quarts d'heure d'un vol soutenu, Mac survola enfin l'I-5, au long de laquelle les phares des voitures formaient un long ruban lumineux. L'autoroute traversait la ville de Tacoma. Ils y seraient bientôt.

Suivant les indications fournies par son sonar mental, il vira sur l'aile et obliqua en direction du Narrows Bridge qui enjambait le Puget Sound à l'endroit le plus étroit. Des nuages noirs s'amoncelaient derrière lui, laissant dans son sillage pluies d'orage et coups de tonnerre.

Rien de plus normal. Il s'était accoutumé aux phénomènes météorologiques extrêmes qu'il engendrait. Partout où il allait, l'élément liquide se déchaînait. Un chien suivant son maître… Il parvenait pourtant la plupart du temps à mieux le contrôler en dirigeant les flux et en dispersant les molécules sans même avoir à y penser. Dommage que cela n'ait pas marché cette fois… Il était trop distrait pour cela. Toute son attention se focalisait sur Tania. Impossible de s'intéresser au déluge qu'il laissait derrière lui.

Émergeant du plafond nuageux, Forge le rejoignit et vint voler sur son flanc gauche, la pluie ruisselant sur ses écailles violettes.

— *Tu ne pourrais pas mettre la pédale douce sur les effets spéciaux, mon gars ?* demanda-t-il. *Sans quoi, je vais devoir faire poser des essuie-glaces…*

Un long roulement de tonnerre au-dessus de leurs têtes lui répondit. Mac lança à son mentor un regard d'excuse.

— *T'inquiète…*, le rassura celui-ci en secouant la tête pour chasser l'eau de ses yeux. *Du moment que tu ne perds pas le…*

— *Merde alors !* l'interrompit Venom en venant se placer sur le flanc droit de Mac. *Tu pourrais pas fermer le robinet, le bleu ?*

En plein vol, il s'ébroua tel un chien mouillé, ses écailles vertes envoyant valser de l'eau en tous sens.

Forge tourna la tête et foudroya Venom du regard par-dessus celle de Mac. Une seconde plus tard, il cracha une salve d'acide enflammé à laquelle le dragon vert n'échappa qu'en faisant une brusque embardée.

— *Ta gueule !* gronda le mentor de Mac. *Si tu veux en plus un raz-de-marée, continue comme ça.*

Mac se força à ne pas laisser libre cours à son hilarité, mais ce vieux salaud protecteur en diable le faisait rire. En plus, menacer Venom d'un tsunami n'était pas une mauvaise idée.

— *Tu disais, mon garçon?* reprit Forge avec espoir. *Tu ne demanderais pas mieux que de noyer ce branleur?*

Venom préféra se cantonner dans un silence prudent. Il avait beau ne pas lui faire confiance – sans doute craignait-il que les pouvoirs défaillants de Mac ne finissent par causer la mort d'un des Nightfury –, au moins ses capacités de dragon d'eau lui inspiraient-elles un certain respect.

Focalisé sur le signal que lui envoyait Tania, Mac vira sur l'aile droite, s'éloignant de Tacoma. Comme ils l'avaient sous-entendu, les autres guerriers suivaient toujours, le laissant conduire le vol. Cela n'était pas sans l'inquiéter. Jamais encore il n'avait dirigé ainsi une formation de combat et...

Merde! la suspicion lui rongeait de nouveau le cerveau et l'empêchait de se concentrer entièrement sur sa mission. Bientôt, n'y tenant plus, il lança:

—*Hé! Rikar?*

—*J'suis là...*

Traînée blanche crevant la masse nuageuse, le lieutenant vint voler au-dessus de l'échine tranchante de Mac. L'eau ruisselait sur sa carapace blanche et se transformait aussitôt en glace.

— *Tu l'as toujours dans ton radar?* s'inquiéta-t-il.

— *Ouais. Elle est en mouvement, à quinze kilomètres d'ici, mais...*

Le signal se fit plus insistant, ce qui le rendit plus nerveux encore. Merde! ce n'était décidément pas bon. Il éprouvait la sensation d'être à l'étroit dans sa carapace d'écailles, comme s'il avait été enveloppé d'un film plastique.

—*Je ne devrais pas le savoir*, reprit-il. *Pas vrai?*

Un flot d'énergie le transperçait. Le signal se faisait sentir à travers tout son être, fusant dans ses muscles, dans ses tendons.

Son corps se vrilla et il perdit de l'altitude. Les lumières citadines se rapprochèrent et il se retrouva à voler sens dessus dessous.

— *Putain de merde !* lança-t-il tandis que la douleur se faisait plus supportable.

Retrouvant son assiette, il poussa un long soupir et ajouta :

— *Dites-moi ce qui s'est passé, les gars.*

Pour toute réponse, il n'eut que le silence.

Sa rapide descente l'avait amené plus près des agglomérations qu'ils survolaient. Immeubles bas et maisons individuelles de banlieue s'alignaient en pâtés bien nets, le long de noires artères goudronnées festonnées de réverbères.

Tout paraissait normal. Tranquille. Pas de quoi s'inquiéter.

Mais Mac s'en fichait. Rien d'autre ne l'intéressait que ce qu'on voulait à tout prix lui cacher.

— *Allez, les gars...*, s'entendit-il supplier.

— *Tu peux manger le morceau, Rikar...*, intervint Bastian, d'un ton désolé qui le mit sur ses gardes. *Inutile de faire la sourde oreille. Il finira par savoir. Autant que ce soit maintenant.*

— *Eh merde !* grommela l'intéressé au-dessus de lui. *À quelle distance sommes-nous d'elle, Mac ?*

— *Environ onze kilomètres.*

— *Bastian, tu peux décrocher...*, reprit Rikar.

— *OK, à plus !* répondit le commandant. *Venom, Wick... vous me suivez.*

— *Cinq sur cinq.*

Wick vira sur la gauche, quittant la formation de combat pour suivre Bastian. Venom l'imita et alla prendre position sur son autre flanc.

À la tête du trio, Bastian obliqua vers le sud et Gig Harbor.

— *Sloan a repéré l'utilisation de sa carte de crédit dans un hôtel*, expliqua-t-il. *C'est là que nous allons. Si vous l'interceptez en route, prévenez-nous.*

— *Et toi,* répliqua Rikar, *crie un coup si de la compagnie venait à se pointer.*

— *Dac.*

— *Bordel! Mais qu'est-ce qui se passe?* s'impatienta Mac en regardant alternativement Forge et Rikar. *Arrêtez de tourner autour du pot et dites-moi ce qui me lie à elle ainsi. Je ne l'ai jamais touchée, je ne devrais donc pas pouvoir la pister!*

— *Ce n'est… pas tout à fait vrai,* murmura Rikar.

Il avait l'air assez chagriné, mais pas seulement. Un peu honteux, peut-être, aussi?

— *Je… Bon Dieu! je sais que tu ne peux t'en souvenir. Aucun mâle ne se souvient jamais de son changement, mais…*

Tandis que le second laissait sa phrase en suspens, Mac sentit sa gorge se serrer.

— *Putain de merde!* reprit-il, exaspéré. *Pas moyen de te dire ça en douceur… Tu avais besoin d'une femelle. Tu serais mort s'il n'y avait pas eu une femme pour stabiliser ton flux énergétique. Alors, nous… avons fait avec les moyens du bord.*

Rikar lui jeta un coup d'œil de côté avant de conclure:

— *Tu peux la sentir parce qu'elle t'a nourri.*

— *Putain de Dieu!*

Sous le coup de la surprise, Mac faillit décrocher salement avant de se reprendre. Tania l'avait nourri? *Nourri?* Et il n'en gardait aucun souvenir? Comment cela pouvait-il…

Une petite seconde!

— *Les rêves…*, dit-il en fronçant les sourcils. *J'ai beaucoup rêvé d'elle.*

— *Souvenirs résiduels,* rectifia Rikar en secouant la tête.

— *Avez-vous…*

— *Personne n'a regardé,* l'interrompit-il. *Nous sommes allés nous planquer dans la salle de bains jusqu'à ce que ce soit fini.*

— *Est-ce que je lui ai fait mal? Est-ce que je…*

Cette simple perspective suffisait à l'épouvanter.

— *Non!* lança Rikar en le foudroyant du regard. *Tu ne l'as pas violée. Elle était consentante... Elle était même folle de désir pour toi. Nous avons essayé de vous séparer. Sloan avait d'ailleurs fait appel à un service d'*escort girls. *Tout était prêt, mais Tania n'a pas voulu te lâcher. Soit nous lui faisions mal pour qu'elle te laisse... soit nous la laissions arriver à ses fins avec toi.*

Le second marqua une pause. Un silence télépathique chargé de non-dits retomba. Après une longue minute de torture, il avoua enfin :

— *Tu avais besoin d'elle. Elle avait envie de toi. Nous l'avons laissée faire.*

Mac sentit son cœur s'affoler. *Oh, merde, merde, merde!* Comment était-il supposé s'accommoder de ça ? La seule idée que Tania ait pu ne pas être entièrement consentante suffisait à...

Un éclair déchira le ciel, déstabilisant Rikar, qui plongea un peu avant de revenir se positionner sur son flanc gauche.

— *Nous étions pris entre le marteau et l'enclume!* protesta-t-il avec un accent écossais à couper au couteau. *Nous ne pouvions tout de même pas...*

— *Non, vous ne pouviez pas...*, reconnut Mac, abattu. *Va-t-elle... va-t-elle s'en souvenir ?*

— *Bastian a trafiqué sa mémoire ensuite, mais... sans doute que oui. Les femelles de haute énergie, comme elle, ont un mental très costaud. La plupart retrouvent la mémoire quand le mâle qui les a initiées les touche de nouveau. C'est comme ça que ça s'est passé pour Angela et moi.*

Le ton de Rikar s'était progressivement adouci, et ce fut presque dans un murmure qu'il conclut :

— *Désolé que les choses aient tourné ainsi. Je sais ce que ça peut faire et... je m'en excuse.*

Désolé ? Bon Dieu ! aucune excuse ne serait de taille à effacer ça...

Le problème était que ce genre de situation aussi inextricable qu'un sac de nœuds ne se produisait jamais sans provoquer des tas d'emmerdes indésirables dont il était difficile de se dépêtrer. Et même si ça ne l'enchantait pas – bien que botter les fesses de Rikar ne lui aurait pas déplu –, il devait admettre qu'il comprenait le dilemme que le second avait dû affronter. Dans l'urgence, Rikar avait dû faire un choix : le laisser mourir ou lui fournir ce qui était nécessaire pour le sauver.

Dieu merci ! il avait opté pour la seconde solution, mais… Mac n'en détestait pas moins les conséquences possibles, qui le plongeaient dans la culpabilité. Il ne pouvait ignorer que Tania désormais pourrait le haïr au premier regard…

Mac secoua la tête, dégoûté de lui-même. N'était-ce pas le comble de l'égoïsme ? Et comment ! Incroyablement égocentrique.

Ce qu'il ressentait n'avait aucune importance. Ce n'était pas lui qui importait, mais elle. Rien ne comptait davantage que de la mettre à l'abri des salauds qui n'hésiteraient pas à lui faire du mal. Alors, s'il le fallait, il pouvait supporter qu'elle le haïsse. Pourtant, il ne pouvait s'empêcher d'espérer que ce ne serait pas le cas, qu'elle lui pardonnerait de l'avoir touchée sans s'en rappeler.

Du moins, pas clairement…

Les rêves ne suffisaient pas. Il manquait toute la passion, tout le plaisir… Son besoin à elle, le soulagement qu'elle lui avait procuré ; le désir et son apothéose, l'impératif de la satisfaire ; ses caresses, le goût qu'elle avait eu sur sa langue, jusqu'à ce qu'elle jouisse entre ses bras ; les petits cris qu'elle avait poussés, sa façon de bouger contre lui, de le chevaucher, ses mains menues dans ses cheveux. Seigneur ! jusqu'à ce que la mémoire lui en échappe, elle avait été pour lui la perfection faite femme. Il avait encore l'impression que tout cela n'était qu'un rêve, qui influait sur son ressenti, mais qui lui disait que…

Et si rien de tout cela n'avait existé ? Le désir fou de Tania, sa réaction enflammée… Son esprit était-il en train de lui jouer des tours, lui fournissant les certitudes auxquelles il désirait croire ?

En s'efforçant à la vigilance, il rejoua toute la scène sous son crâne, à la recherche d'indices. Eh merde ! il avait beau s'y efforcer, il ne pouvait être sûr de rien.

Il avait vu ce qui se passait pour une femme lorsqu'un mâle se nourrissait à travers elle. Le désir et la passion tournaient à une irrépressible frénésie sexuelle. Comment le savait-il ? Grâce à Forge. Son mentor ne laissait jamais rien au hasard et ne croyait qu'à l'expérience. Il l'avait donc emmené, une nuit de la semaine précédente, dans un night-club de Seattle, pour lui apprendre à se nourrir dans le courant électrostatique du Méridien, tout en satisfaisant les désirs d'une femme de toutes les manières possibles. Le consentement d'une compagne était un prérequis indispensable pour un Nightfury. Les femmes devaient être chéries et aimées, pas utilisées.

Pourtant, une suspicion affreuse continuait de le tarauder, soulevant de terribles questions. Tania l'avait-elle réellement désiré, ou le Méridien avait-il d'une manière ou d'une autre surgi en elle, l'attirant dans un piège magique trop puissant pour qu'elle puisse y résister ?

Mac n'en savait rien et n'était d'ailleurs pas certain de vouloir le savoir… surtout si cela devait lui donner le mauvais rôle. Mais, alors que le détroit sous lui changeait d'aspect, les moutonnements des nuages s'estompant avec le retour des terres et cédant la place à celui, vert sombre, d'une forêt, Mac comprit qu'il ne pourrait esquiver l'inévitable. Il avait besoin de savoir. Chacun de ses souffles ancrait un peu plus en lui la présence de Tania. Donc…

Impossible d'y couper. Il commencerait par la retrouver, pour faire en sorte ensuite d'éclaircir la situation avec elle.

Le cœur plus douloureux que jamais dans sa poitrine, Mac dépassa une éminence couverte de pins penchés vers le sol par les vents dominants. Un ruban d'asphalte à deux voies apparut, ses lignes médianes jaunes faiblement éclairées par la lune. La route de campagne sinuait à travers une étendue rocailleuse, bordée d'un côté par des à-pics rocheux. Le bruit d'un moteur de voiture se fit entendre, porté par des bourrasques glaciales. Mac tourna la tête vers la droite. Sa vision nocturne lui permit de distinguer une Mini Cooper rouge à bandes blanches qui négociait un virage en lacet.

Les yeux plissés, il accommoda sur le véhicule, dans lequel Tania se trouvait incontestablement. L'éclat de son aura énergétique baignait l'habitacle, exerçant sur lui un attrait irrésistible, éclaboussant les vitres d'une douce lumière bleue. La nuance de l'océan – sa couleur favorite.

— *Dans la voiture*, lança-t-il télépathiquement pour tenir ses coéquipiers au courant.

— *La boîte de conserve sur roues ?* s'étonna Rikar.

Forge eut un ricanement sarcastique.

— *C'est vintage*, expliqua-t-il. *Un putain de classique.*

— *Ça me paraît plutôt être un piège mortel…*

Mac espérait que non, mais Rikar n'avait pas tout à fait tort. La Mini était peut-être belle, mais elle semblait minuscule. Pas le genre d'engin dans lequel on aurait aimé se trouver lors d'un accrochage, et encore moins en cas d'accident. Et, vu le paysage qu'elle traversait – rocailleux, inhospitalier, hérissé d'épais séquoias et de pins immenses bordant la route étroite –, pas le genre d'endroit où il aurait pris le risque de lui faire peur non plus. Où cela le mènerait-il ? Dans la merde la plus profonde, à jouer les mâchoires de survie avec ses serres pour désincarcérer Tania de sa voiture accidentée par sa faute.

Pas du tout le genre de fin qu'il souhaitait…

Entièrement concentré sur elle, Mac manœuvra pour se placer dans le sillage de la Mini.

—*Forge?* lança-t-il.

—Aye?

—*Dégage-moi ce connard dans son pick-up. Il lui colle aux fesses.*

—*Tu le veux mort, ou juste... abîmé?*

Rikar pouffa mentalement.

Mac lança un coup d'œil à son mentor et reporta son attention sur le véhicule trop collant. « Mort », eut-il le réflexe de répondre. Tous phares éteints, quasiment collé au pare-chocs de Tania, ce fils de pute impatient avait besoin d'une leçon. Il hésita un instant, à deux doigts de prononcer l'arrêt de mort... puis le flic reprit le dessus en lui, lui rappelant les nécessités de la loi et du fair-play. D'un regard qui lui reprochait sa suggestion et lui conseillait de mieux se tenir, il donna sa réponse à Forge.

—*Moi, ce que j'en disais...*, maugréa celui-ci en décrochant pour fondre sur le pick-up. *Mort, c'est tout de même plus fun.*

—*Contente-toi de l'occuper*, lui suggéra Mac. *Arrête-le puis lave-lui le cerveau. Enfin, tu vois...*

Les yeux rivés sur la Mini, Mac entendit le moteur gronder tandis que Tania amorçait un nouveau virage serré. Les ailes déployées, il descendit lentement, ajusta sa vitesse à la sienne et demeura en suspension au-dessus d'elle. Mieux valait prendre son temps et viser juste...

—*Pour info, je vais établir le contact.*

Dragon de glace à plein régime, Rikar s'approcha de lui. Sous l'effet de son influence glaciale, les gouttes de pluie que Mac laissait dans son sillage se firent flocons de neige.

—*Besoin d'aide?* s'enquit-il.

Mac secoua négativement la tête. Il garda pour lui son envie de crier « bas les pattes! » à son supérieur, mais un éloquent coup de tonnerre transmit le message. Cela pouvait paraître stupide, mais il ne voulait pas d'un autre mâle dans les environs immédiats de Tania – pas même de Rikar, à qui il aurait pourtant confié sa vie.

Tania était à lui. Il était de son devoir de la protéger. Et de la garder près de lui. Si elle le lui permettait…

Mais d'abord il devait la rejoindre, et quelque chose lui disait qu'elle ne serait pas ravie de le voir tomber du ciel…

Chapitre 8

La pédale d'embrayage au plancher, Tania rétrograda pour négocier le virage suivant. Tandis que sa voiture s'engageait dans la longue courbe, elle jeta un coup d'œil par sa vitre latérale. Quelque chose lui semblait clocher, mais elle n'aurait su dire quoi. Une sensation bizarre, qui se manifestait par des picotements sur sa nuque. Un avertissement de son intuition qui la mettait sur ses gardes et lui murmurait que peut-être…

Tania fronça les sourcils et secoua la tête. Non. C'était tout bonnement ridicule. Personne ne l'observait. Comment cela aurait-il pu être possible, alors qu'elle se trouvait au milieu de nulle part ? Ses phares dévoraient les ténèbres, illuminant la ligne médiane. Des kilomètres de route à faire devant elle, la prison dans son dos, l'urgente nécessité de rejoindre Gig Harbor et le téléphone qui l'attendait dans sa chambre : rien d'autre ne comptait. Rien, sauf la lettre qu'avait reçue J.-J., qui se trouvait toujours dans la poche arrière de son jean, et qui lui avait rendu l'espoir.

Libération sur parole… Elle avait encore du mal à y croire.

Sa sœur allait enfin avoir une seconde chance, elle pourrait refaire sa vie, et Tania refusait que tout soit gâché par sa faute. Elle espérait que la journaliste accepterait de mettre l'interview de côté pendant quelque temps. Elle n'avait besoin que d'un mois, pas plus. Juste une trentaine de jours pour que J.-J. puisse convaincre la commission qu'elle méritait cette chance.

Un problème de taille risquait de se poser et il avait un nom : Clarissa Newton.

En se rongeant l'ongle du pouce, Tania se creusa la cervelle, à la recherche d'une stratégie valide. De quoi convaincre une ambitieuse de garder sous le coude un sujet susceptible de booster sa carrière. Rien ne lui vint à l'esprit. Pas un seul argument astucieux. Aucune illumination susceptible de lui sauver la mise.

Faute de mieux, elle laissa fuser un soupir exaspéré. C'était décidément mission impossible, mais il lui fallait quand même essayer. Le sort de J.-J. en dépendait et…

Une secousse électrique venait de la traverser.

Tania poussa un petit cri et s'agita sur son siège, mais la sensation persista à se faire sentir entre ses omoplates et remonta, impitoyable, le long de sa colonne vertébrale, avant d'aller se loger entre ses tempes. *Ah, putain ! encore une migraine…* La quatrième de la semaine. Longuement, elle massa le point douloureux entre ses sourcils. Étant donné qu'elle n'y était pas sujette, ces maux de crâne récurrents l'étonnaient. Jusqu'au mois précédent, elle n'avait jamais eu à en souffrir. Le premier lui était tombé dessus tout de suite après sa visite au loft de Myst. Fallait-il en conclure que cette douleur avait quelque chose à voir avec la disparition de sa meilleure amie ? L'inquiétude et le stress, peut-être ? Le chagrin et le contrecoup psychologique consécutifs à une disparition dramatique ?

Mais tout cela, elle se l'était déjà demandé cent fois.

En soupirant, Tania pinça le sommet de l'arête de son nez et lutta contre le malaise qui l'envahissait. Stupides flics ! Mais le pompon de la stupidité revenait au détective MacCord. Deux larmes jumelles perlèrent aux commissures de ses paupières. Rageusement, elle en écrasa une d'un revers de main et sentit la colère prendre le dessus en elle. Que faisait-il, cet idiot de flic, à part de ne pas la rappeler ?

Cette curieuse sensation de piqûres d'aiguilles sur sa peau se fit de nouveau sentir.

Mal à l'aise, Tania se tortilla de plus belle sur le cuir de son siège. Les mains agrippées au volant, elle se pencha pour regarder à l'extérieur sans rien remarquer d'anormal. Il n'y avait qu'elle et le ruban d'asphalte. Elle s'obstina, focalisant son regard pour voir au-delà des pinceaux lumineux de ses phares. Les muscles de son dos s'étirèrent. Une salve de grosses gouttes de pluie s'écrasa sur son pare-brise et…

Hein ? Tania s'adossa à son siège, n'en croyant pas ses yeux. Des flocons de neige se mêlaient à la pluie. *Drôle de temps pour un mois de novembre.* Mais pour ce qu'elle en avait à faire…

Elle aimait les tempêtes – toutes les tempêtes, mais de préférence les plus violentes. À la vérité, cependant, c'étaient les perturbations orageuses qu'elle préférait. Il y avait dans le fracas du tonnerre et des éclairs quelque chose de primitif qui l'apaisait. Elle s'asseyait à la fenêtre, avec un thé, quand passaient sur Seattle d'impressionnants orages. Elle pouvait rester longtemps ainsi, les yeux rivés sur le déchaînement des éléments, à s'efforcer de ne faire plus qu'un avec cette force élémentaire tellement plus puissante qu'elle.

Tania savait combien c'était étrange. La plupart des gens haïssaient la pluie, ne juraient que par le beau temps et les attraits de l'été. Elle-même n'avait rien contre, mais rien ne lui faisait davantage battre le cœur qu'un grondement de tonnerre.

Comme pour lui faire plaisir, l'un d'eux se fit entendre au-dessus d'elle. Le vent se mit de la partie, mêlant la pluie aux tourbillons de neige. Elle se mit à rire, tant cette combinaison inhabituelle lui plaisait. Qui aurait pu dire que pluie, neige et vent iraient si bien ensemble ?

Tania passa en pleins phares et actionna ses essuie-glaces. Tandis que ceux-ci débarrassaient tant bien que mal le pare-brise de la neige fondue, deux phares puissants s'allumèrent soudain derrière elle, illuminant l'arrière de sa voiture. Surprise par cette soudaine apparition, elle jeta un coup d'œil au rétroviseur et plissa les yeux pour lutter contre l'éblouissement.

Tiens donc ! D'où débarque-t-il, celui-là ?

La calandre ressemblait à celle d'un pick-up, ce que la puissance des gros phares carrés confirmait – un Ford F-150, peut-être, ou un Dodge Ram.

Son souffle se bloqua dans sa poitrine. Oh, mon Dieu ! ce devait être Griggs. Furieux comme il l'avait été, il devait avoir décidé de mettre ses menaces à exécution. Était-ce son véhicule qui avait démarré quand elle était entrée dans le parking ? Elle se demandait à présent s'il n'était pas resté tapi là, à l'attendre. Tania se mordilla la lèvre en s'efforçant de se reprendre. La raison lui dictait qu'elle cédait à la paranoïa, mais son intuition lui susurrait qu'elle n'avait pas tort. Elle se sentait plutôt encline à obéir à la voix qui lui ordonnait de fuir, de se cacher, et de ne plus revenir à la prison pendant quelque temps.

— Stupide… stupide… stupide…, marmonnait-elle en manœuvrant son véhicule comme une pro pour décamper.

Pourquoi n'avait-elle pas fait plus attention ? Elle avait été distraite par la bonne nouvelle que lui avait annoncée sa sœur, et avait bêtement laissé retomber sa garde.

Resserrant sa prise sur le volant, Tania mit le pied au plancher. La Mini avait beau être petite, elle était nerveuse et elle en avait sous le capot. Le moteur se mit à rugir. Elle passa en cinquième, affolant le cadran de vitesse, et fonça dans le virage suivant. À sa droite, la paroi rocheuse avait tout d'une falaise. Ce paysage lunaire ne la rassurait plus autant qu'il l'avait fait, mais Gig Harbor et la sécurité de son hôtel l'attendaient à moins d'un kilomètre et demi de là. Elle n'avait rien d'autre à faire qu'à tenir bon, conduire plus vite que son poursuivant et entrer en ville avant que…

Dans son rétroviseur, elle vit le pick-up faire une brusque embardée derrière elle. Une seconde plus tard, ses pneus gémirent sur l'asphalte quand le conducteur actionna ses freins. Derrière le rideau de pluie, le véhicule glissa sur la chaussée humide. Un bruit de métal froissé et de verre brisé s'ensuivit quand il effectua un tour sur lui-même, ses phares éclairant brièvement la paroi rocheuse. Ensuite… il disparut totalement à sa vue.

Alors qu'elle hésitait sur la conduite à tenir, un « bang » se fit entendre. Quelque chose venait de percuter le toit de sa Mini, lui arrachant un cri de surprise et enfonçant la tôle. Elle fit une embardée et corrigea bien vite sa trajectoire en levant le pied. Le cœur battant à tout rompre, elle tendit l'oreille et entendit distinctement du bruit au-dessus de sa tête.

Qu'est-ce que c'était que *ça* ? Une branche ? Un rocher arraché par le vent au sommet de la falaise, qui se serait abattu sur le pick-up avant de rebondir sur elle ? L'explication, un peu tirée par les cheveux, se tenait néanmoins, mais ne changeait rien au fait qu'elle devait ralentir et se garer sur le bas-côté.

Immédiatement.

Le véhicule qui l'avait suivie n'était plus nulle part en vue. Aucune lumière. Pas de trace d'accident sur la route. Plus rien que la nuit dans son rétroviseur. Seigneur Dieu ! Griggs avait dû dévaler la pente abrupte sur le côté gauche. Même si elle n'aurait rien eu contre, elle ne pouvait l'abandonner là. Il pouvait être blessé, avoir besoin de soins urgents.

Alors que Tania ralentissait, décidée à se garer, le bruit grinçant se fit de nouveau entendre. Aussitôt après, elle tourna vivement la tête et vit la portière passager, brusquement ouverte, être arrachée de ses gonds et emportée par le vent de la course. La Mini vibrait intensément. Constatant qu'elle dérivait lentement vers la voie opposée, elle rectifia sa trajectoire d'un coup de volant et vit avec stupeur dans son rétroviseur sa portière rebondir sur l'asphalte. Un instant plus tard, un homme apparut dans le trou béant. Ses longues jambes en avant, il se jeta dans le véhicule et rebondit sur le siège passager en s'y installant. La peur chassa la surprise qu'elle aurait pu ressentir et fit couler un flot d'adrénaline dans ses veines.

L'instinct de préservation reprenant le dessus, elle poussa un cri et frappa l'intrus à l'épaule. La douleur irradia jusque dans son bras quand son poing atteignit son but mais elle n'en tint pas compte. Elle le frappa de plus belle, visant le visage cette fois.

La tête de l'homme, qui poussait un cri de douleur, valsa sur le côté.

— Sortez d'ici ! hurla-t-elle.

Un troisième coup – de coude cette fois – l'atteignit à la tempe.

— Bordel de Dieu, allez-vous arrêter ? gémit-il.

Sa grande main se referma sur le poignet de Tania, l'empêchant de le frapper. Une peur panique la tétanisa, qui rétrécit son champ de vision, dans lequel des points noirs apparurent.

— Ne me… ne me touchez pas ! protesta-t-elle d'une voix grinçante.

— Tania…, plaida-t-il d'une voix implorante. Arrêtez ça…

Elle se figea, le souffle coupé. *Tania ?* Ce trouduc connaissait son nom ?

— Mon Dieu, mais… qui êtes-vous ?

— Mac, répondit-il.

— Mac ? répéta-t-elle. Mais… quoi… que…

En se tenant le côté du visage, il grimaça et marmonna :

— Ouais. Mac…

Après avoir cessé de respirer, elle se mit à haleter si fort qu'elle s'entendait à peine penser. Il y avait urgence à maîtriser son véhicule, qui menaçait de partir dans le décor. Après avoir décéléré rapidement, elle enfonça la pédale de frein. Les pneus de la Mini arrachèrent un long gémissement au goudron humide. Le silence revenu n'était plus troublé que par le ballet des essuie-glaces sur le pare-brise. En dévisageant l'homme assis à côté d'elle, Tania ouvrit la bouche mais la referma bien vite, incapable de parler.

Putain de Dieu ! mais que pensait-il être en train de faire ?

Tandis que la question rebondissait sous son crâne, un certain soulagement se fit jour en elle. Elle n'avait pas affaire à un tueur en série. Mac était un flic. De nouveau au bord de l'asphyxie, elle s'empressa de remplir ses poumons et tenta d'y voir plus clair. Ses yeux effectuèrent une rapide reconnaissance : cheveux noirs, traits anguleux bien trop séduisants pour être décrits, yeux aigue-marine, corps d'athlète, longues jambes musclées, le tout habillé d'un jean et d'un tee-shirt. Une nouvelle crise de tremblements la menaçant, Tania se fit une raison. Identification confirmée. Pas de doute possible. Il s'agissait bien de MacCord, le flic sexy en diable qui n'avait jamais pris la peine de la rappeler.

— Bon sang ! détective MacCord, vous…

Inspirant à fond, elle laissa sa phrase en suspens. L'adrénaline refluait lentement en elle, mais les larmes lui montaient aux yeux, difficiles à contenir.

— Hé ! protesta-t-il. Tout va bien… C'est moi, Mac.

Il s'exprimait d'un ton chaleureux, s'efforçant de la rassurer. Après avoir essuyé sous son pouce une larme qui dévalait l'une des joues de Tania, il ajouta :

— Tout va bien, maintenant.

— Tout va bien ? répéta-t-elle, incrédule.

En lui jetant un regard inquiet, il prit sa joue en coupe sous sa main et tenta de l'amadouer par une caresse. Tania fronça les sourcils. Il croyait s'en tirer ainsi ? Après lui avoir fait la peur de sa vie ? Ne pas l'avoir rappelée était une chose, mais pas question qu'elle lui pardonne ce qu'il venait de faire. Avec un grondement outragé, elle repoussa violemment sa main de son visage.

— Tout va bien ! reprit-elle. Vous avez donc complètement perdu la tête ?

— Tania…

— Espèce de fils de pute ! D'où débarquez-vous comme ça ? Et pourquoi ne m'avez-vous pas rappelée ? Vous auriez pu me passer un coup de fil, au lieu d'arracher ma portière !

Ouaip ! aucun doute là-dessus : elle devait être bonne pour l'asile. Le trou béant du côté passager était bien le cadet de ses problèmes. Ce qui clochait vraiment était le numéro d'équilibriste de Mac sur le toit de sa voiture, avant son intrusion. Ajouté à cela, le fait qu'il était à présent assis à côté d'elle – ses genoux coincés contre le tableau de bord, lui-même prenant toute la place dans l'habitacle – et…

Bordel ! tout cela n'a aucun sens.

— Espèce de stupide petit…

Elle se tut, préférant conclure par un nouveau coup de poing dans son épaule. Il tressaillit et marmonna quelque chose qu'elle ne comprit pas. Incapable de s'en empêcher, elle le frappa encore.

— Imbécile ! cria-t-elle. Vous m'avez fait peur !

— Je sais, reconnut-il. J'en suis désolé, et je m'en excuse.

Comme elle ne cessait pas de le frapper, il emprisonna entre ses mains chacun de ses poignets. *Dieu, ce qu'il a de grandes paluches !* Mais pourquoi s'en étonner ? C'était un colosse : au moins un mètre quatre-vingt-dix de chair masculine, dégageant une affolante senteur d'homme, provoquant au contact un délicieux frisson, et, avec ça, des yeux de la couleur d'un lagon tropical et…

Tania se reprit en sursautant. *C'est quoi, ton problème, ma fille ?* Il venait de la faire vieillir prématurément de dix ans, et que faisait-elle ? Elle se laissait prendre au piège et s'inclinait vers lui, au lieu de le repousser. Elle se délectait de sa douce chaleur, de son odeur virile, alors qu'il l'immobilisait en lui emprisonnant les poignets. Elle aurait dû se sentir prise au piège, mais tout au contraire elle se calmait, s'apaisait à son contact. Les battements de son cœur avaient retrouvé un rythme plus normal. Ses nerfs n'étaient plus tendus à craquer.

Ce qui était complètement dingue, et même dinguissime…

Dans l'espoir de reprendre ses esprits, elle s'efforça de se libérer.

— Lâchez-moi !

— Vous allez encore me frapper ? s'enquit-il.

— Peut-être.

Une lueur d'amusement flamba dans les yeux de Mac. L'esquisse d'un sourire flotta sur ses lèvres.

— Cash en toutes circonstances, commenta-t-il. C'est une des choses que j'aime chez vous.

Tania plissa les yeux. Ah oui ? Il *aimait* ça chez elle ? Elle serra les dents, décidée à ne pas se laisser charmer, mais l'homme paraissait aussi dangereux que son sourire…

— Ravie d'agrémenter votre journée, mentit-elle. À présent, voulez-vous bien me *lâcher* ?

Comme il ne réagissait pas, elle ajouta un « s'il vous plaît » pour faire bonne mesure. Il tint bon, ignorant sa supplique. La chaleur de ses doigts se communiquait à sa peau, la faisant frissonner de… désir. Ce type ne savait donc pas s'arrêter ? Et pourquoi ne pouvait-il pas être un peu moins sexy ?

C'était d'autant plus dommage que ses phéromones ne semblaient pas décidées à la laisser en paix. S'il avait pu être un peu plus repoussant, il lui aurait facilité la tâche et elle aurait pu se focaliser sur la colère qu'il lui inspirait.

— Je suis désolé de vous avoir effrayée, répéta-t-il.

Il prit une profonde inspiration et son visage passa en un clin d'œil de l'amusement au sérieux le plus absolu.

— Si j'avais pu faire autrement, reprit-il, je l'aurais fait. Mais, pour le moment, il nous faut repartir. Cet endroit n'est pas sûr.

Tania sentit un frisson lui remonter l'échine.

— Qu'est-ce qui se passe ? demanda-t-elle.

— Démarrez, ordonna-t-il sans lui répondre.

Le silence retomba, uniquement troublé par le bruit rythmé des essuie-glaces. Tania hésitait. Pouvait-elle lui faire confiance ? Pouvait-elle prendre ce risque, en avait-elle même envie ? Elle ne parvenait pas à se décider et son incertitude planait entre eux. Mac avait débarqué de nulle part. Il avait même *atterri* sur le toit de sa voiture, nom de Dieu ! Il aurait fallu être idiote pour accepter de le suivre, mais peut-être était-ce exactement ce qu'elle était : une parfaite imbécile, parce qu'il lui paraissait sincère et qu'elle avait envie de lui obéir.

Elle sentait intuitivement qu'elle pouvait lui faire confiance. Il était agréable d'être assise à côté de lui, comme s'il avait gagné le droit d'être là, comme si elle pouvait les accepter, lui et l'aide qu'il lui offrait, même si elle ignorait en quoi elle aurait pu en avoir besoin.

Dire que tout ça était dingue ne suffisait pas. Il aurait fallu mettre une majuscule à ce mot et trois points d'exclamation derrière… Elle pouvait de ce pas aller se faire admettre dans l'asile de fous le plus proche, enfiler la camisole et passer directement à la case « dingo » !

Du bout de son pouce, Mac lui caressait l'intérieur du poignet. La chair de poule hérissa sa peau tandis qu'avec douceur et obstination il effleurait l'endroit où battait son pouls. Le temps paraissait s'être arrêté. Captivée par ses yeux, elle se noyait dans son regard. Une image s'imposa soudain à son esprit : il la serrait dans ses bras, elle lui rendait ses baisers avec passion. L'intensité du désir qui les poussait l'un vers l'autre n'avait d'égale que le plaisir incroyable qui en découlait.

Une douce sensation se diffusa en elle, jusqu'au creux de son ventre. Tania inspira longuement, et il l'imita. Un grondement bas et à peine perceptible monta de la gorge de Mac, accentuant ce qu'elle ressentait jusqu'à ce qu'elle ne puisse plus en douter. Les sourcils froncés, elle refusa d'y croire. C'était impossible : elle ne l'avait rencontré qu'une fois. En se mordillant la lèvre, elle se laissa aller au doute. Une fois, vraiment ?

Oui, une seule fois, au poste de police, lorsqu'il l'avait interrogée au sujet de Myst.

Sauf qu'au contact de ses doigts elle ne pouvait nier la connexion qui les unissait ni résister à l'attraction qu'il exerçait sur elle. Quelque chose d'étrange s'était passé entre eux. Certes, elle ne parvenait pas à se le rappeler, du moins pas tout à fait, mais elle sentait qu'au fond de sa mémoire se cachait un souvenir qui lui fournissait des bribes d'information. Une image se présenta brièvement à son esprit, dans laquelle elle se vit avec lui. Sur un lit. Mêlés l'un à l'autre. Lui, se déchaînant au-dessus d'elle. Elle, le suppliant de ne surtout pas s'arrêter.

Tania ravala difficilement sa salive. Bon Dieu, je le connais ! Elle le connaissait même *intimement*...

—Inspecteur..., commença-t-elle, en proie à l'inquiétude.

—Appelez-moi Mac, la corrigea-t-elle.

Il lui lâcha enfin les poignets, et, loin d'apprécier sa liberté retrouvée, Tania s'étonna de regretter déjà la chaleur de ses mains.

—Je ne suis plus policier, précisa-t-il.

Plus policier ?

—Qu'est-ce qui s'est passé ? s'enquit-elle.

Elle avait besoin de savoir. Il le fallait pour prendre la bonne décision. Conduire jusqu'en ville et le larguer ? ou rester avec lui ? Difficile de décider dans quel précipice se jeter...

Avec lui ? Sans lui ? Un picotement se manifesta le long de ses épaules. Elle avait envie de lui faire confiance. Vraiment, elle en avait envie, mais une vie entière de souffrance – déboires, désappointements, trahisons –, à regarder sa mère commettre erreur sur erreur avec les hommes, l'incitait à la prudence. Sauter, d'accord… mais pas sans s'assurer d'abord de retomber sur ses pieds.

— Tania, faites-moi confiance…, murmura-t-il. Nous devons y aller. Maintenant !

Son timbre de voix profond passait sur elle comme une caresse, ce qui l'effrayait et l'exaltait à la fois. Mais ce furent l'urgence qu'elle sentit dans ses paroles et l'inquiétude qu'elle lut dans ses yeux qui la poussèrent à l'action.

— Vous me foutez la trouille, constata-t-elle en enfonçant la pédale d'embrayage. J'espère au moins que vous vous en rendez compte ?

— Allez-y.

Posant la main sur le levier de vitesses, il enclencha la première, l'incitant à ne pas rester stationnée au milieu de la route.

— Je vous expliquerai plus tard, promit-il.

— Promis ?

— Juré !

Et c'est ainsi, avec rien de plus qu'une promesse et la fermeté de son regard aigue-marine, que Tania envoya valser par la fenêtre toute une vie de prudence. Mais en embrayant doucement pour quitter son stationnement, elle se surprit à écouter une dernière fois les mises en garde de son instinct, qui lui dictait de se montrer prudente. Quelque chose avait changé. D'une manière ou d'une autre, Mac était différent : plus concentré, plus brutal, plus intense et plus fort, mentalement comme physiquement. Il paraissait étrange qu'elle puisse le percevoir, mais…

Cela ne faisait aucun doute. Elle pouvait sentir le changement qui s'était opéré en lui.

Au sortir du dernier virage, elle prit de la vitesse sur la ligne droite menant à Gig Harbor, dont les lumières s'étendaient sous elle en un tapis scintillant.

D'un regard en biais, elle étudia le profil de Mac en espérant ne pas avoir fait le mauvais choix. L'intuition lui disait que non. La logique lui dictait que oui.

Dans un cas comme dans l'autre, elle était déjà mouillée jusqu'au cou dans cette histoire et s'y enfonçait à toute vitesse. En compagnie d'un ex-flic devenu… elle ne savait quoi exactement. Une chose, cependant, semblait sûre : elle savait reconnaître les ennuis lorsque ceux-ci se présentaient à elle. Une erreur commise sous l'effet de la curiosité et l'influence de la folie – voilà ce qu'était Mac pour elle. Tania espérait qu'elle vivrait assez longtemps pour pouvoir le regretter.

Le vent qui s'engouffrait par la portière béante giflait Mac au visage et faisait voler ses cheveux dans ses yeux. Il observa Tania à travers ses mèches noires avant de les repousser entre ses doigts écartés. Il faudrait bien qu'il se décide un jour à faire quelque chose pour que sa tignasse ne se transforme pas en nuisance. Par exemple, se faire faire une nouvelle coupe. Il pourrait aussi en profiter pour s'offrir un nouveau cerveau.

Le sien, à l'évidence, dysfonctionnait sévèrement.

La même chose se produisait chaque fois qu'il posait les yeux sur elle. D'accord, il exagérait un peu, mais pas tant que ça. Au poste, quand il l'avait vue faire les cent pas de l'autre côté d'un miroir sans tain, Angela l'avait chambré en le voyant réagir comme un ado boutonneux à ses premiers émois. Il était dommage qu'elle ne soit plus là pour se moquer de lui, parce que cette fois encore il remettait ça… En présence de Tania, manifestement il était voué à concourir pour le championnat du monde du ridicule.

Bordel ! se conduire comme un imbécile était exactement ce dont il n'avait pas besoin.

Hélas ! cela ne semblait pas devoir s'arranger. Il pouvait sentir la tension monter, son propre désir atteindre des sommets. Le dragon en lui s'éveillait, tapi au fond de son être, entièrement concentré sur la femme assise à côté de lui. Mac se forçait à respirer à fond pour s'empêcher de s'incliner vers elle et de goûter à sa bouche, à la courbe émouvante de sa lèvre inférieure, au tendre contour de son menton, à la peau douce et satinée de son cou. N'importe quelle partie de son anatomie aurait fait l'affaire, pourvu qu'il puisse à loisir s'y attarder et savourer sa beauté.

Mac secoua la tête, espérant remettre un peu d'ordre dans ses idées. Il avait besoin de se ressaisir… dans les cinq secondes qui allaient suivre. Autrement, il se résignerait à se conduire comme un imbécile, à la tirer *manu militari* de son siège et à l'attirer…

Oui, directement entre ses bras, tout contre lui.

Ce qui n'avait rien d'une bonne idée. Surtout en prenant en compte le fait qu'elle conduisait et qu'ils roulaient à tombeau ouvert sur une route dont plus aucune portière ne le séparait.

Ce détail suffit à le dégriser rapidement. Ce n'était pas le moment de se laisser distraire mais, même s'il avait regagné le contrôle de son cerveau, l'attirance qu'elle exerçait sur lui continuait de jouer à plein. Aux aguets, il absorbait avidement chaque détail de sa physionomie : ses cheveux noirs rassemblés en une queue-de-cheval, ses mains gracieuses sur le volant, toutes ces étendues de peau douce et de courbes émouvantes offertes… sa façon de manier le levier de vitesse tout en douceur, qui lui donnait la chair de poule.

Tania rétrograda habilement et négocia le dernier virage. Mac serra les poings et les dents, résigné à résister à l'énergie chauffée à blanc de son aura, qui l'attirait irrésistiblement. Pour se changer les idées, il jeta un coup d'œil au cadran de vitesse : plus de cent à l'heure dans un virage. Ses lèvres s'incurvèrent. Dire qu'elle savait conduire était un euphémisme. Sous ses dehors fragiles, elle avait l'étoffe d'un pilote de rallye… et elle semblait bien trop sexy au volant, tenant bon la barre là où la plupart des femmes auraient disjoncté.

Mac se laissa aller à sourire franchement. Bon Dieu ! quel phénomène elle faisait… Et lui, il était dans les emmerdes jusqu'au cou, si impressionné par elle qu'il franchissait la ligne rouge et abordait la zone de danger – celle où son côté jouisseur entrait en conflit avec son allergie à l'engagement. Il ne pouvait pas aimer ça, étant donné son amour de la liberté et son style de vie de célibataire endurci. Un piège dans lequel il n'était pas décidé à tomber n'était pas pour lui faire peur – du moins pour ce qui concernait ses rapports avec les femmes –, mais avec Tania il avait envie de prendre tout son temps, d'explorer tout son soûl, de jouer avec l'idée de la garder près de lui quelque temps et…

Bon Dieu ! il déconnait sérieusement. Il n'avait plus toute sa tête et outrepassait ses droits. Il fallait que ça cesse. Tout de suite.

Sa mission ne nécessitait pas qu'il joue les amoureux transis. Il devait juste mettre Tania à l'abri des Razorback, si ceux-ci se décidaient à débarquer. Ce qui risquait de se produire sous peu, étant donné le reportage diffusé dans la soirée grâce auquel le visage de la jeune femme s'était affiché sur tous les écrans.

Leurs ennemis n'étaient pas bêtes. L'intelligence était au contraire une de leurs caractéristiques, de même que la férocité. Parfaitement au fait des technologies humaines et des bases de données, Ivar surfait sur le flux d'informations du

Net aussi bien que Sloan. Cela ne faisait donc aucun doute : aussitôt que les Razorback auraient repéré Tania et fait le lien avec Myst, on pouvait s'attendre à les voir rappliquer.

Ce qui impliquait de la mettre à l'abri aussi vite que possible.

Plus facile à dire qu'à faire. D'abord, parce que son désir pour elle – et l'imagination débridée qui le nourrissait – ne cessait de lui mettre des bâtons dans les roues en le distrayant. Ensuite, parce que Tania n'avait rien à voir avec les femmes avec qui il sortait habituellement – ou, plus exactement, avec qui il couchait. Elle n'était pas une charmante idiote et acceptait mal de recevoir des ordres. Comme elle était dotée d'un cerveau en état de marche dont elle savait se servir, il ne fallait pas attendre d'elle qu'elle obéisse d'abord et réfléchisse ensuite.

Il ne devait pas manquer de types pour commettre l'erreur de la juger à l'aune de sa seule beauté, mais lui n'était pas de cette eau-là. Il voyait Tania exactement pour ce qu'elle était. Élégante au possible en jean moulant, chaussée de bottes de designer et vêtue d'un élégant sweater qui mettait ses courbes en valeur, elle avait tout d'une femme sophistiquée et intelligente qui n'avait pas sa langue dans sa poche. Il suffisait d'ajouter à cela une détermination sans faille et une bonne dose de curiosité pour obtenir – bingo ! – la recette d'un désastre imminent. Avec une cerise sur le dessus. Même en abordant le problème sous tous les angles, Mac ne voyait pas comment elle pourrait se satisfaire de réponses tronquées. Sa formidable intelligence, il la devinait à l'œuvre au fond de ses yeux pailletés de rouge sombre, tandis qu'elle aussi l'observait à la dérobée.

Prête à faire feu, elle visa et le mit en joue en cherchant son regard. À regret, Mac tourna la tête vers elle et eut la confirmation de ce qu'il redoutait. Il n'en fallait pas plus pour qu'il se retrouve acculé dans les cordes. Ce n'était plus qu'une affaire de temps. Encore quelques nanosecondes et l'interrogatoire…

— Tout cela est en rapport avec la disparition de Myst, n'est-ce pas ?

Passant ses vitesses avec habileté, Tania dépassa en trombe le panneau routier annonçant l'entrée de Gig Harbor. « Bienvenue ! » claironnait celui-ci. *Ouais, bien sûr…* Quelque chose lui disait que les minutes à venir n'auraient rien pour lui d'une petite réception de bienvenue. Alors que Tania se mettait en quête de réponses, il ne fallait pas y compter.

— Que se passe-t-il ? reprit-elle. Est-ce qu'elle va bien ? Vous l'avez vue ?

Mac entrouvrit la bouche pour lui répondre. Elle le prit de court en lui adressant une nouvelle salve.

— De quoi s'agit-il ? Elle bénéficie d'un programme de protection de témoins, c'est ça ? Veulent-ils l'atteindre à travers moi ? Doit-elle témoigner contre quelqu'un ? Un tueur en série ? Un gros ponte de la mafia ?

Un tueur en série ? Mac ne put réprimer un sourire. Elle était vraiment adorable, et personne ne pourrait l'accuser de manquer d'imagination – ou de soupçonner la vérité, Dieu merci ! Du moins pour le moment… Devoir la confronter aux réalités du genre dragonin interviendrait bien assez tôt, mais quelque chose lui disait qu'il valait mieux que Myst soit présente pour cela. Autrement, Tania perdrait les pédales. Et en dépit – ou peut-être à cause – de l'urgence de la situation, Mac préférait éviter de lui faire peur. Faire preuve de douceur et de gentillesse avec elle demeurait la meilleure option – du moins, celle qu'il préférait.

Comme ils s'engageaient dans des artères bordées de maisons d'habitation, Tania ralentit fortement l'allure. La Mini fit un petit écart quand elle le supplia dans un murmure :

— Dites-moi seulement qu'elle est en sûreté !

Mac acquiesça d'un hochement de tête et se représenta mentalement Bastien et Myst en une série d'instantanés. Il la chérissait tant que c'en devenait gênant, et il la rendait heureuse même s'il ne parvenait pas à cacher l'affreux museau de sa nature surprotectrice. Jamais il ne semblait pouvoir se rassasier d'elle. Alors pouvait-on dire qu'elle était en sûreté auprès de lui ? Cela ressemblait à un euphémisme… Le commandant des Nightfury n'aurait pas permis qu'il en soit autrement.

En soutenant le regard de Tania, il répondit :

— Elle est dans de très bonnes mains.

Elle accueillit sa confidence par un soupir de soulagement.

— Pourrai-je la voir ? s'enquit-elle dans un souffle.

— C'est auprès d'elle que je vous conduis.

La joie illumina son regard une seconde avant qu'elle n'éclate sur son visage. Tania actionna son clignotant et tourna à droite dans l'artère principale qu'éclairaient les vitrines et leurs enseignes luttant avec l'éclairage urbain. En la voyant lui sourire, il sentit son cœur s'emballer et suivit son exemple en laissant ses lèvres se retrousser. Bon sang ! ce que ça faisait du bien de lui donner ce qu'elle attendait, de la faire sourire, d'être la cause de son bonheur. Et en partageant ce moment avec elle, Mac se demanda s'il ne venait pas de découvrir sa vocation…

— *Yo ! Mac ?*

Même par le biais d'une communication télépathique, Forge ne parvenait pas à cacher son amusement.

— *Te voilà bien silencieux, mon garçon…*, reprit-il. *Tu t'amuses bien, là-dedans ?*

— *La ferme !*

Quittant des yeux ceux de Tania, il risqua un regard par la vitre arrière et ajouta :

— *Et occupe-toi de tes oignons !*

Le rire télépathique de Rikar se fit entendre.

Mac réprima un juron. Il était dans le pétrin, à présent.

Il aurait mieux fait de fermer son clapet. Garder le silence et laisser penser au duo volant qui leur filait leur train qu'il ne se passait rien que de très ordinaire dans le véhicule, qu'il n'était pas tombé sous le charme de Tania. Forge était aussi enragé qu'un chien après son os quand il pensait tenir une histoire susceptible d'embarrasser un de ces coéquipiers. Il ne se lassait pas d'en faire des gorges chaudes à n'en plus finir. Et maintenant que Rikar se mettait de la partie, c'était le bouquet!

Comme par un fait exprès, celui-ci crut bon d'intervenir.

— *Bien joué, mec...* (Le lien télépathique transmettait jusqu'au bruit que faisaient ses écailles en s'entrechoquant.) *Elle est fâchée, pour la portière?*

— *Va te faire foutre!*

— *Non, merci. Je préfère ma douce.*

Autrement dit... Angela, celle dont Mac avait unilatéralement proclamé qu'elle était sa sœur.

— *Je vais te botter le cul en rentrant!* lança-t-il, menaçant.

— *Tu peux toujours essayer...*

— *Demande à Forge ce qui se passe quand j'essaie.*

— *C'est un maître du kung-fu*, le prévint l'intéressé d'un ton lugubre. *Tu peux numéroter tes abattis.*

Mac serra les dents pour s'empêcher de rire. Il ne pouvait s'en empêcher : même s'ils savaient se rendre insupportables, il adorait ces gars-là. Tous lui faisaient sentir d'une manière ou d'une autre qu'il était des leurs, qu'il méritait de faire partie des Nightfury, et cela lui faisait du bien. Cela semblait tout naturel, et c'était pour lui le plus précieux des cadeaux, qu'il refusait de tenir pour acquis, même quand ses nouveaux potes ne se privaient pas de le chambrer.

Bloquant mentalement ses amis, il en revint à Tania en fronçant les sourcils. Que venait-elle de dire? Quelque chose à propos de Ted Bundy? À croire qu'elle avait un faible pour les tueurs en série, ou au moins qu'elle connaissait sur le bout des doigts le curriculum des pires psychopathes.

— Donc, vous voyez, poursuivit-elle en dépassant le drugstore, il n'était pas vraiment un…

Un picotement insistant se fit sentir sur la nuque de Mac, qui l'empêcha de prêter attention à la suite du monologue. Ses sens de dragon s'éveillèrent. Ne prêtant qu'une oreille distraite à la conductrice, il se focalisa sur le signal qu'il venait de recevoir. Cela ressemblait davantage à une vibration qu'à une sensation, et elle se manifesta de plus belle. Mac sentit ses poils se dresser sur ses avant-bras. Toutes sortes d'alarmes retentissaient sous son crâne. Ce qui ressemblait à un bruit parasite prit encore de l'ampleur. Sous sa peau couverte de chair de poule, ses muscles se bandèrent.

Putain, les Razorback! Ils arrivaient à vive allure, prêts à en découdre, chargés de haine, bourrés jusqu'à la gueule d'intentions vicieuses.

Le besoin instinctif de protéger les siens et son territoire le mit aussitôt en alerte. Mac jeta un coup d'œil à Tania, qui poursuivait son monologue. Elle en était à évoquer le tueur de Green River. Bon sang! qu'est-ce qu'une femme comme elle avait besoin de connaître à propos des tueurs en série?

Apparemment, tout… Elle semblait être une encyclopédie vivante sur le sujet. Et à en juger d'après les parasites qui se faisaient assourdissants sous son crâne, elle allait bientôt avoir l'occasion d'en rencontrer toute une bande.

— Bordel de merde!

La formation se dirigeait vers le sud, ce qui n'était pas bon signe. Il avait espéré pouvoir la mettre au courant au sujet des dragons en douceur, mais ça n'allait apparemment pas être possible alors qu'une horde armée de griffes, de crocs, et caparaçonnée d'écailles se lançait à leurs trousses.

— Je vous demande pardon? s'étonna-t-elle.

— Rien, *mo chroí*.

Tania lui lança un regard étonné et répéta maladroitement :

— Mo… quoi ? Que venez-vous de…

— Oubliez ça, l'interrompit-il.

Il valait mieux, en effet… Venait-il vraiment de l'appeler « mon cœur » en gaélique ?

Les mâchoires serrées, Mac songea que le moment était plutôt mal choisi pour se souvenir de ses racines. Ni du voisinage au langage plutôt cru auprès duquel il avait grandi. Certaines choses, pourtant, se laissaient difficilement exorciser. Son ascendance irlandaise en était une, et ce qu'il ressentait pour elle une autre. Il avait beau s'efforcer de lui trancher la tête, la vérité finissait par pointer sa vilaine tronche : la part de dragon en lui adorait Tania. Beaucoup trop… Et même si cela le défrisait beaucoup, ce petit mot doux sonnait juste et paraissait parfaitement adapté, en ce qui la concernait.

— Hé, Mac ! lança-t-elle avec une certaine inquiétude en faisant jouer ses doigts sur le volant. Pourriez-vous…

Les yeux plissés, il l'arrêta en dressant une main devant elle.

— Une minute !

Il avait besoin de se concentrer sur le signal et…

Mac poussa un grognement de dépit en maudissant sa condition de novice. Il percevait la présence de leurs ennemis mais, par la faute de son don magique encore approximatif, il avait du mal à évaluer à quelle distance ils se trouvaient.

L'inquiétude qu'il nourrissait pour la sécurité de Tania le poussa à faire appel au second.

— *Rikar… à quelle distance de nous sont-ils ?*

— *Cinq kilomètres. La première vague vient d'entrer dans le triangle de combat.*

— *La première vague ?*

Nom de Dieu ! ça sentait très mauvais.

— Tania ! tournez à gauche. Tout de suite.

— Mais…

— Faites ce que je vous demande. Nous n'avons pas le temps.

— Mais… de quoi est-ce que vous parlez ?

En soutenant son regard interloqué, il répondit :

— Faites-moi confiance et tournez.

Les jointures de ses doigts blanchirent sur le volant juste avant qu'elle se décide à lui obéir. Le moteur gronda. Elle négocia le virage si vite que l'arrière de la Mini dérapa. La main agrippée au rebord du toit, Mac s'accrocha et se lança dans une exploration mentale des environs. Il avait besoin d'informations, de situer l'ennemi sur une carte imaginaire, d'estimer le nombre et la vitesse du contingent en approche – tout ce qui pouvait lui permettre de les guider au plus vite hors de cette ville.

Son sonar interne tintait sans relâche, couvrant une grande surface de terrain sur laquelle son don magique se répandait tel un voile invisible, repérant arbres et rochers, immeubles élevés et résidences compactes, interférences électriques. Rapidement, il fit le tri de cette masse d'informations, interprétant les vibrations qui l'intéressaient, ignorant le reste.

Plus que deux minutes, conclut-il. Cent vingt secondes avant que l'ennemi attaque en masse.

Puisant une fois encore dans ses ressources magiques, il fit apparaître un Sig 40 dans chacune de ses mains. Les munitions arrivèrent aussitôt après et rebondirent sur ses genoux. Sans perdre une seconde, il ouvrit la boîte, éjecta le chargeur d'une des armes et entreprit de la remplir de balles.

Le bruit qu'il faisait attira l'attention de Tania, qui tressaillit en découvrant son arsenal. La voiture fit une embardée.

— Bon sang ! s'exclama-t-elle. Mais comment… Que…

Elle se tut, incapable de poursuivre, et Mac se garda bien de lui répondre. Ayant achevé de charger une arme, il passa à l'autre.

— Le pied au plancher, Tania ! ordonna-t-il. Direction : le pont.

— Mais… mon hôtel ? Mes bagages ? J'ai besoin de…

— Oubliez tout ça, l'interrompit-il. Nous avons de plus gros problèmes.

Il inséra le deuxième chargeur dans un claquement sec et vit les yeux de Tania s'agrandir démesurément. Plus tard, se promit-il, il pourrait s'excuser de lui avoir fait peur, d'avoir refusé de lui répondre. Mais, pour le moment, rien d'autre ne comptait que de la tirer vivante de ce piège.

— De plus gros problèmes ?

Tania marqua une pause. Sur son visage, la panique le disputait à l'incompréhension.

— Vous ne comprenez pas, reprit-elle. Il faut absolument que je passe un coup de fil. Mon téléphone est resté dans ma chambre. J'ai fait… une bêtise. J'ai donné une interview qui pourrait nuire à ma sœur si elle est diffusée. J'ai besoin de contacter la journaliste qui m'a interrogée pour lui…

— C'est trop tard.

Mac la quitta des yeux, jeta un coup d'œil par la vitre arrière et se mit à l'écoute de radio Nightfury. Ses coéquipiers étaient en vol et veillaient sur eux d'assez prêt, mais l'ennemi était plus proche encore et ses frères d'armes ne pourraient les rejoindre à temps. Affûtant sa vision nocturne, il scruta le ciel et ajouta :

— L'interview a déjà été diffusée. Elle a fait la une du journal de ce soir. Pourquoi croyez-vous que je suis ici ?

— Oh, mon Dieu !

Dans ses yeux, il lut une profonde détresse et sentit son cœur se serrer. Mac ne pouvait supporter la souffrance de

Tania ni l'ignorer. En murmurant son nom, il posa l'une de ses armes et lui caressa la joue. La douceur de sa peau contre sa paume fit surgir en lui un pic d'énergie. Cette vague puissante se diffusa dans tout son être. Mac déglutit péniblement et s'efforça de maîtriser sa réaction à son contact. Des larmes perlaient aux paupières de Tania et il aurait voulu les essuyer sous ses lèvres, la consoler longuement. Faute de pouvoir le faire, il agit plutôt sur son flux d'énergie et absorba un peu de son anxiété pour la soulager.

— Faites-moi confiance, *mo chroí*, murmura-t-il. Je vous promets que tout ira bien.

En la voyant bravement hocher la tête, il la lâcha et fit appel à son commandant.

— *Bastian ? Combien sont-ils ?*

— *Beaucoup*, répondit celui-ci dans un grondement sourd. *Trop nombreux pour être comptés.*

En plus de la colère, Mac avait perçu autre chose dans ses propos. De l'inquiétude ? *Chierie !* D'un coup, la situation passait de « critique » à « désespérée ».

Capable d'évaluer à distance les capacités d'un dragon, Bastian constituait habituellement une source précieuse d'informations. Ce don était aussi rare que précieux lors d'un combat. Grâce à lui, les Nightfury savaient toujours à quoi s'attendre et connaissaient l'âge, les dons particuliers et la nature des gaz crachés par chacun de leurs ennemis.

L'entendre déclarer qu'il ne pouvait dénombrer exactement ceux qui étaient en train de fondre sur eux n'était donc pas bon signe. Sept contre une vingtaine – une trentaine ? – de mâles déchaînés ne pouvait constituer un bon rapport de force…

Un flot d'adrénaline inonda ses veines, le préparant à l'action. Le besoin de se joindre au combat se faisait sentir, mais il était hors de question pour lui de quitter la voiture et de laisser Tania se débrouiller sans lui. Il était de sa responsabilité d'assurer sa protection, et il ne la quitterait pas tant qu'il ne la saurait pas parfaitement à l'abri.

— *Écoutez tous…*

Puisant sans compter dans ses ressources magiques, Mac se mit en relation télépathique avec chacun de ses coéquipiers.

— *Changement de stratégie*, expliqua-t-il. *Nous prenons la direction du pont de Tacoma. Quand nous atteindrons cette ville, je lui trouverai un endroit sûr où attendre et je vous rejoindrai.*

— *Il n'en est pas question*, gronda Rikar.

— *Reste auprès de ta femelle!* ordonna Bastian d'un ton sans réplique. *Mets-la à l'abri et reste près d'elle, Mac. Nous assurons tes arrières jusque-là.*

— Merde! maugréa-t-il tandis qu'ils empruntaient la rampe d'accès au Narrows Bridge.

Celui-ci n'offrait à leurs yeux que ses doubles voies désertes, ses perspectives de béton et ses immenses pylônes d'éclairage.

— Foncez! ordonna-t-il à Tania.

Le pied au plancher, elle fit bondir son véhicule. Mac déploya son don magique dans toute sa puissance. Un coup de tonnerre retentit au-dessus de leurs têtes. Les premières gouttes explosèrent sur le pare-brise. Ils y étaient presque. Plus que quelques centaines de mètres, et…

Une boule de feu traversa le ciel nocturne.

La flamme orangée se déploya dans un vrombissement sourd et un flash de lumière avant de frapper le pont en son centre dans une gerbe de métal et d'asphalte déchiquetés. Le souffle de l'explosion les balaya. Les débris vinrent frapper l'avant de la voiture tels des shrapnels, emportant le capot. Dans un hurlement de pneus malmenés, la Mini freina pour éviter de plonger dans le gouffre béant ouvert dans la chaussée.

Un dragon rouge aux yeux roses et luisants parut surgir des ténèbres.

Ses ailes largement déployées, la gueule entrouverte sur ses crocs acérés, Ivar reprenait son souffle, attisant le feu rosâtre que l'on voyait luire dans son arrière-gorge. Tania poussa un grand cri. Prise de panique, les yeux écarquillés, elle s'agrippait à son volant. Il ne leur restait plus aucun refuge, sauf…

Avec un grondement féroce, Mac déboucla la ceinture de sécurité de Tania et la souleva par-dessus la console centrale. À la seconde où elle atterrit dans son giron, il empoigna le volant et le tourna violemment vers la gauche. Le véhicule fonça vers le vide sur deux roues tandis qu'une nouvelle salve enflammée les visait cette fois. La glissière latérale éventrée contre laquelle il vint buter fit office de propulseur et…

Mission accomplie !

Dans une Mini Cooper délabrée qui ressemblait plus à un piège mortel qu'à une bouée de sauvetage, ils prirent leur envol vers la surface noire et clapotante qui les attendait en contrebas.

Chapitre 9

Sur zone avant les autres, Venom se précipita et vit sans en croire ses yeux un tas de tôles rouge rayé de bandes blanches s'élancer dans le vide depuis le pont éventré.

— *Aïe!* s'exclama-t-il. *Ils vont à la flotte...*

— *Oh, merde!* renchérit Rikar, qui déboulait dans un tourbillon de neige d'un front nuageux. *Jamais un instant de tranquillité...*

— *Ce petit a de la ressource...*

Venom leva la tête et vit sans surprise apparaître une tache violette dans le ciel. On pouvait compter sur Forge pour approuver la décision de Mac de faire le saut de l'ange dans une boîte de conserve sur roues. En un mois à peine, ces deux-là étaient devenus inséparables, la relation mentor-novice établissant un lien indestructible entre eux. Ce qui n'était pas une mauvaise chose. Une combinaison optimale, de bien des manières. Venom ne pouvait pourtant approuver l'initiative de Mac et se rangeait plutôt dans le camp du commandant, qui en redoutait les conséquences.

Foutue bleusaille! Inutile de croire qu'il ne l'avait pas fait exprès.

Quittant des yeux la Mini qui piquait du nez vers la flotte, Venom reporta son attention sur le pont sans rien découvrir de suspect. Rien à l'horizon. Pas de dragon rouge en vue. Il savait pourtant qu'Ivar était là – il avait eu le temps de voir ce salaud. Il aurait reconnu ce fils de pute aux yeux roses n'importe où. À présent, il n'avait plus qu'à le débusquer et à lui faire la peau. L'adage ne disait-il pas qu'il suffisait de décapiter le serpent pour s'en débarrasser ?

Sans leader, aucun mouvement ne pouvait survivre.

Venom espérait que cela se vérifierait et que la fin d'Ivar signifierait celle des Razorback. Pas de tentacules ni de racines se déployant dans les profondeurs du genre dragonin. Aucun terrain favorable pour que puisse y prospérer leur néfaste idéologie. Juste une faction de voyous n'agissant que par elle-même.

Hélas ! Venom avait un peu de mal à y croire.

Les Razorback étaient acharnés, motivés, persuasifs. Ils étaient doués pour camoufler leur forme particulière de délire sous de nobles dehors. Il ne manquait jamais de mâles – aussi puissants qu'inconséquents – pour succomber à leur bla-bla. Il suffisait de constater combien étaient nombreux les salauds qui convergeaient vers les Nightfury dans le ciel de Gig Harbor pour s'en rendre compte.

Quelqu'un devait soutenir la bande de fêlés psychotiques d'Ivar. Quelqu'un qui avait de l'argent et de l'influence. Quelqu'un qui souhaitait tout autant qu'Ivar voir l'humanité anéantie. Génocide à l'échelle planétaire... Extinction d'une race de la plus brutale des manières qui soient. Le tout emballé dans le papier cadeau de préoccupations environnementales.

C'était tout simplement brillant. Et dangereux au possible.

Raison de plus pour passer à l'action.

Venom enclencha sa vision nocturne et se mit en quête de sa proie. Ses yeux scintillèrent, projetant devant lui un faisceau rougeâtre. Les lumières diffuses de la tempête arrachèrent des reflets à ses écailles d'un vert sombre quand il plongea en direction de la marina, agitant la surface de l'eau sur son passage. Les bateaux pris dans le souffle de ses ailes oscillèrent comme des maquettes à la surface d'un bassin. Leurs mats s'entrechoquèrent. Il s'en fichait. Il aurait semé la dévastation s'il l'avait fallu, et mis KO le moindre humain qui traînait dans le secteur pour protéger sa bande.

Même Mac, cet imbécile de bleu inexpérimenté.

Quoique…

À présent qu'il y réfléchissait, il devait admettre que son petit numéro de plongeon était plutôt bien joué. Dingue sur les bords, bien sûr, mais futé tout de même. Surtout si l'on prenait en considération qu'il était un dragon d'eau. Venom réprima un frisson de dégoût. Il avait beau faire un effort, même après un mois il continuait à ne pas piger ce goût pour l'océan. Cela réveillait en lui des choses sur lesquelles il préférait ne pas trop se pencher, et encore moins examiner attentivement. Mais il avait beau s'en défendre, il ne pouvait ôter ces trucs-là de sa tête. Pas plus que la cruauté de son sire.

Ce qui lui arrivait chaque fois qu'il s'approchait un peu trop d'une étendue d'eau.

Alors, le nouveau membre des Nightfury pouvait bien aller se faire voir. Il s'en tiendrait à l'opinion qu'il avait de lui – à sa méfiance, à sa défiance –, du moins tant que Mac n'aurait pas acquis un peu de cervelle et appris à contrôler l'élément qu'il commandait… autrement dit l'élément le plus destructeur qui soit.

Crétin de novice! L'imbécile allait finir par tous les faire tuer.

Venom piqua à la verticale vers les piles de soutènement du pont. Du moins, ce qu'il en restait. Éventrée comme elle l'était, la structure vacillait, luttant contre la force de gravité qui l'attirait vers le Puget Sound. De l'intérieur de la voiture lui parvint un cri à glacer le sang, puis un autre, qui lui retournèrent l'estomac. Cet imbécile de mâle était en train d'offrir à sa femelle la peur de sa vie. Ce qui n'était pas cool du tout, mais…

Dans un bruit de ferraille écartelée et de rivets qui sautent, le toit de la Mini venait de céder sous l'effet d'une brusque pression interne. Mac en émergea dans son incarnation de dragon, les yeux flamboyants de colère, serrant sa femelle dans une de ses serres. La lame redoutable qui courait le long de son échine avait ouvert le toit de la voiture comme le couvercle d'une boîte de sardines…

Venom en resta médusé. Bordel de Dieu ! il lui fallait bien le reconnaître, la manœuvre était bien jouée. Qui aurait pu penser que ce petit crétin ferait un jour office d'ouvre-boîte géant ?

Le dragon rouge qui surgit dans son champ de vision le tira brutalement de ses pensées.

Étant donné qu'il était déjà parvenu de l'autre côté du Narrows Bridge, il s'empressa de virer de bord, mais Ivar, qui était resté accroché telle une gargouille à une pile du pont pour surveiller la chute de Mac, avait incontestablement l'avantage. En jurant tout bas, Venom mit les bouchées doubles. Les ailes déployées à leur maximum, il inspira profondément. S'il visait juste, peut-être son jet d'acide parviendrait-il à immobiliser le chef des Razorback.

Mac, qui avait vu venir la menace, venait de se retourner en plein vol. Dans l'une de ses serres aux griffes acérées se trouvait sa femelle. De l'autre, il retenait le véhicule accidenté, qu'il projeta comme une balle de base-ball sur son ennemi. Venom poussa un grondement approbateur. Ce plan lui plaisait, et il devait reconnaître que la puissance de lanceur du petit aurait suffi à le faire admettre dans l'une des principales ligues du pays…

Aussi précis qu'un missile à tête chercheuse, le projectile fonçait sur Ivar, qui prit conscience du danger dans un cri de surprise. Ravalant la boule de feu qu'il s'apprêtait à lancer, il fit un bond de côté pour l'éviter, bousculant au passage avec l'extrémité hérissée de sa queue l'un des réverbères géants. Celui-ci alla s'abattre à grand fracas sur la chaussée, ruinant un peu plus le revêtement d'asphalte. La Mini, après avoir manqué de peu sa cible, s'abîmait déjà dans l'eau.

Dommage… Venom aurait bien aimé voir le leader des Razorback aller se crasher en mer, la gueule farcie d'éclats de métal…

Surgissant soudain derrière lui, Venom s'attaqua à Ivar par le flanc, toutes serres en avant. Ses griffes transpercèrent la carapace d'écailles rouges. Il tira fortement, happant son adversaire au vol. L'odeur du sang couvrit celle de la pluie. Lâchant sa proie, Venom refit un tour et s'apprêta à attaquer de nouveau. Pas question qu'il laisse Ivar chercher refuge derrière les lignes de ses guerriers quand ceux-ci le rejoindraient. Il était coutumier de la manœuvre. Ce fils de pute montait rarement au front, et, à présent qu'il l'avait en ligne de mire, il comptait bien lui infliger le maximum de dégâts avant que ses laquais rappliquent.

Prêt à l'attaque, Venom dénuda ses crocs et…

« Plouf ! » Un bruit de plongeon vint mettre à mal sa concentration. Le dragon d'eau avait rejoint son élément. Il n'y avait plus à s'en faire pour lui. Une fois dans l'océan, nul ne pourrait le retrouver, ni dans son propre camp ni dans celui d'en face. Ce qui laissait le terrain de jeu dégagé.

Hélas ! il était trop tard.

Le gros des troupes ennemies venait de rejoindre son chef en se déployant autour de lui. Séparé d'Ivar, Venom replia ses ailes et plongea en spirale, dépassant la ligne de front par le dessous… ce qui eut pour effet de le séparer un peu plus des siens.

Putain de merde ! mauvais plan. On ne pouvait pas dire qu'il avait été bien inspiré. Il se retrouvait à présent complètement isolé. Pas d'allié dans le secteur. Personne pour surveiller ses arrières. Un rempart de muscles et d'écailles entre lui et ses frères d'armes.

— *Venom!* gronda Wick. *Bordel, mais qu'est-ce que tu fous? Tire tes fesses de là!*

Bonne idée, mais qu'est-ce qu'il s'imaginait? Qu'il ne faisait pas déjà tout son possible?

Venom baissa la tête et passa *in extremis* sous le ventre d'un ennemi qui fonçait sur lui, mais l'autre eut le temps de lui lacérer l'épaule avec ses griffes. Il s'efforça d'ignorer la douleur. Il ne pouvait se permettre de s'arrêter à ça alors que la meute était à ses trousses et ne lui laissait aucun répit.

En serrant les crocs pour résister à la souffrance, il fit décrire un large moulinet à l'extrémité hérissée de sa queue. Les piques effilées allèrent se ficher profondément dans le flanc d'un dragon bleu vif. Avec un grondement de satisfaction, il tira de toutes ses forces pour lacérer la chair de son adversaire. Un roulement de tonnerre se fit entendre dans les hauteurs. Alors que tombait une nouvelle averse, d'autres Razorback se joignirent à la curée. Venom parvint à éviter deux nouvelles attaques et, calculant son coup, il se positionna de manière à bénéficier du meilleur angle. Il fallait que le tir soit parfait: juste la trajectoire idéale pour infliger le maximum de bobos...

Au terme d'un rapide compte à rebours, il découvrit ses crocs, inhala profondément et expira doucement. L'enfance de l'art... Chargé d'un polluant neurotoxique, un flux verdâtre jaillit de sa gorge, semblable à une ondulation lumineuse charriant le poison. Les Razorback qui se précipitaient sur lui s'écartèrent en couinant, battant désespérément des ailes pour échapper à la contamination. Un mâle tomba en chute libre, puis un autre, tous deux asphyxiés par le choc anaphylactique.

Malheureusement, cela ne suffit pas à tirer Venom du pétrin. Il jaillissait des ennemis de partout. Semblables à un essaim de mouches, ils engageaient le combat avec ses frères d'armes, s'en prenaient à lui, empêchaient les Nightfury de le rejoindre. Grimaçant de douleur, Venom se prit un sale coup, puis un autre. Un troisième mâle réussit à l'atteindre au vol. Tournant la tête, il vit une plaie béante s'ouvrir sous ses yeux et…

Putain de bordel de merde ! cette fois, il était cuit, en zone de non-retour, sans aucune ligne de survie pour le tirer d'affaire. Complètement cramé, cela en avait tout l'air. Quant aux chances de s'en tirer en vie, elles étaient plutôt minces étant donné que…

— *Venom !* lança soudain Mac, du fond de l'océan qui déformait curieusement son appel. *Vire sur la droite, vite !*

Il s'empressa de lui obéir sans réfléchir. Les Razorback adaptèrent leur trajectoire pour le suivre. Il jeta un coup d'œil sous lui et…

Putain de Dieu ! qu'est-ce que c'était que ce truc ?

Venom eut l'impression que son cœur marquait une pause en voyant un curieux arsenal jaillir à toute vitesse de la surface de l'océan. Trois lances d'eau dont l'extrémité se terminait en trident se propulsaient telles des roquettes dans les airs. La première vint embrocher l'ennemi qui se trouvait juste derrière lui à la façon d'un chiche-kebab. Pendant que le trouduc mourait dans un nuage de cendre floconneux, quatre nouvelles lances de mer trouèrent des flancs parés d'écailles, réduisant à néant les Razorback qui l'entouraient.

—*Mac…*

De nouvelles lances fusèrent.

—*Ne me remercie pas*, l'interrompit-il. *Barre-toi ! Et vite !*

Une autre salve fut tirée.

Dans leur hâte à échapper au carnage orchestré par Mac, les rangs ennemis se fendirent comme la mer Rouge devant les Hébreux. Venom n'hésita pas une seconde. Pissant le sang par sa blessure au flanc, il fonça dans l'ouverture que son coéquipier lui pratiquait. Avec un soupir de soulagement, Wick opéra lui-même une trouée dans sa direction. Même à trois contre un, il tenait bon, occasionnant un maximum de dommages avec ses griffes.

— *Wick!*

En virant de l'aile autour d'un des réverbères, Venom prévint son meilleur ami d'un nouveau danger qui le guettait.

— *Sur ton flanc droit, c'est chaud!*

— *Prends-le, Ven*, intervint Rikar.

Avec plaisir... Après être passé par-dessus l'épine dorsale de Wick, Venom s'agrippa à la tête d'un dragon bleu, sans se soucier de ses cornes pointues qui éraflaient ses serres. Le mâle lâcha un cri rauque, mais il ne fit preuve d'aucune clémence. D'une brusque torsion, il rompit le cou de son adversaire. Puis, traversant le nuage de poussière résiduelle, il fit volte-face et se précipita sur un autre ennemi. Celui-ci ralentit sa course mais n'eut pas le réflexe de changer de trajectoire. L'imbécile... il n'aurait pas fait mieux en tatouant une cible sur son front.

Venom retroussa ses babines et le neutralisa facilement, d'une dose létale de son neurovenin.

En le regardant chuter en spirale vers la flotte, Venom entendit Bastian lancer à la cantonade :

— *On se retire, les mecs... Ils sont trop nombreux.*

— *Quel est le plan ?* s'enquit Wick.

— *Semer ces enculés en pleine ville ?* suggéra Forge.

Tache pourpre en mouvement, il fit feu sur un mâle d'une décharge d'acide enflammé. Une odeur de chair brûlée s'éleva.

— *Putain! ça schlingue...*, se plaignit Sloan en contournant un Razorback.

Ses écailles brun foncé luisaient dans la lumière diffuse, qui soulignait l'arête jaune de son échine. Il fit bon usage de l'extrémité de sa queue venimeuse et hérissée de piquants en la plantant profondément dans la chair d'un ennemi, avant de passer à un autre. Forge lui donna un coup de main en égorgeant ce dernier à coups de griffes. Un flot de sang jaillit, qui macula ses serres d'un blanc de neige.

— *Séparons-nous*, reprit-il. *Deux par deux, pour distraire leur attention. On se retrouve à l'aube au repaire.*

— *Ça me paraît bien*, approuva Rikar. *Mac? Comment va ta femelle?*

— *Terrorisée, mais vivante.*

Mac laissa fuser une nouvelle lance d'eau, que Venom vit passer en haussant un sourcil. Le gamin commençait à fatiguer. Il n'avait fait qu'effleurer sa cible.

— *Je la protège dans une cloche de plongée*, précisa Mac.

— *Une quoi?* demanda Forge.

— *Imagine une bulle d'air. Solide comme une cloche de plongée sous-marine.*

— *Nom de Dieu…*

— *Alors laisse-la dedans et nage, Mac!* ordonna Rikar. *Fous le camp d'ici. Trouve-toi un coin tranquille pour émerger.*

C'était un bon plan, à plus d'un titre. Notamment parce que Mac était incapable de se dissimuler. Quoique… cela avait peut-être changé. Venom avait beau scruter la surface, son coéquipier demeurait invisible au fond de l'eau. Et s'il ne pouvait le discerner, les Razorback ne le pourraient pas non plus.

— *Quand je l'aurai mise en sécurité,* expliqua Mac, *je vous ferai savoir où nous trouver.*

— *D'accord.*

Après avoir manifesté son approbation, Bastian fit un brusque écart, s'éloignant de la zone de combat.

Pendant que Rikar allait se joindre à lui, Venom et Wick partirent dans la direction opposée. *L'heure est venue de choisir, troudics! Lesquels voulez-vous?*

Forge et Sloan, quant à eux, obliquèrent en direction de la forêt. Après un moment de flottement, l'ennemi se sépara lui aussi, ce qui le rendait plus faible. Diviser pour mieux régner n'avait rien d'un vain adage.

—*À plus tard, les gars*..., murmura Mac sous les tonnes d'eau qui pesaient sur lui et tamisaient son flot mental. *Arrangez-vous pour ne pas vous faire tuer.*

Venom ricana mentalement. *Foutu glandeur de bleusaille*... Mais l'accusation de glandouillage n'était peut-être plus d'actualité. Le tout nouveau membre des Nightfury avait gagné ses galons ce soir. Et, même s'il lui en coûtait de devoir l'admettre, il lui devait une fière chandelle. Cela méritait un « merci » au minimum, voire une tape sur l'épaule.

Pas de doute, il allait lui en coûter. Douloureusement. Presque autant que l'entaille profonde qui lui barrait l'abdomen.

Bordel ! ce salaud ne m'a pas raté... Dans la bataille, il avait sérieusement morflé. Comment était-ce arrivé ? Qui était le coupable ? Venom n'aurait su le dire, mais à présent qu'il fuyait à tire-d'aile la zone de combat – en jouant à saute-mouton entre le sommet des immeubles pour camoufler sa trace –, la douleur se laissait difficilement oublier.

Bon sang ! il fuyait comme une passoire. Son sang se perdait plus vite que son ADN de dragon ne lui permettait de cicatriser pour endiguer le flot. Une grimace douloureuse déformait ses traits mais il ne pouvait mollir. En compagnie de Wick, il fuyait leurs poursuivants, à la recherche d'un prochain point de chute.

Il leur fallait les semer et trouver un endroit discret où atterrir. Le plus tôt serait le mieux. Une fois qu'il aurait repris forme humaine, il pourrait évaluer plus précisément les dégâts, comprimer la plaie, reprendre son souffle et un peu de force. Avant qu'il ne soit trop tard parce que... ça allait mal pour lui. Il sentait ses forces le quitter. Des points noirs apparaissaient dans son champ de vision. L'extrémité de ses serres s'engourdissait.

Venom secoua la tête et se força à voler droit, à voir clair, à rester fort. Mais, alors que les Razorback ne leur lâchaient pas la grappe, il sut qu'il ne pourrait se leurrer bien longtemps. Avec une blessure aussi grave, il ignorait combien de temps il pourrait tenir encore.

Prisonnière d'une bulle d'air au fond de l'océan, Tania hurlait à s'en déchirer la gorge. Ses cris d'effroi rebondissaient contre la barrière invisible et lui perçaient les tympans. Elle aplatissait ses paumes contre la paroi intangible, y cherchant une faille en vain. À l'extérieur, des algues frôlèrent sa prison. Libres et mouvantes, elles semblaient la narguer.

Les yeux écarquillés, elle les contempla, hagarde, tandis que ses larmes inondaient ses joues. Son souffle précipité irritait sa gorge et sa poitrine. Le globe d'air qui l'emprisonnait se déplaçait à grande vitesse et sans ralentir. Incapable de le retenir, le vert ruban d'algues glissa et disparut dans le sombre remous que la bulle laissait dans son sillage.

L'impuissance la submergea. La panique ne tarda pas à suivre, qui lui fit marteler la paroi de ses poings en hurlant :

— Au secours ! À l'aide !

Nul ne lui répondit, ce qui n'avait rien de surprenant. Si loin de la surface, personne n'aurait pu lui venir en aide, mais plus angoissantes encore étaient les ténèbres environnantes, et la peur qu'elles faisaient naître en elle.

Si la visibilité était quasiment nulle à l'extérieur de la sphère, à l'intérieur elle y voyait parfaitement : la voûte incurvée, au-dessus de sa tête ; le bord net et précis du sol plat à l'endroit où il se confondait avec la paroi. Rempli d'une sorte de lumière diffuse, tout le globe brillait dans les profondeurs d'un noir d'encre de l'océan. L'illumination bleutée ne dépassait cependant qu'à peine les limites de cet aquarium invisible et renforcé. Tout juste pouvait-elle distinguer le long chapelet de bulles semblable à une queue de comète qu'il laissait dans son sillage.

Tania s'agenouilla sur le sol, s'assit sur ses talons et plaqua sa main sur sa bouche pour s'empêcher de crier de plus belle. Ah, Seigneur ! elle était dans de sales draps, et bien trop apeurée pour réfléchir correctement.

Elle avait besoin de quitter ce truc. Immédiatement. Rien d'autre ne comptait pour elle. Elle voulait revenir à la surface, sortir de ce cauchemar, et retrouver ne fût-ce qu'un semblant de normalité.

Dans un autre cri déchirant, elle ne put s'empêcher de frapper de plus belle la barrière bleutée du plat de ses mains, encore et encore, jusqu'à ce que ses forces l'abandonnent. Et, quand ses muscles la trahirent, elle cala son front contre la paroi glacée, les battements précipités de son cœur cognant à ses tympans, les bras mollement abandonnés à ses côtés.

Elle remarquait à peine l'élancement sourd montant de ses mains et ne prêtait pas davantage attention à ses contusions, ses ongles déchiquetés.

Elle était au-delà de toute pensée rationnelle. À peine était-elle encore capable de respirer. Une seule chose s'imposait à elle : cette stupide bulle d'air – ou quoi que ce soit d'autre que puisse être cette chose – et le fait qu'elle ne pouvait s'en échapper.

Elle se retrouvait totalement emprisonnée, sans la moindre possibilité d'évasion, fichue avec un grand « F ».

À ces profondeurs, c'était dans un équivalent sous-marin d'un quartier de la mort qu'elle était condamnée à attendre, à guetter. Bouclée comme elle l'était dans ce cauchemar, la panique n'était déjà plus qu'un souvenir. C'était la terreur qui régnait à présent et lui martelait la cervelle sans merci.

Des dragons…

Elle avait été attaquée par *des dragons* !

Un sanglot se bloqua au fond de sa gorge. Elle ne pouvait pourtant en douter. Elle allait mourir. Ici, maintenant. Enfouie sous des tonnes d'eau quand ses réserves d'air viendraient à s'épuiser. Pas de « faites demi-tour » ; ni « retournez à la case départ », ni « erreur de la banque en votre faveur ».

Réprimant une nouvelle crise de larmes, Tania leva la tête et scruta l'abîme. N'était-ce pas drôle ? Elle n'aimait même pas jouer au Monopoly… Pourquoi, dans les derniers instants de sa vie, ne voyait-elle pas toute son existence défiler devant ses yeux, comme tout le monde disait que cela se passait ? Aucun souvenir d'enfance joyeux et empli de soleil ne refaisait surface. Aucun succès éclatant à se remémorer. Tout ce qui lui venait à l'esprit, c'était ce stupide jeu de société et le fait qu'elle n'aurait plus jamais l'occasion de lancer les dés… Tania sentit sa gorge se nouer sur un hoquet douloureux quand le regret la submergea.

Encore tant de choses à faire, et tant de paroles qui ne seraient jamais dites, tant de projets jamais réalisés…

Rien d'autre qu'une tombe glaciale et humide pour elle.

Et Mac ? Qu'était-il devenu ? Quoi qu'il ait pu lui arriver, cela ne pouvait qu'être terrible. Elle avait senti la voiture exploser autour d'eux. Elle avait entendu la tôle de sa pauvre petite Mini se fendre dans un gémissement horrible et…

Une petite minute !

Ses mains blessées appuyées contre la paroi, Tania fronça les sourcils. Il y avait quelque chose qui clochait, dans ce souvenir.

— Réfléchis, Tania ! s'encouragea-t-elle à haute voix. Réfléchis bien !

Mentalement, elle enfonça le bouton « stop » et rembobina la bande mémorielle. Il était assis sur le siège passager, juste à côté d'elle… Il lui parlait, la rassurait de sa belle voix apaisante. Il lui avait caressé la joue en lui assurant que tout allait s'arranger. Elle se souvenait du brusque coup de volant, du hurlement des pneus sur la chaussée, de l'apparition du dragon rouge, de l'explosion, puis...

Bon sang!

Tania retint son souffle. Un truc ne collait pas. Quand ils étaient tombés dans le vide avec la voiture, Mac avait fait... quelque chose.

Elle ferma les yeux afin de mieux fouiller ses souvenirs et plongea profondément en elle en se frottant les avant-bras pour combattre le froid. La laine mouillée sous ses doigts lui faisait aspirer à de bons vêtements chauds et secs autant qu'à une réponse à ses questions.

Mac. Quelque chose le concernant. Quelque chose...

— Oh, mon Dieu! s'exclama-t-elle en rouvrant les yeux.

Des écailles bleu-gris. Des yeux couleur aigue-marine. Une énorme serre griffue refermée autour d'elle pour l'empêcher de tomber...

L'horreur lui bloqua la gorge une seconde. Une vague de soulagement s'ensuivit, ce qui était tout aussi stupide. Mac était l'un d'*eux*... Un monstre doté de crocs, mais aussi d'un corps semblable à une œuvre d'art. Elle avait eu le temps d'apercevoir ses tatouages, un instant avant que la voiture explose. Difficile d'ignorer un motif tourbillonnant tel que celui-ci, surtout quand il se mettait à briller à deux doigts de votre joue. Pourtant...

Il était ridicule de se sentir soulagée. Comment se réjouir que Mac puisse se transformer en dragon? Et comment ne pas redouter que dans cette bulle elle puisse être prisonnière du dragon rouge aux yeux roses qui l'avait attaquée?

Qu'en savait-elle, après tout? Rien. Elle ne pouvait le savoir, mais cette hypothèse était envisageable... et cela suffisait à la rendre particulièrement effrayante.

Toujours à genoux sur le sol de la bulle, Tania serra ses bras contre elle et se força à réfléchir clairement. Au diable la peur qui empêchait de voir la vérité et la panique qui lui coupait ses moyens. Juste une solide et claire charge intellectuelle menant à la clarté et à la certitude.

Très bien. Bon… elle y était presque.

Elle atteignit rapidement le point de non-retour. Peut-être avait-elle perdu l'esprit… Peut-être était-elle bonne pour une cure d'antipsychotiques à l'asile, mais l'angle d'approche Mac/Dragon lui paraissait valable. Elle ne pouvait logiquement remettre en cause ce qu'elle avait vu. D'accord, un témoignage visuel n'était pas toujours des plus fiables, mais prisonnière comme elle l'était d'une bulle sous-marine, elle n'avait que deux options : que Mac soit celui qui l'avait placée là constituait la première ; que ce puisse être l'effrayant dragon rouge était la seconde. Pour le bien de sa santé mentale, elle opta pour la première.

Mac, après tout, ne lui ferait jamais de mal. Tania cligna des yeux et se reprit. Qu'en savait-elle en fait ?

Rien, sauf qu'elle espérait qu'il en soit ainsi. Mais un dragon ne restait-il pas fondamentalement… un dragon ? Et, étant donné qu'il l'avait emprisonnée comme une bête en cage au fond de l'eau, elle ne pouvait être sûre de rien.

La peur fit une nouvelle incursion, attisant de plus belle sa suspicion. Son instinct de survie reprenant le dessus, elle fit le tour de sa prison sur les genoux, palpant la paroi sous ses mains, sans découvrir ni failles, ni faiblesses, ni fêlures. La bulle était parfaite, conçue dans une seule optique : la garder à l'intérieur sous l'eau jusqu'à ce que celui qui la contrôlait, qui que ce puisse être, se décide à l'en faire sortir.

— Mac ! cria-t-elle en fixant les yeux sur le haut du dôme.

En l'absence de réponse, elle frappa la paroi du plat de ses mains. Le coup fit écho à l'intérieur de la bulle, ravivant la douleur dans ses paumes autant que sa colère. Le fieffé salaud !

Pour qui se prenait-il, à l'emprisonner ainsi, à lui causer la peur de sa vie ?

— Espèce de… frappadingue ! Laissez-moi sortir !

Insulter celui qui la retenait prisonnière n'était sans doute pas la meilleure des stratégies, mais Tania s'en fichait. Le roi des connards méritait bien pire – un bon pain dans la tronche, par exemple – pour avoir gagné sa confiance. Et tandis que sa terreur se transformait en une rage noire, elle cria de plus belle :

— Je ne plaisante pas, Mac ! Faites-moi sortir d'ici, ou je… ou je…

Sapristi de saperlipopette ! Elle n'avait pas la moindre idée de ce qu'elle allait lui faire, mais il allait le sentir passer… Elle ne se priverait pas de déverser sur lui toute sa hargne de la pire des manières, et dès à présent elle lui retirait la confiance qu'elle lui avait si imprudemment offerte.

Sa confiance… Ha ! avait-il vraiment l'air de quelqu'un à qui on puisse faire confiance, ce menteur de flic et ce vrai dragon ?

Bon sang… elle n'aurait pas dû sauter le pas. Elle aurait mieux fait d'ignorer son instinct – qui l'avait poussée à croire en lui – et s'en tenir à son aphorisme habituel, le seul, le vrai : *ne jamais faire confiance à un homme*. Pour quoi que ce soit. Pour quelque raison que ce soit. N'avait-elle donc rien appris de sa mère, et du pauvre type qui s'était prétendu son père ?

Les hommes mentaient. Tout le temps.

Tania serra les poings et sentit sa conviction s'affermir. Ce faisant, elle se calma quelque peu, mais bientôt sa fureur reprit le dessus. Ce crétin de menteur ! Ce fourbe de petit intrigant ! Il l'avait manipulée à dessein… avait sauté dans sa voiture – sans y être invité ! –, s'était imposé sur son siège passager – semblable à un top-modèle embaumant le parfum Calvin Klein auquel elle ne pouvait résister –, s'était servi de sa voix de velours pour la convaincre de se rendre sans combattre – ce connard d'enfoiré de manipulateur.

Puisque c'était ainsi, Tania ne ferait plus jamais confiance à personne. Elle en avait plus que marre d'avoir peur. Elle était fatiguée de voyager à la vitesse du son dans une connerie de bulle au fond de l'eau en attendant de mourir.

Alors au diable le déni et la recherche d'une explication plausible. Elle avait vu ce qu'elle avait vu. Il était temps à présent de se ressaisir et de se montrer courageuse. Elle refusait d'ignorer la vérité et de s'enfouir la tête dans le sable. Surtout à présent que sa vie était en jeu.

Sans compter que s'énerver contre Mac l'aidait à tenir bon… Il lui fournissait une cible toute trouvée. Et, d'une manière ou d'une autre, cela suffisait à faire la différence. Les choses s'arrangeaient sur le front de son estomac. La pression qui lui écrasait le sternum diminuait, lui permettant de respirer plus librement. Elle se sentait davantage maîtresse d'elle-même, mieux à même d'affronter ce qui s'annonçait, écailles et crocs aiguisés compris.

Et si elle se trompait et que le dragon rouge finissait par se montrer pour la tuer ?

Tania ravala la bile qui lui montait à la gorge. Le goût affreux s'y attarda tendit que la terreur lui rendait une nouvelle petite visite, la faisant trembler de plus belle. Le bien, le mal ; ami, ennemi : tout était affaire de sémantique. Ou, plutôt, tout dépendrait de qui lui mettrait le premier la main dessus…

Dans un cas comme dans l'autre, elle n'avait d'autre option que se battre. Le courage, après tout, valait mieux que le désespoir et les pleurs.

Chapitre 10

Depuis le fond de l'eau, au centre de Gig Harbor, Mac regarda ses camarades foutre le camp dans différentes directions. C'était bien joué, et cela fonctionna comme prévu : les Razorback furent obligés de se séparer. Les yeux rivés sur le ciel nocturne, il vit l'escadrille ennemie se scinder en plus petits groupes et se mettre en chasse. Après avoir matérialisé dans l'une de ses serres une autre javeline d'eau, il dut résister à l'envie de s'en servir sur-le-champ.

La patience n'était pas une vertu pour rien…

Ivar traînait encore dans le coin. Tapi quelque part, il devait surveiller les lieux. Mac voulait attendre qu'il trahisse sa présence. Dommage pour ce connard, il n'était pas question pour lui de sortir de l'océan de sitôt. Il préférait se faire oublier, prêt à frapper à la seconde où le commandant de la faction adverse commettrait l'erreur de sortir de sa cachette.

Mac nageait en rond. Ses pattes palmées et sa queue en lame de couteau le propulsaient plus vite qu'un moteur de bateau, ce qui n'était pas pour le surprendre. Il avait toujours été un excellent nageur – le meilleur de son unité dans la Navy. Son mérite n'en était que plus grand puisque les membres des SEALs excellaient dans tous les sports nautiques. Cette nuit, cependant, il bénéficiait d'un avantage supplémentaire. Pour la première fois de son existence, ses dons magiques œuvraient pour lui, pas contre lui, mariant les deux moitiés de son être – humain et dragon – en un tout cohérent.

Surprise des surprises, un bonus inattendu résultait de ce retournement de situation : l'invisibilité. Il était devenu parfaitement indétectable au fond de l'eau, plus redoutable encore qu'un sous-marin nucléaire en mission secrète. Déterminé. Armé. Létal. Masse en mouvement prête à faire usage de sa force de frappe.

Et ce n'était – *alléluia !* – décidément pas trop tôt…

Une profonde satisfaction l'habitait. Son tatouage le picotait. La sensation lui courait de l'épaule à l'extrémité de la patte. Mac ajusta sa prise sur la lance d'eau en se demandant si cette marque tribale avait quoi que ce soit à voir avec sa faculté de se rendre invisible au fond de l'océan. Non pas que ça le tracasse outre mesure. Il aurait tout le temps, plus tard, de repenser à tout ça. Pour l'instant, il avait surtout besoin de neutraliser le leader des Razorback pour qu'il cesse de lui filer le train. Pas question qu'il se risque à rejoindre Tania tant qu'il n'en serait pas certain.

Scindant son attention en deux, il poursuivit son observation vigilante du ciel nocturne tout en allant prendre des nouvelles d'elle. Branché sur sa bioénergie, il vérifia ses signes vitaux. Le cœur battait vite. Elle avait le souffle court et semblait contrariée. Mac laissa fuser un soupir, soulagé de constater qu'elle réagissait ainsi. Elle était effrayée, mais – Dieu merci ! – tout allait bien pour elle. La plupart des femmes auraient sans doute tourné de l'œil, ou subi une crise cardiaque sous l'effet de la panique, mais pas Tania, qui préférait menacer de l'« écorcher vif ».

Littéralement. Par le biais de la communication télépathique, il pouvait l'entendre lui lancer précisément cette menace…

— *Doucement…*, murmura-t-il en réponse, dans l'espoir qu'elle puisse l'entendre. *Je viendrai bientôt vous libérer, mon cœur. Calmez-vous.*

De nouveaux cris s'élevèrent, suivis d'une tape sourde, puis...

Une autre salve d'injures le visa personnellement.

Mac ne put s'empêcher de sourire. C'était plus fort que lui. Malgré sa peur, elle était remontée contre lui. Ajoutez à cela un vocabulaire des plus inventifs, et... Seigneur! venait-elle de le traiter de « ténia répugnant » et d'« infâme couillon » ?

— *Tania... tenez bon*, s'efforça-t-il de la rassurer à distance.

Il la sentit se figer et crut la voir pencher la tête sur le côté tandis que ce conseil lui parvenait. Ensuite, il vérifia que la vitesse de la bulle d'air restait stable, testa la qualité de l'air. Tout allait bien, mais il faisait un peu froid. Pour la maintenir au chaud, il remonta de quelques crans un thermostat virtuel sous son crâne.

— Mac!

Étouffée par la masse d'eau qui les séparait, sa voix lui parvint néanmoins.

— *Vous ne risquez rien,* mo chroí. *Vous avez suffisamment d'air et...*

— Laissez-moi sortir!

Le signal allait en s'affaiblissant, déformant les syllabes.

— Je veux sortir!

Mac grimaça. La culpabilité l'assaillait. Bon sang! il pouvait presque goûter ses larmes, sentir sa peur... et il n'aimait pas ça. Hélas! il n'avait pas la possibilité d'y changer quoi que ce soit. Il détestait avoir dû l'enfermer dans cette bulle d'air autant qu'elle lui en voulait de l'y avoir placée, mais la soustraire aux radars de l'ennemi constituait la première des priorités. Il avait besoin qu'elle reste en vie. Il voulait la sauver. Il se souciait de son bien-être plus que du sien. Et, que cela plaise ou non à Tania, il était plus important de la sauver que de la ménager.

Ce fut néanmoins le cœur lourd qu'il lui répondit :

— *Encore un peu de patience, Tania.*

— M… Mac…

Elle se tut dans un hoquet douloureux qui finit de le faire culpabiliser.

— *Vous ne craignez rien, ma douce. Donnez-moi encore un peu de temps pour que je m'assure que tout danger est écarté, et je vous rejoindrai. Je vous le promets.*

Des interférences vinrent couper la connexion, le privant de sa réponse. Quand elle fut rétablie, il l'entendit hurler :

— … bougre d'âne ! Votre promesse, vous pouvez vous la…

Le signal s'interrompit de nouveau, mais Mac n'en comprit pas moins ce qu'il pouvait en faire et grimaça de plus belle. C'était peu de dire qu'elle se montrait créative dans l'insulte, et leurs retrouvailles promettaient de ne pas être de tout repos. Il ne pouvait l'en blâmer.

— *Mac ?* intervint Rikar, l'empêchant de reprendre son tête-à-tête avec Tania. *Bordel ! qu'est-ce que tu fabriques ? Magne-toi le train !*

— *Encore quelques minutes !* implora-t-il en scrutant la surface à travers quarante-cinq mètres de flotte. *Ivar est toujours là, quelque part. Je pense qu'il se cache. Il doit attendre que je fasse surface.*

— *Merde !*

Mac pouvait entendre le bruit du vent filant sur les écailles de ses camarades à travers la liaison télépathique.

— *On fait demi-tour et on te rejoint*, proposa Bastian.

— *Pas la peine !*

En se retournant sur le dos, Mac augmenta la puissance de sa vision nocturne et scruta le plafond nuageux sombre et bas. Le moutonnement des vagues troublant sa vision lorsqu'il se glissa sous le pont, il lança rapidement un charme et l'agitation de surface se calma aussitôt. Il y voyait déjà beaucoup mieux. Il n'avait pas le temps de composer avec les caprices de mère Nature. Il lui fallait une vision parfaite afin de pouvoir vérifier l'autre côté du chenal. Il fallait s'attendre à tout avec Ivar. Il était capable de rester tapi au grand jour, accroché à la structure de béton comme une gargouille.

— *Il ne peut pas me voir*, précisa-t-il. *Apparemment, je maîtrise le sort de dissimulation…*

Un grand silence salua cette annonce.

Bastian fut le premier à retrouver sa voix.

— *Bien joué!*

D'un ton qui trahissait sa fierté, Rikar demanda :

— *Tu vois quelque chose?*

— *Pas encore.*

Sa queue battant souplement l'eau, Mac passa sous l'une des arches du pont et…

— *Nom de Dieu!*

Il avait vu juste à propos de la gargouille, mais il aurait dû viser le pluriel. Il dénombra sept Razorback immobiles, le regard brillant, tous absorbés à surveiller la surface de l'eau. Nul doute qu'ils le cherchaient. Mac serra les dents en découvrant Ivar, ses yeux roses luisant en retrait de son gang de dragons. L'espèce de trouduc mort de trouille n'hésitait pas à se servir de ses guerriers comme boucliers vivants.

Cela lui ressemblait bien, mais ce n'en était pas moins chiant.

Impossible d'avoir une fenêtre de tir dans ces conditions.

Mac s'obstina néanmoins à en chercher une, en vain. Aucune faille dans l'armure. Impossible d'essayer d'embrocher ce taré sans trahir sa position par la même occasion. Ce qui ne lui laissait rien comme option. *Nada*. Il était feinté. S'il projetait sa lance d'eau, les Razorback se chargeraient de lui tous à la fois. Il avait beau être protégé par un épais manteau de flotte délicieuse et fraîche, il leur suffirait de combiner leur souffle surpuissant pour l'atteindre.

Frustré de ne pouvoir rien faire, il résuma mentalement la situation.

—*Il y a là toute une escadrille prête à faire feu. Et aucune fenêtre de tir sur le bâtard en chef.*

Bastian laissa fuser son juron favori.

—*Mac! vire tes fesses de là!* ordonna Rikar d'un ton sans réplique.

—*Reculer pour mieux sauter?* maugréa Mac.

—*Quelque chose comme ça*, répondit Bastian.

Avec un grondement sourd, Mac se retourna sur le ventre et s'éloigna rapidement. Tandis qu'il gagnait de la vitesse, il sentit l'eau froide et les courants de l'océan glisser délicieusement sur ses écailles. Sa queue ondulante et armée faisant merveille, il laissa la javeline se dissoudre dans sa serre et se propulsa le plus vite possible, laissant derrière lui Gig Harbor et Ivar le trouduc. Il gardait au fond de la gorge le goût amer de la défaite et il n'aimait pas ça du tout.

Battre en retraite n'avait jamais été pour lui plaire, mais il devait admettre que son commandant avait raison. Il ne pouvait en aucune manière venir à bout des sept dragons à lui seul. Il aurait eu besoin de renforts qui n'étaient pas disponibles. Les autres Nightfury étaient quelque peu occupés à jouer à saute-mouton à travers Seattle, une horde de Razorback au cul.

Quant à lui, sa mission n'incluait pas de jouer les kamikazes. Tania avait besoin de lui. Elle avait déjà attendu suffisamment longtemps, il ne pouvait la faire patienter davantage. Concentré sur son sonar, il repéra sa position et suivit la trace énergétique qu'elle laissait dans son sillage. Il adorait sentir le picotement sur ses cornes qui en résultait, qui le fit grogner de plaisir. Bon sang! ce qu'il avait envie de voir son visage, de vérifier qu'elle allait vraiment bien, de la rassurer, de calmer sa colère, de s'excuser de l'avoir blessée.

Cela avait tout l'air d'un excellent plan, mais il y avait tout de même un léger problème.

La colère était tout aussi imprévisible que Tania elle-même, et il méritait toutes les injures dont elle l'abreuvait. Restait à espérer qu'elle lui pardonnerait quand il lui aurait expliqué pour quelles raisons il avait dû agir ainsi. Autrement, il n'avait plus qu'à dire adieu à certaines parties intimes de son anatomie…

À bout de souffle d'avoir trop crié, Tania fit une pause pour remplir ses poumons. Reprendre sa respiration lui permit d'affermir sa résolution même si elle sentait ses forces diminuer. Dieu ce qu'elle était fatiguée ! À force de cogner en vain contre les murs de sa prison, elle s'était fait mal et s'était épuisée. Pas étonnant. Voyager au fond de l'eau dans une bulle d'air constituait l'expérience la plus traumatisante qui soit. À ne réserver qu'aux champions. À déconseiller aux cœurs fragiles et aux gringalets.

Au moins pouvait-elle se rendre compte qu'il lui fallait passer davantage de temps en salle de gym, en compagnie d'un coach tyrannique et de quelques haltères, parce que ses bras criaient grâce, de même que sa combativité.

Les muscles endoloris, les mains réduites à deux boules de souffrance, Tania tenta de ravaler la panique qui menaçait de lui bloquer la gorge. Pas question de remettre ça… La terreur qui ne demandait qu'à gagner du terrain en elle n'aurait pas gain de cause. Elle refusait de laisser la peur triompher. Elle avait déjà donné, elle avait traversé cet enfer, et elle ferait imprimer plus tard un tee-shirt pour célébrer ça si jamais elle survivait.

— Le courage, murmura-t-elle. Tu te souviens ? Le courage et rien d'autre !

Ces encouragements ne lui servirent pas à grand-chose. Le temps filait, l'amenant à se demander si elle n'avait pas perdu la tête, si elle en était réduite à entendre des voix. Mac lui avait-il réellement parlé ? Lui avait-il vraiment dit qu'il allait venir la tirer de là ? Qu'il se trouvait… quelque part là-dessous, et qu'il allait la rejoindre… en nageant, pour la sauver… alors qu'elle se trouvait Dieu savait où dans ce putain d'océan ?

Cela faisait déjà – quoi ? Cinq minutes ? Dix ?

Tania n'aurait su le dire. Elle était incapable de compter les secondes pour garder trace de l'écoulement du temps. Son sang rugissant dans ses oreilles, elle regarda autour d'elle et chercha à percer les ténèbres qui régnaient à l'extérieur du globe. Où diable pouvait-elle être ? Il lui semblait qu'elle ne pourrait en supporter beaucoup plus sans craquer. Sans se remettre à pleurer. Ou crier si la colère finissait par céder à la terreur rampante qui ne demandait qu'à reprendre le contrôle.

Tania se mit à trembler, mais le froid n'y était pour rien. Curieusement, il émanait à présent de la bulle sous-marine une certaine chaleur qui avait réchauffé l'atmosphère. Pourtant, elle tremblait tout de même, l'épuisement physique et la fatigue mentale finissant par avoir raison de sa résistance. Résolument, elle s'efforça de maîtriser ses tremblements et de se montrer forte.

Sa bonne résolution ne dura qu'une seconde, au terme de laquelle elle se mit à crier :

— Mac !

— Je suis là.

Sa voix semblait tomber de nulle part – une voix de baryton magnifique et profonde, pleine de promesses. Elle tomba à genoux au centre de la bulle, scrutant l'abysse devant elle. Rapidement, elle vit une lueur trouer les ténèbres, puis distingua deux pinceaux lumineux semblables à des lasers jumeaux qui venaient à sa rencontre. Le souffle coupé, elle pressa ses mains blessées sur la paroi incurvée. Mis en charpie par son déchaînement de fureur, ses ongles abîmés et ses doigts blessés se rappelèrent à elle. Tania sentit son espoir renaître et décida d'ignorer la douleur.

La vitesse de la bulle sous-marine commença à décroître. L'eau glissait à sa surface en tourbillons laiteux. Les yeux écarquillés, elle s'efforça de percer les profondeurs d'un noir d'encre, aux aguets, guettant ce qui…

Un dragon bleu-gris se matérialisa soudain devant elle.

Avec un hoquet de surprise, elle recula vivement en arrière.

— M… Mac ?

Ses yeux couleur aigue-marine luisaient de l'autre côté de la paroi invisible. En le voyant tendre vers elle une impressionnante patte griffue, elle sursauta et recula encore, cherchant refuge contre la paroi opposée. Mais, même en mettant le maximum de distance possible entre eux, elle ne pouvait détacher son regard de lui. Il offrait un spectacle incroyable, surnaturel, stupéfiant. Une incarnation de la puissance, un étourdissant phénomène de la nature, avec sa tête cornue, ses serres palmées, et cette lame acérée qui courait le long de son échine.

Le désarroi le disputait en elle à la fascination, ce qui était parfaitement stupide – du moins le fait de se laisser fasciner. Car cela n'avait vraiment aucun sens de contempler comme elle le faisait ce… dragon, et de laisser un tas de pensées inappropriées l'assaillir. Par exemple, en se demandant comment il pouvait respirer sous l'eau, ou comment il faisait pour passer de l'état d'être humain à… *ça*.

Les sourcils froncés, Tania l'étudia plus attentivement en faisant un effort de concentration. Bon sang… il était vraiment grand. Tout simplement… *énorme* !

Cueillant sa prison dans sa patte palmée, il la souleva comme une simple balle de base-ball. Les pointes de ses griffes firent cliqueter le globe.

— Tenez bon, *mo chroí*, reprit-il. Je vais vous remonter à la surface.

Voilà qui était une bonne nouvelle. Mais un dragon qui s'adressait à elle, c'était déjà moins réjouissant. Sauf que…

Tania n'avait plus peur, ce qui ne manquait pas de la surprendre. Étant donné tout ce qu'elle avait vu cette nuit-là, c'était même pour le moins imprudent. Pourtant, entendre de nouveau la voix de Mac lui procurait un intense soulagement. Il avait tenu parole. Il était venu la chercher, et, l'un dans l'autre, cela faisait une énorme différence. Pour se rassurer davantage encore, elle tendit le bras et posa la main contre sa grosse patte griffue plaquée à l'extérieur de la paroi.

Tania cligna des yeux. Elle n'imaginait rien. Elle ne pouvait nier sa réalité. Mac était bien là, et il était tel qu'elle le voyait, griffes, crocs et écailles comprises.

Alors qu'il n'y avait plus que l'invisible barrière pour séparer leurs paumes, elle répéta d'une voix rauque :

— Je veux sortir… *s'il vous plaît* ! Je veux juste sortir.

— Dans une minute nous serons à la surface.

Elle acquiesça d'un hochement de tête, tirant du réconfort à plonger dans les profondeurs de ses yeux bleu-vert. Cela pouvait paraître étrange, mais cette couleur l'apaisait. Elle lui confirmait qu'en dépit de son apparence c'était bien Mac qui se trouvait devant elle, et non un étranger. Et tandis qu'il l'emportait vers le haut, glissant à travers l'océan et ses courants en véritable habitué des lieux, Tania se demanda quand elle avait perdu l'esprit.

À un quelconque moment entre l'épisode du pont et celui-ci, sans doute…

La preuve en était qu'elle faisait confiance à Mac pour la garder en vie, pour l'aider et ne pas lui faire de mal. Délire d'aliénée ? Sans aucun doute. Les dragons n'étaient habituellement pas renommés pour leur gentillesse… Mais, alors que la surface de l'océan se rapprochait de plus en plus, Tania ne put nier la vérité.

En l'espace d'une heure, tout avait changé pour elle. Sa vie avait explosé, l'envoyant bouler dans un autre monde, inconnu.

Un autre monde dans lequel les dragons existaient.

Restait à présent à déterminer quelle conduite elle allait pouvoir adopter sur ces bases.

Tania broncha à peine quand Mac fit surface en la tenant dans ses bras. Il la maintenait à flot par-derrière, ses omoplates collées à sa poitrine, prenant garde à lui maintenir la tête à l'air libre. L'eau trempait ses cheveux, lissant ses longues mèches brunes. Luttant pour reprendre son souffle, la bouche ouverte, elle leva son visage vers le ciel et emplit avidement ses poumons. Le long bruit qui en résultat lui parut bien plus douloureux qu'il ne l'aurait dû.

Tania tremblait si fort qu'il entendait ses dents s'entrechoquer, puis elle se mit à haleter. Mac la serra plus fort contre lui, s'efforçant de lui communiquer sa chaleur corporelle et lançant un charme pour réchauffer l'eau autour d'eux. Un courant chaud les enveloppa, la faisant soupirer de soulagement. Mac sentit contre lui les tremblements de la jeune femme s'apaiser et savoura un sentiment de contentement mêlé de fierté.

Bon Dieu ! il avait réussi. Il avait accompli sa mission en la ramenant en un seul morceau et en lui permettant échapper au radar et aux griffes d'Ivar. Ce n'était pas une mince victoire, mais hélas ! celle-ci se payait d'un prix élevé : le traumatisme qu'il avait dû infliger à Tania et qui ne le laissait pas en paix. Sa conscience bombardée par l'artillerie lourde de la culpabilité n'était plus qu'un champ de ruines.

Qui pensait-il leurrer ainsi ? *Une grande victoire ? Mon cul !* Il avait failli la faire mourir de peur...

D'humeur sombre, Mac lâcha un grognement sourd. C'était peu de dire qu'il détestait la tournure prise par les événements, avec Tania dans le rôle de la victime prise entre deux feux, balancée du haut d'un pont, criant à s'en faire péter la gorge dans la bulle d'air sous-marine où il avait dû l'enfermer pour lui faire quitter la zone des combats et la mettre à l'abri.

Mais s'il avait dû s'y résoudre, c'est parce qu'il n'avait pas eu d'autre option sur le coup.

Cela n'empêchait pas la mission d'être ratée depuis le départ. Et Tania en subissait les conséquences, victime collatérale dans la guerre qui opposait les Nightfury aux Razorback. Quoique, tout bien considéré, elle s'en était plutôt bien tirée. La plupart des gens se seraient roulés en boule et seraient morts sur le coup de terreur. À la place, elle avait préféré se révolter et l'agonir d'injures, le menaçant de...

De tout un tas de choses, en fait, dont la moindre n'était pas de faire un sort à certaine partie sensible de son anatomie. Mac grimaça. Le mâle en lui frémissait à cette seule perspective. Il aimait avoir ses organes génitaux exactement où ils se trouvaient, merci bien... Inutile de chercher à les disposer d'une autre manière. Il était donc décidé à lui faire oublier dès que possible cette promesse qu'elle s'était faite sous le coup de la colère.

Un autre rouleau les fit ballotter comme un bouchon à la surface. Tania recommençait à trembler de tout son corps. Il se coula contre elle sous l'eau et se servit de sa voix et d'un ton apaisant pour la rassurer. Ce qui ne se montra pas probant. Elle était trop tendue et semblait avoir du mal à respirer. Il l'entourait et la protégeait de son mieux des assauts des vagues, même si la proximité de son corps faisait réagir le sien de manière gênante.

Comment aurait-il pu en être autrement ? Mais cela ne signifiait pas pour autant qu'il en tirerait avantage. Elle méritait mieux de lui.

Bridant fortement ses besoins, Mac se força à mettre de côté l'excitation de ses sens. Il valait mieux que cela. La composante bestiale qui existait en lui avait beau ne pas faire la différence entre donner du réconfort et chercher des faveurs sexuelles, lui demeurait parfaitement conscient du distinguo à faire. Pas question d'ajouter cet outrage au traumatisme qu'elle avait déjà subi.

Ainsi se contenta-t-il de la tenir contre lui… et d'attendre. Régulièrement, branché sur sa bioénergie, il jaugeait son niveau d'anxiété et lui adressait de douces paroles de soutien pour l'aider à la surmonter. Petit à petit, il eut la satisfaction de sentir les muscles de Tania se détendre contre lui, et son souffle devenir plus profond et plus régulier. Affrontant joyeusement vague après vague, Mac nageait vers la crique en forme de faucille d'une petite île. Son regard boosté par la vision nocturne balaya la plage, les affleurements rocheux déchiquetés et le dock en forme de T qui s'avançait dans la baie.

Un sourire effleura ses lèvres en constatant que, comme prévu, tout paraissait désert. L'îlot était aussi privé que magnifique et isolé, à cinquante-sept milles nautiques de la dernière balise de Puget Sound.

Il l'avait gagné à la régulière au cours d'une partie de poker avec un connard richissime de Boston, il y avait sept ans et demi de cela. Un timing idéal. Récemment retiré de la Navy, il avait eu besoin d'un endroit où se poser… et repartir de zéro. L'acte de propriété de la petite île lui avait permis de lever les amarres, de mettre cap à l'ouest et de prendre possession de la seule terre qui lui appartenait de droit.

Home sweet home… Il y venait chaque fois qu'il en avait l'occasion.

Et maintenant Tania l'accompagnait dans l'endroit qu'il aimait le plus au monde. Cela semblait tout indiqué qu'elle puisse être la première à visiter ce qu'il considérait comme son oasis. Même sa partenaire n'avait pas eu droit à un tour du propriétaire. Obstinément, il avait tenu Angie à l'écart, refusant de l'y inviter. Ce qui correspondait à sa manière d'être autant qu'à son amour du secret et de l'isolement. Nul n'avait besoin de savoir où il passait tous ses week-ends et toutes ses vacances.

Tout cela, cependant, devrait changer dès qu'il aurait envoyé à Rikar la localisation de son éden.

Son secret serait éventé et il devrait se préparer à l'invasion qui s'ensuivrait. D'abord se montreraient les Nightfury. Ensuite ? Ange le pilonnerait de questions et de reproches pour lui avoir fait des cachotteries pendant si longtemps.

Mac soupira en songeant que les choses étaient fatalement vouées à évoluer. Parfois pour le meilleur, parfois… pas tout à fait pour le pire.

Après avoir serré plus fortement Tania contre lui, il releva la tête de la courbe de son cou. Elle était plus calme, à présent. Elle pouvait respirer sans produire ce bruit affreux qui l'avait alerté, mais…

Elle venait de tressaillir violemment contre lui. Ce long frisson de tout son corps le mit en état d'alerte. *Merde ! qu'est-ce qui se passe ?* À cette minute, elle aurait dû être en train de l'accabler d'insultes. Mais, contre toute attente, elle restait parfaitement calme et n'avait pas prononcé un mot depuis qu'il l'avait tirée de sa bulle d'air et ramenée à la surface. Cela lui fichait une trouille bleue. Telle qu'il la connaissait, elle aurait déjà dû être repartie en guerre, lançant des accusations et le martelant de ses poings.

— Tania ?

Mac la saisit aux épaules, lui fit faire volte-face et la serra contre lui en déposant un baiser sur sa tempe et en ajoutant :

— Est-ce que ça va ?

Sans lui résister, elle se coula contre lui et nicha sa tête sous son menton.

— Chérie... je suis désolé de vous avoir fait si peur, reprit-il. Je peux tout vous expliquer, mais... pour l'amour de Dieu, dites-moi quelque chose !

Un rapide coup de sonde dans ses flux bioénergétiques lui fit prendre conscience de la fatigue qui accablait Tania.

— J'ai besoin de savoir si vous êtes blessée ! supplia-t-il.

Sans cesser de trembler, elle inséra ses bras entre eux et le repoussa. Ainsi put-il avoir un premier aperçu de son visage. Collés entre eux, ses cils se dressaient comme de noires épines. Mais ce qui acheva de lui faire peur, ce furent sa pâleur et l'étrange fixité de son regard.

Mac jura tout bas. Tout était sa faute : ses yeux fous, la peur qu'il lui avait infligée et qui l'avait mise dans cet état – tout !

— Mes mains..., murmura-t-elle. Je crois que...

Sa voix éraillée fut un choc pour lui. Elle avait crié à s'en casser la voix. Mais ce qui acheva de le consterner, ce furent ses mains abîmées, méconnaissables, qu'elle dressait hors de l'eau. Elle avait besoin de soins, et aussi vite que possible. Il devait l'emmener dans son chalet immédiatement. Déchiquetés à leur extrémité, ses doigts saignaient et ses ongles étaient réduits en lambeaux.

Avec un juron étouffé, Mac serra les dents. Il détestait plus que jamais être la cause de tout cela, mais le moment était mal choisi pour s'appesantir sur ses torts.

— Gardez vos mains hors de l'eau, ordonna-t-il. Vous aurez moins mal ainsi.

Tania acquiesça d'un signe de tête. Mac se replaça derrière elle et glissa son bras sous les siens. La technique de sauvetage des gardes-côtes fonctionna à merveille. La tête de la jeune femme reposant sur son épaule, il nagea aussi vite que possible en direction du dock. Par une trouée dans les nuages, la lune apparut, éclairant les vagues noires et la jetée vers laquelle il se dirigeait.

— Comment ça va ? s'enquit-il, en proie à l'inquiétude.

Elle s'était remise à trembler très fort contre lui et il ne fallait pas s'en étonner. Il sentait sa chaleur corporelle diminuer. Le temps qu'ils étaient restés immobiles, il avait pu réchauffer l'eau autour d'eux mais, à présent qu'ils s'étaient mis en mouvement, l'eau froide se glissait entre eux, sans compter les méfaits d'une glaciale brise de mer automnale.

Mac voyait la chair de poule hérisser la peau du cou de Tania, ce qui le plongeait dans de nouvelles affres de culpabilité. Bon sang de merde ! la prochaine fois, il réchaufferait tout l'océan pour la garder au chaud s'il le fallait, mais…

Frappé par l'idée qui venait de lui traverser la tête, Mac fronça les sourcils. La prochaine fois ? Mais il n'y aurait pas de prochaine fois ! Du moins s'il n'en tenait qu'à lui.

Redoublant d'ardeur pour abréger le supplice de Tania, Mac atteignit rapidement le bord de la jetée. Il ne se sentait pas d'humeur à se donner la peine de gravir une échelle. D'un murmure, il lança un charme magique. L'océan lui obéit aussitôt en les propulsant, lui et Tania, directement sur le ponton, sur lequel ils atterrirent – « splash ! » – avant qu'elle ait eu le temps de s'inquiéter de ce qui se passait.

Les planches de bois soupirèrent sous leur poids. À peine y avait-il posé les pieds que Mac prit Tania dans ses bras et se mit à courir en direction du chalet dominant la baie.

S'agitant contre lui, elle protesta faiblement :

— Je… je peux marcher !

— Je le sais bien, que vous le pouvez…, admit-il. Mais cela ira plus vite ainsi.

Il aurait aimé avoir le temps de ménager sa susceptibilité, mais il devait faire face à d'autres urgences. Pas question qu'il la repose à terre alors que son dragon redressait la tête en lui, réveillant son instinct protecteur.

Grimpant les marches quatre à quatre, ses jambes jouant tels des pistons bien huilés, Mac lança des sondes mentales en direction du chalet qui se dressait en haut de la butte et usa pleinement de ses dons magiques. L'électricité fournie par de puissantes batteries industrielles rechargées à l'énergie solaire se remit à courir dans les artères de la demeure endormie. Des lumières s'allumèrent à l'intérieur, de même que les spots lumineux jalonnant le chemin d'accès. La dernière marche était en vue. Encore trente secondes et Tania serait au chaud…

Sans avoir à utiliser autre chose qu'une commande mentale, Mac déverrouilla la porte et l'ouvrit en grand. En quelques secondes, il eut franchi le seuil de son foyer avec une seule chose en tête : Tania avait besoin de toute son attention et de ses soins. Et, que cela lui plaise ou non, c'était exactement ce qu'elle allait obtenir.

Chapitre 11

Venom perdait de l'altitude. Sous lui, les pâtés de maisons sillonnés d'allées étroites se mêlaient en un tout indistinct. En s'efforçant d'améliorer sa mise au point, il étendit plus largement ses ailes et refit un tour du quartier. Le vent du nord ne lui était pas favorable et avait tendance à le plaquer au sol, si bien qu'il lui fallait fournir plus d'efforts pour rester en l'air. Il serra les dents pour ne pas gémir tandis que la douleur l'assaillait de plus belle, née des multiples entailles qui lui lacéraient le torse.

Cela faisait un mal de chien, mais le pire était encore la plaie profonde qui barrait son abdomen.

Venom prit une longue et douloureuse inspiration. Dire qu'il était dans la merde suffisait à peine à décrire sa situation. Alors qu'il fuyait toujours comme une passoire, c'était la catastrophe qui lui tendait les bras. Le sang pissait de ses plaies en rigoles sinuant sur ses écailles vertes, de son ventre jusqu'à ses pattes. Une brusque nausée se mit de la partie, faisant cause commune avec la brigade de sensations douloureuses qui lui martelaient le crâne.

Il lui fallait se poser de toute urgence, avant de tomber dans les vapes et de jouer les kamikazes avec le premier building venu.

Ce n'était pas le choix qui manquait. Le ghetto qu'il survolait regorgeait de bâtiments miteux, inhabitables, le délabrement constituant ici la norme plus que l'exception. Mais, hélas pour lui ! personne ne semblait pressé d'aller se coucher, dans le coin. Il y avait encore bien trop de monde dehors : filles de joie postées au coin des rues, hommes en capuches déambulant et vaquant à leurs diverses et discrètes affaires. Les échos de musiques déversées à pleins torrents par les *sound systems* lui parvenaient également, leur rythmique battant comme un pouls citadin tandis que des humains se pressaient de trouver leur dose ou de négocier les tarifs d'une passe avant l'aube.

Putain de Dieu ! bien trop de témoins potentiels, tous équipés de portables susceptibles d'enregistrer la scène. Bien trop de cervelles à effacer si par malheur il venait à se fracasser dans la façade d'un immeuble, ce qui hélas ! paraissait plus plausible de minute en minute.

Une autre vague de faiblesse le submergea. Un terrible accès de nostalgie s'ensuivit. Il aurait voulu être chez lui, à Black Diamond. Il se languissait de la sécurité du repaire souterrain et des équipements médicaux qui s'y trouvaient. Il ne risquait pas cependant de les revoir de sitôt. Après avoir joué durant une partie de la nuit à cache-cache avec un ennemi intraitable, de sommet d'immeuble en sommet d'immeuble, le vol de retour d'une vingtaine de minutes était inenvisageable pour lui.

Autant dire qu'il était fichu, avec un grand « F ».

Il avait toujours été le guerrier le plus costaud de la bande. Pas pour ce qui était de la magie ; Rikar et Bastian étaient les meilleurs pour ça, mais dans le domaine de l'engagement physique, c'était lui le plus puissant, le plus rapide, le plus dangereux. Dans un groupe qui se caractérisait par ses prouesses, ce n'était pas peu dire. Et, au combat, il parvenait encore à dépasser ses limites pour accomplir de nouveaux exploits. Les autres mâles l'admiraient pour ça. Dans les pires situations, ils comptaient sur lui pour les tirer d'embarras. Le fait que ce dont il était le plus fier – sa puissance physique – soit sur le point de le trahir le mettait donc dans une rage noire.

Il gronda et grinça des dents, frottant ses crocs l'un contre l'autre. Le bruit qui en résulta se répercuta sous son crâne, tandis qu'une autre vague de faiblesse le frappait de plein fouet. Clignant des yeux, Venom vit la lueur faiblissante produite par son regard éclairer les ténèbres devant lui. La douleur qui irradiait de son abdomen ne lui laissait pas un instant de répit et lui faisait perdre mètre après mètre.

Aucun doute là-dessus : il lui fallait atterrir.

S'avouant vaincu, Venom prit quand même le temps de lancer un SOS mental.

— *Wick ?*

Aucune réponse ne lui parvint, ce qui ne fut pas pour le surprendre. Wick n'était pas très causant, même avec lui. Ce qui ne l'empêchait pas d'être son meilleur ami. Il le comprenait et savait que son mutisme n'avait pas d'importance. Il savait ce que son pote avait souffert et n'ignorait pas le conditionnement qui avait fait de lui ce qu'il était devenu. Sa nature tranquille et ses rares réponses monosyllabiques ne le dérangeaient pas. Pourtant, à cette minute, il aurait donné cher pour l'entendre le rembarrer d'une de ces répliques cinglantes dont il avait le secret.

Il espérait que son frère d'armes allait bien et qu'il était en route pour le rejoindre après avoir semé les Razorback. Dès l'instant où il avait pris conscience de la gravité de ses blessures, Wick s'était déchaîné et s'en était pris à quatre ennemis successivement. Une stratégie des plus futées, qui avait fonctionné à merveille. Elle témoignait non seulement de l'intelligence vive et de la rapidité de décision de son ami, mais aussi de la bêtise des Razorback, qui avaient foncé dans le panneau en lui filant le train, laissant Venom s'enfuir dans la direction opposée. À présent, cependant, il ne pouvait s'empêcher de redouter qu'il puisse avoir été blessé dans la bataille.

Pourquoi diable Wick n'était-il toujours pas de retour ?

Venom remit son sonar en route et émit une impulsion, s'efforçant de se caler sur la signature magique que Wick laissait dans son sillage. Celle-ci était propre à chaque individu. Chaque mâle en possédait une – l'équivalent des empreintes digitales pour le genre dragonin. Quand aucun écho ne lui fut renvoyé, l'inquiétude de Venom grimpa de plus belle, mais…

Il se sentait tellement fatigué… Trop faible pour poursuivre ses recherches par sonar, sans parler de pouvoir se lancer à la recherche de son ami.

Avec une plainte aiguë, Venom laissa l'épuisement l'emporter et, repliant ses ailes, piqua à travers l'espace étroit séparant le sommet de deux immeubles. Ses pattes déployées afin d'amortir le choc, il atterrit rudement quelques instants plus tard. L'atterrissage en catastrophe le fit grimacer et fissura l'asphalte sous ses griffes. Quelques bennes à ordures qui se trouvaient là décolèrent brièvement avant de retomber sur leurs roulettes dans un bruit de ferraille. Reprenant forme humaine, Venom puisa dans ses ultimes réserves d'énergie pour faire apparaître ses vêtements. Tandis que ceux-ci finissaient de couvrir sa peau glacée, il serra un bras contre son abdomen blessé et cessa de lutter. Ses jambes battirent un instant, balayant les débris rassemblés au centre de l'allée.

Une écœurante odeur de détritus monta à ses narines. Il fit une nouvelle tentative pour repérer son ami. Le lien télépathique qu'ils partageaient s'établit.

— *Wick !* lança-t-il mentalement.

Un battement de cœur. Puis deux. Aucune réponse. Venom laissa retomber sa tête. Ven devait être blessé lui aussi, ou pire encore : mort. Bordel de merde ! il avait envoyé son meilleur ami se faire tuer pendant que lui-même…

— *C'est quoi, le problème ?*

Un soulagement intense lui fit tourner la tête.

—*Je suis à terre*, expliqua-t-il.

—*Sans blague*, répondit Wick. (La liaison mentale charriait le bruit du vent.) *Où ça?*

—*Sais pas...*

Les sourcils froncés, Venom tenta d'observer les alentours. Clignant des yeux pour y voir plus clair, il essaya d'apercevoir ce qui se trouvait au débouché de l'allée. Des clous... Ses yeux aussi l'avaient laissé tomber.

—*Dans une allée*, reprit-il. *Quelque part entre...*

—*Je t'ai repéré*, l'interrompit Wick.

Venom le sentit se connecter à son signal. Quelques secondes plus tard, il vit une ombre planer au-dessus de lui.

— *Tiens bon!* l'exhorta Wick en préparant son approche.

— *Tes poursuivants?* s'inquiéta Venom.

—*Semés.*

« Bien joué ! » aurait-il voulu se réjouir. En lieu et place, il se contenta d'un hochement de tête et passa sur le dos. Ses mains exerçaient autant que possible un point de pression sur son ventre. Du sang coulait entre ses doigts. *Oh, bordel! t'es cuit, mon gars...* Il était bon pour le pays des ombres et cela ne traînerait pas. En prenant difficilement une longue inspiration, Venom fixa son attention sur le mince ruban de nuit visible entre les immeubles. À présent que l'orage s'éloignait – grâces en soient rendues à Mac, ce bleu était une vraie calamité –, les étoiles apparaissaient, lui clignant de l'œil depuis leur perchoir stellaire. Lentement, Venom sentait son esprit s'égarer.

Dieu, ce qu'il aimait voler ! Il adorait sentir l'air filer le long de ses écailles tandis qu'il s'élevait en flèche. Aurait-il l'occasion de revivre ça un jour ? Il paraissait raisonnable de répondre par la négative. Il sentit l'angoisse se refermer sur lui telle une chape glacée. Au terme de quatre-vingt-sept ans d'existence, tout devait-il vraiment finir ainsi, par une lente et douloureuse agonie au milieu d'une puante allée citadine ?

Une tranquille acceptation de son sort se frayait doucement un chemin en lui. Waouh ! il ne serait jamais attendu à ça, mais… n'était-il pas un guerrier, toujours prêt à se battre, rompu au combat ? Un tueur dans tous les sens du mot ? Les circonstances de sa mort – la violence dont elle était la cause directe – avaient donc un certain sens. Il paraissait logique qu'il puisse rendre l'âme dans un endroit inconnu, froid et sombre, plutôt que bien au chaud au fond de son lit. Et, alors qu'il sentait sa fin approcher à grands pas, Venom laissa ses yeux se fermer.

Un cliquètement de griffes sur l'asphalte se fit alors entendre à côté de lui.

— *Oh, non !* protesta Wick. *Certainement pas !*

— *Laisse-moi partir, Wick…*, murmura-t-il, si fatigué qu'il se fichait de paraître faible.

— *Tu peux courir ! Je te ramène à la base.*

— *Pas une… bonne idée.*

Un grand silence se fit. Venom y mit un terme en expliquant :

— *Myst et Angela sont là-bas.*

— *Merde !*

Ce n'était rien de le dire.

Surtout à présent que l'énergie du Méridien accessible aux dragons à travers les femmes constituait sa seule chance de survie. Encore lui en aurait-il fallu énormément. Pour cela, une femelle de haute énergie aurait été préférable, mais n'importe quelle humaine pouvait faire l'affaire. Il avait besoin de se nourrir pour reprendre des forces et guérir de ses blessures. Sa fringale d'énergie était si intense – une situation que redoutaient tous les dragons – que, si par malchance une femme se trouvait dans les parages, il ne pourrait faire autrement que la tuer en accédant à ce dont il avait besoin. Il se goinfrerait littéralement de l'énergie vitale de celle qui pour son malheur s'approcherait de lui, sauvant sa vie en prenant la sienne.

Voilà pourquoi rentrer à la maison n'était pas une bonne idée. S'il se risquait ne serait-ce qu'à jeter un regard de travers à Angela ou Myst, son commandant et son second se chargeraient de faire de lui un souvenir sans attendre qu'il y passe. *Adieu la vie… pas de deuxième chance, plus mort que mort.*

Venom tenta vainement d'humecter sa gorge sèche. Après tout, cela n'aurait pas constitué une fin si tragique. Au moins aurait-ce été rapide et sans douleur.

Il sentit Wick se métamorphoser à côté de lui au courant d'air qui balaya ses longs cheveux de son front. Venom entrouvrit les yeux et tourna la tête vers lui. De petits cailloux et un morceau de verre cassé lui mordirent le cuir chevelu. Les pompes de combat de son ami apparurent dans son champ de vision. Et, quand celui-ci s'accroupit, il put plonger directement au fond de ses yeux dorés.

—*Hello!* lança-t-il mentalement en réprimant vainement une quinte de toux.

Le regard calme et assuré, Wick tendit le bras pour lui prendre le pouls. Ce simple contact suffit à infuser une douce chaleur dans le bras de Venom, qu'il sentit remonter jusque dans ses côtes en lents et bienfaisants tourbillons. Rien de surprenant à cela. En tant que dragon de feu, Wick était une fournaise vivante. En faisant pression sur son ventre, son ami souleva sa main et examina sa plaie.

—*Joli, n'est-ce pas?*

Wick répondit à sa plaisanterie en crispant les mâchoires.

—*Attends-moi*, dit-il.

Venom cligna difficilement des yeux et faillit s'esclaffer. Où s'attendait-il donc à ce qu'il aille?

—*Je vais chercher ce dont tu as besoin*, poursuivit Wick.

Bien sûr. Sans problème… Wick allait tout arranger et lui ramener ce qu'il lui fallait.

Venom fit la grimace et tenta vainement de se souvenir de quoi il s'agissait, exactement. Il n'était plus sûr de rien. Son cerveau semblait déjà cuit, son acuité égale à zéro tandis qu'il se laissait de plus en plus emporter, vague après vague, par l'engourdissement qui peu à peu le gagnait. Un petit soupir lui échappa. C'était si bon… si bon de ne plus avoir mal. Il n'avait besoin de rien d'autre que de cela, avant de devenir un petit tas de cendre et de n'être plus qu'un nom gravé sur le mur des Guerriers, dans le saint des saints de Black Diamond.

Un bruit aigu et cliquetant – qui lui faisait penser à celui de talons aiguilles percutant l'asphalte – vint mettre un terme à cette glorieuse perspective.

— *Venom !* (Il avait l'impression que le timbre grave de Wick résonnait tout contre son oreille.) *Ouvre les yeux.*

Il n'en avait pas envie. Il n'avait besoin de rien d'autre que de flotter comme un nuage, au lieu de rester prisonnier d'un piège de muscles et d'os.

— *Allez, mon pote… reste avec nous.*

Cette surprenante marque d'affection suffit à réveiller son attention chancelante. Wick ne l'appelait jamais autrement que par son nom.

Venom battit des paupières, avant d'entrouvrir légèrement les yeux. Glissant un bras autour de ses épaules, Wick le redressa légèrement, ce qui réveilla brièvement la douleur en lui.

— Regarde, reprit son ami de vive voix, je t'ai apporté un cadeau.

— Salut, chéri ! lança une voix de femme éraillée. Ton copain me dit que tu as besoin d'un câlin ?

Débardeur dos nu, minijupe, ventre apparent. Le dragon en Venom redressa la tête, repoussant la fatigue.

— Voire de deux ? ajouta une autre voix féminine.

Une troisième jeune femme intervint en riant :

— Et pourquoi pas trois ? Plus on est de fous, plus on rit.

— Chevauche-le, ordonna Wick à la première. Et occupe-toi bien de lui.

L'odeur de la magie flottait dans l'air humide, se joignant à celle des poubelles.

Voyez-vous ça… Les prouesses télépathiques de Wick semblaient de sortie. L'occasion ou jamais, car son ami ne se servait que rarement de ses petits talents.

Pourtant… nul ne parvenait mieux que lui à exercer un contrôle mental à distance. La plupart des autres mâles avaient besoin de toucher la personne visée pour y parvenir. Pas Wick. Fidèle en cela à son aversion des contacts physiques, il pouvait manipuler autrui et le faire plier à sa volonté sans avoir besoin du moindre effleurement. Un talent rare dans leur espèce, que les Nightfury ne prenaient pas à la légère. Susciter la colère de Wick n'était jamais une bonne idée. Cela pouvait amener un guerrier à reprendre ses esprits dans une position périlleuse ou humiliante sans avoir la moindre idée de ce qui avait pu le mener là.

C'était Wick tout craché ! Rien ne lui résistait : humain, dragon, animal – aucune importance. S'il avait décidé de mettre le nez dans votre esprit, vous n'aviez plus qu'à vous accrocher.

— Wick, me laisse pas faire ça…

Sa voix le trahit et l'empêcha de poursuivre. Elle était si faible qu'il avait du mal à la reconnaître. Il lui fallait pourtant faire comprendre à son ami que pour rien au monde il ne laisserait son urgent besoin d'énergie lui faire oublier toute mesure. Il préférait mourir que de causer la mort d'une femme pour se sauver.

— Ne me laisse pas leur faire de mal, reprit-il faiblement.

— *Personne ne va mourir*, intervint Wick mentalement, tandis que la première des trois prostituées se mettait en place. *Elles sont trois. Je ferai en sorte qu'elles se relaient avant qu'il soit trop tard. Nourris-toi, mon ami.*

Venom sentit des seins lourds s'écraser contre sa poitrine, deux cuisses chaudes enserrer les siennes. Sous l'influence de Wick, la jeune femme glissa ses mains sous sa nuque. Faisant jouer ses doigts fins dans ses cheveux, elle s'offrit à lui. Une faim atroce lui mordit les tripes. Avec un grognement sourd, Venom souleva sa tête et appliqua ses lèvres sur sa peau, dans le creux délicieux entre ses clavicules.

Le Méridien surgit dans un bouillonnement électrostatique, source à laquelle s'abreuvaient les siens. L'inépuisable énergie semblait illuminer la prostituée de l'intérieur. Venom but sans retenue, puisant profondément en elle l'élément vital dont il avait besoin. Il y avait dans cette situation un certain comique qui ne lui échappait pas. Pour une fois, c'était Wick qui s'occupait de lui, veillant à ce qu'il puisse se nourrir, et non l'inverse. Mais, lorsque la jeune femme souleva doucement sa tête et l'embrassa, lovant sa langue contre la sienne dans sa bouche, Venom laissa tomber les à-côtés et s'ouvrit totalement à elle. Pour lui, elle était un mets succulent et il se sentait affamé. Il aurait tout le temps, plus tard, de méditer sur l'ironie de la situation.

Chapitre 12

Le visage enfoui contre l'épaule de Mac, Tania referma ses bras autour de son cou et serra fort. Tout en courant vers la porte du chalet visible dans les hauteurs, il la serrait délicatement contre lui. Elle ne cessait quant à elle de s'en vouloir. Au lieu de se laisser faire comme une idiote, elle aurait dû se débattre, lutter, crier, le maudire… ou au moins se plaindre. Le problème était que la souffrance l'en empêchait. Chaque geste lui arrachait une grimace de douleur. Quant à sa voix… il n'en restait plus grand-chose, si bien que son corps avait pris le pouvoir, court-circuitant pour une fois sa puissance de feu mentale.

Ce qui la mettait dans une humeur noire. Comment prétendre après ça être capable de dire ce qu'elle avait sur le cœur et se défendre toute seule ?

Se défendre de quoi ? De lui – de son odeur, de sa force, du réconfort qu'il lui apportait en la serrant dans ses bras. Quant à la chaleur qu'il lui prodiguait, elle achevait de réduire sa résistance à néant. Elle aurait voulu s'y enfouir tout entière. Il lui semblait qu'elle n'en aurait jamais assez. Plus de chaleur, plus de réconfort, plus de proximité ! N'était-ce pas complètement dingue ? Mac était précisément celui à cause de qui elle se retrouvait dans cet état… Mais, même si la logique lui démontrait qu'elle avait tort de réagir ainsi, son corps ne se souciait que d'une chose.

Il irradiait de Mac une douce chaleur, elle était quant à elle transie, et il était disposé à lui venir en aide.

Point final.

En frissonnant de plus belle, elle se maudit de sa faiblesse, ce qui ne l'empêcha pas de se lover plus étroitement contre lui. Elle se promit de lui dire plus tard sa façon de penser. Encore un peu de réconfort… Elle allait le repousser dans une minute ou deux. Quand elle se serait enfin réchauffée. Quand il se déciderait à la lâcher. Quand son cerveau voudrait bien se remettre en route. Mais en attendant elle accepterait ce qu'il avait à lui offrir, en espérant qu'il ne tomberait pas à court de chaleur…

Le visage niché contre son cou, elle puisait en lui ce dont elle avait besoin : la force qui émanait de lui, et plus encore. Une sorte de picotement assez plaisant s'insinuait en elle, comme si elle était en train de partager avec lui autre chose que sa seule chaleur. Aussi séduisant que puissant, l'étrange courant se frayait un chemin en elle, dans tout son corps. Dans un soupir, Tania se détendit et en profita sans se poser davantage de questions. Et quand Mac murmura quelques mots au sommet de son crâne, elle eut l'impression que le phénomène gagnait encore en intensité. Elle sentit ses bras la serrer plus fort encore, et, dans le cocon très sûr qu'il lui offrait, l'envie lui vint de céder au sommeil.

Lentement, Tania laissa ses yeux se fermer.

Pourtant, s'endormir dans les bras de Mac devait être la pire idée qui soit après ce qui venait de lui arriver et tout ce à quoi elle avait assisté. Mais tandis que la sensation étrange et bienfaisante prenait ses quartiers en elle… Tania finit par se demander si elle n'avait pas déjà ressenti la même chose auparavant. Quelque part, avec quelqu'un… Avec Mac lui-même, peut-être ? Elle fronça les sourcils, incapable de s'en souvenir. Le flot de chaleur et de réconfort qu'il lui prodiguait effaçait tout et l'empêchait d'avoir les idées claires. Il l'enveloppait d'une gangue protectrice, tant et si bien qu'elle ne savait plus où s'arrêtait le corps de Mac et où commençait le sien.

Chez elle – elle se sentait chez elle, comme quand elle cocoonait, au chaud, par un froid après-midi d'automne et…

Waouh! Temps mort… Ce n'était pas une bonne idée de… Non. Ce ne devait pas en être une. Hélas! son corps ne semblait pas d'accord avec elle. Ses muscles continuaient d'ignorer ses ordres, refusant de remplir leur office. Mieux valait donc renoncer à combattre, elle n'en était plus capable. Sa force – de même que ses priorités – avait fait sécession et choisi de collaborer. Un choix risqué étant donné qu'elle avait vu ce type se transformer en monstre moins d'une heure plus tôt.

— Mac…, gémit-elle doucement. N… non…

Quelque chose – une porte? – émit un déclic et fut repoussé.

— Chut… chérie. Tenez bon. Nous y sommes presque.

Tania s'accrocha à cette information. Presque? Mais où? Bonne question, qu'elle aurait dû se poser dès qu'ils avaient fait surface. Savoir où ils se trouvaient, après tout, semblait aussi important que de comprendre ce qu'ils allaient y faire – autrement dit, ce qu'*il* comptait lui faire…

Luttant contre sa torpeur, Tania entrouvrit les paupières. Une série de lumières vives, au-dessus d'elle, le lui fit regretter aussitôt et refermer les yeux en grimaçant. Mac jura tout bas et, avec un mot d'excuse, éteignit les lumières. Elle le sentit écarter des mèches humides de son visage, puis la déposer sur une surface solide. Une table? Un comptoir? Elle opta pour cette option quand, en battant des jambes, celles-ci vinrent buter contre des portes en bois. Le bruit de l'eau qui coule – celui d'une douche? – se fit entendre. Tania ouvrit de nouveau les yeux, mais les taches noires qui troublaient sa vision l'empêchèrent de voir quoi que ce soit. Quelques instants plus tard, sa vision s'éclaircit et…

Elle eut un aperçu de Mac. Les muscles de ses bras et de ses épaules jouant souplement sous sa peau, il se mettait en position pour lui enlever ses boots. Derrière lui, un mur d'un blanc immaculé. Tandis qu'il laissait retomber à terre la première de ses chaussures et s'attaquait à la seconde, Tania découvrit sur sa droite une grande et profonde baignoire à l'ancienne, aux pieds sculptés imitant des pattes de lion.

Sa deuxième chaussure tomba sur le sol carrelé.

Tania reporta son attention sur la cabine de douche géante qu'elle découvrait par-dessus l'épaule de Mac. Elle était séparée du reste de la salle de bains par une cloison de verre, et ses murs carrelés d'une somptueuse pierre bleue. De la vapeur s'élevait déjà tandis que la pomme de douche et de multiples jets latéraux déversaient leur bienfaisante ondée. Tout cela sans que Mac ait eu besoin d'y toucher... ce qui, honnêtement, faisait un peu plus que l'étonner.

Ces tours de passe-passe la plongeaient dans le désarroi. Dieu merci ! son état l'empêchait de trop s'en faire ou de poser les bonnes questions. Par exemple... comment avait-il fait pour passer de l'état de dragon cornu aux écailles bleues à... *ça* : quasiment deux mètres de mâle américain d'origine irlandaise doté d'un incroyable tatouage ? Qu'elle ne se rappelait d'ailleurs pas avoir remarqué dans le loft quand...

Tania s'arrêta net, mettant en doute son souvenir, qui n'en persista pas moins à s'imposer à elle, choquant de précision dans ses multiples détails. Bonté divine... elle s'était vraiment déchaînée ! Débarrassée de toute inhibition, elle avait...

D'autres images explicites s'imposèrent à son esprit. Elle, sur le dos, pendant que lui... *Oh, seigneur !* Elle s'agita sur son comptoir, s'efforçant de rembobiner la bande en accéléré. Seule une idiote pouvait avoir envie de s'attarder là-dessus. Penser à cette nuit-là – et au rôle que Mac y avait joué – n'avait rien d'une bonne idée. Surtout quand il se trouvait à moins d'un mètre d'elle, habillé en tout et pour tout d'un short de bain.

Ce qui lui rappelait… le tatouage.

Elle était quasiment certaine qu'il ne le portait pas quand elle l'avait… euh… croisé dans le loft de Myst. Difficile d'imaginer qu'elle ait pu l'oublier. Tracées avec art, les lignes ondulées couvraient presque la moitié de son torse et se prolongeaient jusque sur une épaule, avant de venir s'enrouler autour de son biceps. L'encre utilisée – d'un beau bleu marine – semblait… Tania se pencha pour mieux voir, mais c'était bien cela. Les motifs bleus semblaient… chatoyer sur sa peau. De manière discrète, mais suffisamment pour que cela puisse se remarquer. Ce qui était plutôt… fascinant, magnifique, et assez étrange.

— Hé, Mac !

Au son de sa voix, Tania grimaça. Une fumeuse invétérée n'aurait pas fait mieux.

Accroupi devant elle, Mac redressa la tête. Les yeux fixés sur elle, il ramassa ses chaussures détrempées, se redressa et alla les déposer dans la baignoire.

— Levez les bras, ordonna-t-il ensuite.

Tania cligna des yeux sans comprendre. *Les quoi ?*

— Les bras…, répéta-t-il, comme s'il avait pu l'entendre.

Sans attendre qu'elle s'exécute, il empoigna le bord de son sweater et le fit remonter le long de son torse, entraînant ses bras dans le même mouvement. Elle protesta en poussant un cri, mais le mal était fait. Le vêtement trempé alla rejoindre les chaussures dans la baignoire. Ce qui la laissait devant lui habillée de rien d'autre qu'un soutien-gorge en dentelle et un jean moulant.

— Hé ! protesta-t-elle en croisant ses mains blessées devant sa poitrine.

Un filet de sang coulait d'une de ses jointures le long de sa main. Tania l'ignora, plus préoccupée de sa pudeur que de l'état de ses doigts.

— Qu'est-ce qui vous prend ? reprit-elle. Que croyez-vous être en train de…

— Prenez appui sur vos paumes, la coupa-t-il. Et soulevez vos fesses pour moi, que je puisse retirer ce pantalon.

— Non !

Il n'était pas question pour elle de se retrouver les fesses nues devant lui. Enfin… techniquement, cela n'aurait rien eu d'une première, et elle n'aurait pas été exactement nue. Mais, si mignonne qu'elle ait pu être, sa petite culotte ne couvrait pas grand-chose…

La question ne se posait pas de savoir pourquoi elle avait choisi sa lingerie La Cirque ce jour-là. Tania portait toujours ses plus beaux dessous dans les grandes occasions : grande réunion au boulot, présentation délicate à un client, visite à sa sœur au parloir de la prison. Cela lui donnait du courage et le coup de fouet nécessaire pour affronter les situations difficiles. Elle se sentait ainsi plus irrésistible, plus assurée, capable d'affronter les challenges que la vie lui présentait. Une armure en soie et dentelles, en quelque sorte, mais qui n'avait rien de pudique.

Et, comme par un fait exprès, la culotte qu'elle portait ce jour-là – soie rose pâle rehaussée de dentelle et galon noirs – était l'une de ses plus sexy. Hors de question, donc, de « soulever » quoi que ce soit pour Mac – ni maintenant, ni jamais.

Constatant qu'il n'insistait pas, Tania soupira de soulagement, mais celui-ci fut de courte durée. Sans même la regarder, il se pencha sur le côté et prit dans un tiroir quelque chose qu'il enfouit dans sa poche. Puis, glissant ses mains sous ses fesses, il la souleva sans effort, ce qui naturellement la fit pousser les hauts cris… sans le moindre résultat.

Ignorant ses protestations, il la transporta dans ses bras jusque sous la douche. Tandis que le panneau de verre coulissant se refermait derrière eux, Tania sentit avec délice l'eau chaude ruisseler sur elle. Elle ne put empêcher un gémissement de bien-être de lui échapper. Cette douce chaleur qui coulait sur sa peau, réchauffant sa chair transie, était à tomber. Renonçant à lutter, elle dressa la tête et s'abandonna, ses omoplates en appui contre la poitrine de Mac, à la douceur de l'instant.

L'odeur de l'océan qui s'accrochait à eux reflua peu à peu. Tania sentit les bienfaits de l'eau douce qui rinçait sa peau attaquée par le sel. Une certaine détente se fit en elle, dénouant les muscles trop longtemps crispés de son dos. Comme s'il l'incitait à prendre davantage appui sur lui, Mac l'entoura de ses bras. Elle ne vit pas la suite venir. En quelques gestes habiles et trop rapides pour qu'elle puisse s'y opposer, il déboutonna son jean et le baissa jusqu'à ses chevilles. Un instant plus tard, le pantalon ne fut plus qu'un petit tas sombre dans un coin de la cabine de douche.

Tania se figea, le souffle coupé.

— Tout va bien…, murmura-t-il en l'entourant de ses bras.

De nouveau, ses omoplates reposaient contre sa poitrine. Mac prit l'une de ses mains dans la sienne. Elle frissonna, mais le froid n'était plus en cause. Ils étaient si proches l'un de l'autre, et si peu habillés…

— Je veux juste vous aider, assura-t-il. Rien de plus. Jetons à présent un coup d'œil à vos mains. Vous voulez bien ?

Troublée de le sentir si proche et ne sachant que dire, Tania acquiesça de la tête. Plongeant la main dans sa poche, il en tira un coupe-ongles. Elle se débattit pour lui échapper. Pas question qu'elle le laisse faire. Elle allait de nouveau avoir mal.

Ses ongles étaient dans un état pitoyable, et elle ne se sentait pas capable de supporter la moindre douleur supplémentaire.

Mais elle eut beau lutter pour se libérer, il tenait bon.

— Ne faites pas ça, supplia-t-elle faiblement.

— Cela doit être fait, murmura-t-il tout contre son oreille. Je ferai très attention, je vous le promets. J'en aurai fini en un rien de temps.

Malgré la chaleur de la douche et celle de Mac tout contre elle, Tania avait de nouveau froid. La gorge serrée, elle secoua négativement la tête.

— Faites-moi confiance, *mo chroí*, insista-t-il.

Le timbre profond de sa voix résonna en elle. Dieu qu'il était bon de sentir cette vibration, et le lien que nouait entre eux ce petit mot doux ! Elle en aimait la sonorité et lui accordait sans doute plus de sens qu'il n'en avait mais, pour une raison qui lui échappait, elle s'en fichait et n'y pouvait rien. En dépit de l'étrangeté de la situation et de toute cette dinguerie d'hommes-dragons, cela lui faisait du bien de croire qu'il puisse être là pour prendre soin d'elle et qu'elle puisse avoir de l'importance à ses yeux.

Tania refoula ses larmes. *Conneries !* N'était-ce pas là un bien joli conte ? Quelle fille ne rêvait pas de se sentir *spéciale* ? D'être traitée comme quelqu'un de précieux et d'important ? De se sentir désirée et chérie ? D'être le centre du monde pour son homme ? Difficilement, elle ravala sa salive. En somme, elle n'était qu'un cliché sur pattes, une de ces femmes exigeantes pour qui rien n'était jamais suffisant.

Et tandis que Mac s'attaquait en douceur au premier ongle abîmé et qu'elle s'efforçait de ne pas frémir, elle se demanda à quel moment elle était devenue si incroyablement faible. Jusqu'à présent, l'indépendance avait constitué un principe fondamental pour elle. Comme la nourriture et l'eau, elle lui avait été indispensable pour rester en vie. Attendre de Mac qu'il veille sur elle ne pouvait être acceptable. C'était même à ce point dangereux que cela lui faisait peur. L'autonomie – la capacité de prendre soin d'elle-même – était la seule chose qui lui ait jamais appartenue en propre. Sa mère, quant à elle, ne l'avait jamais possédée. Sa sœur non plus. Elle avait été la première dans sa famille à faire des études, à réussir dans une carrière professionnelle, à sortir de la pauvreté pour se bâtir une belle vie.

Rester tranquille pendant qu'il s'occupait d'elle n'était donc absolument pas son style. Ni capituler sans s'être battue. Ni se conformer à la volonté d'un homme uniquement parce qu'il était sexy, qu'il savait se montrer doux et qu'il était possible de lire dans son regard une sincère inquiétude.

Comme s'il avait été branché sur ses pensées, Mac murmura :

— Tania, chérie… tout va s'arranger. Nous éclaircirons tout ça. Vous aurez tout ce dont vous avez besoin.

Un mensonge. Assené avec aplomb et joliment tourné.

Tania en fut certaine aussitôt qu'il eut prononcé ces mots. Il pouvait prétendre ce qu'il voulait, mais le gène de la crétinerie n'était pas prédominant dans sa famille. Elle n'était pas du genre à se mentir et savait reconnaître une vérité quand elle en voyait une. Plus qu'à moitié nue, elle se retrouvait coincée dans une cabine de douche avec un type capable de se transformer en dragon. Rien n'allait « s'arranger ». Ni maintenant, ni avant longtemps.

Ayant achevé de préparer le feu dans la cheminée, Mac actionna le briquet et enflamma le papier. La flamme s'enroula, noircit les feuilles du journal daté de l'année précédente tandis qu'une lueur orangée naissait au cœur des bûches. Peu à peu, la chaleur commença à se diffuser dans la pièce, caressant ses avant-bras et son visage et réchauffant l'atmosphère. La fumée s'éleva dans le conduit. L'odeur et le bruit du petit bois qui se consumait se répandirent dans l'air humide. Bercé par cet hypnotique fond sonore, Mac observa un instant les flammes qui s'élevaient avant de se décider à se remettre debout.

Ayant achevé sa première tâche, il lui fallait passer à la deuxième.

Guettant d'une oreille les bruits de la douche dans laquelle Tania se trouvait toujours, Mac laissa le feu se débrouiller seul. Pieds nus sur le parquet en bois, il lui suffit de traverser le living-room pour rejoindre la cuisine ouverte. La configuration des lieux lui allait parfaitement. La grande pièce, avec ses poutres au plafond, le parquet de bois rustique et tout l'équipement moderne pour agrémenter tout cela était agréable à vivre. Ce qu'il préférait cependant était encore l'antique table en bois, longue et large, qui occupait à la perfection l'espace situé derrière le sofa, et à laquelle on pouvait manger en observant le paysage qu'offrait une série de fenêtres pour le moment occultées par des volets. Mais, de manière curieuse, il ne s'était jamais assis sur l'une des huit chaises qui l'entouraient. Quand il était là, il se contentait de prendre ses repas appuyé à l'îlot central de la cuisine. L'utilité de la majestueuse table se limitait donc à la décoration…

Passant devant la rangée de tabourets rangés sous le comptoir, il alla droit au réfrigérateur, même s'il savait ne pas pouvoir y trouver grand-chose. Pas de légumes frais ni de fruits mais, fidèle à son entraînement militaire, il gardait toujours en réserve plus que ce dont il avait besoin pour lui seul. Les tempêtes se levaient vite et ne se calmaient que lentement autour de l'île, et seul un fou aurait pris à la légère les colères de dame Nature. Grâce aux panneaux solaires qui le fournissaient en électricité, son congélateur restait non seulement branché mais également bien garni en son absence. Quant aux rangées de placards qui garnissaient les murs, il était possible d'y trouver toutes les conserves et victuailles nécessaires pour soutenir un siège.

— Rien de tel que le moment présent…, murmura-t-il, sans cesser d'épier ce qui se passait dans la salle de bains.

Le bruit de la douche lui apprit ce qu'il avait besoin de savoir. Il avait tout son temps : Tania s'y trouvait toujours.

Un sourire machinal joua sur ses lèvres. Seigneur ! ce qu'elle pouvait être adorable à se cacher là-dedans pour tenter d'éviter l'inévitable tout en reprenant ses esprits. Son désir de garder le contrôle d'elle-même ne lui posait aucun problème. Tania pouvait prendre tout le temps dont elle avait besoin. Elle pouvait même laisser sa peau se friper sous le jet comme celle d'une vieille pomme si cela lui chantait. Peu importait la capacité théorique du chauffe-eau. Ses pouvoirs étaient à l'œuvre et suppléaient aux limitations de la technique.

Par-dessus tout, il refusait de la brusquer. Cela ne servirait qu'à exacerber la frustration qu'il ressentait. Tania avait besoin de s'habituer à la nouvelle réalité dans laquelle elle venait d'entrer de plain-pied. Admettre que les dragons puissent exister dans son petit monde si confortable et rassurant constituait un ajustement de proportion épique. Mac était bien placé pour le savoir. Après une vie passée à ne pas douter de sa nature cent pour cent humaine, il avait lui-même failli perdre la tête en se réveillant pour la première fois dans sa peau de dragon. Il était donc parfaitement à même de comprendre la réaction épouvantée de la jeune femme et les extrémités auxquelles elle l'avait poussée.

Ce qu'il n'aimait pas, en revanche, c'était son silence.

La mine soucieuse, il saisit la poignée du congélateur, ouvrit la porte et contempla l'assortiment de vivres qui s'y trouvait sans vraiment le voir. Il n'était qu'un idiot, purement et simplement. Il ne pouvait y avoir aucun doute là-dessus. Non content d'avoir offert à Tania la peur de sa vie en la faisant voyager dans une bulle d'air sous l'océan, il avait en plus fallu qu'il lui fasse mal avec un putain de coupe-ongles. Les poings serrés, il revécut toute la scène jusque dans chacun de ses tressaillements, chaque gémissement à fendre le cœur qu'elle avait poussé. Il se serait bien passé de lui faire mal ainsi, mais ses mains…

Au temps pour sa brillante idée de l'enfermer dans une cloche de plongée magique ! En s'efforçant de la garder en vie, il avait fait pire que mieux et…

Mac se reprit aussitôt. Non, ce n'était pas vrai. Si Ivar avait mis la main sur elle, les choses se seraient bien plus mal passées – pour elle, mais pour lui également. Elle serait à l'heure qu'il était prisonnière dans l'antre des Razorback, brutalisée par ces ordures qui considéraient le viol comme un sport de combat. La seule idée que Tania puisse être violentée ainsi suffisait à le mettre dans tous ses états. L'histoire ne se répéterait pas. Pas avec Tania. Et s'il pouvait faire en sorte que cela soit possible, avec aucune autre non plus.

L'enlèvement d'Angela et le traitement brutal que leurs ennemis lui avaient infligé avaient déjà suffi comme cela. Avec l'aide de Rikar, sa partenaire était parvenue à surmonter ce traumatisme, mais Mac savait qu'elle continuait d'être hantée par ce qui s'était passé. Voir sa propre volonté usurpée, sa fierté confisquée, et ne plus être qu'une marionnette ne pouvait qu'être un enfer pour une femme aussi forte qu'Ange. Sa guérison prendrait du temps. Rikar l'aiderait de son mieux. Il avait déjà amorti l'impact des retombées émotionnelles, mais Mac continuait de s'en faire pour elle. Il la surveillait attentivement, dans l'attente d'un signe qui lui montrerait qu'elle avait besoin de son soutien.

Sans doute s'arrogeait-il les prérogatives d'un grand frère. Mais, même s'il restait vigilant avec sa sœur de cœur, une grande part de son attention s'était déjà reportée sur Tania, dans la crainte que la même chose lui arrive. Il s'était juré de la protéger, et il tiendrait promesse... même si cela signifiait qu'il lui fallait également la protéger de lui-même.

Merde ! sortir de cette cabine de douche après lui avoir taillé les ongles et l'avoir réchauffée de son corps avait failli l'achever. Cela avait été pour lui le paradis de pouvoir s'occuper d'elle ainsi, de la soigner, de lui apporter ce dont elle avait besoin au moment où elle en avait besoin. Bon... cela avait été l'enfer aussi de la sentir si proche, sans pouvoir la toucher même si elle ne portait rien d'autre que de la lingerie coquine.

Son cœur se mit à cogner plus fort dans sa cage thoracique. Seigneur ! quel spectacle elle lui avait offert avec ses cheveux mouillés ruisselant sur ses épaules et ses courbes féminines magnifiquement mises en valeur par la soie rose et la dentelle noire... Il l'avait sentie parfaitement détendue entre ses bras. Dans sa détresse, elle s'en était remise à lui plutôt que de le fuir, acceptant avec reconnaissance de baigner dans sa chaleur, de profiter de sa proximité, de le laisser apaiser ses tensions.

Après avoir saisi un paquet de tortellini, Mac referma enfin la porte du congélateur. Il lança l'emballage gelé sur un comptoir, où celui-ci atterrit rudement et glissa un instant. Déjà, il ouvrait la porte d'un placard dont il tira un bocal de sa meilleure sauce, qu'il décapsula avec un « pop » réjouissant. Une odeur de tomate et de basilic s'éleva jusqu'à ses narines. En temps normal, celle-ci lui plaisait plus que tout, mais là, ce fut à peine s'il y prêta attention. Son esprit restait focalisé sur une jolie brunette futée au possible et dotée de magnifiques yeux et d'un corps à tomber.

Avec un petit gémissement, Mac s'agita dans l'espoir de faire baisser la pression qui se faisait sentir au niveau de sa braguette. En vain. Le seul fait de penser à elle le faisait bander, et une pensée en entraînant une autre...

« Baam ! » Sa libido s'emballait et le plaçait sur orbite.

Mac déglutit péniblement. Il était dans de sales draps, et c'était un euphémisme de le constater.

Après avoir fouillé quelques instants, il tira du tiroir où il les rangeait la casserole qu'il lui fallait et la posa sur la plaque chauffante, même s'il n'en avait plus besoin. D'une chiquenaude mentale, il remplit le récipient et porta le liquide à ébullition. Il ne lui restait qu'à éventrer le paquet de pâtes et à les y plonger. En touillant l'ensemble d'une autre commande mentale, il posa ses fesses contre le comptoir et laissa son regard s'égarer sur la porte de la salle de bains. Une envie démentielle d'y rejoindre Tania ne lui laissait aucun répit. Elle devait être nue, à présent, la petite culotte repoussée dans un coin tandis que le soutien-gorge devait pendre au…

Arrête de penser à ça !

Sage conseil, mais assez problématique à suivre. Le dragon en lui était de sortie, bien décidé à se faire entendre, l'incitant à prendre ce que son instinct territorial le poussait à considérer comme sien. *Tania t'appartient.* Les poings serrés, Mac se mit à se balancer d'avant en arrière pour résister à la tentation. N'était-ce pas le comble de l'arrogance ? Les dents serrées, il repoussa de son mieux l'instinct de possession qui l'incitait à aller cueillir la jeune femme dans ses bras pour mieux aller la fourrer tout de suite dans son lit. Il voulait qu'elle ait sur elle son odeur, et pouvoir sentir la sienne partout sur lui. Il voulait lui donner tant de plaisir qu'elle ne pourrait que rendre grâce et le supplier de lui en donner davantage encore.

Tout comme elle l'avait fait la première fois qu'ils avaient couché ensemble.

Bordel, arrête d'y penser ! Le niveau d'alerte avait encore grimpé d'un cran. Il se trouvait à présent en zone rouge, luttant pied à pied pour résister à des désirs que Tania n'était pas pour l'heure prête à satisfaire. Car même si elle avait fait preuve de coopération jusque-là, Mac ne s'attendait pas à ce que cela dure. Elle était trop intelligente – trop forte, trop bornée aussi – pour accepter aucune avance de sa part sans avoir préalablement compris le pourquoi du comment. Elle allait débouler, prête à dégainer, comme au Far West, et à faire feu sur lui en le bombardant de questions et de sommations.

Mais le pire était encore qu'il lui tardait que commence ce duel…

Il détestait cet air absent qu'il avait vu sur son visage quand il avait dû la laisser seule sous la douche. Même s'il la comprenait, cette réaction l'inquiétait. La peur ne pouvait avoir aucune place entre eux. Il voulait se retrouver dès que possible confronté à sa personnalité impertinente, à ses questions en rafale et à sa colère. Dès qu'ils se seraient débarrassés de cette formalité, ils pourraient passer à une phase plus intéressante, comme…

Tout lui expliquer à propos des dragons, et lui apprendre à distinguer dans leur espèce les bons des méchants. Lui raconter la guerre qui faisait rage entre les Nightfury et les Razorback. Lui faire comprendre qu'elle n'était désormais plus en sécurité dans le monde des hommes.

Et qu'elle ne le serait plus tant qu'Ivar serait là pour pointer son sale museau.

Le leader des Razorback ne s'avouerait pas facilement vaincu. Ce n'était pas pour rien que ce salaud avait jeté son dévolu sur elle. Le pourquoi n'était guère difficile à deviner : faire du mal à Tania, c'était en faire également à Myst, et par ricochet au commandant des Nightfury. Une stratégie évidente qui tenait autant du grand art que de la guerre psychologique. Myst allait s'effondrer si sa meilleure amie se laissait prendre dans les filets de l'ennemi. Quant à Bastien, il plongerait aussitôt dans le piège. Incapable qu'il serait de voir souffrir sa compagne, il passerait dans la seconde en mode psycho, rien que pour adoucir sa peine.

Pas exactement la bonne attitude à adopter étant donné les responsabilités qui étaient les siennes. Dès qu'un chef se laissait déborder par ses tripes, il en résultait immanquablement de mauvaises décisions stratégiques. Si cela se produisait et que Bastian perdait la tête, les retombées ne seraient pas jolies à voir, et les morts ne se compteraient pas seulement dans le camp adverse. Chacun des frères d'armes de Mac aurait donné sa vie pour Bastian. Donc, même s'il détestait lui avoir fait peur, la mettre à l'abri dans une bulle d'air sous-marine était bien la moins mauvaise des options qui s'étaient offertes à lui pour que les Razorback ne mettent pas leurs sales pattes sur elle. Non seulement en vue de préserver sa propre santé mentale, mais également celle de tout le groupe.

Il ne pouvait à présent qu'espérer qu'elle finirait par lui pardonner.

Un vœu pieux ? Probablement. Plus qu'il ne méritait ? Sans aucun doute. Mais, même si la logique lui dictait qu'il pouvait toujours rêver, Mac continuait d'espérer qu'elle lui accorderait une seconde chance. C'en était presque à se demander ce qui lui arrivait. À un moment donné, quelque chose avait dû basculer sous son crâne. Désormais, il n'avait plus qu'à assumer sa sortie de route. Son moi habituel s'était fait la malle, sans parler de sa fameuse et typique manière d'être et d'agir.

Bordel de Dieu ! n'était-il pas le type solitaire et indépendant par excellence ? Celui qui préférait les terrains de jeux dégagés et les relations qui ne s'embarrassaient pas de sentiments ? Angela l'accusait d'être un phobique de l'engagement. Peut-être l'était-il… ou du moins l'avait-il été jusqu'à ce que son radar se tourne dans la mauvaise direction, aimanté par la présence de Tania. Désormais, elle était devenue une obsession pour lui, et cela n'avait rien pour lui plaire.

Il adorait son style de vie. Les femmes avec qui il couchait habituellement ne s'en plaignaient pas, habituées comme lui à des coucheries passagères. Le sexe était pour elles source de plaisir plus que de complications. Un fil à la patte ? Très peu pour elles… Tania, pour sa part, ne lui semblait pas être de cette eau-là. Elle n'était pas le genre de fille à ne pas vouloir s'attacher, mais plutôt à attendre câlins et baisers même après l'amour. Planté pieds nus dans sa cuisine, les yeux fixés sur la porte derrière laquelle il ne devait surtout pas la rejoindre, l'oreille guettant le moment où le silence se ferait, Mac le savait sans l'ombre d'un doute.

En soupirant longuement, il secoua la tête. Son instinct ne lui dictait-il pas de ne pas s'engager dans une telle histoire, de la laisser aux bons soins de Rikar après avoir rempli son devoir et de s'en aller le cœur léger ? Cela ne risquait pourtant pas de se produire alors que le dragon en lui faisait une fixation sur elle et que le reste de sa personne ne valait guère mieux. Jamais il n'accepterait de la laisser lui échapper. Du moins sans combattre. Inutile, donc, d'essayer de se convaincre du contraire ou de nier ce qu'il ressentait pour elle. Le lien qu'ils partageaient était tout simplement trop fort. La raison devait prendre le relais sur la passion car, à présent qu'il n'y avait plus qu'une porte pour les séparer, le désir secouait ses chaînes, amplifiant la connexion qui les reliait, le condamnant à se résigner.

Baisé. Foutu. Cramé.

Il se retrouvait aussi entiché d'elle que Bastian et Rikar l'étaient de leurs compagnes. Mais, contrairement à ses camarades, Mac ne risquait pas de trouver l'apaisement de sitôt.

Rappelé à ses devoirs, il se porta au secours des tortellini en vidant la casserole dans une passoire. Alors qu'il tirait un plat creux d'un placard, le bruit de la douche cessa. Les portes en verre coulissèrent, puis se refermèrent. Il ferma les yeux, ses sens aiguisés aux aguets, perçut le tapotement léger des pieds nus de Tania sur le tapis de bain. Un sourire fleurit sur ses lèvres. Il adorait chacune de ses nouvelles capacités, mais plus que tout celles qui lui permettaient de percevoir ce qui aurait dû lui demeurer imperceptible.

Où en était-elle ? Tania s'essuyait à présent avec le drap de bain qu'il avait sorti à son intention. Bientôt, elle se parerait de son odeur – devenant ainsi un peu plus sienne – en revêtant les vêtements qu'il lui prêtait. Il lui tardait de les voir sur elle. Il savait ce que cela avait de surprenant, mais pourvoir à ses besoins le nourrissait d'une certaine façon : lui faire porter ses habits, la faire dormir dans son lit, lui donner à manger ce qu'il avait cuisiné pour elle... Bon Dieu ! il ne parvenait pas à s'en lasser.

Après avoir pris une longue inspiration, Mac réchauffa d'une pensée le bocal de sauce. Puis, après avoir mis dans sa poche deux jeux de couverts, il saisit deux bols et rejoignit la salle à manger. Tania allait apparaître d'une seconde à l'autre, et...

La porte de la salle de bains s'ouvrit en grinçant sur ses gonds. Mac attendit d'avoir déposé leur repas sur la table avant de lever les yeux.

Quand son regard se posa sur elle, son cœur sembla marquer une pause. Elle était à croquer dans son pantalon trop grand qui tire-bouchonnait autour de ses jambes. Le sweater plus grand encore pendait sur l'une de ses épaules, découvrant une tentatrice plage de peau des plus douce. Il savait à présent exactement à quel point celle-ci l'était. Quant à ses courbes... elle répondait en tout point aux critères de son idéal féminin. Le besoin urgent de la rejoindre le cueillit de plein fouet. Il n'aspirait à rien d'autre que de pouvoir la toucher encore, de passer ses doigts dans ses cheveux humides pour les démêler, de l'embrasser pour que leurs langues puissent se mêler et...

Agrippé de ses deux mains au dossier d'une chaise, Mac repoussa tant bien que mal l'impulsion qui le portait vers elle. Une trop grande et trop soudaine proximité n'arrangerait rien entre eux. Ce dont il avait besoin avant tout, c'était d'un dérivatif. Et, en scrutant son visage, il en découvrit un tout trouvé. Tania était encore trop pâle. Un peu moins effrayée, bien sûr, mais toujours secouée. Il n'aurait pu en être autrement alors que sa vie venait de voler en éclats et qu'il s'apprêtait à lâcher encore quelques bombes.

Une certaine compassion se fit jour en lui. Le problème était que se sentir désolé pour elle – et pour cette désastreuse rencontre – ne réglerait rien. Aider Tania à comprendre ce qui lui arrivait était à présent le mieux qu'il avait à faire.

Soutenant son regard, il lança :

— Hé !

— Hé ! répondit-elle en serrant ses mains blessées devant elle.

— Vous avez trouvé ce qu'il vous fallait ? s'enquit-il.

La voyant acquiescer d'un signe de tête, Mac disposa les couverts de part et d'autre de chaque bol, puis pivota sur ses talons et prit appui contre le rebord de la table. Il prit garde de paraître détendu, de n'adopter aucune posture qu'elle aurait pu percevoir comme menaçante. Pour rien au monde il n'aurait voulu l'effrayer de plus belle ou même la brusquer.

— Vous avez besoin d'autre chose ? reprit-il.

— Je ne sais pas…, répondit-elle de sa voix éraillée. Une lobotomie ?

Le respect qu'il avait pour elle se fortifia encore. Elle était du genre à aller droit au but, sans tourner sept fois sa langue dans sa bouche, ce qui lui convenait parfaitement.

— Je ne pense pas que vous en ayez besoin, assura-t-il. Un Prozac serait sans doute plus indiqué.

Elle souffla longuement, l'ébauche d'un sourire sur le visage. L'éclaircie ne dura qu'une seconde avant qu'elle se rembrunisse. Un sillon se forma entre ses sourcils. Tania détourna les yeux. Regrettant déjà son regard sombre braqué sur lui, Mac la vit avec tristesse croiser les bras. Ce geste témoignait de son besoin de se mettre à l'abri, de dresser entre eux des barrières psychologiques et de remettre en place ses défenses. En tant que flic aux homicides, il avait vu nombre de victimes – ou de survivants, comme préférait les appeler Angela – adopter inconsciemment ce langage gestuel.

Il ne pouvait le supporter. L'idée qu'elle puisse avoir besoin pour se protéger de mettre de la distance entre eux lui était intolérable, même s'il en comprenait les raisons.

— Écoutez-moi…, plaida-t-il.

Le son de sa voix la fit sursauter. Mac serra le rebord de la table entre ses doigts pour ne pas aller la prendre dans ses bras.

— Je n'ai…

Elle ne le laissa pas finir sa phrase.

— Vos yeux luisent, constata-t-elle.

Mac fit battre ses paupières, hésita un instant et répondit :

— Ça leur arrive de temps en temps.

— Allez-vous vous transformer en dragon ?

— Seulement si vous me le demandez.

Elle fit volte-face et le foudroya du regard.

— Ne soyez pas idiot !

Cet avertissement lui donnait une indication. *Message reçu…* Ne pas chercher à minimiser la situation ni à jouer la détente en plaisantant. Avec un hochement de tête, il battit en retraite. Elle voulait qu'il respecte ses limites ? Aucun problème pour lui. Il pouvait le faire.

— Vous êtes en sécurité avec moi, Tania. En dépit de ce que vous avez vu ce soir, je préférerais mourir que vous faire du mal, expliqua-t-il, dans l'espoir de la rassurer.

Elle battit rapidement des paupières, comme si elle luttait contre les larmes, mais ne répondit rien.

Il poursuivit sur sa lancée :

— Tout va s'arranger, vous verrez.

— Comment ?

Mac sentit la bioénergie de Tania entrer en éruption tant elle était en colère. Sa réponse au quart de tour le fit tressaillir.

Colère et indignation féminine : un mélange explosif, un parfait cocktail qui promettait bien du sport.

Il faillit sourire et lui montrer combien son attitude lui plaisait, mais il se retint en songeant que cela ne serait pas pour lui plaire. Comment aurait-elle pu comprendre que cette réaction puisse être le témoignage de son soulagement plutôt que de son amusement ? Mais, en voyant son regard lancer des éclairs dans sa direction, il faillit se trahir et sourire comme un idiot. Bon sang ! cette femme était un sacré numéro. Même dépassée par les circonstances et crevant de trouille, elle trouvait le moyen de ne rien lâcher. Aussi préféra-t-il se taire et attendre qu'elle se décide à briser le silence. Elle avait besoin de relâcher la pression, d'exorciser sa frayeur, de poser toutes les cartes sur la table et de jeter le blâme sur lui. Pas question qu'il l'interrompe avant qu'elle ait pu le faire.

Furieuse et prête à s'exprimer : c'était dans cette disposition d'esprit qu'il la voulait.

— Mac… s'il vous plaît… allez-vous enfin me dire…

Agacée d'avoir à chercher ses mots, elle plissa les yeux et reprit avec plus de force :

— Bon Dieu ! allez-vous enfin m'expliquer ? J'ai failli être tuée ce soir par… par… *par tout un contingent de putain de dragons !*

La colère reprenant le dessus, elle fit un pas vers lui, une expression belliqueuse sur le visage. Oubliant combien ses doigts étaient blessés, elle pointa l'index sur lui en grimaçant de douleur, puis elle ajouta en secouant la tête :

— Et vous – *vous !* –, vous en êtes un aussi. Alors allez-y : expliquez-moi maintenant comme vous allez faire pour que tout s'arrange !

— J'assurerai votre sécurité. Je vous garderai en vie.

— Vous me… vous…

Tania renonça à poursuivre. Un muscle se crispa le long de sa mâchoire et elle se mit à crier :

— Vous m'avez fait tomber du haut d'un pont, voilà ce que vous avez fait ! Vous avez bousillé ma voiture… ma pauvre fifille… et pour finir… vous m'avez séquestrée au fond de l'océan dans une putain de bulle d'air !

Évidemment, si elle le prenait ainsi…

Mac ne put s'empêcher de tiquer. « Héros de l'année » n'était pas un titre auquel il pourrait prétendre prochainement…

— Je suis désolé, dit-il avec conviction. Je ne voulais pas vous effrayer, mais…

— Oh, nom de Dieu ! l'interrompit-elle.

Elle se détourna de lui et fouilla du regard l'intérieur du chalet. Ses yeux passèrent sur la cheminée, puis sur le living-room, avant de s'arrêter sur la cuisine.

— Avez-vous une arme ici ? demanda-t-elle tout de go. Je vais vous tuer ! Je le jure devant Dieu, rien ne m'empêchera d'appuyer sur la détente…

D'accord. C'était déjà mieux, bien qu'un peu contre-productif.

Mac s'en fichait. En passant au stade des menaces, elle était en progrès. Plus elle crierait sur lui, mieux elle se sentirait. Et quand elle aurait vidé son sac et crié tout son soûl, il aurait enfin une chance de lui expliquer le pourquoi et le comment de la situation. Elle avait besoin de comprendre les challenges de la nouvelle réalité dans laquelle elle évoluait pour l'accepter. Et, en premier lieu, pour accepter le fait qu'elle ne survivrait pas longtemps sans sa protection dans un monde empli de dragons où les femelles de haute énergie – comme elle – devenaient les cibles des Razorback.

En croisant les bras, Mac attendit qu'elle ait achevé de s'agiter. Plus animée à présent, la bouche sans cesse en action, Tania arpenta le chalet de long en large, ses pieds nus claquant sur le parquet, des mèches noires s'échappant une à une du chignon qu'elle avait confectionné pour glisser sur ses épaules. Un vague sourire au coin des lèvres, il écouta patiemment ses divagations. En contournant le sofa, elle lui jeta en pleine face une nouvelle insulte. Elle repartit de plus belle, vers la cheminée cette fois, dont les flammes à son passage s'élevèrent plus haut en crépitant. « Tête de nœud à écailles » et « face de rat sans cervelle » vinrent ensuite s'ajouter à la litanie déjà bien fournie de noms d'oiseaux.

Le tout sans jamais se répéter ni se montrer vulgaire.

Impressionnante performance, vraiment… À sa place, Mac aurait déjà eu recours plus de vingt fois au bon vieux juron monosyllabique. Sa créativité faisait son admiration, même si c'était lui qui faisait les frais de sa colère. Vive comme le feu, elle avait aussi un tempérament incendiaire. Elle était aussi sexy en diable et…

Oh, merde ! ce n'était vraiment pas le moment de s'égarer dans cette direction. Mac inspira à fond pour se calmer, puis relâcha lentement son souffle, obligeant son cerveau à reprendre le contrôle. La stratégie A ayant échoué, le temps était venu de passer au plan B, avant que le désir finisse par avoir le dessus.

Sans quitter Tania des yeux, il roula des épaules pour se détendre, surveillant sa progression vers l'extrémité de la table. Elle s'en rapprochait. Elle y était presque… Il n'aurait eu qu'à tendre les bras pour l'attraper et l'arrêter en pleine course. Mais agir ainsi nécessitait de la toucher. Pas exactement le plan idéal étant donné l'alerte rouge sensuelle qu'elle suscitait en lui pour l'heure.

Après l'avoir dépassé, elle tourna au bout de la table. C'était maintenant ou jamais. S'il ne parvenait pas à la stopper dans les trois secondes à venir, elle allait repartir pour un tour à travers la pièce et il lui faudrait attendre qu'elle…

Se redressant vivement, Mac posa un pied contre l'assise d'une chaise et d'une brusque détente la fit glisser dans la direction de Tania sur le parquet. Il avait calculé son coup à la perfection. La chaise s'arrêta pile-poil devant elle, sans même l'avoir heurtée. Coupée net dans sa tirade, elle le dévisagea, les yeux ronds, la bouche ouverte, reprenant son souffle avant de…

— Asseyez-vous, ordonna-t-il.

Il avait préféré couper court, sans lui laisser le temps de trouver un nouveau nom pittoresque pour le rebaptiser.

De parfaites petites dents blanches s'entrechoquèrent quand elle referma la bouche sans avoir pu s'exprimer. Redressant fièrement le menton, Tania croisa les bras et ne bougea pas d'un pouce.

— Ça va refroidir, prétendit-il.

C'était un mensonge. S'il était là pour y veiller, les pâtes aussi bien que la sauce ne pouvaient refroidir. Ses dons lui permettaient d'agir à distance sur tout ce qui comportait une part d'élément liquide. Leur repas, sur la table, restait aussi chaud que lorsqu'il l'y avait déposé.

— Allez, *mo chroí*, insista-t-il. Ayez pitié. Je suis affamé, et vous pouvez fort bien rester aussi en colère assise que debout.

— Je n'ai pas faim.

— Bien sûr que si.

Un pari qu'il ne tarda pas à gagner haut la main, lorsque le ventre de Tania se mit à gronder longuement.

— Trahie par un plat de tortellini ! s'exclama-t-elle d'un ton dégoûté. C'est bien ma veine…

Mac se mit à rire de la voir si bien supporter l'adversité. La mine renfrognée, elle se hissa sur la pointe des pieds pour examiner le contenu d'un bol.

— Ça sent bon, n'est-ce pas ? fit-il en avançant celui-ci vers elle, espérant la tenter.

Elle maugréa quelque chose – probablement un autre nom d'oiseau –, puis elle entreprit, avec plus de détermination que d'adresse, de pousser la chaise avec sa jambe en évitant de se servir de ses mains blessées. Incapable d'assister à ce spectacle sans réagir, Mac alla saisir le dossier et mit la chaise en place pour elle. Il la vit rougir violemment, mais il ne se troubla pas et tint bon jusqu'à ce qu'elle accepte de s'asseoir sur le siège qu'il lui présentait. Quand il l'eut repoussé sous la table, il se pencha pour rectifier la position des couverts. Et tandis que du bout des lèvres elle le remerciait, il inspira longuement son parfum, déçu de ne pouvoir s'en repaître davantage encore.

Plus que jamais, elle était adorable. Vraiment…

Et lui, il aurait mieux fait de s'éloigner. Au plus vite! D'aller se caler les fesses sur son siège et de lui laisser un peu d'espace pour respirer. Au lieu de cela, comme un imbécile, il s'entendit déclarer:

— Vous sentez aussi bon que les lys d'eau…

Tania se redressa sur sa chaise et le regarda par-dessus son épaule. Quand leurs regards se croisèrent, Mac sentit ses abdos se contracter. Toujours fâchée, elle marmonna:

— Erreur: c'est votre odeur que vous sentez sur moi.

Ce qui n'était pas tout à fait le cas. Dans le bouquet de senteurs qui lui parvenait, c'était celle de Tania qui dominait.

— Plus exactement celle de mon savon, rectifia-t-il.

Son savon qu'elle avait frotté sur tout son corps, dans des endroits secrets qu'il rêvait de visiter à nouveau. Une bouffée de désir faillit avoir raison de lui lorsqu'une image de Tania sous la douche s'imposa à son esprit.

Rougissant de plus belle, elle ajouta:

— Votre shampoing également.

Incapable de résister, Mac prit appui sur les accoudoirs de la chaise et se pencha, la dominant de toute sa hauteur sans la toucher. Ses lèvres effleurèrent ses cheveux, et il inspira une nouvelle fois profondément, emplissant ses poumons de sa douceur. Oh, Seigneur! il lui fallait… arrêter ça tout de suite. Avant de se ridiculiser devant elle.

— Tania ?

— Oui ?

— Avez-vous besoin d'aide ?

Dénouant ses muscles, il quitta son poste derrière elle et se dirigea vers son siège. Plus loin il se trouverait d'elle, mieux ce serait.

— Si vos mains ne vous le permettent pas, précisa-t-il, je peux vous nourrir.

— Si vous essayez, je vous plante ma fourchette dans la main !

La surprise le fit cligner des yeux. La menace le fit sourire.

Les sourcils froncés, elle fit mine de se saisir de l'ustensile.

— Vous croyez que je ne le ferai pas ?

— Exactement.

Elle se rembrunit un peu plus.

Mac brandit ses mains, paumes ouvertes, devant lui et battit en retraite. En prenant place sur la chaise voisine de la sienne, il ne put réprimer un sourire triomphant.

— C'était quand même un bon bluff, reconnut-il.

Tout en luttant pour saisir sa fourchette, Tania constata, dépitée :

— Je n'ai jamais été bonne au poker.

Malheureusement pour elle, lui l'était. Très assidu à ce jeu, il était considéré comme un maître dans bien des cercles. Mais l'habileté au bluff ne suffisait pas à faire un bon joueur. La patience était un élément fondamental dans chaque partie qu'il disputait. Ce qui était précisément la raison pour laquelle Tania était assise pour l'heure à côté de lui, occupée à discuter plutôt qu'à lui crier après…

— Je vous apprendrai, décréta-t-il.

« Un tas de choses » était sous-entendu, même si le sexe n'était pas au menu pour l'heure – et peut-être même avant longtemps.

Une fourchetée de pâtes à mi-chemin de sa bouche, elle s'étonna :

— À jouer au poker ?

Mac acquiesça de la tête, sans quitter ses lèvres des yeux. Il la regarda mâcher un moment, puis son attention se reporta sur ses mains, ce qui était plus sage. Sa bouche était diablement trop tentatrice et… elle était gauchère. Jamais il n'aurait imaginé cela d'elle. En tout cas, malgré ses blessures, elle se débrouillait bien. En s'attaquant à sa propre nourriture, il observa la facilité avec laquelle elle se servait elle-même des couverts. Oui, décidément, elle devait être gauchère. Ou peut-être ambidextre ?

Elle attendit d'avoir avalé une autre bouchée puis, agitant sa fourchette au-dessus de son bol, demanda :

— Quand nous aurons fini de manger ?

Mac jeta un coup d'œil à l'horloge ronde pendue au mur derrière elle : 3 heures. L'équivalent du milieu de la journée pour lui, mais pour elle le milieu de la nuit. Il revint se focaliser sur Tania et ouvrit grand ses sens. Un détour par sa bioénergie grâce au lien qu'ils partageaient lui apprit ce qu'il avait besoin de savoir.

— Vous feriez mieux d'aller dormir, suggéra-t-il d'un air sévère.

— Je ne suis pas fatiguée.

Un mensonge, que Mac décida de ne pas relever. Cela n'avait aucun sens de continuer à argumenter avec elle… mais il aurait bien à la place goûté à ses lèvres. Un désir urgent de la faire sienne flamba de plus belle en lui. Redressant le menton, Tania soutint son regard. Ce fut comme si elle déversait sur ses sens en feu une giclée de kérosène pour l'envoyer sur orbite. La main crispée sur sa fourchette, il lutta pied à pied pour résister à la tentation qui était sur le point d'avoir le dessus.

— Mac ?

Trois lettres. Un nom, doucement proféré. Effet maximum garanti.

Après avoir péniblement ravalé sa salive, il répondit dans un grognement à peine audible :

— Oui ?

— J'ai une tonne de questions à vous poser, vous savez…

Ils y étaient donc. L'ouverture qu'il avait patiemment attendue arrivait enfin : une claire invitation à discuter. Et tandis que sa jeune beauté se transformait devant lui en petite futée, la fierté que lui inspirait sa force d'âme ne connut plus de bornes. Et, curieusement, cela l'excitait tout autant que ses lèvres… Mais il était vrai qu'elle aurait pu faire n'importe quoi et continuer d'éveiller le mâle en lui. Déguisée en clown, elle ne lui aurait pas moins fait tourner la tête. S'il ne se lassait pas de la regarder, Mac devait admettre que son esprit l'intriguait tout autant.

Magnifique *et* intelligente.

Une sacrée combinaison, fatale à plus d'un titre. En la voyant poser ses yeux bruns sur lui pour ne plus le lâcher, il fit une prière afin que ses frères d'armes daignent se montrer avant… que son instinct balaie sa raison, prenne le dessus et lui fasse commettre un geste très stupide. Par exemple lui ôter tous ses vêtements, et faire en sorte qu'elle le supplie de ne surtout pas arrêter pendant qu'il lui ferait l'amour comme un forcené.

Ce qui n'était même pas envisageable.

Chapitre 13

Les ailes largement déployées, Ivar survolait le rivage de Seattle. Les lueurs de l'orage faisaient luire ses écailles rouges par intermittence. Tournant alternativement la tête à droite, puis à gauche, il ne découvrait aucun signe du Nightfury qu'il traquait. Comme le phénomène de foire qu'il était, le mâle avait disparu au fond de l'océan. Savoir comment il lui était possible d'y respirer demeurait un mystère pour lui. Et tout en y réfléchissant en vain, Ivar continuait de chercher. Tôt ou tard, ce petit salaud devrait bien refaire surface. Et quand cela se produirait, il serait là pour le surprendre et le pulvériser en plein ciel.

Il espérait seulement que cette occasion ne se ferait pas trop attendre. L'aube approchait, et avec elle les UV mortels auxquels ceux de son espèce ne pouvaient survivre. Ce qui l'amenait à se poser une question. Le rat d'eau pouvait-il survivre une journée entière au fond du Puget Sound ? Emmagasiner suffisamment d'oxygène dans ses poumons de dégénéré pour tenir jusqu'au crépuscule suivant ? Il y avait assurément à cet endroit une certaine profondeur. Agissait-elle comme une barrière qui le protégerait ?

Ivar poussa un grognement. Il espérait que non. Il n'aurait plus manqué que ce petit salaud bénéficie de ce qui pouvait faire office, pour les dragons, d'écran total…

Sa femelle, quant à elle… Bon Dieu ! elle était exactement celle qui lui fallait. Si pleine d'énergie que le seul fait de penser à elle suffisait à le faire saliver. Tania Solares… petite humaine à croquer.

Il avait pu l'admirer sur le pont, avant le grand plongeon. Son apparition sur l'écran ne lui avait offert qu'un pâle reflet de sa beauté, rien de comparable à ce qu'elle était en chair et en os. À n'en pas douter, il s'agissait d'un spécimen incomparable. Sa connexion au Méridien devait rivaliser avec celle de la femelle de Bastian. Elle était la puissance incarnée, d'une beauté électrique. La faim qu'Ivar avait d'elle lui donnait des crampes. Il mourait d'envie de goûter à l'éclat aveuglant perceptible dans son aura d'un vert bleuté. La preuve qu'elle était non seulement la candidate idéale pour une inoubliable partie de jambes en l'air, mais aussi pour intégrer le bloc A…

Et le programme de reproduction d'Ivar.

Cinq femelles y avaient été emprisonnées jusque-là. Il en voulait sept, et le numéro six serait du plus bel effet autour du cou de Tania Solares. Mais, pour cela, il lui fallait retrouver ce salaud de Nightfury qui l'avait enlevée.

Il s'était dit qu'il agirait ainsi pour venger Lothair, pour lui faire justice. Mais à présent qu'il avait jeté un coup d'œil sur elle… ses plans avaient changé. Il n'utiliserait pas cette humaine pour tendre un piège à Bastian. Il préférait la mettre dans son lit et en faire son esclave personnelle…

Virant sur l'aile, il se dirigea vers le large de Puget Sound. La cité brillait tel un diamant dans le lointain. Le tonnerre roulait sans fin au-dessus de sa tête, mais Ivar était décidé à l'ignorer. Il se fichait des éclairs jaillissant des noires nuées et susceptibles de l'abattre en plein vol. Sa concentration était totale. Une seule chose importait : cet agaçant rat d'eau.

Les yeux plissés, Ivar scrutait sans relâche la surface moutonneuse de l'océan. Trois de ses soldats le suivaient, protégeant ses arrières tout en gardant leurs distances. Il ne pouvait les en blâmer. Un mâle un peu futé savait quand il valait mieux ne pas l'embêter, et cette nuit, après le calamiteux désastre de Gig Harbor, nul ne s'y serait risqué.

Autant dire que c'était un fiasco : quatre morts, le double de blessés, et tout cela pour rien, car Bastian et sa bande de connards étaient toujours de ce monde. Il le savait grâce aux rapports sans cesse actualisés que Denzeil lui adressait par le biais du canal mental. L'ennemi jouait à un mélange de cache-cache et de saute-mouton sur les buildings de Seattle, menant la vie dure à ses guerriers. Même en prenant en compte leur supériorité numérique, Ivar savait qu'ils ne pouvaient l'emporter.

Les Nightfury étaient trop mobiles, trop rapides, trop futés. Aucune chance que l'un d'eux se laisse surprendre désormais. Que cela lui plaise ou non, mettre KO le mâle qui protégeait Solares serait donc la seule satisfaction qu'il aurait éventuellement cette nuit.

Avec un grondement féroce, Ivar mobilisa ses pouvoirs. La puissance magique se rua dans ses veines, puis s'enflamma. Une flamme rose apparut puis descendit tout le long de son échine. Dans une secousse de tout son corps, il poussa un grognement appréciateur. Il aimait sentir le picotement qui balayait ses écailles lorsqu'il s'enflammait ainsi, de l'extrémité de ses cornes à celle de sa queue hérissée de pointes.

Ce phénomène se produisait de temps à autre. Une colère extrême pouvait en être la cause, le transformant provisoirement en brasier volant. Mais, pour le moment, il l'aidait à se recentrer. Son radar interne se mit en route à pleine puissance. Sa vision nocturne se fit plus intense, suivant la trace qu'il venait de repérer sous la surface de l'océan. Il inhala, attisant le foyer au fond de sa gorge, prêt à cracher le feu, et...

Ivar poussa un grognement de dépit. Ce n'était qu'un banc de poissons, pas ce foutu dragon d'eau.

Le vent forcit, porteur d'une brume glacée qui se condensait sous son ventre, ruisselant sur ses écailles. Le sonar d'Ivar tinta de nouveau. Cette fois, c'était un requin esseulé qui nageait sous la surface ourlée de vagues que ratissaient sans relâche ses pouvoirs magiques. À part ça ? Rien ! Pas le plus petit indice. Le mâle avait disparu, et avec lui la femelle convoitée.

Bon Dieu, quelle nuit ! Ivar n'aimait pas perdre son temps, mais il y avait pire encore. Le fait de savoir qu'il avait été doublé par un Nightfury novice, qui venait à peine de passer par la transformation, était plutôt embarrassant. Jamais ce jeunot n'aurait dû lui échapper. Son manque d'expérience n'aurait pas dû peser lourd. Hélas ! cet avantage n'avait existé que sur le papier. Le nouveau petit gars de Bastian avait du punch à revendre et ne manquait pas d'intelligence non plus. Il savait quand passer à l'attaque et quand il valait mieux attendre. Son petit numéro avec les lances d'eau en fournissait la preuve.

L'existence même d'un dragon d'eau doté d'une telle puissance de frappe et d'une telle acuité de vision laissait songeur. Ivar secoua la tête. Comment cela était-il même possible ?

Il savait pourtant que cette question n'avait pas de sens. C'était possible, parce que Hamersveld en constituait la preuve vivante. Ivar se souvenait d'avoir rencontré ce mâle à un festival de l'Archguard. Cela devait remonter à une trentaine d'années, peut-être un peu plus. Même s'il ne l'avait jamais revu depuis, il n'avait pu l'oublier. Ce guerrier faisait forte impression et sa puissance était à la hauteur de sa réputation.

Personne ne cherchait noise à Hamersveld, même au sein du haut conseil de l'Archguard. La rumeur voulait qu'il ne supporte d'autre compagnie que la sienne et refusait par conséquent de prêter allégeance à un groupe établi. Sa réputation de méchanceté et le fait qu'il proclamait être un dragon d'eau ajoutaient à l'intérêt que présentait le personnage aux yeux d'Ivar.

Les yeux plissés, il s'abîma dans d'intenses réflexions, examinant chaque idée sous plusieurs angles, cherchant la faille. Bastian disposait dans son camp d'un dragon d'eau d'une puissance indéniable, ce qui lui conférait un avantage certain. Ce satané novice ne parvenait-il pas déjà à dissimuler sa présence dans l'eau ? Qui pouvait dire ce dont il serait bientôt capable si on lui en laissait le temps ? Finirait-il par pouvoir noyer des guerriers en plein vol ?

Ivar grimaça. Cette éventualité ne le réjouissait pas plus que de devoir rentrer chez lui bredouille. Il n'en vira pas moins sur l'aile droite, prenant la direction du 28, Walton Street. Le temps était venu pour lui de surfer sur l'équivalent d'Internet pour le genre dragonin et de renouer quelques contacts. Il avait besoin d'en apprendre un peu plus sur Hamersveld, sur son caractère, et sur la possibilité ou non de le contrôler.

À présent que Lothair n'était plus là, Ivar avait besoin d'un nouveau second, quelqu'un d'assez vicieux pour prendre sa place. Hamersveld était apparemment celui qu'il lui fallait pour ça. Avec lui, le mot « brutalité » prenait un sens nouveau. Et puis sa propension à ouvrir partout où il passait les portes de l'enfer en faisait une sorte de jumeau de cœur d'Ivar. Sans compter que son recrutement suffirait à booster le moral des Razorback et à rabattre leur caquet aux Nightfury.

L'un dans l'autre, un bon plan, qu'il lui fallait mettre en œuvre aussitôt que possible.

Alors que la nouvelle recrue de Bastian faisait des étincelles, il disposait d'un temps limité. Sans compter que retrouver la trace d'Hamersveld n'allait pas s'avérer évident, pas plus que de le décider à œuvrer pour sa cause. Mais, alors que le festival de l'Archguard battait son plein, la chance était peut-être de son côté. Si le guerrier se trouvait à Prague, les contacts qu'il avait là-bas pourraient l'approcher.

Ivar éteignit les dernières flammes qui dansaient encore le long de son dos. Tandis que l'air glacial refroidissait ses écailles, ses soldats resserrèrent les rangs autour de lui. Les ignorant parfaitement, il fonça vers les entrepôts qui s'alignaient sur le littoral, semblables à des boîtes en métal, avant d'obliquer vers le nord-ouest et son repaire citadin. L'odeur putride des humains et de leurs fumées d'usines reflua derrière lui.

Une intense satisfaction se faisait jour en lui. Il adorait les stratégies habiles, et celle-ci devait être la plus brillante qu'il ait élaborée jusque-là. Un plan de bataille qui ne manquait pas de cran et promettait de l'amusement. Le temps était venu de combattre le feu par le feu. Ou, plus exactement, de combattre un dragon d'eau par un autre dragon d'eau. L'heure était à présent aux sports nautiques…

Nian, nouveau membre du haut conseil de l'Archguard, observait la section VIP depuis le passage voûté qui y menait. Aménagé dans d'anciennes caves, ce club de gentlemen avait pour particularités un jazz feutré en fond sonore, de confortables box, et des tables stratégiquement situées. Le genre d'endroit où la fumée de cigare s'élève en spirale, où des serveurs en nœuds papillons font la loi… et où le genre dragonin vient décompresser. Ses lèvres se retroussèrent en un mince sourire. L'*Emblem Club* de Prague était un joyau : chic, branché, avec juste le soupçon de sophistication nécessaire.

Exactement ce qu'il lui fallait.

Nian soupira et se détendit, un muscle à la fois. Après avoir souffert du martèlement sourd des basses à l'étage supérieur, où se tenait la cour de l'Archguard, dans un mélange de danseuses nues et de top-modèles capricieux, la tranquillité du club était la bienvenue. Tout comme l'était la vue des tentures brodées qui flanquaient l'entrée, de part et d'autre de lui. De la soie damassée, probablement, cousue main et brodée au fil d'or. Hors de prix, sans doute, comme tout ce qui se trouvait à l'*Emblem*.

Ce dont il n'avait que faire pour l'heure.

Nian actionna le vieux briquet en or qu'il tenait à la main. Une seconde plus tard, il l'éteignit d'une pression du pouce. « Clic-clic-snap ». Patinée par le temps, la précieuse relique dispensait sa douce chaleur au creux de sa paume. L'habitude lui faisait répéter ce rituel de temps à autre. Le bruit du briquet le réconfortait, lui rappelait ce qu'il avait fait. Ou, plus exactement, ce qu'il avait mis en œuvre. Un plaisant souvenir, mais... aucune importance, au fond. Les circonstances de la mort de son sire importaient peu.

Et le club non plus, d'ailleurs.

L'intérieur plongé dans une semi-pénombre de cet établissement sélect n'était pas pour l'intéresser ce soir-là. Il n'était pas descendu au sous-sol – s'éclipsant pour échapper à l'attention des autres membres de l'Archguard – pour admirer le décor. Il y était venu à cause des deux guerriers Nightfury assis au fond d'une alcôve à peine éclairée. Vêtus de costumes luxueux, ces deux-là ressemblaient à un duo de barons de la mafia. L'analogie, pas si éloignée que ça de la vérité, arracha un sourire à Nian.

Gage et Haider, deux formidables guerriers d'un clan plus formidable encore, était surnommés par certains « les Métalliques ». Pour de bonnes raisons. Chacun de ces dragons de métal inspirait une frayeur justifiée par leur potentiel létal. Gage était le plus dangereux des deux. Dragon de bronze ayant un certain penchant pour l'autodestruction et une patience des plus limitée, ce mâle préférait presque descendre un de ses congénères plutôt que d'avoir à le regarder. Une stratégie que l'on pouvait résumer ainsi : « Je frappe d'abord, je pose des questions ensuite... si ma proie est encore en état de voir la nuit tomber. »

Ce qui posait à Nian un sérieux problème, étant donné qu'il ne voulait quant à lui que discuter.

En cela, Haider pouvait lui venir en aide. Dragon d'argent – une sorte de diplomate, avec un talent certain de négociateur –, ce mâle était le plus futé des deux et accepterait de l'écouter. Du moins Nian l'espérait-il... Rien n'était certain. Haider pouvait fort bien lui jeter un regard et lâcher Gage sur lui. Sa lignée, après tout, ne jouait pas en sa faveur, étant donné l'histoire familiale... et le mal que son sire avait fait à Bastian.

Nian alluma son briquet. « Clic-clic-snap »... « Clic-clic-snap »... Une certaine tension l'habitait. Procéder avec une extrême prudence semblait de mise. Les Métalliques suintaient l'arrogance comme une retombée nucléaire suinte les radiations... avec les mêmes conséquences catastrophiques en perspective.

Tel un spectre surgissant du néant, un serveur apparut à côté de lui, sa veste impeccablement repassée éclatant de blancheur sous la lumière des appliques murales sophistiquées. En s'inclinant légèrement, le Numbai lui tendit un humidificateur sur un petit plateau rond.

— Cigare cubain de notre collection, monsieur ? demanda-t-il.

Nian secoua négativement la tête. Contrairement à ce que pouvait faire croire le briquet dont il ne se séparait jamais, il ne fumait pas. Le feu, après tout, n'était pas indiqué pour un dragon d'or. Sans quitter le Numbai des yeux, il murmura :

— Un bourbon. Sec.

Le serveur acquiesça d'un signe de tête.

— Puis-je vous conduire à un box privé ? reprit-il.

— Non. Je le prendrai au bar.

— Très bien, monsieur.

Tandis que le serveur s'éloignait en direction du long bar d'acajou situé à l'arrière du club, Nian reporta son attention sur les deux Nightfury. Le dernier des tabourets de bar n'était situé qu'à quelques pas d'eux. C'était le moment ou jamais. Il n'aurait peut-être pas d'autre occasion, alors que le reste de l'Archguard le surveillait avec attention. En tant que membre le plus jeune du haut conseil, il était arrivé aux responsabilités trois mois plus tôt, quand son sire n'avait pas survécu à un duel. Désormais, il dirigeait l'une des cinq familles dynastiques qui dominaient les dragons. Un acteur de poids dans le paysage politique, avec le potentiel d'exercer une influence considérable sur les succès ou les échecs futurs de son espèce.

Nian inspira à fond, emplissant ses poumons d'air et son cœur de courage. Il pouvait y arriver. Il détenait un pouvoir certain et peut-être suffisant pour…

— On cherche à se faire de nouveaux amis ?

Nian se raidit en reconnaissant l'accent norvégien de celui qui venait de le rejoindre par-derrière. Hamersveld. Ce ne pouvait être que lui. Aucun autre mâle ne se déplaçait aussi furtivement et en s'arrangeant pour tomber toujours au plus mauvais moment. Un rapide coup d'œil sur sa gauche lui confirma ce qu'il savait déjà. Grand, blond, agaçant, ce foutriquet de guerrier viking aurait pu porter le label « chiant de service » tatoué sur le front.

Après avoir soutenu un instant le regard d'Hamersveld, Nian baissa les yeux et…

Merveilleux ! ce salaud était venu accompagné. Il était vrai qu'il se déplaçait rarement sans Fen, son troglodyte. Une sous-espèce du genre dragonin, les troglos étaient petits, légers, rapides en vol et vicieux au possible – un genre de petit raptor doté de courtes pattes antérieures griffues. Capables de prendre forme humaine, loyaux jusqu'au sacrifice, ces minidragons ne vivaient pas en groupes mais s'attachaient à des mâles solitaires à qui ils juraient fidélité jusqu'à ce que la mort les sépare de leur maître.

Mais le plus surprenant, dans l'histoire, était que les troglos avaient quasiment disparu. Où diable Hamersveld avait-il trouvé le sien ?

Non pas que Nian s'en soucie. Peu lui importait ce que ce connard pouvait faire… du moment qu'il quittait le club sans interférer avec son plan pour approcher les deux Métalliques.

Feignant une nonchalance qu'il était loin de posséder, Nian lui répondit :

— Je t'y prends, à me filer le train…

— Tu t'accordes trop d'importance, gamin.

L'autre lui avait répondu d'un murmure condescendant, mais pas seulement, et cette zone d'incertitude n'était pas sans inquiéter Nian. La fourberie d'Hamersveld était légendaire. Certes, ce mâle était un asocial dans l'âme, mais il n'aimait rien tant que jouer à de petits jeux dangereux. Et s'il pouvait par la même occasion baiser quelqu'un ce faisant, c'était encore mieux.

— Ce n'est pas moi qui recherche de nouveaux camarades de jeu, reprit le Norvégien.

— Voilà qui va rassurer tout le monde.

— La question est…

Hamersveld marqua une pause, sans doute autant pour ménager ses effets que pour trouver le bon angle d'attaque. Nian sentit ses poings se serrer. Le besoin de le frapper devenait presque impossible à ignorer – presque, mais pas tout à fait. Abattre son jeu alors qu'il n'était pas encore prêt ne pouvait être un bon plan. Il enfouit profondément en lui son accès de violence tandis que ce trouduc de Viking se penchait vers lui. Un parfum de femelle parfumée mêlé à celui de l'océan monta jusqu'à ses narines quand son interlocuteur lui demanda :

— Qu'as-tu besoin de nouveaux amis, Golden Boy ? L'élite de l'Archguard ne te suffit plus ?

Le sobriquet fit encore monter d'un cran la colère de Nian.

— Toujours bon de connaître ses ennemis, répondit-il.

Leur jetant un regard par-dessus son épaule, Nian acheva de minimiser l'intérêt qu'il portait aux Nightfury en ajoutant :

— Tu ne crois pas ?

Les prunelles d'un noir d'encre, cernées d'un anneau bleu pâle, se fixèrent sur lui comme pour le transpercer.

— Tu crois ça, toi ?

— Sans aucun doute, assura Nian. C'est ce que je fais avec toi depuis des années, Sveld.

— Tu as toujours été un petit futé, répondit l'autre mâle d'un air amusé. Mais si un jour tu veux te faire botter les fesses, tu sais où me trouver.

Ça, il le savait : dans les égouts, avec tous les autres rats.

Les yeux plissés, les dents serrées, Nian regarda Hamersveld s'éloigner, le troglo dans son sillage. Aussi inséparables que le soufre et les flammes de l'enfer, ils prirent la mauvaise direction. Il aurait voulu voir le guerrier viking déguerpir, aller chasser la femelle, plutôt que de s'installer dans le club avec une vue imprenable sur tout ce qui s'y passait. Mais, en voyant Hamersveld s'installer dans un box privé, la futilité de sa stratégie frappa Nian de plein fouet. Inutile d'espérer approcher les deux Nightfury cette nuit-là. Le Norvégien avait beau être asocial, il avait aussi une langue de commère. S'il le voyait discuter avec Gage et Haider, on en entendrait parler dans les plus hautes sphères de l'Archguard avant le lever du soleil.

Ce qui ferait immanquablement de lui un objet de suspicion, que les plus puissants mâles de son espèce considéreraient avec méfiance.

En proie à la déception, Nian décida qu'il lui fallait trouver un moyen d'approcher Haider, d'une manière ou d'une autre, et le plus vite possible. Le festival devait s'achever moins de trois jours plus tard. Les Métalliques quitteraient Prague, retraverseraient l'océan pour rentrer chez eux. Il ne pouvait laisser faire ça. Pas sans avoir réussi à tâter le terrain auprès d'eux. Il avait besoin d'un allié pour chasser Rodin – le leader de l'Archguard – de son perchoir, mais le fait qu'il aspirait à prendre sa place n'entrait pas en ligne de compte. Ses ambitions ne regardaient que lui, pas les Nightfury.

Supputant les potentialités qui s'offraient à lui, Nian navigua entre les tables pour rejoindre le bar et son bourbon. Sous les semelles de ses chaussures de designer brillait un parquet sombre poli à la perfection. Des haut-parleurs dissimulés diffusaient les arpèges d'un jazz mélodieux qui se mêlait aux volutes de fumée des cigares. Tout en jouant avec son briquet, Nian jeta un coup d'œil sur sa droite. Affalé sur une banquette, la cravate desserrée, le col de chemise ouvert, sa grosse main enroulée autour d'un verre de cristal taillé empli d'un liquide ambré, Gage focalisa son attention sur lui. Nian s'efforça de garder une expression neutre, même si un certain contentement accélérait les battements de son cœur. Bien… les deux guerriers l'avaient repéré. Probablement commençaient-ils à se demander ce qu'il trafiquait et ce qui le poussait à quitter le confort de la cour de l'Archguard pour investir ce club qu'ils considéraient comme leur durant toute la durée du festival.

Très bientôt, il espérait pouvoir le leur expliquer. Peut-être même cette nuit-là. Mais seulement si Hamersveld se décidait à foutre le camp et à…

Un hurlement se répandit dans tout le club, couvrant la plainte désolée d'un saxophone.

Nian pivota vers la porte de sortie de secours, d'où provenait ce cri empli de terreur. Trop tard… les Métalliques avaient déjà bondi vers celle-ci. Avec un grognement de fureur, Gage écrasa la poignée qui la maintenait en place. Un flot de lumière éclatante inonda le club, traçant un large sillon lumineux sur le sol. Nian cligna des yeux pour lutter contre l'aveuglement tandis que les deux mâles se précipitaient dans l'escalier menant à l'extérieur.

Il se décida à les suivre sans les rattraper. Inutile d'aller se fourrer dans leurs jambes alors que le sort d'une femelle était en jeu. Il savait à quel point les Nightfury détestaient que l'on s'en prenne au sexe faible. Ces deux-là lui feraient sans aucun doute avaler ses dents s'il se mêlait de leurs affaires. Pas exactement le meilleur moyen d'entamer de bonnes relations avec le groupe de dragons dont il espérait se faire des alliés…

Chapitre 14

Aussi fatiguée que peut l'être un enfant en bas âge après une longue journée, Tania se frotta les yeux. Dieu, ce qu'elle avait mal au crâne ! Peut-être même celui-ci la faisait-elle davantage souffrir que ses mains. Ce qui n'était pas peu dire si l'on considérait l'état déplorable de ses doigts et de ses ongles. Même après les bons soins de Mac et l'absorption d'un antalgique, elle continuait d'avoir mal. Le battement de son pouls trouvait un écho douloureux au sommet de ses doigts, et ses paumes ne valaient guère mieux.

Blessée. Elle était indéniablement blessée, et pas seulement physiquement. Le paradigme qui régissait sa vie avait volé en éclats et faisait de la confusion sa nouvelle amie. À présent, elle devait lutter pour s'en sortir, bricoler une nouvelle réalité à partir de tout ce qu'elle avait vu en évitant si possible de devenir folle au passage.

Mais cet effort lui-même n'était-il pas déjà complètement fou ?

Peut-être aurait-elle mieux fait de s'interroger sur sa santé mentale. Ou, du moins, de chercher à découvrir à quel moment on lui avait fait absorber la drogue puissante qui altérait son esprit. Chacune de ces options paraissait plus plausible et suffisait à expliquer pourquoi elle se retrouvait à jouer au poker avec un type capable de se transformer en dragon. Tania se concentra sur ses cartes, les sourcils froncés. *Incroyable… un putain de dragon !* Une créature qui n'apparaissait que dans les contes de fées – généralement dans le mauvais rôle – pour faire monter la tension et effrayer les petits enfants avant le coucher.

Tania ne se sentait pas immunisée – elle *était* effrayée. Son état d'esprit frôlait toujours la panique, même si la voix de la raison lui recommandait follement de faire confiance à Mac. Glissant le valet de pique à côté de l'as de carreau, elle jaugea sa main en secouant la tête.

Faire confiance à Mac... *C'est cela, oui.* Comme si c'était possible après le merdier dans lequel il l'avait fourrée cette nuit.

Il ne s'agissait pas tant d'évaluer la confiance qu'elle *voulait* lui faire que celle qu'elle *pouvait* lui accorder. Il avait promis de la garder saine et sauve, et, en dépit de tout ce qui s'était passé, elle l'avait cru. Sans restriction. Sans douter. Un pur acte de foi. Le truc le plus bizarre qui soit... Tania n'accordait pas facilement sa confiance. Il suffisait d'observer sa vie personnelle pour s'en faire une idée : aucun petit ami, beaucoup de relations, mais juste quelques bons amis.

Mais il y avait quelque chose, chez Mac. Il était solide. Sain et sûr. Si attirant qu'elle ne pouvait résister. Un lien s'était désormais établi entre eux, elle le sentait. Elle était sensible à sa présence d'une manière qu'elle n'aurait jamais crue possible et qu'elle n'avait jamais expérimentée jusqu'alors.

Blottie dans le coin d'un sofa profond, Tania jeta un coup d'œil par-dessus son assortiment de piques et de carreaux. Elle resta un long moment à examiner Mac. Ses yeux bleu-vert fixés sur ses propres cartes, il réarrangea celles-ci. Curieusement, ses mains paraissaient gracieuses en dépit de leur taille impressionnante. Quel puzzle étrange il représentait pour elle... Redoutable au combat, il restait avec elle d'une gentillesse à toute épreuve. Avec ça, splendide sans même s'en rendre compte... Inutile d'essayer de prétendre le contraire : il était une énigme qu'elle mourait d'envie de résoudre, ce qui la poussait dans la direction qu'elle ne voulait pas emprunter.

Dangereux. Il était également dangereux. Et tout à fait hors de sa sphère habituelle.

Arrachant son regard de ses doigts longs et forts, Tania frissonna. Il pouvait la faire souffrir si elle le laissait devenir trop proche d'elle et si elle lui accordait trop vite une trop grande confiance ; si elle le laissait avoir le dessus, libre de mener les opérations. Elle avait besoin de garder son calme pour y voir clair… et pour retrouver le monde réel. Un monde qui avait du sens et dans lequel elle était aux manettes.

Cette nuit-là, pourtant, cela semblait impossible, hors de portée, quel que puisse être son habituel talent pour mener sa barque.

Un autre frisson lui parcourut l'échine. Tania remonta la couverture sur ses épaules. La douce laine polaire lui caressa le cou. Elle se sentit réchauffée mais pas pour autant à l'abri… Elle se sentait même plutôt exposée, les nerfs beaucoup trop à vif, incapable de nier sa dépendance envers l'homme qui se trouvait assis sur le sol face à elle. En soupirant, Tania se frotta les yeux d'un revers de main. Tout dans cette histoire était ridicule : elle-même, la situation. Elle avait besoin d'une distraction, immédiatement. Avant de craquer et de faire quelque chose de stupide. Par exemple, quitter le nid qu'elle s'était installé sur le sofa et enjamber la table basse pour s'installer dans les bras de Mac.

Dieu lui vienne en aide, jamais elle n'avait eu à ce point besoin d'un câlin…

La tension montait, s'élevant comme une tempête en elle. En la sentant lui comprimer la poitrine, Tania ravala ses larmes et jeta un coup d'œil au feu dans la cheminée. Juste derrière Mac, les braises rougeoyaient sur un lit de cendre. Elles diffusaient une douce lumière et jetaient des ombres mouvantes sur les murs lambrissés. La fascination hypnotique exercée sur elle par ce spectacle l'apaisait. En regardant les courtes flammes lécher ce qui restait des bûches, elle sentit ses paupières s'alourdir de seconde en seconde.

Soudain, Mac s'éclaircit la voix.

Tania cligna des yeux et reporta son attention sur lui. En réponse à son regard entendu, elle revint au jeu et se força à se concentrer. Cela n'avait rien d'évident. Elle se sentait trop fatiguée, et tout ce qui concernait le poker semblait trop compliqué. C'était à peine si elle se souvenait de son propre nom. Comment aurait-elle pu savoir ce qui faisait une bonne main ?

En consultant ses cartes sans vraiment les voir, elle demanda :

— Trois cartes de même valeur… c'est bon, ça ?

— Pourquoi ?

Affalé sur le sol de l'autre côté de la table basse, Mac leva les yeux sur elle et reprit :

— C'est ce que vous avez ?

Il s'était exprimé d'un ton taquin qu'elle prit mal – à tort. Elle comprenait ce qu'il essayait de faire. Il cherchait à la distraire de ses problèmes en allégeant l'atmosphère entre eux. Elle appréciait ses efforts, vraiment, mais connaître ses intentions ne l'aidait pas à les accepter. Elle refusait d'être la charmante idiote qu'il s'agit de dorloter.

Redressant le menton, elle le foudroya du regard. Une lueur d'amusement passa dans celui de Mac quand il précisa :

— Cela dépend.

— De quoi ?

— De si vous avez des as ou des rois.

— Dans ce cas…

Elle abattit son jeu sur le plateau en teck, les as à côté des valets. Mac se pencha sur la table et jura sourdement.

— Je vous ai botté les fesses non ? triompha-t-elle.

— Magnifique !

Il réprima un sourire mais renonça bien vite et ajouta en lui souriant largement :

— Vous êtes une joueuse-née. Quand puis-je vous emmener à Las Vegas ?

— Dès demain…, murmura-t-elle, trop soucieuse pour s'amuser quant à elle de la situation.

Gagner lui amenait habituellement le sourire aux lèvres, mais pas cette fois.

— D'abord, reprit-elle, dites-moi que tout ceci n'est qu'un mauvais rêve. Que je n'ai pas vu de dragons. Que tout va redevenir normal. Que je n'ai plus besoin d'avoir peur.

Le regard de Mac délaissa les cartes pour s'appesantir sur son visage. Un profond regret ainsi que quelque chose d'autre – de l'affection peut-être ? – se lisait au fond de ses yeux.

— Même si je ne demanderais pas mieux, chérie, je ne peux vous protéger de la vérité. Ce que vous avez vu est réel. Et aussi dangereux qu'il y paraît.

— C'est bien ce que je pensais.

Assaillie de nouveau par la peur, Tania hocha néanmoins la tête, s'efforçant de se montrer brave. Mais, lorsqu'elle sentit sa gorge se serrer, elle comprit que sa résistance était vaine. Il lui fallait se faire une raison : elle se retrouvait dans un monde où les dragons existaient, et les happy ends n'existaient que dans les livres.

— Mac ? fit-elle.

— Oui ?

— Je suis toujours aussi effrayée.

Tania fit une grimace. La honte d'avoir à l'admettre était presque insupportable. Dieu ce que c'était embarrassant… Elle n'était qu'une mauviette, une grosse trouillarde, de ne pas arriver à encaisser la nouvelle et ce qu'elle impliquait.

— Je suppose que ça fait de moi une poule mouillée, reprit-elle.

n. Cela fait de vous quelqu'un de normal.

sûr… normal. Comme si cela avait pu être aussi … Tirant nerveusement sur le bord effrangé de la couverture, Tania s'excusa :

— Désolée de vous avoir crié après.

— Je le méritais.

— Et comment !

Refroidie par bien plus que la fraîcheur ambiante, elle agita ses orteils afin de réchauffer ses pieds et ajouta :

— Et je suis toujours en colère contre vous pour avoir accidenté ma voiture.

— Je vous en achèterai une autre.

— Non, merci. Je peux subvenir à mes besoins.

La voix de Tania s'était raffermie. Son ton était plus sûr. Dieu merci ! au moins elle ne ressemblait plus à une gamine sur le point de se mettre à pleurer.

— Prenez-le comme un gage de paix, suggéra-t-il.

Sans la quitter des yeux, Mac jeta ses cartes sur la table.

Tania les regarda glisser et, du coin de l'œil, le vit se redresser. En serrant la couverture entre ses doigts, elle se demanda ce qu'il fabriquait. Elle eut sa réponse un instant plus tard, lorsqu'il vint s'asseoir à côté d'elle. Le sofa s'enfonça sous son poids. Elle se raidit, prête à déguerpir à la moindre alerte.

Elle ne voulait pas être touchée. Pas par lui. Pas maintenant. Il était bien trop… bien trop… masculin, bien trop imposant pour cela. Un charmeur et un beau parleur, dans une enveloppe corporelle bien trop séduisante. S'il posait ne serait-ce qu'un doigt sur elle, elle risquait de perdre le contrôle, de se transformer en une répugnante flaque de stupidité et d'aller s'enfouir entre ses bras, à la recherche d'un peu de confort – et de réconfort.

Dieu la préserve de sa propre idiotie !

— Tania ? demanda-t-il au bout d'un moment.

— Quoi ?

— C'est normal d'avoir peur, vous savez…

— Facile à dire.

Elle reporta son attention sur le feu et ajouta :

— Être attaqué par des dragons, rien de plus normal pour vous.

— Chérie… regardez-moi.

Avec l'impression de se rendre ridicule, elle secoua la tête d'un air buté et maugréa :

— Je ne peux pas.

Mac garda le silence, attendant qu'elle se décide à s'expliquer. Elle ne tint que cinq secondes avant de craquer.

— Bon sang, vous ne comprenez rien !

Et la voix n'arrangeait rien : l'équivalent vocal d'un déraillement de train…

— Si je vous regarde, reprit-elle, je vais m'effondrer. Et je ne peux pas – je ne dois pas faire ça.

— Pourquoi donc ?

Il se rapprochait d'elle, insensiblement, sur le sofa.

— Je me suis toujours fait un point d'honneur d'être forte, répondit-elle. J'ai toujours dû… assurer, je n'y peux rien. C'est comme si c'était… inscrit dans mon ADN, en quelque sorte. Je ne suis pas du genre à m'effondrer. Je suis toujours celle qui arrange les choses. Mais je ne peux pas arranger ça, alors je…

Tania retint son souffle en marquant une pause et en luttant pour tenir le coup. Elle devait lui prouver – et se prouver – qu'elle était davantage qu'un joli minois. Elle était la plus forte – *la plus forte*, nom d'un chien ! Mais, tandis que de premières larmes perlaient à ses paupières, sa résistance céda et elle se recroquevilla sur elle-même, enroulant ses bras autour de ses jambes.

— Pour le moment, je dois juste vous paraître… pathétique.

— Bien sûr que non ! protesta-t-il.

Sa véhémence lui fit redresser la tête. Mac capta son regard. Le sien lui parut si féroce qu'elle dut cligner des yeux.

— Vous n'êtes en rien pathétique, assura-t-il. Vous êtes épuisée, c'est tout. Vous avez besoin de sommeil et d'un peu de temps pour vous adapter. Demain, tout ceci vous paraîtra déjà plus normal.

Plus normal ? Il avait perdu la tête ? Douze heures de sommeil ne suffiraient pas à adoucir le fait qu'une bande de dragons lui couraient après pour la tuer… Mais argumenter avec lui sur ce point ne servait à rien, alors qu'accumuler davantage d'informations pouvait s'avérer utile.

Dénouant ses muscles, Tania pivota sur son coin de sofa. Mac l'imita, le corps penché vers elle. Adossée à l'accoudoir du siège, elle posa le menton sur ses genoux, ses pieds touchant presque la cuisse de son voisin. Un courant d'air balaya ses orteils déjà glacés. Elle tendit le bras afin de les recouvrir avec la couverture, mais il la prit de vitesse et prit l'un de ses talons au creux de sa main.

Ce contact la tétanisa. Elle eut l'impression qu'un courant la traversait. Une intense chaleur se répandit dans sa chair, tout le long de son mollet. La surprise la fit tressaillir.

— Qu'est-ce que vous faites ? protesta-t-elle en s'efforçant de se dégager.

— Doucement…

Sans la brusquer, il déplia sa jambe et la reposa dans son giron en ajoutant :

— Vous êtes bien trop tendue. Je peux vous aider à vous détendre, si vous m'y autorisez. Laissez-moi faire, Tania…

Sa voix de baryton l'enveloppait telle une vague apaisante et tellement agréable… En l'entendant murmurer une fois de plus son nom, Tania l'observa, s'efforçant de voir clair dans son jeu. Elle savait qu'il ne pouvait qu'avoir un motif secret derrière la tête. Les types comme lui en avaient toujours un. Elle les reconnaissait à la minute, ces charmeurs qui savaient y faire avec les femmes. Aucun doute là-dessus : le couplet sur l'aide qu'il pouvait lui apporter prouvait qu'il méditait quelque chose. Dommage qu'elle n'ait plus eu la fraîcheur d'esprit pour deviner quoi.

Son cerveau était aux abonnés absents, de même que son éloquence. Quant à la migraine qui lui pilonnait le crâne, elle martelait ses tempes et lui faisait grincer des dents tant elle était devenue insupportable. Que cela lui plaise ou non, sa nature de fin limier ne risquait donc pas de se réveiller en elle...

Elle fit néanmoins une tentative, sans trop y croire.

— Comment ?

— Vos pieds sont glacés, répondit-il en prenant dans sa main celui qui reposait sur ses jambes. Laissez-moi les réchauffer.

— Alors prêtez-moi une paire de chaussettes, objecta-t-elle pour la forme. Le problème sera réglé.

— Je n'en ai pas..., prétendit-il, une lueur malicieuse au fond des yeux, un demi-sourire au coin des lèvres. Et puis... c'est plus drôle ainsi.

— Pour qui ?

— Pour moi.

— Ça, je m'en doute ! répliqua-t-elle avec une colère feinte.

Elle avait beau s'y efforcer, Tania ne parvenait plus à lui en vouloir et à s'indigner. Il était vrai qu'il n'était guère évident de se fâcher avec un homme qui vous caressait le pied...

Mac ignora sa résistance feinte – Dieu merci ! – et reprit son massage, trouvant... sous son pouce... exactement l'endroit... Tania réprima difficilement un grognement de plaisir. Il fit une courte pause, puis reprit de plus belle ses efforts... manquant de peu de l'envoyer sur orbite. Tania retint son souffle. Bonté divine ! on pouvait dire qu'il savait y faire... Il lui fallait ajouter une qualité – masseur émérite – à sa liste en cours. Celle, déjà longue, intitulée « Les-choses-dans-lesquelles-Mac-excelle ».

En temps normal, elle ne supportait pas qu'on lui touche les pieds. La plupart des femmes adorent les pédicures, mais Tania faisait exception. Elle avait la plante des pieds trop sensible pour ça. Elle avait fait plusieurs tentatives, qui avaient toujours tourné court. Elle était incapable de rester en place dans un fauteuil le temps que l'esthéticienne en ait fini avec elle. Elle devait chaque fois s'enfuir en catastrophe en se ridiculisant.

Mais les mains de Mac ? C'était le paradis…

— Oh, bon sang ! s'étrangla-t-elle quand il commença à frotter entre ses orteils.

— J'ai trouvé le point sensible ? s'amusa-t-il avec un rire satisfait.

— Taisez-vous donc…, maugréa-t-elle.

Pour rien au monde elle n'aurait hissé le drapeau blanc. Elle préféra se détendre et se répandre telle une flaque sur le sofa.

— Oh, mon Dieu ! s'exclama-t-elle soudain. Refaites ça…

— Juste ici ? s'enquit-il en faisant tourner son pouce.

Tania ravala un soupir d'extase et se tordit nerveusement.

— Je prends ça comme un oui…, s'amusa-t-il.

À sa merci désormais, Tania ferma les yeux et glissa son autre jambe à côté de la première. Plus il la massait, plus elle sentait la chaleur monter, et plus elle redoutait qu'il s'arrête. Dans le sillage de ses mains naissait une sensation de fourmillement sur sa peau. Elle avait l'impression d'être un bouchon ballotté à la surface d'un océan d'extase menant à une totale relaxation. Dieu ! ce qu'il avait les mains chaudes et habiles ! Le moment s'éternisa. Un temps indéterminé s'écoula ainsi, tandis que le feu mourait peu à peu en crépitant dans l'âtre et que les ombres s'allongeaient sur les murs. Tania se laissait bercer par le « tic-tac » de l'horloge murale.

Quelques instants plus tard – fallait-il compter en minutes ou en heures ? –, le massage cessa. Luttant contre le brouillard qui engourdissait son esprit, elle se força à ouvrir les yeux. Mac la dévisagea un moment, puis il se poussa vers elle, installa ses jambes sur ses cuisses, et posa le bras sur le dossier du sofa. Bientôt, une main chaude toujours posée sur ses orteils, il glissa l'autre près de sa tête. Puis, voyant qu'elle ne se dérobait pas, il s'enhardit à enrouler une mèche de ses cheveux autour d'un de ses doigts.

— Vous avez des cheveux magnifiques, commenta-t-il.

Tellement détendue qu'il lui était impossible de bouger, Tania murmura :

— Ceux de ma sœur sont plus beaux encore.

— Impossible !

Tania ne put s'empêcher de sourire. Pas beaucoup – juste un frémissement de ses lèvres –, mais Mac n'eut pas besoin d'autre encouragement et poussa plus loin son exploration en lui massant le cuir chevelu.

— Mmmmm…, murmura-t-elle. C'est bon.

Il se rapprocha d'elle davantage encore. Elle sentit sa chaleur la baigner et son odeur lui titiller les narines. *Dieu, ce qu'il sent bon !* Il semblait émaner de lui une senteur d'épices exotiques et de plaisirs interdits… le plus troublant des parfums pour un homme.

— Le lit est prêt, susurra-t-il sans cesser de lui masser le crâne. Laissez-moi vous y conduire, *mo chroí*.

— Parlez-moi d'abord de Myst, répondit-elle en étouffant un bâillement. Va-t-elle vraiment bien ? Vous disiez qu'elle devait être ici…

— Je sais.

Son pouce s'attarda sur la tempe de Tania. Avec un soupir, elle inclina la tête pour mieux se prêter à cette caresse et l'inciter à poursuivre, ce qu'il s'empressa de faire. Lâchant son pied, il passa son autre main sous sa nuque, qu'il massa à son tour. La sensation délicieuse qui en résulta fit courir un frisson le long de son échine.

— Mais j'ai dû changer mes plans sur le pont, poursuivit-il. J'ai été obligé de vous emmener ici plutôt qu'à Black Diamond.

Ses paupières se baissaient insensiblement. Tania se força à les rouvrir. Les yeux bleu-vert et luisants de Mac croisèrent les siens. C'était étrange, mais cette lueur surnaturelle qu'ils émettaient ne la dérangeait plus autant. Pour une raison qui lui échappait, elle lui paraissait presque normale à présent. Cette faculté lui semblait faire partie intégrante de l'homme qu'il était, et non d'un monstre effrayant.

— Le pont…, répéta-t-elle en s'efforçant de faire fonctionner son cerveau.

Celui-ci semblait toujours jouer par intermittence aux abonnés absents sous son crâne, la privant de certaines pièces importantes du puzzle. En rassemblant autant que possible, Tania lutta pour les assembler entre elles et demanda :

— Quand le dragon rouge a attaqué ?

— Ouais. Celui-là est vraiment méchant. C'est le chef d'une dangereuse faction du genre dragonin.

— Le… « genre dragonin » ? répéta-t-elle, incertaine.

Ce terme ressemblait à un drôle de néologisme

— Mais… qu'êtes-vous, en fait ? reprit-elle. Une nouvelle espèce, quelque chose comme ça ?

— Quelque chose comme ça, répéta-t-il.

Il n'avait pas cessé son massage. Il y avait de la magie dans ses doigts, qui descendirent effleurer sa gorge, puis le petit creux formé par sa clavicule. Et là où il passait, ses muscles noués se décontractaient. Pour un peu, elle se serait mise à ronronner de plaisir.

— Je ne pouvais le laisser vous emmener, Tania, reprit Mac. Il vous aurait fait du mal et… merde ! pour rien au monde je ne l'aurais laissé faire ça.

Un soupçon d'inquiétude vint troubler sa félicité.

— A-t-il fait du mal à Myst ?

Mac secoua négativement la tête.

— Bastian a réussi à la rejoindre avant lui.

— Qui est-ce ? s'enquit-elle.

— Le commandant des Nightfury… le groupe auquel j'appartiens à présent.

— Expliquez-moi.

C'est ce qu'il fit. Et en l'écoutant lui parler de tout cela – la rivalité entre Razorback et Nightfury, l'histoire des dragons, la guerre en cours, l'assimilation de Mac dans son nouvel environnement –, Tania en resta sans voix et ne sut comment réagir. Quand elle l'entendit prononcer des mots tels que « Méridien » et « repas d'énergie », elle le regarda avec des yeux ronds. Tout cela paraissait tellement bizarre et déroutant, ces hommes-dragons se livrant à une guerre sans merci sans que personne – pour autant qu'elle puisse le savoir – n'en sache rien.

— Donc…, conclut-elle quand il se tut, vous n'êtes pas humain.

— À moitié. Ma mère était humaine.

— Mais pas votre père.

— J'ai été engendré par un homme-dragon.

En lui délivrant ces explications, il la surveillait avec attention, s'attendant sans doute à ce qu'elle finisse par craquer. Mais, comme un joueur de poker aguerri, Mac avait abattu habilement ses cartes, faisant en sorte qu'elle soit suffisamment détendue pour encaisser sans risquer la crise de nerfs. Désormais, à la place d'avoir peur, Tania se sentait titillée par une curiosité qui lui donnait envie d'en savoir plus.

— Comme tous ceux de ma race, précisa-t-il, je suis capable de me métamorphoser à volonté.

Eh bien, c'était assez… cool, en fait. Qu'aurait-elle pu dire d'autre ? Cela faisait déjà quelques heures que la réalité telle qu'elle la connaissait semblait avoir déraillé.

— Et au poste ? s'enquit-elle. Quand vous m'avez interrogée, est-ce que vous saviez…

— Non.

En douceur, il glissa ses bras autour d'elle et la souleva. Avant qu'elle ait pu protester, il l'installa sur lui, ses fesses reposant contre ses cuisses, la joue nichée contre sa large épaule. Il lui fit un cocon confortable et chaud de ses bras. Il la serra contre lui, utilisant sa chaleur et la délicieuse odeur corporelle qui s'élevait de lui pour la séduire. Waouh ! Elle aurait pourtant dû dire quelque chose, lui demander de la lâcher, de la reposer sur le sofa, mais franchement… elle se sentait trop bien pour se donner cette peine. Ses mains étaient de nouveau à l'œuvre, massant son dos, caressant ses mollets.

— Jusqu'à il y a un mois de cela, raconta-t-il, je ne savais même pas que les dragons existaient. J'étais persuadé être à cent pour cent humain. Il a fallu que je me réveille dans le corps d'un dragon pour…

— Mince !

Il déposa une autre caresse apaisante le long de son échine. Tania battit des paupières et lutta pour rester concentrée sur la conversation en cours.

— Vous parlez d'un réveil ! s'exclama-t-elle.

— Vous croyez ?

Elle se surprit à sourire vaguement puis se rembrunit. Elle avait l'impression bizarre d'être reliée à… tout ce qui était lui : ses battements de cœur, la force de ses muscles, la puissance de son énergie, les pensées qui se bousculaient sous son crâne. Étrange, mais… tellement agréable. Et même… légitime, de la plus plaisante des façons possibles. Et tandis que cette impression se renforçait, elle se sentit glisser doucement vers le sommeil.

La tête de Tania roula sur l'épaule de Mac. Comment se faisait-il qu'elle se retrouvait allongée contre lui, entre ses bras ? À quel moment cela s'était-il produit ?

— Qu'êtes-vous… en train de me faire ? protesta-t-elle faiblement.

Elle sentit ses lèvres effleurer son oreille.

— Je vous aide à trouver le sommeil, répondit-il.

— Je ne veux pas…

Sa voix pâteuse était à peine audible.

— Bien sûr que si, chérie…

Une main sous sa nuque, il la berça contre lui tandis que l'autre s'introduisait sous son sweat-shirt. Tania grogna sourdement et s'arc-bouta sous la pression de sa main. Les doigts largement écartés, Mac maintint la pression au creux de son dos. Le visage enfoui dans ses cheveux, il descendit lentement et embrassa l'une de ses tempes. Baignée par son odeur, bien à l'abri dans ses bras, Tania sentit quelque chose se débloquer tout au fond d'elle. Ce fut comme un déclic. Un tourbillon l'emporta dans son irrésistible ascension.

— Écoutez ma voix, Tania, et laissez-vous aller. Laissez-vous dériver, chérie… Vous n'avez rien d'autre à faire qu'à vous laisser dériver…

Alors, incapable de résister davantage, elle fit ce qu'il lui demandait. Elle laissa l'oubli l'emporter. Elle se laissa sombrer dans les vagues chaudes du sommeil. Et ce faisant elle songea… *Demain… demain est un autre jour*. Bien assez tôt pour tenter d'y voir clair et tenter de se tirer d'affaire.

Loin d'un monde dans lequel un dragon rouge aux yeux roses cherchait à la tuer.

Chapitre 15

Installé dans le sofa, Tania endormie tout contre lui, Mac se demanda ce qu'il trafiquait et à quel moment il avait perdu l'esprit. Son cerveau avait dû s'absenter sans prévenir, pas d'autre explication possible… Il n'aurait pas dû rester là dans la semi-pénombre, à écouter distraitement le ressac de l'océan sur la plage en laissant la présence douce et parfumée d'une femme qui hantait ses rêves le torturer.

Bon Dieu ! il fallait vraiment être dérangé, mûr pour l'asile. Peut-être qu'après un ou deux électrochocs il commencerait à retrouver ses esprits… Ce qu'il avait de mieux à faire était de se lever sans la réveiller, la porter dans sa chambre, la mettre au lit.

Seule.

Hélas ! plus il attendait, plus cela lui devenait impossible.

Mac soupira longuement. En regrettant la perte de toute espèce de raison, il la serra plus étroitement contre lui. Un instant plus tard, il aggrava encore son cas en lui caressant les cheveux. Il ne pouvait s'en empêcher. Il était trop tard pour espérer se reprendre. Autant en profiter pour laisser ses doigts se perdre dans ces incroyables mèches noires, chacune d'elles représentant pour lui un piège dans lequel il ne pouvait que tomber. Dieu, ce qu'elle était belle ! Douce et forte en même temps. Dans ces moments incertains qui précèdent l'aube, Tania était pour lui une tentation qu'il lui était impossible d'ignorer. Pour lui, elle était tout ce qu'il avait toujours désiré, tout ce qu'il aurait cru jamais ne pouvoir avoir, et sans doute tout ce qu'il ne méritait pas.

Il devait être devenu masochiste, pas possible autrement… ou alors un sombre idiot, dépourvu de ce bon sens que Dieu accorde à la plupart des gens.

Manifestement, il n'en possédait plus un gramme. S'il avait été équipé de la moitié d'un cerveau, il l'aurait mise au lit puis se serait résigné à accomplir ce qu'il avait de mieux à faire : foutre le camp, disparaître un moment, mettre le plus de distance possible entre eux avant de faire une connerie.

Par exemple ? Oh ! il avait bien une ou deux idées en tête. Ou plutôt une ou deux dizaines, qui toutes impliquaient qu'ils soient l'un et l'autre nus. Ce qui ne risquait *pas* de se produire.

Il avait déjà dépassé les limites et puisé en elle sans son consentement. En l'amenant lentement à s'endormir, il s'était connecté au Méridien à travers elle et s'était nourri. « Délicieux » ne suffisait pas à décrire cette expérience. « Follement bon » aurait déjà pu convenir un peu mieux. « Parfait » pouvait faire l'affaire également. Mac réprima un grognement, résistant à l'envie de remettre ça. Une soif d'alcoolique de boire en elle plus que de raison le tenaillait.

Ce qui suffisait à faire de lui un trouduc de première classe.

Il aurait dû lui expliquer le processus d'abord, boire ensuite. Lui révéler ce qui se passait vraiment chaque fois qu'il la touchait, au lieu de remettre à plus tard et de se contenter de demi-vérités. Elle méritait de savoir de quelle manière il apaisait sa faim afin de demeurer en bonne santé. Elle devait connaître la puissance du Méridien, sa valeur en tant que femelle de haute énergie, et ce que cela signifiait pour elle, pour lui.

Pour eux, s'ils allaient de l'avant.

Céder ou ne pas céder, telle était la question… Certes, il la désirait. Cela ne faisait pas l'ombre d'un doute. Mais la séduire et la garder près de lui quelque temps, était-ce vraiment la chose à faire – la chose *juste* à faire ? Sa conscience lui disait que non. Tania méritait ce qu'il y avait de mieux, un meilleur homme que lui, un homme qui ne rechignerait pas à aller jusqu'au bout, et qui accepterait de s'engager auprès d'elle sans hésitation. Un homme qui serait prêt à lui offrir son amour. Dommage qu'il ne sache pas comment lui donner ça... Bordel ! cela faisait des années qu'il n'avait plus été en contact avec le meilleur côté de lui-même. Il excellait pour les choses du sexe, pas de doute là-dessus, mais pour l'intimité... c'était une autre histoire. Il ignorait tout de la meilleure façon d'aimer une femme, et il se sentait encore plus manchot quand il s'agissait d'exprimer ses sentiments.

Mac eut l'impression que son cœur sombrait comme une pierre au fond de l'eau. Il se sentait minable de la serrer ainsi tendrement contre lui, alors qu'il crevait d'envie d'obtenir beaucoup plus d'elle. Tout : son amour, toute la passion dont elle était capable. En bref, il aspirait au même genre de relation que Bastian et Rikar avaient su trouver. Pourtant, l'instant d'après, il se mit à douter d'avoir envie d'aimer Tania en retour.

Super ! sa résistance à l'engagement revenait en force et l'empêchait de penser correctement.

Mac secoua la tête, puis renonça à résister et déposa un baiser sur le crâne de Tania, qui ne broncha pas – et pour cause. Lovée contre lui, elle avait sombré dans un sommeil de plomb et respirait profondément, calmement. Il la serra un peu plus fort. Il se délectait de sa chaleur et de son abandon contre lui. Il n'aurait rien demandé de mieux que d'aller se mettre à l'horizontale avec elle, même s'il savait que ce n'était pas une bonne idée.

Lui faire l'amour n'était pas envisageable – du moins pas cette nuit. Le lendemain ? Il l'espérait, mais ce serait à elle de décider. L'incertitude dans laquelle il se trouvait l'empêchait de prendre les devants. Et si c'était elle qui lui manifestait son désir et prenait l'initiative ? Que cela fasse de lui un salaud ou pas, elle n'aurait pas à le lui demander deux fois…

En soupirant tout bas, Tania se pelotonna contre lui, nichant étroitement son derrière contre son pubis. Mac réprima un grognement de consternation. D'accord… cette fois, il était temps de laisser tomber. Masochisme ou pas, il ne pourrait la tenir plus longtemps contre lui sans céder à l'envie de la toucher… et pas pour lui déposer un bisou sur le crâne.

Après avoir glissé un avant-bras sous ses genoux, Mac se leva et entendit Tania grommeler dans son sommeil. En s'excusant dans un murmure, il traversa la pièce d'un pas aussi souple que possible. Le désir le taraudait et la sentir frotter sa joue contre sa poitrine ne fut pas pour arranger les choses. Résolument, Mac mit de côté son excitation sexuelle. Ce n'était ni le moment ni l'en… Bon, d'accord, ce pouvait être l'endroit. C'était dans sa chambre, après tout, qu'il la conduisait, mais il était hors de question qu'il en profite. Il ne pouvait pas lui faire ça, ni s'infliger ça à lui-même. Lorsqu'il lui ferait l'amour, elle serait consciente, cent pour cent consentante, et elle lui donnerait autant qu'il lui donnerait.

D'une pichenette mentale, Mac ouvrit la porte située à gauche de la cheminée et passa le seuil. Appuyé contre le mur du fond, son lit – refuge *king size* qu'il occupait habituellement seul – prenait presque toute la place. Cette nuit, il serait tout à elle. Dès qu'il l'aurait installée sous la couette, il la laisserait à ses rêves.

Ensuite, il tirerait ses fesses de là et s'en irait aussi loin d'elle que possible.

C'était cela, ou avoir à souffrir les conséquences, au réveil, quand elle le découvrirait accroché comme une liane autour d'elle. Pas exactement le meilleur moyen d'entamer une relation… Il était déjà suffisamment dans le pétrin comme ça du fait des lacunes que présentait sa mémoire récente.

Cette faille dans ses souvenirs le tracassait plus qu'elle n'aurait dû. Après tout, il n'était en rien responsable de ce trou de mémoire. Sa première métamorphose l'avait mis sens dessus dessous, oblitérant à peu près tout du rôle actif que Tania y avait joué. Cela ne voulait pas dire pour autant qu'elle se montrerait compréhensive. Inutile de se demander comment elle réagirait lorsqu'elle découvrirait qu'il ne gardait pas le moindre souvenir de leur première nuit d'amour…

C'était le genre de chose qu'aucune femme ne pouvait pardonner. Elles qui se vexaient quand un type ne se souvenait plus de leur nom ne pouvaient que grimper au plafond en apprenant qu'il ne se rappelait plus avoir partagé avec elle un matelas, une table de billard ou le vestiaire d'une…

Bon, d'accord – sans doute valait-il mieux éviter de penser à ça mais…

Mac fronça les sourcils et se figea. Qu'était-il censé faire, au fait ? Ah, oui : coucher Tania dans son lit.

Bon plan. Il lui suffisait maintenant de s'y tenir. D'autant plus qu'il se retrouvait au bord du lit, les muscles crispés, et qu'il n'y avait plus qu'à l'y déposer. Mais la part de dragon en lui était prête à se rebeller, refusant de lâcher la jeune femme. En effleurant des lèvres ses cheveux, Mac se maudit lui-même. Exactement ce dont il n'avait pas besoin : que ses instincts primaires se révoltent contre lui.

Luttant pour garder son équilibre, il se pencha et la lâcha d'un bras afin de rabattre le duvet, révélant la blancheur du drap. La bête possessive qui partageait son être entra en résistance, incapable de renoncer à ce qu'elle considérait comme sienne. Mac secoua la tête avec désespoir. Seigneur ! cela n'aurait pas dû être si dur. Tout ce qu'il voulait, c'était prendre soin d'elle, agir pour le mieux, mais…

Parfois, ce qu'il y avait de mieux à faire n'était pas forcément le plus facile à accomplir. Il restait figé là, dans un équilibre précaire, le cœur battant, ses pieds nus plantés sur le parquet, en proie à un désir qu'il maîtrisait à peine, tandis qu'une bataille féroce se livrait en lui. Rester ? ou partir… Être le chic type, ou le mec faible cédant à ses envies ? Au prix d'un gros effort sur lui-même, il parvint enfin à la déposer sur le lit. Le drap émit un léger bruissement. Tania marmonna dans son sommeil, un pli se formant sur son front. Mac murmura quelques mots doux, espérant que le son de sa voix suffirait à compenser leur brusque séparation.

En voyant les paupières de Tania commencer à battre, Mac se figea. Il ne s'était pas redressé et ses bras restaient sous elle.

— Mac ?

Ah, merde ! À vouloir la laisser derrière lui sans parvenir à se résoudre à le faire, il se retrouvait coincé.

— Chut…, susurra-t-il. Dormez, maintenant. Ça va aller.

— Non !

Après avoir émis cette protestation d'une voix pâteuse, elle se tourna vers lui, entourant de ses bras l'un des siens. Mac retint son souffle.

— Ne faites pas ça…, reprit-elle dans un murmure.

Il repoussa une mèche de sa joue et caressa celle-ci avant de demander :

— Pas quoi, chérie ?

Une autre caresse sur sa peau si fine et douce. Un autre soupir de Tania, puis :

— Ne partez pas. Ne me laissez pas… seule.

— Ne vous inquiétez pas, la tranquillisa-t-il à regret. Je ne serai pas loin, dans la pièce d'à…

— Il pourrait revenir ! l'interrompit-elle, les paupières de nouveau closes.

— Qui ça, *mo chroí* ?

— Le grand diable rouge.

Marc ferma les yeux. Merde ! À n'en pas douter, c'était d'Ivar qu'elle parlait. Même dans son sommeil, ce salaud la pourchassait et lui faisait peur.

— Vous êtes en sécurité, assura-t-il. Je ne le laisserai pas vous prendre.

Elle secoua violemment la tête. La panique lui donnait le souffle court.

— Personne ne sait que nous sommes ici, Tania.

Il avait espéré la rassurer définitivement, mais c'était raté. Elle était trop à bout et, en l'entendant gémir, il eut le cœur serré. Il avait mal pour elle. Pour la terreur qu'elle avait traversée et pour les changements brutaux qui allaient intervenir dans son existence. La vie telle qu'elle l'avait connue n'avait plus cours. Plus de firme prestigieuse d'aménagement paysager pour elle. Plus d'appartement à Seattle. Adieu, monde des hommes... Hello, genre dragonin ! Un total et effrayant bouleversement en perspective.

— Je vous protégerai, Tania ! promit-il. Il ne peut pas nous trouver ici, je vous le jure.

Comme il s'apprêtait à la lâcher, elle s'agrippa à lui.

— S'il vous plaît... non.

Sa supplique le terrassa, l'empêchant d'aller au bout de son intention. Il ne pouvait pas faire ça. Il ne pouvait l'abandonner sachant qu'elle avait besoin de lui. Ce qui signifiait davantage de torture encore au programme... Cette fois, pas de doute : il devait être masochiste, voire suicidaire, car rester près d'elle sans pouvoir lui faire l'amour finirait par le tuer. Pourtant, sachant cela, il s'allongea sur le lit à côté d'elle. Le matelas s'enfonça. Couché sur le dos, il remit le duvet en place et en fit un cocon pour eux deux. Tania se pelotonna contre son flanc, la tête sur son épaule, une jambe repliée sur sa cuisse et une main...

Mac tressaillit tel un lapin pris au piège en sentant qu'elle caressait sa peau. Oh ! cela s'annonçait mal... Il se sentait sur le point de capituler. Si douce était sa caresse qu'elle mettait tous ses récepteurs sensoriels en feu. Un flot de sensations se déversait en lui, l'amenant bien au-delà de la zone de danger.

Les dents serrées, Mac regarda le plafond. Afin de penser à autre chose, il commença à compter les lames de lambris. La main de Tania s'égara du côté de son ventre, remonta sous son tee-shirt avant de se fixer, paume ouverte, sur son sternum. Tous ses muscles tendus à craquer, il inspira à fond et emplit ses poumons pour s'empêcher de craquer. Restait à espérer qu'elle en avait terminé avec la routine de la main baladeuse…

Quand il la sentit s'immobiliser et se détendre tout à fait contre lui, Mac vida tout l'air de ses poumons, songeant que, dans la course d'obstacles qui l'attendait, il venait de sauter avec succès la première haie. À présent, il lui restait juste à faire de même avec toutes les autres qui se présenteraient à lui d'ici au prochain crépuscule. *À moins que…* Peut-être, après tout, l'arrivée des secours n'était-elle qu'une question de minutes ?

Enclenchant la connexion qu'il partageait désormais avec ses frères d'armes, Mac partit mentalement à leur recherche.

— *Rikar ? Où en êtes-vous, les gars ?*

L'espace de quelques instants, il n'eut entre les tempes qu'un flot de parasites, puis… bingo ! la connexion s'établit, équivalent télépathique d'une liaison par téléphone portable. Sous son crâne, il entendit le vent filer sur les écailles du second quand celui-ci lui répondit :

— *Pas bien loin, hélas ! Plusieurs de ces connards n'ont toujours pas renoncé à nous filer le train.*

L'inquiétude se fit jour en lui.

— *Besoin d'aide ?* s'enquit-il.

— *Nan. Bastian et moi, on s'en occupe.*

Une pause, puis :

— *Et toi ? À l'abri ?*

— *Ouais,* répondit-il. *Je l'ai installée dans mon chalet.*

— *Où ça ?* intervint Bastian.

— *Sur une petite île, à l'ouest de la côte de Seattle.*

Un long silence salua cette heureuse nouvelle. Puis une nouvelle salve de parasites lui fit craindre brièvement que la liaison ait pu être rompue.

— *Bon sang de bordel de Dieu !* tonna soudain Rikar. *Tu ne pouvais pas trouver quelque chose de plus près de chez nous ? Un endroit qui n'aurait pas été paumé en plein milieu de l'océan ?*

Bastian se mit à rire.

— *Syndrome du dragon d'eau*, plaisanta-t-il. *Plus il y a de flotte autour, mieux c'est.*

Mac ne pouvait prétendre le contraire. Il ne lui serait pas venu à l'esprit de chercher à mettre Tania à l'abri dans une ville. Il avait d'instinct choisi l'élément aquatique, la pleine mer, aussi loin que possible d'Ivar et de sa bande de psychopathes.

— *Combien de temps pour y aller ?* demanda Rikar.

Mac donna à ses amis la position précise de son pied-à-terre et estima le temps de parcours.

— *Deux heures*, répondit-il. *Plus ou moins.*

— *Pas possible cette nuit*, conclut Bastian. *Dans trois quarts d'heure le soleil se lève.*

Hein ? Était-il donc si tard ? En se tordant le cou, Mac jeta un coup d'œil par-dessus la tête de Tania, qui protesta vaguement en nichant sa joue un peu plus étroitement contre son épaule. Il lui caressa le dos pour l'apaiser, tout en observant son radio-réveil juché sur une pile de livres au sommet de la commode. Le cadran digital indiquait « 05:03 » en chiffres rouges. *Dingue ce que le temps passe vite quand on s'amuse… ou, plus exactement, quand on apprend à une jolie brunette à jouer au poker.*

— *Restez où vous êtes*, ordonna Rikar. *Nous viendrons vous chercher au crépuscule.*

Même si aucun de ses interlocuteurs ne pouvait le voir, Mac acquiesça d'un hochement de tête pour se donner du ourage. Puisque l'arrivée de la cavalerie était reportée, il se retrouvait piégé par le lever du jour en compagnie de Tania dans ce minuscule chalet pour douze heures de plus. Aucune échappatoire. Aucun soulagement en vue. Juste une interminable séance de torture sur le front du désir, en attendant que ses frères d'armes se décident à se montrer. Comment diable était-il supposé résister si longtemps sans commettre un acte irréfléchi ?

Mac se laissa aller à jurer tout bas. Plus que jamais, il détestait son statut de novice. S'il avait été en pleine possession de ses pouvoirs magiques, le sort de dissimulation n'aurait été qu'une formalité pour lui et il aurait pu rejoindre Black Diamond par les airs sans avoir à compter sur ses coéquipiers. À croire que cela aurait été trop facile pour lui, qui ne choisissait jamais la voie de la facilité.

Pour preuve, la façon dont son changement s'était déroulé. Sa première métamorphose n'avait rien eu de normal. Les dragons n'avaient habituellement pas besoin d'énergie féminine à l'instant de la transition. Deux conditions étaient nécessaires à un mâle pour cela : avoir physiquement atteint l'âge de la pleine maturité, et se laisser guider télépathiquement par un aîné puissant, capable de lui faire supporter les brutales étapes du changement.

Mac constituait une exception à cette règle.

N'ayant pas été élevé au sein de la communauté dragonine, il n'avait pas bénéficié du soutien qu'apporte la proximité des siens. Dès sa naissance, un homme-dragon se nourrissait de l'énergie collective dégagée par les membres de son groupe, dont il absorbait l'excédent jusqu'à être lui-même en pleine possession de ses pouvoirs magiques. À la seconde où un mâle avait fini de grandir et de constituer ses réserves d'énergie, son ADN de dragon entrait en action, initiant sa première métamorphose.

Dommage que son propre background n'ait pas été aussi idyllique…

Abandonné par son père dans le monde des hommes, Mac n'avait jamais pu bénéficier de ce type de tutelle. En conséquence, la part de dragon en lui était demeurée assoupie jusqu'à se retrouver brutalement réveillée lorsque, derrière le miroir sans tain de la salle d'interrogatoire du poste, les exhalaisons mauvaises du second des Razorback l'avaient frappé de plein fouet. L'offensive magique avait fait office de détonateur de son changement, poussant les Nightfury à passer à l'action. Rikar et Bastian avaient opté pour la voie qui offrait le moins de résistance, faisant le pari qu'une dose massive d'énergie féminine suffirait à le stabiliser et à lui sauver la vie. Une stratégie qui s'était avérée gagnante, lui permettant de réaliser en quelques heures ce qu'un dragon mettait habituellement quinze ou vingt ans à accomplir.

Cette naissance inaccoutumée avait également permis qu'un lien indissoluble se tisse entre Tania et lui.

Et voilà pourquoi il se retrouvait, jeune homme-dragon de trente-quatre ans à la magie défaillante, apparié à une irrésistible femelle de haute énergie qui ne souhaiterait rien de mieux dès son réveil que de lui arracher les yeux. Incapable qu'il était de se dissimuler en plein vol, il n'était même pas foutu de la protéger comme il se devait de le faire. Ce qui renforçait encore sa frustration et le sentiment d'inadéquation qu'il en concevait. Mac n'était pas à la hauteur pour la femme qu'il désirait tellement qu'à sa vue ses tripes faisaient des nœuds…

Au désespoir, il la serra un peu plus fort contre lui.

Sans doute sensible à sa détresse, Bastian demanda :

— *Comment est-elle ?*

— *Elle dort, pour le moment.*

Rikar eut un ricanement sarcastique et s'enquit :

— *Avec toi ?*

— *Va te faire foutre !*

Il ne supportait pas que le second puisse s'en amuser. Cela ne faisait que raviver toutes sortes de plaies intérieures : culpabilité, sentiment de ne pas assurer, autodétestation... Ce n'était pas le choix qui manquait.

— *Elle était morte de trouille*, expliqua-t-il. *Elle était épuisée et devait absolument dormir mais ne parvenait pas à se calmer. Je lui ai pris un peu d'énergie pour l'y aider.*

Mac prit comme un reproche le silence de Bastian et Rikar, qui ne leur ressemblait guère.

— *Bon Dieu !* protesta-t-il. *Qu'est-ce que j'aurais pu faire d'autre ?*

— *Rien. Tu as fait ce qu'il y avait de mieux pour elle. Personne ne te le reproche, et...*

Une salve de parasites interrompit la connexion l'espace d'un instant. La voix télépathique de Bastian s'estompa puis revint :

— ... *mais elle risque de ne pas être d'accord quand tu devras le lui expliquer plus tard.*

Comme s'il n'était pas déjà au courant ! Tania risquait de lui botter les fesses quand il aurait à manger le morceau. Il devrait pourtant avoir cette conversation avec elle dès que possible, en espérant qu'elle comprendrait ses raisons et lui pardonnerait son égoïsme.

Cette perspective ne l'empêcha en rien de refermer ses deux bras autour d'elle et de l'embrasser doucement. Pas beaucoup : un simple effleurement de ses lèvres au coin des siennes, rien de plus, mais le meilleur moyen pour lui de lui dire sans un mot à quel point il était désolé. Une façon, également, de la remercier pour ce don qu'elle lui avait fait sans même en avoir conscience, et pour lui permettre de la tenir ainsi contre lui.

La liaison télépathique lui permit de percevoir le frottement accéléré du vent sur les écailles de ses camarades. Son sonar se mit à tinter et, fermant les yeux, Mac puisa dans ses ressources magiques pour se faire une idée du plan de vol. Son dragon se fit un plaisir de le renseigner, lui indiquant précisément la position de ses deux frères d'armes. À l'est de la ville, ils se dirigeaient à grande vitesse vers Cascade Mountain et leur repaire.

— *Ça y est?* demanda-t-il. *La voie est libre?*

— *On dirait*, répondit Rikar. *L'ennemi se disperse.*

— *Une foutue bande de trouillards*, grommela Bastian.

Rikar l'approuva d'un grognement éloquent et reprit :

— *Mac?*

— *Oui?*

— *Tu devrais pioncer un peu. Ça nettoie tout… Demain soir, tu verras les choses d'un autre œil.*

Ouais, bien sûr… Comme si cela risquait de se produire. Le sommeil et lui n'étaient pas les meilleurs amis du monde. L'insomnie le privait régulièrement de ses journées de repos. Mais, en coupant la connexion mentale, il sentit avec surprise les premiers effets de l'épuisement alourdir ses paupières.

La tête sur l'oreiller, le visage enfoui dans les cheveux de Tania si délicieusement parfumés, la couette relevée jusqu'aux épaules, Mac dut laisser ses yeux se fermer. Plusieurs fois, il tenta de les rouvrir, mais d'elles-mêmes ses paupières retombèrent. Il lutta pour rester éveillé, perdit la bataille et sentit ses muscles se détendre l'un après l'autre.

La sensation était plutôt étrange… Il ne s'était plus senti fatigué depuis une éternité mais, avec Tania blottie contre lui, le bienfaisant oubli du sommeil le guettait au bout d'un long tunnel. Et en rendant les armes pour rejoindre le pays de rêves, Mac se demanda si c'était la présence de la jeune femme endormie contre lui qui lui permettait de s'endormir à son tour. Il joua brièvement avec cette idée avant de la laisser dériver. Il lui suffisait d'être reconnaissant de l'effet qu'elle produisait sur lui car sans l'ombre d'un doute, s'il existait un paradis, c'était de pouvoir dormir avec elle dans ses bras.

L'odeur du sang assaillit les narines de Nian quand il poussa la porte de secours de l'*Emblem Club*, gravit quatre à quatre la volée de marches, et se retrouva en plein combat.

À peine eut-il le temps de s'écarter en jurant pour éviter un des combattants qui volait vers lui comme un missile. L'homme ensanglanté alla s'écraser dans un craquement écœurant contre un mur et atterrit au pied de la cage d'escalier, où il se retourna sur le dos dans un long grognement de douleur. Au bas des marches, la lourde porte du club acheva de se refermer, bloquant l'odeur des cigares et l'accompagnement musical apaisant. Le bruit des poings frappant la chair dans le hall de la sortie de secours, à l'arrière du club, le remplaça.

L'attention de Nian se reporta sur le départ de l'escalier menant à l'étage, se demandant ce qui s'y passait.

Bouche bée, il eut vite fait de comprendre de quoi il retournait. Nian referma la bouche en secouant la tête d'un air dégoûté. Il n'était plus question de luxe et de décorum, pas plus que d'un minimum de décence requis. Une rixe en bonne et due forme était en cours. Poings et pieds volaient. Grognements et cris de douleur allaient faire écho entre les murs de la cage d'escalier. À la réflexion, « rixe » n'était sans doute pas le mot le plus adapté. « Raclée » semblait plus approprié, car il lui avait rarement été donné d'assister à un tel carnage.

Gage était une force de la nature. Il fallait le voir pour y croire tant il se déchaînait en se battant contre cinq mâles à la fois. Nian haussa les sourcils en le voyant fracasser comme de vulgaires noix de coco deux crânes l'un contre l'autre. Ses deux victimes s'écroulèrent lourdement. Mais Gage n'en avait pas fini, et un troisième eut le malheur de goûter d'un peu trop près à son poing. Pivotant sur ses talons, ses yeux couleur bronze lançant des éclairs, il s'apprêta à faire un sort aux deux rescapés, mais ceux-ci préférèrent battre en retraite. Les pans de leurs vestes de smoking flottant derrière eux, ils gravirent les marches quatre à quatre sans demander leur reste. Avec un grognement de frustration, Gage ne fit ni une ni deux et se lança à leur poursuite. Un instant plus tard, les deux imprudents allèrent se fracasser sur le sol au bas des marches, rejoignant ainsi le reste de la bande déjà KO.

Toujours sous le coup de la surprise, Nian jeta un coup d'œil à Haider.

Un peu à l'écart des combats, une femme en larmes réfugiée dans ses bras, celui-ci haussa les épaules et expliqua, fataliste :

— Gage déteste les violeurs.

— C'est ce que je constate…, murmura Nian.

Et lorsque Gage, à court d'adversaires, se tourna vers lui, il put difficilement ignorer la rage noire qui faisait flamber son regard. Le souffle court, le guerrier fit un pas vers lui. Nian banda ses muscles, prêt à décamper si nécessaire. Rester dans la trajectoire du Nightfury n'était en rien une bonne idée. Surtout après avoir constaté la dévastation qu'il laissait dans son sillage.

— Aime-t-il d'ailleurs quelqu'un ? reprit-il.

— Pas vraiment.

Avec un murmure apaisant, Haider caressa le dos de la jeune femme et ajouta :

— Je suis la seule exception. Enfin… la plupart du temps.

— Tant mieux pour toi.

Nian jeta un coup d'œil à la jeune femme aux cheveux blonds. Son visage ne lui était pas visible, mais…

Le cœur serré, il remarqua que sa robe était déchirée. L'inconnue avait également perdu un de ses souliers à talons aiguilles et ses bas filés présentaient de larges trous aux cuisses et aux genoux. Mais ce n'était pas encore le pire : un vêtement peut être réparé, une paire de chaussures changée. Les bleus qui déjà marquaient la chair de ses bras, eux, lui retournèrent l'estomac. Nian serra les poings en observant les marques livides sur sa peau pâle. Les salauds ! Ils l'avaient maintenue, avaient lacéré ses vêtements, et ils l'avaient agressée sans hésiter.

Un grondement sourd monta de sa gorge.

— Comment va-t-elle ? s'enquit-il. Est-ce qu'ils ont…

— Non, l'interrompit Haider sans cesser de la réconforter. Nous sommes intervenus à temps.

Dieu merci… Qu'une femme puisse être violée le révoltait, mais qu'elle le soit en plus dans un des clubs qui lui appartenaient lui était intolérable. Il détestait ce foutu festival de l'Archguard. Si la situation avait été différente, il aurait répondu négativement à la requête du haut conseil d'accueillir dans ses établissements la partie « récréative » de la manifestation. Il ne s'y serait pas résigné s'il ne lui avait pas fallu garder à l'œil les autres membres de l'Archguard. Recueillir le maximum d'informations s'avérait crucial pour lui. Et puis, en tant que nouvel arrivé, il lui fallait aussi s'intégrer dans le groupe. La confiance, après tout, se méritait plus qu'elle ne s'accordait librement.

D'où la nécessité de mettre ses clubs à disposition. Situés en plein cœur de la ville, les night-clubs et bars à cigares qu'il affectionnait avaient pour écrin Prague dans toute sa majesté. Une implantation idéale pour un festival. Le flux constant de jeunes beautés venues s'amuser permettait aux émissaires du genre dragonin honorant la tradition du festival d'être non seulement satisfaits mais contents.

Néanmoins, Nian ne pouvait accepter qu'ils en prennent à leur aise avec les règles. Il détestait le mépris de ses congénères pour les femmes. Qu'elles soient de basse ou de haute énergie importait peu : les femmes, sans tenir compte de leur capacité ou non à nourrir ceux de son espèce, devaient être respectées, aimées pour elles-mêmes, traitées avec gentillesse. Le fait que ses homologues du grand conseil puissent ne pas être de cet avis fortifiait son envie d'un changement réel et durable.

Ce qui nécessitait en premier lieu de faire tomber de son trône le leader de l'Archguard. Et le plus tôt serait le mieux.

Tandis que la lueur émise par ses yeux s'éteignait peu à peu, Gage contourna le monceau de ses adversaires inconscients et s'approcha sans faire de bruit. Les bras tendus vers lui, il soutint le regard de Haider et lui ordonna :

— Donne-la-moi.

Haider n'hésita pas une seconde et fit pivoter doucement l'inconnue entre ses bras, avant de la pousser dans ceux de l'autre Nightfury. Toujours effrayée, la jeune femme, le visage sillonné de coulures de mascara, s'accrocha à Gage dans un sanglot. Il la rassura en murmurant quelques mots et elle se calma, pelotonnée contre sa poitrine massive. Alors il la souleva dans ses bras et se dirigea vers la porte de sortie menant à une allée derrière le club.

— Ça va aller, *talmina*…, lui assura-t-il tout bas. (Sa voix, profonde et grave, roulait comme un torrent sur un lit de rochers.) Nous allons vous reconduire chez vous.

En la voyant hocher la tête avec reconnaissance, Nian s'émerveilla de ce mot – *talmina* : « petite » en dragonais –, ou plus exactement de la tendresse dont il témoignait. Le Nightfury venait à peine de réduire en bouillie cinq adversaires sans verser une goutte de sueur, ce qui ne l'empêchait pas de la traiter avec une gentillesse qui allait à l'encontre de sa nature agressive. En être témoin revenait à assister à un spectacle dont la chute vous prenait complètement de court mais vous réjouissait plus que tout.

Nian n'avait plus aucun doute : les Nightfury feraient pour lui d'excellents alliés.

Mais, pour y parvenir, il lui fallait réagir avant que Gage et Haider ne disparaissent dans la nuit, le laissant derrière eux pour ramener la jeune femme chez elle. Il ne désirait rien d'autre que leur parler, présenter ses arguments et plaider sa cause. C'était maintenant ou jamais. Le festival se terminant deux jours plus tard, il y avait fort à parier que les deux mâles ne s'attarderaient pas à Prague plus longtemps.

Prenant les devants, Nian dépassa le duo et alla actionner la poignée de métal. La porte d'acier renforcé s'ouvrit largement. Une bourrasque d'air glacé s'engouffra, le cueillant de plein fouet et lui offrant un agréable contraste après la chaleur étouffante du club. Enclenchant sa vision nocturne, il scruta l'allée dans les deux sens pour débusquer toute menace éventuelle, mais rien d'autre que le climat inhospitalier de Prague en plein mois de novembre ne l'assaillit.

Après être sorti, sans se soucier de la température hivernale, Nian retira la veste de son smoking.

— Tiens, couvre-la avec ça…, dit-il en l'offrant à Gage. Il fait trop froid pour la faire sortir habillée comme ça.

Le Nightfury plissa les yeux et scruta durement son visage, mais Nian ne se laissa pas impressionner et s'arrangea pour passer son veston Armani encore chaud autour des épaules de la jeune femme que Gage soulevait dans ses bras.

Un bruit de pas sur le gravier se fit entendre derrière lui. Une voix douce s'éleva ensuite, aussi ondulante qu'un serpent et tout aussi mortelle. Nian se raidit, prêt à la morsure, en entendant Haider demander :

— Qu'est-ce que tu veux, Nian ?

En jetant un regard par-dessus son épaule, il soutint celui, argenté, du Nightfury.

— Qu'est-ce qui te fait croire que je veux quelque chose ? fit-il mine de s'étonner.

— Arrête de nous prendre pour des novices, gronda Gage avec une impatience manifeste. Sinon je t'assomme et nous en aurons fini avec toi.

Nian se fit une raison. Rien de tel que faire fi des formalités pour aller droit au but…

— Je voudrais que vous passiez un message à Bastian, expliqua-t-il.

— Vraiment ?

Un sourcil arqué, Haider secoua la tête. Ses cheveux longs et lisses, dans lesquelles se mêlaient mèches blanches, gris foncé et d'un noir d'encre, suivirent le mouvement, lui caressant les épaules.

— Et que veux-tu lui dire, au juste ? reprit-il. « Désolé que mon père t'ait torturé presque à mort ? »

— Je ne suis pas mon sire.

— Tu es sûr ? intervint Gage.

Après avoir toisé Nian de la tête aux pieds, il le dépassa et ajouta en lui frôlant l'épaule au passage :

— J'aurais pu confondre. Tu lui ressembles beaucoup… jusqu'à la pointe de tes pompes de luxe.

Nian plongea la main dans la poche de son pantalon et empoigna son briquet. Sa tension retomba instantanément. L'or le calmait, avait un effet apaisant sur ses nerfs. Il devait absolument garder son calme. S'il commettait l'erreur de gober l'hameçon que Gage agitait sous son nez, le duo en conclurait qu'il était comme son père et lui tournerait définitivement le dos. Pire encore, peut-être lui trancheraient-ils la gorge avant de s'en aller…

— Je suis membre de l'Archguard, Nightfury…, répondit-il. Cela nécessite que je réponde à certaines attentes. Et les apparences peuvent être trompeuses.

— Mmmmm…

Ses souliers vernis foulant les pavés mouillés, Gage se dirigea vers le débouché de l'allée. À mi-chemin, il se retourna et gratifia Nian d'un regard peu amène avant d'ajouter avec mépris :

— Je te laisse t'occuper de ce connard, Haider. Je vais reconduire la femelle chez elle.

La confiance… Ne venait-il pas de se dire qu'il fallait la gagner ? Mais c'était peut-être attendre beaucoup de ces deux-là, qui ne semblaient accorder la leur à personne. À moins, bien sûr, qu'avec un peu de chance il ne parvienne à plaider habilement sa cause.

— J'en ai ma claque, Haider, avoua-t-il en se montrant pour une fois honnête. Je suis fatigué de toutes ces intrigues de pouvoir.

— Cela fait combien de temps, déjà, que tu es membre de l'Archguard ? Un mois ?

— Trois.

Nian devinait ce que son interlocuteur cherchait à souligner. Quelques mois passés dans les hautes sphères ne suffisaient pas à justifier son dégoût pour l'instabilité permanente, pour toutes ces absurdités qui se perpétraient jour après jour, année après année.

— Cela ne fait pas longtemps que j'ai accédé à l'Archguard, reconnut-il, mais toute ma vie j'ai vu mon sire tirer les ficelles en coulisses. Le temps est venu d'un véritable changement.

Une lueur d'intérêt flamba dans le regard de son interlocuteur. Tant mieux… Au moins le mâle l'écoutait-il.

— Qu'est-ce que tu proposes ? demanda Haider en portant la main à sa poche de poitrine.

Le Nightfury en tira un étui cylindrique en argent. Avec un « pop » sonore, il l'ouvrit et produisit un onéreux cigare cubain, qu'il prépara en quelques secondes avant de le planter au coin de sa bouche. Rapide comme l'éclair, Nian fit bon usage de son briquet, dont la mince flamme fit virer le bout du cigare à l'orange. Une odeur de tabac brûlé s'éleva. Haider s'écarta du briquet. L'espace de quelques instants, son visage s'enveloppa d'un voile de fumée qui se dispersa bientôt dans l'air chargé de flocons de neige.

La température glaciale transperçait la fine chemise en soie de Nian et sapait peu à peu sa résistance. Il réprima un frisson, refusant de trahir la moindre faiblesse devant un mâle puissant dont il convoitait la confiance.

— Je propose un échange, répondit-il.

— Tu n'as rien qui puisse nous être utile.

— Je suis au sommet, dans le premier cercle du pouvoir dragonin.

— Et alors ?

Tirant de nouveau sur son cigare, Haider souffla un rond de fumée avant de poursuivre :

— Tu voudrais être notre taupe ?

— Je suis de toutes les réunions officielles et on m'invite à toutes les réunions privées. Je sais tout ce qui se trame, tout ce qui se décide et tout ce qui se dit. Et toi ?

Enhardi par le silence de Haider, Nian arqua un sourcil et poussa plus loin son avantage. Il avait l'œil et l'oreille partout. On l'invitait à se joindre à des assemblées auxquelles Gage et Haider, en tant que Nightfury, n'auraient jamais accès.

— Rodin trempe jusqu'au cou dans de sales combines, reprit-il. Tu le sais tout comme moi. Je peux être l'ami des Nightfury. Un atout non négligeable pour votre groupe.

— À quel prix ?

— Pas grand-chose.

— Accouche !

— Le soutien de Bastian et de tous les Nightfury, répondit Nian. Ainsi que votre protection et votre appui en cas de besoin.

Haider plissa ses yeux d'un gris semblable au mercure. Nian avait l'impression de voir les rouages de son esprit se mettre en branle, soupesant les faits, évaluant chaque potentialité. Une grande intelligence à l'œuvre, épaulée par une bonne dose de ruse. Le Nightfury était un diplomate, pas un politicien. Il était impossible de le corrompre ou de le tromper, et plus difficile encore de le manipuler. Ce qui impliquait de garder quelques atouts dans son jeu, de ne pas se découvrir trop vite. Inutile de compromettre la partie avant même que celle-ci ait commencé.

— Je te conseille d'y réfléchir, Haider…

Nian ouvrit son briquet, puis le ferma. Il le rouvrit et le referma encore. « Clic-clic-snap ». Dans le silence qui était retombé entre eux, ce bruit semblait assourdissant.

— Amis ou ennemis, conclut-il. À toi de choisir.

— Je vais en référer à mon commandant.

Haider secoua la cendre de son cigare et tourna les talons pour rejoindre la rue, où Gage aidait la jeune femme à monter dans un taxi. Avant d'avoir pu le rejoindre, il tourna la tête vers lui et lança :

— C'est sans garantie, bien sûr.

Nian acquiesça d'un hochement de tête. Il ne demandait rien de plus : une chance de gagner les faveurs de Bastian. À présent, il ne lui restait plus qu'à attendre… et à espérer que le puissant mâle avalerait l'appât et accepterait son offre. Il avait besoin d'un allié de poids, et le commandant des Nightfury avait la stature pour être celui-là. Nian ne pourrait prendre le pouvoir et accéder à la tête du haut conseil sans l'aide de quelques amis puissants.

L'ambition, songea-t-il en regardant Haider s'éloigner, était la croix qu'il lui fallait porter. Après tout, il était bien le fils de son père, et celui-ci lui avait tout appris.

Chapitre 16

Un faible rayon de soleil, perçant le plafond nuageux, vint caresser les épaules de J.-J. Les prémisses d'une nouvelle mélodie s'esquissaient dans son esprit. Le refrain sur un rythme binaire. Une guitare acoustique pour instrument principal. C'était toujours ainsi que les musiques s'ébauchaient sous son crâne. La batterie venait en premier et lui donnait le tempo que venaient ensuite habiller différentes strates musicales pour mettre en forme la mélodie. Enfin, cela devenait ce que c'était censé être dès le départ : une chanson, avec ses paroles. Celles qu'elle notait dans le carnet qu'elle cachait sous le matelas de sa cellule. Parvenir au bout pouvait lui prendre un quart d'heure ou quelques jours, mais tôt ou tard tout se mettait en place pour donner un bel arrangement de musique et de notes, qu'elle pouvait fredonner la nuit dans son lit. Un véritable réconfort dans un environnement aussi dur que l'était celui de la prison.

Tania affirmait que son don pour la musique tenait du génie. Elle s'émerveillait qu'elle puisse prendre n'importe quel instrument et apprendre à en jouer en moins de deux semaines. J.-J. n'était pas de cet avis. Son talent n'était en rien exceptionnel. Juste un moyen de rester soi-même dans un monde sclérosé par la routine. Au moins ses chansons lui tenaient-elles compagnie.

En fredonnant ce nouvel air qui ne demandait qu'à naître, J.-J. offrit son visage au soleil. La chaleur à peine perceptible sur sa peau lui donna envie de s'arrêter pour en profiter davantage, mais elle poursuivit sa déambulation. Les semelles de ses chaussures foulaient le dallage usé d'un chemin qu'elle connaissait par cœur. À sa gauche, la clôture de grillage couronnée d'une frise de barbelés. Sur sa droite, la vaste étendue de la cour de promenade. Jours ouvrables comme jours fériés, c'était toujours la même chose. J.-J. suivait le même parcours, s'accrochait à la routine qui lui permettait de tenir le coup.

Ce jour-là, cependant, sortait un peu de l'ordinaire. Il ne s'agissait plus pour elle de se cantonner à un exil volontaire au pays de la solitude mais de mettre au point une stratégie qui lui permettrait d'affronter ce qui l'attendait.

Une excitation bien naturelle l'habitait. Une certaine nervosité venait la tempérer, qui l'incitait à la retenue. Elle ne pouvait se permettre par imprudence de tout faire foirer, mais elle ne pouvait non plus pécher par excès d'optimisme. Là également résidait le danger. Le désappointement figurait trop souvent au menu de ce self-service hasardeux qu'était la vie.

Enfonçant plus profondément les mains dans les poches, J.-J. poursuivit son chemin d'un bon pas. Un tour après l'autre, sur un accompagnement guitare-batterie, son esprit explorait les possibilités qui s'offraient à elle. Elle anticipait les questions que lui poseraient les membres de la commission de libération sur parole et répétait soigneusement les réponses qu'elle donnerait.

Elle boucla son cinquième tour en ignorant soigneusement l'espace gris et désolé délimité par la clôture. Groupées par affinités, les détenues occupaient le centre de la grande cour, les mains enfouies au fond de leurs poches, des toques de laine sur la tête pour résister au froid. Leurs voix s'élevaient et semblaient s'affronter. On aurait dit une troupe d'oiseaux en train de piailler bien plus qu'un groupe de femmes occupées à discuter. Cette comparaison lui amena à l'esprit l'image d'une bande de flamants perchés sur une seule patte dans une mare. Le résultat sonore devait être à peu près identique… à la différence près que les palmipèdes étaient plus colorés et demeuraient libres de s'envoler.

Après avoir salué d'un signe de tête un groupe de femmes qu'elle appréciait, J.-J. entama un autre tour et exposa de nouveau son visage au soleil en s'imaginant pour quelques instants qu'elle était… libre. Déambuler par un bel après-midi sur les trottoirs de Seattle. Faire du shopping au lieu de tourner sans but, claquemurée dans une cour de prison. L'évocation était pour elle aussi attrayante qu'irrésistible, mais le vague à l'âme qui en résulta se révélait tout aussi puissant.

Un mois. Plus que trente jours – à peine quelque sept cent vingt petites heures – et tout cela pourrait de nouveau être à elle.

« Pourrait » demeurait cependant un mot piégé qui laissait la part belle à l'indéterminé, au hasard. De quel côté cette fois le facteur chance ferait-il pencher le plateau de la balance ? Elle pouvait espérer qu'il jouerait en sa faveur, mais l'espoir aussi était un grand prestidigitateur qui ne manquait pas de tours dans son sac. Il n'y avait jamais loin de l'espoir à la croyance et de la croyance à la certitude. J.-J. savait s'en méfier et reconnaissait désormais un mirage quand il s'en présentait un devant elle.

Il lui était pourtant difficile de se détourner des séductions que celui-ci lui offrait. Il lui en coûtait de laisser le réalisme percer la chatoyante bulle. Elle rechignait à se montrer raisonnable, à regarder les choses en face et à admettre que ses chances d'être libérée sur parole demeuraient minces. Elle voulait rêver encore, fût-ce un tout petit peu. Son humeur s'en ressentait et elle ne tarda pas, le cœur léger, à fredonner gaiement sa nouvelle mélodie, sans pouvoir se départir de la certitude qu'un nouvel horizon, plus dégagé, s'ouvrait devant elle.

J.-J. laissa un mince sourire s'afficher sur ses lèvres. Un tel optimisme, elle le savait, était une folie qui pouvait lui coûter cher, mais les possibilités qu'il lui offrait…

J.-J. pouffa de rire, s'amusant de sa propre insouciance.

— Qu'est-ce qu'il y a de si drôle, *Injin* ?

La voix, semblable à un grincement sinistre, parut s'enrouler tel un serpent venimeux autour d'elle. Tandis que l'insulte à ses origines faisait mouche – le père inconnu qu'elle ne partageait pas avec sa sœur était un Cherokee –, la chanson qu'elle était en train de composer se tut subitement dans sa tête. Une colère noire la remplaça. *Griggs…* Il n'y avait que ce péquenot raciste pour l'appeler *« Injin »*. Aucun des autres gardes ne l'aurait insultée ainsi.

Luttant pour maîtriser sa colère, J.-J. se composa un visage neutre et jeta un coup d'œil par-dessus son épaule. Sous l'effet de la surprise, elle cligna des yeux, frappée par deux choses. Premièrement, sans même s'en rendre compte, elle s'était trop rapprochée du terrain de sport dont Griggs avait fait son lieu de prédilection. Une erreur, car Daisy – prénom que portait fort mal l'énorme matrone aux allures hommasses – la reluquait derrière les haltères qu'elle s'appliquait à soulever. Deuxièmement, Griggs semblait être entré en collision avec un train… où plus exactement avec quelqu'un de plus coriace que lui. Ses deux yeux au beurre noir racontaient toute l'histoire, de même que le pansement qui surlignait son arcade sourcilière et la coupure sur l'arête de son nez. Quelqu'un s'en était donné à cœur joie sur le gardien et lui avait enfin offert à coups de poing la raclée qu'il méritait.

Quelqu'un ou… quelqu'une ?

Ah, merde ! Tania avait-elle fini par mettre ses menaces à exécution ? Avait-elle mis à profit ses cours de kickboxing et d'autodéfense ? J.-J. se rembrunit en jouant avec cette idée, qu'elle écarta sans tarder. Sa sœur n'était pas la coupable. Même si elle se plaignait beaucoup des agissements de Griggs, elle connaissait le prix à payer pour une telle vengeance. Jamais elle n'aurait pris le risque que J.-J. puisse en subir les conséquences.

Ce qui était bien dommage. Elle aurait adoré voir Tania péter un câble et flanquer une bonne dérouillée au gardien. Elle se sentait de taille à subir les représailles que ce taré ne manquerait pas de faire pleuvoir sur elle. Griggs ne l'aurait pas volé.

— Eh bien ? reprit-il.

— Rien de spécial, officier…

Elle observa le ciel, dans lequel un banc de nuages venait de masquer le soleil. Rien d'étonnant à cela : il suffisait que l'autre tordu se pointe pour assombrir l'atmosphère…

— J'apprécie juste le grand air, ajouta-t-elle.

— Tu as bien raison. D'autant que tu risques de ne plus en profiter très longtemps…

Son ton plein de suffisance la mit aussitôt en état d'alerte. Qu'avait-il bien pu vouloir dire par là ? Mal à l'aise, J.-J. reporta son attention sur lui. Dans ses yeux injectés de sang, elle vit passer une lueur de triomphe quand il ajouta :

— Dis-moi… ton dossier devient bien intéressant, *Injin*…

J.-J. eut l'impression que son cœur marquait une pause. Bon sang ! il savait… Il avait dû découvrir la convocation du bureau de libération sur parole en allant fouiller dans son dossier et, à présent, *il savait*… La peur lui mordit les tripes et lui serra la gorge, l'empêchant de respirer.

— Tu as tout intérêt à dire deux mots à ta sœur, poursuivit-il avec un petit sourire satisfait. Personne d'autre que moi n'a besoin d'être au courant de ton petit rendez-vous. Surtout pas Daisy…

Une lueur mauvaise flamba dans son regard. Il savait parfaitement ce qu'il faisait en la menaçant des foudres de Daisy la Destructrice. Condamnée pour un triple homicide, la taularde était connue pour sa violence et sa brutalité envers ses codétenues.

— Il n'est pas trop tard pour éviter ça, assura Griggs. Un ou deux mots encourageants de ta part, et…

Une rafale de vent balaya la cour, soulevant un nuage de poussière. Une odeur d'herbe sèche, mêlée à celle de l'haleine fétide de Griggs, souleva le cœur de J.-J. tandis que celui-ci laissait sa phrase en suspens. Elle détourna la tête en réprimant une grimace de dégoût et de dépit. Ce n'était pas juste. Ni pour elle, ni pour Tania. Alors qu'elles étaient si proches, toutes les deux, de l'instant des retrouvailles tant attendues, il fallait que cet immonde individu vienne tout gâcher. Mais quelles que puissent être ses menaces, jamais elle ne ferait un coup pareil à sa sœur. Elle préférait risquer la mort pour la protéger – c'était d'ailleurs ce qu'elle avait déjà fait, et ce qui l'avait conduite là où elle était. Elle le referait, sans la moindre hésitation.

— Ta vie en échange d'une nuit avec elle. Ce n'est pas trop demander, pas vrai ?

Il s'était penché sur elle pour délivrer cette ultime menace. J.-J. s'efforça de ne pas frémir, de ne pas broncher. Elle ne lui répondit rien et s'éloigna sans jeter un regard en arrière. Le temps était venu de réviser ses plans. Elle allait devoir faire appel à l'avocat que Tania avait embauché pour elle. Il réclamerait à la direction une mise à l'écart préventive d'urgence.

J.-J. se promit de le contacter au plus vite, avant que Griggs mette sa menace à exécution et pour éviter de se retrouver avec une lame artisanale plantée entre les deux omoplates.

Chapitre 17

Les voix semblaient venir de très loin, après avoir franchi un long tunnel de souffrance. Une douleur atroce faisait le siège de Venom, enflammant son épiderme. La sensation était plus intense au niveau de son abdomen. Elle empira encore quand les sons qui lui parvenaient se muèrent en un long sifflement pénible. Il lutta contre les parasites qui brouillaient ses sens, lutta pour ouvrir les yeux. Sans résultat. Plus rien ne semblait fonctionner en lui. Son corps ne répondait plus, et son esprit ne valait guère mieux. Il lui fallait pourtant se remettre sur pied au plus vite.

Rester là, immobile, était inconcevable alors que les Razorback rôdaient, prêts à lui donner le coup de grâce.

Prenant appui sur ses paumes, Venom tenta de se redresser. Sous la pression, le sol sous lui parut… s'enfoncer, comme s'il avait été rembourré. Aiguillonné par l'effet de surprise, il parvint enfin à entrouvrir les yeux. Le flot de lumière qui lui brûla aussitôt les rétines parsema son champ de vision de taches noires. Pour ne rien arranger, quelque chose rampait sur son ventre et tirait sur un point particulièrement douloureux.

Des vagues de souffrance l'assaillaient sans relâche.

Venom ravala une bordée de jurons. Le silence était impératif. Dès qu'il lâcherait un cri, les salauds qui voulaient l'achever le trouveraient et finiraient leur sale besogne. Ils ne laisseraient de lui derrière eux qu'un petit tas de cendres vite éparpillées.

Quelque chose – quelqu'un ? – tira de nouveau sur sa plaie, cette fois au niveau de la hanche. L'angoisse se mêla à la douleur, accentuant encore celle-ci. Pour ne pas crier, il empoigna le drap sur lequel il reposait. Dieu ! ce que ça faisait mal… Tout son corps semblait en feu, tête comprise, mais c'était son estomac qui morflait le plus.

De nouveau, l'étrange sensation de piqûre se fit sentir, mais cette fois il lui fut impossible de l'ignorer.

— Venom, arrête…

La douce voix qui venait de l'interpeller le plongea dans la confusion. Qui cela pouvait-il être ? Il se figea, aux aguets, et la même personne ajouta :

— Tiens-toi tranquille, trésor. J'ai presque terminé.

« Venom » et « trésor » : deux mots qui n'allaient pas ensemble. Du moins, avant ce jour. Mais les entendre associés était plutôt bon signe, non ?

Quelqu'un repoussa une mèche sur son front. Venom tourna la tête sur le côté afin de tester sa théorie. Un autre effleurement du bout des doigts, et…

Oui. Jamais un ennemi ne l'aurait touché ainsi. Bien que blessé, il était en de bonnes mains, n'avait pas besoin d'avoir peur, ce qui ne pouvait signifier qu'une chose : il était de retour à Black Diamond, bien à l'abri au sein du repaire des Nightfury.

Un soulagement intense se fit jour en lui. Et, bien qu'ayant le gosier desséché, il parvint à coasser :

— Myst ?

— Salut, bonhomme ! Bienvenue à la maison…

— Depuis quand j'étais parti ?

Des semelles crissèrent sur un sol ciré, qui devait être celui de l'infirmerie.

— Cela fait douze heures que tu es inconscient.

— Ça ne me ressemble pas trop.

Myst émit un petit rire ironique.

Décidé à tester de nouveau sa vision, Venom ouvrit les yeux. D'abord un peu floue, l'image se précisa. Deux yeux de la couleur des violettes croisèrent les siens, l'ancrant de nouveau dans l'ici et maintenant. L'infirmerie était le domaine de Myst, et c'était bien dans l'une des salles de récupération de Black Diamond qu'on l'avait installé. Les murs blancs, les cabinets de rangement rutilants et les tables en acier brossé en témoignaient. À la réflexion, c'était la seule chose dont il pouvait être sûr, sauf…

Bordel de merde ! Wick ! Où son vieux pote était-il passé ?

L'inquiétude lui donna la force nécessaire. En grognant sourdement, il se dressa sur les coudes et jeta un coup d'œil alentour. Rien d'autre ne s'offrit à ses yeux que l'équipement médical, la compagne de Bastian et… Sloan. Dieu merci ! son coéquipier saurait si Wick était OK ou KO.

En dardant sur lui son regard le plus noir, il demanda :

— Où est-il ?

— Dans les parages.

Sloan soutint son regard et fit le tour du lit. Il vint s'y asseoir avant d'ajouter :

— Il t'a ramené ici, a attendu que Myst s'occupe de toi, puis il s'est taillé.

— Heureux homme, grogna Myst. J'aurais bien voulu faire de même, moi aussi.

— Je t'ai donné du fil à retordre ? s'enquit Venom, un peu honteux.

— Impossible de rêver blessé plus difficile que toi. Tu jures, tu te débats, tu te comportes comme une mauviette dès qu'il faut te recoudre.

Elle prit un rouleau de sparadrap, en coupa trois morceaux et les fixa sur la bande qu'elle venait d'enrouler autour de sa plaie avant d'ajouter :

— Te voilà donc en dette avec moi.

Aïe ! ça s'annonçait mal.

— Ma pénitence ? demanda-t-il.

— Au lit pendant deux jours. Pas de mouvements brusques, ce qui signifie…

Une main dressée en l'air, elle énuméra les points de son ultimatum sur ses doigts :

— … pas de chahut, pas de bagarre, pas de jeux vidéo, ni…

— Allez, sois sympa…, gémit-il comme un gamin mis au coin.

— … pas de salle de sport non plus. En fait, dormir est ce qui te reste de mieux à faire. Cela t'aidera à guérir.

Voyant qu'il ouvrait la bouche pour protester de plus belle, elle le fit taire en le crucifiant d'un de ses regards implacables.

— Si tu ne m'obéis pas, conclut-elle, j'en parlerai à Bastian.

D'accord. OK. Game over… Pour rien au monde il n'aurait voulu avoir son commandant sur le dos, et surtout pas pour avoir mécontenté Myst. Il n'y récolterait que de sérieux ennuis et… Bon sang ! pas de jeux vidéo, sérieusement ? Qu'était-il donc censé faire de ses journées ?

Ah, oui… dormir.

Magnifique conseil. Dommage qu'il ne se sente pas de taille à le suivre. Il était à présent parfaitement réveillé et en aucun cas disposé à retourner faire un tour au pays des rêves. Il mourait d'envie de bouger, de faire jouer ses muscles ankylosés, d'exercer sa force. Rester couché à regarder le plafond ? Il en était déjà mort d'ennui, et il venait à peine d'ouvrir les yeux…

Les yeux plissés, Myst le dévisagea longuement.

— Je ne plaisante pas, Venom ! lança-t-elle enfin d'un air menaçant.

En grommelant, il se recoucha sur le lit. Inutile de chercher à discuter avec elle. Il apprenait vite ses leçons, et observer Bastian au cours des deux semaines qui venaient de s'écouler lui avait appris bien des choses. Par exemple, qu'une femelle de haute énergie ne cédait jamais. Elle allait lui botter les fesses s'il essayait de mettre ne serait-ce qu'un pied à terre.

— Brave garçon…, plaisanta-t-elle en lui tapotant l'épaule.

Venom entendit distinctement Sloan pouffer de rire.

Ce qui, naturellement, lui donna envie de tuer quelqu'un. Et puisque ce ne pouvait être la femelle de Bastian, Sloan arrivait tout de suite derrière sur la liste.

— Traître ! lui lança-t-il avec rancœur.

— Tu ferais pareil pour moi, se justifia l'intéressé.

Myst leva les yeux au plafond. Après l'avoir gratifié d'une dernière caresse sur la joue, elle reposa le rouleau de sparadrap sur une console et se dirigea vers la porte.

— Je reviendrai dans une heure voir comment tu vas, annonça-t-elle. Sois sage d'ici là.

— Ouais, c'est ça…, marmonna Venom.

Un nouveau regard mauvais en direction de son camarade ne fit ni chaud ni froid à ce dernier. En souriant, Sloan regarda Myst sortir, puis il reporta son attention sur lui.

— Tu as faim ? s'enquit-il.

Venom n'avait aucun appétit, mais si cela pouvait lui permettre de se débarrasser de lui, il se sentait d'accord à cent pour cent avec ce plan.

— Je mangerais bien un morceau, répondit-il.

— Je vais te chercher quelque chose.

Au prix d'un « merci » à peine audible, Sloan se décida à lever le camp et la porte se referma derrière lui. Dans le silence revenu, Venom soupira de soulagement. Enfin seul… Avec tout le temps devant lui pour désobéir aux ordres et n'en faire qu'à sa tête. Et si cela ne plaisait pas à Myst, tant pis pour elle. Il refusait de rester couché dans l'infirmerie à contempler le plafond alors que son propre lit l'attendait dans les étages supérieurs du repaire. Au moins aurait-il des livres à lire et…

oui, une Xbox pour le tenir occupé pendant que son ADN de dragon achèverait de le guérir.

Ne rêvant de rien d'autre que d'une bonne partie de *Halo*, Venom fit apparaître un pantalon de jogging sur ses jambes d'une commande magique. Un instant plus tard, il repoussa le drap et se redressa sur son séant. Affaibli par la perte de sang, il dut prendre appui sur ses bras tremblants pour faire basculer ses jambes dans le vide. Une douleur atroce fulgura dans sa cage thoracique puis remonta le long de sa colonne vertébrale. Avec un juron étouffé, il empoigna le matelas, s'efforçant de retrouver un semblant d'équilibre dans un monde qui semblait tourner autour de lui. Un équivalent mental des montagnes russes, mais sans début ni fin…

Venom sentit son estomac se rebeller, inondant son arrière-gorge d'un flot de bile. Tant bien que mal, il réussit à déglutir et ravala le goût amer. Pas question qu'il se mette à vomir. Il était d'une autre trempe que ça. Un guerrier préférait mourir plutôt que… *Ah, bordel!*

À peine eut-il le temps de s'emparer d'une poubelle qui traînait près du lit. Dès l'instant où il se pencha au-dessus d'elle, il y vida en longs hoquets douloureux le contenu de son estomac, qui se résumait à pas grand-chose. Un long gémissement lui échappa ensuite. Sa plaie au ventre se rappelait à lui, portant sa souffrance à de nouveaux sommets. Un flot de sueur inonda sa peau et se mit à couler entre ses omoplates. Son cerveau avait opté pour la gymnastique de compétition et faisait des saltos sous son crâne. Quant à son estomac, ce fils de pute était en pleine révolte, tout occupé à se délester d'un flot de bile et… de rien d'autre. Comment aurait-il pu en être autrement, alors qu'il n'avait rien avalé depuis des heures?

À genoux sur le sol, une main appuyée sur le mur, Venom serrait la poubelle contre lui avec son autre bras. Un nouveau raz-de-marée menaçant de se déclencher, il dut se résoudre à hoqueter de plus belle au-dessus du récipient. Cette fois, cependant, il parvint à emplir et à vider ses poumons entre deux hoquets, s'obligeant à inspirer et expirer longuement. Il poursuivit ses efforts d'oxygénation quelques minutes encore, et bientôt ceux-ci portèrent leurs fruits. Enfin, son estomac ayant cessé de faire des siennes, il put se redresser. Sa plaie à l'abdomen en profita naturellement pour se rappeler de manière cuisante à son attention. Appuyé de l'épaule contre le mur, Venom tira sur le bandage qui lui entourait le torse, et…

Bordel de Dieu!

La blessure démarrait sous sa cage thoracique et zébrait son ventre jusqu'au sommet de la hanche opposée. En grimaçant, il prit conscience qu'il n'était pas passé loin d'une catastrophe majeure. Si le Razorback qui l'avait atteint avait visé un peu mieux, c'en aurait été terminé de sa carrière auprès de ces dames.

Après avoir remis le pansement en place, Venom reposa la poubelle à terre et se redressa de son mieux. Sa faiblesse le faisait toujours chanceler, les muscles de ses cuisses tremblaient, mais au moins il tenait debout. Au prix d'un gros effort de volonté, il parvint à gagner la porte sans s'écrouler et sortit de la salle de récupération. Tout était immaculé et silencieux dans la clinique souterraine du repaire, des murs blancs au sol de béton ciré d'un vert hôpital. Un nouveau flot de lumière aveuglante assaillit ses rétines. Il cligna des yeux pour y résister et laissa son regard balayer les lieux. Personne ne s'y trouvait. *Excellent…* Il n'y avait là que les équipements habituels et, au milieu, une grande table d'opération d'acier chromé.

Une main posée sur sa blessure, Venom la contempla un instant, les sourcils froncés. Il se souvenait vaguement qu'on l'y avait déposé, la veille, et que Myst avait fait de son mieux pour le recoudre. Rétrospectivement, il se sentait embarrassé de lui avoir donné tant de mal. Des excuses en bonne et due forme allaient s'imposer. Il se rappelait, sous le coup de la colère et de la confusion, incapable qu'il était de se censurer, lui avoir dit certaines choses qui…

Ouais. Aucun doute là-dessus. Il lui avait bien chauffé les oreilles, et il n'y avait pas de quoi être fier.

Passant ses doigts dans ses cheveux, il les ramena vers l'arrière et traversa la clinique à petits pas précautionneux. Il ne voulait pour rien au monde causer davantage de soucis, et, s'il se risquait à briser ses points de suture, Myst allait le honnir et Bastian le massacrer. Le moment était donc plutôt mal choisi pour faire le malin. Il lui faudrait en revanche trouver tôt ou tard quelque chose à manger. Même s'il venait de vomir ses tripes, il aurait besoin de refaire le plein. L'ingestion de nourriture fournissait l'énergie, et l'énergie aidait à guérir. Il lui faudrait donc bien se résoudre à ingurgiter ce que Sloan lui aurait trouvé.

Le capteur de mouvement qui commandait la porte de la clinique fit coulisser celle-ci dans un bruit feutré. Toujours sans se presser, Venom s'aventura dans le large corridor qui constituait le principal point de passage des installations souterraines. Fort heureusement pour lui, il ne s'y trouvait personne pour l'heure. Autrement, il se serait retrouvé vite fait bien fait dans la salle de récupération qu'il venait de quitter, où Myst l'aurait enfermé.

Gardant son coude gauche collé contre son flanc, Venom étendit sa main à plat sur sa blessure et se servit du mur opposé comme support pour avancer. Ainsi put-il gravir la pente légère qui menait au labo informatique de Sloan.

Les inflexions sensuelles d'un saxophone lui parvenaient aux oreilles, ce qui l'étonna. Pas vraiment le style du maître des lieux. Ce n'était pas ce genre de musique qu'il écoutait. Rap *hardcore* et *heavy death metal* étaient davantage à son goût que…

Que quoi, au juste ? Un peu de R'n'B – Sade peut-être.

En arrivant devant la porte du centre de communication, ce mystère s'éclaircit enfin. La compagne de Rikar s'y était installée. Les spots du plafond faisaient briller ses cheveux d'un roux éclatant. Angela avait soigneusement étalé un tas de dossiers sur la table de conférence derrière elle et regardait le mur du fond. En focalisant son attention sur ce qui s'y trouvait, Venom se rendit compte qu'elle y avait accroché les portraits des cinq femmes disparues – celles dont il était à craindre qu'elles n'aient été enlevées par les Razorback. Cette vision suffit à le rendre malade de nouveau.

Foutus salopards ! Ces bâtards n'avaient pas de cœur. Tout ce que méritait Ivar, c'était qu'on lui arrache la tête en beauté.

Appuyé de l'épaule contre le chambranle de la porte, Venom prit la peine de s'éclaircir la voix pour ne pas effrayer Angela. Elle lui jeta un coup d'œil par-dessus son épaule, et il se sentit épinglé par deux yeux noisette que l'intelligence faisait briller.

— Que fais-tu là ? demanda-t-il. Daimler t'aurait-il viré de la salle à manger ?

— J'ai commis une nouvelle fois l'erreur de laisser traîner mon flingue sur la grande table laquée, répondit-elle. Ça ne lui a pas plu.

— Le M25 ?

Cadeau de son homme, le fusil de sniper était une arme de toute beauté. Ce qu'elle en faisait n'était pas dégueulasse non plus. Fine gâchette, elle était capable de faire mouche dans des cibles situées à des distances incroyables. Un vrai phénomène.

— Tu as abîmé la table ? s'enquit-il.

Angela fit une grimace puis indiqua un petit centimètre entre le pouce et l'index.

— À peine ! répondit-elle.

— Ah ! je vois le topo.

Leur homme à tout faire se montrait intraitable sur ce genre de choses. Véritable fêlé du rangement et de la propreté, il n'hésitait pas à faire s'abattre les feux de l'enfer sur ceux qui ne suivaient pas les règles établies. Angela venait de l'apprendre à ses dépens.

L'attention de Venom se porta de nouveau sur le mur situé derrière elle. Les tirages 18/24 sur papier brillant qui y étaient accrochés brillaient dans la lumière des plafonniers.

— Où en es-tu ? demanda-t-il en les désignant d'un regard. As-tu trouvé quelque chose ?

Cette question plaça Angela sur des charbons ardents. Elle plissa les yeux, au fond desquels il eut l'impression de voir les rouages de son esprit se mettre en branle. Incapable de décider si elle devait ou non passer l'éponge sur le différend qui les opposait, elle hésitait à lui livrer ses informations.

Venom n'aurait pu l'en blâmer.

En se montrant peu aimable avec elle, il ne lui avait pas facilité les choses. Elle adorait Mac, son ex-partenaire, et le soutenait autant qu'elle pouvait. Et, pour le membre le plus récent des Nightfury, il devait être quelque chose comme l'antéchrist. Il était donc naturel qu'Angela puisse lui en vouloir aussi. Avec Mac, il n'était pas au mieux, et les insultes qu'ils échangeaient chaque fois qu'ils se croisaient en constituaient la manifestation la moins grave. Ils étaient comme l'huile et l'eau, tous les deux : impossible de les mélanger. Mais, après ce qui venait de se passer cette nuit-là – Mac venait quand même de lui sauver la peau, nom d'un chien ! –, Venom comprenait qu'il devait lâcher du lest.

En soutenant le regard d'Angela, il céda au besoin de s'expliquer.

— Tu sais… ce truc, entre Mac et moi.

— Quel truc ? fit-elle mine de s'étonner. Le fait que tu te conduises comme un connard avec lui ?

Venom ne put réprimer un sourire. La femelle de Rikar était aussi puissante et directe qu'un uppercut au menton.

— Peut-être, concéda-t-il. Mais cela n'a rien de personnel. Les Nightfury constituent ma seule famille depuis près de soixante ans. Il est de mon devoir de protéger Rikar et tous les autres, de tout faire pour qu'ils restent en vie. Je ne prends pas à la légère cette responsabilité. La présence d'un maillon faible en notre sein peut conduire à la mort de l'un de nous. Je ne peux le permettre.

— Tu ne lui as pas laissé une seule chance de faire ses preuves, Venom !

Ajustant le Glock qu'elle portait à la ceinture, elle se pencha pour examiner un dossier sur la table avant de poursuivre :

— Combien de temps t'a-t-il fallu pour récupérer, après ton propre changement ?

Venom tressaillit. Il n'aimait pas s'en souvenir, pas plus que du rôle que son sire avait joué dans l'opération.

— Un bon moment, reconnut-il.

— Mac n'est des vôtres que depuis un mois, reprit-elle. Ajoute à cela le fait que sa transition fut tout sauf normale et…

— Nous sommes en guerre, Angela ! l'interrompit-il. Nous avons autre chose à faire qu'à materner un mâle nouveau-né. Soit il représente un atout pour notre groupe, soit une gêne. Il n'y a pas d'entre-deux.

— Alors arrête de jouer le boulet accroché à sa patte ! lança-t-elle, l'œil noir, en pointant son stylo sur lui. Aide plutôt Forge à lui faire prendre toute sa mesure.

Venom fléchit les doigts devant lui, examinant les coupures qui entaillaient ses jointures. La question se posait : devait-il renoncer à son obstruction systématique ? La capitulation en rase campagne n'était pas son fort. Lorsqu'il adoptait un point de vue, difficile de l'en faire changer. Mais Angela paraissait intraitable, elle aussi. Confronté à son regard, il se sentait dans ses petits souliers. De beaux yeux noisette au regard implorant pouvaient avoir cet effet sur un mâle. Et la compagne de Rikar – bénie soit-elle – n'avait rien contre les coups bas.

— D'accord, dit-il de mauvaise grâce.

Ces mots avaient un goût amer sur sa langue, que Venom ravala difficilement mais sans regret. Faire la paix avec Mac constituait la meilleure chose à faire, même si son orgueil devait en souffrir.

— Tu as gagné, reprit-il. Je lui lâcherai la grappe.

— Et tu lui apporteras également ton aide. Tu lui apprendras quelques petites choses que tu sais.

C'était de bonne guerre. Elle tentait de pousser son avantage.

— Peut-être, maugréa-t-il.

Il ne fallait pas compter sur Angela pour avoir la victoire modeste. Avec un grand sourire triomphant, elle lui lança :

— Marché conclu !

Venom ravala un soupir de soulagement. *Pas trop tôt…*

Il avait besoin de se changer les idées, et rester là à négocier avec Angela n'allait pas l'y aider. Laissant derrière lui le support de l'encadrement de porte, il se risqua en boitant à s'avancer dans la pièce. Un coup d'œil à l'horrible fauteuil mauve de Sloan le laissa sceptique. Ce truc aurait été davantage à sa place dans une benne à ordures, mais il avait l'air costaud, donc…

L'acier gémit quand il empoigna les accoudoirs et qu'il se laissa tomber pesamment sur l'assise.

— Est-ce que ça va ? s'inquiéta Angela.

— Comme un charme, mentit-il entre ses dents serrées.

La douleur lui nouait les muscles et faillit lui arracher un gémissement. En se tortillant sur le siège, il fit de son mieux pour s'y installer à son aise, mais il ne fallait pas rêver : « confort » était, pour cette nuit du moins, un mot à rayer de son vocabulaire.

Angela se retourna vers la porte et annonça :

— Je vais aller chercher Myst.

— Non, surtout pas !

La souffrance, canalisée, se réduisait à présent à un battement sourd au creux de son abdomen. Venom inspira à fond, vida d'un coup le contenu de ses poumons et reprit :

— Il faut attendre que ça passe. Les analgésiques n'ont aucun effet sur moi. Je dois prendre mon mal en patience, c'est tout.

— Donc, quand elle t'a recousu cette nuit…

— Aucune anesthésie.

Et chaque seconde de cette opération avait été une torture pour lui. L'enfer sur terre.

— Ouch ! gémit Angela en grimaçant. Pourquoi les analgésiques n'ont-ils pas d'effet sur toi ?

— Je suis un souffleur de poison. Une véritable bombe à toxines, sous forme de dragon comme sous forme humaine. Tout corps étranger pénétrant dans mon flux sanguin se retrouve illico éliminé.

— Pratique pour la grippe saisonnière, hein ?

Venom s'étrangla de rire, puis grimaça de douleur et pressa une main contre son flanc. Rire avec une blessure au ventre n'était pas la meilleure idée qui soit.

— Tout à fait, reconnut-il. Mais oublions un peu mon cas.

Il s'adossa précautionneusement au fauteuil, et, après avoir trouvé une position à peu près confortable, il désigna d'un regard le tableau blanc mural et la série de portraits qui s'y trouvait.

— Sur quoi tu bosses ? demanda-t-il.

— Les jeunes femmes disparues.

Angela en revint à son œuvre, qu'elle examina d'un œil expert. Au marqueur rouge, à droite des photos, elle avait inscrit un nom, une date et une heure d'enlèvement. De l'autre côté, elle avait accroché toutes sortes d'articles de journaux, de notes, ainsi qu'un plan écorné de Seattle.

— Elles ressemblent toutes au même portrait-robot : entre vingt et vingt-cinq ans, extrêmement intelligentes, bourreaux de travail par-dessus le marché.

Elle marqua une pause en se mordillant la lèvre. D'un murmure, Venom l'encouragea à poursuivre.

— Toutes, sans exception, reprit-elle, ont été enlevées sur le campus de l'université ou dans les alentours.

Du bout de son stylo, elle pointa chacun des portraits et conclut :

— La victimologie semble indiquer que ce sont toutes des femelles de haute énergie.

— Jeunes, brillantes : d'excellentes candidates pour le programme de reproduction des Razorback, résuma Venom.

— Exactement.

Même si elle n'avait fait que murmurer ce mot, il avait perçu une certaine tension dans le ton de sa voix. Mais, lorsqu'elle se retourna vers lui, les ombres qui hantaient son regard lui brisèrent le cœur. *Enfoirés de Razorback!* Ces salauds avaient blessé Angela au plus intime d'elle-même, et, rien que pour cela, il avait envie de leur arracher sauvagement la tête, l'un après l'autre. Mais se laisser aller à la colère, si légitime fût-elle, ne risquait pas d'aider Angela. Seul le passage du temps et l'amour de Rikar seraient susceptibles de guérir cette blessure. Pourtant, en la regardant lutter pour contenir sa souffrance, le besoin impérieux qu'il ressentait de l'aider alluma comme un feu en lui, une mèche à combustion lente, un désir de revanche qui suffirait à mettre le feu aux poudres de sa fureur aussitôt qu'il se retrouverait en contact avec l'ennemi.

Trancher, tailler, arracher : infliger le maximum de douleur. Ces troudues n'avaient plus qu'à numéroter leurs abattis.

Après s'être longuement éclairci la voix, Angela parvint enfin à poursuivre :

— Toutes ont été enlevées à peu près à la même heure : un peu avant minuit. J'ai épluché les rapports... toutes les interviews de témoins, à la recherche de... d'un élément, de *quelque chose* susceptible de nous donner une indication sur l'emplacement...

— … du repaire d'Ivar, acheva Venom à sa place.

Acquiesçant d'un signe de tête, Angela se tourna vers lui et reprit :

— Venom… il faut absolument que nous les tirions de là au plus vite.

Elle avait dit cela d'une voix tremblante qui ranima ses instincts de prédateur, ramenant au centre de ses préoccupations le réflexe de protection, le besoin de secourir. Rien de surprenant à cela. Qu'elle soit une femme n'empêchait pas Angela d'être devenue membre à part entière de leur groupe. Il était tout autant de son devoir de la protéger que de garder en vie ses camarades. Garantir la sécurité des siens constituait au sein d'une famille le premier réflexe, quoi qu'il arrive.

— Je pourrais peut-être t'y aider, annonça-t-il.

La surprise que lui inspirait cette offre se lut clairement sur le visage d'Angela.

— De quelle manière ? demanda-t-elle.

— Wick et moi, on a visité un des anciens repaires de ces salauds, il y a quelque temps. Ce devait être quand Mac est passé par le changement.

Les sourcils froncés, Venom fit appel à ses souvenirs.

— Nous nous étions mis en chasse de leur second, alors nous ne nous sommes pas attardés, mais… j'ai vu quelques petits trucs qui pourraient t'intéresser.

Angela parut se ragaillardir aussitôt.

— Quel genre de trucs ? s'enquit-elle.

— Des boîtes d'archives, abandonnées là dans la précipitation. Elles pourraient peut-être recéler une information utile… une piste, des indices pour…

— Je dois y aller ! l'interrompit-elle. Explorer tout ça moi-même.

Venom hésita. Il ne demandait pas mieux que de lui donner un coup de main, mais si possible en évitant d'y laisser sa peau... Il ne pourrait faire sortir Angela du repaire sans le consentement de Rikar. Le processus de fusion énergétique dans un couple n'était pas à prendre à la légère. S'interposer pouvait lui valoir de se retrouver écrabouillé plus vite qu'une fourmi sous un talon. Il n'était pas très chaud pour mettre le doigt dans la combine alors qu'un putain de dragon de glace pouvait le transformer d'un souffle en esquimau géant, voire lui tendre ses valseuses au bout d'un couteau.

Le temps était donc venu de la jouer finement. Il lui fallait trouver un moyen de la laisser tomber en douceur sans...

— Venom ? insista-t-elle d'un ton plein d'espoir qui lui coupa ses moyens. Tu voudrais bien m'y emmener ?

— T'emmener où, mon ange ?

La voix désincarnée provenait du corridor. Ses rangers foulant le béton ciré, Rikar fit son entrée dans la pièce, ses yeux pâles rivés à ceux de sa compagne.

Venom laissa fuser le souffle qu'il n'avait pas eu conscience de retenir. Sauvé par le gong... ou, plus exactement, par l'apparition à point nommé du second des Nightfury.

— À l'ancien repaire des Razorback, répondit-elle en soutenant crânement son regard. J'ai besoin d'aller y jeter un coup d'œil... voir ce qu'ils ont laissé derrière eux.

— Il n'en est pas question ! grogna Rikar avant de se tourner vers Venom pour le foudroyer du regard.

Venom réprima tant bien que mal un soudain besoin de déguerpir. Bon sang! comme si c'était sa faute... C'était Rikar, le compagnon d'Angela, pas lui. Mais, à en juger d'après le regard que l'ex-flic du SPD lançait à son mec, il lui suffisait de se dédouaner et de laisser le second se débrouiller avec elle.

— Ne va pas t'imaginer ce qui n'est pas, se justifia-t-il. J'ai juste proposé d'aller lui chercher l'info. Pas de l'emmener là-bas.

Angela lui lança un regard exaspéré et passa à l'offensive.

— Allez… arrêtez, tous les deux. Je suis entraînée pour ça. Je sais comment interpréter une scène de crime. Je noterai des choses dont aucun de vous deux ne pourrait avoir idée.

— Non ! répliqua fermement le second.

— S'il te plaît ?

Venom n'en croyait pas ses yeux. Oh, oh… cette fois, Rikar était cuit. Il suffisait de jeter un coup d'œil à Angela – bombe nucléaire dotée d'une paire d'yeux noisette irrésistibles – pour le comprendre. Il avait beau s'accrocher de toutes ses forces à son « non » de principe, Angela savait y faire. En souriant doucement, elle s'approcha sans faire de bruit, se coula contre lui et posa ses mains à plat sur la poitrine de Rikar. Venom secoua la tête avec commisération. Bon Dieu ! il fallait le voir pour y croire. L'un des mâles les plus puissants du groupe se retrouvait, sous l'influence du gène qui le poussait à faire plaisir à sa femelle, contraint de céder à tous ses caprices.

— Écoute, Rikar…

En se pressant plus étroitement contre lui, elle l'encouragea à refermer ses bras autour d'elle, et il ne se fit pas prier, déposant pour faire bonne mesure un baiser sur le crâne de sa compagne.

— Toi et les autres guerriers, vous serez là pour me protéger, reprit-elle d'un ton convaincant. Je serai armée, et…

Une puissante sonnerie jaillit soudain de l'ordinateur.

Arrachant son attention du charmant duo que formait le couple, Venom se tourna vers les moniteurs accrochés au mur. Une boîte d'appel vidéo d'un bleu vibrant venait d'y apparaître. Son manque d'enthousiasme à répondre ne fut apparemment pas du goût de la machine, qui commença à émettre un ululement lugubre semblable à une sirène de pompiers.

— Putain de Dieu ! s'exclama Rikar. C'est quoi ce truc ?

Venom eut un ricanement sarcastique. On pouvait compter sur Sloan pour transformer en exercice d'alerte une simple conférence téléphonique…

En jouant de ses pieds nus, il fit pivoter son siège vers le plan de travail informatique qui courait d'un mur à l'autre et ne payait pas plus de mine que le fauteuil – un véritable désastre. Brûlé par endroits, entaillé à d'autres, le bois du plateau ne ressemblait plus à rien. Sloan avait vraiment besoin d'une formation de rattrapage côté design et déco…

Ignorant la douleur qui en résulta, Venom tendit le bras et saisit la souris. D'un double-clic, il ouvrit le lien, s'attendant à voir apparaître l'un des deux Métalliques à l'écran. Trop éloigné pour avoir recours à la communication télépathique – qui nécessitait un consentement entre mâles et une distance inférieure à huit cents kilomètres afin que la connexion puisse s'établir –, Haider avait dû se résoudre à utiliser les canaux traditionnels pour communiquer avec eux depuis Prague.

La liaison s'établit et le chat vidéo put commencer quand deux yeux de bronze se vrillèrent au fond des siens.

— Bordel ! tonna son interlocuteur. Mais où est Sloan ?

En venant se poster derrière le fauteuil qu'occupait Venom, Rikar se mit à rire et lança :

— Ravi aussi de te revoir, Gage ! Quoi de neuf ?

Fort peu adepte de la précision, l'intéressé grogna :

— Des caisses.

— Bonnes nouvelles, ou non ? insista Rikar pour en avoir le cœur net. Avons-nous une touche ? Plusieurs ?

Avec Gage, on pouvait s'attendre à tout. Casse-cou de service, il était capable de considérer comme le summum du fun ce qui relevait pour eux tous d'une situation désespérée.

— Ouais, répondit-il. Une grosse.

— Super…, commenta Venom.

Il était heureux que la mission de ses potes à Prague ait porté ses fruits. Telle avait été l'idée, à l'origine : laisser dériver un hameçon, en espérant qu'un gros poisson viendrait le gober. Le commandant des Nightfury ne manquait ni de finesse ni d'habileté. Joueur d'échecs émérite, Bastian avait toujours plusieurs coups d'avance. Un stratège sans égal. Quant à ce ridicule festival de l'Archguard, on ne pouvait rêver meilleure couverture pour une mission de reconnaissance. Gage et Haider avaient tout naturellement hérité du job. Un autre coup de maître de la part de Bastian. Haider était aussi rusé que beau parleur et ne manquait pas d'habileté diplomatique. En se tortillant sur son siège sous l'effet de l'excitation, Venom demanda :

— Qui ça ?

— Nian.

Rikar en resta un instant bouche bée mais se reprit bien vite.

— Bordel de Dieu de merde !

Oui, cela semblait tout indiqué pour résumer la situation. En fait de gros poisson, Nian était une baleine… et ses antécédents familiaux ne manquaient pas d'intérêt non plus. Son sire ne s'était-il pas débarrassé du père de Bastian – devenant ainsi le tuteur du commandant des Nightfury jusqu'à son changement – pour prendre le contrôle de l'Archguard ? Personne n'aurait été naturellement en mesure de le prouver. En vieux mâle rusé, le père de Nian n'avait laissé aucune piste susceptible d'être remontée. Une suite de suppositions : c'était tout ce dont ils disposaient. Pas de quoi aller réclamer la tête d'une des familles dynastiques qui régnaient sur le genre dragonin.

D'autant plus maintenant. Nian n'était même pas né quand cette sombre histoire avait éclaté.

— Il faut prévenir Bastian, reprit Gage.

Une main posée sur le bureau de sa chambre d'hôtel, il se rapprocha si près de l'écran que Venom vit distinctement les poils de sa barbe sur ses joues quand il ajouta :

— Notre protection en échange de ses infos. C'est à ce jeu-là qu'il veut jouer, le petit salaud.

— Est-il réglo ?

— Putain, non ! Ce connard est shooté au pouvoir. Il veut devenir le chef des dragons, tout comme son papa. Haider mène sa petite enquête. Je vous ferai savoir ce qui en résultera.

— Bien…, murmura Rikar, un bras enroulé autour de la taille d'Angela. Prochain rendez-vous ?

Gage jeta un coup d'œil à sa Rolex et répondit :

— Dans quarante-huit heures. Fais en sorte que Bastian puisse répondre.

Rikar acquiesça d'un signe de tête. Sans rien ajouter, Gage coupa la communication. Les yeux plissés par la réflexion, Venom s'abîma dans ses pensées. Eh bien, eh bien… ce nouveau développement ne manquait pas d'intérêt. Nian cherchait à se mettre dans leurs petits papiers ? Voilà qui était assez plaisant, et surtout assez drôle.

Venom se mit à fredonner doucement, pleinement satisfait. La tournure des événements lui faisait presque regretter de ne pas se trouver à Prague, où il aurait pu assister de visu à la revanche que chaque Nightfury rêvait de prendre. Les yeux dans le vague toujours fixés sur l'écran noir, il lui tardait de vivre cet instant où Bastian donnerait l'ordre, et où Gage se chargerait de réduire cet imbécile d'Archguard en menus morceaux.

L'horloge digitale affichait « 05:47 ». Du matin ou de l'après-midi ? Tania l'ignorait. Elle se sentait encore un peu dans les vapes, à moitié endormie, gavée de chaleur. Une amnésique aux paupières encore lourdes enveloppée de coton et environnée de plumes. Couchée sur le flanc dans son lit, elle soupira et se pelotonna de plus belle, appréciant la douceur de la literie et le cocon de chaleur radiante qu'elle lui offrait. Elle était heureuse de paresser un peu en rêvassant, ce qu'elle se permettait rarement.

Relaxation et paresse.

Mmmm… À n'en pas douter, c'était le paradis. Les anges eux-mêmes, dans leur couche de nuages, devaient se sentir ainsi.

Avec un autre soupir de contentement, Tania laissa ses yeux se refermer. Encore un petit moment, puis elle se forcerait à se lever et à affronter le jour. Ou la nuit. Ou ce qu'elle trouverait. Le temps importait peu. En revanche, s'attaquer à la liste des tâches du jour s'imposait. Laisser les choses aller à vau-l'eau n'était pas son style. Plus que cinq minutes supplémentaires. Après cela, elle ferait ce pour quoi elle était faite. Elle braverait la froidure de l'air ambiant et du plancher. Elle s'extrairait du nid de plume pour aller consulter ses e-mails. Elle passerait quelques coups de fil à ses clients, ferait en sorte de balayer leurs problèmes pour que tout le monde reste satisfait.

Cette pensée la fit sourire.

Tania aimait son job. Elle adorait créer de magnifiques jardins et dessiner des paysages sophistiqués. Elle éprouvait une intense satisfaction à voir ses croquis devenir réalité. La fierté, la joie, le sentiment d'avoir accompli une œuvre qui en découlait… elle ne s'y habituerait jamais. Elle marquait l'existence de ses contemporains chaque fois qu'elle se rendait au travail. Cette idée la fit pouffer doucement. Peut-être était-ce un peu exagéré. Après tout, elle n'était pas chirurgienne du cerveau. Elle ne sauvait la vie de personne, comme les médecins pouvaient le faire, mais elle avait néanmoins une influence certaine sur ses clients en leur fournissant un havre de paix où faire retraite. Une oasis où le stress refluait et où la joie et le bonheur procurés par un bel environnement rétablissaient un équilibre compromis par les nécessités d'un agenda chargé.

Une sorte de thérapie douce sur le front de la santé mentale. Le reconstituant dont tout le monde avait besoin. Pas vrai ?

En bâillant, Tania s'accorda un *satisfecit* mental. C'était tout à fait ça : une sorte de thérapie par le biais du design paysager. Les lèvres incurvées en un sourire béat, elle songea qu'elle tenait peut-être là quelque chose : une nouvelle stratégie marketing à suggérer lors de la prochaine réunion de bureau. Elle réprima un rire narquois. Sûr que les collègues en costard-cravate allaient apprécier…

Mais Tania s'en fichait. Elle se sentait diablement trop bien, à cette minute, pour se soucier de ce qu'ils pourraient penser. Plutôt étonnant de sa part, en fait, alors que l'angoisse lui tenait lieu d'aiguillon. Elle était spécialiste en la matière. Petites et grandes inquiétudes l'amenaient chaque jour à transcender ses limites pour se surpasser.

Cela pouvait être vu comme une drogue, une addiction, mais elle ne pouvait s'en passer. Elle savait que cette stratégie de survie était devenue partie intégrante de son caractère. Héritage d'une enfance miséreuse où elle n'avait pas toujours mangé à sa faim et où elle avait manqué de tout. Elle n'allait pas se mettre à geindre pour autant et elle se fichait de l'étiquette que les thérapeutes pouvaient coller sur son cas. Elle avait survécu à tout : l'abandon de son père, la longue file des amants quittant le lit de sa mère, l'erreur fatale de J.-J. et son emprisonnement. Elle était désormais plus forte qu'elle ne l'avait jamais été, donc…

Par mesure de sécurité, Tania vérifia une dernière fois son état d'esprit et se trouva parfaitement sereine. Aucune inquiétude à se faire ce jour-là. Cette prise de conscience la mit en joie. Elle faillit bondir de son lit et entamer sur la carpette une danse de la victoire. Enfin, elle se sentait libre ! Son insouciance la fit sourire. Pas de doute : pour en être arrivée là, elle devait avoir perdu la tête durant la nuit. À moins que le fait de dormir le nombre d'heures recommandées n'ait eu ce prodigieux effet. Il faudrait qu'elle félicite son toubib de le lui avoir prédit la prochaine fois qu'elle le verrait…

En levant mentalement les yeux au ciel, Tania secoua la tête et inspira profondément pour se préparer. Le temps était venu d'aller affronter le vaste et impitoyable monde, et cela risquait de ne pas être très plaisant, comme le prouvait l'air froid qui lui gelait le nez. Elle serra néanmoins entre ses doigts le bord de la couette, s'apprêtant à la repousser, et…

Quelque chose bougea dans son dos.

Tania tressaillit tandis qu'un long grognement sourd se faisait entendre. Une chaleur intense, tout le long de son échine, se manifesta ensuite. Un nouveau et bref grondement troubla le silence. Elle se raidit, tétanisée, prête à s'enfuir mais incapable de le faire. Au moins lui fallait-il trouver le courage de jeter un coup d'œil par-dessus son épaule.

Juste au cas où…

Elle n'en était pas sûre à cent pour cent, mais ce qui se trouvait derrière elle pouvait fort bien être un homme… Sauf qu'elle ne voyait absolument pas ce qu'il faisait là, et que cela ne pouvait signifier qu'une chose : abus de tequila. Une trop longue soirée en compagnie de Jose Cuervo pouvait amener n'importe quelle femme à prendre des décisions peu avisées. Sauf que, jusque-là, jamais encore elle ne s'était retrouvée au petit matin dans le lit d'un inconnu. L'envie ne lui en était jamais venue non plus, mais…

Tania recula légèrement dans le lit afin de vérifier son hypothèse. Solide et chaud, le corps qui se trouvait derrière elle en profita pour se rapprocher, et… Oh, merde ! pas de doute : il s'agissait vraiment d'un homme. Un grand costaud, qui plus est, avec de longs membres sacrément bardés de muscles. Tania retint son souffle. Elle se retrouvait vraiment dans de sales draps, et elle ignorait totalement comment se dépêtrer de cette situation. Devait-elle viser une rapide retraite ? Tenter de se glisser hors du lit ni vu ni connu ? Passer ses vêtements en douce et…

Une petite seconde… on rembobine. Ses vêtements ?

Tania fit jouer ses jambes l'une contre l'autre et réprima un soupir de soulagement. Il y avait bien un rempart de tissu entre elle et l'inconnu : pas de nu intégral et de peau contre peau. Dieu merci, un pantalon de jogging et un tee-shirt trop grands ménageaient sa pudeur. Plus facile de piquer un sprint en direction de la porte s'il ne fallait pas en plus s'habiller…

Relâchant son souffle trop longtemps retenu, Tania ouvrit les yeux et se prépara à se lever. Le cadran de l'horloge digitale émettait dans le noir une faible lueur qui éclairait le lit. Une main posée à plat sur le matelas, elle se glissa tout doucement vers le bord de celui-ci en priant mentalement pour ne pas réveiller l'inconnu. Peine perdue… En la sentant s'agiter, celui-ci poussa de nouveau un grognement rauque et sourd, mi-feulement, mi-ronronnement. Tania se figea et retint son souffle de plus belle. Vu la tournure prise par les événements, il paraissait judicieux de s'en remettre à Dieu.

Par pitié ! faites que je puisse m'en tirer dignement…

Elle n'avait besoin que de trente secondes. Ensuite, elle serait sauvée et pourrait rentrer chez elle avant que M. X se réveille et…

Une grosse main venait de se poser sur son ventre dénudé par son tee-shirt relevé.

Ce contact lui fit l'effet d'une décharge électrique. Elle tressaillit, et seule la surprise l'empêcha de crier quand l'inconnu l'attira contre lui en marmonnant de satisfaction. Collée à lui désormais – les fesses contre son entrejambe, le dos contre sa poitrine –, elle sentit sa main calleuse s'insinuer sous le tee-shirt. Cette fois, elle poussa un petit cri étranglé, tenta de se libérer et l'entendit murmurer son nom. Le souffle coupé, elle eut la surprise de reconnaître sa voix.

Tania tenta de jeter un coup d'œil par-dessus son épaule mais il la tenait trop fermement, l'emprisonnant contre lui. Une courte lutte s'ensuivit durant laquelle elle tenta tant bien que mal de se retourner. Elle n'obtint pas gain de cause. Il la contrôlait complètement. Elle sentit ses doigts s'insinuer sous la ceinture élastique du pantalon de jogging et caresser la peau très sensible de son bas-ventre. Tania déglutit péniblement. Son souffle s'accéléra. Bon sang ! elle connaissait ce type. Elle reconnaissait le corps musclé lové en cuillère contre le sien, de même que la sensation délicieuse qui naissait au contact de sa main, et l'attente insoutenable qu'il se décide à descendre plus bas encore. Quant à son odeur… Oh, Seigneur ! elle était perdue. Une odeur fraîche, propre, épicée, plus exotique qu'un bain de minuit à poil sous la lune.

— Mac ?

— Mienne…

Encore tout ensommeillée, sa voix n'aurait pu paraître plus rauque, plus basse, plus possessive.

Elle battit des paupières. « Mienne » ? Quel genre de réponse était-ce là ? Ce n'était pas très bon signe en tout cas. D'autant plus que sa main s'était remise en mouvement. Tania se trémoussa quand il titilla son nombril alors que, changeant de direction, il amorçait un repli vers sa cage thoracique… pour son plus grand plaisir. Elle se raidit et tenta de s'obliger à faire ce qu'il fallait, à se libérer de son emprise et à l'envoyer paître, mais… Oh, misère ! il était déjà trop tard. La main avait atteint son but, s'enroulant autour de son sein, effleurant sa pointe dressée, éveillant en flèche son désir.

En poussant un petit hoquet étranglé, Tania cambra les reins et s'arc-bouta contre lui, sans même l'avoir voulu. La faute à une attirance ravageuse, à sa volonté trop faible, à l'attrait d'un plaisir trop tentateur pour être ignoré. C'était si bon de le sentir lové contre elle dans son dos, de presser ses fesses contre… cette bosse si dure, si longue, et si prête à la satisfaire. Lui revinrent alors en mémoire des images explicites de leur première fois. L'indicible bonheur de le sentir en elle… le désir flamboyant qui naissait de la fusion de leurs…

Bon sang ! qu'est-ce qui clochait chez elle ?

Elle aurait dû être en train de l'arrêter, pas de l'encourager à aller plus loin. Mais alors même que toutes ses alarmes intérieures continuaient de retentir, Tania se surprit à rouler des hanches avec langueur, pour mieux se prêter à la délicieuse friction. Elle l'entendit grogner de désir derrière elle. Sa main sur sa peau se fit plus insistante, et la pression de son sexe plus affirmée entre ses fesses. Il déposa un baiser brûlant sur son cou.

Le gosier sec, elle déglutit péniblement.

— Mac ? parvint-elle à s'étonner.

— Encore ! lança-t-il d'une voix rauque de sommeil. Tout... je veux tout !

Les sourcils froncés, Tania finit par se rendre compte que quelque chose clochait. Mac ne semblait pas dans son état normal.

Un nouvel effort, plus soutenu et plus brusque, pour se retourner entre ses bras, porta enfin ses fruits, mais il y répondit en la couchant sur le dos. Dans le bruit des draps froissés, Tania gémit doucement tandis qu'il emprisonnait d'une main ses deux poignets au-dessus de sa tête. Elle sentit son sexe en érection sous les épaisseurs de tissu venir se loger avec insistance entre ses cuisses. Il n'en fallut pas davantage pour que Tania perde la tête. On aurait dit qu'il savait ce qu'il faisait en la retenant ainsi captive sous lui, en la dominant de toute sa force, de la manière qu'elle attendait... qu'elle adorait... dont elle avait besoin.

Tania n'avait pourtant jamais été portée sur le BDSM. Mais avec Mac ? Cette perspective prenait une tout autre allure. Liens de soie et menottes doublées de fourrure ? À cette minute, elle n'aurait pas demandé mieux qu'on les lui apporte...

Le souffle coupé, elle s'arc-bouta sur le matelas, cherchant à prolonger le contact si troublant. Mac se mit à jouer des hanches, comme pour répondre à cet appel muet, chaque frottement de son sexe contre le sien amenant Tania plus près de l'orgasme. Les mains immobilisées au-dessus de sa tête, le tee-shirt relevé dénudant sa poitrine, elle dévisagea Mac et…

… se figea sous l'effet de l'effroi.

Les yeux clos, ses paupières s'agitant comme sous l'effet d'un rêve, il paraissait profondément endormi. En murmurant son nom, Tania lutta pour se libérer, espérant le réveiller. En vain. Comme possédé, il redoubla tout au contraire d'ardeur entre ses cuisses, roulant des hanches, l'amenant toujours plus près de l'extase, un frottement à la fois. Un ronronnement bloqué au fond de la gorge, elle lutta sans succès pour endiguer le flot de plaisir qui menaçait de l'emporter. Mac était physiquement trop fort, et si doué pour ce qu'il était en train de lui faire que la tentation s'insinuait en elle de ne plus résister, d'accepter cet orgasme qu'il était sur le point de lui offrir.

Elle ne pouvait cependant s'empêcher de penser que quelque chose clochait là-dessous, que la situation dépassait les frontières du bizarre pour aborder celles… de la perversion. Elle avait entendu parler de somnambules marchant dans leur sommeil, mais jamais de dormeurs faisant l'amour…

— Mac ?

Une autre vague irrésistible de plaisir la traversa, chassant ses bonnes intentions, les remplaçant par d'autres qui l'étaient beaucoup moins. Le désespoir la fit s'écrier dans un ultime sursaut de conscience :

— Réveillez-vous, Mac… Il faut… vous réveiller !

— Tu seras mienne, répondit-il dans son sommeil, d'une voix étrange qui lui donna le frisson. Tout entière !

Dieu lui était témoin qu'elle n'avait aucune objection à élever. Oui, elle était capable d'oublier le bien, le mal, de ne plus se poser de questions et de plonger tête la première sans plus aucune retenue, sans le moindre filet de secours.

— Désolée…, murmura-t-elle en cédant à l'impulsion d'entourer les hanches de Mac de ses jambes.

Le délicieux va-et-vient de son sexe dressé contre la toile de son pantalon – de même que son odeur, sa chaleur, sa présence – eut raison de ses ultimes réticences. Tania se soumit, se rendit, ferma les yeux. La tête rejetée en arrière sur l'oreiller, elle se prêta avec enthousiasme à ses assauts, y ajoutant les siens, dans une recherche éperdue du plaisir. Après des semaines de célibat, à se réveiller chaque matin plus sexuellement frustrée que la veille, elle refusait de se priver encore de ce qu'avec tant d'enthousiasme il lui offrait. Sans plus se poser de questions, elle se résigna à profiter de la situation, priant pour qu'il se réveille et redoutant tout à la fois qu'il le fasse.

— Je… Désolée, balbutia-t-elle. Mais j'ai besoin de… Bon Dieu ! j'en ai besoin, c'est tout.

Mac passa sa main libre sous ses fesses en murmurant des paroles incompréhensibles. Il contrôlait le tempo de ce simulacre d'union, se débrouillait si bien entre ses jambes que Tania sentit les larmes lui monter aux yeux, puis couler sur ses joues. Un cri de plaisir lui échappa… ce qui ne lui était jamais arrivé jusque-là. Rien ne paraissait pourtant plus indiqué dans la course à l'extase à laquelle elle se livrait avec Mac. Il redoubla d'ardeur. Elle cria encore, le suppliant de lui apporter l'apaisement. Il se fit un devoir de lui obéir, se pressant plus fort encore contre elle, jouant du bassin, faisant naître à travers leurs vêtements toutes les notes de plaisir nécessaires. Et tandis que des larmes de bonheur atteignaient ses tempes, Tania sentit enfin la délivrance fondre sur elle avec la violence de l'orage. Et, tout en jouissant, elle ne put ignorer le soupçon de culpabilité qui entachait son plaisir.

Restait à espérer que Dieu lui pardonnerait son moment d'égarement, car elle avait le sentiment que Mac, lui, ne le pourrait jamais.

Chapitre 18

Tania pleurait, suppliait, et Mac ignorait pourquoi. Ce qui suffisait à le placer en état d'alerte. Quelqu'un lui faisait du mal, et il allait se faire un plaisir d'arracher à ce dernier, membre après membre, sans merci, sans la moindre conscience, jusqu'à ce qu'il ne reste plus qu'un petit tas sanguinolent à ses pieds.

Personne ne touchait à sa femelle – personne, sauf lui.

Encore à moitié endormi, il laissa sa fureur achever de le réveiller. Il lui fallait d'urgence récupérer tous ses moyens, réagir, écarter ces brumes dans lesquelles son esprit baignait encore à moitié. Il entendit Tania hoqueter de nouveau, et cette fois elle prononça son nom. Mac redoubla d'effort pour émerger, ses instincts primaires s'éveillant aussitôt. Son dragon répondit sur-le-champ à sa sollicitation en poussant un rugissement silencieux. La puissance magique surgit en lui, nimbant chaque muscle, courant le long de son épine dorsale tandis qu'il se branchait sur la connexion qu'ils partageaient.

La bioénergie de Tania l'embrasa alors, l'illuminant de l'intérieur. Mac eut beau la passer au crible, chercher les signes de détresse et d'agression, il n'en trouva pas un seul. Ni douleur, ni peur, ni désespoir. Rien d'autre en elle qu'une puissante vague de… désir brûlant.

Les sourcils froncés, Mac se demanda s'il interprétait correctement les données et fit une nouvelle tentative… pour se prendre de plein fouet un flot d'énergie sexuelle. À la vitesse de l'éclair, toute trace de confusion disparut en lui. L'inquiétude lui fit l'effet d'un booster qui d'un coup rendit opérationnelles toutes les fonctions de son cerveau. Il ouvrit les yeux, et ce qu'il découvrit lui coupa le souffle. *Bordel de merde!* Vautré sur Tania, qu'il dominait de toute sa puissance, il se frottait à elle, la retenant prisonnière, la faisant gémir et... pleurer sous lui.

Les cils ourlés de larmes, elle serrait ses hanches entre ses jambes, arc-boutée sur le lit, la tête enfouie dans l'oreiller. Il vit perler de nouvelles larmes au coin de ses yeux.

Le souffle coupé, il vit celles-ci disparaître dans son cuir chevelu. Mac lutta pour prendre conscience de ce que son corps savait déjà. Il agissait en pilote automatique, tout habillé, mimant l'acte sexuel avec tant d'ardeur contre elle que Tania était au bord de l'orgasme. La surprise le fit tressaillir, mais le désir de lui plaire continuait de le faire aller et venir. Après avoir évalué son état d'excitation d'un coup de sonde mentale, il accéléra encore la cadence. Comme les pièces d'un puzzle, les faits se mettaient en place sous son crâne. Elle. Lui. Au lit, ensemble. Un désir partagé et plus fort que tout. Il ne rêvait pas. Pas cette fois. Ce qui signifiait qu'il remettait ça–encore!–, qu'il lui faisait l'amour, comme la fois précédente, dans un état semi-comateux.

Un grognement sourd lui échappa.

Tania émit un sanglot.

—Oh, mon Dieu..., gémit-elle. Je... je... Désolée, mais je... Oh, oui! Par pitié... j'ai envie... j'ai besoin!

Bon sang! les excuses seraient pour plus tard. Lui aussi avait besoin plus que tout de la voir jouir, de la sentir s'abandonner à l'orgasme sous lui, d'avoir la satisfaction de savoir que c'était grâce à lui. Son propre plaisir importait peu. Pas maintenant. Peut-être même jamais. Rien d'autre qu'elle ne comptait. Rien d'autre que la joie d'être la cause de sa jouissance et de pouvoir en récolter les fruits.

En équilibre au-dessus d'elle, il se repositionna et, lui lâchant les poignets, anima ses hanches d'un mouvement circulaire. Tania profita de sa liberté de mouvement retrouvée pour agripper ses épaules et joignit ses efforts aux siens. Une main glissée sous ses fesses, Mac lui empoigna le menton de l'autre et lui fit tourner la tête vers lui. Il écrasa sous son pouce une nouvelle larme qui dévalait sa joue et porta ses lèvres à la rencontre des siennes. Il ne pouvait attendre une seconde de plus. D'une manière ou d'une autre, il lui fallait tout de suite pénétrer en elle. Il l'embrassa sans merci, plongeant sa langue dans sa bouche. Elle lui répondit, dans un grognement sourd, en l'ouvrant grand pour lui, l'invitant à plus d'audace encore, lui rendant son baiser avec une férocité qui valait bien la sienne.

Ses lèvres avaient un goût divin de décadence et de perdition. Une combinaison paradisiaque qui l'entraîna illico au-delà du désir et réveilla des souvenirs enfouis. Par flashs, la mémoire de leur premier rapport lui revint : il la vit sous lui, offerte ; il se vit dans le loft, profondément enfoui en elle ; il revécut son premier changement, et il se souvint de l'élan sensuel et débridé qui avait poussé Tania dans ses bras.

Il en venait à regretter de ne pouvoir se rappeler davantage.

Mais cela n'avait plus d'importance à présent. Elle était dans ses bras alors qu'il était conscient, en pleine possession de ses moyens, prêt à l'inonder de plaisir. Elle-même se déchaînait comme dans un rêve, le rendait fou par ses initiatives, par la fougue avec laquelle elle répondait aux siennes. Il se délectait de sentir sous ses doigts le sillon de son échine, les éminences confortables de ses seins contre lui. Il adorait chacun de ses soupirs, tous ces petits bruits sexy qu'elle produisait. Il l'écoutait avec délice lui réclamer de ne surtout pas arrêter.

Dans un grondement d'approbation, Mac se fit un devoir de lui obéir. Il aspirait à pouvoir goûter à elle davantage encore, sans aucune retenue, peau contre peau. Il lui tardait de connaître de nouveau le plaisir de s'enfouir en elle. Toute cette expérience, il voulait la revivre encore, et enfin se souvenir de tout lorsque Tania jouirait de nouveau sous lui.

Mais pas ainsi. Pas sans être sûr. Il voulait cette fois avoir l'assurance qu'ils seraient l'un et l'autre conscients. Il avait besoin de savoir qu'elle était à cent pour cent consentante avant de lui faire l'amour comme il en avait envie : avec fougue, longuement.

Refrénant l'envie de la déshabiller sur-le-champ qui le titillait, il se recula, se désengagea d'entre ses cuisses.

— Tania, chérie… écoutez-moi…

— Oh, non, non, non ! gémit-elle en secouant la tête, les yeux fermés.

Elle gigota sous lui, souleva son bassin, et…

Sainte mère de Dieu ! Amenant son pubis à la rencontre du sien, elle se frotta longuement contre son sexe en érection. Une déflagration de désir le transperça, réduisant à néant ses bonnes résolutions, l'incitant à la débauche aveugle plus qu'à une gestion maîtrisée de leurs ébats. En jurant tout bas, il agrippa d'une main une de ses hanches et la plaqua contre le lit. Et, afin de mieux éteindre l'incendie, il s'éloigna d'elle autant que possible en prenant appui sur ses genoux. Pourtant, Dieu que ça lui coûtait ! Il la désirait tellement que son corps se fichait de savoir de quelle manière cela se produirait, pourvu qu'il puisse enfin plonger son sexe en elle jusqu'à la garde.

Tania luttait désespérément pour échapper à son emprise.

— Mac ! protesta-t-elle. Ne faites pas ça ! Je suis à deux doigts de…

— Je sais, chérie…, l'interrompit-il.

Il recula un peu plus. Elle gronda de fureur et tira sur ses épaules afin de le ramener contre elle. Puis, de rage de ne pouvoir y parvenir, elle le pinça sous le menton. Mac grimaça et serra les dents.

— Je vais vous donner ce que vous attendez, promit-il. Mais avant…

— Tout de suite ! s'écria-t-elle.

— Dans une minute. C'est promis. D'abord je dois…

Il l'embrassa doucement, tendrement, en prenant tout son temps, dans l'espoir de la calmer autant que de se calmer lui-même. Il aurait été trop facile de lui faire l'amour ainsi, en oubliant toute prudence, sans se soucier ni du bien ni du mal et en négligeant les conséquences. Mais il refusait de se laisser de nouveau entraîner sur cette pente. Une fois avait suffi, celle-ci serait différente : elle aurait droit à tous les égards qu'elle méritait, pas à une course effrénée au plaisir aveugle et désordonnée.

— Tania, regardez-moi ! ordonna-t-il.

Elle lui répondit par la négative d'un signe de tête.

— Vous voulez jouir ? demanda-t-il tout de go.

— Oui !

— Alors regardez-moi.

Agrippant fermement ses biceps, elle y planta ses ongles et se souleva sous lui en grommelant :

— Méchant ! Voilà ce que vous êtes : tout simplement infect et méchant !

Le souffle court, elle frissonna longuement avant de se décider enfin à ouvrir les yeux. Après avoir battu brièvement des paupières, elle soutint son regard et constata froidement :

— En plus d'être réveillé à présent.

En scrutant intensément sa réaction, Mac demanda :

— Était-ce un problème pour vous ?

Le rouge aux joues, elle répondit à sa question par une autre.

— Comptez-vous vous arrêter là ?

— Cela dépend.

— De quoi ?

— De vous. Si vous voulez que j'arrête, j'arrêterai.

Mac retint son souffle en la voyant hésiter un instant. Merde ! qu'est-ce qui lui prenait ? Il aurait dû l'inciter habilement à faire l'amour avec lui, pas lui offrir sur un plateau une porte de sortie. Pourtant, à présent que le mal était fait, il ne pouvait nier que c'était la meilleure chose à faire.

En se mordillant la lèvre inférieure, Tania détourna le regard.

— Désolée, murmura-t-elle.

— De quoi ?

— D'avoir profité de vous.

Cette surprenante réponse lui alla droit au cœur. Dieu, qu'elle était adorable ! Et beaucoup trop honnête pour son propre bien. Il n'allait pas s'en plaindre… Cette franchise l'aiderait à y voir clair en elle. Tania ne le laisserait jamais dans le doute. La vérité envers et contre tout était davantage son style.

— Je ne m'étais pas rendu compte que vous étiez endormi quand vous avez commencé à… euh… me toucher, expliqua-t-elle. Mais quand j'ai fini par le comprendre, il était… eh bien, il était trop tard, voilà. Je ne suis pas habituellement si… euh…

Elle laissa sa phrase en suspens, manifestement au comble de l'embarras.

Mac ne put réprimer un sourire amusé. Elle redoutait d'avoir abusé de lui ? Seigneur ! il espérait que cela se reproduirait chaque jour que Dieu ferait… Mais l'envie de la taquiner un peu était trop forte.

— Pas habituellement quoi ? fit-il mine de s'interroger. Si prompte à violer le premier qui passe ?

— Oh, fermez-la un peu ! s'impatienta-t-elle. Ce n'est pas ma faute. C'est mon stupide inconscient, ou alors c'est le vôtre, je n'en sais rien. Je n'arrête pas de faire ce rêve où vous me…

alors quand je me suis réveillée et que je vous ai senti si… eh bien, j'ai juste… je ne sais pas… suivi le mouvement ?

Son aveu lui fit hausser les sourcils. Des rêves coquins ? Où il tenait la vedette ? Mac ouvrit la bouche et la referma sans avoir pu s'exprimer. Qu'aurait-il bien pu dire, à part pour remercier le ciel de sa bonne fortune ? Et quel compliment elle lui faisait ! D'autant plus qu'il n'avait pas cessé de rêver d'elle, lui aussi. Si souvent et si fort qu'il ne parvenait plus à la sortir de sa tête – à l'état de veille ou de sommeil, aucune importance, elle était toujours avec lui, à le rendre fou de désir. La seule différence, c'était qu'à présent elle se retrouvait *réellement* couchée sous lui, excitée, prête à tout et déjà en route pour le septième ciel. Tout ce dont elle avait besoin pour l'atteindre, c'était d'un peu d'encouragement de sa part.

Ça tombait bien. Ce plan lui convenait tout à fait, lui qui rêvait de la regarder enfin jouir grâce à ses bons offices.

En soutenant le regard de Tania, Mac se remit lentement en position entre ses cuisses. Dès que le contact fut rétabli entre eux, il vit ses paupières battre follement et se réjouit de constater que cet intermède n'avait pas suffi à faire retomber sa passion.

Tout en douceur, il se mit à jouer du bassin.

— Voulez-vous que nous reprenions où nous en étions ? susurra-t-il.

— Cela dépend des conditions.

— Peau contre peau cette fois. Et moi tout au fond de vous.

— Vous êtes bien exigeant, dites-moi…

Tania s'agita sous lui, comme pour sceller leurs retrouvailles.

— Vous n'avez encore rien vu, répondit-il d'une voix rauque. Alors ? qu'est-ce que ce sera ? Si je dois vous laisser, il faut que ce soit maintenant, Tania. Après, il sera trop tard. Rien ne m'arrêtera.

— Alors laissez-moi vous proposer un marché.

Le plus grand sérieux se lisait dans ses yeux sombres, même si le désir continuait à les faire briller. Mac sentit la main de Tania se refermer derrière sa nuque. Il ne fallut pas plus que cette caresse pour ranimer son désir. Son cœur cognait dans sa poitrine comme un lapin pris au piège. Ce n'était pas sans une certaine anxiété qu'il attendait qu'elle pose ses conditions. Elle prit tout son temps pour cela, laissant ses doigts jouer dans ses cheveux, agaçant son cuir chevelu de ses ongles courts. Incapable de résister plus longtemps, il recommença à se mouvoir entre ses cuisses. Avec un grognement de plaisir, elle l'embrassa au coin des lèvres, qu'elle mordilla légèrement avant de lui murmurer :

— Si vous parvenez à me faire jouir dans les vingt secondes qui viennent, vous pourrez ensuite me faire ce que vous voudrez.

Mac retint son souffle. Ce qu'il voudrait ? Comment refuser une offre aussi alléchante ?

— Marché conclu ! lança-t-il.

Avec un petit sourire, Tania répondit :

— Le contraire m'eut étonnée...

Conquis, Mac prit son visage en coupe au creux de sa paume et dessina sous son pouce le contour de sa joue. Il repoussa ensuite ses cheveux vers l'arrière, décrivant des cercles lascifs sur sa tempe, mémorisant chaque détail : l'épaisseur de ses cils, la douceur de sa peau, le rose profond de ses lèvres, l'arc très doux de ses sourcils. Bon sang, ce qu'elle était belle ! Mais sa beauté n'avait rien de superficiel, elle s'inscrivait dans toutes les composantes de son être, et c'était bien cela qui l'attirait chez elle et provoquait un écho en lui. Cette vérité qui était en elle, c'était cela qu'il voulait atteindre, toucher du doigt, posséder de toutes les manières possibles, physiquement et émotionnellement – cœur, esprit, corps, âme, tout en elle l'attirait. Et tout en se félicitant du désir qu'il lisait au fond de ses yeux, si semblable au sien, et bien que conscient de perdre de précieuses secondes, il ne lui fut plus possible d'ignorer ce qu'il désirait vraiment : elle, pour toujours.

L'horloge n'avait donc plus aucune importance.

Il lui tardait de pouvoir passer des heures entières avec elle, à la combler de plaisir. Il se promettait d'explorer longuement chaque partie de son corps et de…

— Tic-tac, tic-tac, tic-tac…, fit-elle malicieusement.

Mac fit mine de se vexer.

— Vous l'aurez voulu ! grogna-t-il.

— Et comment !

Tania leva les mains au-dessus de son crâne et les croisa sur l'oreiller, attendant qu'il se décide. Mac secoua la tête en souriant. Elle était véritablement la femme la plus remarquable qu'il ait jamais rencontrée et elle ne cessait de l'étonner. Avec ce désir brûlant qu'elle ne rechignait pas à exprimer. Avec sa vulnérabilité qui la rendait si touchante et cette bonne volonté dont elle témoignait. Mais, plus que tout encore, c'était la confiance qu'elle lui témoignait qui le bluffait. Même après qu'il lui eut occasionné la peur de sa vie, elle ne rechignait pas à la lui accorder. L'avoir vu dans son incarnation de dragon ne l'avait pas rebutée non plus. Tout ce qui s'était passé avec les Razorback cette nuit-là n'avait pas suffi à la dégoûter de lui. Elle se livrait en toute sérénité entre ses mains, certaine qu'il ne lui ferait aucun mal.

Mac sentit sa gorge se serrer sous l'effet de l'émotion. Cette femme le mettait sens dessus dessous. Elle éveillait en lui le besoin irrépressible de la satisfaire de toutes les manières possibles et de la protéger à jamais.

— Tania, *mo chroí*…, susurra-t-il. Vous êtes pour moi un véritable cadeau.

Il la sentit retenir son souffle. En murmurant son nom, elle redressa le menton pour lui offrir ses lèvres, qu'il accepta sans hésitation. Il lui donna un long et lent baiser. Et, tandis que leurs langues se mêlaient, Mac se souleva, passa un bras entre eux deux, glissa sa main sous la ceinture élastique du pantalon de jogging. Elle voulait jouir ? Il allait lui donner satisfaction.

Sans le moindre doute. Et plus d'une fois s'il pouvait arriver à ses fins.

Les doigts largement écartés, il caressa son ventre, puis s'aventura plus bas. Les mains de Tania se crispèrent sur l'oreiller. Elle souleva ses hanches, exigeant plus. Il le lui donna, les yeux fixés sur ses seins qui se soulevaient en rythme avec son souffle précipité, l'oreille réjouie de l'entendre gémir de plaisir. Un long grondement sourd monta des lèvres de Mac en réponse. Il approcha sa bouche de la sienne et lui mordilla la lèvre inférieure. Il savait exactement ce dont elle avait besoin. Il pouvait entendre les battements précipités de son cœur, sentir sa pression sanguine, deviner les rares pensées qui occupaient son esprit.

Encore ! Plus vite ! Plus fort ! Maintenant !

Ses désirs pour lui étaient des ordres, au sens propre.

Il avait mis à l'écart ses propres besoins et contrôlait la situation autant qu'il la contrôlait *elle*. Pantelante, Tania le suppliait. Sans se presser, il utilisait tous ses talents pour l'amener toujours plus près de l'extase, mais sans l'y faire verser trop vite. Il voulait ainsi prolonger son plaisir et le rendre plus intense. Plus il l'amènerait à planer haut, plus explosif serait l'orgasme.

D'une main sûre, il la caressait en passes légères, jouant à la faire languir, s'égarant de temps à autre dans son nombril jusqu'à la faire sangloter d'impatience. Le souffle de plus en plus précipité, Tania lâcha l'oreiller et lui empoigna les cheveux, soulevant son bassin pour mieux se prêter à ses caresses. Enfin, il laissa ses doigts s'égarer dans sa toison pubienne, et...

Dieu tout-puissant! Sous ses doigts, il la découvrit brûlante, parfaitement lubrifiée. Savoir qu'il en était la cause le fit se rengorger de plaisir. Son érection se fit douloureuse tant son sexe était tendu par le désir. C'était pour lui une torture de ne pouvoir encore la pénétrer, mais…

Ce ne serait pas pour tout de suite. Pas comme ça. Pas avant qu'il l'ait entièrement déshabillée.

Il tenait toujours parole. Il lui avait promis qu'ils seraient peau contre peau lorsque enfin ils s'uniraient, et il tiendrait sa promesse. Elle serait entièrement nue sous lui, intégralement exposée à ses caresses quand il lui ferait enfin l'amour comme il le désirait. Cela devrait attendre qu'il ait rempli sa part de marché.

Et à ce propos…

D'un coup d'œil à sa montre, en vision nocturne, Mac constata qu'il lui restait quelques secondes à peine. Pour rien au monde il ne voulait manquer ce rendez-vous.

« Tout ce que vous voudrez », avait-elle promis. Il avait d'ores et déjà quelques idées…

Les ailes largement déployées, Nian survolait la vieille ville. Les rues inondées de lumière défilaient sous lui. Son ouïe très fine guettait les échos qui lui parvenaient du quartier des plaisirs. Prague à minuit… L'heure magique qui voyait se mêler tous les noctambules, dragons et humains confondus. Il regrettait de ne pouvoir se joindre à eux. Pas dans l'immédiat, du moins. Et peut-être pas du tout s'il en prenait l'envie à Rodin.

Un groupe d'humains éméchés sortant d'un club et titubant dans une étroite rue pavée entra dans son champ de vision panoramique. En secouant la tête, Nian souffla, éjectant une fine bruine dorée de ses naseaux. Jamais un moment d'ennui… et pas un de tranquillité non plus. Mais peut-être cela valait-il mieux pour lui cette nuit-là. La distraction était bienvenue, étant donné ce qui l'attendait.

Virant sur l'aile, il prit la direction de l'est en suivant l'artère principale, qui sortait de la cité. Les échos d'éclats de rire, de conversations animées, s'élevaient entre les façades claires des immeubles jusqu'au ciel noir de novembre. L'air glacé filait sous ses écailles dans un léger sifflement. Nian se laissait glisser sur le vent du nord. Les courants ascendants suffisaient à porter sa carcasse massive. Avec un grognement de satisfaction, il inclina la tête, sensible aux nappes musicales qui s'élevaient jusqu'à lui. Tous les genres se mêlaient, la basse sourde des night-clubs allait se fondre dans les harmonies plus douces d'établissements plus raffinés.

Un bien agréable échantillonnage de sons. Certains très doux et riches de nuances subtiles, d'autres sauvages résultant d'une déflagration de guitares saturées, de beats brutaux et de paroles assassines.

Ce qui lui allait parfaitement. Ce mélange violent convenait à son humeur et le préparait à la confrontation à venir. Dieu merci ! Il n'aurait pas fallu montrer la moindre faiblesse en présence de Rodin et de sa cour. Nian avait besoin de paraître aussi maître de lui que possible quand il ferait son entrée à la fête privée donnée par l'Archguard – calme, digne, concentré, prêt à affronter les requins de la politique. Sans quoi, il n'en sortirait pas vivant.

Il s'efforçait d'ignorer l'urgent besoin de faire demi-tour et de rentrer chez lui qu'il ressentait. L'instinct de conservation pouvait s'avérer utile, mais ce n'était pas grâce à lui qu'il obtiendrait ce qu'il convoitait. La mort de Rodin. Transformer ce salaud en petit tas de cendres que le vent aurait vite fait de disperser. Mais il était encore trop tôt pour rêver à ça. Un lent travail de sape devait d'abord être mis en œuvre. Ce qui nécessitait de fortifier sa position au sein du haut conseil. Ensuite, seulement, il pourrait se risquer à éjecter le leader des dragons de son trône. Et en ce qui le concernait, le plus tôt serait le mieux. Ce triste connard n'avait vraiment rien de bon dans le ventre.

L'invitation de dernière minute dans sa résidence privée en était un exemple. L'arrivée du carton doré une heure plus tôt – et le fait que Nian n'avait jusqu'alors jamais figuré sur la liste des invités – confirmait ses soupçons. Le gratin du genre dragonin – le top de l'élite, les plus puissants, les plus riches de leur espèce – serait présent cette nuit-là. Sans aucun doute occupés à de petits arrangements discrets entre amis. Mais pas seulement. Dans la proximité de l'entre-soi, l'occasion serait bonne également pour se livrer au dada de Rodin : la débauche sous toutes ses formes, et surtout les plus extrêmes.

En temps normal, Nian n'aurait rien trouvé à y redire. Il aimait autant que tout autre mâle se rouler occasionnellement dans la fange et la luxure. Mais pas cette nuit-là. Et certainement pas en compagnie de Rodin. La réputation du leader du haut conseil n'était plus à faire. Certes, personne n'en parlait ouvertement. Ceux qui s'y risquaient étaient rayés du nombre des invités, quand ce n'était pas de celui des vivants... Les rumeurs, en revanche, abondaient. Mythe ? Réalité ? En partie ou complètement ? Nian ne pouvait avoir aucune certitude, mais tout était possible.

Rien ne l'aurait étonné de la part du leader de l'Archguard.

Laissant les toits de tuiles rouges défiler sous lui, Nian prit de la vitesse et fila en direction de la rivière Vltava. Le vent qui filait sous ses écailles acheva de refermer une trouée dans le plafond nuageux, masquant la lune. Une traînée de flocons de neige dans son sillage, il traversa un cimetière dont les tombes n'étaient guère plus que de claires encoches dans les ténèbres, puis entama ses manœuvres d'approche de la villa au style grec antique qui constituait le but de son déplacement. Passant au crible de sa vision nocturne les jardins manucurés, il chercha dans ce paysage gelé la piste d'atterrissage. Dès qu'il l'eut découvert, les premières mesures du *Requiem* de Mozart s'élevèrent de la demeure pour s'égarer entre les arbres anciens dont les branches dénudées ne pouvaient atténuer la mélodie.

Nian poussa un grondement sourd. Magnifique ! On pouvait faire confiance à Rodin pour faire jouer une œuvre majeure du répertoire au beau milieu d'une orgie. Peut-être s'avançait-il un peu ? Il ne pouvait savoir par avance à quoi le maître des lieux et ses invités étaient occupés, mais…

À l'odeur qui s'élevait des lieux, il pouvait s'en faire une petite idée. Il n'avait pas encore atterri que des fragrances d'activités sexuelles débridées lui parvenaient déjà.

Nian amorça sa descente, rectifia sa trajectoire, replia ses ailes et se posa sans encombre sur la pelouse. Des buissons taillés s'agitèrent autour de lui, et ses serres chuintèrent lorsqu'il se posa sur l'herbe gelée. Le bruit provoqué par son atterrissage ne passa pas inaperçu des gardes en faction devant la façade. Deux plantons postés entre les massives colonnes de marbre se tournèrent vers lui. Un instant plus tard, ils quittèrent leur poste et descendirent rapidement le large perron.

Une rafale de vent balaya l'allée circulaire et souleva un tourbillon de poussière. Le plus massif des deux mâles s'engagea dans un bruit crissant sur le gravier, immédiatement suivi par son collègue. Les yeux plissés, il balaya du regard les alentours… sans apercevoir Nian, qui laissa un sourire satisfait s'afficher sur ses lèvres. Le garde aurait beau essayer, il ne pourrait le voir. Maître illusionniste, Nian était capable de passer complètement inaperçu. Ses dons en ce domaine dépassaient le simple sort de dissimulation – qui permettait à ceux de sa race d'échapper à l'attention des humains – et relevaient d'une tout autre spécialité qui le rendait parfaitement invisible, même aux yeux des siens.

Nian se rembrunit en songeant qu'il y avait toutefois une exception à la règle. Haider, lui, ne se laissait jamais berner.

Même s'il faisait appel à toutes ses ressources magiques, le Nightfury perçait l'écran de fumée et le détectait sans délai. C'était ennuyeux autant qu'agaçant, sans parler de la frustration que cette situation engendrait. Chaque fois qu'il s'essayait à filer le train aux deux mâles afin de recueillir des informations sur les Nightfury, il se faisait repérer et menacer. « Arrête de nous filer le train, mec. À moins que tu n'en aies plus rien à foutre de tes couilles. » *Dixit* Gage, préalablement averti par Haider.

Une menace à ne pas prendre à la légère quand elle était proférée par un dragon qui n'aimait rien tant que la violence et prenait son pied à la déchaîner autour de lui.

Les yeux fixés sur les deux gardes, Nian décida de tester une fois de plus son don d'invisibilité, juste au cas où. Son échec face à Haider l'inquiétait. Peut-être était-il sur la mauvaise pente, le stress accumulé ces derniers mois l'empêchant de garder la pleine maîtrise de ses pouvoirs magiques ? Ou peut-être pas. Dans un cas comme dans l'autre, il lui fallait avoir une certitude.

Levant une de ses pattes, il fit glisser la pointe d'une griffe sur le socle d'une statue. Semblable à celui d'une craie crissant sur un tableau noir, le bruit qui en résulta le fit grimacer et se répercuta dans le parc autour de lui.

Le premier des deux gardes sursauta violemment.

— Tu as entendu ça ? demanda-t-il à son collègue.

L'autre acquiesça d'un signe de tête et jeta sa cigarette sur le gravier avant de l'écraser sous son talon. À son tour, il scruta les ténèbres environnantes, à la recherche de la source du bruit, et demanda :

— Tu as vu quelque chose ?

— Non, rien, répondit le premier.

Nian se rengorgea. *Excellent...* Son don magique n'était peut-être pas parfait – après tout, Haider ne s'y laissait pas prendre –, mais sa faculté à manier l'illusion restait intacte. Il n'était donc plus nécessaire de jouer à ce petit jeu.

D'une chiquenaude mentale, Nian se rendit visible, permettant au duo de cerbères de le découvrir non loin d'eux. Effrayés, tous deux firent un bond en arrière et faillirent perdre l'équilibre. Dans leur regard, il vit qu'ils l'avaient reconnu. La peur qu'il leur inspirait se mêla à leur odeur corporelle et dériva jusqu'à lui. Dans un bel ensemble, le tandem inclina respectueusement la tête et se mit à genoux.

Ah ! les privilèges de la puissance… On ne s'en lassait jamais.

Nian émergea de l'allée bordée d'arbres taillés et s'engagea sur le chemin dallé, que ses griffes firent cliqueter. Les yeux fixés sur son comité d'accueil, il se demanda s'il devait mettre à l'aise les deux mâles en leur adressant quelques mots ou continuer de les terroriser en les ignorant superbement. Il était tentant d'opter pour le silence. Solitaire par choix, il avait rarement l'occasion de constater l'effet qu'il produisait sur autrui dans son incarnation de dragon. Mais, à en juger d'après la réaction de ces deux-là, il n'avait rien perdu de sa superbe…

Rien d'étonnant à cela. Nian était le fruit d'une lignée rare, dont la puissance et la majesté n'avaient d'égales que la beauté et la dangerosité. Assumant sa condition, il s'avança en direction des mâles subjugués, l'or bruni de ses écailles et ses griffes d'un noir de jais brillant dans l'éclat des luminaires. Les piques trifides aux pointes rouge sang disséminées le long de son échine s'agitaient en cadence avec ses pas. Sa longue queue barbelée sinuait souplement derrière lui. Les gardes amorcèrent un mouvement de recul à son approche, plus inquiets de leur sort de seconde en seconde.

Nian émit un long grondement de satisfaction. Il adorait son apparence : d'or et de noir, avec quelques embellissements de rouge. Une combinaison inhabituelle qui le rendait terrifiant, mais c'était l'acide jaune qu'il crachait – plus connu sous le nom d'or liquide – qui le rendait le plus dangereux. Extrêmement corrosive et d'un effet instantané, sa cuvée spéciale fusionnait entre elles les écailles de ses victimes – les transformant en statues vivantes – si celles-ci ne parvenaient pas à se nettoyer rapidement.

Il en résultait d'étonnantes sculptures de jardin en forme de dragons, toujours amusantes à regarder.

— Gentlemen…, murmura-t-il en stoppant à dix pas des deux mâles.

— Seigneur Nian…, répondirent-ils dans un bel ensemble.

Ils n'avaient pas redressé la tête et demeuraient nuque offerte devant lui. Une posture de soumission destinée à rendre hommage à son rang supérieur et à reconnaître leur propre infériorité.

— Maître Rodin vous attend, précisa le plus costaud des deux.

Nian reprit forme humaine et fit apparaître ses vêtements. Tandis que sa chemise en soie et son smoking s'ajustaient autour de son corps, il laça mentalement ses chaussures. Les semelles de ses Berluti neuves foulant la poussière de l'allée, il s'approcha des deux gardes qu'il eut vite fait de jauger d'un regard. Grands, forts, pas trop intelligents : des soldats aptes à obéir aux ordres sans trop se poser de questions. Exactement le type d'individus dont Rodin aimait s'entourer et qu'il utilisait régulièrement comme chiens de garde.

Nian réprima un grondement de dégoût. Certaines choses ne changeraient jamais… Rassurante d'une certaine manière – en rendant le comportement de l'Archguard prévisible –, cette immuabilité n'en était pas moins déprimante. Le genre dragonin ne risquait pas d'évoluer tant que Rodin tiendrait la barre.

Nian contourna les deux hommes et tira sur ses poignets de chemise, avant d'ajuster ses boutons de manchette en or. D'un pas souple, il gravit les marches du perron et s'arrêta un instant au sommet. Par-dessus son épaule, il lança :

— Debout et à vos postes, *zi kamirs*… Je ferai savoir à votre maître que vous m'avez bien accueilli.

Il s'attarda juste assez pour noter leur soulagement, puis il passa les portes ouvertes de la villa. À Mozart succéda Jay-Z. Un rythme de basse remplaça les violons. Au sommet d'une autre volée de marches, Nian fit son entrée dans le hall principal. Foulant de somptueuses mosaïques, il balaya les lieux d'un regard panoramique. Au plafond voûté pendaient trois immenses lustres de cristal régulièrement espacés. Sous chacun d'eux avait été placée une table ronde antique. Quant aux murs, ils offraient au regard une galerie de tableaux érotiques. Riches en détails et de très mauvais goût, ces œuvres colorées accrochées entre les piliers de marbre garnissaient les deux côtés du hall. Nian se laissa aller à sourire en les étudiant. Toutes les catégories s'y trouvaient représentées : hommes entre eux, femmes entre elles, triolisme, quatuors, parties à cinq, à six… dans toutes les postures, toutes les variantes érotiques possibles.

Un bon point pour Rodin : ce connard était peut-être un sadique, mais au moins il ne faisait pas dans la discrimination.

En s'arrêtant devant une porte close, Nian glissa sa main dans sa poche et saisit son briquet entre ses doigts. Sous son pouce, il caressa les armoiries de sa famille gravées dans l'or massif et prit une profonde inspiration. Le temps était venu d'entrer dans l'arène. Heureusement qu'il n'était pas sujet au trac, car quelque chose lui disait que les heures à venir seraient épuisantes, non seulement nerveusement mais aussi physiquement.

Alors qu'il tendait la main pour actionner la poignée, un Numbai surgi de nulle part apparut près de lui. Sur un plateau, il lui tendit en s'inclinant un verre empli d'un liquide ambré sur un lit de glaçons. Nian s'en saisit en arquant un sourcil et le porta à ses lèvres. Corrosif et bienvenu, l'alcool dévala son gosier. Tiens, tiens… surprise ! du bourbon. Sa marque favorite, en plus. Rodin, apparemment, avait bonne mémoire et se croyait obligé d'être aux petits soins avec lui.

Ce qui était bon à savoir, et plus encore à se rappeler.

— Milord…, murmura le Numbai d'un ton infiniment respectueux.

En s'inclinant rapidement, il tourna la poignée et ouvrit la porte à son intention en ajoutant :

— Bienvenue…

Son verre à la main, Nian le remercia d'un hochement de tête et franchit le seuil pour tomber sur…

S'il s'était attendu à une scène de débauche, cela suffisait à peine à rendre compte de ce qui se passait sous ses yeux. La salle regorgeait de femmes – habillées, demi-nues, totalement nues – bien plus que d'hommes, dans un rapport de un à trois. Un flot d'énergie sexuelle baignait les lieux. Nian sentit ses bourses se tendre sous l'effet de l'excitation.

Il porta de nouveau son bourbon à ses lèvres pour une autre gorgée et observa la foule par-dessus le rebord du verre. Il repéra aussitôt Rodin. Dans un coin, affalé sur une chaise longue, il butinait une femme aux cheveux noirs pendant que deux autres attendaient leur tour. Ses yeux sombres luisant dans la pénombre, l'Archguard le remarqua et leva son verre à sa santé. Nian lui rendit son toast et vit le maître des lieux adresser un signe à quelqu'un situé derrière lui. Un instant plus tard, il sentit de petites mains se poser dans son dos et jeta un coup d'œil par-dessus son épaule. Deux yeux bleus et sensuels se rivèrent aux siens.

— Hello ! lança l'inconnue. Je m'appelle Purity.

En le caressant à travers sa veste, elle explora ses épaules puis s'empara du col et tira pour le déshabiller. Nian l'y aida bien volontiers tandis qu'une autre femme en tenue d'Ève venait se camper devant lui. Certaine de ses talents et de son accueil, elle desserra sa cravate, avant de s'activer sur ses boutons de chemise.

— Et moi, dit-elle, je m'appelle Chastity.

En souriant, Nian songea que de tels prénoms ne manquaient pas de malice étant donné ce à quoi leurs mains étaient occupées.

— Jumelles ? s'enquit-il.

— Vraies jumelles, répondirent-elles simultanément, leurs deux voix n'en faisant qu'une.

Miam ! Le pied… Cela faisait un moment qu'il n'avait plus baisé de jumelles – quelques années, en fait. Et de vraies jumelles étaient encore plus difficiles à dénicher. Même s'il ne s'agissait que de femelles de basse énergie, il les désirait toutes deux, et comptait bien les honorer chacune plusieurs fois. Il n'arrêterait que lorsqu'il leur aurait fait oublier où elles se trouvaient et qui elles étaient.

Levant son verre, Nian porta un toast en direction de Rodin pour le remercier de son présent. L'Archguard lui répondit d'un sourire satisfait puis en revint à ses occupations. Nian suivit son exemple. La main enfouie dans la chevelure d'une des jumelles, il l'attira à lui et s'empara de sa bouche. Avec un grognement de satisfaction, il approfondit le baiser et lova sa langue contre la sienne pendant que sa sœur débouclait sa ceinture. À moitié débarrassé de sa chemise, il se laissa entraîner dans une alcôve munie de rideaux près de la porte.

Trois heures et une paire de femmes comblées plus tard, Nian descendit de leur couche et se remit debout. *Assez rigolé !* Non pas parce qu'il avait eu son content. Il aurait pu tenir une autre heure, voire deux, mais ce n'était plus le cas des deux sœurs, qu'il avait littéralement épuisées. Il les avait fait jouir si fort et si souvent qu'à cours de bioénergie elles avaient sombré dans un profond sommeil.

Dieu ce qu'il aimait une bonne baise ! Quant aux jumelles, elles s'étaient mieux débrouillées que la moyenne.

Après avoir un long moment admiré leurs corps nus, Nian ramassa une couverture sur le sol et en couvrit leurs formes endormies pour leur tenir chaud et assurer leur confort. C'était le moins qu'il pouvait faire. Elles l'avaient convenablement nourri, assouvissant le plus gros de sa fringale. Désormais, ses pouvoirs étaient au taquet, approfondissant sa concentration.

D'une main, il écarta les tentures vertes à glands dorés de l'alcôve et regagna la pièce principale. Quelques mâles étaient toujours en pleine action, s'embrassant l'un l'autre ou honorant une dernière femelle. La plupart, cependant, restaient vautrés sur leurs couches, détendus et repus, leur frénésie ayant fait place à une bienheureuse félicité post-orgasmique.

— Tu t'es bien amusé ?

La voix provenait de sa gauche. Après avoir fait apparaître ses vêtements sur lui, Nian se tourna dans cette direction. Appuyé de l'épaule contre une colonne en marbre, Rodin le regardait avec un petit sourire satisfait. Il semblait avoir fait taire pour l'heure le prédateur en lui, mais celui-ci ne semblait jamais bien loin sous la surface.

— Des jumelles ! lança Nian d'un ton appréciateur en soutenant son regard. Très bon choix.

— Je sais que le nombre ne te fait pas peur.

— « Assure, ou rentre chez toi » : la meilleure des devises.

Rodin se mit à rire. Sur le fond olivâtre de son visage, sa dentition parfaite éclata brièvement de blancheur.

— La prochaine fois, promit-il, je te trouverai des triplées.

La prochaine fois... C'était bon signe. Il y aurait d'autres invitations. Ce qui voulait dire tout le temps nécessaire pour amadouer son aîné et s'assurer ses bonnes grâces.

Un sourcil arqué, Nian demanda :

— Et maintenant ?

— Tu n'as jamais été du genre à tourner autour du pot, pas vrai..., répondit Rodin d'un ton admiratif.

— Les vieilles habitudes ont la vie dure.

— Tu es plus intelligent que ne l'était ton sire, Nian.

Un véritable compliment, qu'il prit comme tel alors que Rodin se redressait. Plus frêle et moins grand que lui, le leader de l'Archguard resta à quelques pas pour le dévisager. Nian avait presque l'impression de voir les rouages se mettre en branle au fond de ses yeux. Ce salaud était en train de le jauger, de tenter de déterminer s'il était digne d'intégrer le premier cercle de ses amis. Nian soutint vaillamment son regard, refusant de craquer ou de renoncer à ses plans. Tout reposait sur le fait de gagner l'approbation et la confiance de Rodin.

Il sentait qu'il en était proche. Très, très proche.

Le goût de la victoire, il lui semblait déjà l'avoir sur la langue.

Le silence qui était retombé entre eux se fit interminable et pesant. Après ce qui lui sembla avoir duré une éternité, enfin Rodin se décida. Un sourire au coin de lèvres, il fit jouer ses épaules sous son smoking et lui désigna la porte d'un signe de tête.

— Suis-moi, dit-il. Je voudrais te montrer quelque chose.

Et c'est ainsi, sur un coup de tête, que Nian se retrouva de l'autre côté de la barrière, quittant son existence ancienne pour une autre toute nouvelle. Tout cela uniquement en suivant Rodin le long d'un corridor désert. Un grand calme régnait dans la demeure à présent. Plus de musique classique ni de rap aux basses lancinantes. Plus de soupirs d'extase ou de cris de triomphe. Juste un silence aussi doux que de la soie.

Après l'avoir guidé à travers un dédale de couloirs et d'antichambres, Rodin fit halte devant un pan de mur lambrissé. Les pouvoirs magiques de l'Archguard se manifestèrent comme une onde crépitante autour d'eux, puis le mur coulissa, révélant un passage dérobé. Sur les pas de son hôte, Nian s'y engagea et descendit une volée de marches étroites. Derrière eux, le mur se remit en place dans un bruit feutré.

Nian enclencha sa vision nocturne pour s'orienter. Des murs de marbre lisse. Une chape de béton tachée. L'odeur du sang humain.

Des cris étouffés se faisaient entendre à travers les murs épais. Nian sentit son estomac se serrer. Il reconnaissait ces bruits et savait ce qu'ils signifiaient. Il avait assisté à suffisamment de semblables réunions clandestines dans le monde dragonin pour en reconnaître les signes. Un club de combats clandestins, dans lequel les mâles de son espèce venaient parier sur des combattants humains.

Dont pas un ne se battait de sa propre volonté.

Capturés dans cette intention, ces esclaves n'avaient qu'une chance de survivre : en gagnant sans cesse. Perdre signifiait mourir, la plupart du temps de manière assez déplaisante. En restant vainqueur onze fois de suite, cependant, un humain gagnait le droit de demander son affranchissement. Que cette faveur lui soit accordée ou non dépendait uniquement de son propriétaire. Et tout le monde n'était pas prêt à se séparer volontairement d'un champion.

Une très ancienne manière de se distraire, dans la tradition des gladiateurs romains.

Aussi répugnante à l'époque contemporaine qu'elle l'avait toujours été.

Au bord de la nausée, Nian s'avança dans le club. Il s'attendait à découvrir des combattants adultes, mais ce qu'il eut sous les yeux était bien pire encore. Ce salaud utilisait des enfants, de jeunes garçons qu'il faisait se battre entre eux jusqu'à ce que mort s'ensuive. Ceux qui étaient pour l'heure engagés dans un combat, cependant, appartenaient au genre dragonin – des orphelins, sans doute, n'ayant plus de sire pour les protéger. Ils devaient avoir une dizaine d'années, douze tout au plus. Armés chacun d'un couteau, ils se tournaient autour au centre de la pièce, prêt à se sauter dessus. Assis autour d'eux comme pour un match de boxe, certains des plus puissants hommes-dragons criaient pour les encourager.

Une rage noire obscurcissait la vision de Nian.

— Ces garçons, expliqua Rodin, sont de véritables poules aux œufs d'or…

La satisfaction dont témoignaient ces paroles faillit avoir raison du self-control de Nian. Fugitivement, il serra les poings. L'instinct lui dictait de décocher un direct en pleine face à cet enfoiré de sadique – juste une fois. Cela lui aurait suffi pour répandre la cervelle de Rodin sur le mur. Ensuite ? Il aurait trouvé un abri pour ces gamins, décimé le reste de ces malades, et brûlé cette villa jusqu'aux fondations.

Mais il ne pouvait le faire. Ce soir, il se retrouvait pieds et poings liés sur le territoire de l'Archguard, en infériorité numérique. Il n'y était venu que dans le dessein de rassembler de l'information et de pousser ses pions, pas de se faire tuer. Mais, tout en s'obligeant à regarder le combat, il sentit la pression monter en lui, transformant son crâne en autocuiseur.

L'enfoiré de sale fils de pute ! L'espèce de limace perverse et dégueulasse…

Rodin mit un terme à sa fulmination intérieure en lui tapant sur l'épaule, comme il aurait pu le faire pour un vieil ami. Nian réprima à grand-peine un grondement de fureur.

En désignant une autre porte au fond de la pièce, il expliqua :

— Suis-moi, *zi kamir*. Tu pourras revenir ensuite ici placer un pari sur un garçon, si tu le veux. Pour l'instant, j'ai une autre distraction en tête pour toi.

Une autre distraction ? Quelque chose d'aussi tordu que ce dont il avait été témoin dans cette salle ? Nian avait bien peur de ne pas pouvoir tenir le coup. Il craignait de céder à la tentation d'arracher un par un les membres de Rodin avant que la nuit se termine et qu'il puisse quitter cet antre de dépravation.

Chapitre 19

Tania murmurait encore et encore le nom de Mac, allongée sous lui, agrippant le drap entre ses poings serrés. Aveugle, sourde et muette, rien d'autre que Mac n'existait à cette minute pour elle : son goût sur sa langue, l'habileté de ses mains, le plaisir qu'il lui donnait. Écartant un peu plus ses cuisses, il glissa un deuxième doigt en elle pendant que du bout de son pouce…

— Mac ! supplia-t-elle d'une voix urgente.

Avec sa main libre, il remonta le tee-shirt de Tania, dénudant sa poitrine. Elle vit sa tête plonger et, l'instant d'après, sentit la chaleur de sa bouche sur ses seins, dont il commença à suçoter les mamelons sans merci. Tania gémit sous l'effet du plaisir, roulant des hanches, la tête rejetée en arrière sur l'oreiller, tout le corps tendu pour atteindre l'extase. Mac poussa un long grondement sourd qui fit encore grimper son désir d'un cran. Le rythme sur lequel il la caressait, la menant lentement mais sûrement vers la jouissance, la faisait haleter. C'était si bon… elle se sentait si proche… à une milliseconde de l'explosion mais…

Seigneur ! il n'avait donc aucune pitié ? Sciemment, il la gardait au bord de l'extase, cessait de la caresser quand il la sentait sur le point de venir. À un souffle de l'orgasme, elle le supplia sans retenue. Son monde… se résumait… à une seule chose : lui. Son odeur épicée sur sa peau. Le goût délicieux qu'il laissait sur sa langue. Et ses mains…

Mmmmmm… Elle adorait la rudesse due aux cals de ses paumes, et, paradoxalement, la douceur avec laquelle il la caressait. En tout il était le rêve incarné, aux larges épaules et au corps parfait, si doué qu'elle brûlait du désir de le sentir enfin la pénétrer.

— Laisse-toi aller…

Il assortit sa demande d'un dernier passage de sa langue sur son mamelon avant d'ajouter d'un ton sans réplique :

— Maintenant !

Tania ne se fit pas prier pour lui obéir. Elle se laissa emporter par la vague de l'orgasme, un cri bloqué au fond de sa gorge, des larmes roulant aux commissures de ses paupières. Mac les effaça consciencieusement sous ses lèvres, tandis que le sexe de Tania n'en finissait plus de se crisper spasmodiquement autour de ses doigts. En réponse, il poussa un long grognement et la serra plus fort contre lui, redoublant d'ardeur pour lui procurer plus de plaisir encore alors même que cela semblait impossible.

Pantelante sous ses caresses, Tania jouit une deuxième fois sans attendre, puis une troisième, chaque vague de jouissance se révélant plus intense que la précédente. Ses mains, comme d'elles-mêmes, se portèrent dans les cheveux de Mac, qu'elle agrippa fortement pendant que par ses caresses il l'amenait à la soumission. Elle sentit ses lèvres effleurer les siennes et accepta cette caresse supplémentaire en l'écoutant lui murmurer des mots doux. Il lui disait à quel point elle était magnifique, combien à ses yeux elle était spéciale. Il faisait en sorte qu'elle se sente aimée. Tania avait l'impression de ronronner de plaisir, pleinement satisfaite, mais surtout comblée par lui. Mac était une force de la nature, un cadeau de Dieu fait à toutes les…

Atterrée de la tournure prise par ses pensées, Tania se ressaisit mentalement. À toutes les femmes ? Non, certainement pas ! Mac n'appartenait qu'à elle, et elle se sentait prête à…

Une petite seconde ! Une mise au point s'imposait.

Immergée dans les brumes d'un plaisir extrême, Tania lutta pour refaire surface et retrouver un peu de bon sens. Revendiquer Mac pour elle seule n'était-elle pas la pire idée qui soit ? Tout comme se transformer en idiote malade de jalousie en l'imaginant dans les bras d'une autre... Rien de bon ne pouvait découler d'une telle attitude. Il lui fallait par-dessus tout rester enracinée dans l'instant présent, garder son sérieux, ne pas se laisser griser. *D'accord?*

Non! s'écria une petite voix au fond d'elle-même. Ce n'était qu'un mot, une seule syllabe, mais la conviction dont il témoignait avait de quoi l'inquiéter. Une sirène d'alarme intérieure se mit à retentir. Oh, Seigneur! ce n'était pas bon du tout. D'une manière ou d'une autre, au cours des quelques heures qui venaient de s'écouler, elle avait réussi malgré elle à s'attacher à Mac. Dans les grandes largeurs... Elle sentait qu'un lien s'était tissé entre eux, et elle sentait – elle *savait* – que ce n'était pas normal. Comment aurait-il pu en être autrement ? Elle ne le connaissait pas tant que ça. Naturellement, elle l'aimait bien. Comment faire autrement ? Mais le besoin qui la poussait vers lui dépassait largement la simple attirance sexuelle et frisait l'obsession. Tania en arrivait à soupirer après quelque chose qui ne l'avait jamais tentée auparavant...

L'engagement.

Elle sentit sa gorge se serrer sous l'effet de la panique. Et cette histoire de dragons n'entrait absolument pas en ligne de compte. Elle adorait l'indépendance qui était la sienne. Elle aimait son travail et se satisfaisait pleinement de sa vie telle qu'elle était. Mais, même en insistant et en ne perdant pas de vue l'agenda féministe, elle ne pouvait ignorait le regret poignant qui l'habitait. Ce vide en elle s'élargissait. Une vie entière passée à souffrir ne suffisait plus à assurer sa défense. Elle avait besoin, elle crevait d'envie de pouvoir bénéficier d'autre chose : une acceptation mutuelle, un amour partagé au côté d'un homme en qui elle pourrait avoir toute confiance et qui ne la trahirait pas.

Bon sang… elle avait définitivement perdu la tête. Cette fois, c'était sûr, elle était bonne pour l'asile.

— Hé ! fit Mac en retirant sa main d'entre ses cuisses. Est-ce que ça va ?

Tania s'obligea à ouvrir les yeux et croisa son regard, dans lequel se lisait l'inquiétude qu'il se faisait pour elle. Elle eut l'impression que son cœur faisait un looping dans sa poitrine, la laissant encore plus déboussolée. Dieu ! quel homme il faisait… Après tout ce qu'il venait de lui donner, il s'inquiétait encore de son sort ?

— Ça va, répondit-elle.

Un mensonge, bien sûr. Mais, étant donné les circonstances, celui-ci s'imposait. Elle n'avait pas envie de lui parler de ce qu'elle ressentait. Pas encore. Pas tant qu'elle n'aurait pas réussi à y voir clair elle-même dans ses sentiments. Aussi préféra-t-elle biaiser en le complimentant.

— Bon sang, Mac ! tu es doué pour ça…

Avec un sourire suffisant, il lui répondit :

— Tu as remarqué ?

— Petit arrogant ! le taquina-t-elle.

Elle adorait chaque seconde passée entre ses bras. Il était délicieux de se livrer à un mâle dominateur dont il ne semblait pas possible d'apaiser les ardeurs. Exactement ce qu'il lui fallait pour oublier ses problèmes.

Après tout, en quoi cela pouvait-il lui être dommageable ?

Elle aimait sa hardiesse au lit. Quant au fait qu'il réveillait en elle des instincts de soumission insoupçonnés jusque-là, elle ne pouvait rien rêver de mieux. Elle se sentait donc entièrement engagée dans cette relation dans laquelle Mac tenait le volant et ne regrettait pas de ne pouvoir faire demi-tour.

En effleurant sa lèvre inférieure du bout d'un doigt, elle ajouta :

— Tu dois avoir beaucoup d'expérience, n'est-ce pas ?

Il lui répondit en passant à l'action. Glissant la main à plat sous sa ceinture, il tira sur celle-ci. N'ayant rien à redire à ce qu'il la déshabille, Tania souleva ses fesses. Il n'hésita pas non plus et la débarrassa en un tournemain du jogging qu'il balança à terre. Le tee-shirt qu'elle portait ne tarda pas à l'y rejoindre.

Tania retint son souffle en s'immobilisant lorsqu'elle sentit son regard balayer son corps nu. Aimait-il ce qu'il voyait ? La plupart des hommes donnaient l'impression d'apprécier sa plastique, même si elle les gardait à l'écart. À l'exception de ses deux ou trois premières expériences, elle n'avait jamais encouragé aucun rapprochement physique d'aucune sorte. Peur de s'y perdre elle-même, peut-être. Manque de plaisir, certainement. Mais plus encore, tout simplement parce que personne ne lui avait jamais fait l'effet que Mac lui faisait.

Du bout des doigts, il déposa sur ses clavicules des caresses légères. L'émerveillement se lisait sur son visage. Sa bouche s'entrouvrit sur un long soupir.

— J'aime ton corps…, confia-t-il. Tu es si douce, toute en courbes… adorables.

Elle savoura ce compliment qui lui allait droit au cœur. Elle n'aurait pas dû être si sensible à l'opinion qu'il se faisait d'elle, mais pour une raison qui lui échappait c'était le cas. Plus qu'elle n'aurait aimé devoir l'admettre. Et quand il porta la main à son sein pour le caresser, elle se cambra pour mieux s'offrir. Tania glissa ses mains dans les cheveux de Mac. Jouant avec les mèches de ses cheveux, elle redressa le menton en une muette invitation au baiser. Mac lui répondit par la négative d'un signe de tête, une lueur de malice au fond des yeux. Et quand elle attira son visage vers le sien, il contra ses efforts en détournant la tête.

Le souffle coupé, Tania sentit ses lèvres se poser sur un de ses seins, dont il titilla longuement le mamelon sous sa langue. Il la faisait languir à dessein, c'était manifeste… D'un grondement sourd, elle lui manifesta son mécontentement et le sentit sourire contre sa peau. Puis il décolla ses lèvres et souffla sur l'aréole humectée de salive pour la titiller de plus belle, avant de fondre de nouveau sur elle avec plus d'ardeur encore. Une déflagration de plaisir la fit s'arc-bouter sur le lit en murmurant son nom.

Cela le fit rire doucement. Tania grogna une nouvelle fois et tenta *manu militari* de ramener sa tête au niveau de la sienne. Tâche impossible s'il en fut jamais… cependant l'envie de l'embrasser, de lover sa langue contre la sienne ne lui laissait plus de répit.

— Mac ! s'écria-t-elle.

— Mmmmm ?

— Donne-moi ta bouche !

Il agaça son mamelon du bout des dents, la faisant sursauter.

— Où ça ? fit-il mine de s'étonner.

— Sur la mienne !

Avec un grondement féroce, Mac se redressa et l'embrassa. Elle se prêta avec passion à ce baiser, savourant le contact de sa langue, incapable de s'en rassasier. Mmmmmm… la perfection devait ressembler à ça. Il était pour elle une drogue dont elle ne se lasserait jamais. Terriblement attrayant. Addictif. Irrésistible. Tania le savait et s'en fichait. C'était trop bon, et son désir était trop puissant. Elle se sentait prête à accepter tout ce qu'il voudrait bien lui offrir et à le supplier de lui donner plus encore. Au diable l'orgueil et la nécessité de faire les bons choix ! Plus tard, il serait bien assez tôt pour s'interroger sur le mystère de cette relation.

Oui, absolument : plus tard !

Pour l'instant, le besoin primaire de le satisfaire la dominait. Esclave de son baiser, elle s'en repaissait sans pudeur. Il avait beau s'éterniser, il lui semblait qu'il ne durerait jamais assez. Et lorsqu'elle le sentit se retirer en lui mordillant la lèvre inférieure, Tania protesta, peu encline à le laisser partir. Mac se libéra en retirant ses doigts de ses cheveux. Elle suivit le mouvement en soulevant sa tête de l'oreiller.

— Encore ! supplia-t-elle.

— Sois sage et je reviendrai.

Tania cligna des yeux. *« Sois sage ? »* Quel genre de conseil était-ce là ? Étant donné qu'ils étaient dans le plus simple appareil et dans les bras l'un de l'autre, cela ne risquait pas de se produire de sitôt…

Comme s'il avait pu lire en elle, il précisa :

— Sois sage ou je t'y forcerai.

— Comment ?

Mac entremêla ses doigts à ceux de Tania et se redressa à califourchon au-dessus d'elle, les genoux de chaque côté de ses jambes.

— Je t'obligerai à m'obéir, répondit-il en lui immobilisant les mains contre le matelas.

— Oh ! murmura-t-elle, aussi surprise qu'intéressée.

Une certaine impatience faillit lui faire s'écrier : « Oh, oui, s'il te plaît, attache-moi ! » Ce qui était – Tania frissonna – parfaitement ridicule… et si excitant qu'elle en frétillait presque. Mais à présent que la graine avait été plantée, elle ne pouvait nier que c'était de cette manière qu'elle avait le plus envie de lui. Elle détestait devoir l'admettre, mais l'idée de se laisser dominer par Mac paraissait… eh bien… *délicieuse.*

Et même extrêmement excitante, sauf que…

Comment faisait-on pour admettre ce genre de choses ? Devait-elle cracher le morceau en priant que tout se passe bien ? Peut-être. Tania n'en savait franchement rien, mais l'honnêteté semblait être la meilleure conduite à tenir. Quel mal pouvait-il en résulter ? Qu'il se détourne d'elle, dégoûté, et la laisse tomber ? Elle pleurerait un bon coup et s'empresserait de l'oublier.

— Je ne suis pas…, commença-t-elle.

Tania marqua une pause afin de rassembler son courage. Les joues empourprées, elle reprit vaillamment :

— Je veux dire… tu peux, je n'ai rien contre… si tu veux, bien sûr.

Le regard de Mac, marquant un profond intérêt, se fit soudain plus aigu. Ses iris scintillèrent brièvement. Autour des siennes, Tania sentit ses mains se serrer fortement et déglutit péniblement. Les yeux rivés aux siens, il l'amena à placer ses bras au-dessus de sa tête. Il les maintint ainsi sur l'oreiller. Le souffle pantelant, elle était en proie à une vive excitation qu'attisait un désir féroce.

Les narines palpitantes, il constata :

— Tu aimes être contrainte, n'est-ce pas ?

La bouche soudain sèche, Tania ne put lui répondre. Son esprit l'avait désertée, la laissant vulnérable et livrée à lui. Quant à son cœur, il battait si fort qu'elle avait l'impression qu'elle l'entendait pulser à ses tympans.

— As-tu déjà couché avec un dominateur, Tania ?

Elle lui répondit en secouant négativement la tête.

— Alors, je serai le premier pour toi.

Et le dernier. Il ne le dit pas, car ce n'était pas nécessaire. Le ton de sa voix avait suffi à le lui faire comprendre.

Après avoir rassemblé les poignets de Tania dans une de ses larges mains, il se pencha et mordilla sa lèvre inférieure. Aussitôt après, un léger coup de langue à la commissure de ses lèvres la fit tressaillir. Il s'ensuivit d'autres provocations semblables avant qu'enfin il se décide, lentement, délibérément, à lui écarter les cuisses. Puis, passant sa main libre sous ses fesses, il se positionna contre elle à l'entrée de son sexe.

Tania laissa échapper un gémissement de plaisir.

— Qu'est-ce qui tu aimerais, *mo chroí*? s'enquit-il. Liens de soie ? Menottes ? Lacets en cuir ?

Le souffle coupé, elle s'efforça de se décider. Que valait-il mieux ? Y aller franco, ou démarrer tout en douceur ? Des envies lubriques s'imposèrent à elle, l'incitant à se montrer brave. Tania s'humecta les lèvres, ravala l'appréhension qui lui serrait la gorge, et…

— Yo, Mac ! Où te caches-tu, mon gars ?

La voix mâle à l'accent écossais prononcé s'était exprimée dans le living-room. Tania se raidit et écarquilla les yeux. Un autre homme demanda :

— Tu es sûr que c'est le bon endroit, Rikar ?

— Ouais, répondit l'autre. Il est ici, je peux le sentir.

— Nom de Dieu ! gronda Mac d'une voix sourde en jetant un coup d'œil vers la porte. Je vais les tuer…

— Qui ça ? s'enquit Tania avec un temps de retard.

Rien d'étonnant à cela. Le désir lui serrait toujours la gorge, et, après avoir été sur le point de connaître des joies inédites sous la houlette de Mac, son manque d'acuité mentale s'expliquait. Pourtant, les voix qui venaient de s'élever dans la pièce d'à-côté l'obligèrent à reprendre bien vite ses esprits. Une retraite rapide s'imposait.

En toute hâte, elle dénoua ses jambes refermées autour des hanches de Mac et tira sur ses mains pour se libérer. Retrouver ses vêtements et s'habiller constituait la première urgence. Pour rien au monde elle n'aurait voulu se retrouver dans le plus simple appareil devant les hommes qui venaient de débarquer. En le suppliant tout bas de la lâcher, elle fit une nouvelle tentative pour lui échapper. Cette fois, il comprit le message et lui libéra les poignets.

— Est-ce que c'est ton truc de dragons ?

À son regard interloqué, elle devina qu'il ne voyait pas de quoi elle parlait et précisa :

— Ta bande, ton groupe, ton pack… je ne sais plus comment tu les as appelés.

— Les Nightfury.

— Ah ! oui, c'est vrai…, dit-elle.

Comme si cela tombait sous le sens, ce qui était loin d'être le cas. Toute cette affaire était purement et simplement incroyable. Yeux qui scintillent, bulle d'air magique, gang de dragons débarquant de nulle part : la liste des bizarreries ne faisait que s'allonger. Mais le plus dingue dans tout ça, c'était qu'elle finissait par s'y habituer et par ne plus avoir peur. À un moment quelconque au cours de ces dernières heures, elle avait accepté Mac pour ce qu'il était et compris qu'il la protégerait. De tous et dans n'importe quelle situation. En somme, il ne restait plus qu'à appeler l'ambulance et à lui tendre la camisole…

— Tania, chérie, je suis désolée, mais…

Mac s'allongea sur le flanc à côté d'elle en soupirant. Soulevé sur un coude, l'une de ses cuisses musclées passée entre les siennes, il prit l'une de ses joues en coupe sous sa main et ajouta :

— Il nous faudra conclure une autre fois. Je te montrerai alors…

Le grincement d'une poignée que l'on tourne se fit entendre. Mac cria par-dessus son épaule, en direction de la porte :

— Le premier qui entre, je lui coupe les couilles !

— Bordel de Dieu ! jura l'homme à l'accent écossais.

— Aïe ! gémit quelqu'un derrière lui.

La crainte perceptible dans le ton de sa voix inspira à Tania l'image mentale d'un des amis de Mac grimaçant et se tenant les parties à deux mains, ce qui la fit pouffer de rire.

D'autres grognements venus de derrière la porte redoublèrent son hilarité. Couvrant sa bouche, elle s'efforça de se reprendre. Mais, lorsque Mac lui adressa un regard noir, elle perdit la partie et se mit à rire franchement entre ses doigts pressés sur ses lèvres.

— Merde…, marmonna-t-il.

— Désolée, s'excusa-t-elle, des larmes de rire plein les yeux. Je sais que ce n'est pas drôle, mais… j'ai juste… Admets quand même que c'est assez…

— … frustrant ? suggéra-t-il.

— Hilarant ! rectifia-t-elle.

Tania lui caressa l'épaule, suivant du bout d'un doigt les lignes ondulées de son tatouage. Il lui sembla que l'encre se mettait à briller et qu'elle devenait chaude sous sa peau. Le phénomène était fascinant et même… plutôt cool. Et tandis que Mac se détendait sous ses caresses, elle s'émerveilla qu'un être tel que lui puisse exister. Soudain, elle aurait voulu tout savoir des pouvoirs magiques qui faisaient de lui ce qu'il était.

— Facile à dire pour toi ! s'insurgea-t-il. Tu as déjà joui trois fois !

— Quatre, en fait.

— Grand bien te fasse !

S'il avait voulu manifester sa mauvaise humeur, le sourire qui accompagnait ces paroles atténua l'effet recherché.

— Pauvre petit…, feignit-elle de compatir.

Elle soutint son regard un instant, puis elle tourna la tête, embrassa le muscle bandé de son biceps, et ajouta :

— C'est si dur de devoir faire ceinture !

— Pas vraiment.

Mac baissa la tête et effleura ses lèvres des siennes. En s'attardant au-dessus d'elle, le visage grave, il murmura :

— Te tenir contre moi… te faire jouir… ça me suffit.

Tania en resta bouche bée. Waouh ! quelle chose incroyable à dire à une femme... C'était si... généreux, si désintéressé. Son cœur se remit à faire des siennes dans sa poitrine. Ainsi se retrouva-t-elle en un instant dans de sérieux ennuis vis-à-vis de l'homme qui se trouvait dans ses bras. Elle aurait voulu lui répondre, dire quelque chose... n'importe quoi... pour rendre l'atmosphère moins solennelle, pour se reprendre et retrouver le droit chemin : celui de la prudence et de l'instinct de survie. Mais, pour une raison ou pour une autre, cela lui fut impossible. Le courage dont il témoignait était trop précieux à ses yeux pour être moqué. Et tandis que sa surprise virait à l'émerveillement, la profonde gratitude qu'elle avait pour lui la fit s'aventurer dans des terres inconnues où rôdait l'amour.

Avant qu'elle ait pu s'en empêcher, elle ouvrit grand son cœur, qu'elle gardait habituellement sous clé, et l'invita à y entrer. Juste une petite seconde d'inattention, et la messe était dite... Tania Solares était foutue. Elle était tombée si vite et si fort amoureuse que lorsque Mac se glissa hors de ses bras et se remit debout, cela lui fit mal de devoir le laisser partir. Elle se résigna néanmoins à le regarder s'éloigner, la gorge serrée, en le laissant emporter le cœur qu'il venait de lui voler.

Mac fit halte au milieu de la chambre et jeta un coup d'œil par-dessus son épaule à Tania. Il voulait évaluer sa réaction, s'assurer que ce qu'il venait de découvrir n'était pas un tour de son imagination. Dans ses yeux, il avait lu sa confiance, son acceptation, peut-être même un peu d'amour – voire beaucoup. Il ne pouvait avoir aucune certitude, car il ne savait comment interpréter le regard qu'elle lui avait lancé.

L'espoir, après tout, était une pente dangereuse menant à des terrains glissants, des précipices dans lesquels il était facile de tomber. Il n'était pas rare qu'un homme se trompe en interprétant les intentions d'une femme. Elles n'hésitaient pas, ensuite, à vous étriper pour ça. Cela se voyait régulièrement. Raison pour laquelle il se tenait à l'écart de toute relation sérieuse. L'engagement menait à la souffrance, point final.

Le sexe et le plaisir, en revanche ? Aucun problème ! Quand une femme ne désirait rien d'autre de lui, il ne disait jamais non. Jusqu'à maintenant, car sa carrière de play-boy s'offrant toutes celles qui lui plaisaient lui semblait à présent terminée. Nu devant celle qu'il n'avait encore pu faire sienne, il le sentait. Ce qui différenciait Tania de toutes les autres demeurait un mystère. Il ignorait pourquoi, mais elle était spéciale. Au fond, il se fichait de savoir pourquoi : la raison importait peu.

Mac retint un soupir désolé. Bon Dieu ! il était foutu. En plein dans les emmerdes, et pas la moindre chance de s'en tirer. Mais se lamenter sur son sort ne risquait pas de résoudre le problème, pas plus que de rester là, à la regarder. La voir entre ses draps, ses longs cheveux retombant en désordre sur ses épaules nues, ne faisait qu'accentuer son désir. Leurs regards se croisèrent, et…

Ah, merde ! autant baisser les bras tout de suite… Il était perdu, pas la peine de tergiverser, ni d'essayer d'aller contre sa nature possessive. Et tandis qu'à son tour son dragon fixait son attention sur elle, lisant ses données corporelles, analysant sa bioénergie, Mac eut plus que jamais envie de la posséder, si totalement qu'elle ne pourrait plus jamais douter de lui appartenir. Ce qu'il obtint à la place fut presque aussi appréciable : un relent de son parfum, le désir perceptible dans ses yeux sombres, ainsi que… oui, c'était bien ça : un véritable attachement outrepassant les limites de l'affection et s'aventurant sur les terres de l'amour.

Bonne nouvelle ? Mauvaise ? Mac n'en savait rien, mais il était bien décidé à le découvrir, à explorer la nature du lien qui les unissait afin de déterminer quel serait leur avenir.

Mais une chose après l'autre…

Tania avait d'abord besoin d'apprendre quelques petites choses à son propos et à propos du genre dragonin, de ce que la magie liée à sa condition lui permettait de faire. Le lui expliquer ne suffirait pas. Curieuse par nature, elle exigerait des preuves et la froide évidence des faits avant d'accepter d'y croire. Son plan s'imposait donc de lui-même… montrer d'abord, survivre au barrage de questions ensuite.

D'une commande magique silencieuse, Mac fit apparaître ses vêtements. Usée à la perfection, sa paire de jeans favorite s'ajusta à sa taille. Brusquement redressée à genoux au centre du lit, Tania écarquillait les yeux, bouche bée. Une seconde s'écoula, puis quelques autres encore, avant qu'elle se reprenne et désigne son pantalon d'un doigt tremblant.

—Habille-toi, *mo chroí*, ordonna Mac en réprimant un sourire.

—Mais… tu…

Un adorable pli de concentration s'était formé entre ses sourcils. Elle laissa son regard courir sur tout son corps… ce qui eut pour effet de faire réagir au quart de tour ses parties intimes. Dieu qu'il aimait sentir ses yeux sur lui, souffrir de la frustration de savoir que, bientôt, elle serait de nouveau tout à lui. Mais pendant qu'il se consumait de désir pour elle, Tania secoua la tête et demanda :

—Comment as-tu fait ça ?

—Par magie, répondit-il simplement.

Puis, serrant la poignée dans sa main, il ouvrit la porte et ajouta en désignant d'un geste le living-room :

—Dès que tu peux, tu nous rejoins, d'accord ?

Sans attendre de réponse, il sortit de la chambre.

—Bordel de Dieu ! s'exclama-t-il en se figeant de l'autre côté de la porte.

Quatre paires d'yeux s'étaient braquées sur lui. Leur attention des plus soutenue avait suffi à le figer sur place.

Il se raidit, tous les muscles en alerte. Se retrouver sous le feu d'un .44 Magnum aurait été moins inquiétant. Et pas de gilet pare-balles en vue…

— Pas trop tôt, grogna Wick.

— Fous-lui la paix…

Forge renifla avec insistance, captant sans doute l'odeur de Tania sur la peau de Mac, et ajouta dans un sourire :

— Ce garçon a été très occupé.

Bastian ricana brièvement et lança :

— Tu es jaloux.

— Et comment ! répliqua Forge. Elle sent diablement bon. Les lys d'eau… quelque chose comme ça.

Les yeux plissés, Mac foudroya son mentor du regard.

— Arrête de renifler ma femelle ! s'emporta-t-il. Ou je pourrais bien te donner une autre leçon de kung-fu…

Assis sur un plan de travail, les jambes se balançant dans le vide, Rikar se mit à rire.

— D'accord, d'accord…, marmonna Forge en se frottant le genou. J'arrête.

Après s'être attardé un instant encore sur l'Écossais, le regard de Mac balaya la pièce.

L'absence de Venom alors que Wick se trouvait dans les parages l'intrigua. C'était assez rare et même plutôt inquiétant. Que se passait-il ? Certes, le mâle ne le portait pas dans son cœur mais, pour qu'il ait renoncé à suivre son pote jusque-là, quelque chose devait vraiment ne pas tourner rond.

En reportant son attention sur Wick, il demanda :

— Où est Tête de Nœud ?

— Il récupère.

Rikar, dont les talons cognaient en rythme sur la porte d'un placard bas, précisa :

— Il a été blessé la nuit dernière.

— Sérieusement ? s'enquit Mac.

— Suffisamment pour qu'il doive rester consigné à la base pour quelques nuits…, répondit Bastian en s'installant sur le sofa, les chevilles croisées sur la table basse. Myst a dû le recoudre. Ce n'était pas joli.

Saisi par une soudaine inquiétude, Mac demanda :

— Ce n'est pas moi, n'est-ce pas ? Je ne l'ai pas…

— Non, répondit Wick. Tes lances d'eau ne l'ont pas atteint. Elles l'ont au contraire tiré d'affaire.

Debout derrière la grande table, il croisa les bras et s'adossa entre deux fenêtres. Les volets qui protégeaient celle-ci vibrèrent sous les assauts du vent venu du large. Les yeux dorés de Wick, habituellement froids et inexpressifs, se troublèrent et… Était-ce une émotion qu'il avait vu passer sur son visage ? D'un air mécontent, le guerrier ploya la jambe et appuya son pied contre le mur avant d'ajouter :

— D'ailleurs, je t'en remercie.

— Nom de Dieu ! s'exclama Rikar.

En pivotant sur son siège, Bastian jeta un coup d'œil à Wick par-dessus son épaule.

Mac comprenait sa stupéfaction. Un témoignage de gratitude de la part de leur psychopathe préféré ? La chose était inédite. Peut-être même pouvait-il en tirer avantage. Dans la pièce voisine, il entendait à présent Tania s'activer : bruits de pas sur le plancher, froissement des vêtements qu'on enfile, du lit qu'on refait. Bientôt, il l'entendit se diriger vers la porte et le besoin instinctif de la protéger le submergea. Ses frères d'armes ne ressemblaient à aucune des unités militaires dans lesquelles il avait eu l'honneur de servir. Un million de fois plus dangereux en apparence, les Nightfury avaient tout d'une bande de *serial killers* prêts à tout, déterminés, brutaux. Et ce que Mac souhaitait éviter par-dessus tout, c'était d'effrayer Tania.

— Écoutez, les gars…, dit-il en croisant l'un après l'autre le regard de ses amis. Allez-y mollo avec elle. Elle est un peu nerveuse, et…

— Je ne suis pas nerveuse, rectifia Tania en ouvrant la porte derrière lui. Je suis juste terrorisée. Il y a une différence, tu sais…

Forge, qui donnait l'impression de maintenir en place le manteau de cheminée en s'y appuyant de l'épaule, lança d'un air amusé à Bastian :

— Contrariante… Pas vrai, l'Irlandais ?

— Les meilleures le sont toujours.

Après avoir enlevé ses pompes taille quarante-huit de la table basse, Bastian se leva et ajouta en faisant rouler ses épaules sous son trench-coat en cuir :

— Myst est comme ça, elle aussi.

Rikar sauta au bas de son perchoir et renchérit :

— Angela de même. Toujours à tenir tête.

D'un hochement de tête, Wick approuva.

Forge ricana et conclut :

— Les femelles de haute énergie sont toutes comme ça : emmerdes et compagnie.

En désaccord avec son mentor, Mac pouvait quant à lui imaginer un certain nombre de choses à faire avec Tania qui ne lui rapporteraient aucune « emmerde ». Par exemple – au hasard – jouer à un jeu à base de domination et de soumission par le biais d'une petite séance de bondage. Même si, pour l'heure, elle semblait avoir autre chose en tête, vu le regard noir qu'elle lui jetait. En s'efforçant de ne pas sourire, il lui prit la main et l'attira vers lui pour qu'elle le rejoigne dans le living-room.

Le temps était venu de faire les présentations. À la mode Nightfury…

Après avoir entremêlé ses doigts aux siens, il la sentit se serrer contre lui, la joue presque nichée contre son bras.

Et, devant ses amis, il était si bon de la sentir ainsi, un peu intimidée, chercher sa protection. Pourtant, elle se tenait droit, le menton fièrement pointé, les épaules carrées, ce qui l'émouvait plus qu'il ne l'aurait souhaité. La fille de ses rêves, appuyée contre son flanc, comme si telle était sa place naturelle, comme si elle s'y était trouvée toute sa vie, s'en remettait à lui pour assurer sa sécurité.

L'idée avait du potentiel, même si elle pouvait sembler un peu ridicule.

Le passé était le passé. Nul ne pouvait le changer, et Mac n'avait aucune envie de revenir en arrière. Il ne voulait plus y penser non plus. L'instant présent était bien plus délectable, et en observant le groupe de guerriers qui avait envahi son chalet il se surprit à remercier Dieu. Pour leur loyauté à toute épreuve, et même – oui – pour l'amour qu'ils lui portaient. Ils n'avaient pas hésité à survoler longuement l'océan – qu'ils détestaient plus que tout – pour l'aider à regagner la base. Désormais, il pouvait compter sur ce dont il avait besoin : une force de combat à toute épreuve, qui l'aiderait à conduire Tania jusqu'à Black Diamond, en toute sécurité.

En ayant son premier aperçu de ses frères d'armes, elle écarquilla les yeux et son regard erra de l'un à l'autre. Mac sentit qu'un frisson la secouait et lui serra gentiment la main pour la rassurer. Ensuite, il se chargea des présentations. Chacun d'eux la salua en hochant la tête et en marmonnant un vague bonjour. Tous, sauf Wick, qui se contenta de soutenir le regard de Tania, le visage aussi inexpressif qu'à l'accoutumée.

Elle se serra un peu plus contre lui, s'éloignant ainsi de Wick. En désignant leur leader, Mac conclut :

— Et voici Bastian. Le commandant des Nightfury.

— Le commandant, d'accord…, murmura-t-elle sans le quitter des yeux. C'est bien lui qui…

— Oui, répondit-il, la comprenant à mi-mots.

Les yeux plissés, Tania dévisagea Bastian puis demanda :
— Où est Myst ?
— À la maison, répondit-il, une lueur d'amusement au fond de ses yeux verts. Elle vous attend.
— OK, dit-elle d'un ton peu amène. Tant qu'elle va bien…
Elle laissa sa phrase en suspens, sur une nuance interrogative. Le sous-entendu était parfaitement clair : si son amie avait eu à souffrir d'une quelconque manière, elle se chargerait elle-même de botter les fesses du commandant des Nightfury, et…
Mac soupira. Voilà qu'il se laissait de nouveau exciter par le cran dont elle faisait preuve.
— Elle va bien, *kazlita*…
Bastian souriait, manifestement amusé par la menace, mais témoignant à Tania de son respect en lui faisant un compliment – *kazlita* : « redoutable » en dragonais. Mac connaissait ce mot. Cela faisait un mois qu'il étudiait le langage des siens, en grappillant de-ci de-là. Désormais, il comprenait à peu près tout ce que disaient ses camarades quand ils s'exprimaient dans cette langue. Bastian chercha son regard et hocha la tête une fois, manifestant ainsi son approbation de la compagne qu'il s'était choisie. Puis, s'adressant à tous, il ajouta :
— Alors… on rentre chez nous, ou quoi ?
Des grognements d'approbation lui répondirent. Un exode massif s'ensuivit. Quatre paires de rangers piétinèrent le parquet en direction de la sortie. Trente secondes plus tard, il ne restait plus qu'eux dans le chalet soudain très vide.
Après lui avoir donné un petit coup de coude, Tania demanda :
— Est-ce que je peux…
Du regard, elle désignait la salle de bains.
— Prends ton temps, répondit-il. Je vais t'attendre dehors.

Rose d'embarras, elle murmura un « merci », lui lâcha la main et contourna le sofa. Dès qu'elle eut disparu dans la salle de bains, Mac s'activa à rectifier le dérangement causé par l'intrusion de ses amis. Quand il eut achevé de remettre un peu d'ordre, il gagna le hall d'entrée. En se dirigeant vers la sortie, il entra en collision avec Tania, qui arrivait par une autre porte.

— Oh, pardon ! s'exclama-t-elle en faisant un bond en arrière.

Elle tenait à la main, roulés en boule, les vêtements dans lesquels elle était arrivée. Mac lui empoigna le biceps pour l'aider à reprendre son équilibre et, en l'attirant à lui, il entendit entre eux un bruit de papier froissé. Un rapide coup d'œil lui permit de distinguer une feuille pliée en quatre que la curiosité l'incita à saisir. Avec un petit hoquet de surprise, Tania l'en empêcha et glissa vivement la lettre dans la poche de son sweat-shirt.

— Prêt ? s'enquit-elle d'un ton un peu forcé.

Mac ne fut pas dupe. Voilà qui était intéressant… Si elle cherchait à lui cacher de petits secrets, elle allait en être pour ses frais, car rien ne le motivait autant qu'une énigme à résoudre. Comme Angela, son ex-partenaire, il ne vivait que pour ça. Tania voulait lui cacher quelque chose ? Découvrir ce que cela pouvait être venait donc s'ajouter en tête de ses priorités.

Mais, pour l'instant, cela pouvait attendre. Les autres Nightfury s'impatientaient à l'extérieur, et Mac lui-même était pressé. Il mourait d'envie qu'elle puisse le voir de nouveau dans son incarnation de dragon. Afin de pouvoir jauger sa réaction et de s'assurer qu'elle l'acceptait réellement tel qu'il était. Bien sûr, elle était d'accord pour coucher avec lui – et même pour lui permettre de la soumettre –, mais ce désir pourrait-il se transformer en un engagement plus profond ? Il avait besoin de le savoir, et il n'était pas du genre à éviter les risques. Les conséquences étaient incertaines, mais il refusait de lui cacher ce qu'il était. Il ne pouvait résulter que des catastrophes de ce genre de dissimulation.

Chapitre 20

Sur les talons de Mac, Tania traversa le porche. Lui coller aux basques paraissait la chose à faire alors qu'une bande d'hommes-dragons traînait dans le secteur. Sauf que…

L'effrayant quatuor n'était nulle part en vue.

Collée au dos de Mac à présent, elle se hissa sur la pointe des pieds et jeta un coup d'œil par-dessus son épaule gauche, mais il n'y avait rien non plus dans cette direction à part la surface lisse de l'épaulement rocheux qui s'étendait devant le chalet. Soudain, elle sentit une saute de vent lui caresser la nuque. Tania tressaillit comme un lapin pris au piège. *Bon sang!* Elle tenta de se raisonner en se disant qu'elle était en train de perdre les pédales, ce qui était totalement idiot. Cette histoire de dragons n'empêcherait pas Mac de la protéger. Pas vrai?

— Relax, *mo chroí*…, murmura-t-il en lui jetant un coup d'œil au-dessus de son épaule. Tout va bien.

Avait-il perdu la tête pour prétendre une chose pareille? Il n'avait manifestement pas fait attention, parce que sinon il aurait remarqué de quelle manière Wick l'avait regardée. À n'en pas douter, l'amicale des *serial killers* devait le compter dans ses rangs…

En crochetant ses doigts dans les passants de la ceinture de Mac, Tania s'entendit demander:

— Ils ne mangent pas les gens, n'est-ce pas?

Il sursauta, manifestement surpris, et se tourna vers elle.

— Pas que je sache…, répondit-il avec surprise.

Plus inquiète que jamais, Tania surveilla le côté ouvert du porche. La lune disparut soudain derrière le plafond nuageux. C'était complet… Rien de tel que le noir de la nuit pour camoufler les allées et venues d'un dragon. Un frisson lui parcourut l'échine.

— Tu sais, lui reprocha-t-elle avec amertume, tu aurais pu simplement me dire non.

— Pour te mentir ? Je croyais que tu m'avais demandé de ne jamais le faire…

— Ne te fais pas plus bête que tu ne l'es…, protesta-t-elle. Il existe parfois des circonstances atténuantes.

En réprimant un sourire, Mac secoua la tête et lui fit descendre les marches à sa suite. Le bois craquait de manière sinistre, mettant à fleur de peau les nerfs de Tania déjà soumis à rude épreuve. C'était le bruit qu'on entendait, dans les films, juste avant qu'un fou armé d'une hache surgisse…

— Pas de tueur en série en vue ! lui lança-t-il.

Sa réflexion la surprit. Lisait-il dans ses pensées ? C'était plausible, D'autant plus qu'elle l'entendait souvent reformuler des choses qui lui étaient passées par la tête.

— Allons-y…, ajouta-t-il. Les autres sont déjà en l'air.

Elle le suivit sur une étendue rocheuse lisse et plate et jeta un coup d'œil nerveux vers le ciel.

— D'accord, maugréa-t-elle. Mais si je me fais manger, c'est toi que je tiendrai pour responsable.

Mac lui répondit en riant et s'éloigna. Elle se hâta de le rattraper en examinant les alentours. À perte de vue, l'océan moutonnait. En contrebas, les vagues venaient se jeter le long de la côte découpée. Incroyable d'une manière qui n'excluait pas le danger, ce spectacle était à couper le souffle : la puissance de mère Nature à son apogée.

— Tania…

La voix profonde de Mac avait déferlé sur elle, semblable à une vague elle aussi. Délaissant le spectacle de l'océan, elle reporta son attention sur l'homme qu'elle crevait d'envie de mieux connaître sans trop savoir pourquoi. Enfin… façon de parler. Il aurait suffi d'un coup d'œil à toute femme sensée pour avoir envie de lui, mais la réaction de Tania allait au-delà de la simple attirance physique et confinait à l'obsession possessive. Et, lorsque leurs yeux se croisèrent, elle cessa de résister.

— Je voudrais que tu regardes, poursuivit-il.

— Quoi ? s'étonna-t-elle.

— Moi.

Rien de difficile à cela. Torse nu au clair de lune, l'océan formant derrière lui un arrière-plan somptueux, Mac ressemblait à l'incarnation d'un dieu grec. Sa peau dorée couvrait des muscles durs et bien dessinés sur ses longs membres. Il était magnifique avec un grand « M », même si ses yeux fixés sur elle s'étaient remis à luire de manière surnaturelle.

L'air ambiant parut soudain se charger d'électricité. Tania sentit ses cheveux se dresser sur sa nuque. Sous ses yeux, Mac se métamorphosa en un gigantesque dragon bleu-gris. Avec un petit cri de frayeur, elle tituba en arrière, perdant l'équilibre. Son derrière alla heurter durement le rocher, mais ce fut à peine si elle sentit la douleur qui en résulta. Elle était trop occupée à observer l'étrange phénomène, fascinée qu'elle était par ce passage instantané de l'homme au dragon.

— Putain…, murmura-t-elle tout bas.

Ses yeux parcouraient ses flancs garnis d'écailles, sa tête cornue, ses griffes meurtrières. Ce dragon avait bien les yeux couleur aigue-marine de Mac. Le genre de bestiole qu'on ne trouvait que dans les contes de fées et les rêves des petites filles. La surprise avait fait place en elle à une admiration mêlée d'effroi qui l'empêchait d'avoir peur.

— Mac…, reprit-elle tout bas. Tu es tout simplement… magnifique !

Le petit grognement par lequel il lui répondit fit sortir un panache de fumée de ses naseaux. Ses babines se retroussèrent en un sourire sarcastique, révélant une rangée de dents tranchantes et un croc impressionnant.

— « Mortellement dangereux » me plairait davantage, plaisanta-t-il.

Sans blague… Cela, il l'était également… à la puissance dix. La lune, qui avait fini de jouer à cache-cache avec les nuages, fit étinceler son épine dorsale en forme de lame affûtée. Tania se remit debout. Ses doigts la démangeaient. En se mordant l'intérieur de la joue, elle se demanda si, peut-être…

Elle se décida rapidement à poser la question. Mac avait une allure trop fantastique pour qu'elle réprime son envie, et elle était trop curieuse pour ne pas lui demander :

— Je peux te toucher ?

— Je t'en prie…

Le dragon qui était Mac fit rouler ses massives épaules. Tandis qu'elle s'approchait, ses écailles produisirent un doux bruit cliquetant. Le cœur battant à tout rompre, le souffle court, Tania ravala son appréhension et s'arrêta devant lui. Une haleine chaude et parfumée à la menthe déferla sur elle, faisant voler ses cheveux, ce qui la fit sourire. *Bon sang, c'est vraiment Mac !* Il s'élevait de lui l'odeur de l'homme près de qui elle s'était réveillée, et non celle qu'on aurait pu supposer être celle d'une bête de légende. Avec une prudente lenteur, elle leva la main et la posa, paume ouverte, contre son poitrail. Un grondement sourd monta de la gorge du dragon. Elle sursauta mais parvint à ne pas le lâcher, joignant même son autre main à la première, les doigts écartés au maximum.

Incroyable…

— Ta peau est tiède, s'étonna-t-elle.

— Les dragons sont des animaux au sang chaud.

— Aucune parenté avec les reptiles, alors ?

Mac pouffa brièvement. Un autre panache de fumée s'éleva, rapidement dispersé par une petite brise nocturne. En faisant porter tout le poids de son corps sur une patte, il retourna l'autre derrière lui, paume vers le ciel, griffes écartées.

— Prête ? s'enquit-il.

Tania hésita un instant. C'était beaucoup dire qu'elle se sentait prête… Elle ne savait comment répondre à cette question, du moins, intelligemment. Le caractère étrange de cette scène ne lui échappait pas. Elle *touchait* un dragon. Elle était même en train de lui *parler*. Alors quant à savoir si elle était prête…

Le bruit du ressac, au bas de la falaise, leur parvenait, obsédant. Sous ses mains, Tania sentait la poitrine du dragon se gonfler d'air. Elle se mordilla la lèvre, leva les yeux et croisa ceux, bleu-vert, qui lui étaient rapidement devenus si familiers.

— On ne va pas refaire le truc de la bulle, au moins ?

— Non, répondit-il. Je t'emmène par la voie des airs.

Alors, si ce n'était que ça… Voler valait beaucoup mieux que…

Tania se figea, atterrée par la tournure prise par ses réflexions. Une fois de plus, elle se demanda où se cachait l'ambulance qui devait la conduire à l'asile, et les infirmiers prêts à lui passer la camisole. Pourtant, elle parvint rapidement à passer outre à ses dernières réticences. En dépit de sa métamorphose instantanée, l'homme-dragon – ou le dragon-homme, peu importait – était réellement Mac. Elle avait toute confiance en lui pour tenir parole et assurer sa sécurité. Et pour la conduire jusqu'à Myst.

Alors, au lieu de résister, Tania décida d'ajouter à la liste de ses exploits récents un acte de foi aveugle et alla s'installer au milieu de la gigantesque paume. Des griffes monumentales se refermèrent lentement autour d'elle. Elle ferma les yeux très fort et s'accrocha à ce qu'elle pouvait tandis que le dragon, après avoir déplié ses ailes, s'élançait dans la nuit noire du haut de la falaise.

Ses pompes bien plantées sur le goudron de l'allée d'accès à Black Diamond, un milk-shake protéiné dans une main, la moitié d'un bagel toasté dans l'autre, Venom regardait la femelle de Bastian faire les cent pas nerveusement. La vitesse à laquelle elle se déplaçait lui donnait le tournis. Elle aurait pu concourir pour le marathon. Sans se lasser, elle allait et venait, son aura d'un blanc lumineux laissant une trace dans son sillage. L'abondance d'énergie qu'elle dégageait lui donnait l'allure d'une comète.

Ou d'une supernova.

Peu importait l'analogie. Mais que Myst puisse être dans cet état inquiétait Venom plus qu'il ne l'aurait souhaité. Toute cette agitation ne devait pas être bonne pour elle. En fourrant le reste du bagel dans sa bouche, il se rembrunit. Qu'en savait-il, au fond ? Il n'avait jamais côtoyé jusque-là de femelle enceinte, avec la circonstance aggravante que celle-ci était la compagne d'un mâle de son groupe. Il paraissait cependant logique d'imaginer que son anxiété ne pouvait être une bonne chose, et…

— Eh merde ! résuma-t-il, la bouche pleine.

Bastian n'allait pas être ravi quand il rentrerait. Ce qui ne serait bon pour personne, et surtout pas pour lui. Il lui suffirait de constater l'état de nervosité dans lequel se trouvait Myst pour flipper illico et lui tomber sur le râble. La perspective n'avait rien d'enviable. Il suffisait à un mâle d'avoir deux sous de jugeote pour le comprendre.

Inutile d'espérer y couper, cependant. Venom savait qu'il méritait l'engueulade qui lui pendait au nez. Autant faire péter tout de suite l'ibuprofène, parce que sans l'ombre d'un doute il en aurait besoin quand son commandant en aurait fini avec lui…

Son en-cas terminé, Venom grimaça en voyant Myst s'agiter de plus belle. Il avait besoin de trouver une parade, de quoi la calmer un peu avant le retour des autres. Il avait essayé de lui parler, cela n'avait rien donné. Il l'avait menacée… ce qui lui avait valu un doigt d'honneur, sans autre résultat probant. Quand il s'était résigné à la supplier, bien évidemment, l'échec avait été une fois de plus au rendez-vous.

Il s'en voulait de lui avoir annoncé que Bastian était sur le chemin du retour, avec Mac, Tania et le reste de l'équipe. Après cela, Myst s'était révélée incapable de tenir en place. En attendant que sa meilleure amie se montre enfin, elle s'était tracé devant Black Diamond un circuit qui la conduisait le long de l'allée dallée, avant d'obliquer sur la gauche au troisième buisson, de redescendre l'allée carrossable jusqu'aux portes du garage, et de longer celui-ci vers la droite pour tout recommencer.

Les bras ballants, ses pieds bottés écrasant le gravier à un rythme d'enfer, elle achevait un nouveau tour. En s'essuyant discrètement les doigts sur son short, Venom décida que le moment était venu d'effectuer une nouvelle tentative.

— Myst ! lança-t-il d'une voix grondante tandis qu'elle s'approchait de lui. Arrête un peu, veux-tu ? Tu me rends dingue.

Elle le considéra un instant d'un œil noir et demanda :

— Bordel ! mais que font-ils ?

— Ils vont arriver d'une minute à l'autre…, lui assura-t-il, ce qu'il lui avait déjà répété quatre fois.

— Pourquoi sont-ils si longs ?

— Elle va bien, Myst. Tania est saine et sauve. Elle est avec Mac, qui dit qu'elle réagit plutôt bien à la situation, alors…

— Oh, ferme-la ! s'impatienta-t-elle. Quand tu dis qu'elle va bien, autant traduire qu'elle doit être morte de peur ! J'y ai moi-même eu droit il y a cinq semaines de cela, avec Bastian. Tu ne te souviens pas ?

Une brusque volte-face amena Myst juste devant Venom. Campée devant lui, ses yeux violets crachant des éclairs, elle agita son index si près de son nez qu'il tressaillit.

— Il m'a transportée dans les airs dans ma putain de voiture ! reprit-elle avec véhémence. Alors je t'interdis de me dire qu'elle va bien !

Venom ouvrit la bouche, puis la referma sans avoir réussi à dire un mot. *Bon Dieu, ce langage !* Plutôt inhabituel, pour elle, et d'autant plus choquant qu'elle passait son temps à leur reprocher la vulgarité du leur. Du moins, lorsque G.-M. – alias Gregor-Mayhem, le fils biologique de Forge, qu'elle avait adopté – se trouvait dans les parages. Le front ridé d'un pli soucieux et après avoir levé les bras au ciel, elle le contourna et envoya valser d'un coup de pied un caillou qui se trouvait sur son chemin. Venom retint son souffle. Cela signifiait-il qu'elle allait se calmer ? Il l'espérait, parce que…

Encore raté ! En route pour un nouveau tour, Myst s'éloignait rapidement sur l'allée carrossable.

Venom poussa un soupir, puis reporta son attention sur la porte d'entrée, derrière laquelle son ouïe hypersensible avait repéré un bruit de pas. Un instant plus tard, le déclic de la poignée se fit entendre et la porte massive s'ouvrit en grand, livrant le passage à Angela. Les spots du porche éclaboussaient de lumière sa chevelure d'un roux éclatant. Avec un claquement sec, elle referma le lourd battant en cèdre derrière elle.

Il remonta le chemin pour la rejoindre, une main posée sur son ventre. La douleur s'y fit longuement sentir, avant – ô joie ! – de migrer vers sa hanche et sa jambe. Réprimant un juron, Venom s'arrêta au bas des marches du porche et lança à l'attention d'Angela :

— Au secours ! Femme folle à trois heures…

D'instinct, Ange posa la main sur le pistolet accroché à sa cuisse, une seconde avant de découvrir qu'il s'agissait de Myst. Ses yeux revinrent se poser sur lui. Elle eut un bref ricanement et répondit :

— Des clous, tu resteras tout seul dans cette galère.

— Allez, va lui parler…, plaida-t-il en lui lançant une œillade qu'il espérait convaincante. Tu vois bien que je suis blessé.

— Cours toujours, moineau…

Venom tressaillit. *« Moineau » ?*

— Espèce de garce sans cœur ! maugréa-t-il.

— Tu es encore loin du compte…, répliqua-t-elle, un large sourire aux lèvres.

Il le lui rendit, reconnaissant de la trêve qu'elle avait instaurée entre eux. Ange était plutôt cool. Une dure à cuire, et une femelle de haute énergie qui en imposait. Exactement le genre de Rikar, et tout à fait ce dont il avait besoin. *Alléluia !* Il se montrait bien plus détendu, ces derniers temps, bien meilleur camarade et bien moins chiant. Ce qui était toujours bon à prendre.

En parlant du loup…

Venom sentit une décharge électrique, annonçant l'arrivée imminente du second, lui parcourir l'échine. Rikar se rendit visible un instant avant que ses griffes ne touchent le gravier. Dressé sur ses pattes arrière, ses écailles blanches brillant au clair de lune, il battit des ailes et fit s'élever un tourbillon de poussière. La température chuta de quelques degrés, ce qui n'empêcha nullement Angela, ravie, de se précipiter pour accueillir son compagnon qui reprenait forme humaine.

— Salut, play-boy ! lui lança-t-elle gaiement.

Dès qu'elle l'eut rejoint à l'extrémité de l'allée dallée, elle le serra dans ses bras. Un instant plus tard, elle se hissa sur la pointe des pieds et lui donna un baiser avant de demander :

— Les autres ?

— Ils arrivent.

Par-dessus la tête de sa compagne, Rikar chercha le regard de Venom et demanda en désignant Myst d'un signe de tête :

— Elle accuse le choc ?

— J'ai fait de mon mieux, répondit-il dans un haussement d'épaules.

Forge et Wick atterrirent ensuite, chacun à une extrémité de l'allée carrossable. Tandis qu'ils se transformaient et que leurs pompes foulaient le gravier, Bastian arriva comme une tornade. Le vent forcit, balayant les frondaisons, faisant ployer les arbres. Bien avant de toucher le sol, il replia ses ailes et se laissa tomber telle une pierre. D'énormes pattes vinrent se poser lourdement devant les portes du garage. Celles-ci tremblèrent dans un bruit métallique. Le sol vibra. Les épines bleu nuit disséminées le long de son échine s'entrechoquèrent. Dénudant ses crocs, il grogna, puis secoua longuement sa tête cornue.

— Bastian !

À la vitesse d'un missile, Myst courut vers lui. Les yeux verts de Bastian, luisant dans le noir, se posèrent sur elle. Il se métamorphosa après avoir poussé un dernier grognement et son trench-coat en cuir vint s'ajuster autour de ses épaules. Il s'élança vers elle à son tour et, après l'avoir attrapée au vol, referma ses bras autour d'elle.

— Où sont-ils ? demanda-t-elle, impatiente. Est-ce que Tania va bien ? S'il te plaît, dis-moi…

— Tout va bien, *bellmia*.

Bastian embrassa le sommet de son crâne et désigna un point situé au-dessus de la ligne d'arbres.

Venom plissa les yeux et scruta la portion du ciel qu'il indiquait. Que se passait-il ? Pourquoi ne pouvait-il voir – ni sentir – quoi que ce soit ? Aucune saute d'énergie. Pas la moindre trace du bleu en phase d'approche. Rien d'autre que l'air embaumant le pin tandis que ses frères d'armes se joignaient à lui devant les marches du porche. Rien, sauf…

Venom inhala profondément, mettant à contribution toute l'étendue de son sens olfactif. Une nouvelle odeur venait de se mêler aux autres : celle de l'eau salée, de l'océan.

Une seconde plus tard, Mac sembla surgir de nulle part. Il volait vite, fonçant tel un bolide bleu-vert. Les sourcils froncés, Venom n'en croyait pas ses yeux. Depuis quand le novice savait-il manier le sort de dissimulation ?

— Le petit a bien grandi…, commenta Forge.

Mimant la plus extrême émotion, il posa une main sur son cœur et essuya sur sa joue une larme imaginaire. Venom eut beau le foudroyer du regard, ce satané Écossais n'en ajouta pas moins :

— Prépare-toi, tête de nœud. Mac a appris deux-trois trucs.

Facile à croire. Le sort de dissimulation n'était pas une mince affaire. En avoir désormais la maîtrise permettrait à Mac de se joindre à leurs missions, sous la supervision d'un mâle plus expérimenté qui l'aiderait à achever sa formation sur le terrain. De l'aventure qui décoiffe, de l'action live en prime time, Mac allait en avoir sa dose… Venom croisa le regard de leur commandant. Bastian haussa un sourcil, ce qui lui donna un très, très mauvais pressentiment. Il espérait se tromper, mais…

Bordel ! leur leader était bien assez futé – ou cruel, il ne parvenait pas à se décider – pour lui imposer cela. Il n'aimait rien tant qu'un groupe soudé, s'attendait à ce que tous les Nightfury s'entendent et présentent un front uni contre l'adversité. Le doute ne lui était donc plus permis. Ce regard – celui auquel il avait droit pour l'heure – lui apprenait tout ce qu'il avait besoin de savoir. Que cela lui plaise ou non, la bleusaille allait devenir son meilleur pote – le troisième sommet du triangle guerrier qu'ils allaient former en compagnie de Wick.

En regardant Mac atterrir, une femelle au visage livide installée au creux de sa patte, Venom serra les dents. Selon toute vraisemblance, il allait devoir tenir la promesse qu'il avait faite à Angela de faire la paix avec leur dragon d'eau attitré.

Ce qui, de toutes les manières possibles, allait vraiment lui coûter énormément…

Chapitre 21

Dès l'instant où Mac amorça sa descente, Tania s'agita au centre de la paume calleuse qui lui avait servi de nacelle. Elle voulait sortir ! Tout de suite ! Retrouver le plancher des vaches, sentir sous ses pieds la bonne terre ferme, ne plus rester suspendue dans les nuages, à regarder le moutonnement des forêts défiler sous elle. Mais, alors qu'ils se trouvaient encore à quelques pieds du sol, une secousse fit tanguer la patte du dragon. Elle sentit son estomac se rebeller et un flot de bile inonder son arrière-gorge.

Un haut-le-cœur la secoua mais elle parvint à se contenir en respirant for. Elle refusait de se mettre dans l'embarras, pour ce qui devait être la énième fois au cours de ces dernières vingt-quatre heures. Non merci... elle en avait assez de jouer les poules mouillées, et assez des insubordinations de son propre corps également. Elle aspirait à ce qu'il se conforme au programme habituel, mais ses muscles en compote semblèrent d'un autre avis quand elle fit appel à eux.

Une autre secousse lui fit serrer les dents de plus belle, le cœur au bord des lèvres. Exactement ce dont elle n'avait pas besoin étant donné les circonstances : une trahison de son corps pour accompagner celle de son esprit.

Forçant ses bras à lui obéir, Tania interposa ses mains entre ses clavicules et l'une des griffes de Mac, qu'elle repoussa très fort. Soudain, celle-ci céda et elle sentit la patte du dragon se dérober sous elle. Prise de panique, elle ferma les yeux et ne se retint de crier qu'en sentant aussitôt après Mac la serrer fortement contre lui. Sous ses pieds se trouvait de nouveau un sol ferme.

Tania ouvrit les yeux et sentit un soulagement intense se faire jour en elle. Mac était redevenu lui-même. Bien à l'abri tout contre son corps parfaitement humain, elle frissonna et glissa ses bras sous sa veste en cuir pour l'enlacer, le visage niché dans son cou.

— Ça va ? s'inquiéta-t-il en caressant doucement son dos.

— Je crois que je déteste les hauteurs à présent, répondit-elle.

— Parce que tu ne les détestais pas, avant ?

— Je n'en étais pas sûr. Maintenant, je le sais.

Elle le sentit sourire contre sa tempe, avant qu'il ne lui murmure à l'oreille :

— Prépare-toi, chérie... Missile en approche.

« Missile en approche » ? Mais de quoi diable voulait-il...

— Tania ! s'écria une voix féminine derrière elle. Dieu soit loué tu es sauve !

En jetant un coup d'œil par-dessus son épaule, elle vit qui accourait vers eux et sentit les larmes qu'elle retenait depuis plus d'un mois lui mouiller les yeux. Alors que les premières d'entre elles dévalaient ses joues, elle se retourna entre les bras de Mac, qui la laissa s'élancer vers sa meilleure amie. Elle ne prêta aucune attention à la douleur provoquée par le gravier à ses pieds nus. Elles se rejoignirent à mi-parcours, au beau milieu de l'allée carrossable, se jetèrent dans les bras l'une de l'autre, et...

La fête lacrymale des retrouvailles put commencer. Autrement dit, la rencontre de deux femmes hystériques, riant, pleurant, parlant en même temps, marquant une pause pour reprendre leur souffle, puis recommençant tout depuis le début...

En reprenant difficilement son souffle, Tania essuya ses deux yeux avec le dos de ses mains. Puis, en serrant Myst très fort contre elle, elle s'écria :

— Bon Dieu, ce que je suis contente de te revoir !

— Et moi donc ! renchérit Myst en réprimant un sanglot.

— J'étais persuadée que tu étais morte.

— Assassinée par un tueur en série ?

— Coupée en morceaux à la hache !

— Répugnant…

Sa meilleure amie fit une grimace, puis se mit à rire entre ses larmes et ajouta :

— Rien d'aussi spectaculaire, en fait.

— Ouais, c'est ça…, commenta Tania, pince-sans-rire. Si une bande d'hommes-dragons n'a rien de spectaculaire à tes yeux, je ne sais pas ce qu'il te faut !

Le souvenir de Mac atterrissant lourdement sur le toit de sa voiture lui revint en mémoire, réveillant le regret poignant que lui inspirait la perte de sa Mini Cooper. C'était stupide, elle en avait conscience, d'éprouver un sentiment de deuil pour un objet, mais… elle avait réellement *aimé* cette voiture. Elle avait passé des heures au garage, en compagnie du mécanicien qui l'avait aidée à refaire une beauté d'un tas de rouille. L'imaginer réduite à présent à l'état d'épave au fond du Puget Sound…

En jetant un regard noir à Mac, Tania maugréa :

— Des hommes-dragons qui n'aiment rien tant, qui plus est, que de massacrer d'innocentes voitures !

— Nom de Dieu ! murmura-t-il. Je croyais pourtant qu'on avait fait le tour du sujet…

Myst cligna des yeux un instant.

— Quoi ? s'étrangla-t-elle. Ils ont aussi bousillé ta voiture ?

Tania fronça les sourcils. *« Aussi » ?* Elle ouvrit la bouche pour s'enquérir des détails, mais son amie ne lui en laissa pas le temps. Avec sa manière habituelle de prendre le taureau par les cornes, Myst l'entraîna par le bras entre deux haies de buis jusqu'à un perron imposant.

— Viens ! lança-t-elle en lui faisant gravir les marches. J'ai une tonne de choses à te raconter.

Et c'est ainsi que Tania fut traînée en remorque jusque dans la maison, comme une adepte du ski nautique accrochée à un hors-bord puissant. Une minute plus tard, Myst lui fit les honneurs d'une cuisine rutilante, dans laquelle des placards d'un blanc brillant rivalisaient d'élégance avec des comptoirs en marbre, sous l'œil impartial de spots halogènes. L'ensemble, magnifique, aurait pu rivaliser avec ces intérieurs de rêve pris en photo dans les magazines. Il s'en dégageait une impression de sophistication qui ne nuisait en rien au confort.

En passant au large du vaste îlot central, Myst s'écria :

— Daimler, tu es là ?

Une porte s'ouvrit à l'autre extrémité de la cuisine. D'un bond joyeux, un jeune homme franchit le seuil, une spatule dans une main, un petit gâteau dans l'autre.

— Oui, *milady* ?

Marquant une pause dans le tour du propriétaire au pas de course qu'elle lui faisait faire, Myst fit les présentations.

— Laisse-moi te présenter ma meilleure amie, Tania.

— Oh ! quel plaisir de vous rencontrer ! s'exclama-t-il. Bienvenue à Black Diamond, lady Tania.

Avec exubérance, il joignit les mains devant lui. La spatule maculée de crème tangua dangereusement, avant qu'il ne la redresse dans un sourire éclatant – au sens propre puisque celui-ci fit étinceler l'une de ses dents en or.

Tania se retint de rire de cet accueil et le remercia. Impossible de ne pas l'aimer. Ce Daimler était trop adorable, avec sa manie de vous donner du « *milady* » et du « lady Ceci-cela »... Sans parler du plaisir manifeste qu'il éprouvait à faire sa connaissance. Mais en lui rendant son sourire, elle l'observa d'un peu plus près, découvrant certains détails qui… Cela paraissait étrange, mais ses oreilles…

En donnant à Myst un petit coup de coude, elle chuchota :

— Tu as vu ? Il a des oreilles pointues…

— Normal, c'est un elfe, répondit son amie sur le même ton.

Surprise, Tania arqua un sourcil avant de se reprendre. Après tout, pourquoi pas ? Si elle acceptait l'existence d'un gang de dragons, elle pouvait aussi bien admettre celle des elfes… Quoi de plus normal ?

Myst lui lança un regard amusé, lui serra brièvement la main et demanda :

— Daimler, pourrais-tu nous trouver quelque chose à manger ?

— Ce genre de petits gâteaux ? suggéra-t-il en leur montrant celui qu'il avait en main.

— Avec un glaçage au chocolat ?

Tout comme son amie, Tania gardait les yeux fixés sur la spatule maculée.

L'elfe acquiesça d'un hochement de tête.

— Parfait ! approuva Myst en lui souriant.

Le visage de Daimler s'illumina en retour. Tania secoua la tête. En une heure à peine, son amie pouvait se faire aimer de n'importe qui. Alors, au bout de cinq semaines, l'adoration dont elle semblait faire l'objet ici n'avait rien d'étonnant.

— Je serai dans ma chambre, précisa-t-elle. Au fait… débrouille-toi pour garder Bastian occupé, veux-tu ? Nous avons à parler entre filles.

Oh, oui ! voilà qui convenait parfaitement à Tania. Après des semaines passées dans la solitude – sans coups de fil quotidiens, sans intermèdes dans un *coffee-shop*, sans lèche-vitrine agrémenté de papotages –, elle avait besoin de sa dose plus encore qu'une accro au café de son shoot d'expresso.

Après avoir remercié l'elfe elle aussi, Tania pivota sur ses talons et suivit Myst qui l'entraîna, hors de la cuisine, dans un large corridor. Lui aussi aurait pu figurer dans un magazine de déco et design : parquet sombre, double rangée d'halogènes au plafond haut, murs blancs courant derrière une imposante cimaise et…

Une étonnante collection d'art, exposée de part et d'autre du corridor. Tania n'avait jamais rien vu de tel. Enfin presque. Seul le Louvre, à Paris, pouvait rivaliser avec l'alignement de chefs-d'œuvre accrochés à ces murs – et encore, pas de beaucoup.

— Bonté divine ! lâcha-t-elle dans un souffle.

Instinctivement, elle s'était mise à chuchoter, de peur qu'un gardien vindicatif ne débarque pour lui intimer le silence. Devant un tableau représentant des ballerines, Tania s'immobilisa.

— C'est un Renoir, non ?

— Ouaip, répondit Myst.

En désignant le tableau voisin, Tania ajouta :

— Et ça ? Un Vermeer ?

— Gagné !

— Bon sang !

— Je sais, approuva son amie dans un sourire. C'est fou, non ? Et assez ruineux. Wick est un grand amateur d'art.

Parlaient-elles du même homme ? Celui qui lui avait lancé en guise de bienvenue un regard d'assassin au chalet de Mac ? Qu'un psychopathe puisse être amateur d'art, cela paraissait curieux, mais pouvait-il y avoir en résidence plus d'un Wick à Black Diamond ? Tania espérait bien que non !

À l'extrémité du corridor, Myst fit halte devant une double porte, qu'elle ouvrit grand devant elle, la faisant pénétrer dans…

Un antre masculin. Aucun autre terme n'aurait pu mieux décrire cette pièce. Des murs couleur aubergine. Un grand lit bateau ancien, garni d'une couette gris pâle. Ici ou là, quelques touches anthracite. Pas de chichis. Pas de fantaisies. Rien qu'un espace austère et typiquement masculin.

Tania laissa son regard courir sur quelques autres détails, comme le grand fauteuil réglable installé devant la cheminée. Avec un sourire, elle songea qu'au moins quelques éléments ne dérogeaient pas à la règle à Black Diamond. Seul un homme pouvait avoir l'idée de conserver une chose aussi laide et y tenir au point de la rafistoler avec du ruban adhésif.

— La chambre de Bastian ? pronostiqua-t-elle.

— La mienne également.

Au centre de la pièce, Myst lui lança un coup d'œil pardessus son épaule. Tania secoua la tête quand leurs regards se croisèrent. Tout cela n'avait aucun sens. Un peu plus d'un mois plus tôt, son amie menait une vie parfaitement normale. À l'hôpital dans lequel elle travaillait, sa carrière aurait pu la mener au sommet de la hiérarchie administrative. Et à présent, elle jouait au papa et à la maman avec un type qui commandait un clan – ou une bande, ou un groupe, ou un gang, ou Dieu savait quoi d'autre encore – d'hommes-dragons. Tout cela au nez et à la barbe des autorités qui dirigeaient le monde des hommes.

Pire encore, Myst semblait parfaitement se satisfaire de cette situation. Elle paraissait contente, heureuse. Tania ne l'avait jamais vue aussi épanouie.

— Bon sang, Myst ! s'étonna-t-elle, incapable de comprendre. Que s'est-il passé ? Nous étions sur le point d'aller prendre un café, et d'un seul coup… plus personne. Tu avais disparu…

— J'ai été kidnappée, en fait. Dans ma voiture. Avec un bébé nouveau-né qui hurlait tant et plus.

— Mais qu'est-ce qu'ils ont, ces types, avec les voitures ?

— Je l'ignore, mais Bastian a cueilli la mienne comme un aigle fondant sur sa proie et l'a emmenée dans les airs.

Puisqu'elles en étaient à échanger leurs expériences, Tania raconta :

— Mac a atterri sur la mienne, puis il y est entré en arrachant la portière et il nous a jetés au bas d'un pont…

Myst en resta un instant bouche bée, puis elle se mit à rire.

— D'accord, dit-elle. Tu gagnes.

— Tu veux connaître la suite ?

— Raconte !

Traversant la pièce, Tania alla s'installer en compagnie de son amie sur le grand lit, où elles s'assirent toutes deux en tailleur. Après avoir attrapé un oreiller chacune et l'avoir installé dans leur giron, elles se mirent à parler, encore et encore. Et tandis que cette longue litanie s'écoulait de ses lèvres, elle sentit sa tension décroître. Dieu ce qu'il était bon de se débarrasser ce qu'elle avait sur le cœur, de pouvoir se livrer auprès de quelqu'un qui comprenait de quoi il retournait, et, plus encore, d'oublier l'inquiétude qui n'avait cessé ces dernières heures de la ronger de l'intérieur !

Quant à Myst, c'était une bénédiction de l'avoir de nouveau près d'elle. Elle hochait la tête quand il le fallait, posait les questions qui s'imposaient, si bien que Tania, parfaitement en confiance, ne tarda pas à s'aventurer en territoire plus personnel. Elle lui parla de Mac et de ce qu'elle ressentait pour lui. L'intensité de sa réaction n'avait aucun sens. Tout cela était aussi bizarre qu'effrayant, mais d'une certaine manière… ce qui se passait entre eux avait aussi quelque chose de miraculeux. Deux impulsions contradictoires la tiraillaient : sauter dans les bras de Mac, ou le fuir en courant. Elle ne savait franchement pas quelle attitude adopter.

Enroulant autour d'un de ses doigts un fil de la taie, Tania se risqua à demander :

— Je suppose… que tu es amoureuse de Bastian, n'est-ce pas ?

— Oui, je l'aime.

Myst tendit rapidement le bras et lui saisit la main avant d'ajouter :

— C'est lui. Tu comprends ? C'est lui que...

— ... tu attendais, acheva Tania à sa place.

Seigneur ! combien de fois avait-elle entendu cela ? « Si seulement... » Tout un monde d'espoir, de rêve, en deux simples mots. C'était presque devenu une rengaine entre elles. Du moins, dans la bouche de Myst. Tania, qui n'accordait aucune confiance aux hommes, ces créatures fourbes, ne pouvait aspirer à un engagement durable. Son indépendance devait demeurer un impératif absolu.

— Au fait..., reprit-elle, hésitant à poursuivre.

— Vas-tu cracher le morceau ? s'amusa son amie.

Tania se mit à rire. Inutile d'espérer la duper. Myst la connaissait trop bien.

— Il y a quelque chose que j'ai du mal à comprendre, avoua-t-elle.

— Quoi donc ?

— Comment puis-je avoir couché avec Mac et ne pas m'en souvenir ?

Myst se figea et demanda :

— Quand est-ce arrivé ? La nuit dernière ?

— Non. Il y a un mois de cela. Dans ton... dans ton loft.

Tania fit la grimace après avoir lâché cet aveu. Oui, vraiment, cela s'annonçait mal. Rien de tel pour se brouiller que de confier à sa meilleure amie avoir couché dans son lit avec un type, sans sa permission.

— Désolée, reprit-elle dans un souffle. Je ne voulais pas, mais... tout s'est passé si vite. Alors que je te cherchais partout, j'étais allée chez toi et... Mac s'est pointé et... nous sommes en quelque sorte... tombés l'un sur l'autre. Enfin, tu vois...

En se mordillant la lèvre, Tania lança à Myst un regard d'excuse et ajouta :

— Mais, le plus bizarre, c'est que je ne me suis souvenue de rien jusqu'à hier, quand je l'ai revu.

Myst, qui semblait bouillir sur place, lança d'une voix grinçante :

— Je vais le tuer !

Tania cligna des yeux et s'étonna :

— Qui ça ? Mac ?

— Non. Bastian.

Myst plissa les yeux, les posa brièvement sur la porte, puis elle lança violemment l'oreiller qu'elle tenait contre elle par-dessus son épaule. Il alla s'écraser dans un bruit sourd contre la tête de lit. Bon sang ! Tania connaissait ce regard. Quelqu'un allait avoir de gros ennuis, mais apparemment – Dieu, merci ! – ce ne serait pas elle.

— Je-vais-le-tuer ! martela son amie en scandant chaque mot. Attends un peu que je lui mette la main dessus…

Cela se confirmait. Un règlement de comptes se profilait à l'horizon, mais Tania n'était pas concernée. Elle ne comprenait pas ce qui motivait une telle vindicte, mais au moins il n'était pas question de l'« emprunt » intempestif du lit de Myst pour un impromptu amoureux. À en juger d'après son état d'esprit, cela aurait pu rapidement faire du vilain. Il en fallait beaucoup pour mettre son amie en colère, mais quand cela arrivait il valait mieux ne pas se trouver sur son chemin.

— Ce foutu mec ! tempêta-t-elle en se rapprochant du bord du lit. Ça lui ressemble bien d'avoir tout arrangé en douce…

Soucieuse, Tania la regardait faire. Sa surprise se mêlait à présent d'un peu d'inquiétude. Que se passait-il ? Elle ouvrit la bouche pour le demander. Myst ne lui en laissa pas l'occasion.

— « La routine… », qu'il disait ! fulmina-t-elle de plus belle.

Aussi souple qu'une gymnaste, elle se remit debout, les mains sur les hanches, ses yeux lançant des éclairs.

— Et Sloan ! reprit-elle. Oh ! je vais le tuer aussi, celui-là…

— Pourquoi ?

— Il m'a affirmé qu'ils avaient fait appel à une call-girl pour stabiliser les énergies de Mac avant son premier changement. Sauf qu'il a négligé de me dire que *tu* étais là également.

Avec un grondement sourd, Myst s'éloigna du lit et gagna la porte de la chambre avant de préciser :

— Ensuite, il ne leur restait plus qu'à effacer ce souvenir en toi. Ils sont allés jusqu'à trafiquer la mémoire de ma meilleure amie, nom d'un chien !

— Je… je te demande pardon ?

En proie à une certaine confusion, Tania n'arrivait plus à suivre. Rien d'étonnant à cela. Lorsque Myst partait en vrille, même un génie ne serait pas parvenu à la suivre.

Revenant se camper au milieu de la pièce, les poings posés sur les hanches, elle l'ignora et enchaîna :

— Je suis entourée d'une bande de menteurs ! Des *menteurs*, je te dis ! Attends un peu que je…

— Temps mort ! s'écria Tania, l'interrompant brusquement.

Myst se retourna vers elle. Tania sauta à son tour du lit et atterrit souplement sur le tapis persan. En dévisageant son amie, elle mit de côté toutes les questions qu'elle avait prévu de lui poser. Il ne demeurait plus en elle qu'un sujet de préoccupation, qui dominait tous les autres.

Une prostituée. Avec Mac.

Sa fureur fut si prompte à la dominer qu'elle en fut surprise. Si Mac s'était trouvé dans la pièce, elle lui aurait jeté sans hésiter à la tête ce qui lui tombait sous la main.

— Une petite clarification…, dit-elle en luttant pour garder un ton égal. Peux-tu me dire, s'il te plaît, de quoi tu parles.

Dieu ! que cela lui était difficile… Elle aurait voulu se lancer tout de suite à la recherche de Mac et lui faire passer un sale quart d'heure. Ridicule ? Parfaitement ! Après tout, il ne lui devait rien. Jamais il ne lui avait juré fidélité. Le sujet n'avait même pas été abordé entre eux. Pourtant, l'imaginer dans les bras d'une autre suffisait à la faire passer en zone dangereuse… pour la femme en question.

Après avoir soupiré longuement, Myst lui répondit :

— Que sais-tu du Méridien et de la façon dont il fonctionne ?

— Juste ce que Mac m'en a dit. Quelque chose à propos de courants électrostatiques ceinturant le globe, auxquels les hommes-dragons se connectent. Mais, honnêtement, j'étais si fatiguée quand il m'en a parlé… que je n'ai pas retenu grand-chose.

— D'accord, dit Myst en rajustant ses cheveux blonds derrière ses oreilles. Voilà comment cela fonctionne.

Tania se félicita de pouvoir enfin compter sur une source d'information digne de foi. Mais en écoutant son amie lui expliquer de quelle manière un homme-dragon utilisait l'énergie féminine pour se connecter au Méridien, y puisant la nourriture dont il avait besoin pour rester en vie et en bonne santé, elle sentit un sourd ressentiment l'envahir. Mac s'était servi d'elle de cette manière, elle le comprenait à présent. Dans le loft, mais également dans son chalet, lorsqu'il lui avait massé les pieds.

En se pinçant l'arête du nez, elle rassembla ses souvenirs. Il y avait eu cette impression étrange de siphonnage, accompagnée d'une sensation de chaleur, de plaisir, de confort. Oui, cela pouvait correspondre à ce que Myst décrivait, mais cela n'en restait pas moins… du vol !

Pourtant… était-ce vraiment le cas ?

Tania n'en savait rien. Elle n'était même pas sûre de ce que lui inspirait l'idée, en se prêtant ainsi à lui, de le nourrir – sans même parler de cette histoire de manipulation de la mémoire et d'effacement des souvenirs. Il n'était pas évident de se faire une opinion. Surtout en prenant en considération l'attirance – ou plus exactement le besoin irrésistible – que Mac lui inspirait.

— Qu'est-ce que ça te fait de nourrir Bastian ? s'enquit-elle pour se faire une idée des tenants et des aboutissants selon une perspective féminine. Ça te plaît ? Je veux dire… est-ce que tu le fais parce qu'il en a besoin, ou est-ce que tu…

— J'adore ça. C'est une expérience… incroyable.

Myst, qui paraissait soudain épuisée, soupira longuement et ajouta d'un ton vindicatif :

— Ce qui ne veut pas dire que je ne vais pas l'engueuler pour ne pas m'avoir dit que… Bon sang, Tania ! il t'a offerte à Mac comme un repas sur un plateau…

— Eh bien…

Comme elle ne parvenait pas à poursuivre, Myst s'impatienta :

— Eh bien quoi ?

— Je n'y ai pas exactement été forcée.

Tania sentit ses joues s'empourprer quand elle ajouta :

— En fait… dans cette histoire… c'était peut-être bien moi… l'agresseur.

Son amie lui lança un regard surpris et la laissa poursuivre :

— Je crois me souvenir que Rikar a tenté de nous séparer, mais je… disons que je ne l'ai pas laissé faire.

— D'accord, je vois…, murmura Myst, les yeux brillants.

Une seconde plus tard, elle renonça à contenir son hilarité et se mit à rire franchement.

— Tu étais donc plus que consentante, résuma-t-elle. Ce qui veut dire que tu éprouves du désir pour lui.

— Depuis l'instant où je l'ai vu au poste de police.

— Quand tu es allée là-bas signaler ma disparition ?

Tania acquiesça d'un hochement de tête.

— Mais tu sais, c'est étrange... il me fait un peu peur aussi. Il est si... intense, et cela me ressemble si peu de me sentir ainsi attirée par un homme. C'est peu de dire que je le désire... Même si je sais que cela risque de bouleverser ma vie. Mais quand je suis près de lui, rien d'autre n'a d'importance, même pas mon job, ma vie, mon indépendance. C'est comme si une étrange relation d'attirance s'était établie entre nous, comme s'il était une planète, autour de laquelle je ne pourrais faire autrement qu'entrer en orbite. Ce qui, il faut bien l'avouer, est complètement dingue. Je ne le connais même pas !

— Ce n'est pas dingue, rectifia Myst d'un ton compréhensif. Du moins, pas pour moi. Cette connexion est réelle, Tania. Les hommes-dragons appellent cela la fusion énergétique. C'est une sorte... de lien magique, qui s'établit entre amants. Je suis passée par là, moi aussi, avec Bastian, il y a cinq semaines de cela.

La fusion énergétique... Fusionner avec Mac ? Se lier à lui par des liens indestructibles ? Voilà qui faisait... envie.

En prenant appui contre le lit, Tania se frotta les tempes et s'efforça de juguler la panique qui la gagnait. Sans grand succès. Le doute gagnait du terrain en elle. Le besoin de partir en courant sans se retourner ne se laissait pas facilement oublier, mais elle fit de son mieux pour l'ignorer. Elle n'était pas une couarde, et, même si cela lui faisait peur, il lui fallait voir clair dans cette situation. Elle ne s'enfuirait donc pas ainsi. Du moins, pas tout de suite. Pas sans avoir laissé une chance à ce qu'elle ressentait pour Mac.

Il méritait mieux qu'une rapide coucherie et un adieu plus rapide encore. Et elle aussi.

Inspirant lentement par le nez, elle expira par la bouche et recommença plusieurs fois de suite. L'exercice respiratoire l'aida à surmonter le plus gros de sa frayeur. Elle sentit se défaire dans sa poitrine le nœud qui s'y était formé. Elle pouvait le faire, tout comme Myst avant elle. Il lui était possible d'explorer ce nouveau monde qui s'offrait à elle, accorder à Mac le bénéfice du doute, et à elle-même un peu de temps pour décider de partir ou de rester.

Tania jeta un coup d'œil à son amie. Aussi patiente que d'habitude, Myst l'observait en silence, lui laissant le temps nécessaire pour s'habituer à cette chose effrayante que ceux qui en faisaient partie appelaient le genre dragonin.

Au bout d'un moment, Tania leva les yeux au plafond.

Myst se mit à rire, puis son visage reprit son sérieux.

— J'ai quelque chose à te demander, annonça-t-elle.

— Vas-y, je t'écoute.

— Accepterais-tu d'être mon témoin ?

Tania fit un bond et s'exclama :

— Sans dec' ? Pour ton mariage ?

— Oui, enfin... à la mode dragon.

— Quelle bonne nouvelle ! s'exclama-t-elle gaiement.

Des larmes plein les yeux, Tania alla serrer son amie dans ses bras. On pouvait la traiter d'idiote – ou de romantique invétérée –, elle adorait les mariages. Ils donnaient lieu à un branle-bas de combat au nom de l'amour, et chacun devait se mettre sur son trente et un : coiffures excentriques, robes somptueuses et – ô joie suprême ! – chaussures de luxe. Le seul bémol à apporter à ce plan autrement parfait, c'était le marié lui-même. Ce Bastian, elle ne le connaissait pas du tout, et, pour regarder les choses en face, ce truc de dragons était susceptible d'exploser à la figure de son amie.

Comme d'habitude, cela l'inquiétait.

Mais Myst n'était pas idiote. Et puis elle aimait Bastian. Tania pouvait le lire au fond de ses yeux, et seule une imbécile aurait osé se mettre en travers de l'amour véritable.

Avec un sourire éclatant, Tania demanda :

— Quand ?

— D'un jour à l'autre, répondit Myst. Daimler est en train de tout préparer, mais nous avons besoin de…

Myst s'interrompit, s'écarta légèrement d'elle et posa une main sur son front. En scrutant son visage, Tania se rembrunit. Waouh ! Quelque chose, de toute évidence, ne tournait pas rond.

Soudain très pâle, son amie ajouta faiblement :

— J'ai une liste, et…

Myst couvrit sa bouche sous une main et chancela sur ses jambes.

— Hé ! protesta Tania. Est-ce que ça va ?

Question stupide. Elle le comprit dès que celle-ci eut franchi le seuil de ses lèvres. Comment aurait-elle pu aller bien, alors qu'elle paraissait sur le point de rendre ses tripes ?

Aussi livide qu'une morte, Myst secoua négativement la tête.

— Cela m'arrive à peu près chaque nuit à la même heure, confia-t-elle. Donne-moi juste une minute. Je suis sûre que ça va passer.

Cela n'expliquait pas grand-chose, mais le moment semblait mal choisi pour demander des éclaircissements.

— Que puis-je faire pour t'aider ? demanda Tania.

— Va chercher Bastian. J'ai besoin de lui. Va…

— D'accord. Tiens bon ! On va juste…

Les paupières de son amie battirent follement. Une seconde plus tard, Myst s'évanouit et Tania n'eut plus qu'un poids mort entre ses bras. Un flot d'adrénaline se déversa dans ses veines, et une peur atroce la tétanisa. En serrant ses bras autour d'elle pour ne pas la laisser tomber, elle se laissa glisser sur le sol. *Oh, bon Dieu ! Oh, merde !* Elle détestait ce genre de situations. Son cerveau en profitait toujours pour court-circuiter, la laissant en carafe, en proie à la panique, incapable de réfléchir mais luttant désespérément pour y parvenir. Le souffle bloqué, elle sentit son cœur s'affoler comme un train de marchandises dont les freins auraient lâché.

Une seule idée lui venait : appeler à l'aide, tout de suite !

Tania parvint enfin à emplir ses poumons. Elle s'apprêtait à hurler de nom de Bastian, afin d'obéir à Myst, mais, quand elle ouvrit la bouche, ce fut celui de Mac que tout naturellement elle cria à tue-tête.

Chapitre 22

Venom se conduisait bizarrement. Certains signes ne trompaient pas. En le voyant percher ses fesses sur un tabouret de l'îlot central pendant que lui-même pillait le réfrigérateur, Mac sentit les ennuis venir. Son système d'alarme interne se mit en branle et fit retentir des sirènes jusque sous son crâne.

Bon Dieu ! ça ne sentait pas bon du tout. Il devait y avoir anguille sous roche. Tête de Nœud n'agissait jamais au hasard. Futé en diable et armé d'un vocabulaire meurtrier, le mâle ne retenait jamais ses coups. Il visait pour tuer et y parvenait généralement. En serrant les dents, Mac se demanda s'il allait finir un jour par laisser tomber et ramper dans son trou en lui foutant la paix. Il ne lui plaisait pas plus qu'à un autre de se faire asticoter, et sentir Venom s'incruster dans son dos n'annonçait rien de bon.

En gardant fermement sa colère sous contrôle, Mac attendit que commence le tir de barrage, mais une minute entière s'écoula sans que rien ne se passe. Aucun commentaire désobligeant. Aucun quolibet, pas de pique sur son manque d'expérience. Juste le ronronnement du réfrigérateur, et, dans une autre pièce, les échos assourdis d'une conversation entre mâles. Ses sens affûtés de dragon prenant le dessus, il prêta l'oreille.

La première voix appartenait à Bastian, les deuxième et troisième à Rikar et Forge. Dieu merci ! Mac n'avait aucune envie de s'embrouiller avec Venom, et le trio de durs à cuire papotant dans la pièce voisine lui offrait une porte de sortie si la situation devenait critique dans la cuisine. Ce qui lui permettait de ne penser qu'à ce qui l'intéressait : Tania et l'intrigante question de savoir où elle allait pouvoir dormir dans le repaire.

Daimler devait le savoir, mais pas question qu'il l'interroge à ce sujet. Il s'était fait la promesse de ne pas mettre la pression sur elle. Alors… bas les pattes ! Dormir seule ou avec lui dans son lit, ce choix n'appartiendrait qu'à elle.

Les doigts serrés sur la porte du réfrigérateur, il examina une nouvelle fois la clayette supérieure, tout en continuant à surveiller Tête de Nœud du coin de l'œil. Venom s'agita sur son siège, trahissant sa nervosité de manière éloquente. Ce qui ne lui ressemblait pas. Habituellement, il se révélait plus direct dans sa manière d'engager une conversation.

Merveilleux ! Exactement ce dont il n'avait pas besoin : un Nightfury avec une idée derrière la tête.

Poussant sur le côté un bocal de mayonnaise, Mac s'aventura plus avant dans le réfrigérateur, à la recherche de protéines. Un poulet entier aurait fait l'affaire, mais le rosbif sur lequel il tomba lui convenait encore mieux.

Son estomac gronda sourdement. Il avait l'impression que la faim lui dévorait les tripes. À croire que c'était une malédiction de novice. Peu importait, au fond. Il lui tardait d'en avoir terminé avec cette phase, afin de pouvoir aider ses frères d'armes à botter le cul des méchants sans avoir à redouter la panne de carburant, ou une soudaine baisse de régime au moment le plus critique.

Plutôt embêtant. Mais, pour l'heure, le fils de pute qui squattait l'îlot central se révélait bien plus préoccupant. Il aurait bien aimé le savoir ce qu'il avait derrière la tête. Du diable s'il l'avait déjà vu si grave et si sérieux…

Venom marmonna quelques paroles indistinctes. Mac lui jeta un coup d'œil inquiet, mais l'autre ne saisit pas le message, trop occupé qu'il était à observer fixement les jointures de ses doigts tandis qu'un muscle se contractait sur sa mâchoire. Putain de Dieu ! quel était son problème, au juste ? On aurait dit qu'il reculait pour mieux sauter, qu'il luttait pour trouver les mots justes. Et, manifestement, il lui en coûtait…

Venom s'éclaircit la voix, ouvrit la bouche. Aucun son n'en sortit. Agacé, Mac gronda sourdement, le tirant de ses pensées et lui faisant lever les yeux. Après avoir refermé bruyamment la porte du réfrigérateur, il posa lourdement sur le comptoir le récipient qu'il venait d'en retirer. Le verre claquant sur le marbre fit un potin d'enfer.

Venom chercha ses yeux et lui lança un regard solennel. Après une demi-minute de contemplation silencieuse, il s'éclaircit la voix et dit :

— Écoute, je…

— Tu veux que je te prépare une assiette ? l'interrompit Mac. J'ai là du bon rosbif.

Mac se faisait un plaisir de lui compliquer la tâche. Puéril, certes, mais il ne pouvait résister à l'envie de prolonger un peu le malaise de Venom. Après avoir subi pendant si longtemps ses insultes et ses rebuffades, l'heure était venue de se venger.

En réponse à sa suggestion, Tête de Nœud fronça les sourcils.

Mac décida de l'ignorer, se pencha pour saisir deux assiettes sur une étagère et demanda :

— Combien de tranches veux-tu ?

— Nom de Dieu ! maugréa Venom. Tu aimes ça, pas vrai ?

— Quoi ?

— Me faire chier.

Mac haussa les épaules.

Venom soupira et reprit :

— Écoute, à propos de la nuit passée, je…

— N'en parlons plus, le coupa Mac en saisissant enfin la raison de son malaise. Wick m'a déjà remercié.

Grand silence. Immobilité totale. Aucun froissement de vêtement. Rien. Et puis soudain :

— Il a fait *quoi* ?

Mac ouvrit le couvercle du plat de viande et huma avec délices le contenu. Cela sentait diablement bon… Daimler était vraiment un cuisinier du tonnerre. Il en avait l'eau à la bouche.

D'un regard par-dessus son épaule, il constata que Venom paraissait ne pas se remettre de ce qu'il venait d'entendre et se retint à grand-peine d'en rire.

— Je sais…, commenta-t-il. Étonnant, n'est-ce pas ?

— C'est peu dire.

En reportant son attention sur ses poings serrés devant lui, Venom secoua la tête et ajouta :

— Il parle rarement, mais quand il se décide à le faire…

— Tu le connais depuis longtemps ?

— Presque depuis toujours. Je l'ai aidé à passer par le changement… comme Rikar l'a fait pour toi.

En suivant du bout d'un doigt un des motifs du marbre, Venom fronça les sourcils. Surpris par cette confidence autant que par l'implicite offre de paix dont elle témoignait, Mac garda le silence et attendit. Ils ne s'étaient jusqu'alors adressés la parole que pour s'insulter, aussi la sincérité dont témoignait son interlocuteur avait de quoi le déboussoler.

— Moi-même, poursuivit-il au bout d'un moment, je n'étais passé par là que quelques semaines plus tôt. Je n'étais qu'un bleu, sans la maturité nécessaire pour contrôler les flux d'énergie, et… Bon sang ! je n'en reviens toujours pas que nous nous en soyons tirés tous les deux.

— Mauvais plan…

— Le pire qui soit !

— Tout le monde n'a pas droit au conte de fées…, murmura Mac, bien placé pour le savoir.

Son éducation avait été des plus chaotiques, et il avait mal tourné de bien des manières jusqu'à ce qu'il rencontre Angela. Elle l'avait redressé vite fait bien fait, apportant dans sa vie un élément de stabilité, l'acceptant tel qu'il était sans restriction et lui offrant son amitié sans hésitation. Aussi, en soutenant le regard de Venom, Mac prit conscience que personne n'était à l'abri. La souffrance et le chagrin, cela arrivait aussi aux meilleurs, et il avait avec ce guerrier qui luttait tant pour faire la paix avec lui plus de points communs qu'il ne le pensait.

Incroyable ! Un traité de paix conclu en quelques phrases. Les Nations unies auraient dû les embaucher…

Après être allé chercher une fourchette dans un tiroir, Mac répartit équitablement les tranches de viande sur les deux assiettes.

— Au fait, Ven…, reprit-il. Tu arrêtes, maintenant, avec toutes ces conneries sur les novices. J'en ai ma claque.

— Alors, tu ne m'appelles plus Tête de Nœud.

— Marché conclu, répondit Mac sans hésiter.

Il était plus que fatigué de ce conflit larvé. Cela réclamait trop d'énergie d'être l'ennemi intime d'un type avec qui vous étiez censé fraterniser.

— Alors ? reprit-il. Le sujet est clos ?

— Bordel ! j'espère bien que oui, grommela Venom, une lueur malicieuse dans le regard. Sans quoi, on va finir par se tomber dans les bras, et franchement… je préférerais te foutre une branlée que faire un gros câlin avec toi.

— Demande à Forge ce qu'il en pense…, répliqua Mac, tout sourires.

— Me demander quoi ? s'étonna l'intéressé en pénétrant dans la cuisine, Rikar et Bastian sur ses talons.

— Ce que tu penses du kung-fu.

—Malheureux! s'exclama l'Écossais, s'adressant à Venom. Ne te fais pas avoir, tu vas y laisser ta peau…

Une lueur d'intérêt flamba dans le regard de Venom, qui se redressa.

—J'ai un peu de temps, dit-il. Allons faire un tour au gymnase et…

Un long cri désespéré vint l'interrompre:

—Mac!

Mac bondit aussitôt, le cœur battant.

—À l'aide! *Maaaaac!*

C'était Tania, sans l'ombre d'un doute, et elle paraissait terrifiée.

Un shoot d'adrénaline le mit aussitôt en action. Tous les muscles bandés, il contourna en trombe l'îlot central et se précipita dans le corridor. Le martèlement de ses rangers sur le parquet se mêla bientôt à celui des mâles qui lui avaient emboîté le pas.

Après avoir fait halte un instant devant la porte de la chambre de Bastian, Mac l'ouvrit à la volée et se rua à l'intérieur, balayant la pièce du regard afin de découvrir la menace.

—Bon sang! s'exclama-t-il en découvrant la scène qui s'offrait à ses yeux. Est-ce que ça va? Que s'est-il passé?

Tania, accroupie sur le sol, en pleurs, tenait Myst, inconsciente, dans ses bras. Mac la rejoignit et passa en revue chacun de ses membres, à la recherche d'une blessure. Quand il tendit la main et qu'il lui caressa la joue, elle répondit:

—Elle s'est évanouie. Une minute avant, tout allait bien, et…

—Qu'est-ce qui se passe? tonna Bastian en se ruant tel un ouragan dans sa chambre. Un grondement consterné et deux grandes enjambées plus tard, le commandant des Nightfury les rejoignit. Ses yeux verts lançaient des éclairs, littéralement. Mac lui céda la place. Bastian voulut doucement prendre sa compagne dans ses bras, mais Tania s'accrochait à elle, refusant de la lâcher.

— Laisse-moi prendre soin d'elle, *kazlita*…, murmura-t-il. C'est de moi dont elle a besoin.

— C'est ce qu'elle m'a dit.

Si secouée que ses mains tremblaient, Tania lâcha Myst et se remit debout. Sans quitter Bastian des yeux tandis que celui-ci allait s'asseoir au bord du lit, elle lui demanda :

— Qu'allez-vous lui faire ?

— La nourrir.

Manifestement ébranlée par cette réponse, Tania considéra Mac d'un air interrogateur et lui demanda :

— Il ne va pas…

— … lui faire de mal ? poursuivit-il à sa place.

Il lui répondit par la négative d'un signe de tête. Son cœur se calmait peu à peu. Il connut un regain d'emballement quand elle vint se lover contre lui, cherchant un peu de réconfort. En la serrant dans ses bras, il entremêla leurs doigts et ajouta :

— Bastian préférerait s'arracher la tête plutôt que lui faire mal.

Contre son torse, il sentit l'épaule de Tania trembler. Mac serra sa main plus fort pour la rassurer. Elle observait attentivement Bastian qui venait, soutenant d'une main la nuque de Myst, de glisser l'autre au creux de ses reins sous son tee-shirt.

— Que fait-il ? s'étonna-t-elle.

En fermant les yeux, Bastian baissa la tête et vint poser sa joue contre celle de sa compagne. Myst poussa un soupir et se serra plus étroitement contre lui en murmurant son nom.

Voyant Tania se rembrunir, Mac expliqua :

— Échange d'énergies. Tu te souviens ? Il partage avec elle sa force vitale. En se connectant au Méridien, il stabilise sa bioénergie et atténue son malaise.

— Oui, je…

Laissant sa phrase en suspens, Tania reporta son attention sur lui. D'un coup, en voyant une lueur de compréhension s'allumer au fond de ses yeux, Mac comprit qu'il était bon pour une explication. Les pièces du puzzle s'assemblaient si rapidement dans l'esprit de Tania qu'il aurait juré avoir vu les rouages de son cerveau tourner au fond de ses yeux.

— Tu m'as tenue ainsi, toi aussi…, dit-elle enfin. Dans ton chalet, et… avant. Quand nous – hum ! – étions ensemble dans le loft.

La gorge soudain sèche, Mac déglutit péniblement, sans savoir que faire. Tout déballer ou s'en tirer par un mensonge ? Biaiser aurait été plus facile, mais il n'avait aucune envie de mentir à Tania.

— Oui, reconnut-il. Je t'ai tenue ainsi, moi aussi, mais je ne t'ai pas nourrie. En fait… euh…

Un sourcil arqué, elle attendait qu'il conclue. Le temps était venu de cracher le morceau…

Les nerfs en pelote, il s'éclaircit une nouvelle fois la voix, cherchant ses mots. En vain. Et, tandis qu'une chape de brouillard impénétrable recouvrait son acuité mentale, Mac opta pour l'approche la plus directe.

— Je me suis connecté à travers toi au Méridien, reconnut-il. Et je me suis nourri.

— Heureusement pour toi !

Désarçonné par sa réaction, Mac battit des paupières et s'étonna :

— Quoi ?

— Si tu m'avais menti, j'aurais été dans l'obligation de te tuer.

Les coins de la bouche de Tania se retroussèrent, mais son sourire trahissait une ironie triste et désabusée plus que de l'amusement.

— Je peux supporter bien des choses, Mac…, reprit-elle. Mais le mensonge n'en fait pas partie.

— Considère-moi comme dûment averti.

— Autre chose que tu voudrais me confier tant que nous y sommes ? s'enquit-elle en le gratifiant d'un regard inquisiteur.

Par où commencer ? Mac aurait voulu s'ouvrir grand à elle et tout déballer. L'incertitude que lui inspirait son – et leur – avenir. Le fait qu'il ne gardait aucun souvenir de leur première nuit ensemble. Le désir fou qu'elle lui inspirait. Le besoin de la revendiquer comme sienne, de s'unir à elle jusqu'à ne plus savoir où se situaient leurs limites respectives. Et, tandis qu'il lui tenait la main tout en soutenant son regard, il se sentit enclin à céder à la pression qui l'incitait à opter pour l'honnêteté au détriment du besoin de se protéger.

Cela lui semblait étrange, et plutôt effrayant, mais bien plus réel que tout ce qu'il avait pu expérimenter jusque-là.

En inspirant à fond, Mac rassembla son courage. Le temps était venu de se lancer, de l'entraîner à l'écart, de s'asseoir quelque part avec elle et de parler *vraiment*. Sans faux-semblants, sans évitement – juste la vérité pure et entière jaillie du cœur.

— Tania, chérie… nous pourrions peut-être…

— Mac ? lança soudain Bastian.

Délaissant à regret le regard de Tania, Mac tourna la tête vers son commandant. À présent allongé tout contre sa femelle sur le lit, celui-ci lui ordonna tout bas :

— Trouve Daimler. Dis-lui de se tenir prêt.

— Pour les noces énergétiques ?

— Nous procéderons à la cérémonie dès que possible.

Mac acquiesça d'un hochement de tête et entraîna Tania vers la sortie.

— Quand ça ? s'enquit-il sur le seuil.

— Dès que ma femelle tiendra debout.

Ce qui ne serait pas trop tôt. Plus la grossesse de Myst avancerait, plus elle aurait besoin d'une connexion permanente avec son compagnon, un lien magique qui lui permettrait de stabiliser sa bioénergie même lorsque Bastian ne pourrait être près d'elle. Mais, au-delà de cela, Mac n'en savait pas beaucoup plus. Une bonne chose que Forge, lui, n'ignorait rien des tenants et des aboutissants de la cérémonie de mariage dans le monde dragonin. Sur l'ordre de son sire, il en avait mémorisé chaque détail à partir d'un texte ancien, dans l'espoir de trouver un jour l'élue de son cœur et de l'épouser.

Jusqu'à présent, cela n'avait pas été un franc succès. Et après la naissance de son fils, qui avait causé la mort de la mère de l'enfant, Forge s'était juré de ne jamais plus recommencer. L'avenir n'était pas écrit mais, même s'il souhaitait avant tout que l'Écossais trouve le bonheur, Mac n'avait pas beaucoup d'espoir.

Pour lui non plus, d'ailleurs.

Il n'était pas doué pour les relations amoureuses. La longue ligne de femmes qu'il avait laissées dans son sillage au fil des ans en constituait un témoignage éloquent. « Les aimer d'abord, les quitter ensuite. » Tel avait été son credo jusqu'à ce qu'il fasse la connaissance de Tania. Mais en lui ouvrant la porte et en l'entraînant dans le corridor à sa suite, Mac se demanda si quoi que ce soit avait changé. Serait-elle la dernière en date de ses conquêtes abandonnées ? Était-il capable de s'engager, de rester fidèle ? Ferait-il un bon compagnon pour elle ?

Dures questions, qu'il n'aimait pas se poser. Chacune d'elles l'obligeait à se livrer à un examen de conscience en profondeur, ce qui lui serrait le cœur et la gorge.

Nul ne pouvait changer sa véritable nature. C'était un fait. Mais, alors qu'ils se dirigeaient tous deux vers la cuisine pour y retrouver Daimler, Mac se surprit à rêver qu'il puisse changer pour elle, qu'il puisse devenir tout ce qu'elle avait besoin qu'il soit, tout ce qu'elle méritait… jusqu'au happy end de l'amour pour toujours.

Tout espoir ne l'avait pas quitté, mais le pragmatisme n'avait pas dit son dernier mot. Il voulait réellement faire ce qu'il y avait de mieux pour Tania – vraiment. Mais la voix de la raison lui serinait que le passé déterminait souvent l'avenir, et le sien ne parlait pas en sa faveur. Loin de là…

Accroupie au bas des marches de marbre, Tania ajustait les plis de sa robe dans le dos de sa meilleure amie. Avec un œil avisé, elle remettait chacun d'eux en place, même si la Versace vintage que portait Myst n'en avait nul besoin. D'un violet profond, le vêtement lui allait aussi bien qu'un bouquet de roses le jour de la Saint-Valentin.

Simple. Élégant. Superbe. À l'image de la fille qu'elle connaissait depuis l'école primaire.

Tania s'obstina néanmoins à réarranger le tissu jusqu'à ce qu'il tombe à la perfection sur le sol. Elle avait conscience de trahir ainsi sa nervosité, mais qu'y pouvait-elle ? L'heure d'entrer en scène approchait. D'ici à quelques minutes, Myst monterait les marches et ferait son entrée dans la rotonde pour y épouser l'homme qu'elle aimait.

À la mode dragon.

Tout en s'activant, Tania se rembrunit. N'y avait-il qu'elle pour trouver que se marier avec un type rencontré un mois plus tôt était un peu… dingue ? Elle ne savait que penser, partagée qu'elle était entre deux écoles de pensée. La première voulait que seul compte l'amour, et qu'échanger des vœux avec un homme qu'on aime ne pouvait qu'être la meilleure idée du monde. La seconde, qu'elle aurait mieux fait de kidnapper son amie, de la fourrer dans la première voiture venue et de quitter Black Diamond en laissant de la gomme sur l'asphalte pour la mettre à l'abri.

Dans un cas comme dans l'autre, la raison ne semblait pas avoir son mot à dire…

Avec un regain de nervosité, Tania remit en place le même pli pour ce qui devait être la cinquième fois.

— Vas-tu arrêter de t'agiter ? s'impatienta Myst en lui jetant un coup d'œil inquiet par-dessus son épaule. Ça me rend folle !

La couleur de la robe rehaussait la teinte lavande de ses yeux, les faisant paraître plus violets que bleus.

Un brouhaha de voix masculines provenait de la rotonde, ce qui ne faisait qu'ajouter encore à l'anxiété de Tania. Le futur marié était déjà là, entouré des autres Nightfury. Tous attendaient que débute la cérémonie.

Ignorant l'agacement de son amie, Tania poursuivit ses ajustements et demanda :

— Tu es sûre que ça va aller, avec ces talons hauts ? Tu pourrais peut-être…

— Non, pour la millième fois, je ne vais pas tomber ! l'interrompit Myst.

Elle laissa fuser un profond soupir avant d'ajouter :

— Et je ne vais pas m'évanouir non plus. Je suis enceinte, Tania, pas malade. À présent, allons-y, avant que j'enlève ma pantoufle de vair, que je t'assomme avec et que j'y aille toute seule.

Avec un petit rire amusé, Tania se redressa.

— Ta pantoufle de vair ? s'étonna-t-elle.

— Je me sens un peu Cendrillon, vois-tu…

— La version violente ?

— Cendrillon 2.0 : « Initiation au meurtre au royaume enchanté »…

En souriant, Tania prit la main de son amie qui lui rendit son sourire. Puis, redevenant sérieuse, elle demanda :

— Tu es vraiment sûre de toi ? Je veux dire… pour Bastian, les Nightfury, tout ça…

— Je l'aime, répondit Myst d'une voix douce et cependant ferme et résolue. Je ne peux pas plus me passer de lui que de respirer. Impossible de faire machine arrière. Je ne veux plus vivre sans lui désormais.

— Il mérite les sacrifices que tu fais pour lui ?

— Jusqu'au plus grand d'entre eux.

La gorge soudain serrée, Tania hocha la tête en retenant ses larmes. Dieu avait tout intérêt à bénir cette union, car son amie était bien la femme la plus brave, la plus intelligente, la plus incroyable qu'elle ait jamais rencontrée. Et, en lui brièvement serrant la main, elle lui envia cette certitude qu'elle avait acquise, la conviction inébranlable qui la poussait à suivre l'amour plutôt qu'à le fuir.

— Dans ce cas, conclut-elle, je suis heureuse pour toi.

— Je l'espère bien !

En grimaçant, Myst fit passer son poids d'une jambe sur l'autre et ajouta :

— Allons-y, à présent ! Ces chaussures sont un supplice…

— « Tous les sacrifices »… tu te rappelles ?

Tania lissa du plat de la main sa propre robe, appréciant le contact de la soie rouge sous sa paume.

— Robes vintage et talons hauts à un mariage, reprit-elle, sont aussi indissociables que le beurre de cacahouètes et la confiture dans un sandwich. On ne peut avoir l'un sans l'autre.

— Dieu me vienne en aide, grommela Myst en s'agitant de plus belle. Allons-y avant que je me mette à jurer comme un camionneur !

Ensemble, elles grimpèrent les quelques marches en riant. Tania et Myst se figèrent au sommet de l'escalier qui débouchait sur le bord de la rotonde, entre deux piliers massifs. Les hommes étaient rassemblés sous le dôme, dont les candélabres sur pied illuminaient au plafond les fresques colorées représentant des dragons en plein vol.

Toutes les conversations s'arrêtèrent.

Dans le silence revenu et le parfum des jacinthes et des lys tigrés jaunes, Tania balaya la pièce du regard. Sur un côté, à l'opposé de l'escalier, se tenait Angela, en robe bleu glace scintillante, Gregor-Mayhem dans les bras, Daimler à son côté. Après les avoir salués d'un signe de tête, elle reporta son attention sur les hommes-dragons et retint son souffle. Pris séparément, chacun des Nightfury était déjà magnifique, mais en groupe… ils étaient à tomber. Un banquet pour les yeux. Une collection de mâles aux larges épaules et aux muscles sculptés. Le rêve érotique incarné de toute jeune fille pubère.

Plus nerveuse que jamais, Tania porta les mains à sa jupe et s'inclina légèrement. Chaque guerrier lui répondit d'un signe de tête. Les robes de cérémonie bleu nuit qu'ils portaient plissèrent autour de leurs pieds nus lorsque, l'un après l'autre, ils mirent un genou sur le sol dallé en posant un poing au niveau du cœur. Bastian, seul, demeura debout, ses yeux verts fixés sur elle, dans l'attente qu'elle commence.

Le regard de Tania s'attarda sur la tête inclinée de Mac. Sa présence l'aidait à garder ses moyens. Elle pouvait y arriver, elle ne devait pas en douter. Elle se souvenait de tout. Les paroles à prononcer. Les différents endroits qu'elle devait occuper. Tous les détails précis du protocole. Et, même si elle redoutait l'attention dont elle faisait l'objet, elle était fermement décidée à ne pas gâcher le mariage de sa meilleure amie. Myst comptait sur elle. Elle l'avait choisie pour présider à cette cérémonie. Il n'était donc pas question d'échouer. Elle allait assurer, se conformer à toutes les indications que Forge lui avait fournies, refaire les gestes et redire les paroles qu'ils avaient répétés ensemble tout l'après-midi. Elle serait la meilleure *lyzemai* – maîtresse de cérémonie – de toute l'histoire du genre dragonin.

Redressant le menton, Tania assuma le poids de ses responsabilités et lança d'un ton plein d'autorité :

— De plein droit, gardienne de celle que vous prétendez me ravir, j'interviens dans cette cérémonie.

Sa voix avait fait écho dans la vastitude de la rotonde. En soutenant le regard de Bastian, elle marqua une pause, ainsi que Forge le lui avait indiqué, puis elle se tourna vers les autres guerriers et poursuivit :

— Défenderesse de son honneur, protectrice au cours des âges, souveraine jusque dans cette chambre et sur tous ceux qui s'y trouvent. Qui me déniera ce droit ?

— Personne ! s'exclamèrent les Nightfury dans un chœur vibrant de voix mâles.

— Qu'il en soit ainsi. Le rite de passage est mien.

Ayant conquis son statut de *lyzemai*, Tania soutint de nouveau un instant le regard de Bastian. Puis, ses talons aiguilles cliquetant sur le dallage, elle reprit son périple imposé autour de la pièce, longeant les colonnes de marbre encadrant de grandes mosaïques représentant des dragons. Elle passa derrière les Nightfury qui maintenaient toujours un genou en terre, avant de se diriger vers le vaste disque central inclus dans le sol, où figuraient des armoiries cerclées d'une devise écrite dans une langue qu'elle ne pouvait comprendre.

Tania fit halte tout à fait au centre et tendit une main, paume sur le dessus, en un geste d'invite. Myst reconnut le signal et la rejoignit, semblable à une apparition drapée de soie pourpre. Elle lui prit la main, et Tania la fit se tourner vers celui qu'elle devait épouser.

— *Bellmia*..., murmura Bastian en se figeant.

— Es-tu digne de celle que je confie à ta garde ? interrogea Tania.

Fidèle au rituel, Bastian inclina la tête et répondit :

— Non. Je n'en suis pas digne.

— Et tu le reconnais.

Lâchant la main de Myst, Tania passa derrière elle pour lui ôter sa cape. Dans un grand geste, elle dénuda les épaules de son amie et confia le lourd vêtement à Daimler venu s'en charger.

— Pourtant, reprit-elle, tu as été choisi par cette femme et tu es à présent accepté par moi. Viens, guerrier… revendique ce qui est à présent à toi de droit.

— *Mervais, zi lyzemai…*, répondit Bastian en dragonais, la remerciant du privilège qu'elle lui accordait.

Sans la moindre hésitation, il franchit la limite de la devise inscrite sur le sol et les rejoignit au centre des armoiries.

Myst s'avança à sa rencontre, des larmes plein les yeux. En lui murmurant quelque chose à l'oreille, il lui prit les mains et l'attira contre lui. L'air ambiant se chargea d'une onde électrique.

— Mon amour, dit-il en posant sa main en coupe contre sa joue. Nous y sommes.

Les yeux rivés sur eux, Tania sentit sa gorge se serrer. La scène était incroyable, bouleversante, magnifique. Elle n'avait jamais rien vu de semblable au courant d'amour qui circulait entre eux à cet instant, à cet engagement qu'ils prenaient l'un envers l'autre. Le regard que le marié posait sur sa promise ne trompait pas. La connexion qui s'établissait entre eux se renforçait à chaque seconde qui passait. L'émerveillement qu'elle lisait dans les yeux de Myst faisait écho à celui qui faisait battre son cœur.

Il devait en être ainsi. Ces deux-là étaient indéniablement destinés l'un à l'autre.

Tania sentit ses larmes monter et les réprima vaillamment. Le temps n'était pas venu de pleurer. Elle ne pouvait se le permettre pour l'instant. Plus tard, il serait bien assez tôt pour se transformer en idiote larmoyante, se réjouir de la bonne fortune de Myst et laisser libre cours à l'émotion. Mais pas avant d'en avoir terminé avec son rôle de *lyzemai* et d'être redevenue simplement sa meilleure amie.

— Levez-vous tous ! ordonna-t-elle. Rassemblez-vous autour d'eux pour être témoins de leur union.

Tania inspira à fond pour se calmer tandis que les Nightfury lui obéissaient. Alors que s'élevait le bruit de leurs pieds nus foulant le dallage, elle lutta pour se remémorer la suite du rituel. La panique la saisit en constatant que rien ne lui venait. C'était le trou de mémoire. Mac, en prenant sa place dans le cercle de guerriers, à l'opposé de l'endroit où elle se trouvait, entra dans son champ de vision. Leurs regards se croisèrent. D'un hochement de tête, il l'encouragea. Son regard trahissait une confiance absolue qui la calma et lui fit retrouver ses moyens.

Les paroles qu'elle devait prononcer refirent surface dans son esprit. Dans un soupir de soulagement, elle le remercia en silence d'un regard reconnaissant. Puis elle leva les bras et les maintint largement écartés en s'exclamant :

— Que l'alliance s'établisse et que les vœux soient prononcés, dont la force liera les cœurs, mariera les âmes et éclatera dans cette chambre et au cours des âges… *Iazen !*

La bénédiction finale fit écho, s'éleva vers le sommet du dôme. Daimler la rejoignit alors. La tête baissée, le Numbai lui remit une longueur de ruban jaune qu'elle glissa entre ses doigts. Après avoir rejoint les mariés, Tania l'enroula soigneusement, encore et encore, entre leurs mains droites qu'ils avaient jointes.

Puis, après en avoir terminé, elle recula pour reprendre sa place en dehors du cercle.

Dès que ce fut fait, la voix de Bastian s'éleva. Les yeux rivés à ceux de Myst, il récita ses vœux dans le langage des siens. L'inscription reproduite sur le sol commença alors à briller et l'illumination prit bientôt de l'ampleur. Tels des rayons de lune inversés s'élevant des lettres contournées, les faisceaux baignaient les mariés d'une douce lumière blanche. Ils se mêlèrent alors et se déplacèrent dans le cercle pour entourer Bastian et Myst.

Tania retint son souffle devant cette scène d'une profonde beauté. Les larmes revinrent mouiller ses yeux. Cette fois, elle les laissa couler, pressant une main contre son cœur qui battait fort tandis que le commandant des Nightfury achevait de prononcer ses vœux.

La voix forte et fière de Myst prit le relais.

— Vie de ma vie. Lumière de ma lumière. Unis soyons-nous par l'esprit, sans ombres entre nous ni faiblesses. Tu es mien. Je suis tienne. Deux cœurs réunis, pour toujours et à jamais.

À peine eut-elle prononcé ces dernières paroles que la lumière grimpa en intensité et jaillit pour s'enrouler autour de leurs mains jointes. Réduit en cendres, le ruban retomba pour former un petit tas gris sur le sol. Un souffle de vent balaya la pièce, agitant les cheveux dénoués de Tania. Un double éclair apparut au-dessus des nouveaux époux, perçant la pénombre. Myst poussa un petit cri et regarda, fascinée, la pointe de lumière blanche de l'éclair lui encercler l'index, puis décrire au dos de sa main une course erratique. Des lignes intriquées se formèrent, dessinant un tatouage d'allure ancienne qui brillait sur sa peau. Bastian, qui subissait le même traitement, observait le phénomène avec attention, la mâchoire crispée.

Tous deux arboraient à présent la même marque d'alliance.

D'un air satisfait, Forge hocha la tête.

Un coup de tonnerre secoua la rotonde jusque dans ses fondations. Dans les hauteurs, une nouvelle gerbe d'éclairs se forma, et…

Soudain le silence revint.

Les sourcils froncés, Bastian observa son nouveau tatouage et fit jouer son poing devant ses yeux. Myst secouait sa main en riant tandis que des larmes de joie inondaient ses joues.

— Et vous pouvez embrasser la mariée ! conclut Tania, offrant une conclusion bien humaine à ce « mariage à la mode dragon ».

Le bébé manifesta sa joie quand Angela décocha à Tania un petit coup de coude en la félicitant.

— Bien dit !

— Je le pense aussi.

Tania lui rendit son sourire et caressa la joue de G.-M. En agitant ses poings en l'air, celui-ci s'exprima vigoureusement dans son langage inarticulé. Tania lui sourit et lui répondit de même. Il était si mignon, avec son iroquoise noire dressée sur la tête, à émettre des babillages joyeux, ses petits pieds battant sous la tenue bleu marine dont on l'avait vêtu, parfaite imitation de celle des Nightfury... Conquise, Tania lui caressa le ventre et lança :

— Hello, joli garçon !

— Nous autres garçons, intervint Forge en les rejoignant, nous ne sommes pas « jolis ».

Il tendit les bras pour récupérer son fils et conclut :

— Nous sommes solides !

Angela leva les yeux au plafond mais transféra le bambin dans les bras de son père.

— Pas vrai, garçon ? lui demanda celui-ci.

L'enfant, qui le dévisageait avec attention, émit ce qui pouvait passer pour une approbation. Un instant plus tard, il fourra son poing dans sa bouche et suçota les jointures de ses doigts.

Serrant son fils contre lui, Forge lui tapota doucement les fesses et commenta, une lueur d'amour paternel mâtinée de fierté dans les yeux :

— Oh-oh ! une petite faim, pas vrai ?

Le bébé battit rapidement des jambes. Son visage s'éclaira. En l'observant, Tania sentit poindre une sourde douleur dans sa poitrine. Les voir tous deux, un père aimant tenant son fils, qui lui rendait bien son adoration, lui serrait le cœur. Quel cadeau une telle relation représentait dans l'existence… Un cadeau auquel elle n'avait jamais eu droit. Mais en regardant Forge s'éloigner, elle ne sentit pas moins la joie percer dans son cœur. G.-M., lui, ne serait jamais négligé tant qu'il aurait Myst et les Nightfury pour prendre soin de lui.

Un petit cri de surprise se fit soudain entendre derrière elle. Tania jeta un coup d'œil par-dessus son épaule et réprima un sourire en découvrant Bastian qui passait en mode « jeunes mariés ». Après avoir soulevé Myst dans ses bras, il l'embrassait passionnément et se dirigeait vers la sortie.

Juste avant de descendre les marches, il délaissa un instant la bouche de son épouse pour lancer à la cantonade :

— Ne nous attendez pas ! Nous n'y sommes pour personne et pour un bon moment.

— Nous non plus ! renchérit Rikar.

Sans autre forme de procès, il souleva Angela et la jeta sur son épaule avant d'emboîter le pas à Bastian.

Surprise, Tania cligna des yeux avant de se mettre à rire en entendant l'ex-détective du SPD piailler d'indignation. Mais, curieusement, elle ne se débattait pas et l'ombre d'un sourire ourlait ses lèvres tandis qu'elle se laissait emmener comme un sac de pommes de terre.

À l'autre extrémité de la rotonde, Forge lança :

— Yo, Daimler ! tu nous as concocté quelque chose de bon ?

— Bonne idée ! s'enthousiasma Venom. Je mangerais bien un morceau, moi.

Avec un petit bond joyeux, le Numbai prit la direction des opérations. Sa langue s'agitant autant que ses jambes, il entraîna les Nightfury derrière lui en leur dressant la longue liste de tout ce qu'il avait cuisiné pour le « repas de noces ». Tania les regarda filer avec amusement. Elle s'apprêtait à les suivre quand…

Une grande main forte lui saisit le poignet, la stoppant en pleine action.

— Où penses-tu aller, comme ça ?

La voix profonde de Mac lui fit battre le cœur. Il s'était exprimé du ton du mâle au sang chaud qui n'a qu'une chose en tête. La caresse qu'il déposa le long de son bras – douce et sexy à la fois – lui confirma ses intentions. Il s'attarda au pli de son coude, là où la peau était la plus sensible, puis il se pressa contre elle. Tania sentit sa poitrine buter contre son dos. Elle frissonna quand il rassembla dans son poing ses cheveux dénoués. En tirant doucement dessus, il lui fit redresser la tête, libérant l'accès à son cou. Tania se prêta sans résister à la manœuvre. L'instant d'après, elle sentit sa joue hérissée d'un chaume de barbe caresser sa peau, puis ses lèvres s'y poser.

Un doux baiser, une légère morsure, la traction sur ses cheveux – il ne lui en fallut pas davantage pour perdre ses moyens. Un flot de sensations délicieuses se déversa en elle, qui la fit frissonner.

En lui empoignant les cheveux un peu plus fermement, Mac ajouta :

— Tu restes avec moi.

Mieux qu'avec une corde, c'était avec ses paroles qu'il l'emprisonnait. Mais même si elle se sentait prête à la reddition, même s'il lui tardait de goûter aux plaisirs que leur proximité lui promettait, Tania refusait de capituler si facilement. Il aimait qu'elle lui résiste… ce qu'elle ne détestait pas non plus. Avec Mac, la timidité n'était pas une option. Pas plus que la lâcheté.

Tandis qu'une idée germait dans son esprit, elle sentit l'excitation la gagner.

— Et si je ne veux pas ? lança-t-elle d'un air bravache.

En contradiction avec ses paroles, elle recula, laissant son corps s'ajuster plus étroitement à celui de Mac.

— Rappelle-toi ! répondit-il. Tu m'as promis « tout ce que je veux ».

Sa main, possessive, se posa à plat sur le ventre de Tania, comme s'il s'agissait pour lui de prendre possession de ce qui lui revenait de droit. Si étroitement pressée qu'elle se retrouva plaquée contre son corps aux muscles durcis, Tania réprima un gémissement. Elle le sentit sourire contre son cou, puis il redressa la tête et lui mordilla le lobe de l'oreille avant de murmurer :

— Je suis venu réclamer mon dû.

— L'heure des comptes a sonné ?

— Les meilleurs qui soient.

Tania ne trouvait rien à redire à cela. Il lui tardait de le sentir de nouveau en elle. De le chevaucher avec fougue, et de se laisser chevaucher tout aussi rudement par lui. De le sentir contre elle, peau contre peau, et d'avoir sur la langue le goût de son corps.

Elle s'agita entre ses bras, ce qui augmenta la traction exercée sur ses cheveux. Mac poussa un grondement de protestation. Sans se laisser impressionner, Tania insista jusqu'à ce qu'il finisse par céder. Dès l'instant où elle sentit la pression se relâcher, elle pivota dans le cercle de ses bras. Désormais face à lui, elle leva la main et dessina du bout du doigt le contour de ses lèvres, puis elle laissa sa main s'égarer dans ses cheveux.

— Tu vas m'apprendre ? murmura-t-elle en soutenant son regard.

Les narines de Mac frémirent.

— Bon Dieu, oui ! gronda-t-il.

Se prêtant au jeu, Tania lui griffa doucement le cuir chevelu, exacerbant le désir de Mac et simultanément sa propre impatience. Elle était pourtant décidée à le faire languir. Au terme de ce qui ne dura qu'un instant, mais pour elle une éternité, elle demanda :

— Et tu veux que je te laisse faire ?

— Bon Dieu, oui ! répéta-t-il avec conviction.

— Dis : « s'il te plaît ».

Le regard de Mac se fit intraitable mais elle tint bon, refusant de capituler. Pour qu'elle lui accorde ce dont manifestement il avait tellement envie, il lui fallait d'abord donner. Tania ne se satisferait que de l'avoir tout à elle avant de s'offrir à lui.

— Je vais te le faire payer, tu le sais bien…, prévint-il d'un ton menaçant. Il faudra de nouveau que tu me supplies.

— Toi d'abord.

Un muscle joua le long de sa mâchoire contractée.

— S'il te plaît, dit-il enfin. *Mo chroí*…

Tania posa ses deux mains sur les épaules de Mac, qu'elle caressa en souriant.

— Alors, je suis toute à toi.

Et c'était vrai. Même si elle aurait voulu prétendre le contraire, elle était à lui. La logique n'avait plus cours. Seule l'intuition gouvernait et la vérité ne pouvait être ignorée. Pour tout ce qui comptait vraiment, elle appartenait à Mac. Mais, alors qu'elle lui offrait sa bouche en guise d'acceptation de son sort, un sentiment de peur se fit jour en elle. En définitive, comprit-elle, le cœur lourd, fatalement il ne pourrait que la faire souffrir. Elle le savait tout au fond d'elle-même, sans avoir besoin d'y réfléchir.

Elle se dirigeait tout droit vers un désastre. La peine de cœur semblait inévitable.

Tania désirait Mac trop intensément. Elle se sentait incapable de se priver de sa compagnie, de la chaleur de son corps, du plaisir décadent de son étreinte. Et tandis qu'il acceptait son invitation – mêlant leurs langues, explorant sa bouche, la faisant gémir – Tania renonça à lutter. Elle était incapable de lui dire non, et davantage encore de lui tourner le dos. Il aurait fallu posséder une volonté hors du commun, et quelles que puissent en être les conséquences…

Elle n'était pas assez forte pour ça.

Chapitre 23

L'ironie de la situation n'avait pas échappé à Ivar. Il avait pourtant toujours su qu'il perdrait Lothair, d'une manière ou d'une autre. Quelque part dans les étoiles – ou dans les rouages du temps, ou les décrets de la destinée –, le sort de son second avait été scellé dès le début. Cela lui apparaissait à présent clairement. Son meilleur ami s'était toujours montré trop casse-cou, d'un tempérament trop versatile, d'une personnalité trop obsessionnelle, pour survivre longtemps dans les rangs des Razorback. La guerre dans laquelle ils étaient engagés ne faisait pas de prisonniers…

Pourtant, sa peine était toujours immense.

D'où l'ironie de la situation.

Ivar ne ressentait rien, jamais. Mais les semaines avaient passé, près d'un mois s'était écoulé à présent, et le sentiment de perte douloureuse qu'il ressentait ne se laissait pas oublier. La douleur était toujours là, en lui. Il la sentait même enfler, prendre de l'ampleur, dans son esprit et dans son cœur. Il n'avait sur elle aucun contrôle et ne pouvait s'empêcher de… pleurer la perte d'un mâle disparu trop tôt. L'injustice de la chose le faisait enrager. S'il s'était écouté, il aurait rasé jusqu'aux fondations le club et tous ceux qui s'y trouvaient. Il se contenta pourtant de replier ses ailes et de se poser dans le parking situé derrière le *Deuce*.

L'éclairage public réagit à la puissance de ses pouvoirs magiques en vacillant lorsque ses serres entrèrent en contact avec l'asphalte. Ivar s'ébroua pour se débarrasser de la condensation qui s'était formée sur ses écailles et se métamorphosa. D'une commande magique, il fit apparaître ses vêtements. Le costume de luxe qui lui allait comme un gant s'ajusta avec précision autour de lui.

Rapide. Facile. Ni embrouilles, ni délais. Ivar tira sur ses manches et ajusta ses boutons de manchette favoris. Il n'avait pas de temps à perdre – ni ce soir, ni jamais.

Longeant un alignement de conteneurs à ordures, il ignora la puanteur du gâchis humain qui s'en élevait et le bruit de verre pilé qui s'élevait sous ses semelles pour se diriger vers la porte de service. Dès qu'il atteignit le bas des marches, les videurs s'empressèrent d'ouvrir grand les portes devant lui, s'épargnant la volée de bois vert qu'Ivar leur délivrait habituellement.

C'était tout aussi bien. Faire du grabuge dans son propre club n'était pas pour lui plaire. D'autant plus que ce serait à lui de payer la note une fois qu'il aurait achevé de ravager l'établissement.

Ce n'est jamais une bonne idée de cuisiner la poule aux œufs d'or. Il vaut mieux bien la nourrir, et Ivar n'avait rien d'un imbécile. *Deuce* lui procurait une source de revenus stables dont il ne pouvait se priver s'il venait à l'idée de Rodin de lui couper les vivres en apprenant la mort de son fils. Ce qu'Ivar n'espérait pas, mais ce trouduc d'Archguard se révélait aussi imprévisible que Lothair l'avait été et plus dangereux de bien des manières.

Il lui fallait donc renoncer au plan A – capturer Tania Solares – et passer au plan B. D'où sa visite au *Deuce* cette nuit-là.

Hamersveld était en ville.

La satisfaction qu'il en éprouvait atténuait son humeur chagrine. Avec un grognement sourd, il pénétra dans le club en se félicitant que le Norvégien ne se soit pas fait prier. Il avait suffi d'un message, poliment rédigé et remis en main propre par l'un des correspondants à Prague d'Ivar, pour que le vieux solitaire se décide. Il était vrai qu'il avait su agiter devant son nez le bon appât. Apprendre qu'un dragon d'eau dont Hamersveld ignorait l'existence se trouvait dans les rangs des Nightfury ne pouvait que l'intéresser, de manière irrésistible… De quoi l'inciter à faire le voyage et à venir voir de lui-même.

Ivar avait donc réussi à mener le Norvégien exactement où il le voulait : à Seattle, dévoré par la curiosité, et sans aucune sympathie d'aucune sorte pour les Nightfury. Restait à présent à passer à la phase deux du plan, et Ivar avait besoin de l'exécuter à la perfection. Amener ce puissant guerrier à intégrer les rangs des Razorback ne serait pas facile. Peut-être même cela se révélerait-il inopportun…

Un certain malaise tempéra l'optimisme d'Ivar.

À tous les points de vue, Hamersveld était un dragon solitaire, incontrôlable, sans le moindre ami. Entité autonome en lui-même, il ne devait sa loyauté à personne. Pas le genre de mâle que l'on souhaiterait avoir à son côté, normalement, et encore moins en qui l'on souhaiterait placer sa confiance.

Mais la situation, dangereuse et imprévisible, n'avait rien de normal.

Bastian avait un dragon d'eau sous ses ordres – un putain de rat d'eau, un mâle aux pouvoirs inconnus mais d'une puissance sans précédent. Ivar ne pouvait rester sans réagir. Ses soldats risqueraient la noyade à chaque sortie. Il lui fallait combattre le feu par le feu… ou plus exactement l'eau par l'eau.

Telle était la nécessité qui l'avait tout naturellement amené à contacter Hamersveld. L'imprévisible et ombrageux fils de pute qui appréciait pour l'heure les services du meilleur club BDSM de Seattle.

La joie d'Ivar, et sa grande fierté. Le secret le mieux gardé de toute la ville.

En s'enfonçant dans les profondeurs de ce qui constituait son deuxième chez-lui, Ivar dépassa les salons privés situés à l'arrière de l'établissement. Ses sens exacerbés perçurent au passage toutes sortes de traces sonores des activités qui s'y déroulaient. Des râles d'extase féminine. D'autres témoignant d'une douleur confinant au plaisir. Mais qu'ils fussent poussés par les professionnelles qu'il rétribuait ou par des clientes de passage, ces gémissements et ces cris réjouissaient les mâles qui fréquentaient le club, genres humain et dragonin mêlés. L'odeur du sexe et du cuir, les arômes d'alcools forts et la senteur plus discrète du sang se mêlaient, titillant ses sens et raidissant ses muscles.

Ah… le doux aiguillon du désir.

Mais il n'y céderait pas cette nuit-là. La sécurité de ses hommes et du labo où il menait ses expériences primaient sur le plaisir. En laissant derrière lui la discrétion des salons privés, il entendit décroître la variété des musiques – *heavy metal*, rock, R'n'B, et même un peu de jazz – qui s'en échappaient.

Dans la partie principale du club, Ivar fit une halte sur le poste d'observation offert par la mezzanine. La main posée sur l'élégante rampe de fer forgé, il jeta un coup d'œil sur la scène en contrebas. La maison faisait le plein, cette nuit-là, et il n'allait pas s'en plaindre. Il avait besoin que les affaires marchent. Il voyait pratiquement l'argent couler à flots dans les caisses en observant les serveuses, habillées de bustiers de cuir noir, de microjupes et de porte-jarretelles en dentelle, se démener pour satisfaire les clients. Ivar jeta un coup d'œil aux bars jumeaux situés aux deux extrémités de la salle, derrière lesquels s'alignait une profusion de bouteilles d'alcool de toutes formes et de toutes couleurs sur de longues étagères installées devant de grands miroirs.

Les yeux plissés, il constata avec satisfaction que barmen et serveuses travaillaient à un rythme soutenu. Tout était en ordre. Pas besoin de massacrer qui que ce soit pour avoir tiré au flanc. *Excellent…* C'était ainsi qu'il aimait que son club fonctionne.

Sans se presser, Ivar quitta son poste d'observation et descendit l'escalier pour se mêler à la foule.

Denzeil, qui se tenait au bas des marches, le vit arriver et le salua d'un hochement de tête.

— Où est-il ? s'enquit Ivar sans préambule.

— Dans un des box. Tout au fond, le coin de droite.

— Le meilleur endroit de la maison…, murmura-t-il.

De manière ironique, ce box – vaste, confortable, fermé par des tentures garantissant l'intimité – était également le préféré de Lothair lors de ses visites au *Deuce*.

Ivar descendit la dernière marche pour se placer au même niveau que son lieutenant et ajouta :

— Hamersveld a bon goût.

— Il a aussi des goûts éclectiques, renchérit Denzeil en laissant son regard errer sur la foule.

Ivar arqua un sourcil. À son invite silencieuse, il répondit :

— Ses choix en matière de femelles ont été très divers depuis qu'il est là : de toutes corpulences, de toutes tailles et de toutes couleurs. Impossible de repérer la moindre préférence.

— Tant mieux…

Que Hamersveld soit détendu ne pouvait que favoriser ses plans. Il valait mieux cela que l'inverse. Il aurait été plus difficile à Ivar d'interpréter les attitudes d'un mâle à cran, et davantage encore d'argumenter avec lui et de chercher à l'influencer. Peu lui importaient, donc, ses préférences sexuelles. Si cela lui chantait, il pouvait bien baiser toutes les femmes et tous les hommes du club, il lui en fournirait d'autres encore s'il le fallait. Sans discuter.

Tournant à gauche au bas de l'escalier, Ivar traversa la salle pour se diriger vers sa proie, écartant quelques clients et contournant quelques tables. Denzeil lui emboîta le pas afin d'assurer ses arrières même si ce n'était pas nécessaire. La probabilité que son invité déclenche une bagarre dans un endroit public truffé d'humains était quasi nulle. Selon les informations qu'il avait recueillies sur lui, Hamersveld savait garder la tête froide et son intelligence affûtée le portait davantage aux actes réfléchis qu'aux réactions impulsives.

Exactement ce dont il avait besoin. Cela signifiait au moins qu'il aurait le temps de lui mettre le marché en main.

Parvenu devant le box, Ivar écarta les rideaux et jeta un coup d'œil dans l'alcôve en forme de fer à cheval. Le riche tissu d'ameublement couleur bordeaux mettait parfaitement en valeur la beauté scandinave du Norvégien, dont les yeux étaient rivés sur la jeune femme qui le chevauchait. Ses grosses mains verrouillées autour de ses hanches, il l'encourageait à aller et venir vigoureusement au-dessus de lui. Ivar dévisagea la partenaire d'Hamersveld et sourit. Même à demi-nue et arc-boutée par le plaisir, il reconnaissait la blonde décolorée de la télé, une des étoiles montantes de l'information sur Channel 5.

Tiens, tiens... voilà qui était intéressant, et même bienvenu. Les reporters, après tout, pouvaient se montrer utiles à l'occasion.

L'attention du guerrier se reporta sur Ivar, qui eut la sensation que son regard le transperçait comme un laser. Les dents serrées, il s'efforça de rester de marbre. Pas question de monter la moindre faiblesse, surtout devant un requin tel que Hamersveld. On ne respecte que ses semblables, et, pour peu que le Norvégien repère en lui la moindre vulnérabilité, il n'hésiterait pas à s'en servir pour le détruire. Aussi préféra-t-il maquiller son trouble sous une apparente décontraction amusée.

— Donne-moi une minute...

Le souffle court, le mâle soutint le regard d'Ivar tout en redoublant d'ardeur, faisant gémir la femme qui le chevauchait.

— À moins que tu veuilles te joindre à nous ? proposa-t-il.

Une invitation dangereusement tentante. Mais Ivar n'avait pas fait le déplacement pour une baise rapide dans l'un des box de son club.

— Une autre fois, répondit-il.

— Comme tu voudras.

— C'est toujours comme je veux…

Puis, pivotant sur le côté, Ivar prit appui de l'épaule contre le mur, préférant observer ce qui se passait dans le club et ignorer le couple en pleine action. Sans se soucier des cris de plaisir de la journaliste, il appela d'un signe la plus proche serveuse, qui s'approcha de lui à travers la foule. Il implanta sa commande dans son esprit d'une suggestion télépathique et la regarda, après l'avoir observé un instant, les yeux vitreux, se diriger vers le bar. Une seule idée l'habitait désormais : servir le patron au plus vite. Une minute plus tard, il avait en main un verre empli de Jimmy Beam. Hamersveld, pendant ce temps, en avait terminé avec sa femelle qui s'empressa de quitter le box, à moitié déshabillée, le visage livide et figé.

Bon débarras… à plus tard, poupée !

Levant son verre à la santé du Norvégien, Ivar alla prendre place sur la banquette qui lui faisait face et le complimenta.

— Tu baises comme un champion…

— Trois siècles d'existence font cet effet à un mâle.

Hamersveld saisit sa Heineken, qu'il but au goulot, avant d'ajouter :

— Chouette petite boîte que tu as là…

— J'ai des goûts… particuliers.

— Je suis au courant. De même que Rodin.

Le visage d'Hamersveld se fit pensif quand il demanda :

— Lui as-tu déjà annoncé que son fils est mort ?

Ivar refusa d'avaler l'hameçon qu'il agitait devant son nez. Impassible, il répondit :

— Ce que ce connard ignore ne peut pas lui faire de mal.

— J'aime ton style, Ivar… Vraiment, je l'aime beaucoup.

Une lueur dangereuse au fond des yeux, le mâle tendit une main, paume ouverte devant lui. Sous l'effet de la magie, l'air parut crépiter. L'anneau de condensation laissé par la bouteille sur le verre de la table s'anima soudain et forma une ligne droite, avant de glisser le long de celle-ci et de s'envoler pour rejoindre une seconde plus tard la paume d'Hamersveld.

— Tu as joué quelques bons coups, assura-t-il. Le moindre d'entre eux n'étant pas d'avoir su m'attirer ici.

— Tu t'imagines que je mens ?

Ivar se carra plus confortablement sur son siège et sirota son verre. Les glaçons cliquetèrent contre ses dents. Le JB glissa dans sa bouche et le long de sa gorge.

— L'as-tu vu… de près ? s'enquit Hamersveld.

— D'assez près pour voir ses tatouages.

Ivar constata que cette précision ne laissait pas indifférent son interlocuteur, qui demanda :

— Il porte des marques tribales ?

— L'encre est bleu marine.

— Nom de Slifer ! s'exclama-t-il, invoquant le dieu des dragons. Un autre mâle de mon espèce…

Les sourcils blonds du Norvégien se rejoignirent. D'un geste machinal, il commença à soulever l'étiquette de sa canette sous son ongle. Ivar garda le silence, dans l'attente de…

Ça y est, c'est bon ! L'autre manifestait la réaction qu'il avait attendue et cherché à susciter : la colère. Une rage aussi ravageuse que soudaine, qui rayonnait du guerrier qui lui faisait face, et à laquelle il s'était attendu. Habitué à être le seul dragon d'eau sur la planète, Hamersveld ne pouvait que prendre mal la nouvelle qu'un nouveau venu venait lui disputer son territoire – autrement dit l'entière surface de la planète. Parier sur ses tendances narcissiques s'était révélé payant.

Une bonne chose pour Ivar. Pas de chance pour Hamersveld.

Le mâle jouissait des privilèges que lui conférait son statut d'unique dragon d'eau parmi ses pairs. Qu'un Nightfury novice puisse par sa simple existence chercher à lui ravir ce statut le mettait dans tous ses états. Il pouvait lire en lui à livre ouvert… Et quand Hamersveld releva les yeux, Ivar réprima à grand-peine un sourire. Une fureur noire habitait le Norvégien, qui prenait de l'ampleur de minute en minute, le faisant bouillir. En prenant soin de soutenir son regard, Ivar constata :

— Je suppose que dans cette situation une seule question importe…

Il marqua une pause, jouant avec les nerfs de son vis-à-vis, pariant sur l'insécurité qu'il ressentait, avant de conclure :

— Y a-t-il assez de place dans le genre dragonin pour deux mâles de votre espèce ?

Hamersveld n'hésita qu'un court instant. Levant sa bière pour porter un toast, il répondit :

— Appelle-moi Sveld. Il semblerait que nous allons devoir travailler tous les deux.

— Il me semblait bien que tu en arriverais à cette conclusion.

— Tu ne te trompes jamais, pas vrai ?

— Presque jamais.

Hamersveld se mit à rire, et Ivar se félicita d'avoir raison la plupart du temps. Déductions et anticipations avaient toujours été son point fort. Cela lui permettait d'avoir à présent un dragon d'eau dans sa manche. Celui de Bastian pouvait s'attendre à des tas d'emmerdes…

Entre les bras de Mac, Tania se déchaîna instantanément. Découvrant ses dents, elle lui mordilla la lèvre. Il sentit son désir, alimenté par le sien, atteindre des proportions alarmantes. Surpris par cette explosion de passion, son compas interne s'affola. Où était donc le nord ? Sûrement pas là où il en était, en tout cas. Et tandis que mentalement il sentait le sol se dérober sous ses pieds, il ne sut quelle attitude adopter. Chercher à reprendre pied ? Plonger tête baissée et laisser Tania arriver à ses fins ?

Le plongeon paraissait une bonne idée – et même, une très, *très* bonne idée. Un petit problème, cependant : le dominant, c'était lui, et…

Tania l'embrassa, fourrant sa langue avec passion dans sa bouche. Un plaisir intense fulgura en lui. Ses muscles tendus à craquer se mirent à trembler. Mac lutta pour se souvenir – qu'était-il, déjà ? Ah, oui… dans leur relation, c'était lui le dominant, pas elle : celui qui marquait la cadence, prenait les initiatives, donnait des ordres. Mais…

Soudain, il sentit qu'elle glissait ses mains sous les revers de son habit de cérémonie. Mac gronda sourdement, bomba le torse pour se prêter à la caresse, le cœur battant, tandis qu'elle décrivait des cercles sur sa poitrine. Il n'arrivait pas à se rassasier de ses mains sur sa peau, du goût qu'elle laissait sur sa langue, de la sensation qu'il éprouvait de la sentir dans ses bras, son corps serré étroitement contre le sien. Elle avait tout d'une bombe incendiaire qui mettrait fatalement le feu à ses sens et l'amènerait à perdre tout contrôle.

C'était ce qu'il souhaitait, il le savait – plus de limites, aucune clémence. Juste lui, elle, et rien pour les empêcher de se vautrer l'un et l'autre dans le plaisir. Ils y arriveraient inéluctablement, mais pas tout de suite, et peut-être pas avant un petit moment. Il mourait d'envie de l'aimer en y mettant les formes dans un premier temps, d'y aller doucement, de se montrer doux et tendre, de lui donner tout ce qu'elle méritait en obtenant lui-même ce dont il avait besoin.

L'amour et la confiance. Les plaisirs et la jouissance. La tendresse sous couvert de domination. La perfection. Exactement ce qu'était Tania… tout ce qu'il désirait, et tout ce qu'il redoutait.

Il nageait en pleine confusion. Cela n'avait aucun sens. Comment pouvait-il désirer d'elle tout cela et pourtant avoir peur d'un engagement sur le long terme ? Il n'y comprenait plus rien, ce qui n'avait rien d'étonnant étant donné qu'il la serrait contre lui. Garder les idées claires dans ces conditions relevait de la gageure.

Surtout quand elle portait un petit rien en soie qu'elle aurait aimé faire passer pour une robe… Pourtant, Dieu lui était témoin qu'il adorait la voir habillée ainsi. Un autre paradoxe. Mais tandis qu'il caressait sous ses paumes ses épaules nues, comment aurait-il pu s'en soucier ? Il se sentait paumé et n'avait pas la moindre idée de ce qu'allait devenir leur relation ? Et alors ? Seul comptait l'instant présent. Tania était là, près de lui, à peine habillée dans cette robe sexy et modeste à la fois – sa combinaison favorite. En lui rendant caresse pour caresse, Mac se demanda si elle était au courant de l'effet qu'elle lui faisait, si elle avait choisi cette tenue spécialement en pensant à lui, pour l'affrioler. Avait-elle prémédité de lui faire perdre la tête ?

Si c'était le cas, la stratégie se révélait efficace.

Alors, sous le dôme de la rotonde, à la lueur dansante des bougies éclairant les fresques d'art dragonais, Mac comprit qu'il était dans de sales draps. Tania allait le consumer tout entier avant d'en avoir terminé avec lui. Elle allait le laisser pieds et poings liés dans sa propre tête, régner sur lui si totalement qu'elle allait le conquérir corps et âme. Il l'en croyait capable. Il l'avait à peine touchée que déjà il se sentait réduit à cette extrémité. Prêt à jeter la prudence aux orties, à renoncer à une vie entière d'indépendance jalouse, à sortir de sa réclusion émotionnelle et à se rendre à elle.

Devenir cent pour cent sien, dans tous les sens du terme, de toutes les façons qu'un mâle peut l'être pour sa femelle.

Les mains passées dans ses cheveux, Tania déposa un chapelet de baisers le long de sa clavicule. Mac décida de faire fi de ses inquiétudes. Le futur pouvait bien attendre un jour de plus, car Tania, elle, ne semblait pas décidée à remettre au lendemain. Ce qu'elle voulait, elle le voulait, et de préférence tout de suite…

Mac laissa courir ses mains sur les formes habillées de soie de Tania et posa sa joue contre la sienne. Elle capta le message et redressa le menton pour lui offrir sa bouche. Dans un grondement de plaisir, il insinua sa langue entre ses lèvres, profondément, et commença à l'entraîner à travers la rotonde. Une chambre… Ils avaient besoin au plus vite d'une porte à refermer derrière eux, d'un lit sur lequel s'effondrer. Autrement, il n'était pas à l'abri d'un acte stupide, comme la dénuder là où ils se trouvaient et lui faire l'amour sur-le-champ, sans se soucier qu'on puisse les surprendre. Le problème était qu'il ne parvenait pas à s'abstenir de la toucher suffisamment longtemps pour que son cerveau se remette à fonctionner. Il savait ce qu'il lui fallait faire : la soulever dans ses bras, rejoindre l'escalier, descendre les marches et trouver un point de chute vite fait bien fait, mais… Tania ne se montrait pas le moins du monde coopérative. Tout au contraire, elle semblait prendre un malin plaisir à le retarder avec ses caresses, murmurant son nom entre deux baisers, le caressant sous ses belles mains habiles et déterminées.

Le souffle court, Mac s'arracha à ses lèvres, mais elle ne l'entendit pas de cette oreille. Lui empoignant les cheveux, elle tenta de s'emparer de sa bouche. Il secoua la tête, s'efforçant désespérément de reprendre l'initiative.

— Tania, tu… nous devrions… Oh, bon Dieu ! ne fais pas ça. Ne…

Elle ne l'écoutait pas. Du bout des dents, elle lui mordillait le dessous de la mâchoire. Mac perdit toute emprise sur ses pensées et grogna longuement de plaisir. Il adorait sentir ses lèvres sur sa peau. Elle s'attaquait à présent à la ceinture qui maintenait sa robe de cérémonie en place. Mac jura sourdement. Elle inversa les rôles et ce fut elle qui le guida vers le mur le plus proche, contre lequel elle le plaqua. Avec un sourire de pure malice, Tania empoigna les revers de son habit et tira. La lourde étoffe glissa, dénudant ses épaules, descendit le long de ses bras, et…

— Laisse-la tomber.

Mac obéit et fit glisser le vêtement le long de son corps. Celui-ci alla atterrir en tas autour de ses pieds, le laissant complètement nu devant elle.

— Chérie…, protesta-t-il. Nous ne pouvons rester ici. Laisse-moi te conduire dans…

— Tu veux faire l'amour ? l'interrompit-elle.

Tania donna un coup de langue au bas de sa gorge, à l'endroit où battait son pouls. Il sentit sa main descendre avec une lenteur éprouvante le long de son ventre.

Il en perdit le souffle, et ce qui restait de ses bonnes intentions. Il attendait, figé sur place, aspirant tellement à ses caresses que plus rien n'existait pour lui.

— Allez…, maugréa-t-il. Sois raisonnable…

— Tu veux faire l'amour ? insista-t-elle.

— Bon Dieu, oui !

— Alors c'est moi qui décide.

Elle s'exprimait d'une voix douce, mais son contact était électrique. Ses lèvres parcouraient la poitrine de Mac. Il frémit quand, d'un coup de langue, elle titilla l'une de ses aréoles. En réponse à son gémissement de plaisir, elle redressa la tête, chercha son regard, et laissa sa main plonger vers son pubis. Délicatement, elle explora l'extrémité de son sexe gonflé de sang. Elle joua ainsi un moment avec son gland, en encerclant le pourtour ultrasensible, prolongeant son plaisir, l'obligeant à jouer des hanches pour mieux s'offrir à elle.

— Je te veux ici, Mac…, expliqua-t-elle. Dans cette rotonde. Je veux te sentir profondément en moi, ta sueur sur ma peau, avec l'odeur des lys autour de nous.

Mac résistait de toutes ses forces, mais il ne put s'empêcher de projeter son bassin vers l'avant afin de mieux profiter de la caresse qu'elle lui prodiguait. Il aurait voulu lui dire non mais elle savait se montrer persuasive. Et quand elle commença à faire aller et venir sa main autour de son sexe, sur un rythme destiné à lui procurer le maximum de plaisir, il ne tarda pas à se retrouver sur le fil du rasoir. Tania, femme passionnée, désirante et décidée, lui avait fait atteindre ses limites.

De sa main libre, elle lui empoigna la nuque et amena ses lèvres au coin des siennes avant de murmurer :

— Je ne ferai pas de bruit. Personne ne nous entendra.

— Bon Dieu, Tania ! je…

Elle le caressait désormais sur un rythme plus soutenu. Mac rejeta la tête en arrière contre le mur et gémit tout bas :

— Oh, Seigneur ! c'est bon… Oui… juste comme ça ! Ne t'arrête pas. Surtout… ne… t'arrête… pas.

— Je n'ai pas l'intention de m'arrêter, assura-t-elle posément.

Envoûté par Tania, Mac oublia tout ce qui n'était pas elle. Avec un grondement sourd, il l'embrassa avec fougue, une main enfouie dans ses cheveux, l'autre s'efforçant de remonter sa robe. Et ce faisant il ne cessa de se répéter que quelque chose clochait, que rien de tout ceci n'aurait dû se produire. Il ignorait comment il en était arrivé là, nu comme un ver dans un endroit public, coincé contre un mur par une femme qui lui dictait ses quatre volontés. Habituellement, des choses pareilles ne lui arrivaient jamais. Du moins, s'il ne l'avait pas décidé lui-même. Tout au contraire, c'est elle qui aurait dû se retrouver nue devant lui, soumise à cent pour cent, livrée à sa domination pleine et entière.

Dommage qu'il ne parvenait pas à s'en faire pour ça. Pendant qu'elle l'embrassait, rien d'autre ne comptait. Et quand ses mains se posaient sur lui…

Les doigts de Tania se resserrèrent encore autour de son sexe. Mac en perdit le souffle. Trop tard, à présent, pour espérer rejoindre une chambre à temps. Au diable décence et pudeur ! Et tant pis si quelqu'un finissait par les surprendre… Rien d'autre ne comptait désormais pour lui que de lui plaire, de toutes les manières qu'elle lui imposait… et pas plus tard que sur-le-champ !

— Tania, où est la…

Ses mains tiraient sur sa robe dans son dos. D'un ton qui trahissait son impatience, il ajouta :

— Comment fait-on pour…

— Fermeture à glissière, l'interrompit-elle. Côté gauche.

Il la trouva du premier coup. Mac ne pouvait attendre plus longtemps sans soulever sa jupe et…

La robe ne résista qu'un instant avant de glisser jusqu'à ses hanches. En découvrant sa poitrine, Mac réprima un juron. Dieu merci ! elle ne portait pas de soutien-gorge. La vue de ses seins aux courbes émouvantes, à la peau soyeuse, au sommet desquels pointaient deux petits mamelons roses, acheva de le pousser à bout. En murmurant son nom, il se retourna vivement et fit en sorte d'intervertir les positions.

Tania poussa un petit cri quand ses épaules touchèrent le mur. À présent, c'était lui qui la contrôlait complètement. Il la serra contre lui en remontant la soie rouge le long de ses cuisses. Une affolante bouffée de son odeur intime lui parvint aux narines. Elle était si excitée, prête à s'offrir à lui, qu'il avait l'impression d'avoir le goût de son désir sur sa langue.

— Écarte les jambes ! ordonna-t-il.

— Quoi ?

— La récréation est terminée.

Glissant une main à l'arrière d'un des genoux de Tania, Mac remonta sa jambe et la fit s'enrouler autour de la sienne.

— Écarte ! répéta-t-il.

Sans se laisser impressionner par le désarroi qu'il lisait dans ses yeux, Mac se servit du mur comme support pour arriver à ses fins. Sa bouche à deux doigts de la sienne, il soutint son regard en introduisant sa main sous sa jupe, très lentement, comme pour la défier de l'en empêcher. Il caressa sa cuisse, passa sous la courbe adorable d'une de ses fesses. Puis, incapable de se priver plus longtemps de sa chaleur intime, il changea d'idée, revint glisser sa main sous sa culotte, accéda à son entrejambe.

Brûlant, glissant, moite sous ses doigts…

Après lui avoir coupé le souffle, elle lui fit perdre la tête en murmurant son nom. L'urgence de la prendre là, jusqu'à la faire crier de plaisir, s'imposa à lui. Mac lutta pour garder ses désirs sous contrôle, mais entendre Tania gémir doucement, s'agiter pour mieux goûter à ses caresses, faillit lui être fatal.

Il ne pouvait pourtant s'empêcher de poursuivre ses caresses, se torturant lui-même, incapable de se priver du plaisir de la voir les apprécier, de l'entendre le supplier de ne pas s'arrêter.

— Oh, oui ! C'est si… si…

Tania rejeta la tête en arrière et s'agita contre lui, les lèvres entrouvertes, les yeux fous de désir.

— Mon Dieu, Mac ! gémit-elle. Il faut que tu… J'ai besoin de… *S'il te plaît*, maintenant !

Mac fit rouler sous son pouce le bourgeon de son clitoris, avant d'introduire l'un de ses doigts profondément en elle. Il imprima alors à ses caresses un rythme langoureux mais régulier propre à décupler son plaisir. En sentant le sexe de Tania se contracter autour de ses doigts, il suspendit ses efforts. Il la voulait au bord de l'orgasme, mais pas au point qu'elle puisse s'y abandonner. Lorsqu'elle jouirait, il voulait être plongé en elle jusqu'à la garde, prêt à partager avec elle par le menu toutes les sensations liées à l'extase.

— Mon Dieu… Pitié !

La supplique de Tania alla faire écho sous le dôme, brisant le silence.

— Je croyais que tu devais ne pas faire de bruit, fit-il mine de s'étonner.

— La ferme ! s'emporta-t-elle à mi-voix. Contente-toi de…

— Qui en est réduite à présent à supplier, *mo chroí* ?

Mac introduisit un deuxième doigt en elle et se remit à la caresser, accélérant progressivement le rythme.

— Dis-moi…, insista-t-il. Qui ?

— Moi ! répondit-elle en soutenant crânement son regard.

Dans ses yeux, il ne lisait plus qu'un besoin assumé, un désir explosif, une confiance aveugle en lui. Tout ce qu'il désirait d'elle, il l'avait à présent. Glissant ses mains dans ses cheveux, Tania l'embrassa doucement, tendrement, et ajouta :

— S'il te plaît, Mac. J'ai besoin de toi.

J'ai besoin de toi moi aussi.

Comme une confession, ces mots affleurèrent à son esprit mais il se refusa à les prononcer. Il en était incapable. Chacun d'eux restait coincé dans sa gorge. Tout ce qu'il pouvait faire, c'était lui montrer ce qu'il ressentait, et c'est ce qu'il fit. En murmurant son nom. En la caressant exactement comme elle le souhaitait. En lui répétant à quel point elle était magnifique, combien il avait envie d'elle et combien elle était précieuse à ses yeux.

Et, tandis qu'elle assimilait ces vérités, Mac retira doucement ses doigts du sexe de Tania. Une brusque traction, et sa culotte en dentelle céda. Il se positionna entre ses cuisses, incapable de patienter une seconde de plus, et il la pénétra en réprimant un cri. Oh, Seigneur! elle était parfaite... Si serrée que son sexe, en s'ajustant au sien parfaitement lubrifié, rencontra de la résistance.

Elle s'arc-bouta contre lui, cria son nom, ce qui ne l'arrêta en rien. Elle avait voulu qu'il la prenne ainsi, ainsi elle l'aurait en elle. Jusqu'au dernier centimètre.

Une main pressée à plat contre le mur, l'autre soutenant ses fesses, Mac acheva de s'enfouir en elle de toute sa longueur. Quand ce fut fait et qu'elle l'eut accepté tout entier, il ajusta leur position et attendit qu'elle se détende contre lui. Tania avait besoin de ce moment de répit pour se faire à lui. Aussi se força-t-il à la patience, même si cela devait le tuer.

Il voulait qu'elle soit la première à bouger, et...

Cette fois, ça y était. Poussant un petit soupir, elle ouvrit les yeux et le dévisagea. Mac lui sourit et susurra:

—Tiens bon, chérie...

—Je pourrais te retourner le conseil.

Cet avertissement vint avec un baiser, tendre et doux... qui se fit féroce quand elle lui mordit fermement la lèvre.

—À présent, bouge!

Chef, oui, chef! Avec plaisir, chef...

Mais ce fut Tania elle-même qui entama les hostilités en roulant des hanches au-dessus de lui. Il la suivit de peu et lui laissa imprimer son rythme à leur union, sans la quitter des yeux, guettant sur son visage les premières manifestations du plaisir. Ses lèvres s'entrouvrirent sur un long râle d'extase. Mac en profita pour prendre l'avantage, l'embrassant comme il avait toujours rêvé de le faire dans ses rêves, lovant leurs langues l'une contre l'autre, l'entraînant plus haut à chaque coup de reins qu'il donnait. Tania lui griffa les épaules en émettant ce qui ressemblait fort à un ronronnement. Mac lisait en elle à livre ouvert, jaugeait l'urgence grandissante qu'il sentait monter en elle. Il n'y avait plus qu'une pensée en lui : Tania, si belle, qu'on l'aurait dite faite tout exprès pour lui.

Il la savait si proche, à présent... Elle n'avait plus besoin de grand-chose pour... D'un instant à l'autre elle allait...

Délaissant sa bouche, il gronda tout bas :

— C'est le moment. Donne-moi tout, Tania !

Le son de sa voix suffit à la faire passer de l'autre côté.

Elle se pressa contre lui, et il sentit son sexe se serrer spasmodiquement autour du sien. Puis elle lui empoigna les cheveux et, la tête rejetée en arrière, se livra sans retenue à une extase violente. Ses cris de plaisir résonnaient en échos sous le dôme. Une décharge d'énergie se libéra dans l'air ambiant, déferla sur lui vague après vague, toute puissante et libératrice. La bête jalouse de son territoire qui vivait en lui gronda de satisfaction, mais Mac n'en avait pas terminé quant à lui. À bout de souffle mais fou de désir, il s'activa de plus belle, lui procurant tout de suite après le premier un autre orgasme.

Leurs corps vibraient dans la même communion physique.

Tania était incroyable. Si époustouflante dans les transports de l'extase qu'il lui laissa prendre le contrôle et se laissa chevaucher. Ainsi dominé par elle, le visage enfoui dans sa poitrine, il s'abandonna au plaisir dévastateur qu'elle lui offrait. Quand tout fut fini et que ses jambes refusèrent de le porter, il se laissa glisser sur le sol. Toujours à califourchon sur son giron, Tania se lova amoureusement contre lui.

Alors, dans la semi-inconscience qui suit la jouissance, il comprit une chose importante. L'incertitude qu'il nourrissait quant à l'avenir semblait ne plus avoir autant d'importance. En fermant les yeux, il finit par accepter ce qu'il ne pouvait se cacher plus longtemps. D'une certaine manière, il ne savait comment, Tania s'était fait une place dans son cœur, et cela lui faisait plus peur que n'importe quelle bataille entre dragons.

Chapitre 24

Entièrement nue au milieu du vaste lit de Mac, Tania haletait de plaisir. Elle avait les bras relevés au-dessus de la tête. Des liens de soie de couleur rouge lui liaient les mains à la tête de lit. Les jambes écartées, offerte à lui, vulnérable, elle se livrait sans réserve à sa domination.

Dieu ce qu'elle pouvait l'aimer !

Elle aimait aussi ce qu'il lui faisait…

Il lui offrait des émotions d'une intensité incroyable, un plaisir tellement bouleversant qu'elle se demandait combien de temps elle pourrait le supporter encore.

C'était peu de dire qu'il savait comment la satisfaire et lui offrir le meilleur sous sa férule, comme s'il la retenait en otage. Il la soumettait jusqu'à ce que son impuissance sous son joug se transforme en extase. Ses caresses brûlantes, l'odeur de sa peau sur la sienne, la maîtrise dont il faisait preuve pour la soumettre : tout concourait à l'apogée de plaisir d'une expérience dont elle n'avait jamais pris conscience qu'elle lui manquait.

Tania-la-soumise…

Curieusement, cela sonnait juste. Elle avait tout accepté de lui, de toutes les façons qu'il avait voulu… finissant même la plupart du temps par en redemander.

Étrange, vraiment… Elle n'avait jamais pris conscience qu'elle pouvait avoir ce genre de désir. Cela ne l'avait jamais intéressée jusque-là. Mais avec Mac ? Les limites s'estompaient, ne lui laissant d'autre perspective que la vérité.

Au soleil de sa nature dominatrice, Tania s'épanouissait. Elle explosait de plaisir quand il la contrôlait si complètement. Et quand il se déchaînait au-dessus d'elle pour ce qui devait être la cinquième fois en autant d'heures, elle acceptait tout ce qu'il avait à lui offrir. Sans retenue, elle murmurait son nom, écartait les cuisses, entourait ses hanches de ses jambes, le laissait caler un oreiller sous ses reins, puis lui orienter correctement le bassin et la chevaucher jusqu'à l'oubli.

Les doigts serrés autour des liens de soie qui l'entravaient, elle éprouva leur douceur. Satin et plaisir sans concession : une association détonante qui la fit une nouvelle fois si rapidement jouir qu'elle en oublia de respirer. Suspendue en pleine extase, elle entendit Mac crier son nom, sentit son corps se raidir contre le sien, son sexe pulser rapidement en elle. À son tour il perdait le contrôle, se livrait au plaisir en lui donnant son dû, jouissant si fort et si longuement entre ses cuisses qu'une nouvelle fois elle connut l'orgasme.

— Tu me tues…, grogna-t-il

Le cœur battant à coups redoublés, Tania protesta :

— Et moi donc !

Mac fit entendre ce qui ressemblait à moitié à un grognement et à moitié à un rire une seconde avant de s'effondrer, lourd et chaud, de tout son long sur elle. Tania enroula autour de lui bras et jambes avec un soupir de contentement, partageant avec lui la béatitude sans mélange qui suit l'orgasme.

Quelques minutes – ou quelques heures ? – plus tard, Mac redressa la tête. Elle sentit l'air frais dans son cou et contre son épaule soudain découverts et grommela de mécontentement. Elle aurait voulu qu'il reste, que cet instant dure toujours, mais il se souleva davantage en prenant appui sur ses coudes.

Alanguie et souffrant d'un syndrome de vacuité cérébrale avancée, Tania se força à ouvrir les yeux.

De la couleur d'une mer démontée, le regard de Mac se riva au sien. Elle adorait s'y noyer, et, contrairement à ce qui s'était passé au chalet, constater qu'il luisait de manière surnaturelle n'était plus pour l'impressionner. Bien au contraire, elle adorait cela.

— Ça va ? s'inquiéta-t-il en la dévisageant et en remettant en place quelques mèches de ses cheveux. Je n'y suis pas allé trop fort ?

— Penses-tu. C'était parfait.

Une profonde satisfaction s'afficha sur le visage de Mac, qui entreprit de dénouer les liens qui lui retenaient les mains. Un instant plus tard, elle fut libre et il commença à masser doucement les marques rouges sur ses poignets, puis les paumes de ses mains, et enfin chacun de ses doigts.

— C'est si bon…, murmura-t-elle dans un soupir.

Mac lui répondit d'un grognement approbateur. Quand il eut terminé de s'occuper d'elle, il caressa la face interne de ses bras, l'encourageant à les relever au-dessus de sa tête. Elle préféra joindre les mains derrière le cou de Mac et glisser ses doigts dans ses cheveux. En grondant de plaisir, il se prêta à la caresse qu'elle déposait sur son cuir chevelu, si bien qu'elle s'enhardit jusque sur sa nuque.

— Bon Dieu, ce que c'est bon ! approuva-t-il. On peut dire que tu sais y faire…

Le compliment lui alla droit au cœur. Il n'avait cessé de lui en faire, durant toute la journée. En la plongeant sous ses caresses dans un coma extatique, Mac aimait s'exprimer, et elle ne pouvait quant à elle se lasser de l'entendre lui tenir à l'oreille, de son timbre rauque, des propos érotiques.

Tout ce qu'il disait lui donnait l'impression d'être digne d'intérêt, désirée, importante par elle-même. Avec lui, elle n'avait plus l'impression de n'être qu'un joli visage sur lequel le regard des hommes s'attardait, mais derrière lequel ils ne voyaient rien. Aucun d'eux ne s'intéressait au fait qu'elle puisse être intelligente, avoir de l'ambition, éprouver des sentiments. Ils ne discernaient rien d'autre en elle qu'une jolie brunette – jamais vraiment elle.

Mac n'était pas comme ça. Il aimait son sens de l'humour. Il appréciait tout autant son esprit que son corps. À sa manière de la regarder, elle le devinait. Il riait de ses plaisanteries et ne se privait pas de l'interroger sur sa vie, ce qu'elle aimait et détestait, ses goûts et sa couleur favorite. Rien de ce qui l'intéressait ne le laissait indifférent et elle aimait lui répondre. Ce qui, bien sûr, avait servi de prétexte à l'utilisation de deux de ses péchés mignons : la couleur rouge, et les rubans de soie…

— Tu es une vraie sauvageonne, Tania Solares…, murmura-t-il en enroulant une mèche de ses cheveux autour d'un de ses doigts.

Encore un compliment. Du moins selon les normes de Mac.

— Tu n'es pas toi non plus des plus sages, renchérit-elle.

— Tu ne crois pas si bien dire. Mais je… je ne m'attendais pas à ce que tu aies… ces préférences-là.

— Moi non plus. Je ne suis pas expérimentée pour…

Voyant qu'elle hésitait, il conclut pour elle :

— Les jeux de domination et de soumission ?

— Avec les jeux sexuels, rectifia-t-elle.

En le voyant hausser un sourcil, Tania ravala sa salive et tenta de se décider. Foncer et lui dire la vérité ? Lui confier qu'elle n'avait eu en tout et pour tout qu'un seul amant – dont elle ne gardait pas un très bon souvenir –, ou maquiller la vérité en détournant son attention pour se protéger elle-même ? Mais, en soutenant son regard, elle comprit qu'elle ne pourrait lui mentir, simplement parce qu'elle n'en avait pas envie.

— J'ai eu bien du mal à faire confiance aux hommes, confia-t-elle. Je ne leur ai pas trop laissé d'occasions de m'approcher… jusqu'à toi. Tu es différent. Près de toi, je me sens en sécurité. Je sais que tu ne me feras aucun mal, et ça me rend… je ne sais pas comment dire ça… intrépide ? curieuse, prête à tout expérimenter ? Franchement, je n'ai aucune idée de ce que j'aime faire au lit avec un homme.

— Je crois avoir découvert quelques pistes, dit-il en riant.

— C'est vrai, reconnut-elle.

Tania lui était reconnaissante de son expérience et de ses dons en ce domaine. Elle s'agita sous lui, de manière à presser son bas-ventre contre le sien, puis elle ajouta :

— La question est de savoir si tu sauras en trouver d'autres.

Elle vit un grand sourire illuminer son regard avant qu'il ne s'affiche sur ses lèvres.

— Tu peux y compter, fanfaronna-t-il. Mais ce sera pour plus tard.

— Allez…, le supplia-t-elle. Encore une fois…

— La nuit tombe, *mo chroí*. Les autres sont déjà en train de se rassembler, alors…

Il se redressa, délaissant brusquement le berceau de ses cuisses. Rendue sensible par la durée et la fréquence de leurs ébats, Tania se crispa, ce dont Mac s'aperçut. Un muscle tressaillit sur sa mâchoire. Penché sur elle, il grogna entre ses dents, lui donna une petite tape sur les fesses et alla s'asseoir au bord du matelas. La voyant lui adresser un regard faussement outragé, il lui sourit et la tira par le poignet pour l'inciter à se lever.

— Allez, debout ! l'encouragea-t-il.

— J'ai besoin d'une douche.

— Je suis partant ! Et comment…

Ses yeux brillant d'impatience prouvaient que son enthousiasme n'était pas feint. Tania, quant à elle, était plus que partante.

Se doucher avec lui était une expérience qui ne pouvait se comparer à aucune autre. Tellement fun que Tania aurait aimé qu'elle ne prenne jamais fin. À lui tout seul, il offrait davantage de frissons que tout un parc aquatique avec piscine à remous et toboggans de la mort... Et tandis qu'il s'amusait à faire se lever dans la cabine de douche géante des minicyclones rien que pour elle, Tania joua en toute innocence les naïades ravies, enchantée par les tours qu'il avait dans son sac, en le suppliant de remettre ça, encore et encore.

Une demi-heure et une autre claque sur les fesses plus tard, il leur fallut pourtant sortir de la douche et se sécher. Mac avait repris son sérieux et s'activait en silence. Pendant qu'il s'habillait à sa manière habituelle, Tania se glissa dans le jean qu'il lui avait donné et enfila un tee-shirt emprunté à Myst. Puis elle traversa pieds nus le tapis persan de la chambre, défit la serviette dans laquelle elle avait enroulé ses cheveux et la jeta au pied du lit à baldaquin. Campée devant la commode, elle étudia son reflet dans le miroir mural en fouillant dans un petit tas d'élastiques et de barrettes qui se trouvait là. Elle devait en remercier Daimler. L'elfe devait être prescient, ou quelque chose du genre. Il s'était arrangé pour laisser dans la chambre de Mac tout ce dont elle avait eu besoin à un moment ou à un autre : nourriture, vêtements, et, à présent, de quoi arranger sa coiffure.

Après avoir opté pour un ruban rouge, elle se figea. La lettre de J.-J., pliée en quatre, rendue méconnaissable par son séjour dans l'océan, se trouvait sous la pile d'accessoires de coiffure. Sans la quitter des yeux, Tania arrangea rapidement ses cheveux en un chignon sommaire sur son crâne.

Mac apparut soudain derrière elle.

— Prête ? s'enquit-il.

La question se posait effectivement.

Il était possible de l'interpréter de différentes manières, mais Tania choisit celle qui lui convenait. L'honnêteté réclamait un engagement qui concernait toutes les facettes d'un individu. J.-J. avait commis une terrible erreur, c'était certain, mais Tania n'avait pas honte de sa sœur. Et en soutenant le regard de Mac dans la glace, elle sut avec certitude qu'elle avait besoin de lui confier ce secret dont elle n'avait parlé qu'à Myst. En s'en ouvrant à lui, elle achèverait de lui accorder totalement sa confiance.

Il ne pouvait y avoir de juste milieu en la matière. Avec lui, ce serait tout, ou rien. C'était ainsi qu'elle voulait qu'il en soit entre eux.

Avoir pris sa décision ne rendait cependant pas l'aveu plus facile. Ex-membre du SPD, Mac était un flic dans l'âme. De quelle manière réagirait-il en apprenant que sa sœur avait eu maille à partir avec la justice ? Tania réprima une grimace. Énoncé ainsi, cela paraissait terrible, et elle n'avait encore rien dit à haute voix…

Sa nervosité avait raison d'elle et lui tordait l'estomac. Inspirant à fond, elle prit son courage à deux mains, fit glisser sur la commode le petit tas de liens et de barrettes et saisit la lettre dont le papier froissé crissa sous ses doigts. Redressant la tête, elle capta le regard de Mac dans le miroir. Présence solide et silencieuse dans son dos, il lui lança un regard interrogateur. Tania sentit son cœur s'emballer mais décida de l'ignorer et lui tendit la missive par-dessus son épaule.

Sans la quitter des yeux, il accepta son offrande. Une senteur marine se répandit quand il déplia le feuillet. Tania le regarda le lire attentivement. Arrivé au bout, il recommença, du début à la fin.

— Ma sœur, coupable de meurtre, murmura-t-elle, incapable de supporter plus longtemps le silence. Qu'en dis-tu ?

— Cela ne m'ennuie pas du tout, assura-t-il.

Mac enroula un bras autour de la taille de Tania et posa le menton sur son crâne avant de poursuivre :

— Mais toi, cela t'embête. N'est-ce pas ?

— Je déteste la savoir là-bas, mais pas pour les raisons que tu imagines…, dit-elle, proche des larmes.

Les « si » qui la harcelaient depuis si longtemps revenaient la hanter. Si seulement elle avait pu mieux assumer son rôle de sœur aînée… Si seulement elle avait fait davantage attention et réussi à offrir à J.-J. l'aide dont elle avait besoin… Si seulement elle avait pu la dissuader d'agir avant que les choses n'en arrivent là… Si seulement… Rien que deux petits mots. Une lourde croix à porter.

— J.-J. est une âme libre, reprit-elle d'une voix brisée. Un bel oiseau. Elle a besoin de voler.

— Alors qu'on la maintient en cage, commenta Mac.

En la voyant acquiescer, il demanda :

— Pourquoi a-t-elle été condamnée ?

— Homicide.

Mac haussa un sourcil. Tania prit appui sur lui, l'arrière de sa tête posée contre son épaule.

— Elle a tué son taré de petit ami, expliqua-t-elle. Elle l'avait quitté. Il ne supportait pas et…

— Saloperie ! l'interrompit-il. Il l'a poursuivie, n'est-ce pas ?

— Il a menacé de me tuer d'abord, et elle ensuite.

— L'enfoiré ! gronda-t-il, les yeux assombris par la fureur.

— Un connard de première magnitude, approuva-t-elle en soutenant son regard. Et maintenant… l'espoir renaît avec ce passage devant la commission de libération sur parole. Il faut que j'y sois. Elle n'a que moi, je suis sa seule famille. Personne d'autre ne prendra la parole pour témoigner en sa faveur. Elle est ma petite sœur, Mac. Je dois tout faire pour la tirer de là.

— J'entends bien.

Tania avait la gorge nouée. La compréhension dont cet homme merveilleux, bouleversant, incroyable, faisait preuve à son égard la bouleversait. Au lieu de la juger, comme elle l'avait redouté, il avait écouté, compris, et accepté la situation sans hésiter, lui offrant même son soutien.

— Merci, murmura-t-elle en retenant ses larmes.

— Pas besoin, assura-t-il. Mais avant que nous fassions quoi que ce soit, je dois d'abord en parler à Sloan.

— Pourquoi ? s'étonna-t-elle, les sourcils froncés.

— C'est un petit génie des ordinateurs. Il pourrait sans doute hacker leur système informatique, nous donner une idée de l'état du dossier de ta sœur et...

— Oh, mon Dieu ! s'écria-t-elle en comprenant ce qu'il lui offrait.

Un miracle, tout simplement. Une chance réelle de s'assurer que la victoire – et la libération de J.-J. – serait au bout du chemin. Une joie profonde lui emplissait le cœur. Vivement, elle se retourna entre ses bras et lança :

— Bon Dieu, comme je t'aime ! Sais-tu comme je t'aime ?

Tania lui offrit un baiser fougueux et noua ses bras derrière son cou.

— Merci ! ajouta-t-elle avec ferveur. Merci, merci, merci !

Tania, qui s'attendait à ce qu'il l'étreigne à son tour, fronça les sourcils en le voyant se figer. Une nanoseconde plus tard, il se raidit et laissa retomber ses bras contre ses flancs. Elle s'écarta de lui pour mieux le dévisager. Il paraissait... secoué, d'une certaine manière, mais aussi... *paniqué* ! Qu'est-ce qui clochait, avec lui ? À la confusion qui avait envahi son esprit se mêla l'inquiétude. Elle repassa en mémoire ce qui venait de se passer, et...

Que lui avait-elle dit, au juste ? Toute à sa joie, dans l'exubérance de l'instant, ne venait-elle pas de lui avouer que… qu'elle l'aimait ?

Oh, merde ! elle n'avait pas réellement voulu dire ça. Pourtant, à présent qu'elle l'avait fait, elle refusait de le regretter, et davantage encore de se dédire.

Dommage pour elle…

Car en observant l'homme qu'elle aimait, Tania ne put que comprendre qu'elle était allée trop vite, trop loin, et que ce faisant elle avait offert à Mac la frousse de sa vie…

Debout sous le jet brûlant de la douche, Nian reposa la savonnette sur son support. Se savonner une cinquième fois n'aurait servi à rien. Il aurait beau frotter, il ne parviendrait pas à se sentir net. Impossible de se débarrasser ainsi d'un sentiment de laideur et de dégoût, et oublier l'était tout autant. La crasse psychologique tenait bon. Elle s'accrochait obstinément à vous, et rien à faire pour s'en défaire ni pour… se pardonner.

En appui des deux mains sur le mur carrelé, Nian baissa la tête et augmenta encore, d'une chiquenaude magique, la température de l'eau. Brûlante à présent, celle-ci déferlait sur lui, coulait sur ses épaules comme le long d'un rocher, s'accumulait dans le creux de son dos, qu'elle dévalait jusqu'au bas de ses jambes. Il appréciait la sensation de brûlure et acceptait la douleur qui en résultait. Il la méritait, et il aurait dû souffrir bien plus encore pour ce qu'il avait laissé faire cette nuit-là, pour n'avoir pas réagi tandis que d'autres souffraient, pour avoir abandonné à leur sort les âmes innocentes prisonnières de la villa des plaisirs de Rodin et pour être rentré tranquillement chez lui.

Dieu lui pardonne, il avait regardé et n'avait rien fait.

Les yeux fixés sur la mosaïque colorée entre ses pieds, Nian fronça les sourcils. « Rien » n'était pas tout à fait le mot. Il avait fait en sorte de sauver de cet enfer une jeune beauté blonde prise dans une situation insoutenable. Droguée afin de la soumettre. Exhibée nue sur une scène. Forcée à rester sur un piédestal tandis que les congénères de Nian enchérissaient pour obtenir le droit de l'acquérir de la même manière que les humains achètent un chien.

Tant de dépravation lui retournait l'estomac. Pourtant, il avait réussi à jouer son rôle à la perfection. Rodin l'avait même félicité d'un hochement de tête quand il avait déboursé une petite fortune pour repartir avec elle.

Jouer au loup pour se faire accepter des loups. N'était-ce pas la ligne de conduite qu'il s'était fixée ? Sans doute, mais…

Nian ferma les yeux. Il se méprisait pour ce qu'il avait fait. Ou, plus exactement, pour ce qu'il n'avait pas fait. Il avait laissé la vente se dérouler sans élever la moindre objection. À présent, il lui fallait en payer le prix. Ce que cela lui coûtait ? Son honneur. Piégé par les circonstances, il n'avait pu éviter de se retrouver couvert de honte. Circonstance atténuante : il était parvenu à faire en sorte qu'une innocente n'ait pas à le payer de sa vie.

Que Rodin aille au diable avec ses petits jeux de malade !

La répulsion qui lui retournait l'estomac l'incita à reprendre la savonnette. Il la faisait glisser dans sa paume quand une voix discrète l'interpella.

— Milord ?

Ouvrant les yeux, Nian s'écarta du mur. Une ombre se dessinait sur la paroi de verre de la douche couverte de buée. *Lapier.* Comme à son habitude, le Numbai arrivait à point nommé. Branché en permanence sur la vie de son maître et ses humeurs, le serviteur savait d'instinct quand il devait se manifester ou se faire discret, ainsi qu'il venait encore de le lui prouver.

Après s'être mentalement préparé à ce qui l'attendait, Nian referma d'une commande mentale le robinet. Le flot se réduisit rapidement à un mince filet. Il fit coulisser la porte de verre et accepta la serviette que Lapier lui tendait. Après s'être séché, il sortit et soutint le regard scrutateur que le Numbai lui adressait. Cette attention toute paternelle dont il faisait l'objet fit mouche et le déstabilisa un peu plus. Sa mauvaise conscience le rattrapa ensuite. Nian décida de l'ignorer et regarda droit devant lui pour gagner l'autre extrémité de la pièce. Foulant la mosaïque douce aux motifs intriqués, il franchit une arche d'inspiration mauresque et passa dans la salle de bains, dont le plafond voûté et ornementé culminait à une hauteur impressionnante. Il s'arrêta devant une longue console et s'observa dans le miroir.

Lapier, qui venait d'apparaître derrière lui, lui tendit un peigne. Nian préféra utiliser ses doigts pour écarter de son visage ses cheveux d'un noir d'encre.

— Est-elle réveillée ? s'enquit-il.

— À l'instant, milord.

Le Numbai prit la serviette humide que Nian venait d'ôter de sa taille et alla la pendre soigneusement à un porte-serviette doré avant d'ajouter :

— Je me suis procuré tout ce que vous m'avez demandé. J'ai déposé tout cela sur la petite table, devant votre chambre.

Nian acquiesça en passant mentalement en revue la liste qu'il avait dressée quelques heures plus tôt.

— Milord…, reprit Lapier avec un regard gêné. Êtes-vous sûr de…

— Tout à fait certain, l'interrompit-il.

Nian se rembrunit et fit apparaître sur son corps un pantalon de pyjama et une courte robe de chambre de brocart. En nouant la ceinture, il poursuivit :

— J'ai pris en considération toutes les possibilités, mon ami. Jusqu'à ce que je prenne la tête de l'Archguard, il n'y a pas d'alternative. Je dois jouer pour gagner, ou m'abstenir.

S'inclinant légèrement, Lapier murmura un acquiescement.

Nian se détourna de lui et quitta la salle de bains pour arpenter le large corridor central de sa demeure – du moins, de ce qui en faisait office lorsqu'il se trouvait loin de chez lui. Bien qu'il fût à présent le propriétaire des lieux, il ne dormait jamais dans le manoir que son sire avait acquis aux environs de Prague. Trop de souvenirs l'attachaient encore à ces lieux, dont la plupart n'avaient rien d'agréable. Il préférait quant à lui de plus humbles quartiers résidentiels. Bâti par un duc plus d'un siècle plus tôt, le bâtiment s'enorgueillissait des apports les plus significatifs de l'architecture mauresque : ferronnerie d'art somptueuse, étonnantes mosaïques, portails surmontés de dômes, ouvertures cintrées. Plus intéressant encore, le domaine se trouvait à flanc de montagne, au bord d'une abrupte falaise dominant une vallée verdoyante. On ne pouvait que s'y sentir perché entre ciel et terre.

Proche de Dieu. Loin de son ancienne vie. Un parfait nid d'aigle à une exception près : il n'avait pas été conçu comme une prison. Et s'il ne se dépêchait pas un peu, sa captive finirait par le découvrir à ses dépens, au prix d'une chute fatale.

Même à distance et à travers des murs épais, il pouvait l'entendre s'acharner sur les huisseries, vérifier toutes les portes, chercher un moyen de s'enfuir. Une autre poignée ouvragée fut secouée impatiemment. Un juron s'ensuivit. Nian se surprit à sourire en songeant que l'inconnue ne manquait pas de ressources.

Étant donné ce qui l'attendait, ce ne pouvait qu'être un bon point pour elle.

Ses pas assourdis par les tapis turcs qui couvraient le sol, Nian s'approcha la table ronde disposée à côté de l'entrée de sa chambre. Un sac de voyage noir tout neuf s'y trouvait, dont il fit passer la courroie à son épaule. Un document plastifié posé à côté attira son attention : un permis de conduire, qu'il consulta. Il y découvrit une photo, ainsi qu'un nom inscrit à côté. « Grace ». Pour l'état civil, la jeune blonde s'appelait Grace von Ziger. Cela n'avait plus aucune importance, songea-t-il en empochant le permis. Désormais, elle devrait se passer de cette identité-là.

Nian inspira profondément et se prépara devant la porte de sa chambre à y faire son entrée. Le panneau de bois clair lui semblait familier et étranger à la fois. Il se sentait différent, lui aussi, comme à la croisée des chemins : prendre d'un côté et sauver le monde, ou prendre d'un autre et se sauver soi-même. Et en dépit de tout – les doutes, la culpabilité, le dégoût –, le choix était vite fait.

Survivre restait le mot d'ordre. À la fin, l'instinct de préservation l'emportait toujours.

Avec détermination et par le biais d'une commande magique, Nian déverrouilla la porte et l'ouvrit toute grande. Surprise par sa soudaine apparition, sa prisonnière s'écarta précipitamment d'une fenêtre. L'étonnement se lut dans son regard un instant avant que la fureur ne le remplace. Elle brandissait le tisonnier qu'elle tenait à la main comme une épée de samouraï, l'incitant sans avoir à prononcer une parole à ne pas s'approcher.

— Doucement, *talmina*…, dit-il d'une voix douce, espérant l'apaiser.

Mentalement, il referma la porte derrière lui, lui barrant toute retraite, avant d'ajouter :

— Je ne suis pas ici pour vous faire du mal.

— Où suis-je ?

Elle avait posé cette question avec un accent qui trahissait son origine autrichienne. Elle serrait tant son arme improvisée que les jointures de ses doigts avaient blanchi. Redoublant de précaution, elle plaça un divan bas entre eux avant de poursuivre :

— Et vous, qui êtes-vous ?

— Nian, répondit-il. Celui qui vous a sauvé la vie.

Le souffle court, elle respirait difficilement, bruyamment. Ses mains tremblaient tant qu'elle dut rajuster sa prise sur le tisonnier.

— Qu… que s'est-il passé ? balbutia-t-elle.

— De quoi vous souvenez-vous ?

— La dernière chose ?

La question lâchée dans un murmure trahissait sa perplexité. Le front plissé par la concentration, elle raconta :

— Trois types m'ont sauté dessus sur la place du marché. Je suis toujours sur mes gardes, mais… je ne les ai pas vus venir. Soudain… ils étaient là, à me faire boire de force ce truc horrible et…

Des larmes plein les yeux, elle eut du mal à conclure :

— Personne n'a réagi. J'ai eu beau crier, et crier encore, personne ne m'a aidée !

Cela n'avait rien de surprenant. Aucun des humains présents n'avait pu l'entendre crier. Le sort de dissimulation offrait aux hommes-dragons la possibilité de rester invisibles et inaudibles en toutes circonstances. Un mécanisme de défense bien utile dans un monde où le genre humain surpassait en nombre le genre dragonin dans une proportion de un pour mille. Se servir de cette faculté pour enlever une humaine, cependant, constituait une infraction grave, une atteinte à toutes les règles qui gouvernaient leur espèce.

Un tel pouvoir ne laissait à une femelle aucune chance de s'en tirer. Grace ne faisait pas exception, et, en la voyant lutter pour essayer de comprendre, Nian souffrait pour elle. Ce qui lui était arrivé n'aurait jamais dû se produire. Ni elle, ni aucune autre n'auraient jamais dû avoir à subir un tel sort. Mais la réalité était têtue, et il ne pouvait l'ignorer plus longtemps. De tels crimes étaient commis sur une base régulière, à Prague et peut-être même partout ailleurs dans le monde.

Cette idée lui serra la gorge. Il l'écarta résolument. Se laisser aller à l'empathie ne le conduirait qu'à subir la pression de ses émotions.

— Vous souvenez-vous de ce qui s'est passé ensuite ? demanda-t-il.

Grace secoua négativement la tête, au grand soulagement de Nian. Elle n'avait pas besoin de savoir qu'elle avait été exhibée dans le plus simple appareil devant une assemblée de mâles en quête d'esclaves.

En prenant garde de soutenir son regard, Nian s'avança dans la pièce. Dès qu'il la vit se placer en position de défense, il fit halte et déposa le petit sac qu'il portait à l'épaule sur une table basse. Les fermoirs métalliques de celui-ci cliquetèrent sur le dessus en verre, troublant le silence qui régnait dans la pièce.

— Je veux que vous m'écoutiez très attentivement, *talmina*..., reprit-il.

— Vous n'allez vraiment pas me faire du mal ?

— Je promets de ne pas vous toucher, répondit-il. Mais nous avons besoin de parler de ce qui va se passer maintenant.

Elle contourna lentement un fauteuil. Il suivit des yeux sa progression jusqu'à la cheminée, dans laquelle ne subsistait d'un feu depuis longtemps éteint qu'un tas de cendres. L'ourlet de sa robe s'accrocha à la pierre de l'âtre, révélant un mollet galbé avant que le vêtement ne retombe en place. Une soudaine et irrésistible attirance lui mordit les tripes. Nian déglutit péniblement et réprima cette soudaine bouffée de désir. Ça s'annonçait mal – très, très mal. Il n'avait pas besoin de cette complication. La situation était déjà bien assez embrouillée comme ça, mais Grace n'était pas le genre de femme dont on pouvait détourner aisément les yeux. Douce, toute en courbes émouvantes et...

Nom de Dieu ! quel était son problème, au juste ? Le désir, habituellement, ne le menait pas par le bout du nez. Pourtant, un regard sur elle suffisait pour mettre le feu à ses sens. Ce qui ne rimait à rien. Grace n'était pas une femelle de haute énergie, il n'aurait donc pas dû...

Soudain, il vit sa bioénergie grimper rapidement en intensité. Le flot de lumière intense qui bientôt l'environna d'une aura fit tressaillir Nian. L'extrémité du tisonnier plongea peu à peu vers le sol lorsque, renonçant à sa posture de défense, elle se détendit.

En s'imaginant qu'elle n'était pas une femelle de haute énergie, il s'était bien fourré le doigt dans l'œil !

Plus Grace se détendait, plus sa connexion au Méridien la rendait radieuse. Ce qui signifiait, si improbable que cela puisse paraître, qu'il avait devant lui un phénomène des plus rares : une *zinmera*. Autrement dit, une femelle capable d'altérer son flux d'énergie de la même façon que les caméléons changent de couleur, pour mieux se fondre dans l'environnement. L'instinct devait lui dicter de feindre n'être qu'une femelle de basse énergie en présence de membres du genre dragonin, pour éviter de se faire repérer. Il savait que de telles femmes existaient. Lorsqu'il était enfant, il en avait vu une dans le harem de son père, mais...

Secoué par un frisson, Nian combattit le picotement qui s'attardait sur sa peau. Pas étonnant qu'il l'ait désirée dès l'instant où il l'avait aperçue... Sans le savoir, sa maîtrise de l'illusion lui avait permis inconsciemment de la percer à jour. Il lui avait été impossible de l'ignorer, et l'idée qu'elle puisse appartenir à un autre mâle lui était devenue insupportable.

— Que voulez-vous dire par « maintenant » ? s'étonna-t-elle.

À présent qu'elle se méfiait, sa bioénergie baissait d'intensité.

Et tandis que son aura devenait moins flamboyante, Nian put avec soulagement respirer plus librement et reprendre ses esprits. De sa poche, il tira le permis de conduire de la jeune femme, qu'il déposa près du sac en expliquant :

— Vous ne pouvez rentrer chez vous, Grace. La vie telle que vous l'avez connue jusqu'à présent est terminée.

— Pou… pourquoi ? balbutia-t-elle.

— Les voyous qui vous ont kidnappée travaillent pour un homme très cruel, malfaisant, qui n'aime rien tant que brutaliser les femmes.

Il préférait ne pas mâcher ses mots pour ne laisser planer aucun doute.

— Dès l'instant où vous referez surface, reprit-il, dès que vous retournerez travailler ou que vous rentrerez chez vous, ils vous retrouveront et vous enlèveront de nouveau. J'aime autant vous dire que la seconde fois est toujours la bonne, *talmina*, et qu'elle n'est jamais une partie de plaisir… Vous serez violée à de multiples reprises, par un grand nombre d'hommes, jour après jour, jusqu'à ce que votre corps n'en puisse plus. Ensuite, ils disposeront de vous comme on le fait d'un tas d'ordures.

Comme prévu, sa description sans concession atteignit son but : lui faire prendre conscience du péril mortel qui la guettait.

La peur se fit sentir dans son odeur corporelle une seconde avant qu'elle ne flambe dans son regard.

Nian serra les dents. Ce n'était pas juste – pour elle, pas pour lui. Il détestait devoir l'effrayer ainsi, mais une chose était sûre : la terreur qu'éprouvait Grace lui donnait l'avantage. Il avait besoin du moindre atout dont il pourrait disposer dans sa guerre contre Rodin. Et s'il fallait pour cela terroriser une jeune femme, il en serait ainsi. Il avait besoin qu'elle s'en aille. Il devait être sûr qu'elle quitterait Prague et n'y reviendrait jamais. De son exil définitif dépendait sa sécurité. L'Archguard allait le surveiller, guettant la moindre erreur. Et libérer Grace en lui permettant de retrouver son ancienne existence en serait une fatale pour lui.

Si Rodin se rendait compte qu'il l'avait laissée en vie et libérée sans toucher à elle, il le prendrait pour un imbécile et un faible, et le reste de l'Archguard ferait de même.

— Que suis-je censée faire ? demanda-t-elle.

Son visage déjà très pâle était devenu livide.

— Je n'ai ni argent ni aucun autre endroit où aller, je…

— Sous la nouvelle identité que je vous ai fournie, l'interrompit-il, vous allez quitter l'Europe.

Nian souleva le sac par la poignée et ajouta :

— Vous trouverez là-dedans tout ce dont vous avez besoin : vêtements, téléphone portable non traçable, référence du compte bancaire que j'ai ouvert pour vous en Amérique. Mon serviteur, Lapier, va vous conduire à l'aéroport où vous prendrez un billet à votre nouveau nom – pour ne jamais revenir.

— Mais…

— Jamais, Grace !

Il avait haussé le ton, ce qui la fit sursauter.

— Vous allez disparaître et refaire votre vie ailleurs. Vous ne donnerez aucune nouvelle à personne : ni à votre famille, ni à vos amis. Même pour de courtes vacances, vous ne remettrez jamais les pieds ici. C'est compris ?

— Non.

Eh bien… au moins, elle se montrait honnête. Il ne pouvait lui enlever ça.

— Voulez-vous vivre, Grace ?

En murmurant un petit « oui » tremblant, elle faillit lui briser le cœur. Soudain, il mourut d'envie de la garder, de l'enfermer dans son nid d'aigle, et de la faire sienne. Cette tentation le fit hésiter, le tourmentant longuement, enflammant son imagination, avant qu'il ne parvienne enfin à la rejeter. Il n'avait pas de temps à perdre en folies, ni de place dans sa vie pour une femelle. *Zinmera* ou pas, elle devait partir… et dès que possible, avant qu'il finisse par perdre la tête et décide de la faire sienne.

— Alors si vous voulez vivre, conclut-il, faites ce que je vous ordonne. Prenez ce sac et partez.

Grace hésita un court instant, puis elle délaissa son regard afin de reposer son tisonnier. D'une main tremblante, elle posa l'arme improvisée contre le sofa et s'approcha de lui d'un pas silencieux. Nian se raidit. Toutes ses terminaisons nerveuses parurent s'enflammer quand la bioénergie de Grace flamba de plus belle, électrisant l'air ambiant. Une faim atroce lui vrillait l'estomac. Il déglutit péniblement et résista tant bien que mal à la soif qui le poussait à attirer contre lui celle que la raison l'incitait à rejeter.

Grace tendit le bras vers le sac de voyage. Le besoin de savoir le poussa à tendre le sien vers elle. Dès que ses doigts se furent refermés autour de son poignet, un plaisir intense fulgura en lui. Elle poussa un petit hoquet de surprise. Dans un grondement sourd, Nian l'attira à lui. Il ne lui fallut qu'un instant pour poser son autre main en coupe contre sa nuque, puis ses lèvres sur sa tempe. Connecté à elle par trois points différents – poignet, nuque, tempe –, il puisa dans le Méridien et but avec avidité, puisant à travers elle la nourriture dont il avait besoin. Il sentit ses genoux faiblir tandis que, grisé par la sensation qu'il éprouvait, elle attisait encore le besoin qu'il avait d'elle. Sa faim, elle la comblait d'une manière qu'il n'aurait jamais crue possible.

Revigoré, ensorcelé, incapable de se contenir, Nian but encore et encore, en un flot sans cesse accru, même si un sentiment de honte entachait à présent son plaisir. Il décida de l'ignorer, de se gaver de nourriture tant que cela lui était possible. Il sentit Grace se raidir et avoir un mouvement de recul pour lui échapper mais il était trop tard. Il s'était déjà damné en se connectant au Méridien à travers elle, en goûtant contre son corps les formes exquises du sien et sous ses lèvres la saveur unique de sa peau.

Ce qui l'obligea à la lâcher en toute hâte.

Une erreur… Il avait commis une terrible erreur.

Grace ne lui appartenait pas. Il ne souhaitait pas non plus qu'elle lui appartienne. Sa position – et le jeu de pouvoir dans lequel il était immergé jusqu'au cou – réclamait cent pour cent de son attention. Pourtant, aussitôt qu'elle lui eut échappé et se fut emparée du sac, Nian se sentit dépossédé et trahi. Et en la voyant se précipiter vers la porte, il constata qu'un vide atroce venait de se creuser en lui. Aussitôt, sa réaction lui fit honte. Les femelles ne pouvaient lui apporter rien d'autre que des ennuis. L'agréable distraction qu'il était possible de trouver dans leurs bras était faite pour durer quelques heures, pas une vie entière.

Et il avait déjà eu son content pour cette nuit.

À présent, il lui fallait se reconcentrer et revenir dans le jeu en cours. Sa priorité absolue ? Envoyer un message à Haider et Gage. Il ne pouvait communiquer mentalement avec eux, cette méthode nécessitant une proximité magique et l'agrément des deux parties concernées. Une bonne vieille missive à l'ancienne devrait donc faire l'affaire. Les

Nightfury devaient être mis au courant du bizness profitable et néanmoins parfaitement illégal que Rodin avait mis au point. Savoir à quoi cet argent servait ensuite les intéresserait sans doute tout autant…

La maîtrise de l'information passait avant tout. Nian était bien décidé à en faire bon usage. En jouant finement, il obtiendrait tôt ou tard ce qu'il désirait le plus : un rendez-vous en tête à tête avec le commandant des Nightfury.

Chapitre 25

J.-J. se sentait plus légère qu'elle ne l'avait été depuis une éternité et chantonnait gaiement l'un de ses nouveaux morceaux. Testant différentes paroles pour le refrain, elle poussa la porte de la bibliothèque de la prison. En franchissant le seuil, elle se sentit accueillie par l'odeur de vieux livres de poche et d'encaustique que brassait le système de chauffage. Dieu, ce que c'était bon… Sa bonne humeur atteignit de nouveaux sommets. Elle adorait se trouver là, dans le calme, la sérénité, entourée de montagnes de livres de toutes formes et de toutes couleurs.

Le fait qu'il ne lui restait plus qu'un petit mois à attendre avant son rendez-vous avec la commission de libération sur parole n'était pas sans influer non plus sur son moral. L'échéance se rapprochait de jour en jour. Prochainement, elle allait recevoir une nouvelle lettre qui fixerait le jour et l'heure de la convocation. Ajouté à cela le fait que la libraire ait requis sa présence, et tous les ingrédients étaient réunis pour accorder à cette journée, sur une échelle de un à dix, la note de huit.

Et si Daisy la Destructrice voulait bien lui foutre la paix par-dessus le marché, le dix pourrait être atteint avant la fin de la journée. Mais J.-J. n'y croyait pas trop. Sa codétenue lui cherchait de nouveau des noises, la provoquait au réfectoire, lui lançait des insultes, la bousculait quand elles devaient se mettre en rang, s'efforçant de la pousser à bout.

En soupirant, J.-J. tourna à gauche vers le comptoir d'accueil. Daisy savait-elle pourquoi elle ne répondait pas à ses provocations et évitait la confrontation ? Inutile de se poser la question. Pour réfléchir, il faut un cerveau, ce dont elle était à peu près sûre que sa Némésis était dépourvue. Trop d'abus de drogue par le passé, peut-être. Ou alors elle s'était trop souvent tapé sur la tête avec ses haltères en faisant ses exercices de muscu dans la cour.

« Ding-dong » ! Plus de lumière, là-dedans. Cerveau en panne…

L'image la fit sourire.

En stoppant devant le comptoir, J.-J. actionna la sonnette afin d'attirer l'attention de la bibliothécaire. Il y eut un certain remue-ménage de l'autre côté, et une seconde plus tard Mme Smithers se redressa et jaillit devant elle, son visage poupin rougi par l'effort, boudinée dans un tee-shirt vert néon.

Habituée à ses extravagances vestimentaires, J.-J. plissa les yeux pour protéger ses rétines d'une overdose de couleur et lança :

— Bonjour, madame Smithers.

— Oh ! Hello, ma belle…, répondit la bibliothécaire, la lèvre supérieure ourlée de sueur.

D'un geste vif, elle ramassa le *Vanity Fair* ouvert devant elle et s'en servit pour s'éventer en précisant :

— Ménopause, ma chère. Tiens-toi à l'écart de cette saloperie tant que tu pourras.

— Excellent conseil…

— C'est bien mon avis. Donc…

Mme Smithers s'interrompit en voyant une mouche traverser son champ de vision. Elle se servit du magazine pour tenter de l'abattre mais la manqua de beaucoup. Distraite par cette invitée indésirable dans son royaume, elle maugréa longuement contre « ces foutus insectes » avant de reporter son attention sur J.-J.

— Qu'est-ce que je peux faire pour toi, ma douce ?

Surprise, J.-J. cligna des yeux et s'étonna :

— Mais... n'est-ce pas vous qui m'avez demandé de venir ?

— Oh, bien sûr ! Suis-je bête...

La mouche revint la narguer. Les yeux plissés, sur le pied de guerre, Mme Smithers lâcha sa revue au profit d'un exemplaire du *Seattle Times* qu'elle roula pour en faire un gourdin.

— Nous avons reçu une nouvelle cargaison de livres ce matin, expliqua-t-elle ce faisant. J.-J., j'aurais besoin que tu les sortes des cartons, que tu les tries et que tu les catalogues, avant de les mettre en rayons.

Une brusque excitation fit grimper le moral de J.-J. à une note de neuf. Toute une journée dans la bibliothèque ? Joie suprême ! Pouvait-il exister meilleure chose au monde ? Enfin... à part un véritable piano demi-queue.

Non, cela ne devait pas exister.

Incapable de cacher sa joie, J.-J. remercia sa bienfaitrice dans un grand sourire.

— Merci d'avoir pensé à moi, madame Smithers !

— Allez, va vite te mettre à l'ouvrage..., lui répondit-elle avec un sourire dans les yeux qui démentait sa brusquerie. Tu connais le boulot.

Oui. J.-J. connaissait. De temps à autre, il arrivait à Mme Smithers de faire appel à elle pour ce genre de tâches. Parfois, il s'agissait de dépoussiérer les rayonnages, ou d'en installer de nouveaux. Mais, ce qu'elle préférait par-dessus tout, c'était de trier les nouveautés. Pour récompense, la bibliothécaire lui offrait la primauté et lui permettait de retourner en cellule avec un livre de son choix, avant que quiconque ait pu casser la reliure ou tacher les pages. Ce n'était pas grand-chose, mais en prison tout privilège était bon à prendre sans faire la fine bouche.

Sans attendre, J.-J. se dirigea vers le fond de la salle et s'engagea dans une allée bordée de hautes étagères. Le silence régnait encore dans la bibliothèque, mais ça ne durerait pas. Les détenues allaient bientôt arriver pour utiliser chacune leur tour le centre de ressources, pour écouter de la musique ou simplement pour lire dans ce qui constituait un havre de tranquillité au sein de l'établissement.

Un virage à gauche et deux portes plus tard, J.-J. passa le seuil de la réserve. Deux grandes tables au dessus d'aluminium éraflé attendaient qu'on fasse d'elles bon usage. Elle ne perdit pas un instant et s'attaqua au premier carton.

Des nouveautés s'offrirent à son regard, parmi quelques solides classiques.

J.-J. s'absorba dans son travail, lisant titre après titre, appréciant le poids et la douceur des dos brochés et des reliures sous sa paume, triant les bouquins par auteurs et par catégories. Les tables s'étaient déjà bien remplies lorsqu'elle entendit le déclic d'une porte qui s'ouvrait derrière elle.

Mécontente d'être dérangée, J.-J. fronça les sourcils, jeta un coup d'œil par-dessus son épaule et… se figea.

Daisy venait de pénétrer dans la pièce, les poings serrés, une veine pulsant sur son front. Elle était accompagnée par deux de ses âmes damnées mais, pire encore, elles avaient refermé la porte et l'éloignement de la réserve empêchait quiconque d'entendre ce qui s'y passait. Le cœur de J.-J. se mit à battre à cent à l'heure. Cela ne sentait pas bon du tout. Elle pouvait s'attendre à de sérieux ennuis. Le genre d'ennuis qui permettent à une détenue de sortir de taule avant l'heure… mais les pieds devant.

Chapitre 26

L'interminable descente de l'ascenseur qui les menait dans l'antre souterrain de Black Diamond fut pour Tania une pure et simple torture. Elle ne savait comment endiguer sa peine, ni l'inquiétude qui la rongeait. De seconde en seconde, la pression augmentait, transformant son crâne en cocotte-minute. Elle aurait voulu exploser, agonir Mac d'injures pour la repousser comme il le faisait.

Elle avait vu la chose se produire. Elle l'avait senti battre en retraite et prendre ses distances, même s'il se tenait juste à côté d'elle. Un cahot de l'ascenseur fit que leurs bras se touchèrent, la mettant encore plus sous pression. Tania ferma les yeux et inspira à fond, dans l'espoir de se calmer.

Un cauchemar. C'était tout simplement un cauchemar. Et tout cela, uniquement par sa faute.

Jamais elle n'aurait dû dire à Mac qu'elle l'aimait. Son aveu fortuit lui avait fichu la trouille et fait prendre la tangente. Il n'avait pas traîné pour sortir du lit, s'habiller et quitter la chambre pour rejoindre les autres guerriers Nightfury dans cette cabine d'ascenseur où régnait un silence tendu.

Les larmes menaçaient d'avoir raison d'elle. La gorge serrée, Tania déglutit péniblement et s'obligea à regarder droit devant elle. La double porte en acier semblait la narguer en lui offrant un reflet de la perfection physique de son voisin. Bon Dieu ! que la vie était mal faite pour lui infliger le silence de Mac, sa propre envie de s'expliquer et l'atroce sensation d'isolement qui en résultait… Moins de dix minutes plus tôt, elle s'était sentie faire partie d'un tout – une moitié d'un être à deux têtes. À présent, elle se sentait plus seule qu'elle ne l'avait jamais été et réduite à un tas de morceaux épars dont il lui semblait que jamais elle ne pourrait les recoller.

C'était si triste – vraiment – d'avoir à ce point besoin d'un câlin pour se consoler et de savoir qu'on ne l'aurait pas.

Le réconfort ne semblait pas au programme. L'instant était davantage à la survie et à la nécessité d'un plan d'action. Que devait-elle faire ? Ignorer le problème, ou le prendre à bras-le-corps ? Le cœur lourd, Tania sentait l'indécision l'écarteler. En s'efforçant de ravaler le nœud d'angoisse qui lui bloquait la gorge, elle se dit que peut-être il valait mieux crever l'abcès, parler, tenter de s'expliquer. Revenir en arrière ? Tenter de lui faire croire que c'était une erreur de sa part, un abus de langage né du soulagement qu'elle avait ressenti ? Sauf que…

Elle ne pouvait pas faire ça. Mentir ne l'aiderait en rien, pas plus que s'accrocher désespérément à lui pour le retenir. Et puis franchement, jouer les nunuches collantes et éplorées n'était pas vraiment son style… Rien de tel, en fait, pour la dégoûter. Il lui fallait donc se montrer raisonnable, penser de manière logique, mettre sa cervelle en mouvement. Certaines choses, après tout, étaient destinées à ne pas se faire. Le monde était plein de gens qui couchaient ensemble, passaient du bon temps, puis se séparaient. Inutile de le prendre au tragique. Pas vrai ? Tania parvint à approuver mentalement. Exactement ! Aucun problème. Si Mac voulait juste un rapide et agréable flirt avant de passer à autre chose, elle…

Elle allait le tuer.

Lui arracher les yeux. À la petite cuillère. Rouillée.

Surprise par sa propre véhémence, Tania se sentit ragaillardie. Voilà qui lui ressemblait déjà plus. Que cela lui plaise ou non, Mac n'aurait pas droit à sa partie de jambes en l'air sans conséquences. Elle tenait à son conte de fées et à l'amour sincère qui allait avec. S'il s'imaginait qu'elle allait accepter de laisser tomber et de disparaître de son existence, il pouvait aussi bien…

La sonnerie de l'ascenseur se fit entendre.

Une seconde plus tard, les portes coulissèrent, révélant un autre corridor. Tania constata d'un rapide coup d'œil que l'endroit se révélait bien plus utilitaire que dans les étages supérieurs. Ni toiles de maîtres sur les murs ni parquets cirés. Rien qu'une longue suite de murs blancs, de plafonds hauts et de sols de béton ciré.

Après avoir roulé un instant des épaules, Mac mit ses rangers en action. Pas le moins du monde décidée à le laisser s'en tirer ainsi, Tania le retint par la manche de sa veste. Le cuir émit un craquement de protestation mais elle tint bon. Elle le sentit se raidir un instant avant qu'il redresse la tête et la dévisage avec surprise.

Leurs regards se verrouillèrent. Tania puisa au fond d'elle-même le courage de se lancer. C'était maintenant ou jamais, et jamais n'était pas envisageable dès lors qu'il s'agissait d'elle et de Mac.

— Écoute… à propos de tout à l'heure… je…

— Bon Dieu, te voilà ? Pas trop tôt, mon gars !

La voix grondante se fit entendre une seconde avant que son propriétaire n'apparaisse dans le corridor. Tania le foudroya du regard. Forge ne jeta qu'un coup d'œil à son visage avant de battre prudemment en retraite.

— Toutes mes excuses, *lass*…, marmonna-t-il. Mais si je peux me permettre, une cabine d'ascenseur n'est franchement pas le meilleur endroit pour avoir une conversation entre quatre z'yeux.

Tania sentit la frustration qu'elle ressentait avoir le dessus, déchaînant sa colère. Reportant son attention sur Mac, elle lui demanda :

— Est-ce que je peux le tuer ?

Avec un demi-sourire, il secoua négativement la tête.

— Alors le mutiler ? insista-t-elle. Juste un petit peu…

Ses yeux couleur améthyste brillant d'une lueur malicieuse, le principal intéressé crut bon d'en plaisanter, un sourcil arqué.

— Me mutiler pour quoi ? Pour être intervenu à point nommé. Un peu excessif, si vous voulez mon avis, *lass*…

— Je ne vous ai *pas* demandé votre avis !

Cette fois, Mac souriait franchement.

— Ni meurtre ni torture sur les Nightfury, décréta-t-il. Article premier du règlement interne.

— Ben voyons…, maugréa Tania.

De mauvaise grâce, elle lâcha sa manche et adressa aux deux complices un regard mauvais. De toute évidence, elle avait affaire à une conspiration. Ils formaient un club, une mafia dont le code de l'honneur stipulait une solidarité sans réserve entre mâles. Ces foutus mecs ne perdaient rien pour attendre !

En grognant sourdement, elle se décida à sortir de la cabine. Puis, leur tournant le dos, elle remonta d'un pas vif le corridor. Le bruit des pas de Mac se fit entendre derrière elle. Incapable de le laisser s'en tirer à si bon compte, elle fit volte-face en le menaçant de l'index.

— Ne crois pas m'échapper ainsi ! fulmina-t-elle. Tôt ou tard, nous en parlerons !

Forge se mit à rire.

— Oh, oh ! s'amusa-t-il. Gare à tes abattis, garçon…

— Parler de quoi ? s'étonna Myst.

Sortant d'une porte située plus loin dans le corridor, elle les rejoignit.

Tania ouvrit la bouche, prête à lui répondre. Dans son dos, elle sentit la main de Mac se poser sur ses fesses. Sans lui laisser le temps d'exprimer son indignation, il caressa sous sa paume la zone meurtrie, cueillit sa nuque au creux de son autre main et se pencha pour l'embrasser. Tania sentit son cœur s'emballer quand il effleura ses lèvres des siennes. En s'écartant un peu, il la dévisagea pour évaluer sa réaction.

Comment aurait-elle pu la décrire ? « Stupéfaite » pouvait faire l'affaire, mais « subjuguée » convenait sans doute mieux.

Les doigts crispés sur les revers en cuir de sa veste, Tania pointa le menton, les lèvres entrouvertes, quémandant un baiser. À un souffle de sa bouche, elle vit un sourire satisfait s'afficher sur celle de Mac.

— Je dois y aller, chérie…, susurra-t-il.

Avant de lui mordiller doucement la lèvre.

Cette morsure d'amour la surprit suffisamment pour l'inciter à le lâcher. Dès l'instant où il se sentit libre, Mac lui donna une tape sur le derrière puis se retourna pour suivre Forge. Tania cligna des yeux et les regarda s'éloigner dans le corridor. Elle ne parvenait pas à comprendre ce qui venait de se passer. Alors qu'il l'avait tenue à distance depuis leur départ de sa chambre, ne venait-il pas en un instant de porter sa température interne à des sommets ?

Et ce n'était pas en train de s'arranger. Son cerveau s'était mis en vacances. Sa libido en profitait pour se déchaîner. L'alerte rouge retentissait sous son crâne… Tout cela parce qu'elle regardait Mac s'éloigner. Difficile d'imaginer vision plus tentatrice. Ses épaules scandaleusement larges roulaient sous sa veste. Son petit derrière qui s'agitait en cadence était une merveille à admirer. Tania se fichait de jouer les nymphos. S'il s'agissait de Mac, elle voulait bien perdre la tête simplement en regardant son homme s'éloigner vers…

Vers quoi, au fait ? Le corridor semblait s'achever en cul-de-sac. Sauf que…

L'air se chargea soudain d'électricité statique. Tania sentit ses poils se dresser sur ses avant-bras. Les blocs de pierre taillée qui obstruaient le corridor semblèrent onduler, se dissoudre, passer de l'état solide à celui de brume ondoyante et impalpable. Un passage se forma à travers celle-ci à l'instant où Forge allait la percuter, laissant deviner ce qui ressemblait à une caverne de l'autre côté. Curieusement, ce portail magique disparaissant devant ses utilisateurs ne fut pas pour étonner Tania outre mesure. Il était vrai qu'elle avait vu bien pire au cours des derniers jours.

Un démoniaque dragon rouge cracheur de feu, par exemple.

Avant de s'engager à son tour dans le passage, Mac lui jeta un coup d'œil par-dessus son épaule. Ses iris bleu-vert commencèrent à flamboyer quand il laissa courir son regard de long de son corps, la faisant frissonner. Puis, redressant le menton, il lui lança :

— Sois sage pendant mon absence, beauté…

Sur ce, il disparut, ne laissant derrière lui que le souvenir de ses caresses, la promesse brûlante qu'elle avait lue dans son regard, et le mur de pierre taillée qui se reformait dans son dos.

— Bon sang ! s'exclama Myst. Tu parles d'un regard incendiaire… Je suis à deux doigts de partir en fumée.

Les sourcils froncés, Tania l'entendit à peine. Les yeux rivés sur l'extrémité du corridor, elle s'efforçait de retrouver ses esprits.

— Ça ne va pas ? s'étonna Myst en la poussant du coude.

— Je ne sais pas…, répondit-elle tout bas. C'est juste que… dans l'ascenseur, il paraissait lointain, sur ses gardes. Et arrivé ici, voilà qu'il…

— Qu'il quoi ? s'amusa sa meilleure amie. Qu'il te déshabille avec ses yeux ?

Elle pouffa de rire avant d'ajouter :

— Cent pour cent normal. Bastian me fait ça tout le temps.

La nouvelle aurait dû la rassurer, mais elle ne fit que renforcer l'inquiétude de Tania. Elle se demandait à présent si la conduite de Mac n'était pas destinée qu'à faire un nouveau pas de côté, à détourner son attention pendant qu'il prenait la tangente.

— J'ai fait une connerie, avoua-t-elle tout bas.

— Ah ? fit Myst. Laquelle ?

— Sans le faire exprès... je lui ai dit que je l'aimais.

— Je vois, dit Myst en grimaçant. D'où le mouvement de retraite dans l'ascenseur.

— Élémentaire, mon cher Watson.

Son amie pouffa de plus belle et enchaîna :

— Dans ce cas, il ne nous reste qu'à aller retrouver Sherlock.

— Je pensais que c'était moi, Sherlock...

— Absolument pas. C'est Ange.

Myst glissa son bras sous le sien et l'entraîna dans le corridor.

— Elle est au paradis, expliqua-t-elle. Avec des monceaux de pistes à renifler.

Après avoir tourné brusquement à gauche, elle lui fit franchir une double porte ouvrant sur un vaste espace. En passant le seuil, Tania repéra sur la droite une salle de musculation, au fond quelques appareils compliqués en forme de T, et au centre un terrain de basket de taille professionnelle. Angela – alias détective Keen – s'y tenait à côté d'un énorme tas de boîtes d'archives, les bras plongés jusqu'aux coudes dans un sac-poubelle empli de feuillets passés au destructeur de documents.

— Hé, Ange ! la salua Myst. Tu as trouvé quelque chose ?

— Je commence à peine, répondit-elle. Waouh ! on peut dire que Wick et les autres ont touché le gros lot, la nuit dernière.

Ses yeux noisette pétillaient d'excitation. En reportant son attention sur les poignées de rubans de papier qu'elle tirait du sac, elle ajouta :

— Le raid sur l'ancien repaire des Razorback valait vraiment le coup. Regardez-moi tout ça…

Tania s'exécuta. Effectivement, le butin était impressionnant. Le contenu d'une salle d'archives semblait avoir été déversé là, dans un empilement de boîtes en carton, de livres de compte reliés, de dossiers épars, au beau milieu des tapis de gym bleus. L'odeur du papier moisi mêlée à celle du sol ciré monta à ses narines quand elle s'approcha d'une pile pour tenter de lire ce qui était inscrit au dos des boîtes. En vain. L'humidité avait fait son œuvre. Les inscriptions étaient illisibles.

Ouvrant l'une d'elles pour en examiner le contenu, Myst demanda :

— Toujours fâchée que Rikar ne t'ait pas laissée venir ?

— Ces mecs…, grommela Angela d'un air consterné. Je ne peux pas me plaindre de ses méthodes. Pendant que les autres ratissaient à ma place la scène de crime, lui me plongeait dans un coma orgasmique.

À l'extrémité d'une grande surface de travail constituée de plusieurs tables aboutées au centre de la salle, Tania ouvrit un dossier pour en examiner le contenu. Les luminaires puissants du plafond éclaboussaient les lieux d'une lumière vive. L'endroit était idéal pour… ce que le cerveau de limier d'Angela avait besoin de faire.

— Ah ouais…, commenta-t-elle. J'adore ce genre de coma moi aussi.

— La femme qui n'aime pas ça est bonne pour l'asile, répliqua Angela. Mais je n'aurais jamais cru que Rikar l'utiliserait comme une arme contre moi.

Toutes trois échangèrent un sourire. Tania leva les yeux au plafond, puis demanda :

— Alors ? Comment pouvons-nous t'aider ?

— En plongeant dans tout ce merdier…

Après avoir déposé le sac-poubelle sur la table, Angela s'y appuya et observa d'un air perplexe le foutoir qui l'entourait.

— Nous allons procéder par regroupements, décida-t-elle. Faisons des tas – les documents de même nature ensemble. Sloan a promis de m'apporter une table lumineuse pour que je puisse reconstituer les pages passées au broyeur, mais d'ici là…

Elle n'acheva pas sa phrase, mais Tania et Myst en savaient assez pour acquiescer d'un signe de tête. Un jeu d'enfant… L'organisation était la spécialité de Tania. Cela lui permettait de maintenir à flot les différents projets qu'elle menait de front. Songeant à sa carrière, elle dut conclure que celle-ci faisait à présent partie de l'histoire ancienne. Elle ne pouvait plus faire machine arrière et n'en avait pas envie, et, de manière surprenante, cela ne la chagrinait pas tant que ça.

Certes, son boulot allait lui manquer. Elle adorait ce qu'elle faisait. Concevoir de superbes projets paysagers qui faisaient la joie de ses clients offrait de réelles satisfactions, mais désormais c'était Mac qui comptait plus que tout. Rester près de lui avait plus d'importance à ses yeux que n'importe quel poste dans une firme prestigieuse, davantage qu'un sac de designer ou une somptueuse paire de chaussures, davantage que sa vie active et autonome dans le monde des hommes.

Le temps était venu de regarder les choses en face.

Tania avait fini par comprendre. Elle savait à présent ce qui pouvait pousser une femme à tout sacrifier pour un homme. Certaines choses étaient plus importantes qu'une totale indépendance. Parfois, l'autonomie servait de cache-misère à une vie solitaire. Et, tout compte fait, être amoureuse de Mac faisait toute la différence. Tandis que d'un coup son paradigme changeait du tout au tout, elle sentit l'apaisement venir et lui montrer le chemin à suivre.

Peu lui importait de savoir que celui-ci ne serait pas de tout repos. Peut-être lui serait-il impossible d'amener Mac à surmonter ses réticences, mais elle avait pris sa décision et rien désormais ne l'en ferait changer. Même si cela devait se révéler douloureux.

Mais une chose après l'autre…

Tania leva les yeux du dossier qu'elle consultait et s'enquit :

— Les filles… vous savez si Sloan est là, cette nuit ?

— Centre de communications, marmonna Angela sans quitter des yeux le document qu'elle étudiait. Bout du couloir à gauche.

Laissant les deux jeunes femmes à leur occupation, Tania retraversa le gymnase et prit en sortant la direction indiquée. Au passage, elle jeta un coup d'œil, à travers une cloison vitrée, à ce qui devait être un centre médical ultramoderne. Puis un cliquetis de doigts sur un clavier l'orienta vers l'antre de celui qu'elle cherchait. Ses semelles crissèrent lorsqu'elle passa le seuil du domaine de Sloan, lequel redressa la tête. Ses yeux d'un brun sombre croisèrent les siens quand il pivota vers elle dans ce qui devait être le fauteuil de bureau le plus laid qu'elle ait jamais vu.

Encombrante, délabrée et de couleur pourpre, cette… chose n'avait pas sa place ailleurs que dans une décharge.

S'amusant de sa réaction, Sloan se frotta les mains l'une contre l'autre et lui lança :

— Belle pièce, n'est-ce pas ?

— Dans quel univers ? demanda-t-elle.

La grimace de Tania le fit rire. Splendide dans la faible lumière qui régnait dans la pièce, sa peau couleur moka luisait doucement. Mais, tandis que son amusement se transformait en sourire de bienvenue qui fit éclater la blancheur de ses dents, elle sentit sa nervosité la rattraper. Elle ne voulait surtout pas s'imposer, mais… elle avait besoin de savoir si Mac avait raison d'imaginer que les compétences de petit génie de l'informatique du Nightfury pouvaient l'aider. En se mordillant la lèvre, elle rassembla son courage et se décida à demander :

— Mac vous a-t-il dit quelque chose à propos de…

— Votre sœur ? l'interrompit-il.

Sloan haussa un sourcil et attendit. La voyant acquiescer d'un hochement de tête, il fit face à la batterie de moniteurs accrochés au mur et poursuivit :

— Il m'a résumé le topo. Vous voulez me tenir compagnie pendant que je vois ce qu'il y a de neuf avec le bureau de libération sur parole ?

— Oui, s'il vous plaît !

L'impatience lui fit battre le cœur et mit ses jambes en mouvement. Traversant la pièce, elle le rejoignit en s'abîmant dans une prière intérieure pour que tout fonctionne. Elle avait besoin d'un miracle pour J.-J. Elle voulait voir sa sœur, libre et heureuse, se bâtir une nouvelle vie plutôt que d'avoir à assumer sans cesse les erreurs de l'ancienne. Et en s'arrêtant derrière l'affreux fauteuil pourpre pour observer ce que le maître des lieux était en train de faire, Tania s'autorisa à espérer, pour la première fois depuis longtemps.

— Sloan ? fit-elle doucement.

— Mmmm ?

— Merci.

D'un haussement d'épaules, il balaya sa gratitude et répondit :

— Pas de quoi.

En enfonçant quelques touches, Sloan alluma l'écran et fit apparaître une nouvelle fenêtre de recherche. Il se mit ensuite à l'ouvrage. Ses doigts couraient sur le clavier

— Mac est des nôtres, expliqua-t-il ce faisant. Il me demande, je fais. La famille aide la famille.

Autant qu'aux Nightfury, elle en était reconnaissante à Mac. C'était grâce à lui qu'elle se trouvait là, à quelques instants de trouver une solution au problème de J.-J. En regardant Sloan passer d'un écran à un autre, elle sentit son amour pour Mac se fortifier. Pour un ex-flic, il se montrait remarquablement tolérant avec le fait qu'elle puisse avoir un repris de justice dans sa famille. Tania ne s'était pas attendue à ça, tout comme elle n'aurait pu prévoir qu'au sein d'un gang d'hommes-dragons elle bénéficierait des services d'un hacker ultradoué.

Tania se pencha au-dessus de son épaule quand le dossier de sa sœur apparut à l'écran. Sloan fit défiler son contenu et...

— Ah, merde !

— Oh, mon Dieu ! s'exclama-t-elle, le cœur battant. Attendez, revenez en arrière... Qu'est-ce que ça disait ? Est-ce que J.-J....

— Tania, l'interrompit-il. J'ai besoin que vous sortiez un instant.

Sloan enfonça une touche. L'écran devint noir.

— Certainement pas ! protesta-t-elle. Je n'irai nulle part.

Agrippant violemment le dossier du fauteuil, elle le poussa sur le côté et s'empara de la souris sans fil, qu'elle secoua. Rien ne se produisit.

— Ramenez le dossier à l'écran ! ordonna-t-elle en le fusillant du regard.

D'un signe de tête, il lui répondit par la négative.

Tania ne se faisait pas d'illusions. Contre un sorcier des claviers, elle n'était pas de taille à lutter. Mais elle avait besoin de savoir. Elle ne pouvait sortir et laisser Sloan se débrouiller après avoir posé les yeux sur des termes tels que « traumatismes divers » et « lacérations profondes ». Elle avait cru les lire à l'écran quand ils s'étaient affichés. Peut-être s'était-elle trompée, peut-être pas, mais…

— Sloan, *s'il vous plaît*…

Elle était à deux doigts de le supplier. La panique qu'elle ressentait était en train de tourner à l'effroi.

— C'est de ma sœur qu'il s'agit ! plaida-t-elle avec urgence. Si elle est blessée, j'ai besoin de le savoir, et *tout de suite*.

Un muscle se contracta sur la mâchoire de Sloan. Tania murmura sa supplique une nouvelle fois. En marmonnant un juron, il se remit à son poste de travail.

— Vous devez d'abord me promettre quelque chose, dit-il.

— Quoi ?

La main suspendue au-dessus du clavier, il répondit :

— Que vous ne partirez pas d'ici. Quelle que soit la situation, vous attendrez le retour de Mac.

— Mais…

— Bon sang, femme ! s'emporta-t-il. Tel est le marché. C'est à prendre ou à laisser !

Prête à promettre n'importe quoi pour connaître la vérité, Tania acquiesça d'un signe de tête.

— OK, murmura-t-elle.

Un « clic » plus tard, l'écran se ralluma. Sloan, vif comme l'éclair, entra un mot de passe et fit défiler le document qui s'affichait. Tania le parcourut des yeux derrière son épaule.

— Oh ! non…, gémit-elle.

Des larmes brouillaient sa vision. Elle secoua la tête, refusant la vérité même si elle l'avait sous les yeux. Agrippée à la chemise de Sloan, elle s'inquiéta :

— Est-elle vivante ? S'il vous plaît, dites-moi… ce n'est pas tout à fait clair et…

Une larme coula sur sa joue. Tania l'essuya d'un revers de main et lutta pour garder ses moyens pendant qu'il lisait jusqu'à son terme le rapport.

— Ils l'ont évacuée de la prison par hélico, dit-il enfin. C'est donc qu'elle est vivante.

— Quel hôpital ?

Sloan marqua une pause pour consulter un autre écran et répondit :

— Seattle Medical.

Tania enregistra l'information, qui acheva de la décider. L'urgence était à l'action. Elle avait besoin de se rendre dans cet hôpital aussi vite que possible. Une évacuation par hélicoptère signifiait que sa sœur luttait pour sa survie, et il était hors de question pour elle de la laisser livrer seule ce combat.

S'écartant vivement du bureau, elle se dirigea vers la sortie en dressant ses priorités. De quoi avait-elle besoin ? D'une voiture. Et, de préférence, d'un véhicule très rapide.

— Eh merde ! entendit-elle Sloan s'exclamer derrière elle.

En grognant quelque chose à propos de Mac qui allait le tuer, il la rattrapa et vint se camper devant elle, lui bloquant l'accès à la porte. Surprise, Tania tressaillit, puis fit un bond de côté pour éviter la collision. Bon sang ! il était rapide et plutôt… déterminé.

— Tania… vous aviez promis ! lui reprocha-t-il en dardant sur elle un regard menaçant. La nuit est tombée il y a une heure. Il n'est pas sûr pour vous de sortir du repaire.

Peut-être. Ou peut-être pas…

Son immersion rapide dans le monde des dragons lui avait appris quelques petites choses. Elle comprenait à présent ce qui se passait quand Mac se nourrissait à travers elle, comment il puisait dans une source d'énergie qui lui permettait de se revivifier et de rester en bonne santé. N'était-il pas étrange qu'il puisse accéder au Méridien lorsqu'ils étaient en contact ? Certes. Trouvait-elle cela normal ? Absolument.

Mais elle comprenait également que les Razorback n'étaient pas en mesure de la repérer par le biais de sa signature énergétique comme Mac pouvait le faire. Ce qui signifiait… qu'elle pouvait se glisser hors du repaire, échapper aux radars de l'ennemi, et se rendre là où elle devait être : au chevet de sa sœur.

Bonne nouvelle pour elle. Moins bonne pour Sloan…

Promesse ou pas, elle ne resterait pas coincée à Black Diamond comme une idiote. Mais en croisant le regard de Sloan, Tania se rendit compte qu'il allait lui falloir jouer finement. Passer en force en se jouant de la force de la nature qui lui barrait la route ? Autant oublier ça tout de suite. Un nouveau plan s'imposait : mentir comme une pro et croiser les doigts. Car, dès l'instant où Sloan comprendrait qu'elle comptait prendre la fille de l'air, il l'enfermerait dans le plus proche placard à balais jusqu'au retour de Mac.

Pas question qu'elle laisse cela se produire alors que J.-J. gisait quelque part, blessée et peut-être à l'article de la mort, entourée de gens qui ne se souciaient pas d'elle autant qu'elle pouvait le faire.

— Écoutez… je sais que c'est difficile, reconnut Sloan d'un ton compatissant. Mais il faut absolument que vous restiez là. Donnez-moi un peu de temps, Tania. Je vais m'introduire dans le système informatique de l'hôpital, obtenir un rapport sur l'état de santé de votre sœur.

En remettant en place une mèche derrière son oreille, Tania connut un moment d'hésitation. Dieu, ce qu'elle détestait devoir lui mentir ! Mais quel autre choix lui restait-il ? Elle ne pouvait rester assise sur ses fesses à ne rien faire. J.-J. avait besoin d'elle. Tania devait être à son côté, pour la protéger, pour s'assurer qu'elle allait bénéficier des meilleurs soins. Dans ces conditions, elle se fichait du bien et du mal, de ce qu'elle pouvait faire ou non.

— D'accord, je reste…, murmura-t-elle en mettant de côté sa conscience. Mais promettez-moi une chose.

— Oui ?

— À la seconde… à la *milliseconde*… où vous apprenez du nouveau, vous venez m'avertir.

— Marché conclu ! dit-il en la dévisageant de ses yeux sombres. Où serez-vous ?

— Dans le gymnase… avec Myst et Angela.

Elle enfilait mensonge sur mensonge. Ils semblaient tout naturellement couler de sa bouche. Elle n'avait pas la moindre intention de se tenir tranquille. Elle savait exactement où se trouvait le garage, pour avoir atterri avec Mac juste à côté à son arrivée à Black Diamond. Tout ce qu'il lui fallait faire, c'était échapper à l'attention des filles, regagner la chambre de Mac, se glisser par la fenêtre, sauter par-dessus une haie, puis… *bingo !* Elle ne serait plus qu'à quelques mètres de la voiture dont elle avait besoin pour s'enfuir. Le plan idéal. Enfin… sauf pour ce qui était des mensonges qui le rendaient possible.

— Je ne vais pas pouvoir rester ici à vous regarder, ajouta-t-elle. Ça va me rendre folle. Je préfère m'occuper l'esprit et…

— Allez-y, l'interrompit-il. J'irai vous chercher quand j'aurai fini.

La confiance qu'il lui témoignait la rendait plus coupable encore. Sa duplicité lui donnait envie de pleurer, mais Tania ravala ses larmes et sortit dès que Sloan eut libéré le passage. Sa conscience livra une dernière bataille, essayant à toute force de la dissuader. Elle l'ignora et remonta le corridor avec une seule idée en tête : Mac. Elle ne pouvait qu'espérer qu'il lui pardonnerait ce qu'elle s'apprêtait à faire. J.-J. ne pouvait attendre, et elle non plus.

La puanteur de la chair humaine en décomposition s'élevait du puits d'incinération comme un relent nauséabond d'une grille d'égout. En y jetant le dernier cadavre, Ivar en avait la nausée. Le corps roula. Des lambeaux de peau se détachèrent de ses membres flasques lorsqu'il heurta ceux qui s'y trouvaient déjà. *Quelle race révoltante, inférieure et puante !* Même dans la mort, les humains s'arrangeaient pour être répugnants. La preuve par l'exemple se trouvait dans l'empilement des dépouilles entassées comme des sacs d'os entre les parois de pierre du trou cylindrique, n'attendant plus qu'il se décide à mettre le feu.

Ivar grimaça de dégoût. Une autre raison de déplorer la disparition de Lothair…

Son dernier second en date n'avait jamais rechigné à sortir les ordures, ni à y mettre le feu à l'arrière du repaire des Razorback. À présent, c'était lui qui devait se charger du job, et il détestait ça. Il déplorait aussi le fait qu'un deuxième groupe de cobayes disparaisse ainsi – preuve d'une expérience ratée – au lieu d'être lâché sur le monde pour contaminer l'humanité et faire disparaître cette espèce inférieure de la surface de la terre.

Un beau gâchis. Une foutue défaite.

Le projet Supervirus allait finir par le tuer… sous l'effet de la frustration.

En poussant un soupir, Ivar roula des épaules et observa le ciel. Un plafond nuageux bas et impénétrable cachait la lune et les étoiles, annonçant l'hiver, qui n'était pas – dragon de feu oblige – sa saison préférée. Il n'aimait pas le froid. Il passait plus de temps à l'intérieur de décembre à mars que tous les autres mâles qu'il connaissait, mais…

Ce ne pourrait être le cas cette année.

À présent que Lothair avait disparu, que les Nightfury étaient sur le pied de guerre, et avec le problème potentiel que constituait Rodin, il allait devoir rester aux avant-postes. Ses soldats avaient besoin d'un leader fort – ce qu'il pouvait être pour eux, même si cela ne l'enchantait guère. Devoir assumer le leadership d'un groupe de plus en plus important allait l'éloigner de son labo. L'idée n'était pas pour le réjouir et sa mise en œuvre allait lui coûter. La science exigeait une intense concentration, une attention poussée aux détails, un sens de l'observation rigoureux. Déserter son labo n'avait donc rien d'une stratégie gagnante, surtout quand on ambitionnait comme lui de mettre au point un virus foudroyant capable d'occasionner une pandémie.

Hélas! les circonstances se fichaient bien de ses plans et de ses préférences, comme en témoignait l'odeur qui empuantissait le glacial air nocturne. En proférant un juron à mi-voix, Ivar reporta son attention sur l'empilement de déchets humains. Il grimaça et fit appel à ses pouvoirs. Un picotement se fit sentir au creux de sa paume où venait d'apparaître une petite boule de feu rose. D'une pichenette, il la projeta dans le puits où le brasier, alimenté par le combustible humain et correctement attisé par ses soins, ne tarda pas à prendre. Avec satisfaction, il regarda les flammes roses s'élever vers le ciel.

La sensation d'une présence se fit d'abord sentir dans ses épaules, avant de descendre le long de son échine. Ivar ferma les yeux et dressa l'oreille, s'attendant à…

Voilà, ça y était: un bruit de pas dans son dos. De nouveau concentré sur le feu, il lança sans se retourner:

— Denzeil, que se passe-t-il?

— La femelle est sortie de son trou.

— Celle que le rat d'eau a sauvée?

— Solares, confirma Denzeil en venant se placer à côté de lui.

Ses yeux sombres croisèrent les siens. Ivar y lut la satisfaction qu'il éprouvait. En lui tendant l'iPad qu'il avait apporté, il ajouta:

— Le point vert qui se déplace, c'est elle. Elle se trouve dans une voiture, sur l'I-90. Elle tente de joindre un hôpital sur une ligne OnStar.

— Ce qui veut dire que nous avons désormais sa position en temps réel.

Ivar regarda le point vert se déplacer sur la carte virtuelle. Son cœur se mit à battre plus fort. La roue de la chance tournait en sa faveur. On aurait dit que la femelle de haute énergie ne demandait qu'à être cueillie pour intégrer en sixième position son programme de reproduction. Il grillait déjà d'impatience… Le brasier émit quelques craquements secs et un jet de cendres. L'une d'elles vint se poser en douceur au bord de l'écran. Ivar l'en chassa et rendit la tablette à Denzeil.

— Où sont les autres ? s'enquit-il.

— Ceux qui ne sont pas blessés ? En chasse dans le centre-ville.

— Rappelle-les tous.

Ivar se détourna du puits et bondit sur l'une des pelleteuses rouillées qui encombraient son arrière-cour. L'acier d'une cabine ploya sous son poids quand il y atterrit en se métamorphosant. Son corps se couvrit d'écailles rouges aux pointes noires, jusqu'aux limites de son échine garnie de pointes et des cornes noires sur sa tête. Ses yeux roses s'illuminèrent quand il lança mentalement ses ordres.

— *Indique-leur sa position. Rendez-vous au-dessus de l'I-90. Je veux cette femelle à tout prix.*

— *Et Hamersveld ?* s'enquit Denzeil.

— *Je m'en charge.*

Un plan excellent, de « A » jusqu'à « Z ». Hamersveld ne répondrait à personne d'autre que lui. Le vieux mâle était imprévisible la plupart du temps, mais cette nuit il se montrerait conciliant. Ivar en aurait parié ses cornes. La promesse d'une femelle de haute énergie ne pouvait laisser un prédateur indifférent.

Chapitre 27

Ce fut d'une humeur exécrable que Mac pénétra dans le *Gridiron*. L'odeur écœurante de parfums et d'alcools forts qui y régnait ne fit rien pour arranger les choses, pas plus que les basses vibrantes du *heavy metal* ou les pulsations lumineuses des stroboscopes. Ce n'était pas pour l'agacer en temps ordinaire, mais il semblait bien qu'il prenait tout de travers cette nuit-là. Il se sentait submergé. Le déferlement de stimulations sensorielles saturait ses sens affûtés de dragon.

Des lasers crépitaient au-dessus des danseurs. Des faisceaux colorés se croisaient dans les hauteurs du club.

Il détourna le visage pour protéger ses yeux ultrasensibles à la lumière, mais pas avant d'avoir repéré les lieux. Un grand bar circulaire sur sa droite, assailli par une foule de consommateurs. Décor gothique. Ambiance musicale *death rock*. Au moins deux hommes pour une femme sur le *dance floor*. La cohue et la promiscuité auraient dû l'amuser. C'était habituellement le cas. Mais à cette minute les apartés sexuels dans les coins sombres le mettaient hors de lui. Pour une bonne raison. Tout ce dont il avait envie, c'était de rentrer à Black Diamond pour y retrouver Tania.

N'était-ce pas ironique ? Cela faisait quatre longues semaines qu'il attendait cet instant. Un mois à espérer le feu vert de Bastian et le droit de se joindre à ses frères d'armes dans leur lutte contre les Razorback. Et à présent qu'il y était, que son statut de novice avait été révoqué – Dieu merci ! –, il ne parvenait à penser à rien d'autre qu'à sa femelle et à ce qui venait de se passer entre eux.

« Je t'aime. »

Trois petits mots, inoffensifs pris séparément, mais qui réunis lui filaient une beigne, enfonçaient ses défenses, permettaient à une vie de souffrance de s'écouler librement. Il saignait à présent, pour le petit garçon qu'il avait été, et pour l'homme émotionnellement blessé qu'il était devenu. Tant de fois rejeté… Tant de fois accusé de n'être pas à la hauteur… Tant de douleur…

Mac secoua la tête et laissa de nouveau son regard errer sur le club, à la recherche d'une cible : un Razorback – ou cinq ! – à provoquer. Il avait besoin d'un combat, d'une bonne baston à s'éclater les phalanges pour se vider la tête. Autrement, il allait perdre le contrôle, de nouveau devenir dingue et…

Nom de Dieu… il n'arrivait pas à s'y faire.

Tania était amoureuse de lui. Elle voulait rester près de lui, vivre avec lui, alors qu'il se sentait si peu digne d'elle qu'il en avait mal au cœur. Elle méritait tellement mieux qu'un homme comme lui, marqué par son passé, indigne d'une femme comme elle, si intelligente, si drôle, si foutrement belle qu'il en perdait le souffle chaque fois qu'il la regardait.

« Je t'aime. »

Mac frotta un point douloureux entre ses sourcils.

Bon Dieu ! quel crétin de première classe il faisait de ne lui avoir pas répondu tout de suite. Il aurait dû lui avouer qu'il l'aimait, lui aussi. Il aurait dû admettre ce qu'il sentait depuis un petit moment déjà mais qu'il avait été trop idiot pour s'avouer. Il aimait Tania si fort qu'il avait l'impression que son cœur ne serait jamais assez grand pour l'intensité d'un tel amour. Et tandis que ce sentiment infusait en lui, se répandait dans les moindres recoins de son esprit et de son corps, Mac aurait voulu faire demi-tour, voler jusqu'au repaire, dire à Tania ce qu'il ressentait pour elle. Avant de perdre tout courage. Avant qu'elle le laisse tomber. Avant que leur histoire ne se résume à « trop tard ».

La plainte lancinante d'un riff de guitare le tira de ses pensées. Il sentait le début d'une migraine pulser au centre de son crâne. Apparaissant soudain à côté de lui, Forge lui tapa sur l'épaule.

— Tu t'y habitueras, assura-t-il.

À quoi ? À être amoureux de Tania ? Il espérait bien que non !

— Pas à ça, nigaud ! s'exclama son ami, qui semblait avoir deviné la teneur de ses pensées. Au trop-plein de bruits et de lumières. L'overdose sensorielle est tout à fait normale, au début. Les sens des dragons sont plus affûtés que ceux des humains. Il te faudra un peu de temps pour t'y habituer. Passons à la leçon suivante : ce soir, tu vas apprendre à contrôler ce que tu laisses entrer en toi et ce que tu décides de bloquer. D'accord ?

Alors que Mac acquiesçait d'un hochement de tête, un léger picotement se fit sentir sur sa nuque. Un coup d'œil par-dessus son épaule le renseigna : Venom et Wick faisaient leur entrée dans le club, tel un duo de tueurs en goguette. Un groupe de types d'allure vaguement gothique s'éparpilla pour leur laisser le passage. Une rousse plantureuse, plantée devant le bar, quitta son tabouret et se précipita sur Venom, qui l'accueillit d'un sourire et passa un bras autour de sa taille en l'entraînant avec lui.

Mac salua ses camarades d'un hochement de tête, puis jeta un coup d'œil à Forge en lui demandant :

— Est-ce que je peux bloquer Ven ?

Les yeux dorés de Wick trahirent son amusement. Venom leva les siens au plafond et répliqua :

— Seulement si tu veux que je te botte les fesses.

Mac ne put s'empêcher de sourire. Le nouvel arrangement lui convenait beaucoup mieux que l'ancien. Il était préférable, parfois, de consentir à une trêve, surtout avec un type comme Venom. À présent que leur ardoise était effacée, il pouvait le chambrer et être chambré en retour sans le faire sortir de ses gonds ou sans avoir lui-même envie de lui arracher la tête.

— Tu as besoin d'un peu de temps ? demanda Forge à Venom en détaillant les charmes de sa nouvelle conquête.

L'aura de celle-ci brillait faiblement. Rien de comparable à la brillance de celle de Tania, mais de quoi susciter l'appétit d'un mâle tout de même.

— Tu devrais, Ven..., conseilla Forge. Tu as passé un sale quart d'heure, l'autre nuit.

Les yeux couleur rubis de Venom trahirent son impatience.

— Il y a une salle de bains privée à l'arrière. Donnez-nous vingt minutes.

Nous ? s'étonna Mac en son for intérieur. Voulait-il dire...

Si Wick était de la partie, la rousse allait en être pour une sacrée surprise. Sauf que...

Venom murmura quelque chose à l'oreille de sa conquête d'un soir. D'un coup d'œil par-dessus son épaule, elle jaugea Wick. Un sourire fleurit sur ses lèvres un instant avant qu'elle hoche la tête. L'affaire était donc entendue. La belle n'avait rien contre l'esprit d'équipe...

Wick, de son côté, paraissait bien moins enchanté.

Mentalement, Mac écarta les stimuli extérieurs et se concentra sur lui. Le malaise que son coéquipier ressentait lui fit un choc en retour, éveillant ses instincts de flic. La tête penchée, les épaules voûtées, ce fut manifestement de mauvaise grâce qu'il emboîta le pas à son partenaire vers l'arrière du club. Mac réfléchit un instant à sa curieuse réaction avant de décider qu'après tout ce n'était pas son problème. Qui plus est, mettre son nez dans les affaires de Wick devait être le meilleur moyen pour ne pas finir la nuit en un seul morceau…

D'un pas décidé, Mac se dirigea vers le quartier VIP et vit la marée humaine se fendre devant lui. En profitant de l'ouverture pour grimper les marches, il ne put réprimer un sourire. Même avant son changement, il avait déjà l'habitude d'être considéré comme un prédateur et d'en imposer dès qu'il débarquait dans une pièce. Ange appelait ce phénomène « l'effet Mac ». Lui n'avait pas à s'en plaindre. Cela lui permettait de naviguer à l'aise en n'importe quelle circonstance, ce qui lui évitait d'avoir à fendre quelques crânes pour tailler sa route…

Après s'être confortablement installé sur la banquette profonde d'un box vide, Mac jeta un coup d'œil vers le bar, se signalant à une serveuse qui ne demandait pas mieux et s'empressa de le rejoindre pendant que Forge s'installait à sa droite. Du regard, son mentor déshabilla ouvertement la jeune femme. Consciente de l'attention dont elle l'était l'objet, celle-ci ralentit l'allure afin de leur laisser le temps de l'admirer. Mac ne pouvait blâmer Forge du désir qu'elle éveillait en lui. Habillée d'un top à sequins et d'une jupe largement fendue sur sa cuisse, l'accorte blonde était une bombe.

En s'arrêtant à leur table, elle jeta un coup d'œil à Mac. Constatant qu'il n'était pas intéressé, elle se rabattit sur Forge. En appui sur une main sur la table, elle se pencha, lui offrant un aperçu immanquable de son décolleté.

— Qu'est-ce que je peux te servir, mon chou ?

— Une bière, poupée…, répondit Forge. Ce que tu as à la pression.

— Et vous ? demanda-t-elle à Mac sans pour autant quitter Forge des yeux.

— Dos Lunas…, répondit-il, optant pour sa tequila favorite. Sèche.

Elle enregistra la commande d'un hochement de tête et ajouta en s'adressant à Forge :

— C'est l'heure de ma pause. Si ça te dit…

— *Vas-y*, l'encouragea mentalement Mac. *Nous avons le temps, et je suis bien ici. Si tu as besoin…*

— *Je n'ai besoin de rien, mon gars. Je ne te laisserai pas seul.*

Les stroboscopes jouaient sur la carnation parfaite de la serveuse. Levant la main, Forge lui caressa doucement la gorge et le dessous de la mâchoire. Les lèvres peintes de la jeune femme s'entrouvrirent sur un ronronnement de plaisir. Forge ravala sa salive et se renfonça dans son siège.

— Merci de l'invitation, dit-il. Mais pour ce soir, ce sera juste les consommations.

— Une autre fois ?

— Peut-être bien.

Avec une moue de dépit, elle se dirigea vers le bar. En la regardant s'éloigner, Mac secoua la tête et s'emporta :

— Bon Dieu, Forge ! arrête de jouer les pères protecteurs. Je peux très bien me débrouiller seul.

— Je n'en doute pas, mais…

— Merde ! l'interrompit Mac.

Un picotement inhabituel venait de se faire sentir sur sa peau. Son tatouage, en réaction à une influence magique, se signalait à son attention. Instantanément, il fut debout et laissa courir, les yeux plissés, son regard sur les clients de la section VIP. Il inspira à fond, les narines dilatées, cherchant à séparer les odeurs habituelles du club d'une autre plus subtile, presque imperceptible.

— Tu sens ça ? demanda-t-il à son coéquipier.

— Non.

— Algues et eau salée.

Forge se leva à son tour. Campé à côté de lui, il demanda :

— Un parfum de femme ?

— D'homme, plutôt. D'homme-dragon…

Mac redoubla d'attention, cherchant la source de son malaise. Il sentait qu'il y avait danger. Il y avait de la magie dans l'air, il en percevait la sensation électrique, tous ses instincts étaient en alerte. Une seconde plus tard, il localisa enfin la menace. Grand, blond, d'allure agressive, potentiellement mortel, le mâle se tenait en appui contre le bord arrondi du bar principal, un niveau plus bas. Proche du *dance floor* et illuminé par en dessous, celui-ci éclairait le visage de l'inconnu. Ses prunelles noires, cerclées d'une bande bleu pâle, scintillèrent d'une joie malsaine quand il lui envoya de la main un baiser moqueur.

Le reconnaître soudain pour ce qu'il était lui fit l'effet d'un coup de poing. Mac en eut le souffle coupé. *Nom de Dieu! un dragon d'eau…* Un autre mâle doué des mêmes petits talents que lui…

— Forge…

— Je l'ai vu.

Comme ils allaient avoir besoin d'aide, Mac lui suggéra:

— Et si tu appelais Ven et Wick à la rescousse? Moi, j'y vais.

— Des clous!

D'une main de fer, Forge attrapa la manche de sa veste en cuir et le retint.

— Pas si vite, mon gars… Attendons de voir ce que veut ce trouduc et s'il a du monde avec lui.

L'idée n'était pas mauvaise. Déclencher une bagarre dans un club bondé n'avait rien d'un très bon plan. Trop d'humains prêts à dégainer leur portable les entouraient. CNN n'avait pas besoin de savoir ce qui se tramait nuitamment dans le ciel de Seattle.

Mac n'en bouillait pas moins d'impatience. Son instinct territorial, aussi déchaîné qu'un chien enragé au bout de sa chaîne, ne le laissait pas en paix. L'air se chargea d'une onde de magie lorsque Forge fit mentalement appel à Venom et Wick. Concentré à cent pour cent sur sa cible, Mac le remarqua à peine. Son regard restait verrouillé à celui de l'autre mâle. Avec un rictus mauvais, celui-ci leva son verre à sa santé pour le narguer. Les dents serrées, Mac poussa un grognement sourd, avant de se remettre à renifler de plus belle. Quelque chose clochait. Il émanait de l'inconnu une autre odeur, qui n'était pas la sienne mais qui semblait tout aussi dangereuse.

—Il n'est pas seul.

—Je sais, répondit Forge.

Mac passa en revue les consommateurs assis au bar sur de hauts tabourets. Son regard frôla un type habillé d'une sorte de kimono noir, puis revint se fixer sur lui. De constitution frêle et de type asiatique, doté d'yeux aux pupilles fendues, il ne paraissait décidément pas humain. D'un geste brusque, Mac libéra son bras et grogna tout bas :

—Le petit mec, trois tabourets derrière l'autre. Qu'est-ce que…

—Un troglodyte, expliqua Forge. Dragon miniature… Petit, vicieux, très vif en vol, difficile à atteindre.

Il contourna la table et vint se camper devant lui avant d'ajouter :

—Gare à toi quand nous sortirons d'ici. Bloque tous les sons. Le cri d'un troglo est une arme puissante. Ce petit salaud pourrait t'embrouiller la cervelle et t'obliger à te poser.

La pire chose qui puisse arriver. Un dragon au sol est un dragon mort. Très rapidement.

—OK, allons-y, décréta Mac.

D'un signe de tête, Forge lui désigna le corridor menant à la porte arrière du club, au-dessus de laquelle rougeoyait l'indication « Exit ». Une porte s'ouvrit à la volée au milieu du couloir. Venom en sortit, torse nu, ses yeux rubis lançant des éclairs, prêt à en découdre. Après avoir fait apparaître une chemise et sa veste en cuir sur son torse, il la boutonna tandis que Wick apparaissait derrière lui.

Semblables à une paire de jumeaux de l'enfer, ils foncèrent vers le quartier VIP. Mac ne les attendit pas. Repoussant Forge sur le côté, il se rua dans l'escalier. Il lui fallait rejoindre le connard blond avant que celui-ci n'ait joué la fille de l'air. Quatre contre deux, après tout, n'était pas bon signe… pour M. l'Effronté et son troglo. Mac était certain qu'il fuirait sans demander son reste dès qu'il prendrait conscience des renforts qui étaient sur le point de les rejoindre, et qu'il retournerait se terrer dans son trou.

Une nouvelle fois, la foule s'ouvrit devant Mac au bas de l'escalier, mais, alors qu'il s'apprêtait à s'élancer vers elle, sa cible détourna le regard et pencha la tête sur le côté. Cela suffit à placer Mac en alerte rouge. La conclusion s'imposait d'elle-même : par le biais du lien télépathique, l'autre dragon d'eau conversait avec un comparse.

Un instant plus tard, l'ennemi eut un sourire plus agressif qu'amusé et quitta son poste pour se diriger vivement vers l'entrée du club.

— Bon Dieu, Forge ! lança Mac. Va le…

Une voix télépathique furieuse et affolée le fit taire.

— *Mac !*

— *Fous-moi la paix, Sloan !* répondit-il. *Je suis occupé.*

— *Désoccupe-toi et ramène tes fesses au-dessus de l'I-90.*

Forge, juste derrière Mac, demanda :

— *Que se passe-t-il ?*

Après avoir proféré un assortiment de ses jurons favoris, Sloan répondit :

— *C'est Tania. Foutue femelle ! elle m'a bien eu… Après m'avoir enfumé grâce à un gros mensonge, elle a quitté le nid.*

Mac se figea net à côté du *dance floor*.

— *Tu déconnes ?*

— *Sa sœur a été agressée*, expliqua Sloan. *On l'a évacuée de sa prison par hélicoptère.*

— *Où se trouve Tania, maintenant ?*

— *Dans la Corvette toute neuve de Gage… En pleine conversation téléphonique avec le Seattle Medical grâce au téléphone embarqué.*

— *Bon Dieu de merde !*

Une peur viscérale s'empara de Mac quand il demanda :

— *Dis-moi qu'elle ne leur a pas donné son nom…*

— *J'aimerais bien, mais si je suis arrivé à avoir l'info… les Razorback doivent l'avoir aussi.*

Le crissement de griffes frottant l'asphalte se fit entendre par le biais de la liaison télépathique, un instant avant le bruit d'un battement d'ailes.

— *Je viens de décoller*, annonça Sloan. *Mais elle a au moins une demi-heure d'avance sur moi. Toi qui es dans le centre, tu dois être plus proche d'elle.*

C'était à espérer, parce que si les Razorback la rejoignaient avant eux…

Boosté par le flux d'adrénaline qui inondait ses veines, Mac se transforma en torpille humaine et fonça vers la sortie. Sur le perron, il bouscula les videurs et s'élança depuis la dernière marche. Une explosion de magie se produisit autour de lui quand le sort de dissimulation empêcha ceux qui l'entouraient de le voir se métamorphoser. Ses ailes battaient l'air de toute leur force. Déstabilisés par la bourrasque qui en résulta, les consommateurs qui faisaient la queue pour entrer se mirent à crier. Mac s'en fichait. Les contusions et les bleus de quelques innocents ne signifiaient rien pour lui qui avait avant tout besoin de rejoindre Tania, plus vite qu'il ne l'avait jamais fait, avant que leurs ennemis la trouvent et la capturent.

Restait à prier pour qu'il la rejoigne avant eux. Car s'il arrivait malheur à Tania, il risquait de ne jamais s'en remettre.

Avec elle, il perdrait tout : son cœur, son âme… et sa raison de vivre.

Le ronronnement du moteur hautement performant emplissait l'habitacle. Ce bruit aurait dû apaiser Tania. Se glisser derrière le volant d'une voiture racée lui faisait cet effet. En temps habituel, du moins, mais il n'y avait rien de normal cette nuit-là.

Elle se sentait trop tendue pour apprécier la souplesse de l'embrayage ou le bruit du roulement des pneus dévorant la route. L'inquiétude la rongeait, l'empêchant de savourer la manœuvrabilité du véhicule qui lui valait tant d'aficionados de par le monde. Rien d'autre ne l'intéressait que sa capacité à rouler vite – fantastiquement, extrêmement *vite.*

Quittant un instant la route des yeux, Tania consulta le système de navigation embarqué. Le petit écran bleu indiquait sa position sur une carte virtuelle. Encore une petite heure avant d'atteindre Seattle et de découvrir si sa sœur allait vivre ou mourir. Un peu trop mélo ? Peut-être. Après tout, elle ignorait les détails de l'agression. Là était d'ailleurs bien le problème. Dans l'ignorance, elle avait toute latitude pour imaginer les pires scénarios. Certaines choses ne changeraient jamais.

Par exemple ? La chance, qui une fois de plus n'était pas de son côté en lui imposant un trajet difficile sur une deux-voies sinueuse. Pas vraiment l'idéal pour battre des records de vitesse.

Les doigts crispés sur le volant, Tania dut ralentir afin de négocier une série de virages en descente à flanc de colline. De grands pins s'élevaient de chaque côté de la route, éclaboussés par la lumière argentée de la lune qui illuminait également la surface étale d'un lac en contrebas. Tania passa en cinquième. Un rapide coup d'œil au cadran lui confirma qu'elle faisait plus que flirter avec la limite de vitesse autorisée. Depuis le départ de Black Diamond, elle jouait avec le feu, contrôlant encore le puissant véhicule, mais guère plus.

L'instinct lui fit vérifier que sa ceinture de sécurité était bien accrochée. Celle-ci lui tombait sur l'épaule, mais il était vrai qu'elle était réglée pour un conducteur bien plus grand qu'elle. Voilà à quoi on s'exposait, en volant la voiture d'un Nightfury… Tania fit la grimace. Elle se sentait toujours aussi mal à l'aise d'avoir dû se résoudre à mentir et en arriver à de telles extrémités.

Autant regarder les choses en face : elle s'était mise dans de sales draps.

Son cœur se serra à cette idée. Tania leva le pied. En passant d'une vitesse supersonique à une autre tout à fait déraisonnable, elle imagina comment réagirait Mac à son escapade. Serait-il furieux ? Certes, cela ne faisait pas un pli. Aurait-il peur pour elle ? Sans l'ombre d'un doute. Elle ne pouvait être sûre de ce qu'il ressentait réellement pour elle, mais elle *savait* qu'il serait inquiet, terrifié et à moitié fou de rage et d'inquiétude quand il apprendrait ce qu'elle avait fait.

La culpabilité se mêla en elle à un profond regret. Elle déglutit péniblement la boule d'angoisse qui lui bloquait la gorge. Elle détestait la détresse qu'elle allait lui causer, mais… elle n'avait pas eu le choix.

J.-J. avait besoin d'elle.

Blessée et seule, peut-être même mourante, elle n'avait qu'elle au monde. Attendre le retour de Mac n'avait donc pas constitué une option. Le besoin viscéral qu'elle ressentait de protéger sa sœur ne le lui avait pas permis.

Elle résista aux larmes qui lui montaient aux yeux et tenta de se remonter le moral. Elle était saine et sauve, en route vers Seattle, et les Razorback ne pouvaient la repérer. Cela ne comptait pas pour des prunes, non ? Elle devait s'accrocher à cela et espérer que Mac finirait par comprendre. Après tout, c'était quelqu'un de raisonnable.

Non ?

Les sourcils froncés, Tania rétrograda afin de négocier le virage suivant. Qui espérait-elle leurrer ainsi ? Mac se ficherait pas mal des « pourquoi » et des « comment ». À juste titre, il ne serait plus que rage écumante dès qu'il aurait mis la main sur elle.

Une perspective qui n'avait rien de réjouissant. Du tout.

— C'est ma petite sœur…, plaida-t-elle à voix haute, comme pour tester sa défense. S'il te plaît, ne sois pas fâché.

À ses propres oreilles, cela sonnait faux. Toute justification serait parfaitement futile. Autant s'attendre tout de suite à vivre l'enfer… Mac allait s'en assurer. Ce qui amena sur ses lèvres une autre supplique.

— S'il vous plaît, faites qu'il m'aime assez pour ne pouvoir faire autrement que me pardonner.

Voilà. C'était déjà mieux. Mieux valait encore se fier à une sincère prière qu'à de faux espoirs et…

La sonnerie du téléphone OnStar se fit entendre. Aussitôt après, une voix féminine désincarnée annonça :

— Seattle Medical…

Dieu merci ! Pas trop tôt…

— Tania Solares à l'appareil, répondit-elle. J'attends toujours d'obtenir des informations sur…

— Patientez, s'il vous plaît.

D'un coup d'œil au témoin du rétroviseur, elle s'assura que la liaison était bien établie. OnStar n'était pas en cause. Le type qu'elle avait eu en ligne à Chevrolet Central, des plus coopératifs, avait téléchargé dans le système de navigation les données du trajet et l'avait mise en relation avec l'hôpital. La réceptionniste des urgences, en revanche, avait fait tout son possible pour la pousser à bout.

En serrant fort le volant dans un nouveau virage, Tania lança un juron retentissant. Dès son arrivée, elle allait se charger de dire à cette bonne femme sa façon de penser pour l'avoir mise en attente pour la troisième fois d'affilée…

Jetant la prudence aux orties, Tania enfonça de plus belle l'accélérateur. Le moteur vrombit lorsque, au sommet d'une côte, la Corvette fit un bond avant de retomber pesamment de l'autre côté. Un voyant lumineux d'alarme se mit à clignoter sur le tableau de bord. À contrecœur, elle leva le pied et négocia quelques virages supplémentaires. Enfin, au terme d'une interminable et vertigineuse descente à flanc de colline, elle s'engagea dans une longue ligne droite qui longeait le bord du lac.

Les reflets de la lune à la surface des eaux noires semblaient lui faire de l'œil. Les vaguelettes clapotaient comme pour l'inviter à venir se joindre à elles pour un bain de minuit. Tania regrettait de ne pouvoir répondre à l'invitation. Il était puéril de laisser son amour de l'eau la distraire. Elle n'avait pas une minute à perdre, même si ce répit aurait été le bienvenu. La proximité de l'eau ne lui en était pas moins bénéfique. Et tandis que le chaos qui occupait son esprit refluait peu à peu, la pression qui lui oppressait la poitrine diminua, lui permettant enfin d'inspirer à fond.

Tania en profita pour emplir ses poumons à leur capacité maximale tout en laissant son regard courir sur le lac. Ce court moment de quiétude lui fit du bien, la reconnecta à la réalité et lui fit prendre conscience que… quelque chose clochait. Ce n'était pas grand-chose, mais elle le sentait pourtant. Son cœur sembla marquer une pause. Tania secoua la tête. C'était impossible. Elle comprenait comment fonctionnait le Méridien et ce qui permettait aux hommes-dragons de traquer leurs proies. Nul Razorback ne l'avait touchée, ce qui rendait impossible…

Un grand silence sembla soudain se faire autour d'elle. L'air parut s'immobiliser, et plus aucun autre bruit que le ronronnement du moteur ne se fit entendre par la vitre entrouverte.

Tania eut l'impression qu'une décharge d'énergie électrisait ses nerfs déjà soumis à rude épreuve. La sensation perdura tout le long de son échine, hérissant ses cheveux sur sa nuque. Elle retint son souffle et tendit l'oreille mais, à part les battements de son cœur qui résonnaient à ses tympans, aucun son ne se faisait entendre. Rien. Pas le moindre bruissement. C'était sinistre. Alarmant. Si peu naturel que l'appréhension qu'elle ressentait atteignit des sommets, mettant tous ses sens en alerte. Lentement, elle tourna la tête sur le côté et jeta un coup d'œil par la vitre latérale. La silhouette de la Corvette, éclairée par le clair de lune, se dessinait sur le rideau d'arbres du bas-côté. Et juste au-dessus…

Tania réprima un cri, le souffle coupé.

La gigantesque ombre ailée planait au-dessus de sa voiture. Un grondement sourd rompit bientôt le silence, l'emplissant de terreur. Elle en avait la certitude : ce ne pouvait être Mac. Elle le sentait à la tonalité vindicative de ce cri sourd, à une onde mauvaise qui semblait l'entourer.

Ennemi. Pas ami…

Avec un cri de terreur, Tania enfonça l'accélérateur. Le moteur gronda et la Corvette bondit en avant dans un crissement de pneus sur l'asphalte. Un autre grognement s'éleva. Elle vit l'ombre la dépasser et une paire d'ailes se replier avant que la bête aux yeux roses, aux écailles d'un rouge éclatant, se pose pesamment en travers de la route, non loin d'elle. Les griffes du dragon arrachèrent au revêtement une pluie d'éclats qui retombèrent sur son pare-brise. Elle vit celui-ci s'étoiler sous ses yeux. Tania poussa un cri, perdit le contrôle et fit un tête-à-queue qui la rapprocha du lac. Les roues arrière mordirent sur l'accotement, projetant dans un bruit d'enfer une gerbe de gravier sous le plancher de la voiture.

Celle-ci fit un tour sur elle-même, puis défonça la glissière de sécurité. La Corvette frémit en s'engageant sur le talus boisé dominant les berges du lac. Tania sentit la ceinture de sécurité la plaquer brutalement au siège et s'arc-bouta sur la pédale de frein. Les pinceaux jumeaux des phares badigeonnaient de lumière blanche les troncs d'arbres qu'elle n'évitait qu'à peine. Une roue heurta un rocher et déporta la voiture sur le côté. Le tronc d'un grand pin arracha le pare-chocs. Tandis que le bois vert éclatait, les airbags se déclenchèrent, lui arrachant les mains du volant.

Une douleur vive explosa dans son bras droit, mais Dieu merci ! la glissade avait cessé. Il ne lui restait plus qu'à reprendre son souffle. Plus facile à dire qu'à faire… Comprimés par la ceinture de sécurité, ses poumons restaient vides. En s'efforçant d'ignorer la douleur, Tania lutta pour se libérer et quitter le véhicule accidenté.

Elle refusait de céder à la panique. Plus tard, il serait bien assez tôt pour perdre ses moyens. Elle avait besoin de garder l'esprit clair pour se sortir de là, courir, aller se cacher. Il lui fallait rester tapie quelque part jusqu'à ce que le soleil se lève et que ce trouduc de dragon regagne son trou sous peine de se retrouver grillé. C'était le meilleur plan possible – en fait, c'était même le seul possible. Sans Mac pour la protéger, face à ce monstre elle se sentait aussi vulnérable qu'un ver de terre au bout d'un hameçon.

En se maudissant pour sa maladresse, Tania luttait avec le fermoir de la ceinture de secours. Enfin, celle-ci céda. Sans perdre une seconde, elle emplit ses poumons et pivota sur son siège afin d'ouvrir la portière. La Corvette à l'agonie décida de coopérer et débloqua le mécanisme. Tania se rua à l'extérieur et courut sur le sol défoncé sans s'arrêter pour réfléchir. Devant elle, entre les troncs d'arbres, une surface d'eau étale miroitait au clair de lune.

Le lac… Atteindre la berge, s'immerger dans ses profondeurs, devait être ce qu'elle avait de mieux à faire. Tous les dragons – à l'exception de Mac – détestaient l'eau. Elle devait aller y chercher refuge avant que M. Trouduc-aux-écailles-rouges se décide à passer à l'action. C'était sa seule chance. Le seul moyen d'échapper à un prédateur aux sens affûtés comme une lame de rasoir. Dès que ce bâtard aux yeux roses aurait posé les yeux sur elle, elle serait fichue.

Mais Tania refusait de se laisser décourager ou de renoncer. Elle ne capitulerait pas sans s'être battue. Ni sans avoir lancé un appel de détresse à Mac.

Prenait-elle ses désirs pour des réalités ? Peut-être. Mais il ne coûtait rien d'essayer.

En dévalant la pente hérissée de troncs, elle se concentra et puisa profondément dans ce gisement d'énergie auquel elle avait accès chaque fois que Mac la touchait. Patiemment, elle entretint la flamme jusqu'à ce que celle-ci lui brûle les doigts. Elle lança alors résolument sa prise comme on jette les dés sur un coup de tête au casino. Une impulsion lui parvint en retour et…

Elle le sentait… Dans son incarnation de dragon, il était en vol. La pulsation vivifiante du lien qu'ils partageaient les reliait. Il avait l'air si près…

— Mac ? lança-t-elle dans un souffle, s'accrochant à la fragile connexion qui s'était établie.

— *Tiens bon, chérie…*

C'était sa voix qu'elle percevait sous son crâne et qui l'encourageait.

— *N'arrête pas de courir !* reprit-il. *Donne-moi un peu de temps.*

Folle d'espoir, luttant contre sa peur, elle lui obéit et se mit à courir, même si son bras la faisait souffrir, et même si elle sentait son souffle précipité lui brûler la gorge. Du sang s'écoulait d'une blessure qu'elle s'était faite au front. Enfin, elle atteignit la berge et entra dans le lac. Le fond vaseux aspirait ses baskets et la ralentissait. De l'eau jusqu'aux genoux, elle jeta un coup d'œil par-dessus son épaule. Rien. Pas d'yeux roses et luisants. Pas de boule de feu pour la réduire en poussière. Nul éclat sinistre d'écailles rouges.

Animée par un regain d'espérance, Tania s'aventura plus avant dans le lac. Alors que l'eau glacée lui arrivait à l'estomac, un « splash » retentissant lui fit tourner la tête. Un remous se formait au centre de la crique. Un instant plus tard, un dragon – écailles de la couleur d'une peau de requin, épine dorsale d'allure redoutable, en dents de scie – fit surface à la manière d'un crocodile. Sa tête cornue encore à demi dans l'eau, le monstre dardait sur elle ses yeux aux prunelles noires, cerclées d'un anneau bleu pâle.

Tania se figea. La surprise le disputait en elle à la terreur. Un autre dragon d'eau ? Comment cela était-il possible ? Les Nightfury étaient convaincus que Mac était le seul et…

La bête fit battre sa fine queue d'alligator et se propulsa à la surface du lac, ne laissant planer aucun doute sur ses intentions.

Chapitre 28

Émergeant du plafond nuageux à la vitesse de l'ouragan, Mac laissa la cité derrière lui et se propulsa au-dessus de la forêt. Rien n'échappait à sa vision de nuit poussée à l'extrême : ni les aiguilles sombres des séquoias, ni la texture de leurs troncs, ni même les yeux à facettes des araignées qui y tissaient leurs toiles. La magie unissait son instinct et son intellect, aiguisant ses sens, résumant leur usage à un seul but : Tania.

Il devait la retrouver avant les Razorback. Rien d'autre n'avait d'importance.

Une averse vint tremper ses écailles tandis que l'Interstate 90 donnait l'impression de se précipiter à sa rencontre au terme d'une descente rapide. Focalisé sur la bioénergie de Tania, il traquait la trace électrostatique qu'elle laissait dans son sillage. Il se sentait si près d'elle, désormais… Si près de faire en sorte que tout aille bien pour elle, de s'assurer qu'elle n'avait rien, de la ramener à Black Diamond où elle serait en sécurité, et où il pourrait retrouver la paix de l'esprit. Il laisserait alors libre cours à sa colère pour lui avoir causé une telle frayeur en s'enfuyant, et pour lui ôter l'envie de recommencer. Un ricanement lui échappa. Rien n'était moins sûr… Dès qu'il aurait réussi à mettre la main sur elle, rien d'autre que son soulagement ne compterait plus pour lui. Il n'aurait plus besoin que de la serrer dans ses bras, de l'aimer, de s'enrouler autour d'elle pendant des jours et des jours sans vouloir la lâcher.

— *Mac ?*

Par une manœuvre habile, Venom vint se placer à sa droite et poursuivit :

— *Où on en est ?*

— *Une minute, pas plus.*

Mac se reconcentra sur la connexion qui l'unissait à Tania. Tandis que son sonar de dragon décryptait les informations, il obliqua vers une suite de lacs qu'on apercevait non loin.

— *Elle est au bord de l'eau,* précisa-t-il.

— *Je n'aime pas l'eau…*, grogna Wick en prenant position à sa gauche.

Forge, qui venait de se positionner à l'aplomb de Mac, feignit de frissonner de la tête aux pieds et renchérit :

— *Putain de Dieu ! moi, je déteste ça…*

— *Si tu ne la fermes pas, je te noie en plein vol,* prévint Mac.

D'une commande magique, il fit se lever un minicyclone devant son mentor.

— *Bordel !* protesta celui-ci en le prenant de plein fouet.

Sans se préoccuper de son accès de mauvaise humeur, Mac interrogea le second.

— *Rikar, tu en es où ?*

— *Juste derrière toi, mon gars !*

Dans une bourrasque de neige, il désactiva le sort de dissimulation et apparut derrière eux.

Alors qu'une décharge magique s'enroulait autour de ses cornes, Mac jeta un coup d'œil par-dessus son épaule.

— *Bastian ?* s'étonna-t-il.

Ses écailles noires permettaient à peine de le distinguer sur le ciel nocturne, mais leur commandant, bord à bord avec Rikar, les avait rejoints.

— *Préparez-vous, messieurs…*, prévint-il. *Nous avons un groupe d'ennemis en approche rapide, mais pas encore sur site.*

— *Plus de détails ?* s'enquit Mac.

Bastian eut recours à ses pouvoirs spéciaux. Le puissant courant magique, qui lui permettait d'estimer à distance les forces et les faiblesses de l'ennemi, fulgura devant lui.

— *Douze au total*, répondit-il. Tous cracheurs de feu, sauf un.

Mac n'avait aucun doute quant à l'identité de ce dernier : il devait s'agir du connard rencontré au *Gridiron*. Pur dragon d'eau, ce mâle était non seulement plus âgé mais aussi plus expérimenté que lui. Dommage pour lui, ce n'était pas pour impressionner Mac. Si ce salaud touchait à un des cheveux de Tania, il se ferait un plaisir de lui arracher la tête et de jouer au basket avec son crâne.

— Le dragon d'eau est pour moi ! lança-t-il.

Un concert d'approbations salua cette annonce.

Mac, lui, n'émit pas un son et resta concentré sur son but. Laissant la formation derrière lui, il vira sur l'aile et fondit sur la route. Son passage entre deux rangées de séquoias fit ployer et gémir ceux-ci. Il reprit de l'altitude quand la chaussée escalada une colline. Alors qu'il fonçait vers l'éminence suivante, un fourmillement parcourut ses cornes. Il décrypta l'information qui lui parvenait tout en utilisant son sonar pour se guider.

Il y était presque. Plus que quelques secondes, et…

Une triangulation magique lui avait permis de localiser Tania. Son cœur fit un bond dans sa poitrine. Elle avait quitté la voiture et courait à présent. C'était la terreur qui la faisait fuir. Une sourde appréhension s'empara de Mac, qui percevait son souffle court, le battement précipité de son pouls. Il sentit qu'elle était blessée et luttait pour ne pas céder à la fatigue qui peu à peu la gagnait.

— *Cours, chérie !* lança-t-il mentalement pour l'encourager. *J'arrive, Tania ! Cours…*

Il l'entendit murmurer son nom, même si des parasites masquaient en partie sa voix.

Mac força son allure, poussant son corps à l'extrême limite de ses capacités. Ses ailes déployées à leur pleine envergure faisaient naître dans son sillage un puissant déplacement d'air. Tandis qu'il effectuait un nouveau virage serré, une tache jaune dans les arbres attira son attention.

Putain, non! C'était bien la Corvette qu'il venait de repérer. Accidentée et dans un sale état, elle gisait à mi-pente d'un talus menant à la berge. Le temps parut se ralentir. Un filtre sur ses perceptions lui permit d'enregistrer, comme sur une caméra, tous les détails de la scène. Une forte odeur de carburant. La carrosserie cabossée. La portière ouverte côté conducteur.

Un grondement sourd lui échappa. Mac fondit sur les lieux de l'accident. Une nanoseconde: il ne lui en avait pas fallu davantage pour appréhender la situation. Tania, engagée dans l'eau jusqu'à la taille, restait figée par la terreur, prise en étau entre deux dragons. Ses écailles rouges luisant au clair de lune, Ivar la menaçait en grondant depuis la berge, tandis que le rat d'eau dans le lac se glissait vers elle tel un serpent. La rage lui fit voir rouge. Après avoir inspiré à fond, il expira lentement, laissant un jet d'acide liquide fuser entre ses crocs.

Au-dessus du lac, dans le ciel, les Nightfury interceptaient les Razorback arrivés sur zone. La nuit s'emplit du bruit horrible des crocs lacérant les écailles.

Pris par surprise, le dragon d'eau jura bruyamment.

Ses yeux roses luisant de fureur, Ivar fit un bond pour éviter le jet d'acide de Mac, mais il était trop tard. Celui-ci l'atteignit de plein fouet, éclaboussant ses écailles. Dans un rugissement de douleur, le leader des Razorback prit son envol. Mac le laissa s'enfuir sans chercher à le prendre en chasse. Il avait une autre proie en ligne de mire, et une femelle à protéger.

En fonçant vers sa cible, il s'arma d'un trident d'eau et le lança tel un éclair à cinquante pieds de hauteur. La magie fit son œuvre pour le guider à la surface du lac. Ses yeux aux pupilles cerclées de bleu écarquillés, le dragon d'eau plongea afin d'éviter *in extremis* l'arme mortelle.

Dès l'instant où il eut disparu, Mac cria :

— Tania ! cours !

Elle lui obéit sans hésiter et bondit en direction de la berge. Le dragon d'eau refit surface et fonça sur elle. Un instant plus tard, il l'eut rattrapée. Mac frémit en voyant une griffe affûtée tel un rasoir s'abattre sur elle dans son dos. Tania poussa un cri de douleur. Le tee-shirt taché de sang, elle bascula dans l'eau. Avec un cri d'angoisse et de fureur, Mac amerrit dans une grande gerbe liquide. Luttant pour s'interposer entre sa femelle et son ennemi, il planta ses griffes dans ses écailles lisses, mais celui-ci parvint à se dégager et Mac sentit les siennes lui labourer l'épaule. La douleur lui fournit le carburant nécessaire pour grimper d'un cran dans les représailles. Avec toute la hargne d'un combattant de rue luttant pour sa peau, il eut recours au kung-fu pour se dégager et plongea ses cornes dans le poitrail de son adversaire.

Un rapide contrôle des signes vitaux de Tania le rassura. Il la sentait faible et ravagée par la douleur, mais son pouls était fort et régulier. Le temps était venu de la tirer de là. Et vite fait…

— *Forge !*

D'un coup d'œil, il vit une tache d'un pourpre profond apparaître dans les hauteurs.

— *Je suis là.*

— *Attrape !* ordonna-t-il à son mentor.

Sans attendre, Mac eut recours à ses pouvoirs. Une vague se leva à la surface du lac, puis jaillit brusquement pour emporter le corps de Tania dans les airs. Le dragon d'eau poussa un juron de dépit. Mac en profita pour le déstabiliser d'un coup de tête. Puis, soulevant une gerbe de boue au fond du lac, il lui fit goûter à la lame acérée de sa queue. Sans se préoccuper du sang de dragon qui l'éclaboussait et rougissait la surface, Mac leva la tête et vit son mentor récupérer Tania dans les airs.

—*Je l'ai!* lança-t-il. *Mais...*

Forge marqua une pause, comme s'il vérifiait quelque chose.

Préférant livrer combat dans les profondeurs, Mac y entraîna le dragon d'eau. Des gerbes de bulles d'air remontèrent à la surface, perturbant sa visibilité. Le fond vaseux du lac soulevé par le combat l'empêcha ensuite d'y voir plus clair. Ses tatouages se mirent à luire, puis à dégager une vive lumière autour de lui. Un instant plus tard, lorsque la vase se fut redéposée, il eut un premier véritable aperçu de son ennemi... et des tatouages tribaux qu'il arborait. À quelques différences près, ceux-ci étaient semblables aux siens et s'illuminaient dans l'eau de la même manière.

Ils s'observaient l'un l'autre. Le rat d'eau décrivait un cercle en tournant vers la droite. Mac faisait de même vers la gauche. Sans quitter des yeux ses tatouages, il jaugeait ses forces et ses faiblesses. Bon Dieu! ce salaud ne manquait pas de puissance. Un mâle impressionnant, doté de larges pattes palmées et d'une échine acérée en dents de scie. Mais, tout bien considéré, Mac lui-même n'avait pas à rougir, et sa propre lame dorsale pouvait se révéler bien plus redoutable. L'ennemi avait pu s'en rendre compte, comme en témoignaient les multiples coupures qui lui lacéraient le poitrail et les pattes. Ce fils de pute ne pouvait pas s'approcher de trop près sans en subir aussitôt les conséquences.

Ce qui pouvait aller jusqu'à l'amputation si Mac se débrouillait comme il fallait.

—Jolis tatouages, connard! lança-t-il.

—Pour toi, ce sera Hamersveld, morveux...

Le milieu aquatique n'atténuait en rien un accent scandinave prononcé. Montrant les crocs, le mâle cracha vers lui. Mac esquiva de justesse un jet d'eau bouillante qui lui frôla l'épaule.

— Tel père, tel fils ! lança l'autre d'un ton dédaigneux.

Mac en resta un instant stupéfait. Qu'est-ce qu'il racontait ?

— J'ai toujours su que j'engendrerais des fils puissants, poursuivit Hamersveld. Tes tatouages en sont la preuve, Nightfury. Seuls les guerriers de ma lignée les portent. Mon sire avant moi, et à présent… toi.

Ses yeux sombres brillaient, perçant les profondeurs obscures. Les battements de sa queue augmentaient progressivement sa vitesse.

— Dommage qu'il ne puisse y en avoir qu'un ! lança-t-il.

Mac avait du mal à comprendre ce qui lui arrivait. Son père ? Ce salaud était-il vraiment…

Hamersveld bondit vers lui, réduisant en un instant la distance qui les séparait, et réussit à le surprendre sur son flanc droit. Mac sentit ses serres se planter dans son épaule. Dans un rugissement de rage, il contre-attaqua d'une puissante ruade de ses pattes arrière. La fureur le rendait plus fort, et l'agressivité plus intrépide. Dans la foulée, il enchaîna avec un balayage de sa redoutable lame dorsale et… « crac » ! L'une des cornes de son ennemi, tranchée net, sombra vers le fond du lac. Le hurlement de souffrance d'Hamersveld se répandit dans l'eau en ondes concentriques. Mac se retourna et, sans montrer la moindre pitié, récidiva d'une autre volée de sa queue tranchante. Un flot de sang s'écoula du poitrail entamé jusqu'au muscle d'Hamersveld, qui battit en retraite. Mac se lança à sa poursuite. Pas question de le laisser…

— *Mac !*

L'urgence perceptible dans la voix de Forge retint son attention.

— *Qu'est-ce qu'il y a ?*

— *Tire tes fesses de là !* lui ordonna son mentor. *Tania n'est pas au mieux...*

— *Putain de merde !* s'écria Mac en regardant Hamersveld disparaître dans les profondeurs boueuses du lac.

Il était particulièrement frustrant d'interrompre un combat ainsi. Pourtant, même si le dragon en lui enrageait, Mac laissa sa proie lui échapper. Tous les muscles bandés, il fonça vers la surface. Il ne lui était pas nécessaire de réclamer à Forge des détails sur l'état de Tania. Il pouvait sentir ses signes vitaux s'affaiblir et son cœur battre de manière irrégulière.

Sa femelle avait besoin de lui. Que le rat d'eau aille se faire foutre !

Il aurait d'autres occasions de régler ses comptes avec lui, et davantage de temps pour débarrasser le monde du nouveau membre des Razorback. Une autre fois. En un autre endroit. Lors d'une autre bataille. Pour l'instant, l'urgence consistait à rejoindre Tania aussi vite que possible. Elle avait besoin de la fusion énergétique pour se stabiliser et reprendre des forces. La médecine à la mode dragon avait du bon, et il était le seul à pouvoir la lui administrer.

Chapitre 29

La douleur s'estompait. Elle semblait s'échapper d'elle en un lent et paisible tourbillon. Tania poussa un soupir et se laissa glisser, heureuse de goûter à la bienfaisante détente, tandis qu'un courant léger l'emportait. Un fourmillement de plaisir se fit sentir dans ses épaules. Un instant plus tard, la plaisante sensation migra et fusa le long de son échine, puis se logea au bas de son dos, contre lequel se faisait sentir une présence douce et chaude. Une force l'incitait à s'abreuver encore et encore à ce torrent qui détendait ses muscles meurtris, dénouait le nœud tapi dans sa poitrine qui l'empêchait de respirer.

C'était si bon… Étrange ? Sans aucun doute. Pourtant, il n'y avait pas à s'inquiéter. Elle le sentait, c'était un véritable flux d'amour dans lequel elle baignait.

Un concentré de délices semblait à présent couler dans ses veines, transitant par son cœur meurtri pour le régénérer. Quelque part, elle entendit quelqu'un murmurer son nom. La voix basse et profonde participait de son bien-être et l'incitait à se nourrir de cette marée vivifiante qui lui traversait le corps. Était-ce un ronronnement de bonheur qui s'élevait de sa gorge ? *Oh, oui…* C'était exactement ce qu'il lui fallait, ce dont elle avait toujours eu envie, cette bienfaisante brûlure qui n'en finissait pas de la traverser, apaisant les contusions, éloignant la douleur qui lui poignardait le poignet, la ramenant en douceur à la conscience. Et tandis qu'elle refaisait surface, frétillante de plaisir et de désir, son esprit parut se décider à embrayer. Ses rouages internes se mirent en branle. Elle se lova plus confortablement contre les courbes confortables d'un corps souple et chaud. Des bras forts l'entouraient. Une cuisse musclée se pressait entre les siennes.

Tania sentit qu'un sourire flottait sur ses lèvres.

Mac...

Ce ne pouvait être que lui. Aucun autre homme n'était jamais parvenu à faire en sorte qu'elle se sente si bien, si satisfaite d'être elle-même, si belle et si aimée, acceptée exactement telle qu'elle était. Sauf que...

Un certain malaise vint troubler son bien-être. De vagues souvenirs firent une tentative pour se rappeler à elle.

Luttant pour dissiper le brouillard mental dans lequel baignait son esprit, Tania commanda à ses yeux de s'ouvrir. En vain. Son corps refusait de coopérer. Avec un grondement sourd, elle se concentra de plus belle et recommença. Ses paupières résistèrent, puis finalement se soulevèrent. Dans un léger brouillard, une série de lignes verticales lui apparut. Une rangée de... d'arbres ? Elle se frotta les yeux, dans l'espoir de dissiper la brume, fit une nouvelle tentative. La suite de traits indistincts se transforma en un alignement de troncs rugueux. Les branches dénudées des arbres, en s'agitant doucement, semblaient lui faire signe. Un rocher aux formes arrondies flottait près d'elle.

Tania fronça les sourcils. Non... ce n'était pas exact. Ce n'était pas le rocher mais elle qui flottait. Un courant d'eau chaude baignait son corps. Une joue rugueuse frottait contre la sienne. La clarté se fit alors dans son esprit, l'inondant soudain de souvenirs.

Les dragons. Le rouge, et d'autres encore. Des cris, des coups, une bataille. Des boules de feu traversant le ciel nocturne. Le bruit horrible des serres perçant les écailles.

Mac se débattant dans le lac, aux prises avec le dragon-requin qui voulait la tuer.

La mémoire lui revint d'un bloc. Tania frissonna longuement. La douleur se rappela à elle dans son bras droit.

— Chut... Tout va bien, *mo chroí*.

Une main plaquée au creux de son dos, Mac passa l'autre dans ses cheveux. Cette tendre caresse acheva de la ramener sur terre. Dans un soupir tremblant, elle s'accrocha à lui en passant son bras valide autour de ses épaules. Il nicha un instant son visage au creux de son cou, avant de redresser la tête. Ses yeux couleur aigue-marine se rivèrent aux siens quand il annonça :

— Tu es sauvée.

La bouche sèche, Tania déglutit péniblement avant de demander :

— Où sommes-nous ?

— Dans la rivière qui coule au bas de Black Diamond, expliqua-t-il. La chute d'eau n'est qu'à un coude d'ici.

Ce qui expliquait la présence des arbres, du rocher... et le barrage de castors qu'elle repéra par-dessus l'épaule de Mac et qui fermait la petite crique dans laquelle ils dérivaient. Un instant, elle laissa son regard se perdre dans le ciel noir et piqueté d'étoiles, au-dessus d'eux.

— Peux-tu me dire pourquoi je suis nue ? s'étonna-t-elle.

— À part le fait que c'est ainsi que je te préfère ?

Tania leva les yeux au ciel. Mac lui sourit mais reprit bien vite son sérieux pour lui expliquer :

— J'aurais peut-être dû te conduire tout de suite à l'intérieur, mais je ne pouvais attendre. J'avais besoin d'examiner tes blessures au plus vite, de m'assurer que tu ne risquais rien. Et je ne pouvais rien faire de tout cela avec tes vêtements sur toi.

— Je ne m'en plains pas...

Un euphémisme. Ce corps à corps aquatique avec Mac, peau contre peau, ne pouvait être pour lui déplaire… Du bout des doigts, elle dessina le pourtour de ses lèvres. Dieu ce qu'elle l'aimait ! Par sa force, son courage et sa beauté, il incarnait tout ce qu'elle désirait chez un homme, et plus que ce qu'elle méritait.

— Alors ? s'enquit-elle. Je suppose que je vais bien ?

— Un peu secouée, mais tu survivras.

— Merci…, dit-elle, la gorge serrée.

En murmurant son nom, il fit glisser ses mains fortes dans son dos. Tania redressa le menton dans l'espoir d'un baiser. Il le lui offrit sans rechigner, une main enfouie dans ses cheveux, et il n'eut pas à insister longtemps pour qu'elle entrouvre les lèvres. Avec un petit gémissement, elle le laissa lover sa langue contre la sienne, explorer sa bouche lentement, savamment. Le plaisir et le désir se mêlèrent en un tourbillon étourdissant, et, lorsqu'il se retira, elle poussa un grognement sourd en guise de protestation.

Mac revint brièvement lui mordiller la lèvre, puis se retira de nouveau pour examiner le poignet blessé de Tania. Elle se raidit, s'attendant à souffrir, mais il s'y prit si délicatement, et la douleur avait tant reflué, qu'elle ne sentit quasiment rien.

Lui tenant le poignet dans sa main, il lui demanda de faire fonctionner ses doigts.

— Est-ce que ça fait toujours mal ? demanda-t-il en la dévisageant.

— Un petit peu, mais plus beaucoup.

— Bien…, se réjouit-il. L'os est en train de se réparer. Bon sang ! j'adore la fusion énergétique. Demain, il n'y paraîtra plus.

Tania retint son souffle. *La fusion énergétique ?* Myst lui en avait parlé. Sa meilleure amie lui avait expliqué ce lien très spécial qui la liait à Bastian. Une connexion magique rare et puissante, qui permettait à un homme-dragon de transmettre à sa femelle une énergie nourrissante et curative. Elle induisait une fusion si parfaite qu'elle unissait les cœurs et mêlait les âmes. Un fol espoir s'empara de Tania.

Oh, mon Dieu ! faites que ce soit vrai…

Retenant ses larmes, elle murmura :

— Tu m'as nourrie ?

— Je suis encore en train de le faire…

Levant la main, il dessina sous son doigt le contour de sa joue et poursuivit :

— Tu sens ce courant ? Cette sensation qui à la fois te nourrit et te purifie ?

Tania ferma les yeux. Le flux sembla s'intensifier dans ses veines et, simultanément, l'amour qu'elle avait pour lui refit surface et s'ancra définitivement dans son cœur.

— Oui, répondit-elle.

— Eh bien… tout ça, c'est moi.

— C'est agréable…

Elle rouvrit les yeux, chercha son regard et demanda :

— Est-ce ce que tu ressens quand je te nourris ?

— C'est plus intense en ce qui me concerne.

— J'aime te donner ce dont tu as besoin.

La pomme d'Adam de Mac s'agita le long de son cou.

— Et moi, j'aime le goût de ce que tu me donnes, confia-t-il en retour. C'est comme… une saveur de miel et de brise marine. Magnifique…

À tout autre moment, Tania aurait apprécié le compliment. Mais à cette minute, l'entendre chanter ses louanges lui faisait honte. Magnifique ? Oui, bien sûr… Elle n'avait pas été aussi admirable, plus tôt dans la nuit, lorsqu'elle avait menti, trahi, et volé une voiture de luxe qui gisait à présent à l'état d'épave près d'un lac où elle avait failli faire tuer tout le monde.

Seigneur ! la magnitude du désastre qu'elle avait engendré la rattrapa d'un coup. Pourtant, elle n'avait rien voulu d'autre que rejoindre sa sœur au plus vite. Mais, ce faisant, elle les avait tous mis en danger : elle-même, les Nightfury, l'homme qu'elle aimait.

Des larmes plein les yeux, elle couvrit sa bouche de sa main pour étouffer un sanglot.

— Oh, mon Dieu…, gémit-elle. Je suis tellement désolée.

— Tania, chérie…, murmura-t-il. Ça ne fait rien.

— Bien sûr que si ! protesta-t-elle. Je ne suis qu'une idiote !

Elle secoua la tête, impuissante, la gorge si serrée qu'elle pouvait à peine respirer.

— Je ne me suis pas rendu compte, confia-t-elle tout bas. Je pensais que tout irait bien… qu'ils ne pourraient pas me trouver. Je me disais qu'à cause de cette histoire d'énergie et…

Sa lèvre inférieure commença à trembler. De premières larmes coulèrent le long de ses joues. Mac les essuya d'un doigt.

— Est-ce que tout le monde va bien ? demanda-t-elle. Bastian et tous les autres ?

— Ne t'en fais pas pour eux, *mo chroí*, répondit-il. Bastian et tous les autres s'amusent bien.

Tania cligna des yeux et s'étonna :

— Ils… *s'amusent* ?

— À casser du Razorback. À pourchasser ces connards partout où il leur prend l'envie de fuir.

Dans ce cas, si tout le monde s'amusait bien… Mais même si elle pouvait admettre l'étrange conception que se faisaient les Nightfury de l'amusement, un autre sujet d'inquiétude se présenta à elle. Elle sentit la peur nouer ses muscles, se muer en une panique irrépressible. Le cœur battant à tout rompre, elle leva les yeux sur Mac.

Son visage se durcit quand il protesta :

— Tania, non… pas ça.

— Pas quoi ? s'étonna-t-elle.

— N'y pense même pas une seconde ! lança-t-il en la dévisageant sévèrement. Je sais dans quelle situation se trouve J.-J. Sloan m'a tout raconté.

— Alors tu sais pourquoi je dois la rejoindre.

Un muscle se contracta sur sa mâchoire.

— Je comprends que tu puisses être inquiète pour elle, dit-il. Je sais aussi qu'il ne te semble pas normal de ne pas être à son chevet dès maintenant. Mais Sloan s'est introduit dans le réseau de communication interne de l'hôpital. À la seconde où il aura du nouveau, nous le saurons.

Tania ouvrit la bouche pour argumenter. Il l'en dissuada en secouant la tête.

— Oublie ça, conseilla-t-il. Tu ne peux aider J.-J. en t'accrochant une cible dans le dos. Avise-toi de remettre les pieds dehors, et les Razorback te trouveront, tout comme ils t'ont trouvée cette nuit.

— Je serai très prudente ! promit-elle. Dis-moi ce que je dois faire pour…

— Non !

Au ton de sa voix, il semblait évident qu'il était inutile d'insister. La rivière parut capter son humeur. Elle s'agita autour d'eux en un bain bouillonnant dont la température grimpa de quelques degrés. Une vaguelette tiède caressa l'épaule de Tania.

— C'est trop dangereux ! insista-t-il d'une voix grondante. Je t'aime trop pour te perdre ainsi. Je ne le permettrai pas !

Tania en resta stupéfaite un instant. Mac avait-il bien dit ce qu'elle avait cru entendre ? Le désir fit renaître l'espoir en elle. Son cœur se mit à battre à cent à l'heure.

— Tu… tu m'aimes ? balbutia-t-elle.

— Oui, répondit-il, comme s'il en était lui-même surpris.

Mais en soutenant son regard Tania vit l'incertitude qu'elle avait surprise dans ses yeux disparaître, faisant place à une solide résolution qui ne laissait place à aucun doute.

— Je t'aime, Tania! lança-t-il fermement. Je t'aime tant que ça me fait mal. Je veux tout de toi, tout ce que tu pourras me donner : ta présence à mon côté, pour toujours, le mariage à la mode dragon…

Et ce qu'il lui demandait, Tania se sentait plus que prête à le lui offrir – tout, jusqu'à la plus petite parcelle d'elle-même.

— Je t'aime aussi, confia-t-elle tout bas.

D'autres larmes jaillirent de ses paupières quand elle ajouta :

— De tout mon cœur.

— Alors, fais-moi confiance.

Un baiser accompagna cette supplique et, quand les lèvres de Mac effleurèrent les siennes une seconde fois, elle l'entendit murmurer :

— Fais-moi confiance, *mo chroí*… j'arrangerai tout, pour toi comme pour J.-J.

— Comment ?

Enfouissant sa main valide dans ses cheveux, elle lui rendit caresse pour caresse.

— Je ne peux tout de même pas la laisser là-bas ! gémit-elle. Elle est toute seule. S'ils la reconduisent en prison…

— Au diable la prison ! l'interrompit-il. Et la commission de libération sur parole aussi.

Ses yeux bleu-vert emplis d'une lueur malicieuse, il lui mordilla le bout du nez et s'écarta pour jauger sa réaction avant de conclure :

— Je n'obéis plus qu'aux lois du genre dragonin, mon amour. À l'instant où elle sera en état de voyager, je ramènerai ta sœur à la maison pour toi.

— Les lois du genre dragonin…, répéta-t-elle d'un ton rêveur. J'aime entendre ces mots.

La gratitude se mêlait à l'amour au fond de son cœur. Quel homme magnifique et généreux il était ! La valeur inestimable du cadeau qu'il lui offrait fit rouler de nouvelles larmes sur ses joues.

— Heureusement pour toi ! lança-t-il gaiement en enroulant autour de son index une mèche des cheveux de Tania. Car te voilà condamnée à vivre avec moi.

— Merveilleux ! murmura-t-elle en l'embrassant doucement. Maintenant… à jamais…

— Et même au-delà, conclut-il.

Ce programme lui convenait. Rien ne lui avait jamais semblé aussi naturel que de flotter ainsi dans ses bras, peau contre peau. Et en l'entraînant avec elle dans une lente et langoureuse danse aquatique, Tania comprit que sa vie avait atteint un équilibre idéal. Un homme à aimer et de qui être aimé. Une sœur adorée capable de prendre un nouveau départ. La fin d'un voyage, mais le début d'un autre, auquel elle se sentait destinée.

La perfection, si elle était de ce monde, devait ressembler à ça.

Achevé d'imprimer en juillet 2017
N° d'impression : 2588822G
Dépôt légal : octobre 2015
Imprimé en France
81121578-2